文学经典作品赏析

戴永新　隋清娥　　主编

中国海洋大学出版社
·青岛·

图书在版编目（CIP）数据

文学经典作品赏析 / 戴永新 , 隋清娥主编 . --
青岛 : 中国海洋大学出版社 , 2012.1(2018.8 重印)
ISBN 978-7-81125-946-9

Ⅰ . ①文… Ⅱ . ①戴… ②隋… Ⅲ . ①文学欣赏 – 世
界 Ⅳ . ① I106

中国版本图书馆 CIP 数据核字 (2011) 第 251000 号

出版发行　中国海洋大学出版社

社　　址　青岛市香港东路 23 号　　　　**邮政编码**　266071

出 版 人　杨立敏

网　　址　http://www.ouc-press.com

电子信箱　huazhang_china@hotmail.com

订购电话　0532-82032573（传真）

责任编辑　张　华　　　　　　　　　　**电　　话**　0532-85902342

装帧设计　青岛乐道视觉　LOTNO

印　　制　日照日报印务中心

版　　次　2012 年 1 月第 1 版

印　　次　2018 年 8 月第 4 次印刷

成品尺寸　170 mm × 230 mm

印　　张　20.25

字　　数　378 千字

定　　价　36.00 元

前　言

文学经典作品是指具有典范性、权威性、经久不衰的传世之作。几千年来，在中外文学史上，这样的传世之作不可计数。阅读文学经典，对于增长知识，开阔视野，提高审美鉴赏能力，陶冶思想情操，大有助益。但是，市场经济带来的急功近利心理，网络文化引发的快餐式阅读现状，考级考证现象促成的实用为上观念，使得大学生无暇顾及人文素养的提高，无心阅读文学经典作品。尤其是就业的压力，无形中造成了大学生阅读的短期行为，一些人在学习过程中缺乏提高综合素质的长远目标，没有发展自我的深层次思考。鉴于此，为让大学生从文学经典中找到严师益友，提高人文素养，许多高等院校开设了文学经典作品类课程，聊城大学文学院也推出了"百部文学名著阅读工程"，并开设"阅读理论与经典作品赏析"课程，指导大学生系统科学地阅读经典书籍。此举可引导学生养成阅读经典的良好习惯，以提升人文素养和人生境界，培养思考能力和学习能力。为支持"百部文学名著阅读工程"，让学生学有所本，我们组织编写了这部《文学经典作品赏析》教材。本书可作为各类高校中文专业培育学生文学修养的教材，对于广大文学爱好者及文学研究者、创作者而言，也具有一定的参考意义。

在博览众多同类教材的基础上，我们形成了自己的编写原则和编写风格。

一、编选宗旨。回顾中外文学的发展，精选教师熟悉的，而学生又能感兴趣的，在文学史上产生过深远影响的名家名篇。把这些文学经典作品作为审美对象，让大学生在愉悦性情、陶冶性情的过程中，培养鉴别、欣赏人类精神产品的认知能力。

二、编选性质。本书是聊城大学文学院从事文学教学的老师们多年教学经验的积累。因此，它首先是一部简明实用的教学用书，为大学人文学科和接受人文素质教育的学生提供一部篇幅不大、内容精要的文学经典作品选本，同时，也适于广大文学爱好者阅读和珍藏。

三、编选范围。文学经典作品历来是教材所青睐的对象，在小学阶段和中学阶段语文教材中多有涉及。考虑到学生的学习兴趣,在选编中尽量避免小学、中学教材中出现的篇目。而且所选作品既要顾及其文学地位和在思潮流派中的代表性,又注重文本内在的丰富蕴涵。纵向上,反映中外文学发展的大致风貌;横向上,诗歌、散文、小说、戏剧各种文体兼备。由于篇幅有限,本书选编的文本以中短篇为主,部分篇幅较长的采取节选的方式。

四、编写体例。体例按照文学史兼及文体来编排。选文之外,有注释、作者简介、作品赏析、专栏知识、相关链接、思考和练习。"作品赏析",力图体现选文的旨意,突出作品的最主要特色,也并不局限于对文本本身的解读,而是发掘文本与现实的契合点,与读者进行精神的交流,共同获得感悟和启迪。这种感悟是为读者提供一点欣赏线索、一种阅读视角,并非标准答案。"专栏知识"和"相关链接",可以帮助学生储备更多的文学知识,使学生在比较中扩展视野。"思考和练习"中的问题多为启发式,不设置固定性的答案。针对大学生写作能力相对薄弱的现状,在"思考和练习"练习中,编者特意设置了文学写作题,让学生在尝试写作的过程中,加深对经典的理解,提升审美水平,提高文学写作能力。这是本教材的一个创新点,也是一个亮点。

当然,任何关于"经典"的厘定都是相对的。任何精神产品的价值判断,都不会是单纯的和唯一的。因此,有多少个选家就有多少种选本,同时也就存在着各异其趣的选择标准。所以,这里入选的作品,只是我们对文学教学的经验总结和对"经典文本"的一种理解。文学海洋里,有着数不清的奇珍异宝,本教材选编的这些作品,只是其中具有代表性的一小部分,难免挂一漏万。希望广大读者在欣赏、使用的同时,多提建设性的宝贵意见。

编者

2011 年 9 月

目　次

第三章　外国文学经典作品赏析

第一章　中国古代文学经典作品赏析

第一节　诗歌经典作品赏析

东　山
《诗经》

　　我徂东山，慆慆不归。我来自东，零雨其濛。我东曰归，我心西悲。制彼裳衣，勿士行枚[1]。蜎蜎者蠋[2]，烝在桑野。敦彼独宿，亦在车下。

　　我徂东山，慆慆不归。我来自东，零雨其濛。果臝之实，亦施于宇。伊威[3]在室，蟏蛸在户。町畽鹿场，熠耀宵行[4]。不可畏也，伊可怀也。

　　我徂东山，慆慆不归。我来自东，零雨其濛。鹳鸣于垤，妇叹于室。洒扫穹窒，我征聿至。有敦瓜苦，烝在栗薪。自我不见，于今三年。

　　我徂东山，慆慆不归。我来自东，零雨其濛。仓庚于飞，熠耀其羽。之子于归，皇驳其马。亲结其缡，九十其仪。其新孔嘉，其旧如之何？

选自《诗三家义集疏》，〔清〕王先谦撰，中华书局 1987 年版

【注释】

[1] 士：从事。行枚：口中衔根小木棍。古代行军时，士兵口中衔木棍以防出声。

[2] 蠋：野蚕。

[3] 伊威：俗称土鳖虫。

[4] 宵行：萤火虫。

【作品简介】

《东山》选自《诗经·豳风》。《诗经》是我国第一部现实主义的诗歌总集，共305 首，故又称"诗三百"。关于《诗经》的结集历代说法众多，主要有三种：

（1）采诗说，如《汉书·食货志》："孟春之月，群居者将散，行人振木铎，徇于路以采诗，献之太师，比其音律，以闻于天子。"

（2）献诗说，如《国语·周语》："故天子听政，使公卿至于列士献诗。"

（3）删诗说，如《史记·孔子世家》："古者诗三千余篇，及至孔子，去其重，取可施于礼义……三百五篇。"

【作品赏析】

《毛诗序》说:"《东山》,周公东征(平武庚、管叔之乱)也。周公东征三年而归,劳归士。大夫美之,故作是诗也。"这种说法没有确切的证据。朱熹《诗集传》认为"此周公劳归士词,非大夫美之而作"。朱熹说的"非大夫美之而作"是正确的,但说"周公劳士之作"则未必如此。因为从诗的内容看,这应是一首久戍士卒还乡的诗,诗中所写可能与周公东征有关,却不一定是周公所作。

全诗共四章,前两章写主人公还乡途中悲喜交集、喜胜于悲的心情。首章"制彼裳衣,勿士行枚",诗人抓住着装改变这一细节,写了归家的士卒回家时的高兴,以及不必再过野战生活的庆幸。"蜎蜎者蠋,烝在桑野"句,通过桑虫的生活不堪,来比喻军旅生活的艰辛。"敦彼独宿,亦在车下"句,是军人风餐露宿、枕戈待旦生活的真实写照。第二章所写的杂草丛生、野兽昆虫出没、磷火闪烁的景象,是主人公内心挥之不去的担忧,也是战争破坏生产、广大人民生活陷入水深火热困境的反映。主人公离家越近心情越复杂,故用"不可畏也,伊可怀也"来安慰自己。这种看似矛盾的写法将作者的心情淋漓尽致地表现了出来。

后两章写作者的想象,将思家之情集中倾注到妻子的身上。第三章,想象妻子在家中孤独地叹息,想象妻子为就要到来的久别重逢忙碌的情景。末章进而回忆三年前举行婚礼时令人心醉的时刻:莺歌燕舞,迎亲的队伍喜气洋洋,丈母娘为新娘子戴上佩巾,把做媳妇的规矩反复叮咛的场景。这些情景与前文的想象形成对比,也暗示出作者新婚不久就和妻子分别了。回忆更加激起主人公对重逢强烈的渴望。诗的结尾说:"其新孔嘉,其旧如之何?"美好的想象暂时稳定了他忐忑不安的心,但是前面等待他的又是什么呢?

此诗最大的艺术特色是情景交融和想象丰富。诗的每章开始四句叠咏,文字相同,写的是作者在久戍边疆后归来的途中遇到淫雨天气,在叙事中,加入景物描写,既交代了天气,又渲染了气氛。这种情景交融的手法,是此诗的一个创举,并被后世文人继承和发扬光大。另外,它丰富的想象使人有身临其境的感觉,恰到好处地反衬出主人公的思绪和心态,在艺术表达上有很好的效果。

【专栏知识】

《诗经》"六义"指的是风、雅、颂、赋、比、兴。风、雅、颂三部分的划分,是依据音乐的不同。风包括"十五国风",是地方音乐,共160篇。雅分为小雅和大雅,是宫廷乐歌,共105篇。颂包括周颂、鲁颂和商颂,是宗庙用于祭祀的乐歌和舞歌,共40篇。赋、比、兴是三种表现手法:"赋者,敷也,敷陈其事而直言之者也。""比者,以彼物比此物也。""兴者,先言他物以引起所咏之词也。"这三种手法的运用,使《诗经》充满了动人的艺术魅力。

【相关链接】

燕 燕

燕燕于飞,差池其羽。之子于归,远送于野。瞻望弗及,泣涕如雨。
燕燕于飞,颉之颃之。之子于归,远于将之。瞻望弗及,伫立以泣。
燕燕于飞,下上其音。之子于归,远送于南。瞻望弗及,实劳我心。
仲氏任只,其心塞渊。终温且惠,淑慎其身。先君之思,以勖寡人。

选自《诗三家义集疏》,[清]王先谦撰,中华书局 1987 年版

【思考与练习】

1. 根据诗中"我来自东,零雨其濛",谈谈"情景交融"写作手法的作用。
2. 结合这首诗,谈谈你对古往今来战争的看法。
3. 背诵全诗。

哀 郢[1]

屈 原

皇天之不纯命兮,何百姓之震愆? 民离散而相失兮,方仲春而东迁。

去故乡而就远兮,遵江夏以流亡。出国门而轸怀兮,甲之鼌吾以行。发郢都而去闾兮,怊荒忽其焉极。楫齐扬以容与兮,哀见君而不再得。望长楸而太息兮,涕淫淫其若霰。过夏首而西浮兮,顾龙门而不见。心婵媛而伤怀兮,眇不知其所蹠。顺风波以从流兮,焉洋洋而为客。凌阳侯[2]之氾滥兮,忽翱翔之焉薄? 心缀结而不解兮,思蹇产而不释。

将运舟而下浮兮,上洞庭而下江。去终古之所居兮,今逍遥而来东。羌灵魂之欲归兮,何须臾而忘反。背夏浦[3]而西思兮,哀故都之日远。登大坟以远望兮,聊以舒吾忧心。哀州土之平乐兮,悲江介之遗风。

当陵阳[4]之焉至兮,淼南渡之焉如。曾不知夏之为丘兮,孰两东门之可芜。心不怡之长久兮,忧与愁其相接。惟郢路之辽远兮,江与夏之不可涉。忽若去不信兮,至今九年而不复。惨郁郁而不通兮,蹇侘傺而含慼。

外承欢之汋约兮,谌荏弱而难持。忠湛湛而愿进兮,妒被离而鄣之。尧舜之抗行兮,瞭杳杳而薄天。众谗人之嫉妒兮,被以不慈之伪名。憎愠惀之修美兮,好夫人之忼慨。众踥蹀而日进兮,美超远而逾迈。

乱[5]曰:曼余目以流观兮,冀壹反之何时。鸟飞反故乡兮,狐死必首丘[6]。信非吾罪而弃逐兮,何日夜而忘之。

选自《屈原集校注》,金开诚、董洪利、高路明注,中华书局 1996 年版

【注释】

[1]《哀郢》选自《楚辞·九章》。楚顷襄王二十一年(前278年),秦将白起攻破郢都,国家迁都,百姓流亡,屈原写下了这首哀悼郢都沦亡的诗篇。

[2] 阳侯:传说中的大波之神,这里指波涛。

[3] 夏浦:地名,指夏口(在今湖北省武汉市)。

[4] 陵阳:地名,在今安徽省青阳县。

[5] 乱:乐章最末称为"乱",后来借用作为辞赋最后总结全篇内容的收尾。

[6] 首丘:头向着所居住生长的山丘。

【作者简介】

屈原(约前339—约前278),名平,字原。战国时期的楚国诗人、政治家,是中国最伟大的浪漫主义诗人之一,"楚辞"的创立者和代表作者。屈原忠事楚怀王,却屡遭排挤,怀王死后又因顷襄王听信谗言而被流放,最终投汨罗江而死。代表作品有《离骚》、《九歌》等。

【作品赏析】

本诗是屈原《九章》中的一篇,也是《楚辞》中表达心情最悲苦哀切的一篇。可能作于顷襄王二十一年。这年秦将白起攻陷郢都,屈原目睹了国家垂危,人民离散。诗人在诗中表现了对人民的同情和对国家的怀恋,以及对小人得势、国君昏庸的激愤。

诗的开头诗人仰天而问,可谓石破天惊,从而也引出下面哀鸿遍野的场景。

第二段可以分为两层,第一层从开头到"哀见君而不再得",写九年前当郢都危亡自己被流放时的情景。人流、汗水,兼道而涌,涛声、哭声,上干云霄。"甲之鼂(朝)"是诗人以及流亡的国人离开故都的具体日期和时间,那一刻是让人永远都难以忘记的,所以写得非常清楚。第二层从"望长楸而太息兮",写船开后作者仍然心系故都,不知何去何从。想起郢都这个楚人生活居住了几百年的都城将毁于一旦,诗人忍不住老泪横流:"涕淫淫其若霰"。李贺曾经说过:"焉洋洋而为客,一语倍觉黯然!"这里表达的感情比"断肠人在天涯"更多一层思君、爱国、忧民的哀痛。

第三段继续写东行时的心情。"运舟"指驾起船开始流亡。"上洞庭"指从洞庭湖向北行,"下江"指顺流而下,这实际上是对流亡路线的陈述。陈述中我们感觉诗人离郢都越来越远了。离开有多远,思念就有多长。诗人一桨九回头地离去,让人读之不禁潸然泪下。

第四段写诗人的思想情绪。在这一段中进一步指出以上两段所写,都是回忆;但是这些事九年来在诗人的头脑中魂牵梦萦,是那样清晰。"当陵阳之焉至兮"两句为转折,承上启下,进一步表达离开故都后的那种痛苦而无依的心情。

第五段承接第三段的正面抒情,深刻而尖锐地揭示出国家危难的根源。奸佞之徒的逢迎奉承,不仅仅因为他们无能,还因为他们从来没有忧国忧民之心,只知道为了自己的利益诬陷正直之士,所以在治国安民方面难以倚靠。当政者的喜好更是国家存亡的关键,"憎愠悁之修美兮,好夫人之忼慨",是屈原对顷襄王的评价,也是屈原对最高统治者直接的批判。

本诗在结构上有独创性:开头没有交待是回忆,使读者读来有身临其境之感。语言上骈句多,如"去故乡而就远,遵江夏以流亡","过夏首而西浮,顾龙门而不见"等,既富有对偶美,也加强了感情力度。

【专栏知识】

楚辞,亦作"楚词",其本义是指楚地的歌辞。作为诗歌总集的名称,《楚辞》是我国第一部浪漫主义诗歌总集,《离骚》是其代表作。楚辞的主要作者是屈原。他创作了《离骚》《九歌》《九章》《天问》等不朽作品。在屈原的影响下,楚国又产生了宋玉、唐勒、景差等楚辞作者。现存的《楚辞》总集中,主要是屈原及宋玉的作品;唐勒、景差的作品大都未能流传下来。

【相关链接】

山 鬼
屈 原

若有人兮山之阿,被薜荔兮带女萝。既含睇兮又宜笑,子慕予兮善窈窕。乘赤豹兮从文狸,辛夷车兮结桂旗。被石兰兮带杜衡,折芳馨兮遗所思。余处幽篁兮终不见天,路险难兮独后来。

表独立兮山之上,云容容兮而在下。杳冥冥兮羌昼晦,东风飘兮神灵雨。留灵修兮憺忘归,岁既晏兮孰华予。采三秀兮于山间,石磊磊兮葛蔓蔓。怨公子兮怅忘归,君思我兮不得闲。

山中人兮芳杜若,饮石泉兮荫松柏。君思我兮然疑作。雷填填兮雨冥冥,猨啾啾兮狖夜鸣。风飒飒兮木萧萧,思公子兮徒离忧。

选自《屈原集校注》,金开诚、董洪利、高路明著,中华书局1996年版

【思考与练习】

1. 结合《哀郢》《山鬼》以及你知道的其他《楚辞》文选,谈谈《楚辞》的艺术特色。
2. 熟读全诗,写一篇读后感。

归园田居(其二)
陶渊明

野外罕人事,穷巷寡轮鞅[1]。白日掩荆扉,虚室绝尘想。时复墟曲[2]中,披草共来往。相见无杂言,但道桑麻长。桑麻日已长,我土日已广。常恐霜霰至,零落同草莽。

选自《陶渊明集》,逯钦立校注,中华书局1979年版

【注释】

[1] 轮鞅:指车马。鞅:马驾车时套在颈上的皮带。

[2] 墟曲:乡野。曲:隐僻的地方。

【作者简介】

陶渊明(约365—427),名潜,字元亮,自号五柳先生,寻阳柴桑(今江西九江)人。曾做过几年小官,后辞官回家,从此隐居不仕,被称为"隐逸诗人之宗"。他的诗多取材田园风光、平常生活,运用朴素的语言、白描的手法,直率地抒写而出,因而自然、亲切,情感真挚,为我国古典诗歌开创了一个新的境界。代表作如《饮酒》《归园田居》《桃花源记》等。

【作品赏析】

《归园田居》共五首,写于晋义熙二年(406年),亦即陶渊明辞去彭泽令后的次年。这五首诗是一个不可分割的有机整体,是诗人辞旧我的别词,迎新我的颂歌。它所蕴含的深刻思想变化及其所具有的精湛圆熟的艺术技巧,不仅为历来研究陶渊明的学者所重视,也使广大陶诗爱好者为之倾倒。《归园田居》(野外罕人事),着意写出乡居生活的宁静,描绘了一个宁静、纯美的天地。

全诗可分为三层。第一层:开端四句,写田园生活的静谧。"野外罕人事,穷巷寡轮鞅",其中的"野外"、"穷巷",是与繁华的闹市、官场的争斗相对立的。这两句写农村荒野僻静,少有应酬交往。农村虽处"野外",只有"穷巷",但却没有"人事"的烦恼和"轮鞅"的喧哗,作者暗中流露出欣喜快慰之情。"白日掩荆扉,虚室绝尘想"。这两句写作者归隐后生活虽然简陋,但心情愉快,思想单一纯真。他安贫乐道,以守志为荣,以幽居为乐。"绝尘想"三字,反映出他摒弃了个人利欲杂念,与当权者作了最后决裂。这是由于"立善"的信念支持着他,使他保持了名节。从这两句诗我们看到作者初归田园,颇有几分闲适。他一边劳动,一边读书赋诗,饮酒弹琴,过着悠游自得的生活。开初的劳动不像后来那样艰苦,生活也不像后来那样贫穷,鲁迅先生在《隐士》中说:"……然而他有奴子。汉晋时候的奴子,是不但侍候主人,并且给主人种地、营商的,正是生财器具。所以虽是渊明先生,也还略略有些生财之道在。"故在衣食温饱之余,得以逍遥自乐,这正是初归田园时的生活写照。

第二层:中间四句,写生活在田园与田夫野老相得的志趣。"时复墟曲中,披草共来往。"作者在耕作之余与农民随意交往,亲密无间。他是那样平易近人,农民也把他当做知己,热诚相待,这比起在官场"束带见督邮"的拘谨来,是多么自在!"时复"二句,生动地写出诗人劳动之余与农民随意攀谈交往的情状。他们攀谈些什么呢?"相见无杂言,但道桑麻长。"不言他事,唯道桑麻,说明已无尘世的奢想。他归田后专心致力农事,对亲手种植的庄稼十分关心,他是真心归耕田园,不像某些人为了窃取名利而假隐,也不像某些人虽不满统治者,但又眷恋利禄而做"中隐",他是从思想上、行动上与统治者作了真正的决裂。他身在田园,志在田园,言行一致,表里如一。清代温汝能说:"'相见'二语,逼真田家气象,陶诗多有真趣,此类是也。"

第三层:末四句,写作者对农作物的关注和与之共命运的情感。"桑麻日已长,我土日已广。常恐霜霰至,零落同草莽。"诗人的思想感情与庄稼的命运紧密联系在一起,他为庄稼的茁壮成长、耕地面积的日益扩大而兴奋;又为庄稼遭霜霰侵袭凋零而担心。他这种关心农事、与农家通声息的行为,在门阀等级森严的时代,是值得肯定的。

全诗质朴自然,不借典故,不用丽藻,真切直率。语言明白省净,韵味幽深,耐人咀嚼,不愧为田园诗之佳作。

【专栏知识】

田园诗派是中国古代诗歌的一个重要流派,陶渊明是这一流派的主要开创者。古往今来,陶渊明的诗作特别是田园诗及其诗歌艺术对后世产生了深刻的影响,影响了一代又一代的中国文人乃至整个中国文化。作为田园诗派鼻祖的陶渊明,在文学创作中还表现出了另一面,这主要体现在《咏荆轲》、《读山海经·精卫》及《闲情赋》等作品中。

【相关链接】

闲情赋并序

陶渊明

初,张衡作《定情赋》,蔡邕作《静情赋》,检逸辞而宗澹泊,始则荡以思虑,而终归闲正。将以抑流宕之邪心,谅有助于讽谏。缀文之士,奕代继作;并因触类,广其辞义。余园闾多暇,复染翰为之;虽文妙不足,庶不谬作者之意乎?

夫何环逸之令姿,独旷世以秀群。表倾城之艳色,期有德于传闻。佩鸣玉以比洁,齐幽兰以争芬;淡柔情于俗内,负雅志于高云。悲晨曦之易夕,感人生之长勤。同一尽于百年,何欢寡而愁殷。褰朱帏而正坐,泛清瑟以自欣;送纤指之余好,攘皓袖之缤纷。瞬美目以流眄,含言笑而不分。曲调将半,景落西轩。悲商叩林,白云依山。仰睇天路,俯促鸣弦。神仪妩媚,举止详妍。

激清音以感余,愿接膝以交言。欲自往以结誓,惧冒礼之为愆;待凤鸟以致辞,恐他人之我先。意惶惑而靡宁,魂须臾而九迁:愿在衣而为领,承华首之余芳;悲罗襟之宵离,怨秋夜之未央。愿在裳而为带,束窈窕之纤身;嗟温凉之异气,或脱故而服新。愿在发而为泽,刷玄鬓于颓肩;悲佳人之屡沐,从白水以枯煎。愿在眉而为黛,随瞻视以闲扬;悲脂粉之尚鲜,或取毁于华妆。愿在莞而为席,安弱体于三秋;悲文茵之代御,方经年而见求。愿在丝而为履,附素足以周旋;悲行止之有节,空委弃于床前。愿在昼而为影,常依形而西东;悲高树之多荫,慨有时而不同。愿在夜而为烛,照玉容于两楹;悲扶桑之舒光,奄灭景而藏明。愿在竹而为扇,含凄飙于柔握;悲白露之晨零,顾襟袖以缅邈。愿在木而为桐，作膝上之鸣琴；悲乐极以哀来，终推我而辍音。

考所愿而必违，徒契阔以苦心。拥劳情而罔诉，步容与于南林。栖木兰之遗露，翳青松之余阴。傥行行之有觌，交欣惧于中襟。竟寂寞而无见，独悁想以空寻。敛轻裾以复路，瞻夕阳而流叹。步徙倚以忘趣，色惨凄而矜颜。叶燮燮以去条，气凄凄而就寒，日负影以偕没，月媚景于云端。鸟凄声以孤归，兽索偶而不还。悼当年之晚暮，恨兹岁之欲殚。思宵梦以从之，神飘飘而不安。若凭舟之失棹，譬缘崖而无攀。

于时毕昴盈轩，北风凄凄。恫恫不寐，众念徘徊。起摄带以伺晨，繁霜粲于素阶。鸡敛翅而未鸣，笛流远以清哀；始妙密以闲和，终寥亮而藏摧。意夫人之在兹，托行云以送怀。行云逝而无语，时奄冉而就过。徒勤思以自悲，终阻山而滞河。迎清风以怯累，寄弱志于归波。尤《蔓草》之为会，诵《召南》之余歌。坦万虑以存诚，憩遥情于八遐。

选自《陶渊明集》，逯钦立校注，中华书局 1979 年版

【思考与练习】

1. 谈谈陶渊明田园诗的艺术风格。

2. 对于《闲情赋》，鲁迅先生曾说过："被论客赞赏着'采菊东篱下，悠然见南山'的陶潜先生，在后人的心目中，实在飘逸得太久了。但在全集里，他有时却很摩登，'愿在丝而为履，附素足以周旋，悲行止之有节，空委弃于床前'，竟想摇身一变，化为'啊呀呀，我的爱人呀'的鞋子，虽然后来自说因为'止于礼义'，未能进攻到底，但那些胡思乱想的自白，究竟是大胆的。……在证明着他并非整天的飘飘然。"谈谈对这段话的理解和认识。

3. 结合《归园田居》组诗及其他作品，以"我心中的陶渊明"为题写一篇 700 字左右的散文。

登池上楼

谢灵运

潜虬媚幽姿，飞鸿响远音。薄霄愧云浮，栖川怍渊沉。进德智所拙，退耕力不任。徇禄反穷海，卧疴对空林。衾枕昧节候，褰开暂窥临。倾耳聆波澜，举目眺岖嵚。初景革绪风，新阳改故阴。池塘生春草，园柳变鸣禽。祁祁伤豳歌[1]，萋萋感楚吟[2]。索居易永久，离群难处心。持操岂独古，无闷[3]征在今。

选自《李善注文选》，中华书局据胡刻本影印

【注释】

[1] 豳歌：指《诗经·豳风·七月》，其中有"春日迟迟，采蘩祁祁，女心伤悲，殆及公子同归"的诗句。

[2] 楚吟：指《楚辞·招隐士》，其中有"王孙游兮不归，春草生兮萋萋"的句子。

[3] 无闷:指隐士不为世俗易其志,不求成名,避世而无所烦闷。出自《易经·乾卦》。

【作者简介】

谢灵运(385—433),浙江会稽人。原为陈郡谢氏士族,东晋名将谢玄之孙,小名"客",人称谢客。又以袭封康乐公,称谢康公、谢康乐。中国文学史上山水诗派的开创者,主要创作活动在刘宋时代。其山水诗充满道法自然的精神,贯穿着一种清新自然恬静之韵味,一改魏晋以来晦涩的玄言诗之风,对后世影响深远。李白、杜甫、王维、孟浩然、韦应物、柳宗元诸大家,都曾取法于谢灵运。有《谢康乐集》。

【作品赏析】

南朝宋少帝景平元年(423年)初春,谢灵运在永嘉郡(今浙江温州市),前一年他刚被外放到这里做太守。从永初三年(422年)八月到郡,至景平元年初春已经半年了。谢灵运在久病之后写下了这首诗,通过登楼所见所感,抒发了仕宦不得志的感伤情怀。

全诗可分为三层。第一层:前八句,先从当前景物落笔,托物起兴,感叹自己羁于尘网之中而进退维谷的矛盾处境。魏晋南朝时代,社会动荡,政治混乱,权力斗争激烈,仕途环境异常险恶。面对现实,士族文人们在怀有济世之志的同时,也会产生企求隐逸的思想。而此时的诗人,却陷入了一种两者俱无所得的困境。全诗的笔触也便由此而荡开:开首两句以"潜虬"、"飞鸿"作比喻,分别指代生活的两种境界:深藏不露、孤高自赏和奋进高飞、声名大振。然而,无论是前者还是后者,自己都没有能够做到,因而深感惭愧。以上四句,第三句紧接第二句,第四句远承第一句,意脉连贯而又有所变化,用形象的比喻表达出了自己的困境。后面四句紧接着交代了这一处境的原因——"进德智所拙,退耕力不任"。"进德",即进取功业,以泽被于世人,与"飞鸿"句相照应;"退耕",即退隐田园,以耕作自资,与"潜虬"句相照应。由于自己才智或才力不及,两者都不能做到,只能徒怀此愿。这样的处境和现实使得诗人郁闷而又无奈,于是进一步写自己于无奈中来到这偏僻的海隅。入冬之后便久卧病床,所面对的只有那萧瑟的空林了。全诗由虚入实,由远及近,诗的基调达到了最低点。

第二层:自"衾枕"以下八句,写词人在病中临窗远眺,所见满目春色,暂时忘却烦恼,心情豁然开朗。"衾枕昧节候"紧承"卧痾对空林"而来,写卧病中不知不觉,已是冬去春来,同时自然而然引出——"褰开暂窥临"。"暂",即时间短,有抱病强起的意思。"倾耳"、"举目"两句,写出诗人对自然风光的极度喜爱。池塘水波轻拍,在倾耳细听之际,令人虑澄意解;远山参差耸立,于放眼遥望之中,使人心旷神怡。眼前是一派生机盎然的景色:新春的阳光,正在革除残冬的余风,"新阳"即春代替了"故阴"即冬的统治。"初景"、"新阳"写出总体的感受,是虚笔;"池塘生春草,园柳变鸣禽"两句,转为近景的具体描绘,是实笔。池塘周围特别是向阳处的小草,因为得池水滋润而有欣欣向荣之气,柳枝上已有刚刚迁徙来的鸟儿也在欢快地鸣叫着。这种新鲜而富有生气的景象,使一直被苦闷、忧虑和疾病缠绕着的诗人得到了触动,因此情怀也暂时得以舒展。此处格调清新,情韵兼胜,臻于化境,历来为人所称赞。胡应麟说,"灵运诸佳句多出深思苦索","此却率然信口,故自谓奇"(《诗薮》外编)。满眼的春色固然能暂时舒展诗人的心情,但毕竟无法尽遣内心的郁闷,于是自然引出了下面对隐居生活的向往。

　　最后六句为第三层,写诗人触景伤怀,下定了归隐的决心。"祁祁"二句,写由登楼观春所看到的春景联想到了古代描写春景的诗,借用典故表达内心的感慨,情绪又转向感伤。"索居"二句,写隐居生活令人难以接受:容易使人感到岁月漫长,索然无味。此一般人的想法,而并非说诗人自己。然而,从这种被否定的想法中我们能够隐约窥见诗人内心深处所怀有的某种疑虑。谢灵运出身于世族名门,生活奢侈且骄纵自负,与世隔绝的隐居生活对他来说毕竟不是件容易的事情。但不管怎样,他归隐的决心已定。诗的最后两句"持操岂独古,无闷征在今",写明坚持节操不只古人能够做到,"遁世无闷"自己已实现了,情绪又得以激扬。也就在这大约半年之后,谢灵运终于称病辞职,归隐到了始宁的祖居。

　　全诗层次分明,衔接紧密。由托物兴词、感怀喻志、借景抒怀到决意归隐,转换自然,浑然一体。对景物着力描绘,画面鲜丽而清新,体现出诗人对大自然的喜爱和敏感。加之"池塘"一联为全诗增色,因而更加引人入胜,可称为佳句完篇俱在的上乘之作。然而,由于诗人过分逼真地再现自然,刻意雕琢,反而失去了山水之乐,终不似陶诗之自然天成。这也是谢灵运山水诗的一个通病,有待于诗歌的发展来加以纠正。

【专栏知识】

　　山水诗,是指描写山水风景的诗。其渊源于先秦两汉,产生于魏晋时期,并在南朝至晚唐随着中国诗歌发展与文学环境变迁而不断演变。谢灵运所开创的山水诗,把自然界的美景引进诗中,使自然山水成为独立的审美对象。这不仅把诗歌从"淡乎寡味"的玄理中解放了出来,而且加强了诗歌的艺术技巧和表现力,并影响了一代诗风。之后,谢朓在此基础上对山水诗进一步发展,并使其臻于化境。

【相关链接】

晚登三山还望京邑

谢　朓

　　灞涘望长安,河阳视京县。白日丽飞甍,参差皆可见。余霞散成绮,澄江静如练。喧鸟覆春洲,杂英满芳甸。去矣方滞淫,怀哉罢欢宴。佳期怅何许,泪下如流霰。有情知望乡,谁能鬒不变?

选自《李善注文选》,中华书局据胡刻本影印

【思考与练习】

1. 理解《登池上楼》的思想内容及写作特点。

2. 体会《晚登三山还望京邑》写景的细腻及其所蕴含的思想感情。

3. 认真体会并分析比较大小谢山水诗创作的异同。

终南山[1]

王 维

太乙[2]近天都,连山接海隅。白云回望合,青霭入看无。分野中峰变,阴晴众壑殊[3]。欲投人处宿,隔水问樵夫。

选自《王维集校注》,陈铁民主编,中华书局 1997 年版

【注释】

[1] 终南山:在长安南五十里,秦岭是主峰之一。古人又称秦岭山脉为终南山。

[2] 太乙:唐人常称终南山为"太一",如《元和郡县志》:"终南山在县(京兆万年县)南五十里。按经传所说,终南山一名太一,亦名中南"。

[3] 分野两句:古人以天上二十八星宿的区分,标志地上的州国区域,称为分野。

【作者简介】

王维(701—761),字摩诘,祖籍太原祁(今山西祁县)。王维诗、书、画都很有名,精通音乐,受禅宗影响很大。今存诗 400 余首,收在《王右丞集》中。他的山水田园诗最能体现他在诗歌艺术上的创造性,而且也取得了中国山水田园诗的最高成就。

【作品赏析】

王维诗成就最高的是他的山水田园诗,以"诗中有画"而独具特色。王维的创作往往吸取绘画的技法,运用构图、线条、色彩、光线等绘画语言,使诗情与画意相结合,形成"清净、简远"的意境,洋溢着韵外之致,象外之趣。

这首诗为终南山传神写照,气象峥嵘,意境开阔。开篇"太乙近天都,连山接海隅",写出平地远眺终南山的总体印象和感受。"太乙"峰,高耸入云,好像要接近天上的都城了;山势连绵不断,一直延伸到东海之滨。诗人以极其夸张的手法写出山的耸峙绵远,在艺术上形成一种张力、一种声势,表现出终南山的雄奇壮丽。

颈联"白云回望合,青霭入看无",通过所见奇景,写出游山时的奇妙境界。诗人站在山上回望,周围白云弥漫;远望烟霭迷蒙,倘若走近,烟云全失,景物历历在目。诗人写烟云变换,移步换形。仅仅写出茫茫的"白云"、蒙蒙的"青霭",而终南山的苍松古柏、怪石清泉、奇花异草皆笼罩在白云青霭中,由清晰而朦胧、由朦胧而隐没。通过"回望"、"入看"的举动,表现出诗人的流连忘返,给读者留下驰骋想象的空间。

颔联"分野中峰变,阴晴众壑殊",登峰俯瞰,写出山势阔大、深远。终南山绵延辽

阔,在中峰遥望,南北的景象整个都变了。千岩万壑,在阳光或浓或淡、或有或无的照射下,表现出千形百态。

尾联"欲投人宿处,隔水问樵夫",通过隔水向樵夫打听宿处的镜头,透露出终南山的奇峰纡转、清涧萦回的幽深景致。诗人游山兴致未尽,欲留宿山中,山景的赏心悦目,诗人的避喧好静,皆溢于言表。隔深涧呼喊,反衬出山远林密,人迹稀少,境界幽寂。这幅无声的山水画面添上樵夫伐木的丁丁声和诗人隔溪呼喊的声音,以有声衬无声,更显示出终南山的幽深寂静。

偌大的一座终南山,诗人只用四十个字,利用"移步换景"、"景随人移"的散点透视的绘画方法,视点不断流动,视角不停变换,把不同视点观察到的景物放在一个大的环境里面,组合成一个完整的画面,并把这些生动的细节有机地统一起来,合成一个浑然一体、气韵生动的伟大形象,体现出了"以少总多",达到了"意余于象"的艺术效果。

【专栏知识】

律诗的平仄:平仄是律诗最重要的因素。阴平、阳平都是平声,上声、去声都是仄声。五言律诗的句子有四个类型:A.仄仄仄平平,a.仄仄平平仄,B.平平仄仄平,b.平平平仄仄。可归为两大类:(1)A和a为一类,头两字都是仄仄,是仄起句;分别在于A收平声,a收仄声。(2)B和b为一类,头两字都是平平,是平起句;分别在于B收平声,b收仄声。律诗共八句,有粘对的讲究。所谓"粘",即上联的对句和下联的出句的平仄类型必须是同一大类:上联对句是A型,则下联出句是a型。"对",即每联的出句和对句必须是相反的类型。出句是a型,对句是B型;出句是b型,对句是A型。

【相关链接】

晚泊浔阳望庐山

孟浩然

挂席几千里,名山都未逢。泊舟浔阳郭,始见香炉峰。尝读远公传,永怀尘外踪。东林精舍近,日暮空闻钟。

选自《孟浩然诗选》,陈贻焮选注,人民文学出版社1983年版

【思考与练习】

1.谈谈王维诗歌"诗中有画,画中有诗"的特点。

2.结合"白云回望合,青霭入看无"的诗句,谈谈"移步换形"方法的运用。

3.背诵全诗,并尝试写一首五律。

将进酒[1]

李 白

君不见,黄河之水天上来,奔流到海不复回!君不见,高堂明镜悲白发,朝如青丝暮成雪!人生得意须尽欢,莫使金樽空对月。天生我材必有用,千金散尽还复来。烹羊宰牛且为乐,会须一饮三百杯。岑夫子[2],丹丘生[3],将进酒,杯莫停。与君歌一曲,请君为我倾耳听。钟鼓馔玉不足贵,但愿长醉不复醒。古来圣贤皆寂寞,唯有饮者留其名。陈王[4]昔时宴平乐[5],斗酒十千恣欢谑。主人何为言少钱,径须沽取对君酌。五花马,千金裘,呼儿将出[6]换美酒,与尔同销万古愁。

选自《李白全集校注汇释集评》,詹瑛主编,百花文艺出版社1996年版

【注释】

[1]《将进酒》:属乐府旧题。将(qiāng):请。

[2] 岑夫子:诗人的一位隐居朋友。一说名勋。

[3] 丹丘生:元丹丘,隐居不仕,与诗人交好。

[4] 陈王:曹植。曹操子,曾被封为陈王。

[5] 平乐:观名,故址在今河南洛阳故城西。

【作者简介】

李白(701—762),字太白,号青莲居士,祖籍陇西成纪(今甘肃省天水附近)。李白是继屈原后中国最伟大的浪漫主义诗人,与杜甫齐名,并称"李杜"。李白诗歌,描画山川,抒发壮志,吟咏豪情。诗风豪放飘逸,语言清新自然,因而成为光照千古的伟大诗人。

【作品赏析】

《将进酒》原是汉乐府短箫铙歌的曲调,题目意译即"劝酒歌"。这首诗作于李白离开长安以后。表面上看这首诗写"饮酒放歌",但其中熔铸了诗人自己的感情。全诗气势奔放,语言豪迈,句法明快多变,充分反映了李白放纵不羁的性格与文风,成为十分鲜明地表现诗人个性特点的著名诗篇。

以"君不见"发端,引出两组排比长句,造成一泻千里、不可阻遏的壮阔气势,具有震古烁今的巨大力量。瞩目浩渺太空,黄河之水自天而来一去不回;回首人生旅程,早上还是黑发,晚间已成白首。作者以极度夸张的词句将整个人生纳入一朝一暮之间,以突出流光之速;又将空间与时间联在一起,以突出人生的去而不归,从而为下文的"尽欢"作了有力的铺垫。"人生得意"以下六句,极写痛饮狂欢。表面上看,纯属对人生易逝之理的感悟,故转而及时行乐,但"天生我材必有用"一句,却深深道出了他的隐衷。"必有用",固然充满了对自我的坚定信念,但另一方面也说明了此材以前是没有被用的。李白写此诗时已五十开外了,他除做了三年徒有其名的翰林供奉外,一直浪迹于江湖之上。满腹雄才而无人见用,他怎能不感到苦闷和忧愤呢?诗人在力劝

"岑夫子,丹丘生,将进酒,杯莫停"之后,放杯高歌,吐露心声:"钟鼓馔玉不足贵,但愿长醉不愿醒。"富贵、豪华生活"不足贵",说明有远比它更宝贵的东西在;希望"长醉",不愿醒来,诗情至此,由狂放转而为激愤。以下四句,诗人将"饮者"与"圣贤"作比,引出"陈王"曹植来。曹植《名都篇》有云:"归来宴平乐,美酒斗十千。"然而,曹植是在备受猜忌、压抑的险恶环境中,因大志难骋而沉溺于酒乡的。在这点上,李白和曹植颇为相似,李白以曹植一掷千金买酒取醉的豪情来安慰自己。"主人何为言少钱,径须沽取对君酌",诗人反客为主,使得天真近于狂傲的性格跃然纸上。"五花马,千金裘,呼儿将出换美酒,与尔同销万古愁。"这里不仅可以看到诗人的豪迈性格,也可以看出他追求一醉的迫切,其目的则是"与尔同销万古愁",写愁意露悲凉,这"愁"不是一般的愁,而是古今一切敏感的才人、一切清醒者所通感的愁,我们可以感知到诗人的胸怀极为阔大,具有从苦闷中挣脱出来的勇气和力量。

通观全诗,气势壮阔,情感激昂,风格豪放,确是前无古人。诗情忽翕忽张,由悲到乐,到狂放、到激愤、再转狂放。诗句以散行为主,又以短小的对仗语句点染,节奏疾徐尽变。诗歌运用大量的巨额数字表现豪迈的诗情。正如沈德潜在《唐诗别裁》中所说:"读李诗者于雄快之中,得其深远宕逸之神,才是谪仙面目。"

【专栏知识】

古乐府诗:指汉魏、六朝的乐府诗。因唐代出现一种新乐府,模仿民间乐府诗的基本精神和体制上的某些特点而并不入乐,为了加以区别,后人称唐以前的乐府为古乐府,后代模仿其体制,沿用乐府旧题而不入乐的,有时也称古乐府。如《蜀道难》《行路难》等。

【相关链接】

行路难

李 白

金樽清酒斗十千,玉盘珍馐直万钱。停杯投箸不能食,拔剑四顾心茫然。欲渡黄河冰塞川,将登太行雪满山。闲来垂钓碧溪上,忽复乘舟梦日边。行路难,行路难,多歧路,今安在? 长风破浪会有时,直挂云帆济沧海。

选自《李白全集校注汇释集评》,詹瑛主编,百花文艺出版社1996年版

【思考与练习】

1. 杜甫在《赠李白》诗中有"痛饮狂歌空度日,飞扬跋扈为谁雄"的诗句,结合《将进酒》,谈谈李白的性格特点。

2. 请结合时代背景谈谈"万古愁"的原因。

3. 背诵全诗,尝试写一首古体诗。

登　楼

杜　甫

花近高楼伤客心,万方多难此登临。锦江[1]春色来天地,玉垒[2]浮云变古今。北极朝廷终不改,西山寇盗[3]莫相侵。可怜后主还祠庙,日暮聊为梁甫吟[4]。

选自《杜甫诗选注》,萧涤非选注,人民文学出版社 1976 年版

【注释】

[1] 锦江:岷江的支流,在今四川成都市南。

[2] 玉垒:山名,在今四川茂汶羌族自治县。

[3] 西山寇盗:指吐蕃。

[4]《梁甫吟》:乐府篇名。相传诸葛亮隐居时好为《梁甫吟》。

【作者简介】

杜甫(712—770),字子美,自号少陵野老,河南巩县人。盛唐伟大诗人,与李白并称"李杜"。其诗因真实、客观地反映所处时代的社会生活,具有历史的深刻性和预见性,被称为"诗史"。杜甫众体兼长,五言、七言古体、律诗、绝句,无不运用自如,在七律方面的贡献特别卓著。今存诗 1400 余首。有《杜少陵集》。

【作品赏析】

自建安文人王粲流寓荆州,作《登楼赋》以寄慨以来,"登楼"遂成为历代文人抒发身世之慨和客中之愁的一个特有的人文意象。杜甫《登楼》诗中继承了《登楼赋》表达身世之慨和故园之思的抒情传统,而且运用"时空并驭"的手法,将伤时忧国的伟大情怀和深邃的"宇宙意识"寄寓其中,拓展了这一题材的艺术表现范围。

这首诗作于唐代宗广德二年(764 年)春,当时杜甫初返成都。诗人登楼远眺,锦江的春色和玉垒山上的浮云,引发了对"万方多难"的深忧。本诗把大自然景象、国家的危难和个人的情思融为一体,表现出作者对唐王朝安危的关切,悲中含壮,表现出沉郁顿挫的艺术风格。

这首诗意境壮阔。全诗情景交融,山川中蕴含着古今世势的风云变幻。诗人远眺万里河山,纵谈千秋历史,感慨万千,营造出一个雄浑悠远的艺术境界。

这首七律格律严谨,中间两联,对仗工整。如"锦江春色来天地,玉垒浮云变古今"是流水对的格式,自然流走,达到气势壮阔、言近意远的效果。语言上,千锤百炼,含义深邃。每句诗中有一个字特别警醒,使全句皆活。"伤"字为全诗点染出一种悲怆气氛。"此"兼有此时、此地、此人、此行、只能如此等多种涵义。"来",烘托锦江春色宜人、气势浩大。"变",世事如沧海变桑田,引人无穷遐想。"终",有庆幸,也有祝愿;"莫",充满警示意味。"还",不当如此还如此,表示对古今误国昏君的极大轻蔑;"聊",抒写诗人无可奈何的伤感。

本诗以"赋"的手法为主,兼有抒情和议论。首联是全篇的纲领,全诗写景抒情议论的出发点皆来自"万方多难"。颔联描写出山河春色,生发出对风云变幻历史的无限遐想。在对大好山河的赞美和对悠久历史的追怀中,诗人忧国忧民的情怀溢于言表。颈联把天下大势、民族矛盾作为议论的中心。尾联借古鉴今,寄托忧国伤乱、报国无门的感慨。字里行间里渗透着诗人的所见、所感、所思。

【专栏知识】

律诗的对仗:律诗中间两联要用对仗,首联是否用对仗,往往决定于诗的内容和诗人的艺术技巧。律诗对仗形式如下:工对、流水对、借对。工对:即字面相对,就是词类相同的互为对仗:名词对名词,动词对动词等等;颜色对、数目对也是常用的工对类型。流水对:即相对的两句之间的关系不是对立的,而是一个意思连贯下来。借对:即一个词有两个以上的意义,在诗中用的是甲义,但同时借用乙义或丙义与另一词相对。有时借音。

【相关链接】

赠刘司户蕡

李商隐

江风扬浪动云根,重碇危樯白日昏。已断燕鸿初起势,更惊骚客后归魂。汉廷急诏谁先入,楚路高歌自欲翻。万里相逢欢复泣,凤巢西隔九重门。

选自《李商隐诗选》,刘学锴、余恕诚选注,人民文学出版社 1986 年版

【思考与练习】

1. 试举例分析诗中对句对表达效果的影响。
2. 古人评价杜甫的诗"沉郁顿挫",你看本篇中哪些地方体现了这种风格?
3. 试着写一首对仗工整的七言律诗。

乌夜啼[1]

李煜

林花谢了春红[2],太匆匆,无奈朝来寒雨晚来风。胭脂泪[3],留人醉,几时重,自是人生长恨水长东。

选自《唐宋词选》,中国社会科学院文学研究所编,人民文学出版社 1981 年版

【注释】

[1] 此调原为唐教坊曲,后用作词调,又名《相见欢》、《秋夜月》、《上西楼》。
[2] 杜甫《曲江对雨》:"林花着雨胭脂湿"。本词意境从此句脱化而来。

【作者简介】

李煜(937—978),字重光,中主李璟第六子,961年嗣位,史称南唐后主。公元975年,南唐为宋所灭,李煜被俘至汴京,囚禁两年多,被宋太宗赵炅(jiǒng)毒死,时年42岁。李煜性格柔弱,在政治上无所作为,却有着非凡的艺术才能,不但精通书、画、音乐,而且诗、词、文、赋也无所不能,词为五代之冠,被称为"千古词帝"。存词30余首。后人将他与李璟的作品合辑为《南唐二主词》。

【作品赏析】

这是一首即景抒情的小词,几近口语的寥寥数语,将人生失意的无限怅恨寄寓在对暮春残景的描绘中,直率而真挚地写出了词人作为亡国之君所独有的惆怅。

上阕写在寒雨晚风的摧残下,林花凋零之快。"林花"与"春红"本是春天姹紫嫣红色彩的表征,却在不经意间"谢了",道出了作者的伤春惜花之情。接下去"太匆匆"三字,系浅显的口语,写出了对林花香消玉殒的怜惜和无奈,尤其是著一"太"字,使前句所唤起的叹惋之情更为强烈。春花凋零,春光流逝,而作者的生命之春也早已悄然离去,令人不禁黯然神伤。因此,"太匆匆"的感慨,固然是为林花的凋谢而发,词人把自己对生命流程的理性思考,对生命无常和人生的挫折之悲,都浓缩于其中。末句"无奈朝来寒雨晚来风",以九字长句,直叙林花匆匆凋谢的原因,即大自然的风雨相摧,由此联想到了自己或者是南唐国家的生命之春,也是因为过多的风雨摧残而早逝或早亡。所以,此句既是叹"林花",同时又是自叹。

词的下阕转写对"林花"的无限眷恋之情,同时抒发了好景不长、盛时不再、失国难复的悲感。首句"胭脂泪",遥承"林花谢了春红"句,是从杜甫《曲江对雨》诗"林花着雨胭脂湿"变化而来,运用了拟人手法,又语意双关。就花而言,指寒雨打落春花状如胭脂之泪;就人而言,则是流年忧患哀伤,泣血成泪。这不由让人想到人面桃花的诗句。花本无泪,乃人有泪,此泪是李煜心灵的血泪,仅仅三字,凄婉痛惜之情便跃然纸上。下面接着两个三字短句,"相留醉"写出人花相依,如痴如醉,也是对风雨无情、美景难再的哀叹;而"几时重"分明是词人盼望美景重现,盼望昔日惬意的生活能够从头再来,而又知其不可能,写出了无可奈何的心情。末句"自是人生长恨水长东",与上阕九字长句遥遥相应,以"恨"比作"水",暗示词人已经明确意识到残缺和憾恨原本就是人生的常态,绵绵的愁恨正如这江水一样绵延不绝,与"问君能有几多愁,恰似一江春水向东流"意旨相类,抒发的不仅是个人的失意情怀,而且涵盖了人类所共有的生命的缺憾,因而远远超过了词人自身情感的藩篱而具有普遍意义,成为千古名句。

李煜的词分前后两期,情感反差极大。因政治地位由尊贵帝王骤然降至屈辱羁囚的霄壤巨变,与他所具有的极高文学天才、极易感发的诗人气质,两相碰撞,产生了巨大的感情落差,形成了他词里既郁结又奔涌、既沉着又飞动的特有风格,题材亦转变为对往日生活的追忆与悔恨,情调深婉,意蕴悠长。王国维《人间词话》说:"词至李后主而眼界始大,感慨遂深,变伶工之词为士大夫之词。"

【专栏知识】

　　唐朝官府设有教坊,汇集乐曲,据记载有 300 多个曲调,史称"教坊曲"。"教坊曲"是唐五代词调的渊薮,在词的兴起、词体词调的确立以及词的内容等方面起着很大的推动作用。"教坊曲"约有半数成为后来的词调,如《乌夜啼》《雨霖铃》、《菩萨蛮》、《虞美人》、《浪淘沙》,等等。

【相关链接】

浪淘沙

李　煜

帘外雨潺潺,春意阑珊。罗衾不耐五更寒。梦里不知身是客,一晌贪欢。
独自莫凭栏,无限江山,别时容易见时难。流水落花春去也,天上人间。

选自《唐宋词选》,中国社会科学院文学研究所编,人民文学出版社 1981 年版

【思考与练习】

1. 谈谈李煜词的抒情特色。

2. 鉴赏《浪淘沙》,体会作者用白描的手法诉说内心的极度痛苦,表达亡国后的凄凉心境的惊人的艺术魅力。

3. 王国维《人间词话》:"词至李后主而境界始在,感慨遂深。"结合以上两首词的鉴赏,谈谈你的理解与体会。

4. 请尝试用浅近的文言文拟写一两则词话,写出对词作的审美体验和感悟。

临江仙·夜归临皋[1]

苏　轼

夜饮东坡[2]醒复醉,归来仿佛三更。家童鼻息已雷鸣。敲门都不应,倚杖听江声。
长恨此身非我有,何时忘却营营[3]。夜阑风静縠纹平。小舟从此逝,江海寄余生。

选自《苏轼词选》,刘石注评,上海古籍出版社 2002 年版

【注释】

[1] 临皋:即临皋亭,苏轼于黄州的寓所,位于黄州城南江边。

[2] 东坡:地名,本为黄州城东的旧营地。

[3] 营营:奔走钻营。《庄子·庚桑楚》:"无使汝思虑营营。"

【作者简介】

　　苏轼(1037—1101),字子瞻,号东坡居士,眉山人。宋仁宗嘉祐二年(1057 年)进士。苏轼众艺兼备,诗、词、散文、绘画、书法都有杰出成就。散文与欧阳修并称"欧

苏";诗歌与黄庭坚并称"苏黄";词与辛弃疾并称"苏辛"。一生屡遭贬谪,深广丰富的阅历使其思想上常常流露出出世与入世的矛盾,失意时仍不绝望,而流露出达观放任、忘情自我的倾向。其作品往往视野开阔,风格豪迈豁达,姿态恣肆横生。

【作品赏析】

《临江仙》,唐玄宗时教坊曲名,后为词调。

此词作于苏轼被贬黄州的第三年——元丰五年(1082年)。此时的苏轼"不得签押公事",名为团练副使,实则因徒"待罪"黄州,行动亦多受限制。此词即以夜饮醉归所见所感,展现了作者谪居黄州时旷达而又伤感、复杂而又真实的心境。

上片叙写东坡夜饮醉归之情状。首两句先点明了夜饮的地点和醉酒之甚。"醒复醉",人饮酒而醉,醉而醒,醒而复醉,豪爽畅饮情形如在眼前。其结果自然是醉眼迷离,意识含混。"仿佛"二字,真切传神地道出词人此时的情态。夜阑更深,连家童都呼呼大睡,任主人连连敲门,竟无回应。当此万籁俱寂之际,词人转而拄杖临江,倾听江水平铺、舒缓静流之声;谛听良久,词人内心感慨顿生。

下片即词人"倚杖听江声"所生成的人生感慨。"长恨"二句,化用《庄子·知北游》"汝身非汝有也"句及《庄子·庚桑楚》"全汝形,抱汝生,无使汝思虑营营"句,是词人对自己遭际人生的思索和感叹,亦是自己长期郁积的苦闷的真实无奈的抒发。奔波仕途,牵于功名利禄,昼夜随其周旋,由此而回溯至入仕之初,才发现自己竟然迷失于其间,身心不得休止,疲惫不堪。既然如此,只能长恨既往怅想后世余生的彻底解脱。"夜阑"句,景情辉映相生,深夜无风,江面平静,江水舒缓流着。词人心境超然,凝然神化,和江水同归于宁静寂然,融合无垠,于是在词的最后两句,词人喟然长叹曰"小舟从此逝,江海寄余生",幻想着驾一叶扁舟,任意随心,自由东西,在江风湖海深处了度余生。"道不行,乘桴浮于海"(《论语·公冶长》),词人出世之思,渴望解脱、渴望自由于此显露无遗。

宋叶梦得《避暑录话》中载:"翌日喧传子瞻夜作此词,挂冠服江边,拏舟长啸去矣。郡守徐君猷闻之,惊且惧,以为州失罪人,急命驾往谒。则子瞻鼻鼾如雷,犹未兴也。"词人虽有归隐之思,但实际上是不可能真正做到归隐;出世归隐只是词人回避现实求解脱而不得时存于心的幻想而已,归隐只能在自己内心世界里实现。

全词写景、叙事、抒情、议论水乳交融。语言畅达隽秀,舒展自如,格调超逸。

【专栏知识】

词又称曲子、长短句、诗余、乐府,是在隋唐之际随着燕乐兴起而产生的入乐歌唱的新诗体。每首词都有一个表示音乐性的词调(词牌)。不同词调反映不同的声情。一般说,词调并不是词的题目,仅只能把它当做词谱看待。到了宋代,有些词人为了表明词意,常在词调下面另加题目,或者还写上一段小序。一般词调的字数和句子的长短都是固定的,有一定的格式。词中声韵的规定特别严格,用字讲究平仄还要分辨上、去、阴、阳。词的句式参差不齐,基本上是长短句。词大致可分为三类:小令;中调;长调。

【相关链接】

水调歌头

苏 轼

丙辰中秋,欢饮达旦,大醉,作此篇兼怀子由。

明月几时有?把酒问青天。不知天上宫阙,今夕是何年。我欲乘风归去,又恐琼楼玉宇,高处不胜寒。起舞弄清影,何似在人间?

转朱阁,低绮户,照无眠。不应有恨,何时长向别时圆?人有悲欢离合,月有阴晴圆缺,此事古难全。但愿人长久,千里共婵娟!

选自《苏轼词选》,刘石注评,上海古籍出版社2002年版

【思考与练习】

1. 结合《临江仙》与《水调歌头》,谈谈苏轼思想中的复杂性。
2. 《临江仙》中,苏轼的旷达体现在哪几句?如何理解?
3. 背诵《临江仙》,试以《临江仙》为曲牌,写词一首。

八声甘州[1]

柳 永

对潇潇、暮雨洒江天,一番洗清秋。渐霜风凄紧,关河冷落,残照当楼。是处红衰翠减,苒苒物华休。惟有长江水,无语东流。

不忍登高临远,望故乡渺邈,归思难收。叹年来踪迹,何事苦淹留。想佳人、妆楼颙望,误几回、天际识归舟。争知我、倚栏干处,正恁凝愁。

选自《宋十八家词增订注释 柳永张先词》,朱德才主编,文化艺术出版社1999年版

【注释】

[1]《八声甘州》简称《甘州》,全词八韵,故称"八声",唐玄宗时教坊大曲,后用作词调。

【作者简介】

柳永（987？—1053？），原名三变，字景庄。后改名永，字耆卿，崇安（今福建）人。世称柳屯田，又因家族中排行第七，又称柳七。北宋第一个专力写词的作家。精于音律，善于以口语俗语入词，工于铺叙，大量谱写长调慢词，对于词的发展居功甚伟。词集《乐章集》。

【作品欣赏】

柳永一生仕途蹇淹，蹭蹬失意；漂泊辗转，行役天涯。其词亦多写行程凄凉和途中风物，工于羁旅行役。此词为行役词之代表作，道尽自己思乡念归和羁旅失意的苦闷。

本词上片写行役异乡所见的景致。起首两句用"对"起领，讲明词人此时正于异乡登高临远，所见的是秋天寥廓，雨急潇潇，江天清洗之状。雨落之状，雨声之急，秋天之净，以"潇潇""洒"及"洗"出之，形神毕肖，如置睹前，构思新颖巧妙。后又以"渐"顺挽起三句。写江边独立，遂觉风霜渐冷渐急，人若不胜；残阳夕照之象，关河冷落之景，更置登临人于辽阔苍茫、高远雄浑的境界中。苏轼高度赞誉："此语于诗句不减唐人高处"。"是处"句写自然界中红花翠树尽凋零及这种变化引起词人的许多感触。岁月流逝而一无所成的困惑，人生终极意义的疑问，漂泊岁月何时能结束的茫然，等等，然而所有这一切都不会有明确的答案，或者一切疑问都凝于江流的无语东流中吧。

词的下片则由景而抒情。漂泊异乡秋思念归之情，本来在登临之初就有，登临之后所见之景越发使这种情感强烈而紧迫，一发不可收拾，所以词人此时竟然"不忍"。然而归思却没有因词人此时之大"不忍"而于胸中遁形，反而执著倔强地盘踞于词人心间。相对于难禁的念家思归，终年异乡漂泊、萍寄天涯竟然没有了丝毫的意义。"何事苦淹留"即是对自己多少年来羁旅四方的否定。接下来词人笔触远投，从羁旅之苦抒发转到闺中佳人，设想她于楼头远望神伤、及误识归舟而执著不舍（几回），突出佳人的相思之痛之甚。"争知我"句，又将笔触荡回眼前，与故乡佳人楼头颙望神伤相对应，在客地楼头自己亦凝愁百结。羁旅人与佳人同在楼头情形如两幅画，虽然相距甚远，却好像近在咫尺，相辉互映，意性盎然。

整首词于层层铺叙中情景交融，在笔势动荡回纵、开合呼应中完成了时空转换，既灵活自然又曲折蕴藉。

【专栏知识】

　　慢词并非始自柳永,自曲子词兴起以来,短小的令词和长调慢词就已有之。但自晚唐至宋初,在词坛上的主流是篇幅短小的小令。到了柳永,他全力谱写慢词,完善了词的体制,促进了词的发展。他发展慢词大体有四种形式:①利用民间原有的曲调;②旧曲新翻;③由小令扩展为慢词,从短章敷衍为长篇;④自创新调。慢词较之于小令,篇幅大大增大了,从而使渲染、铺陈、白描、心理刻画等修辞手法的运用成为可能,增强了词的艺术表现力。

【相关链接】

定风波

柳 永

　　伫立长堤,淡荡晚风起。骤雨歇、极目萧疏,塞柳万株,掩映箭波千里。走舟车向此,人人奔名竞利。念荡子、终日驱驱,争觉乡关转迢递。

　　何意。绣阁轻抛,锦字难逢,等闲度岁。奈泛泛旅迹,厌厌病绪。迩来谙尽,宦游滋味。此情怀、纵写香笺,凭谁与寄。算孟光、争得知我,继日添憔悴。

选自《宋十八家词增订注释柳永 张先词》,朱德才主编,文化艺术出版社1999年版

【思考与练习】

1. 结合《雨霖铃》及《定风波》,领会柳永词中铺陈渲染艺术手法的运用。
2. 试分析本篇如何表现季节与景物变化,并通过写景、想象来表达主题。
3. 试写《八声甘州》词一首。

摸鱼儿

辛弃疾

　　淳熙己亥[1],自湖北漕移湖南,同官王正之[2]置酒小山亭,为赋。

　　更能消、几番风雨,匆匆春又归去。惜春长怕花开早,何况落红无数。春且住。见说道、天涯芳草无归路。怨春不语。算只有殷勤,画檐蛛网,尽日惹飞絮。

　　长门[3]事,准拟佳期又误。蛾眉曾有人妒。千金纵买相如赋,脉脉此情谁诉?君莫舞。君不见、玉环飞燕皆尘土!闲愁最苦,休去倚危栏,斜阳正在,烟柳断肠处。

选自《稼轩词编年笺注》,邓广铭笺注,上海古籍出版社1978年版

【注释】

[1] 淳熙己亥:宋孝宗淳熙六年(1179年)。

[2] 王正之:王正己,字正之,辛弃疾的旧交。

[3] 长门:汉代宫殿名。

【作者简介】

辛弃疾（1140—1207），原字坦夫，改字幼安，号稼轩居士。历城（今山东济南）人。少年时聚两千余人参加耿京抗金义军，后归南宋。辗转于湖北、江西等地任职。他训练军队，奖励耕战，招集流亡，打击贪污豪强，为朝廷当权者所嫉。43岁时落职归隐。晚年虽复起用，但不被重视，未能展其才用，不久病卒。辛弃疾是南宋伟大的爱国词人，他把壮志难酬、反对苟安、批判投降卖国、力图恢复及吟咏河山锦绣等尽寄寓入词，词风气势纵横，善于陶铸经史诗文入词，以白描见长，与苏轼并称为"苏辛"。

【作品赏析】

本词作于淳熙六年（1179年）春，辛弃疾业已40岁。词人本来是以抗金战士身份满怀热情归南的，然而17年过去了，非但恢复中原、御敌雪耻的伟大志向没有实现，自己还始终不为南宋朝廷所重用，只出任一般的地方官；归正人的身份使朝廷对他甚至表现出不信任。加之自己刚强的个性及主战的主张，其始终遭受排挤打击。这首词即抒写了他长期积郁于胸的悲愤、苦闷之情和对国家日趋衰微的哀愁和忧虑。

上片写伤春、恋春、怨春。一开始词人就以情感浓郁的笔触营造了伤感的氛围：春色阑珊，还能经受得起几番风雨的摧残？以诘问起笔，更容易让人感受到词人的深沉情感并引起感情上的共鸣。"更能消"句借晚春残景，比喻南宋风雨飘摇中的政局情势。"匆匆春又归去"，春残渐逝让词人感伤，国事政局更让词人哀愁和忧虑。"惜春"两句将人恋春的内心刻画得非常细腻，爱惜春天却又担心春花开得早，凋零得也早，春光随之也就消逝得迅疾，更何况是落红堆积、一片败落的景致呢？"落红"，象征着春天的逝去，又象征着南宋国势衰微，更包含着词人光阴虚掷、事业无成的无可奈何。"春且住"句，是希望春天留下来。诗人用"无归路"来劝阻春天止步，殷勤而无奈。也有向南宋君王苦谏的味道：切勿继续苟合投降，否则连退路也没有。"怨春不语"几句，紧承留春而来，殷勤致意春天留步，春竟不语，"怨恨"之意油然而生。然而怨恨是徒劳的。词人只能羡慕"画檐蛛网"。"蛛网"能留下一点点象征春天的"飞絮"。画檐蛛网作为留春的同道者，正讲出了作者地位孤危而无可奈何的情状。

上片，词人紧紧抓住春天去留，层层展开，借物托兴，巧妙地体现出作者复杂而又矛盾的心情。下片，通过典故，曲隐词人被压制、爱国深情无处抒发的苦闷。"长门事"几句，借用陈皇后的故事，表达自己被排挤受打击的悲愤。虽入长门，为人所嫉恨，以致耽误佳期；再引用杨玉环、赵飞燕的故事，以她们的倾国倾城及其可悲的下场，来警告奸佞不要得意忘形、猖狂恣肆。"闲愁最苦"句，以烟柳斜阳，惨淡凄迷暗示南宋王朝日薄西山，前途险危。

这首词通过比兴手法，表现作者对南宋时局的关切和深深的忧虑。将细腻的感情和阔大的画面统一在一起，残春、烟柳、斜阳既是实景，又是象征，含有丰厚的意蕴。全词的风格为低回感叹，"敛雄心，抗高调，变温婉，成悲凉"，既沉郁顿挫，又婉转曲折。

【专栏知识】

苏轼和辛弃疾都是豪放词派词人，但两人词风却不大相同。辛弃疾一方面继承苏轼高唱大江东去，一方面又以词体的当行本色出之并加以改造，豪放而谐音律，纵而能收，婉曲盘旋。苏轼词风旷达，辛弃疾词风豪健。

【相关链接】

水龙吟 登建康赏心亭

辛弃疾

楚天千里清秋，水随天去秋无际。遥岑远目，献愁供恨，玉簪螺髻。落日楼头，断鸿声里，江南游子。把吴钩看了，栏干拍遍，无人会、登临意。

休说鲈鱼堪脍，尽西风、季鹰归未？求田问舍，怕应羞见，刘郎才气。可惜流年，忧愁风雨，树犹如此！倩何人、唤取红巾翠袖，揾英雄泪！

选自《稼轩词编年笺注》，邓广铭笺注，上海古籍出版社 1978 年版

【思考与练习】

1. 分析本篇比兴手法的运用。
2. 结合《水龙吟》和《摸鱼儿》，看辛弃疾的爱国情怀。
3. 背诵这首词。

【南吕】一枝花 不伏老

关汉卿

攀出墙朵朵花，折临路枝枝柳。花攀红蕊嫩，柳折翠条柔。浪子风流。凭着我折柳攀花手，直煞得花残柳败休。半生来折柳攀花，一世里眠花卧柳。

【梁州第七】我是个普天下郎君领袖，盖世界浪子班头。愿朱颜不改常依旧，花中消遣，酒内忘忧。分茶攧竹，打马藏阄[1]；通五音六律滑熟，甚闲愁到我心头？伴的是银筝女银台前理银筝笑倚银屏，伴的是玉天仙携玉手并玉肩同登玉楼，伴的是金钗客歌金缕捧金樽满泛金瓯。你道我老也暂休，占排场风月功名首，更玲珑又剔透。我是个锦阵花营都帅头，曾玩府游州。

【隔尾】子弟每[2]是个茅草岗沙土窝初生的兔羔儿乍向围场上走，我是个经笼罩受索网苍翎毛老野鸡蹅蹅的阵马儿熟[3]。经了些窝弓冷箭镴枪头[4]，不曾落人后。恰不道人到中年万事休，我怎肯虚度了春秋！

【尾声】我是个蒸不烂、煮不熟、捶不匾、炒不爆、响珰珰一粒铜豌豆，恁子弟每谁教你钻入他锄不断、斫不下、解不开、顿不脱、慢腾腾、千层锦套头[5]。我玩的是梁园月，饮的是东京酒，赏的是洛阳花，攀的是章台柳。我也会围棋、会蹴踘、会打围、会插科，

会歌舞、会吹弹、会咽竹、会吟诗、会双陆。你便是落了我牙、歪了我嘴、瘸了我腿、折了我手；天赐与我这几般儿歹症候，尚自不肯休。则除是阎王亲自唤，神鬼自来勾；三魂归地府，七魄丧冥幽；天哪！那其间才不向烟花路儿上走。

选自《关汉卿集》，马欣来辑校，山西人民出版社1996年版

【注释】

[1] 擞竹：画竹。打马、藏阄：两种博戏。

[2] 子弟每：嫖客。兔羔儿：涉世清浅的年轻人。围场：猎场，此指妓院。

[3] 阵马儿熟：对付猎人捕猎的经验，此指狎戏妓女的经验。

[4] 窝弓冷箭：比喻暗中算计；鑞枪头：中看不中用。

[5] 锦套头：锦绳结成的套头，兵器之一；这里指妓女笼络客人的手段。

【作者简介】

关汉卿（约1220—1300），号已斋、已斋叟。金末元初大都（今北京市）人，曾官太医院尹。元代杂剧的奠基人，与郑光祖、白朴、马致远一同被称为"元曲四大家"，居"元曲四大家"之首。他是当时杂剧界的领袖人物，常常"躬践排场，面敷粉墨。以为我家生活，偶倡优而不辞"。所作杂剧60余种，今存18种，所作套曲10余套，小令50余首。他的戏曲作品大多写底层人民，表现了他们特别是青年妇女的苦难遭遇和反抗斗争。人物形象鲜明，结构紧凑自然，语言本色而精练，舞台生命力强。

【作品赏析】

这是关汉卿带有自述心志性质的套曲，也是其散曲代表作。作者以活脱酣畅的语言、调侃的语气塑造了风流浪子的形象。在元代民族歧视严重、知识分子地位仅高于乞丐而低于娼妓的特殊时期，这一形象的塑造表明了作者不甘屈辱、敢于反抗的大无畏精神。

全套散曲分四部分。

首支曲子【一枝花】分别用"攀""折""眠""卧"四词概括自己的天性风流本色及半世浪子行止。不遮不掩、毫无忌讳的笔法显示着其玩世不恭和对传统道德及世俗观念的嘲讽，为人物形象的塑造和全套曲子的情感色彩奠定了基调。

【梁州第七】一曲，夸示自己的行院中诸般才艺，显示其风流。会"分茶"、"擞竹"、"打马"、"藏阄"游戏，精通五音六律，非常自豪地以"普天下郎君领袖，盖世界浪子班头"自居。这里贬笔褒用。"花中消遣"证明当时正常生活无法消遣，"酒中忘忧"指清醒时忧思萦怀；其间透露的自然是对现实的不满和强烈的反抗精神。

【隔尾】曲中，以"子弟每"和自己对比，突显自己饱经世间沧桑磨砺。虽然"经笼罩受索网"，"经了些窝弓冷箭"却"不曾落人后"，风流本性、浪子行止依然故我，不曾有丝毫改变。即使到了中年，自己也仍然不肯"虚度了春秋"而放弃生活追求。

【尾声】部分是全文精华。开首巧用比喻及散套可加衬字特点将自己比作"蒸不

烂、煮不熟、槌不匾、炒不爆、响珰珰一粒铜豌豆",同时作者又把社会的黑暗势力比为"锄不断、斫不下、解不开、顿不脱、慢腾腾、千层锦套头",突出其坚韧不屈、抗世疾俗的性格。按曲谱两句为7字,加入30多衬字后,则气势开张,力可挽牛,增加了艺术感染力。接下来,作者用三组排句分别表明自己阅历丰广,足迹遍布当时名都大邑,众艺兼博,才气之高。

本散曲用语当行本色,自然而生动,俚俗而雅隽;巧用夸张、比喻等多种修辞手法,同时大量地添加衬字、排比句、对仗句,增加了全文的气势和艺术感染力。

【专栏知识】

元散曲,金元时期北方新兴的一种入乐歌唱新诗体。因流行于北方,故又称北曲。散曲或称为"清曲"、"乐府"。它包括小令、套数两种形式。小令是独立支曲,是散曲基本单位,主要从民间小曲变化而来,当时称为"叶儿",按不同曲调填写,每一曲调都有一个曲牌名称。套数又称套曲或散套,是由几支或更多宫调相同的只曲连缀而成。至少有两支以上同宫调曲子组成,多者可达20～30支。套数一般有尾声,表示全套音乐结束。

【相关链接】

【南吕】四块玉　别情

关汉卿

自送别,心难舍,一点相思几时绝?凭栏袖拂杨花雪,溪又斜,山又遮,人去也。

选自《关汉卿集》,马欣来辑校,山西人民出版社1996年版

【思考与练习】

1. 如何正确理解文中的浪子形止。
2. 领会本篇夸张、排比等修辞手法的作用。
3. 对比本篇与《[南吕]四块玉 别情》,谈谈关汉卿散曲的语言特色。

第二节　散文经典作品赏析

许　行

孟子

有为神农之言者许行,自楚之滕[1],踵门而告文公曰:"远方之人闻君行仁政,愿受一廛而为氓。"

文公与之处。

其徒数十人,皆衣褐,捆屦织席以为食。

陈良[2]之徒陈相与其弟辛负耒耜而自宋之滕,曰:"闻君行圣人之政,是亦圣人也,愿为圣人氓。"

陈相见许行而大悦,尽弃其学而学焉。

陈相见孟子,道许行之言曰:"滕君则诚贤君也;虽然,未闻道也。贤者与民并耕而食,饔飧而治。今也滕有仓廪府库,则是厉民而自养也,恶得贤?"

孟子曰:"许子必种粟而后食乎?"

曰:"然。"

"许子必织布然后衣乎?"

曰:"否;许子衣褐。"

"许子冠乎?"

曰:"冠。"

曰:"奚冠?"

曰:"冠素。"

曰:"自织之与?"

曰:"否;以粟易之。"

曰:"许子奚为不自织?"

曰:"害于耕。"

曰:"许子以釜甑爨,以铁耕乎?"

曰:"然。"

"自为之与?"

曰:"否;以粟易之。"

"以粟易械器者,不为厉陶冶;陶冶亦以其械器易粟者,岂为厉农夫哉?且许子何不为陶冶,舍皆取诸其宫中而用之?何为纷纷然与百工交易?何许子之不惮烦?"

曰:"百工之事固不可耕且为也。"

"然则治天下独可耕且为与?有大人之事,有小人之事。且一人之身而百工之所为备,如必自为而后用之,是率天下而路也。故曰,或劳心,或劳力;劳心者治人,劳力者治于人;治于人者食人,治人者食于人,天下之通义也。

"当尧之时,天下犹未平,洪水横流,泛滥于天下,草木畅茂,禽兽繁殖,五谷不登,禽兽偪人,兽蹄鸟迹之道交于中国。尧独忧之,举舜而敷治焉。舜使益[3]掌火,益烈山泽而焚之,禽兽逃匿。禹疏九河[4],瀹济漯而注诸海,决汝汉,排淮泗而注之江,然后中国可得而食也。当是时也,禹八年于外,三过其门而不入,虽欲耕,得乎?

"后稷教民稼穑,树艺五谷;五谷熟而民人育。人之有道也,饱食、煖衣、逸居而无教,则近于禽兽。圣人有忧之,使契为司徒[5],教以人伦,——父子有亲,君臣有义,夫妇有别,长幼有叙,朋友有信。放勋[6]曰:'劳之来之,匡之直之,辅之翼之,使自得之,又从而振德之.' 圣人之忧民如此,而暇耕乎?

"尧以不得舜为己忧,舜以不得禹皋陶[7]为己忧。夫以百亩之不易为己忧者,农夫也。分人以财谓之惠,教人以善谓之忠,为天下得人者谓之仁。是故以天下与人易,为天下得人难。孔子曰'大哉尧之为君! 惟天为大,惟尧则之,荡荡乎民无能名焉! 君哉舜也! 巍巍乎有天下而不与焉!'[8]尧舜之治天下,岂无所用其心哉? 亦不用于耕耳。

"吾闻用夏变夷者,未闻变于夷者也。陈良,楚产也,悦周公、仲尼之道,北学于中国。北方之学者,未能或之先也。彼所谓豪杰之士也。子之兄弟事之数十年,师死而遂倍之。昔者孔子没,三年之外,门人治任将归,入揖于子贡,相向而哭,皆失声,然后归。子贡反,筑室于场,独居三年,然后归。他日,子夏、子张、子游以有若似圣人,欲以所事孔子事之,强曾子。曾子曰:'不可;江汉以濯之,秋阳[9]以暴之,皓皓乎不可尚已。'今也南蛮鴃舌之人,非先王之道,子倍子之师而学之,亦异于曾子矣。吾闻出于幽谷迁于乔木[10]者,未闻下乔木而入于幽谷者。鲁颂曰:'戎狄是膺,荆舒是惩。'[11]周公方且膺之,子是之学,亦为不善变矣。"

"从许子之道,则市贾不贰,国中无伪;虽使五尺之童适市,莫之或欺。布帛长短同,则贾相若;麻缕丝絮轻重同,则贾相若;五谷多寡同,则贾相若;屦大小同,则贾相若。"

曰:"夫物之不齐,物之情也;或相倍蓰,或相什百,或相千万。子比而同之,是乱天下也。巨屦小屦同贾,人岂为之哉? 从许子之道,相率而为伪者也,恶能治国家?"

选自《孟子译注》,杨伯峻译注,中华书局 1960 年版

【注释】

[1] 滕:国名,在今山东滕州西南。

[2] 陈良:楚国的儒学者。

[3] 益:舜的臣。

[4] 九河:相传是禹在黄河下游为疏浚黄河而开凿的九条支流,其故道已不可考。

[5] 契(xiè):尧的臣子,商的始祖。司徒:官名,掌管教育等事。

[6] 放勋:尧的号。

[7] 皋陶(gāo yáo):舜的司法官,相传禹和皋陶曾帮助舜治理天下。

[8] 这几句见《论语·泰伯》,但文字颇有出入。

[9] 秋阳:《孟子》中使用的历法是周历。周历的秋季相当于夏历的夏季。这里的"秋阳"实际上是夏历的"夏阳"。

[10] 语出《诗经·小雅·伐木》

[11] 语出《诗经·鲁颂·閟宫》。

【作者简介】

孟子(前 372—前 289),名轲,字子舆(一说字子车或子居)。战国时期鲁国人,中国古代著名思想家、教育家,战国时期儒家代表人物。著有《孟子》一书。孟子继承并发扬了孔子的思想,成为仅次于孔子的一代儒家宗师,有"亚圣"之称,与孔子合称为"孔孟"。

【作品赏析】

《许行》是以驳论为主的议论文,体现了孟子高水平的驳论技巧,表现如下:

(1)引敌入围,挥戈一击。文章由陈相之言得知许行的观点是"贤者与民并耕"时,孟子并没有直接反驳,而是针对许行日常生活及生产情况向陈相一一询问,在一问一答中明显暴露出许行自身矛盾的地方,对话中将许行的言论及其自身行为矛盾展露无遗。对话中孟子始终掌握着话语的主导权,慢慢发问,循循诱导,让陈相最后自己得出"百工之事,固不可耕且为也"的结论。

(2)顺其理势,引经据典,以理服人。孟子在反驳了对方的观点之后,开始论述自己的观点,两部分相结合更有力地反驳了对方。孟子的观点是:世事有分工,如果各种东西一定要自己制造出来才使用,这会使率领天下的人疲于奔命。在表明观点之后,顺其理势,引经据典,加以正面晓喻。接着连续列举尧、舜、禹、后稷治理国家的一系列历史故事,详细指出他们不暇躬耕之故,具有极强的鼓动性和艺术感染力。

(3)避开锋芒,迂回反击。在初次驳倒论敌、明确表明自己的观点后,论辩并没有结束。孟子避开论辩的主题,转至斥责陈相的背师之德。在这一部分中孟子继续用引用经典的方法来支持自己的立场,借孔子弟子和陈相兄弟作对比,进一步批驳对方,可谓一石二鸟。

(4)步步紧逼,途穷取胜。最后孟子就"从许子之道,则市贾不贰,国中无伪"进行了辩论,紧紧抓住市贾不贰这一重点,从生活实际出发,"巨屦小屦同贾,人岂为之哉"的疑问直接暴露出这一观点的谬误,同时在原有基础上充分证明了许行之道是"乱天下"的谬论。

在其他表现手法上,文章多次运用了排比的修辞手法,或使论点层次清晰,或使论证的论据充分。整齐的句式大大增强了文章的雄辩气势。如:"父子有亲,君臣有义,夫妇有别,长幼有序,朋友有信";"放勋曰:'劳之来之,匡之直之,辅之翼之'"等。大量反问句的应用收到了两方面的效果:一是不直接说出正面结论,令对方思而得之,更有启发诱导力量;二是反问语气更有逼人气势,使人难以招架。如:"虽欲耕,得乎?""圣人之忧民如此,而暇耕乎?""岂无所用其心哉?"等等。

【专栏知识】

《孟子》是记录孟轲言行的一部著作,也是儒家重要经典之一。孔子之后,儒门分为八派,孟学为其中一派,但地位并不显赫。两汉时期,经学昌盛,汉文帝时一度把《孟子》立于学官,设置博士,称为传记博士。汉武帝即位之后,由于实行"罢黜百家,表章六经"的政策,《孟子》又退回到诸子学说的地位,地位仍然不高;中唐时期,《孟子》始立为儒家经典;南宋孝宗时期,朱熹在《礼记》中取出《大学》、《中庸》两篇,与《论语》、《孟子》合在一起,称为"四书",并与"五经"并列;元明清三代,随着"四书"被定为科举考试的科目,《孟子》成为学者必读之书。

【相关链接】

非 攻

墨 子

今有一人,入人园圃,窃其桃李,众闻则非之;上为政者,得则罚之。此何也?以亏人自利也。至攘人犬豕鸡豚者,其不义又甚入人园圃窃桃李。是何故也?以亏人愈多。苟亏人愈多,其不仁兹甚,罪益厚。至入人栏厩,取人马牛者,其不仁义又甚攘人犬豕鸡豚。此何故也?以其亏人愈多。其不仁兹甚,罪益厚。至杀不辜人也,拖其衣裘、取戈剑者,其不义又甚入人栏厩取人马牛。此何故也?以其亏人愈多。苟亏人愈多,其不仁兹甚矣,罪益厚。当此,天下之君子皆知而非之,谓之不义。今至大为攻国,则弗知非,从而誉之谓之义。此可谓知义与不义之别乎?

杀一人谓之不义,必有一死罪矣。若以此说往,杀十人,十重不义,必有十死罪矣;杀百人,百重不义,必有百死罪矣。当此天下之君子,皆知而非之,谓之不义。今至大为不义攻国,则弗知非,从而誉之,谓之义;情不知其不义也,故书其言以遗后世。若知其不义也,夫奚说书其不义,以遗后世哉?

今有人于此,少见黑曰黑,多见黑曰白,则以此人为不知白黑之辨矣;少尝苦曰苦,多尝苦曰甘,则必以此人为不知甘苦之辨矣。今小为非,则知而非之;大为非攻国,则不知非,从而誉之谓之义。此可谓知义与不义之辨乎?是以知天下之君子也,辨义与不义之乱也!

选自《墨子校释》,王焕镳撰,浙江古籍出版社 1987 年版

【思考与练习】

1. 找出《许行》中的反问句,分析一下在文中的作用。
2. 根据《许行》与《非攻》,比较孟子与墨子的论辩艺术。

胠 箧

庄 子

将为胠箧、探囊、发匮之盗而为守备,则必摄缄縢、固扃鐍、此世俗之所谓知也。然而巨盗至,则负匮、揭箧、担囊而趋,唯恐缄縢、扃鐍之不固也。然则乡之所谓知者,不乃为大盗积者也?

故尝试论之:世俗之所谓知者,有不为大盗积者乎?所谓圣者,有不为大盗守者乎?

何以知其然邪?

昔者齐国,邻邑相望,鸡狗之音相闻,罔罟之所布,耒耨之所刺,方二千余里;阖四竟之内,所以立宗庙社稷,治邑屋州闾乡曲者,曷尝不法圣人哉?然而田成子[1]一旦杀齐君而盗其国。所盗者,岂独其国邪?并与其圣知之法而盗之。故田成子有乎盗贼之名,而身处尧舜之安,小国不敢非,大国不敢诛,十二世有齐国。则是不乃窃齐国并与其圣知之法,以守其盗贼之身乎?

尝试论之:世俗之所谓至知者,有不为大盗积者乎?所谓至圣者,有不为大盗守者乎?

何以知其然邪?

昔者龙逢斩[2],比干剖[3],苌弘胣[4],子胥靡[5]。故四子之贤,而身不免乎戮。故跖[6]之徒问于跖曰:"盗亦有道乎?"跖曰:"何适而无有道邪?夫妄意室之中藏,圣也;入先,勇也;出后,义也;知可否,知也;分均,仁也。五者不备,而能成大盗者,天下未之有也。"由是观之,善人不得圣人之道不立,跖不得圣人之道不行;天下之善人少,而不善人多,则圣人之利天下也少,而害天下也多。故曰:唇竭则齿寒,鲁酒薄而邯郸围,圣人生而大盗起。掊击圣人,纵舍盗贼,而天下始治矣!

夫川竭而谷虚,丘夷而渊实;圣人已死,则大盗不起,天下平而无故矣。圣人不死,大盗不止。虽重圣人而治天下,则是重利盗跖也。为之斗斛以量之,则并与斗斛而窃之;为之权衡以称之,则并与权衡而窃之;为之符玺以信之,则并与符玺而窃之;为之仁义以矫之,则并与仁义而窃之。何以知其然邪?彼窃钩者诛,窃国者为诸侯;诸侯之门,而仁义存焉。则是非窃仁义圣知邪?故逐于大盗、揭诸侯、窃仁义并斗斛权衡符玺之利者,虽有轩冕之赏弗能劝,斧钺之威弗能禁。此重利盗跖而使不可禁者,是乃圣人之过也。故曰:"鱼不可脱于渊,国之利器不可以示人。"彼圣人者,天下之利器也,非所以明天下也。

故绝圣弃知,大盗乃止;摘玉毁珠,小盗不起;焚符破玺,而民朴鄙;掊斗折衡,而民不争;殚残天下之圣法,而民始可与论议。擢乱六律,铄绝竽瑟,塞瞽旷[7]之耳,而天下始人含其聪矣。灭文章,散五采,胶离朱[8]之目,而天下始人含其明矣。毁绝钩绳而弃规矩,攦工倕[9]之指,而天下始人有其巧矣,故曰:"大巧若拙。"削曾、史[10]之行,钳杨、墨之口[11]，攘弃仁义，而天下之德始玄同矣。

彼人含其明，则天下不铄矣；人含其聪，则天下不累矣；人含其知，则天下不惑矣；人含其德，则天下不僻矣。彼曾、史、杨、墨、师旷、工倕、离朱，皆外立其德，而以爚乱天下者也，法之所无用也。

子独不知至德之世乎？昔者容成氏、大庭氏、伯皇氏、中央氏、栗陆氏、骊畜氏、轩辕氏、赫胥氏、尊卢氏、祝融氏、伏羲氏、神农氏[12]，当是时也，民结绳而用之，甘其食，美其服，乐其俗，安其居，邻国相望，鸡狗之音相闻，民至老死而不相往来。若此之时，则至治已。今遂至使民延颈举踵，曰"某所有贤者"，赢粮而趣之，则内弃其亲，而外去其主之事；足迹接乎诸侯之境，车轨结乎千里之外，则是上好知之过也。上诚好知而无道，则天下大乱矣！

何以知其然邪？

夫弓弩、毕弋、机变之知多，则鸟乱于上矣；钩饵、罔罟、罾笱之知多，则鱼乱于水矣；削格、罗落、罝罘之知多，则兽乱于泽矣；知诈渐毒、颉滑坚白[13]、解垢同异之变多，则俗惑于辩矣。故天下每每大乱，罪在于好知。故天下皆知求其所不知，而莫知求其所已知者；皆知非其所不善，而莫知非其所已善者，是以大乱。故上悖日月之明，下烁山川之精，中堕四时之施；惴蠕之虫，肖翘之物，莫不失其性。甚矣，夫好知之乱天下也！自三代以下者是已。舍夫种种之民而悦夫役役之佞，释夫恬淡无为，而悦夫啍啍之意。啍啍已乱天下矣！

选自《庄子注译》，王世舜注译，齐鲁书社2009年版

【注释】

[1] 田成子：即田常，又称陈恒。

[2] 龙逢（páng）：姓关，字龙逢，夏桀时的贤臣，因直谏而被斩首。

[3] 比干：商纣王叔父，因忠谏而被剖心。

[4] 苌弘：周灵王之贤臣，因遭馋被逐，自剖而死。

[5] 子胥：即伍子胥，春秋时楚大夫伍奢之子。后入吴，谏吴王夫差被杀，尸体糜烂于江中。

[6] 跖（zhí）：即盗跖，春秋时有名的大盗。

[7] 瞽旷：即师旷，春秋时晋国乐师，极精音律，因其目盲，故称瞽旷。

[8] 离朱：传为黄帝时人，百步能见毫末，千里能见针尖，视力极佳。

[9] 工倕（chuí）：传为尧时的巧匠。

[10] 曾：曾参，字子舆，孔子弟子。史：史鳅，字子鱼，卫灵公大臣。

[11] 杨墨：即杨朱、墨翟。宋人，先秦的大思想家，善辩论。

[12] "容成氏"至"神农氏"：传说中的古代帝王或部落首领。

[13] 坚白：指战国时期名家的诡辩论题"坚白论"。

【作者简介】

　　庄子(约前 369—前 286),名周,战国时宋国蒙(今河南商丘东北)人。曾做过蒙地方的漆园吏。庄子是我国战国时期伟大的思想家、哲学家、文学家,是道家学说的主要创始人之一,与道家始祖老子并称为"老庄",他们的哲学思想体系,被思想学术界尊为"老庄哲学"。代表作《庄子》。

【作品赏析】

　　本篇以篇首句中二字为篇名,表面看是讲盗窃之道的,其实,它旨在发挥"绝圣弃知"的政治思想。作者指出,人们为了防盗而捆紧口袋,锁牢箱柜,可是盗贼到来却"负匮、揭箧、担囊而趋,唯恐缄縢扃鐍之不固也",特别是像田成子之类的窃国大盗,他连"圣智之法"亦盗之,虽有盗贼之名,却能身安无事。"彼窃钩者诛,窃国者为诸侯,诸侯之门而仁义存焉。"圣知礼法本为防盗治贼而设,反为盗贼窃去,用于装饰门面,欺世盗名。可见,礼仪法度实在是弊多利少,必须绝而弃之。作者追根溯源,指出礼仪法度是所谓的圣人创设的,因此要根绝大盗,关键又在于"掊击圣人"。

　　全篇分三部分。第一部分从开始到"而天下始治矣"。从讨论各种防盗的手段和方法最后都会被盗贼利用入手,指出当时治理天下的想法和做法,都是统治者、阴谋家使用的工具,着重批判了所谓的"仁义"和"礼法"。第二部分从"夫川竭而谷虚,丘夷而渊实"至"法之所无用也",进一步指出应当摒弃一切社会文化的观点,将"绝圣"的主张和"弃知"的思想联系在一起来治理国家。余下的是第三部分,通过对"至德之世"与"三代以下"治乱的比较,表达了缅怀原始社会的主张。

　　本篇以一个假言前提为基础开始论述,但这些假言前提与推导出的结论,事实上并无必然的联系。但是作者在假设的基础上注重逻辑推理,运用演绎归纳等逻辑方法,层层推论,在逻辑上严密得让人折服。论辩中奇诡的艺术境界、充沛的情感,也具有强烈的感染力。

　　本文深刻揭露了仁义的虚伪和社会的黑暗,一针见血地指出了"窃钩者诛,窃国者为诸侯"的丑恶现象,是有一定的积极意义的。但是由于庄子看不到社会正确的出路,提出了"绝圣弃知",要求人们摒弃社会的文明与进步,倒退到人类社会的原始状态中去,是庄子社会观和政治观的消极面。

　　在艺术特色上,首先表现为想象丰富,构思奇特,夸张大胆,意境雄阔,具有浓厚的浪漫主义色彩。"夫川竭而谷虚,丘夷而渊实;圣人已死,则大盗不起,天下平而无故矣。圣人不死,大盗不止。"庄子为我们描绘了盗者四起后,连自然界的地貌都为之改变,这类夸张的描述充分展示了庄子在行文中丰富的想象力和奇特的构思,给人以风诡云谲、变化莫测的感觉。

　　其次,行文笔法抑扬捭阖,变化万千,欲行则行,欲止则止,形散而神不散。如文中先议龙逢、比干、苌弘、子胥等贤者皆遭杀戮,再论因弓弩、毕、弋多而鸟乱于上;钓饵、罔罟多而鱼乱于水;削格、罗落多而兽乱于泽,又云以斗斛量则与斗斛而窃;以权衡称则与权衡窃;以符玺信则与符玺窃;以仁义矫则与仁义窃,缘何? 盖因"窃钩者诛,窃国者为诸侯"。庄子为揭示此观点,采用了引证、比喻、议论、抒情等手法,包罗万象、上古下今,令人眼花缭乱,传神地表达了深刻的思想,使哲理性的文章充满了文学情趣。

再次,语汇丰富,造语奇特,文辞富丽,有浓厚的抒情色彩。作者仅用"川竭而谷虚,丘夷而渊实"就生动传神地描绘了一幅自然惨境,又用"擿玉毁珠,小盗不起;焚符破玺,而民朴鄙;掊斗折衡,而民不争"等一系列的排比描绘了庄子理想中的太平世界,充分体现了庄子语言的创造性和奇特性。

【专栏知识】

先秦诸子散文是指春秋战国时期异常活跃的士阶层用以表达自己治世理想的思想言论,包括各种不同的学术流派和政治观点。据《汉书·艺文志》载,主要有儒、道、阴阳、法、名、墨、纵横、农、杂、小说十家。先秦诸子散文的发展可分为三个阶段:第一阶段的代表是《论语》和《墨子》;第二阶段的代表是《孟子》和《庄子》;第三阶段的代表是《荀子》和《韩非子》。它们的篇幅由短而长,风格由简朴而开拓、纵恣,代表着春秋战国时代各个阶段的理论文。

【相关链接】

老子道德经

老子

第十九章

绝圣弃智,民利百倍;绝仁弃义,民复孝慈;绝巧弃利,盗贼无有。此三者以为文不足,故令有所属。见素抱朴,少私寡欲,绝学无忧。

选自《老子道德经》,中华书局 2008 年版

【思考与练习】

1. 结合对庄子及其生活的时代的认识,谈谈你对本文观点的理解。
2. 根据本文,谈谈庄子散文的语言特点。
3. 学习本文的论证方法,写一篇不少于 1000 字的议论文。

秦晋殽之战[1]

《左传》

冬,晋文公卒。庚辰[2],将殡于曲沃[3]。出绛[4],柩有声如牛。卜偃[5]使大夫拜,曰:"君命大事:将有西师过轶[6]我,击之,必大捷焉。"

杞子[7]自郑使告于秦曰:"郑人使我掌其北门之管,若潜师以来,国可得也。"穆公访诸蹇叔[8]。蹇叔曰:"劳师以袭远,非所闻也。师劳力竭,远主备之,无乃不可乎? 师之所为,郑必知之,勤而无所,必有悖心。且行千里,其谁不知?"公辞焉。召孟明、西乞、白乙[9],使出师于东门之外。蹇叔哭之,曰:"孟子[10]! 吾见师之出而不见其入也!"公使谓之曰:"尔何知? 中寿,尔墓之木拱矣。"蹇叔之子与师,哭而送之,曰:"晋人御师必于殽,殽有二陵[11]焉。其南陵,夏后皋[12]之墓也;其北陵,文王之所辟风雨也。必死是间,余收尔骨焉!"秦师遂东。

三十三春,秦师过周北门[13],左右免胄而下,超乘[14]者三百乘。王孙满[15]尚幼,观之,言于王曰:"秦师轻而无礼[16],必败。轻则寡谋,无礼则脱。入险而脱,又不能谋,能无败乎?"

及滑[17],郑商人弦高将市于周,遇之,以乘韦[18]先,牛十二犒师,曰:"寡君闻吾子将步师出于敝邑,敢犒从者。不腆敝邑,为从者之淹,居则具一日之积[19],行则备一夕之卫。"且使遽[20]告于郑。

郑穆公使视客馆,则束载、厉兵、秣马矣。使皇武子辞[21]焉,曰:"吾子淹久于敝邑,唯是脯资、饩牵竭矣[22],为吾子之将行也,郑之有原圃[23],犹秦之有具囿也[24],吾子取其麋鹿,以闲敝邑,若何?"杞子奔齐,逢孙、杨孙奔宋。

孟明曰:"郑有备矣,不可冀也。攻之不克,围之不继,吾其还也。"灭滑而还。

……

晋原轸[25]曰:"秦违蹇叔,而以贪勤民,天奉我也。奉不可失,敌不可纵。纵敌,患生;违天,不祥。必伐秦师!"栾枝[26]曰:"未报秦施[27],而伐其师,其为死君[28]乎?"先轸曰:"秦不哀吾丧[29],而伐吾同姓[30],秦则无礼,何施之为? 吾闻之:'一日纵敌,数世之患也。'谋及子孙,可谓死君乎?"遂发命,遽兴姜戎[31]。子墨衰绖[32],梁弘御戎[33],莱驹为右[34]。

夏四月辛巳[35],败秦师于殽,获百里孟明视、西乞术、白乙丙以归。遂墨以葬文公,晋于是始墨。

文嬴[36]请三帅[37],曰"彼实构吾二君[38],寡君[39]若得而食之,不厌,君何辱讨焉? 使归就戮于秦,以逞寡君之志,若何?"公许之。先轸朝,问秦囚。公曰:"夫人请之,吾舍之矣。"先轸怒,曰:"武夫力而拘诸原,妇人暂而免诸国,堕军实而长寇仇,亡无日矣!"不顾而唾。公使阳处父[40]追之,及诸河,则在舟中矣。释左骖,以公命[41]赠孟明。孟明稽首曰:"君之惠,不以累臣衅鼓,使归就戮于秦,寡君之以为戮,死且不朽。若从君惠而免之,三年将拜君赐。"

秦伯素服郊次,乡师而哭,曰:"孤违蹇叔,以辱二三子,孤之罪也。"不替孟明,曰:"孤之过也,大夫何罪? 且吾不以一眚掩大德。"

选自《春秋左传注》,杨伯峻编著,中华书局1990年版

【注释】

[1] 本文选自《左传·僖公三十二年、三十三年》。殽（xiáo）：同"崤"，山名，在今河南省洛宁县北，地势险要。

[2] 庚辰：十二月十日。

[3] 曲沃：今山西闻喜县东北，晋君祖坟所在地，故停枢于此。

[4] 绛：晋都城，故城在今山西省翼城县东南。

[5] 卜偃：晋卜筮官，姓郭名偃。

[6] 过轶：指越境而过。轶，超前跃过。

[7] 杞子：秦大夫。

[8] 蹇叔：秦国的老臣。

[9] 孟明：秦贤相百里奚之子，名视，字孟明。西乞：复姓，名术。白乙：复姓，名丙。三人均为秦将。

[10] 孟子：孟明视。

[11] 二陵：崤山的两座主峰。南陵即西崤山，北陵即东崤山，其间相距 35 里。

[12] 夏后皋：夏朝天子皋。后，君主。

[13] 周北门：周都洛邑的北门。

[14] 超乘：一跃而登车。刚一下车就又跳上去，这是轻狂无礼的举动。

[15] 王孙满：周襄王的孙子。

[16] 轻而无礼：轻慢而没有礼貌。轻指"超乘"的行为，无礼指"免胄"的行为。按礼的规定，过天子之门应卷甲束兵，收起武装。

[17] 滑：姬姓小国，在今河南省滑县。

[18] 乘（shèng）韦：四张牛皮。古代一辆兵车叫"一乘"，每乘四匹马驾车，所以"乘"指四。韦，熟牛皮。

[19] 积：指每天食用的东西。

[20] 遽：原指传车，驿马，引申为立即，马上。

[21] 皇武子：郑大夫。辞：辞谢，指要杞子等人离开。

[22] 资：通粢，粮。饩（xì）：鲜肉。牵：活着的牛羊等牲畜。

[23] 原圃：郑国的猎苑名，在今河南中牟县西北。

[24] 具圃：秦国的猎苑名，在今陕西凤翔县。

[25] 原轸：即先轸，晋大夫。因采邑于原，所以又称原轸。

[26] 栾枝：晋大夫。

[27] 秦施：秦国的恩惠。指晋文公出亡时，由秦资助回国之事。

[28] 死君：指晋文公。此时晋文公已死，但还未安葬，故称死君。

[29] 哀吾丧：这时晋文公刚死不久，还没有下葬。

[30] 同姓：指滑国。滑、郑与晋都是姬姓国，所以这样说。

[31] 姜戎：晋国北境的小部族，一向为秦所逐，所以愿为晋出力。

[32] 子：指晋文公之子襄公，因文公未葬，故称子。衰(cuī)：白色丧服。绖(dié)：穿孝服时系麻的麻腰带。行军时穿孝服显得不吉利，于是把丧服染成黑色。

[33] 梁弘：晋大夫。御戎：驾战车。

[34] 莱驹：晋大夫。为右：为车右。

[35] 辛巳：十三日。

[36] 文嬴：晋文公的夫人，秦穆公的女儿，晋襄公的嫡母。

[37] 请三帅：请求释放被俘的秦国三帅。

[38] 构：结怨。二君：秦君和晋君。

[39] 寡君：称秦穆公。

[40] 阳处父：晋大夫，又称阳子。

[41] 公命：以晋襄公的名义。

【作者简介】

左丘明，春秋时史学家，鲁国人。一说姓左，名丘明；一说复姓左丘，名明。双目失明，曾任鲁太史。与孔子同时，或在其前。司马迁、班固等人都认为《左传》是左丘明所作。

【作品赏析】

鲁僖公三十二年(前628年)，晋文公去世，晋襄公继位，秦穆公想趁晋国新国丧之期偷袭消灭郑国，晋国不愿意看到秦国灭郑、对己形成包围之势，于是就在殽歼灭了侵郑的秦军，这就是著名的秦晋殽之战。

文章可分为三部分：

从开头到"秦师遂东"，为第一部分，写穆公不听劝谏，坚持发兵袭郑，蹇叔哭送秦师。在这一部分，"蹇叔哭师"是这场战役的前奏，秦、晋、郑三方的军事活动都围绕蹇叔论战展开。文中蹇叔一哭、再哭，希望通过哭谏来使秦穆公醒悟，来制止这场不义战争的发生。通过这一细节，不仅突出了蹇叔的战略远见，也暗示了秦军必败的原因，把一位老谋深算、有远见卓识、忠心耿耿的老臣形象，栩栩如生地呈现在读者的面前。而秦穆公的一"访"、一"辞"、一"骂"，表现了他贪婪虚伪、刚愎自用的性格。

第二部分从"三十三年春"到"灭滑而还"，写弦高犒师报警，郑国清除内应，秦军袭郑落空。王孙满根据秦师"轻而无礼"——"轻则寡谋，无礼则脱"和"入险而脱，又不能谋"判定秦师"必败"。当国家遇到危难时，滑国的爱国商人弦高当机立断，随机应变。及时得到消息的郑穆公对杞子等人下了语带嘲笑的逐客令。郑国备战，杞子等逃命失去内应，无疑给远道而来的秦军主帅当头一棒。秦袭击郑国虽没成功，但"灭滑而还"，顺手牵羊把滑国灭掉了，可见是不义之师。

第三部分从"晋元轸曰"到结束，写秦军殽山惨败，文嬴巧语求帅，穆公知错悔过。

晋方做好了战斗的充分准备,以逸待劳。秦军长途跋涉,疲惫不堪。一方居高临下发动攻击,另一方麻痹大意,思想上毫无准备。谁胜谁负已昭然若揭:晋军大胜,秦军必败,秦军的三个主要将领都成了俘虏。在对待他们的问题上,晋国的先轸形象鲜明,他坚定地站在晋国的立场上,深刻认识到放虎归山的危害性。他先"怒"后"唾",表现了其忠直之心、刚烈之性。文章末尾写秦穆公的悔悟,用秦伯哭师与蹇叔哭师遥相呼应。

本文的艺术特色:

首先,一根红线贯穿全文。本文所写的场面很大,秦、郑、晋国内部情况都有所交代,出现的人物也很多,但脉络清晰、神气凝聚。这主要是因为文章有一条线索:即老臣蹇叔的真知灼见。因此尽管事件纷繁,情节曲折,情景变换,人物众多,却毫无杂乱之感。

其次,详略得当。文章意在说明"不义战争必败",因而对这场大战的经过和结局不多费笔墨,仅仅说"败秦师于殽"。而对战前各方的活动,却作了颇为详细的交代。略写战争过程而详于战争胜负因果的描写,是《左传》战争描写的主要特征之一。

再次,人物个性鲜明突出,呼之欲出。如蹇叔忠直耿介,见识深远;秦穆公利令智昏,刚愎自用,失败之后方知悔过、吸取教训,尽管主观武断,但是也勇于认错;先轸善辩能断,敢说敢为等。

【专栏知识】

《左传》全称《春秋左氏传》,相传是春秋末期的鲁国史官左丘明所著。《左传》是解释《春秋》的书,与其他两家《公羊传》、《穀梁传》合称"春秋三传"。但是实质上《左传》是一部独立撰写的史书。它起自鲁隐公元年(前722年),迄于鲁悼公十四年(前453年),以《春秋》为本,通过记述春秋时期的具体史实来说明《春秋》的纲目,是儒家重要经典之一,也是我国第一部叙事完整的编年体历史著作,为"十三经"之一。《左传》特别擅长战争场面的描写,如"齐鲁长勺之战"、"晋楚城濮之战"、"齐晋鞌之战"等战役,都极为生动。其战争描写的艺术技巧,对《史记》以及后来的《三国演义》等小说都有借鉴作用。

【相关链接】

展喜犒师
《左传》

夏,齐孝公伐我北鄙,卫人伐齐,洮之盟故也。

公使展喜犒师,使受命于展禽。齐侯未入竟,展喜从之,曰:"寡君闻君亲举玉趾,将辱于敝邑,使下臣犒执事。"齐侯曰:"鲁人恐乎?"对曰:"小人恐矣,君子则否。"齐侯曰:"室如县罄,野无青草,何恃而不恐?"对曰:"恃先王之命。昔周公、大公股肱周室,夹辅成王。成王劳之,而赐之盟,曰'世世子孙无相害也!'载在盟府,太师职之。桓公是以纠合诸侯,而谋其不协,弥缝其阙,而匡救其灾,昭旧职也。及君即位,诸侯之望曰:'其率桓之功!'我敝邑用不敢保聚,曰:'岂其嗣世九年,而弃命废职?其若先君何?君必不然。'恃此以不恐。"齐侯乃还。

选自《春秋左传注》,杨伯峻编著,中华书局 1990 年版

【思考与练习】

1. 本文中有三处典型的外交辞令分别是有关弦高、皇武子和孟明的,试分析三处外交辞令的语言特色。

2. 分析本文结构上的特点。

3. 以"不以一眚掩大德"为题写一篇 1000 字左右的议论文。

登楼赋
王粲

登兹楼以四望兮[1],聊暇日以销忧。览斯宇之所处兮,实显敞而寡仇。挟清漳之通浦兮[2],倚曲沮[3]之长洲。背坟衍[4]之广陆兮,临皋隰之沃流。北弥陶牧[5],西接昭邱[6]。华实蔽野,黍稷盈畴。虽信美而非吾土兮,曾何足以少留!

遭纷浊而迁逝兮[7],漫逾纪[8]以迄今。情眷眷而怀归兮,孰忧思之可任?凭轩槛以遥望兮,向北风而开襟。平原远而极目,蔽荆山[9]之高岑。路逶迤而修迥兮,川既漾而济深。悲旧乡之壅隔兮,涕横坠而弗禁。昔尼父之在陈兮,有归欤之叹音[10]。钟仪幽而楚奏兮[11]庄,庄舄显而越吟[12]。人情同于怀土兮,岂穷达而异心[13]!

惟日月之逾迈兮,俟河清[14]其未极。冀王道之一平兮,假高衢[15]而骋力。惧匏瓜之徒悬兮[16],畏井渫之莫食[17]。步栖迟以徙倚兮,白日忽其将匿。风萧瑟而并兴兮,天惨惨而无色。兽狂顾以求群兮,鸟相鸣而举翼。原野阒其无人兮,征夫行而未息。心凄怆以感发兮,意忉怛而惨恻。循阶除而下降兮,气交愤于胸臆。夜参半而不寐兮,怅盘桓以反侧。

选自《六臣注文选》,中华书局影印四部丛刊本

【注释】

[1] 兹楼:当阳东南、漳沮二水之间的麦城城楼。

[2] 漳:漳水,在当阳县境内。浦:大水有小口别通它水。

[3] 沮:沮水,也在当阳县境内,与漳水汇合南流入长江。

[4] 坟衍:地势高起为坟,广平为衍。

[5] 陶:乡名,相传为陶朱公范蠡葬地。牧:城市郊外。

[6] 昭邱:楚昭王的坟墓,在当阳县郊外。

[7] 遭纷浊句：指因北方董卓残暴专政及其后的军阀混战而避难荆州。

[8] 纪：古代以十二年为一纪。

[9] 荆山：在今湖北省南漳县。

[10] 昔尼父二句：《论语·公冶长》："孔子在陈绝粮，叹曰：归欤！归欤！"

[11] 钟仪句：春秋时楚国乐官钟仪被晋国俘虏，晋侯让他弹琴，他弹奏的仍是楚国的乐调。事见《左传·成公九年》。

[12] 庄舄（xì）句：越国人庄舄在楚国做了大官，病时思念故乡，仍用越国的乡音说话、呻吟。见《史记·陈轸传》。

[13] 异心：指改变思乡之情。

[14] 河清：《左传·襄公八年》："俟河之清，人寿几何？"

[15] 高衢（qú）：大道，这里比喻贤明的政治。

[16] 匏（páo）瓜句：《论语·阳货》："（子曰）吾岂匏瓜也哉，焉能系而不食！"

[17] 畏井渫（xiè）句：《周易·井卦》："井渫不食，为我心恻。"

【作者简介】

王粲（177—217），字仲宣，山阳郡高平（今山东微山）人。东汉末年著名文学家，"建安七子"之一。初仕刘表，后归曹操，由于其文才出众，七人中文学成就最高，《文心雕龙·才略》称他为"七子之冠冕"。他以诗赋见长，《初征》《登楼赋》《槐赋》《七哀诗》等是其作品的精华，也是建安时代抒情小赋和诗的代表作。

【作品赏析】

《登楼赋》是一篇愁肠百结的抒情赋文，是王粲滞留荆州时所作。写这篇赋时，王粲南奔依附刘表已逾十二年，却一直未受重用。赋中写因此而起的思乡念归之情，怀才不遇之愤，同时倾吐了期望天下统一太平，自己能施展才能、建功立业的情怀。

全赋共分三段。第一段：交代登楼的原因，描写了登楼所见景色以及登楼观景所引起的思乡之情。"登兹楼以四望兮，聊暇日以销忧。览斯宇之所处兮，实显敞而寡仇。"一个"忧"字，包含了这些年他在荆州的全部心境，也是全赋的情感底蕴。为了排愁解忧，诗人登上麦城城楼向四面八方眺望，因而触景生情，浮想联翩，引发了不尽的思乡之情，最后情不自禁地发出了"虽信美而非吾土兮，曾何足以少留"的感叹。这是诗人对于自己流落他乡、寄人篱下、无用武之地、虚度人生的无助的呐喊。

第二段：写诗人在城楼上遥望故乡，抒发了强烈的怀乡思归之情。"遭纷浊而迁逝兮，漫逾纪以迄今。"因为董卓乱世，使他不得不投靠刘表避难荆州十二年，他思乡的痛苦不是一朝一夕，而是一纪，虽然日夜盼归却是年复一年的客居。"情眷眷而怀归兮，孰忧思之可任？"这昼思夜想、等不及又盼不来的思乡之情，怎么能够使人承受得起呢？这沉重的精神负担使诗人力不能支，他不得不依凭栏杆，敞开衣襟迎着北风向远处凝望。诗人敞开的不是衣衫，是思乡的情怀，他用体肤在北方来的风中寻觅故乡的尘埃,执著地让心灵品尝梦幻中的乡土亲情。"平原远而极目兮,蔽青山之高岑",诗人极目望尽天边,寻觅故乡的山水,可视线却被高高的荆山挡住,无法逾越。"路逶迤而修迥兮,川既漾而济深。悲旧乡之壅隔兮,涕横坠而弗禁。"诗人还是不死心,迷茫地望着弯弯曲曲的长路,望着那欲渡不能的江河,望眼欲穿却看不到山水阻隔的故乡,他再也无法抑制心中的悲痛,止不住的泪水倾泻而下。"昔尼父之在陈兮,有归欤之叹音,钟仪幽而楚奏兮,庄舄显而越吟。"诗人望尽天涯路却找不到排忧的出路,便转而在历史的长河中寻找慰藉。圣人孔子流落陈国没吃没喝,不也是发出"回去吧"的叹息吗?楚国的乐官钟仪囚禁在晋国,不也是难忘家乡弹奏着楚国的乐曲吗?如果说孔子和钟仪是因为受困而思乡的话,那越人庄舄即使在楚国做了大官,也依然在病中操着故土的乡音。所以诗人说:"人情同于怀土兮,岂穷达而异心!"思乡的情感是人之常情,是不分身受困境还是身居显贵的。

第三段:点明了忧思的内涵,是希冀时世早日清平,以施展自己平生之才力。"惟日月之逾迈兮,俟河清其未极。冀王道之一平兮,假高衢而骋力。"在痛惜时光流逝的感慨中,引用了《诗经》中"俟河之清,久寿几何"的典故,来比喻清平盛世的遥遥无期,表达了诗人生逢乱世、怀才不遇的焦虑与担忧。想到这里,他不寒而栗的心境随着落日一下子黯淡下来。"步栖迟以徙倚兮,白日忽其将匿。""风萧瑟而并兴兮,天惨惨而无色。"在这里,风的萧瑟与天的灰暗与诗人的生存处境暗合。"兽狂顾以求群兮,鸟相鸣而举翼。原野阒其无人兮,征夫行而未息。"在寂静的暮色中,兽有群相依,鸟有伴照应,对比之下,诗人此时孤独中的忧郁,又有谁来相解呢?征夫匆匆赶路还有个家的归宿,而诗人的归宿又在何方呢?"心凄怆以感发兮,意忉怛而憯恻。"诗人此时已经悲愤到极点,真是心如刀绞,痛不欲生。"循阶除而下降兮,气交愤於胸臆。"这一句回应开头"登此楼以四望兮,聊暇日以销忧"。本来是登楼来消愁,结果是因气愤不已、愁上加愁却填满胸臆而不得抒发。"夜参半而不寐兮,怅盘桓以反侧。"这痛苦这怨愤折磨着诗人,直到半夜仍然不得入睡。

《登楼赋》的艺术特色主要表现在如下几个方面:

首先,运用情景交融手法创造了诗一般的意境。作者或以景衬情,或借景抒情,或融情于景。而景物的描写中时而又使用比兴寄托手法,使意蕴更加深厚。情景交融的写法使赋作产生了诗情画意的艺术效果。

其次,历史典故的巧妙运用。如"北弥陶牧,西接昭丘",看似写景,实是用了两个典故,暗寓自己未能如范蠡那样建功立业,暗讥刘表非楚昭王那样的明君。又如以尼父叹"归欤"、钟仪楚奏、庄舄越吟的典故,抒写怀土恋乡之情,此外"匏瓜"、"井渫"句也是用典。历史典故的运用,增加了思想情感表达的深广度和厚重度。

再次,语言自然而流畅,优美而又不失质朴,铺排而不见繁缛。全赋以登楼为契机,以忧愁为抒情线索,以时间顺序为纵轴,辅之以横向的空间拓展,把叙事、抒情、写景巧妙缀填其中,镕铸成篇。既有浑成贯通之势,又有层次清晰分明之感。

总之,此赋写景和抒情结合,以一个"忧"字贯穿,情感贴切,风格沉郁悲凉,文辞优美流畅,是离乱中人共有的悲情代表作,具有强烈的艺术感染力,历来与曹植的《洛神赋》并列,一起被誉为建安辞赋最高成就的代表。

【专栏知识】

汉赋:汉代涌现出的一种有韵的散文,它的特点是散韵结合,专事铺叙。从形式上看,在于"铺采摛文";从内容上说,侧重"体物写志"。内容可分为五类:一是渲染宫殿城市;二是描写帝王游猎;三是叙述旅行经历;四是抒发不遇之情;五是杂谈禽兽草木。前二者为汉赋之代表。在两汉400年间,一般文人多致力于这种文体的写作,因而盛极一时,后世往往把它看成汉代文学的代表。

【相关链接】

洛神赋

曹植

黄初三年,余朝京师,还济洛川。古人有言,斯水之神,名曰宓妃。感宋玉对楚王说神女之事,遂作斯赋。其词曰:

余从京师,言归东藩,背伊阙,越轘辕,经通谷,陵景山。日既西倾,车殆马烦。尔乃税驾乎蘅皋,秣驷乎芝田,容与乎阳林,流眄乎洛川。于是精移神骇,忽焉思散。俯则未察,仰以殊观。睹一丽人,于岩之畔。乃援御者而告之曰:"尔有觌于彼者乎?彼何人斯,若此之艳也!"御者对曰:"臣闻河洛之神,名曰宓妃。然则君王之所见,无乃是乎?其状若何,臣愿闻之。"

余告之曰:其形也,翩若惊鸿,婉若游龙,荣曜秋菊,华茂春松。仿佛兮若轻云之蔽月,飘飖兮若流风之回雪。远而望之,皎若太阳升朝霞。迫而察之,灼若芙蕖出渌波。秾纤得衷,修短合度。肩若削成,腰如约素。延颈秀项,皓质呈露。芳泽无加,铅华弗御。云髻峨峨,修眉联娟。丹唇外朗,皓齿内鲜。明眸善睐,靥辅承权。瓌姿艳逸,仪静体闲。柔情绰态,媚于语言。奇服旷世,骨象应图。披罗衣之璀粲兮,珥瑶碧之华琚。戴金翠之首饰,缀明珠以耀躯。践远游之文履,曳雾绡之轻裾。微幽兰之芳蔼兮,步踟蹰于山隅。于是忽焉纵体,以遨以嬉。左倚采旄,右荫桂旗。攘皓腕于神浒兮,采湍濑之玄芝。

余情悦其淑美兮,心振荡而不怡。无良媒以接欢兮,托微波而通辞。愿诚素之先达兮,解玉佩以要之。嗟佳人之信修兮,羌习礼而明诗。抗琼珶以和予兮,指潜渊而为期。执眷眷之款实兮,惧斯灵之我欺。感交甫之弃言兮,怅犹豫而狐疑。收和颜而静志兮,申礼防以自持。

于是洛灵感焉,徙倚彷徨。神光离合,乍阴乍阳。竦轻躯以鹤立,若将飞而未翔。践椒涂之郁烈,步蘅薄而流芳。超长吟以永慕兮,声哀厉而弥长。

　　尔乃众灵杂遝,命俦啸侣。或戏清流,或翔神渚。或采明珠,或拾翠羽。从南湘之二妃,携汉滨之游女。叹匏瓜之无匹兮,咏牵牛之独处。扬轻袿之猗靡兮,翳修袖以延伫。体迅飞凫,飘忽若神。凌波微步,罗袜生尘。动无常则,若危若安。进止难期,若往若还。转眄流精,光润玉颜。含辞未吐,气若幽兰。华容婀娜,令我忘餐。

　　于是屏翳收风,川后静波。冯夷鸣鼓,女娲清歌。腾文鱼以警乘,鸣玉鸾以偕逝。六龙俨其齐首,载云车之容裔。鲸鲵踊而夹毂,水禽翔而为卫。于是越北沚,过南冈,纡素领,回清阳,动朱唇以徐言,陈交接之大纲。恨人神之道殊兮,怨盛年之莫当。抗罗袂以掩涕兮,泪流襟之浪浪。悼良会之永绝兮,哀一逝而异乡。无微情以效爱兮,献江南之明珰。虽潜处于太阴,长寄心于君王。忽不悟其所舍,怅神宵而蔽光。

　　于是背下陵高,足往神留。遗情想象,顾望怀愁。冀灵体之复形,御轻舟而上溯。浮长川而忘反,思绵绵而增慕。夜耿耿而不寐,沾繁霜而至曙。命仆夫而就驾,吾将归乎东路。揽騑辔以抗策,怅盘桓而不能去。

选自《曹子建集》,四部丛刊影印明活字本

【思考与练习】

　　1. 试析《登楼赋》抒写思乡情怀所运用的艺术手法。

　　2. 谈谈曹植《洛神赋》的艺术价值。

　　3. 认真体会赋的语言特色,并尝试写一篇抒情小赋。

进学解

韩 愈

　　国子先生晨入太学[1],招诸生立馆下,诲之曰:"业精于勤荒于嬉;行成于思毁于随。方今圣贤相逢,治具[2]毕张。拔去凶邪,登崇畯良。占小善者率以录,名一艺者无不庸。爬罗剔抉[3],刮垢磨光。盖有幸而获选,孰云多而不扬。诸生业患不能精,无患有司之不明;行患不能成,无患有司[4]之不公。"

　　言未既,有笑于列者曰:"先生欺余哉!弟子事先生于兹有年矣。先生口不绝吟于六艺之文,手不停披于百家之编[5];纪事者必提其要,纂言者必钩其玄。贪多务得,细大不捐。焚膏油以继晷,恒兀兀以穷年。先生之业可谓勤矣。觗排异端[6],攘斥佛老,补苴罅漏,张皇幽眇;寻坠绪[7]之茫茫,独旁搜而远绍,障百川而东之,回狂澜于既倒:先生之于儒,可谓有劳矣。沉浸醲郁,含英咀华,作为文章,其书满家。上规姚姒[8],浑浑无涯;周诰殷盘,佶屈聱牙;《春秋》谨严,《左氏》浮夸;《易》奇而法,《诗》正而葩;下逮庄、骚,太史所录;子云相如,同工异曲:先生之于文,可谓闳其中而肆其外矣。少始知学,勇于敢为;长通于方,左右具宜:先生之于为人,可谓成矣。然而公不见信于人,私不见助于友。跋前疐后[9],动辄得咎。暂为御史,遂窜南夷[10];三年博士[11],冗不见治。命与仇谋,取败几时。冬暖而儿号寒,年丰而妻啼饥。头童齿豁,竟死何裨。不知虑此,而反教人为?"

先生曰:"吁,子来前! 夫大木为杗,细木为桷,欂栌侏儒,椳闑扂楔,各得其宜,施以成室者,匠氏之工也;玉札丹砂,赤箭青芝,牛溲马勃,败鼓之皮,俱收并蓄,待用无遗者,医师之良也[12];登明选公,杂进巧拙,纡馀为妍,卓荦为杰,校短量长,惟器是适者,宰相之方也。昔者孟轲好辩[13],孔道以明,辙环天下,卒老于行。荀卿守正,大论是弘,逃谗于楚,废死兰陵。是二儒者,吐辞为经,举足为法,绝类离伦,优入圣域,其遇于世何如也? 今先生学虽勤而不繇其统,言虽多而不要其中,文虽奇而不济于用,行虽修而不显于众。犹且月费俸钱,岁靡廪粟;子不知耕,妇不知织,乘马从徒,安坐而食。踵常途之促促,窥陈编以盗窃。然而圣主不加诛,宰臣不见斥:兹非其幸欤? 动而得谤,名亦随之,投闲置散,乃分之宜。若夫商财贿之有亡,计班资之崇庳,忘己量之所称,指前人之瑕疵:是所谓诘匠氏之不以杙为楹,而訾医师以昌阳[14]引年,欲进其豨苓[15]也。

选自《韩昌黎文集校注》,马其昶校注,上海古籍出版社 1986 年版

【注释】

[1] 国子先生:韩愈自称,时任国子博士。唐朝时,国子监是设在京都的最高学府,下面有国子学、太学等七学,各学置博士为教授官。国子学是为高级官员子弟而设的。太学:这里指国子监。唐朝国子监相当于汉朝的太学,古时对官署的称呼常有沿用前代旧称的习惯。

[2] 治具:主要指法令。《史记·酷吏列传》:"法令者,治之具。"

[3] 爬罗剔抉:意指仔细搜罗人才。

[4] 有司:负有专责的部门及其官吏。

[5] 百家之编:指儒家经典以外各学派的著作。《汉书·艺文志》把儒家经典列入《六艺略》中,另外在《诸子略》中著录先秦至汉初各学派的著作:"凡诸子百八十九家,四千三百二十四篇。"

[6] 异端:儒家称儒家以外的学说、学派为异端。

[7] 绪:前人留下的事业,这里指儒家的道统。

[8] 姚姒(sì):相传虞舜姓姚,夏禹姓姒。

[9] 语出《诗经·豳风·狼跋》:"狼跋其胡,载疐其尾。"

[10] 南夷:韩愈于贞元十九年(803 年)授四门博士,次年转监察御史,冬,上书论宫市之弊,触怒德宗,被贬为连州阳山令。阳山在今广东,故称南夷。

[11] 三年博士:韩愈在宪宗元和元年(806 年)六月至四年任国子博士。一说"三年"当作"三为"。

[12] 玉札:地榆。丹砂:朱砂。赤箭:天麻。青兰:龙兰。都是名贵药材。牛溲:牛尿。马勃:马屁菌。以上两种及"败鼓之皮"都是贱价药材。

[13] 孟轲好辩:《孟子·滕文公下》载,孟子有好辩的名声,他说:"予岂好辩哉!

予不得已也。"

　[14] 昌阳:昌蒲。药材名,相传久服可以长寿。

　[15] 豨(xī)苓:又名猪苓,利尿药。

【作者简介】

　韩愈(768—824),字退之,河南河阳(今河南省盂县)人。因其郡望昌黎,世称韩昌黎。因官吏部侍郎,又称韩吏部。是唐代古文运动的倡导者,与柳宗元并称"韩柳",主张学习先秦两汉的散文语言,破骈为散,扩大文言文的表达功能。其散文气势充沛、雄奇奔放,对当时及后世都有重大影响,因而被列于唐宋八大家之首。有《昌黎先生集》。

【作品赏析】

　《进学解》作于唐宪宗元和八年(813年),韩愈46岁,在长安任国子学博士,教授生徒。进学,意思是勉励学生在学业、德行方面取得进步。此文实际上是以"进学"为题,假托师生对话,来抒发自己怀才不遇、仕途坎坷不得意的牢骚和当时执政者不以才德取人、用人不明不公的愤慨。全文可分为三个部分。

　第一部分(第一段):写先生解释"进学"的问题。文章开始便亮出了作者的观点:"业精于勤荒于嬉,行成于思毁于随。"这也是他对生徒"进学"所提出的标准,即"业精"、"行成"。接着称颂方今的圣主贤臣们励精图治,政治清明,注意选拔和任用贤才。所以,学生们只须在"业"和"行"两方面努力上进即可。只怕自己不成才,而不怕有司不明、不公,以此勉励生徒一心"进学"。

　第二部分(第二段):写学生针对先生的训示而进行反驳、责难。分两层完全驳倒了先生的说法。第一层从"先生欺余哉"至"先生之于为人,可谓成矣"。先说先生勤于所学,不仅博学,广泛阅读,而且为学非常勤勉,精益求精。次说先生批判佛、老,力挽狂澜,捍卫儒道,功不可没;再说先生博采众长,古文写作已得心应手;最后说先生敢做敢为,晓理名义,为人通达,处事圆熟。前三个方面论"业精",最后一个方面论"行成"。以上论述,主要是学生对先生在"业"、"行"两方面的成就给予充分肯定。第二层从"然而公不见信于人"至段末,指出先生虽然很有成就,却"无幸"被重用,遭遇坎坷,进退无由,甚至落得不能保证妻儿无饥无寒的悲惨境地。造成这种局面的原因,显然不是因为先生的"业"不精、"行"不成。此处已隐含了对有司用人不明、不公的斥责。此外,本部分还谈到了古文写作的问题,可供了解其古文理论和文学好尚。韩愈特别喜爱和推崇西汉以前的散文,因此,他所列举的除儒家经典外,还有《庄子》《史记》以及《楚辞》和司马相如、扬雄的赋、杂文等。这数家作品往往雄奇宏伟,气势磅礴。他在《答崔立之书》中曾称屈原、孟轲、司马迁、司马相如、扬雄为"古之豪杰之士",这与古文运动前期某些论者片面地将"道"与文学的审美特性对立起来,以至鄙视屈原、宋玉以下作家是截然不同的。

第三部分（第三至五段）：先生自我解嘲式的回答。先以工匠、医师为喻，引出宰相用人是"登明选公"、量才录用；接着极力褒扬孟子、荀子在儒家思想发展中的巨大贡献，并极力渲染他们不遇于世的悲惨境遇，说明这两位古圣贤虽然"业精"、"行成"，但终究未能"有幸"被重用，而自己才学远不如二儒，因此，相比而言，自己也没有什么可抱怨。最后说若还不知止足，不自量力，那么就等于是要求宰相以小材充大用。表面看来，这是在为古人打抱不平，似乎也是在为有司开脱，而这显然不是韩愈的由衷之言，实际上是反语泄愤，即以孟子和荀子自况，以儒家的卫道者自居，宣扬自己远继儒家道统的卓著功绩，同时抒发自己不被执政者重用的愤懑不平之情。但因为表面上是在述说古人之事，兼及与自己的对比，所以既表达了自己的心意，又收到了委婉含蓄的效果。本段语气平和谦退，似乎火气已消；而细细品味，又感到有无奈、辛酸、愤慨、嘲讽，种种情绪包孕其中，其文气与第二段形成了强烈的对比。

《进学解》的艺术特点主要表现在三个方面：

首先，构思巧妙，新颖奇特，不落窠臼。以问答形式抒发不遇之感，此种写法古已有之，但《进学解》采用了正话反说的构思方式。如从文章结构来看，第一段解释进学的道理，指陈形势，正面得出道理，为下文的辩驳树立了一个反面的靶子；第二段学生进行辩解，尽量推翻"进学"的正面道理，借学生之口，怨恨牢骚尽情倾吐，并得出了有司用人不明不公的结论；第三段，表面是先生在自我解嘲，实际上是借题发挥，更加委婉深入地发泄自己的怨愤和不平。通过这种正话反说的巧妙手段，作者将自己内心的不平之气痛快淋漓地表达了出来。

其次，铺张敷陈，气势充沛，且善于变化。如第二部分，先洋洋洒洒地大段铺写先生的"业精"与"行成"，气势奔放；再以寥寥数语写先生不遇之状，语气强烈。这便自然形成了大幅度的转折，而全段总的气势是酣畅淋漓的。又如，整篇文章使人悲慨，使人深思，而有的地方又显幽默，如先生谆谆教诲，态度庄重，而学生却以嬉笑对之；先生为说服生徒，不得不痛自贬抑，甚至自称盗窃陈编，等等，幽默中见深刻，含蓄中显丰赡。

再次，语言丰富新颖，形象生动，富于美感。如以"口不绝吟"、"手不停披"写先生的勤学，以"踽常途之促促，窥陈编以盗窃"形容先生的碌碌无为，以"爬罗剔抉，刮垢磨光"写选拔培育人才等等，都自出机杼，形象生动。此外，韩愈还善于扬弃前人语言，提炼当时的口语，如"贪多务得"、"细大不捐"、"含英咀华"、"佶屈聱牙"、"同工异曲"、"俱收并蓄"、"投闲置散"等新颖词语，既富于独创性，又贴切凝练，今天都已成为常用成语。又如"业精于勤，荒于嬉；行成于思，毁于随"，更是人生的至理感悟，发人深思，已成为广为流传的励志格言。

本文文体仿扬雄的《解嘲》，采用了押韵的赋体，句式整齐，对偶工切，辞采丰富，同时又摆脱了汉赋、骈文中常有的艰涩呆板、堆砌辞藻等弊病，读来声韵铿锵有力，朗朗上口，富有强烈的艺术感染力。故应说是韩愈所独创的一种散文赋，为杜牧的《阿房宫赋》、苏轼的《赤壁赋》的前驱。

【专栏知识】

　　"解"是古代的一种文体，明徐师曾《文体明辨》说："解者，释也，因人有疑而解释之。……其文以辩释疑惑、解剥纷难为主，与论、说、议、辩，盖相通焉。"黄佐《六艺流别》说："解者何也？判也。从刀，判牛割会，讲说分析之意，以名文也。"可见，"解"体主要是为剖析疑难，解除困惑而作，因而在写作上要求如庖丁解牛，切中肯綮，层层析理，最终使事情物理明白于天下。最早以"解"命名的单篇文章是扬雄的《解嘲》。

【相关链接】

解　嘲

扬　雄

　　哀帝时，丁傅董贤用事，诸附离之者，起家至二千石。时雄方草创太玄，有以自守，渭如也。人有嘲雄以玄之尚白，雄解之，号曰解嘲。其辞曰：

　　客嘲扬子曰："吾闻上世之士，人纲人纪，不生则已，生则上尊人君，下荣父母，析人之珪，儋人之爵，怀人之符，分人之禄，纡青拖紫，朱丹其毂。今子幸得遭明盛之世，处不讳之朝，与群贤同行，历金门，上玉堂有日矣，曾不能画一奇，出一策，上说人主，下谈公卿。目如耀星，舌如电光，一从一横，论者莫当，顾默而作太玄五千文，枝叶扶疏，独说十余万言，深者入黄泉，高者出苍天，大者含元气，纤者入无伦。然而位不过侍郎，擢才给事黄门。意者玄得无尚白乎？何为官之拓落也？"

　　扬子笑而应之曰："客徒欲朱丹吾毂，不知一跌将赤吾之族也。往昔周网解结，群鹿争逸，离为十二，合为六七，四分五剖，并为战国。士无常君，国无定臣，得士者富，失士者贫，矫翼厉翮，恣意所存，故士或自盛以橐，或凿坏以遁。是故邹衍以颉亢而取世资；孟轲虽连蹇，犹为万乘师。

　　"今大汉左东海，右渠搜，前番禺，后陶涂。东南一尉，西北一候。徽以纠墨，制以锧铁，散以礼乐，风以诗书，旷以岁月，结以倚庐。天下之士，雷动云合，鱼鳞杂袭，咸营于八区。家家自以为稷契，人人自以为咎繇。戴纵垂缨，而谈者皆拟于阿衡；五尺童子，羞比晏婴与夷吾。当涂者入青云，失路者委沟渠。且握权则为卿相，夕失势则为匹夫。譬若江湖之崖，渤澥之岛，乘雁集不为之多，双凫飞不为之少。昔三仁去而殷墟，二老归而周炽，子胥死而吴亡，种蠡存而粤伯，五羖入而秦喜，乐毅出而燕惧，范雎以折摺而危穰侯，蔡泽以噤吟而笑唐举。故当其有事也，非萧曹子房平勃樊霍则不能安，当其无事也，章句之徒相与坐而守之，亦无所患。故世乱则圣哲驰骛而不足；世治则庸夫高枕而有余。

　　"夫上世之士，或解缚而相，或释褐而傅；或倚夷门而笑，或横江潭而渔；或七十说而不遇；或立谈间而封侯；或枉千乘于陋巷，或拥彗彗而先驱。是以士颇得信其舌而奋其笔，窒隙蹈瑕而无所诎也。当今县令不请士，郡守不迎师，群卿不揖客，将相不俛眉；言奇者见疑，行殊者得辟。是以欲谈者卷舌而固声，欲步者拟足而投迹。向使上世之士，处乎今世，策非甲科，行非孝廉，举非方正，独可抗疏，时道是非，高得待诏，下触闻罢，又安得青紫？"

"且吾闻之，炎炎者灭，隆隆者绝；观雷观火，为盈为实；天收其声，地藏其热。高明之家，鬼瞰其室。攫拏者亡，默默者存；位极者宗危，自守者身全。是故知玄知默，守道之极；爰清爰静，游神之廷；惟寂惟寞，守德之宅。世异事变，人道不殊，彼我易时，未知何如。今子乃以鸱枭而笑凤凰，执蝘蜓而嘲龟龙，不亦病乎！子之笑我玄之尚白，吾亦笑子病甚不遇俞跗与扁鹊也，悲夫！"

客曰："然则靡玄无所成名乎？范蔡以下，何必玄哉？"

扬子曰："范雎，魏之亡命也，折胁拉髂，免于徽索，翕肩蹈背，扶服入橐，激昂万乘之主，界泾阳，抵穰侯而代之，当也。蔡泽，山东之匹夫也，颣颐折頞，涕唾流沫，西揖强秦之相，搤其咽而亢其气，拊其背而夺其位，时也。天下已定，金革已平，都于洛阳，娄敬委辂脱挽，掉三寸之舌，建不拔之策，举中国徙之长安，适也。五帝垂典，三王传礼，百世不易，叔孙通起于枹鼓之间，解甲投戈，遂作君臣之仪，得也。吕刑靡敝，秦法酷烈，圣汉权制，而萧何造律，宜也。故有造萧何之律于唐虞之世，则诮矣。有作叔孙通仪于夏殷之时，则惑矣；有建娄敬之策于成周之世，则缪矣；有谈范蔡之说于金张许史之间，则狂矣。夫萧规曹随，留侯画策，陈平出奇，功若泰山，响若阺隤，虽其人之赡知哉，亦会其时之可为也。故为可为于可为之时，则从；为不可为于不可为之时，则凶。夫蔺生收功于章台，四皓采荣于南山，公孙创业于金马，骠骑发迹于祈连，司马长卿窃訾于卓氏，东方朔割名于细君。仆诚不能与此数子者并，故默然独守吾太玄。"

选自《扬侍郎集》，明刻汉魏六朝百三家集本

【思考与练习】

1. 谈谈《进学解》中韩愈对学与教的论述。
2. 结合《进学解》，谈谈你对"韩文如潮"这一说法的理解。
3. 谈谈《解嘲》所蕴含的思想情感及其所反映的人生态度。

第三节　小说经典作品赏析

子猷访戴

刘义庆

王子猷居山阴[1]，夜大雪，眠觉，开室，命酌酒，四望皎然。因起彷徨，咏左思《招隐

诗》[2]，忽忆戴安道[3]。时戴在剡[4]，即便夜乘小船就之。经宿方至，造门不前而返。人问其故。王曰：“吾本乘兴而行，兴尽而返，何必见戴！”

选自《世说新语》，文学古籍刊行社影宋本

【注释】

[1] 王子猷（yóu）：即王徽之（？—388）。王羲之第五子，字子猷，晋琅琊临沂（今属山东）人。官至黄门侍郎。为人有才气，放诞不羁。《晋书》卷八〇有传。山阴：县名，属会稽郡，今浙江省绍兴市。

[2] 左思：字太冲，晋临淄（今属山东淄博）人，貌丑、口讷，博学善文，官秘书郎。其《招隐诗》共两首，描述其隐居之乐，见《昭明文选》。

[3] 戴安道：戴逵（326—396），字安道，晋谯郡铚县（今安徽宿县西南）人，后移居会稽剡县（今浙江嵊县西南），善鼓琴，精绘画铸造雕刻，笃信佛教。征为国子博士，不就。《晋书》卷九四有传。

[4] 剡（shàn），今浙江省嵊县。

【作者简介】

刘义庆（403—约443），彭城（今江苏徐州）人，南朝宋文学家。宋武帝刘裕的侄儿，袭封临川王，官至尚书左仆射、中书令。他自幼才华出众，爱好文学，尊崇儒学，晚年好佛。除《世说新语》外，还有志怪小说《幽明录》。

【作品赏析】

《子猷访戴》选自《世说新语•任诞第二十三》。“任诞”，顾名思义即任达放诞之意。本篇通过王子猷访戴逵“乘兴而行，兴尽而返”的言行，表现了当时名士率性任情的风度和一种潇洒自适、乐观豁达的人生态度，极富人生哲理。

文中共出现了三幅画面。一是雪咏图，寒冷寂寥的雪夜，面对着银装素裹的世界，主人公引觞而咏，兴致大发，忽然忆起好友；二是雪夜荡舟图，主人公意念突发，想去拜见好友，于朦胧月色中连夜冒雪驾舟而行，桨声灯影寒山飞雪的乐趣，已饱满了他的心灵；三是抽身折回图，主人公刚至好友戴逵门前，却又突然抽身转回，使访友的过程戛然而止，前功尽弃。这一幅画面与前两幅形成了鲜明对比，不仅增添了故事的戏剧性，而且突出了前两幅中所显示的主人公“兴之所至”的主体意识，点明故事的题旨所在。

王子猷是魏晋名士的典型代表，“吾本乘兴而来，兴尽而返，何必见戴？”此语正道出了魏晋名士潇洒自适的任真性情。在他们看来，生活的价值和意义不在于它的最终结果，而在于其过程的本身。所以，在王子猷的行为中，就全然没有目的驱使，而完全是随兴而行，兴尽辄止：半夜醒来，见到漫天大雪，便开始了雪中饮酒吟咏的过程。这一过程还没有结束，便忽忆友人，于是夜半命驾，踏上了棹舟访友的航程。连夜跋涉，终于来到朋友门前，访友的目的即将达到时，他却返身折回，使这一过程又无果而终。这其中的每一个过程都是"兴之所至",虽然都没有结果,但他却十分惬意、满足。他认为,自己的情致已经构成一个完美的体验过程,见朋友不见朋友,又何必在意呢?王子猷这种不刻意追求目的和结果、但求尽兴的骇俗行为,十分鲜明地体现出当时士人所崇尚的"魏晋风度"的放诞任性,不拘形迹。眠觉、开室、命酒、赏雪、咏诗、乘船、造门、突返、答问,这一连串的动态细节描写,虽言简文约,却形神毕现,气韵生动。

本篇题旨富含生活哲理,耐人寻味而又生动形象,文笔简洁而又不乏诗意,格调奇特而又不失幽默风趣。情景交融,诗情画意,跃然纸上。

【专栏知识】

《世说新语》,又称《世说》、《世说新书》,是一部记载魏晋人物言谈轶事的笔记小说集。刘义庆撰。全书分德行、言语、政事、文学等 36 个门类,记载了自东汉末年至东晋时豪门贵族和官僚士大夫的言谈轶事,较为集中地反映了这一时期的社会面貌和士大夫的思想品格,语言简练,文字生动鲜活。自问世以来,便受到文人的喜爱和重视,对后世文学有着十分深刻的影响。不仅模仿它的小说不断出现,而且不少戏剧、小说也都取材于它。

【相关链接】

刘伶病酒

刘义庆

刘伶病酒,渴甚,从妇求酒。妇捐酒毁器,涕泣谏曰:"君饮太甚,非摄生之道,必宜断之!"伶曰:"甚善。我不能自禁,唯当祝鬼神自誓断之耳。便可具酒肉。"妇曰:"敬闻命。"供酒肉于神前,请伶祝誓。伶跪而祝曰:"天生刘伶,以酒为名,一饮一斛,五斗解酲。妇人之言,慎不可听!"便引酒进肉,隗然已醉矣。

选自《世说新语》,文学古籍刊行社影宋本

【思考与练习】

1. 关于《世说新语》的艺术成就,鲁迅先生在《中国小说史略》中概括为:"记言则玄远冷隽,记行则高简瑰奇。"试结合具体作品,谈谈你的理解和认识。

2. 以以上两则笔记小说为例,分析《世说新语》刻画人物的艺术特色。

3. 了解魏晋风度,并谈谈你对魏晋士人自由放诞行为的看法。

柳毅传

李朝威

仪凤[1]中,有儒生柳毅者,应举下第,将还湘滨。念乡人有客于泾阳[2]者,遂往告别。至六七里,鸟起马惊,疾逸道左。又六七里,乃止。见有妇人,牧羊于道畔。毅怪视之,乃殊色也。然而蛾脸不舒,巾袖无光,凝听翔立,若有所伺。毅诘之曰:"子何苦而自辱如是?"妇始楚而谢,终泣而对曰:"贱妾不幸,今日见辱问于长者。然而恨贯肌骨,亦何能愧避,幸一闻焉。妾,洞庭龙君小女也。父母配嫁泾川[3]次子。而夫婿乐逸,为婢仆所惑,日以厌薄。既而将诉于舅姑,舅姑爱其子,不能御。迨诉频切,又得罪舅姑。舅姑毁黜以至此。"言讫,歔欷流涕,悲不自胜。又曰:"洞庭于兹,相远不知其几多也?长天茫茫,信耗莫通。心目断尽,无所知哀。闻君将还吴[4],密通洞庭。或以尺书,寄托侍者,未卜将以为可乎?"毅曰:"吾义夫也。闻子之说,气血俱动,恨无毛羽,不能奋飞,是何可否之谓乎!然而洞庭,深水也。吾行尘间,宁可致意耶?惟恐道途显晦,不相通达,致负诚托,又乖恳愿。子有何术,可导我邪?"女悲泣且谢,曰:"负载珍重,不复言矣。脱获回耗,虽死必谢。君不许,何敢言?既许而问,则洞庭之与京邑,不足为异也。"毅请闻之。女曰:"洞庭之阴,有大橘树焉,乡人谓之社橘[5]。君当解去兹带,束以他物。然后叩树三发,当有应者。因而随之,无有碍矣。幸君子书叙之外,悉以心诚之话倚托,千万无渝!"毅曰:"敬闻命矣。"女遂于襦间解书,再拜以进,东望愁泣,若不自胜。毅深为之戚,乃置书囊中,因复问:"吾不知子之牧羊,何所用哉?神祇[6]岂宰杀乎?"女曰:"非羊也,雨工也。""何为雨工?"曰:"雷霆之类也。"毅顾视之,则皆矫顾怒步,饮龁甚异。而大小毛角,则无别羊焉。毅又曰:"吾为使者,他日归洞庭,幸勿相避。"女曰:"宁止不避,当如亲戚耳。"语竟,引别东去。不数十步,回望女与羊,俱亡所见矣。

其夕,至邑而别其友。月余到乡。还家,乃访于洞庭。洞庭之阴果有社橘。遂易带向树,三击而止。俄有武夫出于波间,再拜请曰:"贵客将自何所至也?"毅不告其实,曰:"走谒大王耳。"武夫揭水指路,引毅以进。谓毅曰:"当闭目,数息可达矣。"毅如其言,遂至其宫。始见台阁相向,门户千万,奇草珍木,无所不有。夫乃止毅,停于大室之隅,曰:"客当居此以伺焉。"毅曰:"此何所也?"夫曰:"此灵虚殿也。"谛视之,则人间珍宝,毕尽于此。柱以白璧,砌以青玉,床以珊瑚,帘以水精,雕琉璃于翠楣,饰琥珀于虹栋。奇秀深杳,不可殚言。然而王久不至。毅谓夫曰:"洞庭君安在哉?"曰:"吾君方幸玄珠阁,与太阳道士讲《火经》,少选[7]当毕。"毅曰:"何谓《火经》?"夫曰:"吾君,龙也。龙以水为神,举一滴可包陵谷。道士,乃人也。人以火为神圣,发一灯可燎阿房。然而灵用不同,玄化各异。太阳道士精于人理,吾君邀以听焉。"

语毕而宫门辟。景从云合[8],而见一人,披紫衣,执青玉。夫跃曰:"此吾君也!"乃至前以告之。君望毅而问曰:"岂非人间之人乎?"毅对曰:"然。"毅而设拜,君亦拜,命坐于灵虚之下。谓毅曰:"水府幽深,寡人暗昧,夫子不远千里,将有为乎?"毅曰:"毅,大王之乡人也。长于楚,游学于秦。昨下第,闲驱泾水之涘,见大王爱女牧羊于野,风环雨鬓,所不忍视。毅因诘之,谓毅曰:'为夫婿所薄,舅姑不念,以至于此。'悲泗淋漓,诚怛人心。遂托书于毅。毅许之,今以至此。"因取书进之。洞庭君览毕,以袖掩面而泣曰:"老父之罪,不诊坚听,坐贻聋瞽,使闺窗孺弱,远罹构害。公,乃陌上人也，而能急之。幸被齿发，何敢负德！"词毕，又哀咤良久。左右皆流涕。时有宦人密视君者，君以书授之，令达宫中。须臾，宫中皆恸哭。君惊谓左右曰："疾告宫中，无使有声。恐钱塘所知。"毅曰："钱塘，何人也？"曰："寡人之爱弟。昔为钱塘长，今则致政矣。"毅曰："何故不使知？"曰："以其勇过人耳。昔尧遭洪水九年者，乃此子一怒也。近与天将失意，塞其五山[9]。上帝以寡人有薄德于古今，遂宽其同气[10]之罪。然犹縻系于此，故钱塘之人，日日候焉。"

语未毕，而大声忽发，天拆地裂。宫殿摆簸，云烟沸涌。俄有赤龙长千余尺，电目血舌，朱鳞火鬣，项掣金锁，锁牵玉柱。千雷万霆，激绕其身，霰雪雨雹，一时皆下。乃擘青天而飞去。毅恐蹶仆地，君亲起持之曰："无惧。固无害。"毅良久稍安，乃获自定。因告辞曰："愿得生归，以避复来。"君曰："必不如此。其去则然，其来则不然。幸为少尽缱绻。"因命酌互举，以款人事。

俄而祥风庆云，融融怡怡，幢节[11]玲珑，箫韶[12]以随。红妆千万，笑语熙熙，后有一人，自然蛾眉，明珰满身，绡縠参差。迫而视之，乃前寄辞者。然若喜若悲，零泪如丝。须臾，红烟蔽其左，紫气舒其右，香气环旋，入于宫中。君笑谓毅曰："泾水之囚人至矣。"君乃辞归宫中。须臾，又闻怨苦，久而不已。有顷，君复出，与毅饮食。又有一人，披紫裳，执青玉，貌耸神溢，立于君左。君谓毅曰："此钱塘也。"毅起，趋拜之。钱塘亦尽礼相接，谓毅曰："女侄不幸，为顽童所辱。赖明君子信义昭彰，致达远冤。不然者，是为泾陵之土矣。飧德怀恩，词不悉心。"毅捧退辞谢，俯仰唯唯。然后回告兄曰："向者辰发灵虚，已至泾阳，午战于彼，未还于此。中间驰至九天，以告上帝。帝知其冤，而宥其失。前所遣责，因而获免。然而刚肠激发，不遑辞候。惊扰宫中，复忤宾客。愧惕惭惧，不知所失。"因退而再拜。君曰："所杀几何？"曰："六十万。""伤稼乎？"曰："八百里。""无情郎安在？"曰："食之矣。"君忧然曰："顽童之为是心也，诚不可忍。然汝亦太草草。赖上帝显圣，谅其至冤。不然者，吾何辞焉？从此已去，勿复如是。"钱塘复再拜。是夕，遂宿毅于凝光殿。

明日，又宴毅于凝碧宫。会友戚，张广乐，具以醪醴，罗以甘洁。初，笳角鼙鼓[13]，旌旗剑戟，舞万夫于其右。中有一夫前曰："此《钱塘破阵乐》。"旌铫杰气，顾骤悍栗，座客视之，毛发皆竖。复有金石丝竹，罗绮珠翠，舞千女于其左，中有一女前进曰："此《贵主还宫乐》。"清音宛转，如诉如慕，坐客听之，不觉泪下。二舞既毕，龙君大悦，锡以纨绮，颁于舞人。然后密席贯坐，纵酒极娱。酒酣，洞庭君乃击席而歌曰："大天苍苍兮，大地茫茫。人各有志兮，何可思量。狐神鼠圣兮，薄社依墙。[14]雷霆一发兮，其孰敢当。荷贞人兮信义长，令骨肉兮还故乡。齐言惭愧兮何时忘！"洞庭君歌罢，钱塘君再拜而歌曰："上天配合兮，生死有途。此不当妇兮，彼不当夫。腹心辛苦兮，泾水之隅。风霜满鬓兮，雨雪罗襦。赖明公兮引素书，令骨肉兮家如初。永言珍重兮无时无。"钱塘君歌阕，洞庭君俱起，奉觞于毅。毅踧踖而受爵，饮讫，复以二觞奉二君。乃歌曰："碧云悠悠兮，泾水东流。伤美人兮，雨泣花愁。尺书远达兮，以解君忧。哀冤果雪兮,还处其休。荷和雅兮感甘羞。山家寂寞兮难久留。欲将辞去兮悲绸缪。"歌罢,皆呼万岁。洞庭君因出碧玉箱[15],贮以开水犀;钱塘君复出红珀盘,贮以照夜玑,皆起进毅。毅辞谢而受。然后宫中之人,咸以绡彩珠璧,投于毅侧。重叠焕赫,须臾埋没前后。毅笑语四顾,愧揖不暇。洎酒阑欢极,毅辞起,复宿于凝光殿。

翌日,又宴毅于清光阁。钱塘因酒作色,踞谓毅曰:"不闻猛石可裂不可卷,义士可杀不可羞耶? 愚有衷曲,欲一陈于公。如可,则俱在云霄;如不可,则皆夷粪壤。足下以为何如哉?"毅曰:"请闻之。"钱塘曰:"泾阳之妻,则洞庭君之爱女也。淑性茂质,为九姻所重。不幸见辱于匪人。今则绝矣。将欲求托高义,世为亲戚。使受恩者知其所归,怀爱者知其所付,岂不为君子始终之道者?"毅肃然而作,欻然而笑曰:"诚不知钱塘君孱困如是! 毅始闻夸九州,怀五岳,泄其愤怒;复见断金锁,掣玉柱,赴其急难。毅以为刚决明直无如君者。盖犯之者不避其死,感之者不爱其生,此真丈夫之志。奈何萧管方洽,亲宾正和,不顾其道,以威加人? 岂仆之素望哉! 若遇公于洪波之中,玄山之间,鼓以鳞须,被以云雨,将迫毅以死,毅则以禽兽视之,亦何恨哉! 今体被衣冠,坐谈礼义,尽五常之志性,负百行之微旨,虽人世贤杰,有不如者,况江河灵类乎? 而欲以蠢然之躯,悍然之性,乘酒假气,将迫于人,岂近直哉! 且毅之质,不足以藏王一甲之间。然而敢以不伏之心,胜王不道之气。惟王筹之!"钱塘及逡巡致谢曰:"寡人生长宫房,不闻正论。向者词述疏狂,妄突高明。退自循顾,戾不容责。幸君子不为此乖间可也。"其夕,复饮宴,其乐如旧。毅与钱塘,遂为知心友。明日,毅辞归。洞庭君夫人别宴毅于潜景殿。男女仆妾等,悉出预会。夫人泣谓毅曰:"骨肉受君子深恩,恨不得展愧戴,遂至睽别。"使前泾阳女当席拜毅以致谢。夫人又曰:"此别岂有复相遇之日乎?"毅其始虽不诺钱塘之情,然当此席,殊有叹恨之色。宴罢,辞别,满宫凄然。赠遗珍宝,怪不可述。毅于是复循途出江岸,见从者十余人,担囊以随,至其家而辞去。

毅因适广陵宝肆,鬻其所得。百未发一,财已盈兆。故淮右富族,咸以为莫如。遂娶于张氏,亡,又娶韩氏。数月,韩氏又亡。徙家金陵。常以鳏旷多感,或谋新匹。有媒氏告之曰:"有卢氏女,范阳人也。父名曰浩,尝为清流宰。晚岁好道,独游云泉,今则不知所在矣。母曰郑氏。前年适清河张氏,不幸而张夫早亡。母怜其少,惜其慧美,欲择德以配焉。不识何如?"毅乃卜日就礼。既而,男女二姓俱为豪族,法用礼物,尽其丰盛。金陵之士,莫不健仰。居月余,毅因晚入户,视其妻,深觉类于龙女,而逸艳丰厚则又过之。因与话昔事。妻谓毅曰:"人世岂有如是之理乎? 然君与余有一子。"毅益重之。既产,逾月,乃秾饰换服,召亲戚。相会之间,笑谓毅曰:"君不忆余之于昔也?"毅曰:"夙为洞庭君女传书,至今为忆。"妻曰:"余即洞庭君之女也。泾川之冤,君使得白。衔君之恩,誓心求报。洎钱塘季父论亲不从,遂至睽违,天各一方,不能相问。父母欲配嫁于濯锦[16]小儿某。惟以心誓难移,亲命难背。既为君子弃绝,分无见期。而当初之冤,虽得以告诸父母,而誓报不得其志,复欲驰白于君子。值君子累娶,当娶于张,已而又娶于韩。迨张韩继卒,君卜居于兹,故余之父母乃喜余得遂报君之意。今日获奉君子，咸善终世，死无恨矣。"因呜咽，泣涕交下。对毅曰："始不言者，知君无重色之心；今乃言者，知君有感余之意。妇人匪薄，不足以确厚永心。故因君爱子，以托相生。未知君意如何？愁惧兼心，不能自解。君附书之日，笑谓妾曰：'他日归洞庭，慎无相避。'诚不知当此之际，君岂有意于今日之事乎？其后季父请于君，君固不许。君乃诚将不可邪，抑忿然邪？君其话之！"毅曰："似有命者。仆始见君子，长泾之隅，枉抑憔悴，诚有不平之志。然自约其心者，达君之冤，余无及也。以言慎无相避者，偶然耳，岂有意哉！洎钱塘逼迫之际，唯理有不可直，乃激人之怒耳。夫始以义行为之志，宁有杀其婿而纳其妻者邪？一不可也。善素以操真为志尚，宁有屈于己而伏于心者乎？二不可也。且以率肆胸臆，酬酢纷纶，唯直是图，不遑避害。然而将别之日，见君有依然之容，心甚恨之。终以人事扼束，无由报谢。吁！今日，君，卢氏也，又家于人间。则吾始心未为惑矣。从此以往，永奉欢好，心无纤虑也。"妻因深感娇泣，良久不已。有顷，谓毅曰："勿以他类，遂为无心，固当知报耳。夫龙寿万岁，今与君同之。水陆无往不适。君不以为妄也。"毅嘉之曰："吾不知国客乃复为神仙之饵。"乃相与觐洞庭。既至，而宾主盛礼，不可具纪。后居南海，[17]仅四十年，其邸第舆马珍鲜服玩，虽侯伯之室，无以加也。毅之族咸遂濡泽。以其春秋积序，容状不衰，南海之人，靡不惊异。洎开元[18]中，上方属意于神仙之事，精索道术。毅不得安，遂相与归洞庭。凡十余岁，莫知其迹。

至开元末，毅之表弟薛嘏为京畿[19]令，谪官东南。经洞庭，晴昼长望，俄见碧山出于远波。舟人皆侧立，曰："此本无山，恐水怪耳。"指顾之际，山与舟相逼，乃有彩船自山驰来，迎问于嘏。其中有一人呼之曰："柳公来候耳。"嘏省然记之，乃促至山下，摄衣疾上。山有宫阙如人世，见毅立于宫室之中，前列丝竹，后罗珠翠，物玩之盛，殊倍人间。毅词理益玄，容颜益少。初迎嘏于砌，持嘏手曰："别来瞬息，而发毛已黄。"嘏笑曰："兄为神仙，弟为枯骨，命也。"毅因出药五十丸遗嘏，曰："此药一丸可增一岁耳。岁满复来，无久居人世，以自苦也。"欢宴毕，嘏乃辞行。自是已后，遂绝影响。嘏常以是事告于人世。殆四纪，嘏亦不知所在。陇西[20]李朝威叙而叹曰：五虫[21]之长，必以灵者，别斯见矣。人，裸[22]也，移信鳞虫。洞庭含纳大直，钱塘迅疾磊落，宜有承焉。嘏咏而不载，独可邻其境。愚义之，为斯文。

选自《唐宋传奇集》，鲁迅校录，齐鲁书社1997年版

【注释】

[1] 仪凤：唐高宗年号（676—678）。

[2] 泾阳：唐县名，今陕西三原县，在长安北面、泾河北岸。

[3] 泾川：泾河，流经今甘肃、陕西两省。这里指泾河龙君。

[4] 吴：泛指南方。洞庭湖正是吴楚分界的地方。

[5] 社橘：唐代风俗，举行"社祭"（祭土地神）时要选大树。

[6] 神祇(qí):神指天神;祇指地神。泛指一切神明。

[7] 少选:一会儿;不多久。选,等待。

[8] 景(yǐng)从云合:景,同影。如同影子跟随形体,像浮云一样地簇拥着。

[9] 塞其五山:用洪水淹没了那个天将管辖的五座大山。

[10] 同气:有血统关系的亲属。后来多指同胞兄弟而言。

[11] 幢(chuáng)节:旗帜仪仗。

[12] 萧韶:相传是古帝虞舜的乐曲名,此是指乐队奏着美妙的音乐跟随其后。

[13] 笳(jiā)角鼙(pí)鼓:古乐器名。

[14] 狐神鼠圣兮,薄社依墙:狐狸依托城墙,老鼠依托土地庙做巢穴。

[15] 开水犀:可以把开水逼开,在水中现出出路来的犀牛角,古代传说中的宝物。

[16] 濯锦:江名,即今四川成都的浣花溪。这里指濯锦江龙君。

[17] 南海:今广州市。

[18] 开元:唐玄宗的年号(713—741)。

[19] 京畿:旧称国都及其所管辖的地方。

[20] 陇西:唐郡名,也称渭州,今甘肃陇西、定西、武山等地区。

[21] 五虫:指倮虫(人类)、羽虫(鸟类)、毛虫(兽类)、鳞虫(鱼类)、介虫(龟类)。

[22] 倮:同"倮"。人身上没有羽毛鳞甲,所以列为倮虫。

【作者简介】

李朝威(约766—820),陇西人,唐代著名传奇作家。他的作品仅存《柳毅传》和《柳参军传》两篇。其《柳毅传》被鲁迅先生与元稹的《莺莺传》相提并论。他本人也被后来的一些学者誉为传奇小说的开山鼻祖。

【作品赏析】

唐代文苑与诗歌并举,在文坛上放出异彩的,是被鲁迅称为"所成就乃特异"的传奇小说。唐传奇中有不少优秀作品,对后世小说和戏曲都有过重大的影响,《柳毅传》就是其中之一。小说主要写了柳毅仗义救人,替遭受为难、走投无路的龙女捎书洞庭,使之得救,后两人几经波折,终结百年之好的故事。小说把灵怪、侠义和爱情结合在一起,构成了一个美丽、动人的传奇故事。

这篇作品歌颂了正义,鞭挞了邪恶,具有积极的主题思想。这是一篇神话故事,但它所反映的却是人世间的婚姻、爱情问题。小说中写龙女在夫家受到丈夫的凌辱和公婆的迫害,终日过着痛苦的生活。实际上这正是古代一般妇女所常有的遭遇和痛苦。故事中写龙女的不幸婚姻是由"父母配嫁",在一定程度上表露出反对父母包办婚姻的思想。柳毅不肯在威逼下娶龙女,龙女不愿违背"心誓"改嫁给"濯锦小儿",也表现出作者要求男女自主婚姻的进步思想。

唐传奇以注重塑造典型人物形象为其主要特征。在《柳毅传》成功地塑造的几个个性鲜明的形象中,柳毅最为丰满。柳毅是一个落第书生,却热心助人。正直无私、见义勇为、不负重托等传统美德在他身上表露无疑。其品德、性格是随着情节的进展,逐步深入、具体地描绘出来的。见到牧羊龙女时的关切询问,听到龙女陈述后的"气血俱动","恨无毛羽,不能奋飞"的急切心情,不辞劳苦传书救人等情节,使一个路见不平挺身而出的形象跃然纸上。小说还塑造了钱塘君的形象。他以"千雷万霆,激绕其身,霰雪雨雹"出场,表现了他的威猛和豪壮,作者还通过极度夸张和充分想象刻画了他疾恶如仇的刚烈性格。此外洞庭君的通情达理,宽厚仁义;小龙女的善良、多情都给我们留下很深的印象。

现实性和超现实性完美结合是作品另一特色。《柳毅传》揭示了为争取婚姻自由的青年与封建礼教之间尖锐的矛盾冲突。青年妇女要自主地处理婚姻,只是一种幻想。因而作者运用浪漫主义手法,设置虚幻情节,亦人亦神,巧妙地来解决这一矛盾。牧羊的幻境,威严的龙君,魂奇的龙宫,美妙的歌舞,龙女化为卢氏,柳毅登仙等情节,无不惝恍迷离,极尽想象。在柳毅的帮助下,小龙女从虐待中解放出来,最终与柳毅结为夫妻的情节,无疑极大地鼓舞了处在封建家庭关系残酷压迫下的妇女勇敢地去追求自由和幸福。

小说语言上也独具特色。骈句和散句相结合。文中大量使用四字句,一字到十一字,句式参差。小说还用了大量的夸张、比喻、对偶、借代等修辞手法,而且一字一词,力求稳妥。如作品开头写龙女初"蛾脸末舒"的极度痛楚,强忍不幸"楚而谢",而"终泣",精确地展示了龙女的心理变化过程,也使故事声韵流转,节奏鲜明,增强了艺术感染力。

【专栏知识】

> 唐传奇:即唐代的文言短篇小说,内容多传述奇闻逸事,以其情节多奇特、神异,故名。唐传奇以愉悦性情为目的,更加关注个体生命和情感,全方位地展示纷杂的人世生活,借以寄托个人的志趣爱好和理想追求。自晚唐时裴铏所作的小说集《传奇》后,人们即用"传奇"这一名称来作为这一类小说的通称。代表作品有白行简的《李娃传》、元稹的《莺莺传》、陈鸿的《长恨歌传》、沈既济的《枕中记》等。

【相关链接】

枕中记

沈既济

开元七年,道士有吕翁者,得神仙术,行邯郸道中,息邸舍,摄帽弛带,隐囊而坐。俄见旅中少年,乃卢生也。衣短褐,乘青驹,将适于田,亦止于邸中,与翁共席而坐,言笑殊畅。久之,卢生顾其衣装敝亵,乃长叹息曰:"大丈夫生世不谐,困如是也!"翁曰:"观子形体,无苦无恙,谈谐方适,而叹其困者,何也?"生曰:"吾此苟生耳。何适之谓?"翁曰:"此不谓适,而何谓适?"答曰:"士之生世,当建功树名,出将入相,列鼎而食,选声而听,使族益昌而家益肥,然后可以言适乎。吾尝志于学,富于游艺,自惟当年,青紫可拾。今已适壮,犹勤畎亩,非困而何?"言讫,而目昏思寐。

时主人方蒸黍。翁乃探囊中枕以授之,曰:"子枕吾枕,当令子荣适如志。"其枕青瓷,而窍其两端。生俯首就之,见其窍渐大,明朗。乃举身而入,遂至其家。数月,娶清河崔氏女。女容甚丽,生资愈厚。生大悦,由是衣装服驭,日益鲜盛。明年,举进士,登第;释褐秘校;应制,转渭南尉;俄迁监察御史;转起居舍人,知制诰。三载,出典同州,迁陕牧。生性好土功,自陕西凿河八十里,以济不通。邦人利之,刻石纪德。移节卞州,领河南道采访使,征为京兆尹。是岁,神武皇帝方事戎狄,恢宏土宇。会吐蕃悉抹逻及烛龙莽布支攻陷瓜沙,而节度使王君㚟新被杀,河湟震动。帝思将帅之才,遂除生御史中丞、河西道节度。大破戎虏,斩首七千级,开地九百里,筑三大城以遮要害。边人立石于居延山以颂之。归朝册勋,恩礼极盛。转吏部侍郎,迁户部尚书兼御史大夫。时望清重,群情翕习。大为时宰所忌,以飞语中之,贬为端州刺史。三年,征为常侍。未几,同中书门下平章事。与萧中令嵩、裴侍中光庭同执大政十余年,嘉谟密命,一日三接,献替启沃,号为贤相。同列害之,复诬与边将交结,所图不轨。下制狱。府吏引从至其门而急收之。生惶骇不测,谓妻子曰:"吾家山东,有良田五顷,足以御寒馁,何苦求禄?而今及此,思衣短褐,乘青驹,行邯郸道中,不可得也。"引刃自刎。其妻救之,获免。其罹者皆死,独生为中官保之,减罪死,投驩州。数年,帝知冤,复追为中书令,封燕国公,恩旨殊异。生五子:曰俭,曰传,曰位,曰倜,曰倚,皆有才器。俭进士登第,为考功员外;传为侍御史;位为太常丞;倜为万年尉;倚最贤,年二十八,为左襄。其姻媾皆天下望族。有孙十余人。两窜荒徼,再登台铉,出入中外,徊翔台阁,五十余年,崇盛赫奕。性颇奢荡,甚好佚乐,后庭声色,皆第一绮丽。前后赐良田、甲第、佳人、名马,不可胜数。后年渐衰迈,屡乞骸骨,不许。病,中人候问,相踵于道,名医上药,无不至焉。将殁,上疏曰:"臣本山东诸生,以田圃为娱。偶逢圣运,得列官叙。过蒙殊奖,特秩鸿私,出拥节旌,入升台辅。周旋中外,绵历岁时。有忝天恩,无裨圣化。负乘贻寇,履薄增忧,日惧一日,不知老至。今年逾八十,位极三事,钟漏并歇,筋骸俱耄,弥留沉顿,待时溘尽。顾无成效,上答休明,空负深恩,永辞圣代。无任感恋之至。谨奉表陈谢。"诏曰:"卿以俊德,作朕元辅。出拥藩翰,入赞雍熙,升平二纪,实卿所赖。比婴疾疹,日谓痊平。岂斯沉痼,良用悯恻。今令骠骑大将军高力士就第候省。其勉加针石,为予自爱。犹冀无妄,期于有瘳。"是夕,薨。

卢生欠伸而悟,见其身方偃于邸舍,吕翁坐其傍,主人蒸黍未熟,触类如故。生蹶然而兴,曰:"岂其梦寐也?"翁谓生曰:"人生之适,亦如是矣。"生怃然良久,谢曰:"夫宠辱之道,穷达之运,得丧之理,死生之情,尽知之矣。此先生所以窒吾欲也。敢不受教!"稽首再拜而去。

选自《唐宋传奇集》,鲁迅校录,齐鲁书社 1997 年版

【思考与练习】

1. 谈谈《柳毅传》的艺术特色。

2. 结合《柳毅传》和《枕中记》谈谈你对鲁迅所说的"故所成就乃特异"的理解。

3. 赏析《枕中记》。

王子安

蒲松龄

王子安，东昌[1]名士，困于场屋。入闱后，期望甚切。近放榜时，痛饮大醉，归卧内室。忽有人白："报马[2]来。"王踉跄起曰："赏钱十千！"家人因其醉，诳而安之曰："但请自睡，已赏之矣。"王乃眠。俄又有人者曰："汝中进士矣！"王自言："尚未赴都，何得及第？"其人曰："汝忘之耶？三场毕矣。"王大喜，起而呼曰："赏钱十千！"家人又诳之曰："请自睡，已赏之矣"。又移时，一人急入曰："汝殿试翰林[3]，长班[4]在此。"果见二人拜床下，衣冠修洁。王呼赐酒食，家人又绐之，暗笑其醉而已。久之，王自念不可不出耀乡里，大呼长班，凡数十声无应者。家人笑曰："暂卧候，寻他去。"又久之，长班果复来。王捶床顿足，大骂："钝奴焉往！"长班怒曰："措大无赖！向与尔戏耳，而真骂耶？"王怒，骤起扑之，落其帽。王亦倾跌。妻入扶之曰："何醉至此！"王曰："长班可恶，我故惩之，何醉也！"妻笑曰："家中止有一媪，昼为汝炊，夜为汝温足耳。何处长班，伺汝穷骨？"子女粲然皆笑。王醉亦稍解，忽如梦醒，始知前此之妄。然犹记长班帽落，寻至门后，得一缨帽如盏大，共异之。自笑曰："昔人为鬼揶揄[5]，吾今为狐奚落矣。"

异史氏曰："秀才入闱，有七似焉。初入时，白足提篮[5]似丐。唱名时，官呵吏骂似囚。其归号舍[6]也，孔孔伸头，房房露脚，似秋末之冷蜂。其出闱场也，神情惝怳，天地异色，似出笼之病鸟。迨望报[7]也，草木皆惊，梦想亦幻。时作一得意想，则顷刻而楼阁俱成；作一失意想，则瞬息而骸骨已朽。此际行坐难安，则似被絷之猱。忽然而飞骑传人，报条无我，此时神色猝变，嗒然若死，则似饵毒之蝇，弄之亦不觉也。初失志，心灰意败，大骂司衡[8]无目，笔墨无灵，势必举案头物而尽炬之；炬之不已，而碎踏之；踏之不已，而投之浊流。从此披发入山，面向石壁，再有以'且夫'、'尝谓'之文进我者，定当操戈逐之。无何，日渐远，气渐平，技又渐痒，遂似破卵之鸠，只得衔木营巢，从新另抱矣。如此情况，当局者痛哭欲死，而自旁观者视之，其可笑孰甚焉。王子安方寸之中，顷刻万绪，想鬼狐窃笑已久，故乘其醉而玩弄之。床头人醒，宁不哑然自笑哉？顾得志之况味不过须臾；词林诸公不过经两三须臾耳，子安一朝而尽尝之，则狐之恩与荐师[9]等。"

选自《聊斋志异》，齐鲁书社 1995 年版

【注释】

[1] 东昌:府治,今山东聊城市。

[2] 报马:旧时科举考试传递报条(通知书)的骑马信使。

[3] 殿试翰林:考取翰林官职的考试。

[4] 长班:供身边使用的差役。

[5] 白足提篮:白足,入考场时防止考生夹带作弊,须解衣脱鞋袜检查,称白足;提篮,提着盛考具及食物的考篮。

[6] 号舍:生员考试的房间。

[7] 望报:盼望考中的报条(通知书)。

[8] 司衡:评判试卷的考官。

[9] 荐师:主考官下设置的初级试卷的评阅官,当他们认可试卷时,就于试卷书"荐"字以供主考官定夺。考生往往称之为"荐师"或"房师"。

【作者简介】

　　蒲松龄(1640—1715),字留仙,一字剑臣,别号柳泉居士,世称聊斋先生,淄川(今山东省淄博市)人。早年热衷功名,但屡试不第。中年迫于生计,应同邑人宝应县知县孙蕙之请,为其做幕宾数年。后于乡里边设帐授徒,边继续应考。至71岁时才补一岁贡生。五年后去世。工诗文,善俚曲。创作文言文短篇小说集《聊斋志异》外,另有《聊斋诗文集》、《聊斋俚曲集》等。

【作品赏析】

　　小说《王子安》写东昌名士王子安久困场屋而热衷功名,放榜前痛饮大醉,狐仙"乘其醉而玩弄之",恍惚迷离之间"中进士"、"殿试翰林"而得意忘形,丑态百出。作品穷形极相地描画了科举制度毒害下读书人为功名痴醉癫狂的情状,揭示出科举制度对封建知识分子心灵的扭曲及由此形成的畸形的精神世界。

　　由于困于场屋且对功名富贵"期望甚切",所以在放榜之前,王子安对于"放榜"既渴望、兴奋又恐惧、惊慌,酩酊大醉是他缓舒这种矛盾心理的方式,狐仙乘其醉而戏弄他。于是就出现了现实和虚幻交融的场景。沉浸于虚幻世界中的王子安和现实中的家人共同演绎了讽刺科举毒害、扭曲读书人心灵的轻喜剧。困于场屋的王子安在须臾之间便经历了"报马来"、"中进士"、"殿试翰林"等读书人梦寐一生也未必能得到的"得志"。其心理也由此有着明显的变化过程,由听到"报马来"踉跄惊喜,到听到"中进士"疑而大喜,再到听到"殿试翰林"欲炫耀乡里呼"长班"不得的大怒,形神毕肖地揭示出王子安对功名的强烈贪求,以及其求功名本质是为横行乡里。而处于清醒现实中的家人,对于王子安的种种可笑的举止则是"诳"、"给"。正是家人的"诳"、"给",才促成了王子安有了更可笑的举止。现实中的家人举止是虚拟世界中王子安举止的必要依托。

小说成功运用了虚幻和现实交替的艺术手法展现人物的心理。人物内心在虚幻空间中由于摆脱了现实要素的拘束,展现得比清醒的现实世界中更直观,更显露;而现实中家人的反应又拉长了展示人物内心真实的虚幻空间的长度,使人物的心理不是瞬间的内心真实,而是完整的系统的心理活动的真实。两者完美有机的融合使人物的心理完整、真切,生动可感。

小说另一为人称道处在于点面结合,道尽读书人被科举毒害扭曲的一生。如果说本文情节性文字主要叙述王子安发榜前夕的种种癫狂的举止,只是截取读书人受科举之害的一个点的话,那么结尾异史氏的评论性文字,则将读书人埋头科举、终身为其所害的一生高度凝练而形象地展示在世人面前。结尾的评述对读书人做了形象的比喻:似丐、似囚、似秋末之冷峰、似出笼病鸟、似被絷之猱、似饵毒之蝇、似破卵之鸠,生动形象地记录了读书人从应考前后的沮丧、到失败后的不平、到再次准备应考的完整考试过程的辛酸痛苦。封建科举制度的弊端及录取名额的限制,决定了大多数读书人都是在此种循环往复的过程中度过一生的。七种比喻涵盖了读书人一生为科举的精神生活内容的全部。王子安放榜前的癫狂举止(点)和对读书人的七喻(面)将科举制度下古代读书人可悲可怜的精神状态和被扭曲的心灵形象地展示出来。

【专栏知识】

《聊斋志异》中的作品近五百篇,其故事来源,据作者《聊斋自志》所云,大致有三:一是由于对古代志怪小说爱好,从中提炼某些题材予以再加工创造;二是自己亲耳所闻的民间故事传说,"闻则命笔,遂以成篇";三是友人提供的素材,"四方同人,又以邮筒相寄",作者予以改造加工。

【相关链接】

叶 生
蒲松龄

淮阳叶生者,失其名字。文章词赋,冠绝当时;而所遇不偶,困于名场。会关东丁乘鹤来令是邑,见其文,奇之;召与语,大悦。使即官署,受灯火;时赐钱谷恤其家。值科试,公游扬于学使,遂领冠军。公期望綦切,闱后,索文读之,击节称叹。不意时数限人,文章憎命,榜既放,依然铩羽。生嗒丧而归,愧负知己,形销骨立,痴若木偶。公闻,召之来而慰之。生零涕不已。公怜之,相期考满入都,携与俱北。生甚感佩,辞而归,杜门不出。无何寝疾。公遗问不绝。而服药百裹,殊罔所效。公适以忤上官免,将解任去,函致之,其略云:"仆东归有日,所以迟迟者,待足下耳。足下朝至,则仆夕发矣。"传之卧榻,生持书啜泣,寄语来使:"疾革难遽瘥,请先发。"使人返白。公不忍去,徐待之。逾数日,门者忽通叶生至。公喜,迎而问之。生曰:"以犬马病,劳夫子久待,万虑不宁。今幸可从杖履。"公乃束装戒旦。抵里,命子师事生,夙夜与俱。公子名再昌,时年十六,尚不能文;然绝慧,凡文艺三两过,辄无遗忘。居之期岁,便能落笔成文。益之公力,遂入邑痒。生以生平所拟举业,悉录授读。闱中七题,并无脱漏,中亚魁。公一日谓生曰:"君出余绪,遂使孺子成名。然黄钟长弃若何!"生曰:"是殆有命。借福泽为文章吐气,使天下人知半生沦落,非战之罪也,愿亦足矣。且士得一人知己,可无憾。何必抛却白纻,乃谓之利市哉!"公以其久客,恐误岁试,劝令归省。生惨然不乐。公不忍强,嘱公子至都为之纳粟。公子又捷南宫,授部中主政,携生赴监,与共晨夕。逾岁,生入北闱,竟领乡荐。会公子差南河典务,因谓生曰:"此去离贵乡不远,先生奋迹云霄,锦还为快。"生亦喜。择吉就道,抵淮阳界,命仆马送生归。见门户萧条,意甚悲恻。逡巡至庭中。妻携簸具以出,见生,掷具骇走。生凄然曰:"今我贵矣,三四年不觌,何遂顿不相识?"妻遥谓曰:"君死已久,何复言贵?所以久淹君枢者,以家贫子幼耳。今阿大亦已成立,将卜窀穸,勿作怪异吓生人。"生闻之,怃然惆怅。逡巡入室,见灵枢俨然,扑地而灭。妻惊视之,衣冠履舄如蜕委焉;大恸,抱衣悲哭。子自塾中归,见结驷于门,审所自来,骇奔告母。母挥涕告诉。又细询从者,始得颠末。从者返,公子闻之,涕堕垂膺。即命驾哭诸其室;出橐为营丧,葬以孝廉礼。又厚遗其子,为延师教读。言于学使,逾年游泮。

异史氏曰:"魂从知己,竟忘死耶?闻者疑之,余深信焉。同心倩女,至离枕上之魂;千里良朋,犹识梦中之路。而况茧丝蝇迹,吐学士之心肝;流水高山,通我曹之性命者哉!嗟乎!遇合难期,遭逢不偶。行踪落落,对影长愁;傲骨嶙嶙,搔头自爱。叹面目之酸涩,来鬼物之揶揄。频居康了之中,则须发之条条可丑;一落孙山之外,则文章之处处皆疵。古今痛哭之人,卞和惟尔;颠倒逸群之物,伯乐伊谁?抱刺于怀,三年灭字;侧身以望,四海无家。人生世上,只须合眼放步,以听造物之低昂而已。天下之肮脏沦落,如叶生其人者,亦复不少,顾安得令威复来,而生死从之也哉?噫!"

选自《聊斋志异》,齐鲁书社 1995 年版

【思考与练习】

1. 小说《王子安》在艺术结构上有哪些特点?

2. 结合《叶生》、《王子安》两篇小说,领会封建科举制度对知识分子的毒害和扭曲。

宝玉挨打

曹雪芹

原来宝玉会过雨村回来,听见金钏儿含羞自尽,心中早已五内摧伤,进来又被王夫人数说教训一番,也无可回说。看见宝钗进来,方得便走出,茫然不知何往,背着手,低着头,一面感叹,一面慢慢的信步走至厅上。刚转过屏门,不想对面来了一人,正往里走,可巧儿撞了个满怀。只听那人喝了一声"站住!"宝玉唬了一跳,抬头看时,不

是别人，却是他父亲。早不觉的倒抽了一口凉气，只得垂手一旁站着。

贾政道："好端端的，你垂头丧气嗐^[1]什么？方才雨村来了，要见你，那半天你才出来！既出来了，全无一点慷慨挥洒的谈吐，仍是委委琐琐的。我看你脸上一团私欲愁闷气色！这会子又唉声叹气，你那些还不足、还不自在？无故这样，是什么原故？"宝玉素日虽然口角伶俐，此时一心却为金钏儿感伤，恨不得也身亡命殒，如今见他父亲说这些话，究竟不曾听明白了，只是怔怔的站着。

贾政见他惶悚^[2]，应对不似往日，原本无气的，这一来倒生了三分气。方欲说话，忽有门上人来回："忠顺亲王府里有人来，要见老爷。"贾政听了，心下疑惑，暗暗思忖道："素日并不与忠顺府来往，为什么今日打发人来？……"一面想，一面命："快请厅上坐"，急忙进内更衣。出来接见时，却是忠顺府长府官，一面彼此见了礼归坐献茶。未及叙谈，那长府官先就说道："下官此来，并非擅造潭府^[3]，皆因奉王命而来；有一件事相求。看王爷面上，敢烦老大人作主，不但王爷知情，且连下官辈亦感谢不尽。"

贾政听了这话，摸不着头脑，忙陪笑起身问道："大人既奉王命而来，不知有何见谕^[4]？望大人宣明，学生好遵谕承办。"那长府官便冷笑道："也不必承办，只用老先生一句话就完了。我们府里有一个做小旦的琪官，一向好好在府里，如今竟三五日不见回去，各处去找，又摸不着他的道路，因此各处察访。这一城内，十停^[5]人倒有八停人都说：他近日和衔玉的那位令郎相与甚厚。下官辈听了：尊府不比别家，可以擅来索取，因此启明王爷。王爷亦说：'若是别的戏子呢，一百个也罢了，只是这琪官随机应答，谨慎老成，甚合我老人家的心境，断断少不得此人。'故此求老先生转致令郎，请将琪官放回：一则可慰王爷谆谆奉恳之意，二则下官辈也可免操劳求觅之苦。"说毕，忙打一躬。

贾政听了这话，又惊又气，即命唤宝玉出来。宝玉也不知是何原故，忙忙赶来，贾政便问："该死的奴才！你在家不读书也罢了，怎么又做出这些无法无天的事来！那琪官现是忠顺王爷驾前承奉的人，你是何等草莽^[6]，无故引逗他出来，如今祸及于我！"宝玉听了唬了一跳，忙回道："实在不知此事。究竟连'琪官'两个字，不知为何物，况更又加'引逗'二字！"说着便哭。

贾政未及开口，只见那长府官冷笑道："公子也不必隐饰：或隐藏在家，或知其下落，早说出来，我们也少受些辛苦，岂不念公子之德？"宝玉连说："实在不知，恐是讹传，也未见得"。那长史官冷笑两声道："现有据证，必定当着老大人说了出来，公子岂不吃亏？——既云不知，此人那红汗巾子怎得到了公子腰里？"

宝玉听了这话，不觉轰去魂魄，目瞪口呆，心下自思："这话他如何得知？他既连这样机密事都知道了，大约别的瞒他不过，不如打发他去了，免的再说出别的事来。"因说道："大人既知他的底细，如何连他置买房舍这样大事倒不晓得了？听得说：他如今在东郊离城二十里有个什么紫檀堡，他在那里置了几亩田地，几间房舍。想是在那里，也未可知。"那长府官听了，笑道："这样说，一定是在那里了。我且去找一回，若有了便罢;若没有,还要来请教。"说着,便忙忙的告辞走了。

贾政此时气得目瞪口歪,一面送那官员,一面回头命宝玉:"不许动!回来有话问你!"一直送那官员去了。才回身时,忽见贾环带着几个小厮一阵乱跑,贾政喝令小厮"快给我打!"贾环见了他父亲,吓得骨软筋酥,赶忙低头站住。贾政便问:"你跑什么?带着你的那些人都不管你,不知往那里去,由你野马一般!"喝叫:"跟上学的人呢?"

贾环见他父亲甚怒,便乘机说道:"方才原不曾跑,只因从那井边一过,那井里淹死了一个丫头,我看见脑袋这么大,身子这么粗,泡的实在可怕,所以才赶着跑过来。"贾政听了,惊疑问道:"好端端,谁去跳井?我家从无这样事情,自祖宗以来,皆是宽柔以待下。——大约我近年于家务疏懒,自然执事人操克夺之权[7],致使弄出这暴殄轻生的祸来!若外人知道,祖宗颜面何在!"喝命:"叫贾琏、赖大来!"

小厮们答应了一声,方欲去叫,贾环忙上前,拉住贾政的袍襟,贴膝跪下,道:"老爷不用生气。此事除太太房里的人,别人一点也不知道。我听见我母亲说——"说到这句,便回头四顾一看;贾政知其意,将眼色一丢,小厮们明白,都往两边后面退去。贾环便悄悄说道:"我母亲告诉我说:'宝玉哥哥,前日在太太屋里,拉着太太的丫头金钏儿,强奸不遂,打了一顿,那金钏儿便赌气投井死了——'。"

话未说完,把个贾政气得面如金纸,大叫"快拿宝玉来!"一面说,一面便往书房去,喝令"今日再有人来劝我,我把这冠带[8]家私一应交与他与宝玉过去,我免不得做个罪人,把这几根烦恼鬓毛剃去,寻个干净去处自了,也免得上辱先人、下生逆子之罪!"

众门客[9]仆从见贾政这个形景,便知又是为宝玉了,一个个都是咬指吐舌,连忙退出。那贾政喘吁吁直挺挺的坐在椅子上,满面泪痕,一叠连声"拿宝玉来!拿大棍拿索来!把门都关上!有人传信往里头去,立刻打死!"众小厮们只得齐声答应着,有几个来找宝玉。

那宝玉听见贾政吩咐他"不许动",早知多凶少吉;那里知道贾环又添了许多的话?正在厅上旋转,怎得个人来往里头捎信,偏偏的没个人来,连焙茗也不知在那里。正盼望时,只见一个老妈妈出来,宝玉如得了珍宝,便赶上来拉他,说道:"快进去告诉:老爷要打我呢!快去,快去!要紧,要紧!"宝玉一则急了,说话不明白;二则老婆子偏偏又耳聋,不曾听见是什么话,把"要紧"二字,只听作"跳井"二字,便笑道:"跳井让他跳去,二爷怕什么?"宝玉见是个聋子,便着急道:"你出去叫我的小厮来罢!"那婆子道:"有什么不了的事?老早的完了,太太又赏了衣服,又赏了银子,怎么不了事呢?"

宝玉急的手脚正没抓寻处,只见贾政的小厮走来,逼着他出去了。贾政一见,眼都红了,也不暇问他在外流荡优伶,表赠私物,在家荒疏学业,逼淫母婢;只喝命"堵起嘴来,着实打死!"小厮们不敢违,只得将宝玉按在凳上,举起大板,打了十来下。宝玉自知不能讨饶,只是呜呜的哭。贾政还嫌打的轻,一脚踢开掌板的,自己夺过板子来,狠命的又打了十几下。

宝玉生来未经过这样苦楚,起先觉得打的疼不过,还乱嚷乱哭,后来渐渐气弱声嘶,哽咽不出。众门客见打的不祥了,赶着上来,恳求夺劝。贾政那里肯听?说道:"你们问问他干的勾当,可饶不可饶!素日皆是你们这些人把他酿[10]坏了,到这步田地还来解劝!明日酿到他弑父弑君,你们才不劝不成?"

众人听这话不好,知道气急了,忙乱着觅人进去给信。王夫人听了,不及去回贾母,便忙穿衣出来,也不顾有人没人,忙忙赶扶了一个丫头,赶往书房中来。慌的众门客小厮等避之不及。贾政正要再打,一见王夫人进来,更加火上浇油,那板子越下去的又狠又快。按宝玉的两个小厮,忙松手走开,宝玉早已动弹不得了。

贾政还欲打时,早被王夫人抱住板子。贾政道:"罢了,罢了!今日必定要气死我才罢!"王夫人哭道:"宝玉虽然该打,老爷也要保重。且炎暑天气,老太太身上又不大好,打死宝玉事小,倘或老太太一时不自在了,岂不事大?"贾政冷笑道:"倒休提这话。我养了这不肖的孽障,我已不孝;平昔教训他一番,又有众人护持;不如趁今日结果他的狗命,以绝将来之患!"说着,便要绳来勒死。王夫人连忙抱住哭道:"老爷虽然应当管教儿子,也要看夫妻分上。我如今已五十岁的人,只有这个孽障,必定苦苦的以他为法,我也不敢深劝。今日越发要弄死他,岂不是有意绝我呢?既要勒死他,索性先勒死我,再勒死他。我们娘儿不如一同死了,在阴司里也得个倚靠。"说毕,抱住宝玉,放声大哭起来。

贾政听了此话,不觉长叹一声,向椅上坐了,泪如雨下。王夫人抱着宝玉,只见他面白气弱,底下穿着一条绿纱小衣,一片皆是血渍。禁不住解下汗巾,由腿看至臀胫,或青或紫,或整或破,竟无一点好处,不觉失声大哭起"苦命的儿!"来。因哭出"苦命儿"来,又想起贾珠来,便叫着贾珠,哭道:"若有你活着,便死一百个,我也不管了。"

此时里面的人闻得王夫人出来,那李纨、王熙凤及迎、探姊妹两个也都出来了。王夫人哭着贾珠的名字,别人还可,惟有李纨禁不住也抽抽搭搭的哭起来了。贾政听了,那泪珠更似走珠一般滚了下来。正没开交处,忽听丫鬟来说:"老太太来了——"一句话未了,只听窗外颤巍巍的声气说道:"先打死我,再打死他,就干净了!"

贾政见母亲来了,又急又痛,连忙迎出来。只见贾母扶着丫头,摇头喘气的走来。贾政上前躬身陪笑道:"大暑热的天,老太太有什么吩咐,何必自己走来?只叫儿子进去吩咐便了。"贾母听了,便止步喘息,一面厉声说道:"你原来是和我说话!我倒有话吩咐,只是我一生没养个好儿子,却教我和谁说去!"

贾政听这话不象,忙跪下含泪说道:"儿子管他,也为的是光宗耀祖。老太太这话,儿子的如何当的起?"贾母听说,便啐了一口,说道:"我说一句话,你就禁不起,你那样下死手的板子,难道宝玉就禁得起?你说教训儿子是光宗耀祖,当日你父亲怎么教训你来着!"说着,不觉就滚下泪来。贾政又陪笑道:"老太太也不必伤感,都是儿子一时性急，从此以后，再不打他了。"贾母便冷笑两声道："你也不必和我赌气，你的儿子，你自然要打就打，想来你也厌烦我们娘儿们。不如我们早离开了你，大家干净！"说着便令人："去看[11]轿，——我和你太太、宝玉立刻回南京去！"家下人只得答应着。

贾母又叫王夫人道："你也不必哭了，如今宝玉年纪小，你疼他；他将来长大，为官为宦的，也未必想着你是他母亲了。你如今倒是不疼他，只怕将来还少生一口气呢！"贾政听说，忙叩头说道："母亲如此说，儿子无立足之地。"贾母冷笑道："你分明使我无立足之地，你反说起你来！只是我们回去了，你心里干净，看有谁来不许你打！"一面说，一面只命："快打点行李车辆轿马回去！"贾政直挺挺跪着，叩头谢罪。

贾母一面说，一面来看宝玉，只见今日这顿打，不比往日，又是心疼，又是生气，也抱着哭个不了。王夫人与凤姐等解劝了一会，方渐渐的止住。

早有丫鬟媳妇等，上来要搀宝玉，凤姐便骂道："糊涂东西，也不睁开眼瞧瞧！这个样儿，怎么搀着走？还不快进去把那藤屉子春凳[12]抬出来呢！"众人听说连忙飞跑进去，果然抬出春凳来，将宝玉放上，随着贾母王夫人等进去，送至贾母屋里。

彼时贾政见贾母气未全消，不敢自便，也跟了进来。看看宝玉果然打重了，再看看王夫人一声"肉"一声"儿"的哭道："你替珠儿早死了，留着珠儿，免你父亲生气，我也不白操这半世的心了！这会子你倘或有个好歹，撂下我，叫我靠那一个？"数落一场，又哭"不争气的儿"。贾政听了，也就灰心不该下毒手打到如此地步。先劝贾母，贾母含泪说道："儿子不好，原是要管的，不该打到这个份儿！你不出去，还在这里做什么！难道于心不足，还要眼看着他死了才算吗？"贾政听说，方诺诺的退出去了。

此时薛姨妈、宝钗、香菱、袭人、湘云等也都在这里。袭人满心委屈，只不好十分使出来。见众人围着，灌水的灌水，打扇的打扇，自己插不下手去，便索性走出门，来到二门前，令小厮们找了焙茗来细问："方才好端端的，为什么打起来？你也不早来透个信儿！"焙茗急的说："偏生我没在跟前，打到半中间，我才听见了，忙打听原故，却是为琪官和金钏姐姐的事。"袭人道："老爷怎么知道了？"焙茗道："那琪官的事，多半是薛大爷素昔吃醋，没法儿出气，不知在外头唆挑了谁来，在老爷跟前下的蛆。那金钏儿姐姐的事，大约是三爷说的，——我也是听见跟老爷的人说的。"

袭人听了这两件事都对景[13]，心中也就信了八九分。然后回来，只见众人都替宝玉疗治调停完备，贾母命"好生抬到他屋里去"。众人一声答应，七手八脚，忙把宝玉送入怡红院内自己床上卧好，又乱了半日，众人渐渐散去，袭人方进前来，经心服侍细问。要知他端的，究竟如何，且听下回分解。

话说袭人见贾母王夫人等去后，便走来宝玉身边坐下，含泪问他："怎么就打到这步田地？"宝玉叹气说道："不过为那些事，问他做什么！只是下半截疼的很，你瞧瞧，打坏了那里？"袭人听说，便轻轻的伸手进去，将中衣脱下，略动一动，宝玉便咬着牙叫"嗳哟"，袭人连忙停住手，如此三四次，才褪下来了。袭人看时，只见腿上半段青紫，都有四指宽的僵痕高起来。袭人咬着牙说道："我的娘，怎么下这般的狠手！——你但凡听我一句话，也不到这个分儿。幸而没动筋骨，倘或打出个残疾来，可叫人怎么样呢？"

正说着，只听丫鬟们说："宝姑娘来了。"袭人听见，知道穿不及中衣，便拿了一床夹纱被，替宝玉盖了。只见宝钗手里托着一丸药走进来，向袭人说道："晚上把这药用酒研开，替他敷上，把那淤血的热毒散开，就好了。"说毕，递与袭人。又问："这会子可好些？"宝玉一面道谢说："好些了。"又让坐。

宝钗见他睁开眼说话，不象先时，心中也宽慰了些，便点头叹道："早听人一句话，也不至有今日！别说老太太、太太心疼，就是我们看着，心里也——"刚说了半句，又忙咽住，不觉眼圈微红，双腮带赤，低头不语。宝玉听得这话如此亲切，大有深意；忽见他又咽住，不往下说，红了脸，低下头，只管弄衣带，那一种软怯娇羞、轻怜痛惜之情，竟难以言语形容，越觉心中感动，将疼痛早丢在九霄云外。想到："我不过挨了几下打，他们一个个就有这些怜惜之态，令人可怜可敬。假若我一时竟别有大故，他们还不知是何等悲感呢！既是他们这样，我便一时死了，得他们如此，一生事业，纵然尽付东流，亦无足叹惜了。"正想着，只听宝钗问袭人道："怎么好好的动了气，就打起来了？"袭人便把焙茗的话悄悄说了。宝玉原来还不知贾环的话，见袭人说出，方才知道；因又拉上薛蟠，惟恐宝钗沉心[14]，忙又止住袭人道："薛大哥从来不这样，你们别混猜度。"

宝钗听说，便知道是怕他多心，用话相拦袭人。因心中暗暗想道："打的这个形象，疼还顾不过来，还这样细心，怕得罪了人。你既这样用心，何不在外头大事上做工夫，老爷也欢喜了，也不能吃这样亏。你虽然怕我沉心，所以拦袭人的话，难道我就不知我哥哥素日恣心纵欲、毫无防范的那种心性吗？当日为一个秦钟，还闹的天翻地覆，自然如今比先又更利害了。"想毕，因笑道："你们也不必怨这个，怨那个，据我想，到底宝兄弟素日肯和那些人来往，老爷才生气。就是我哥哥说话不防头，一时说出宝兄弟来，也不是有心调唆：一则也是本来的实话；二则他原不理论这些防嫌小事。袭姑娘从小儿只见宝兄弟这样细心的人，何曾见过我哥哥那天不怕、地不怕、心里有什么口里就说什么的人呢？"

袭人因说出薛蟠来，见宝玉拦他的话，早已明白自己说造次了，恐宝钗没意思；听宝钗如此说，更觉羞愧无言。宝玉又听宝钗这一番话，半是堂皇正大，半是体贴自己私心，更觉比先心动神移。方欲说话时，只见宝钗起身说道："明儿再来看你，好生养着罢。方才我拿了药来，交给袭人，晚上敷上，管就好了。"说着便走出门去。袭人赶着送出院外，说："姑娘倒费心了。改日宝二爷好了，亲自来谢。"宝钗回头笑道："这有什么的？只劝他好生养着，别胡思乱想，就好了。要想什么吃的玩的，悄悄的往我那里只管取去，不必惊动老太太、太太、众人。倘或吹到老爷耳朵里，虽然彼时不怎么样，将来对景，终是要吃亏的。"说着去了。

袭人抽身回来，心内着实感激宝钗。进来见宝玉沉思默默，似睡非睡的模样，因而退出房外栉沐[15]。宝玉默默的躺在床上，无奈臀上作痛，如针挑刀挖一般，更热如火炙，略展转时，禁不住"嗳哟"之声。那时天色将晚，因见袭人去了，却有两三个丫鬟伺候，此时并无呼唤之事，因说道："你们且去梳洗，等我叫时再来。"众人听了，也都退出。

这里宝玉昏昏沉沉，只见蒋玉菡走了进来，诉说忠顺府拿他之事；一会又见金钏儿进来，哭说为他投井之情。宝玉半梦半醒，刚要诉说前情。忽又觉有人推他，恍恍忽忽，听得悲戚之声。宝玉从梦中惊醒，睁眼一看，不是别人，却是黛玉。——犹恐是梦，忙又将身子欠起来，向脸上细细一认，只见他两个眼睛肿的桃儿一般，满面泪光，不是黛玉，却是那个？宝玉还欲看时，怎奈下半截疼痛难禁，支持不住，便"嗳哟"一声，仍就倒下；叹了口气，说道："你又做什么来了？太阳才落，那地上还是怪热的，倘或又受了暑，怎么好呢？我虽然捱了打，却也不很觉疼痛。这个样儿是装出来哄他们，好在外头布散与老爷听。其实是假的，你别信真了。"

此时黛玉虽不是嚎啕大哭，然越是这等无声之泣，气噎喉堵，更觉得利害。听了宝玉这些话，心中提起万句言词，要说是时不能说得半句。半天，方抽抽噎噎的道："你可都改了罢！"宝玉听说，便长叹一声道："你放心，别说这样话。我便为这些人死了，也是情愿的。"

一句话未了，只见院外人说："二奶奶来了。"黛玉便知是凤姐来了，连忙立起身，说道："我从后院子去罢，回来再来。"宝玉一把拉住道："这可奇了，好好的怎么怕起他来了？"黛玉急得跺脚，悄悄的说道："你瞧瞧我的眼睛！又该他们拿咱们取笑儿了。"宝玉听说赶忙的放了手。黛玉三步两步转过床后，刚出后院……

节选自《红楼梦》，人民文学出版社 1957 年版

【注释】

[1] 嘻：叹气貌。

[2] 惶悚：惶，恐。悚，害怕，恐惧。

[3] 潭府：深宅大院。旧时对别人住宅的尊称。潭，深邃的样子。

[4] 见谕：告诉我，吩咐我。谕，告诉，吩咐。

[5] 十停：停，总数分若干份；其中一份一停。

[6] 草莽：低贱的意思。

[7] 克夺之权：生杀予夺之权。

[8] 冠带，帽子和束带，是官服的代称，代指官爵。

[9] 门客：投靠官僚家庭的文人清客，以陪伴主人聊天玩乐为业。

[10] 酿：惯，纵容。

[11] 看：料理，备办。

[12] 春凳：一种可坐可卧的面宽长凳。

[13] 对景：情景恰吻合，使人猜出其中的关系。

[14] 沉心:多指言者无意而听者有心,陡生不快。

[15] 栉沐:梳洗。

【作者简介】

曹雪芹(1715—约1763),名霑,字梦阮,号雪芹、芹圃、芹溪,清代著名的现实主义作家。祖居辽阳,后为满洲正白旗"包衣"。自曾祖父曹玺起,三代世袭江宁织造,煊赫一时。雍正初年因清宫内部斗争激烈,其父获罪削官,家业被抄,举家迁居北京。曹雪芹一生恰值曹家盛极而衰。晚年移居北京西郊,"举家食粥",生活贫困。后因贫病无医而卒,时年不到五十。曹雪芹性格傲岸,愤世嫉俗,豪放不羁;嗜酒善谈,工诗善画,文化修养深厚,艺术才能卓越。家族盛衰更替,使他认识到贵族阶级的腐朽和内部彼此倾轧,遂创作《红楼梦》(《石头记》)。

【作品赏析】

宝玉挨打部分选自《红楼梦》三十三回"手足眈眈小动唇舌,不肖种种大承笞挞"和三十四回"情中情因情感妹妹,错里错以错劝哥哥"。标题为编者所加。

本文主要分三部分:一是宝玉挨打的原因,二是宝玉挨打的过程,三是宝玉挨打后众人探望宝玉的情形。

宝玉挨打的直接原因有四个方面:见贾雨村时"委委琐琐"言语不慷慨挥洒、与戏剧演员平等交往、同情被逼跳井的丫头、同父异母的庶弟贾环的诬告。然而细析每个直接原因,都会清晰地指明这次被打的根本原因是鄙视仕途经济、背叛封建礼教的叛逆者同封建卫道士冲突的结果。见贾雨村言语不洒脱是因贾宝玉不喜功名利禄,厌恶利禄虫蠹;与戏剧演员交往并与其互赠礼物说明他蔑视礼教,追求个性解放;同情跳井丫头可以看出他不分尊卑和追求男女平等;而这些都是背叛礼教的,同封建卫道士贾政产生了不可调和的矛盾。宝玉挨打的实质是封建正统势力对叛逆思想的一次镇压,也反映了封建势力对叛逆思想的恐惧。

作品将众多人物集中在这一尖锐的矛盾冲突的背景下,通过他们对这一事件在言行态度方面的反应的具体描绘,形神毕肖地展现了他们的性格特征和内心世界。

贾政是封建正统势力的代表,将封建礼教放置于神圣的地位,当受到叛逆思想冲击时,他置骨肉亲情于不顾,异常凶狠近于疯狂地要将叛逆者"堵起嘴来,着实打死",甚至还要将宝玉亲手勒死。这既反映了他对叛逆者的仇恨,也表现出对叛逆者的恐惧。

王夫人怀抱宝玉,看似母子天性使然,但哭的是"贾珠",且声言若贾珠在,哪怕宝玉死一百次她也不管。这就清晰地表明她对宝玉的怨恨。她护爱宝玉实则是"母以子贵"封建观念使然,没有了宝玉,她在贾府中地位将受到影响。是为了维护自己在贾府中的地位,她才竭力保护宝玉这个"孽障"的。

薛宝钗在探望宝玉时,既流露出对宝玉的真情,将倾慕之心婉转地暗示于宝玉,同时又规劝宝玉,内心依然希望他重新回到功名利禄之途:"在外头大事上做功夫,老爷欢喜了",说明她是一个深受封建礼教熏陶的贵族少女。

而宝玉唯一同道的叛逆人物林黛玉,探视宝玉只说了一句话"你可都改了罢"和无声之泣气噎喉堵,同情、心痛、理解、无奈皆含蕴其中。她与宝玉心性相同,是叛逆道路上的知己。

围绕宝玉被打,通过众多人物之间的言行比对,作者很清晰地将人物性格及人物间的亲疏关系展现出来。例如在探望贾宝玉时,薛宝钗和林黛玉有鲜明的区别。薛宝钗从始至终落落大方,体现着封建闺门风范,进来时先有丫环通报,与宝玉对话时言语得体:"别说老太太、太太心疼,就是我们看着心里也——"言语吐纳恰到好处,"眼圈微红,双腮带赤,低头不语",即表明心曲,流露真情,又符合身份,将性情纳敛于闺门风范中。而宝玉醒来时,见到林黛玉"两个眼睛肿的红桃儿一般,""满面泪光",这是真情的流露。林黛玉理解宝玉,与宝玉心灵相通。当她知道凤姐来了时,怕被撞见,体现了她的敏感和寄人篱下的处境。薛宝钗看望宝玉时带的是药和半体贴半堂皇正大的言语,而林黛玉看望宝玉则带着满面泪光和气噎喉堵的无声。换言之,薛宝钗的关爱可以以有形的药和言语表达,林黛玉的爱只能以无形的心伤和无声寄寓,相较之下,人物间亲疏远近历历昭然。

作者通过言语、动作、心理表情诸方面刻画描摹人物,使人物形象鲜明生动,栩栩如生。叙述事件条理清晰、枝条明畅,情节起伏跌宕、节奏舒疾有致,语言生动传神。

【专栏知识】

> 章回体小说是中国古典长篇小说的主要形式,是由宋元时期的"讲史话本"发展而来的。"讲史"就是说话艺人讲述历代兴亡和战争的故事。讲史一般篇幅长,艺人须分为若干次才能讲完。每讲一次,就等于后来章回体小说中的一回。在每次讲说以前,用题目向听众揭示主要内容,这就是章回体小说回目的起源。章回体小说中经常出现的"话说"和"看官"等字样,正可以明确看出它与话本之间的继承关系。长篇小说《水浒传》和《三国演义》的出现为其成熟的标志。

【相关链接】

闹樊楼多情周胜仙

冯梦龙

> 太平时节日偏长,处处笙歌入醉乡。
> 闻说鸾舆且临幸,大家试目待君王。

这四句诗乃咏御驾临幸之事。从来天子建都之处,人杰地灵,自然名山胜水,凑着赏心乐事。如唐朝,便有个曲江池;宋朝,便有个金明池:都有四时美景,倾城士女王孙,佳人才子,往来游玩。天子也不时驾临,与民同乐。如今且说那大宋徽宗朝年东京金明池边,有座酒楼,唤作樊楼。这酒楼有个开酒肆的范大郎。兄弟范二郎,未曾有妻室。时值春末夏初,金明池游人赏玩作乐。那范二郎因去游赏,见佳人才子如蚁。行到了茶坊里来,看见一个女孩儿,方年二九,生得花容月貌。这范二郎立地多时,细看那女子,生得:色色易迷难拆;隐深闺,藏柳陌;足步金莲,腰肢一捻,嫩脸映桃红,香肌晕玉白。娇姿恨惹狂童,情态愁牵艳客。芙蓉帐里作鸳鸯,云雨此时何处觅?

原来情色都不由你。那女子在茶坊里,四目相视,俱各有情。这女孩儿心里暗暗地喜欢,自思量道:"若是我嫁得一个似这般子弟,可知好哩。今日当面挫过,再来那里去讨?"正思量道:"如何着个道理和他说话?问他曾娶妻也不曾?"那跟来女子和奶子,都不知许多事。你道好巧!只听得外面水桶响。女孩儿眉头一纵,计上心来,便叫:"卖水的,你倾些甜蜜蜜的糖水来。"那人倾一盏糖水在铜盂儿里,递与那女子。那女子接得在手,才上口一呷,便把那个铜盂儿望空打一丢,便叫:"好好!你却来暗算我!你道我是兀谁?"那范二听得道:"我且听那女子说。"那女孩儿道:"我是曹门里周大郎的女儿,我的小名叫作胜仙小娘子,年一十八岁,不曾吃人暗算。你今却来算我!我是不曾嫁的女孩儿。"这范二自思量道:"这言语跷蹊,分明是说与我听。"这卖水的道:"告小娘子,小人怎敢暗算!"女孩儿道:"如何不是暗算我?盏子里有条草。"卖水的道:"不为利害。"女孩儿道:"你待算我喉咙,却恨我爹爹不在家里。我爹若在家,与你打官司。"奶子在傍边道:"却也呃耐这厮!"茶博士见里面闹吵,走入来道:"卖水的,你去把那水好好挑出来。"对面范二郎道:"他既暗递与我,我如何不回他?"随即也叫:"卖水的,倾一盏甜蜜蜜糖水来。"卖水的便倾一盏糖水在手,递与范二郎。二郎接着盏子,吃一口水,也把盏子望空一丢,大叫起来道:"好好!你这个人真个要暗算人!你道我是兀谁?我哥哥是樊楼开酒店的,唤作范大郎,我便唤作范二郎,年登一十九岁,未曾吃人暗算。我射得好弩,打得好弹,兼我不曾娶浑家。"卖水的道:"你不是风!是甚意思,说与我知道?指望我与你做媒?你便告到官司,我是卖水,怎敢暗算人!"范二郎道:"你如何不暗算?我的盂儿里,也有一根草叶。"女孩儿听得,心里好喜欢。茶博士入来,推那卖水的出去。女孩儿起身来道:"俺们回去休。"看着那卖水的道:"你敢随我去?"这子弟思量道:"这话分明是教我随他去。"只因这一去,惹出一场没头脑官司。正是:言可省时休便说,步宜留处莫胡行。

女孩儿约莫去得远了,范二郎也出茶坊,远远地望着女孩儿去。只见那女子转步,那范二郎好喜欢,直到女子住处。女孩儿入门去,又推起帘子出来望。范二郎心中越喜欢。女孩儿自入去了。范二郎在门前一似失心风的人,盘旋走来走去,直到晚方才归家。且说女孩儿自那日归家,点心也不吃,饭也不吃,觉得身体不快。做娘的慌问迎儿道:"小娘子不曾吃甚生冷?"迎儿道:"告妈妈,不曾吃甚。"娘见女儿几日只在床上不起,走到床边问道:"我儿害甚的病?"女孩儿道:"我觉有些浑身痛,头疼,有一两声咳嗽。"周妈妈欲请医人来看女儿;争奈员外出去未归,又无男子汉在家,不敢去请。迎儿道:"隔一家有个王婆,何不请来看小娘子?他唤作王百会,与人收生,做针线,做媒人,又会与人看脉,知人病轻重。邻里家有些些事都浼他。"周妈妈便令迎儿去请得王婆来。见了妈妈,说女儿从金明池走了一遍,回来就病倒的因由。王婆道:"妈妈不须说得,待老媳妇与小娘子看脉自知。"周妈妈道:"好好!"迎儿引将王婆进女儿房里。小娘子正睡哩,开眼叫声"少礼"。王婆道:"稳便!老媳妇与小娘子看脉则个。"小娘子伸出手臂来,教王婆看了脉。道:"娘子害的是头疼浑身痛,觉得恹恹地恶心。"小娘子道:"是也。"王婆道:"是否?"小娘子道:"又有两声咳嗽。"王婆不听得万事皆休,听了道:"这病蹊跷!如何出去走了一遭,回来却便害这般病!"王婆看着迎儿奶子道:"你们且出去,我自问小娘子则个。"迎儿和奶子自出去。王婆对着女孩儿道:"老媳妇却理会得这病。"女孩儿道:"婆婆,你如何理会得?"王婆道:"你的病唤作心病。"女孩儿道:"如何是心病?"王婆道:"小娘子,莫不见了甚么人,欢喜了,却害出这病来?是也不是?"女孩儿答道:"这却没有。"王婆道:"小娘子,实对我说。我与你做个道理,救了你性命。"那女孩儿听得说话投机,便说出上件事来,"那子弟唤作范二郎。"王婆听了道:"莫不是樊楼开酒店的范二郎?"那女孩儿道:"便是。"王婆道:"小娘子休要烦恼,别人时老身便不认得。若说范二郎,老身认得他的哥哥嫂嫂,不可得的好人。范二郎好个伶俐子弟。他哥哥见教我与他说亲。小娘子,我教你嫁范二郎,你要也不要?"女孩儿笑道:"可知好哩!只怕我妈妈不肯。"王婆道:"小娘子放心,老身自有个道理,不须烦恼。"女孩儿道:"若得恁地时,重谢婆婆。"王婆出房来,叫妈妈道:"老媳妇知得小娘子病了。"妈妈道:"我儿害甚么病?"王婆:"要老身说,且告三杯酒吃了却说。"妈妈道:"迎儿,安排酒来请王婆。"妈妈一头请他吃酒,一头问婆婆:"我女儿害甚么病?"王婆把小娘子说的话一一说了一遍。妈妈道:"如今却是如何?"王婆道:"只得把小娘子嫁与范二郎。若还不肯嫁与他,这小娘子就难医。"妈妈道:"我大郎不在家,须使不得。"王婆道:"告妈妈,不若与小娘子下了定,等大郎归后,却作亲,且眼下救小娘子性命。"妈妈允得道:"好好,怎地作个道理?"王婆道:"老媳妇就去说,回来便有消息。"王婆离了周妈妈家,取路径到樊楼,来见范大郎,正在柜身里坐。王婆叫声万福。大郎还了礼道:"王婆婆,你来得正好。我却待使人来请你。"王婆道:"不知大郎唤老媳妇作甚么?"大郎道:"二郎前日出去归来,晚饭也不吃,道:'身体不快。'我问他那里去来?他道:'我去看金明池。'直至今日不起,害在床上,饮食不进。我待来请你看脉。"范大娘子出来与王婆相见了,大娘子道:"请婆婆看叔叔则个。"王婆道:"大郎,大娘子,不要入来,老身自问二郎,这病是甚的样起?"范大郎道:"好好!婆婆自去看,我不陪你了。"王婆走到二郎房里,见二郎睡在床上,叫声:"二郎,老媳妇在这里。"范二郎闪开眼道:"王婆婆,多时不见,我性命休也。"王婆道:"害甚病便休?"二郎道:"觉头疼恶心,有一两声咳嗽。"王婆笑将起来。二郎道:"我有病,你却笑我!"王婆道:"我不笑别的,我得知你的病了。不害别病,你害曹门里周大郎女儿;是也不是?"二郎被王婆道着了,跳起来道:"你如何得知?"王婆道:"他家来教我说亲事。"范二郎不听得说万事皆休,听得说好喜欢。正是:人逢喜信精神爽,话合心机意气投。

当下同王婆厮赶着出来,见哥哥嫂嫂。哥哥见兄弟出来,道:"你害病却便出来?"二郎道:"告哥哥,无事了也。"哥嫂好快活。王婆对范大郎道:"曹门里周大郎家,特使我来说二郎亲事。"大郎欢喜。话休絮烦。两下说成了,下了定礼,都无别事。范二郎闲时不着家,从下了定,便不出门,与哥哥照管店里。且说那女孩儿闲时不作针线,从下了定,也肯作活。两个心安意乐,只等周大郎归来做亲。三月间下定,直等到十一月间,等得周大郎归家。邻里亲戚都来置酒洗尘,不在话下。到次日,周妈妈与周大郎说知上件事。周大郎问了。妈妈道:"定了也。"周大郎听说,双眼圆睁,看着妈妈没骂道:"打脊老贱人!得谁言语,擅便说亲!他高杀也只是个开酒店的。我女儿怕没大户人家对亲,却许着他。你倒了志气,干出这等事,也不怕人笑话。"正恁的骂妈妈,只见迎儿叫:"妈妈,且进来救小娘子。"妈道:"作甚?"迎儿道:"小娘子在屏风后,不知怎地气倒在地。"慌得妈妈一步一跌,走向前来,看那女孩儿。倒在地下:未知性命如何,先见四肢不举。

从来四肢百病,惟气最重。原来女孩儿在屏风后听得作爷的骂娘,不肯教他嫁范二郎,一口气塞上来,气倒在地。妈妈慌忙来救。被周大郎捧住,不得他救,骂道:"打脊贱娘!辱门败户的小贱人,死便教他死,救他则甚?"迎儿见妈妈被大郎捧住,自去向前,却被大郎一个漏风掌打在一壁厢。即时气倒妈妈。迎儿向前救得妈妈苏醒,妈妈大哭起来。邻舍听得周妈妈哭,都走来看。张嫂、鲍嫂、毛嫂、刁嫂,挤上一屋子。原来周大郎平昔为人不近道理,这妈妈甚是和气,邻舍都喜他,周大郎看见多人,便道:"家间私事,不必相劝!"邻舍见如此说,都归去了。妈妈看女儿时,四肢冰冷。妈妈抱着女儿哭。本是不死,因没人救,却死了。周妈妈骂周大郎:"你直恁地毒害!想必你不舍得三五千贯房奁,故意把我女儿坏了性命!"周大郎听得,大怒道:"你道我不舍得三五千贯房奁,这等奚落我!"周大郎走将出去。周妈妈如何不烦恼:一个观音也似女儿,又伶俐,又好针线,诸般都好,如何教他不烦恼!离不得周大郎买具棺木,八个人抬来。周妈妈见棺材进门,哭得好苦!周大郎看着妈妈道:"你道我割舍不得三五千贯房奁,你那女儿房里,但有的细软,都搬在棺材里。"只就当时,教件作人等入了殓,即时使人分付管坟园张一郎,兄弟二郎:"你两个便与我砌坑子。"分付了毕,话休絮烦,功德水陆也不做,停留也不停留,只就来日便出丧,周妈妈教留几日,那里拗得过来。早出了丧,埋葬已了,各人自归。

可怜三尺无情土,盖却多情年少人。

节选自《醒世恒言》,冯梦龙编著、顾学颉校注,人民文学出版社 1956 年版

【思考与练习】

1. 分析宝玉挨打的原因,看其叛逆性格。

2. 在宝玉挨打后,由林黛玉和薛宝钗不同举动看两人性格及与宝玉的关系。

第四节 戏剧经典作品赏析

草桥店梦莺莺 长亭送别

王实甫

第三折

（夫人长老上云）今日送张生赴京，十里长亭安排下筵席。我和长老先行，不见张生、小姐来到。（旦末红同上）（旦云）今日送张生上朝取应，早是离人伤感，况值那暮秋天气，好烦恼人也呵！悲欢聚散一杯酒，南北东西万里程。

【正宫】【端正好】碧云天，黄花地，西风紧，北雁南飞。晓来谁染霜林醉[1]？总是离人泪。

【滚绣球】恨相见得迟，怨归去得疾。柳丝长玉骢[2]难系。恨不倩疏林挂住斜晖。马儿迍迍[3]的行，车儿快快的随。却告了相思回避，破题儿又早别离[4]。听得道一声"去也"，松了金钏；遥望见十里长亭，减了玉肌。此恨谁知！

（红云）姐姐，今日怎么不打扮？（旦云）你那知我的心里呵！

【叨叨令】见安排著车儿、马儿，不由人熬熬煎煎的气；有甚么心情花儿、靥儿[5]，打扮的娇娇滴滴的媚；准备著被儿、枕儿，则索昏昏沉沉的睡；从今后衫儿、袖儿，都揾做重重叠叠的泪。兀的不闷杀人也么哥，兀的不闷杀人也么哥！久已后书、信儿，索与我恓恓惶惶[6]的寄。

（做到见夫人科）（夫人云）张生和长老坐，小姐这壁坐，红娘将酒来。张生，你向前来，是自家亲眷，不要回避。俺今日将莺莺与你，到京师休辱末[7]了俺孩儿，挣揣[8]一个状元回来者。（末云）小生托夫人余荫，凭著胸中之才，视官如拾芥[9]耳。（洁[10]云）夫人主见不差，张生不是落后的人。（把酒了，坐）（旦长吁科）

【脱布衫】下西风黄叶纷飞，染寒烟衰草萋迷[11]。酒席上斜签著坐的[12]，蹙愁眉死临侵地[13]。

【小梁州】我见他阁泪汪汪[14]不敢垂，恐怕人知；猛然见了把头低，长吁气，推整素罗衣。

【幺篇】虽然久后成佳配，奈时间[15]怎不悲啼。意似痴，心如醉，昨宵今日，清减了小腰围。

（夫人云）小姐把盏者。（红递酒，旦把盏长吁科云）请吃酒。

【上小楼】合欢未已，离愁相继。想著俺前暮私情，昨夜成亲，今日别离。我谂知[16]这几日相思滋味，却元来此别离情更增十倍。

【幺篇】年少呵轻远别，情薄呵易弃掷。全不想腿儿相挨，脸儿相偎，手儿相携。你与俺崔相国做女婿，妻荣夫贵[17]，但得一个并头莲[18]，煞强如状元及第。

（夫人云）红娘把盏者。（红把酒科）（旦唱）

【满庭芳】供食太急，须臾对面；顷刻别离。若不是酒席间子母每当回避，有心待与他举案齐眉。虽然是厮守得一时半刻，也合著俺夫妻每共桌而食。眼底空留意[19]，寻思起就里，险化做望夫石。

（红云）姐姐不曾吃早饭，饮一口儿汤水。（旦云）红娘，甚么汤水咽得下。

【快活三】将来的酒共食，尝著似土和泥；假若便是土和泥，也有些土气息，泥滋味。

【朝天子】暖溶溶玉醅[20]，白泠泠似水。多半是相思泪。眼面前茶饭怕不待要吃，恨塞满愁肠胃。蜗角虚名，蝇头微利[21]，拆鸳鸯在两下里。一个这壁，一个那壁，一递一声[22]长吁气。

（夫人云）辆[23]起车儿，俺先回去，小姐随后和红娘来。（下）（末辞洁科）（洁云）此一行别无话儿，贫僧准备买登科录[24]看，做亲的茶饭，少不得贫僧的。先生在意[25]，鞍马上保重者。从今经忏[26]无心礼，专听春雷第一声[27]。（下）（旦唱）

【四边静】霎时间杯盘狼籍，车儿投东，马儿向西。两意徘徊，落日山横翠。知他今宵宿在那里？有梦也难寻觅。

张生，此一行得官不得官，疾便回来。（末云）小生这一去，白夺一个状元。正是：青霄有路终须到，金榜无名誓不归。（旦云）君行别无所赠，口占一绝[28]，为君送行：弃掷今何在，当时且自亲。还将旧来意，怜取眼前人。[29]（末云）小姐之意差矣，张珙更敢怜谁？谨赓[30]一绝，以剖寸心：人生长远别，孰与最关亲？不遇知音者，谁怜长叹人？（旦唱）

【耍孩儿】淋漓襟袖啼红泪[31]，比司马青衫[32]更湿。伯劳[33]东去燕西飞，未登程先问归期。虽然眼底人千里，且尽生前酒一杯。未饮心先醉，眼中流血，心里成灰。

【五煞】到京师服水土，趁程途[34]节饮食，顺时自保揣身体[35]。荒村雨露宜眠早，野店风霜要起迟。鞍马秋风里，最难调护，最要扶持。

【四煞】这忧愁诉与谁？相思只自知，老天不管人憔悴。泪添九曲黄河溢，恨压三峰华岳低。到晚来闷把西楼倚，见了些夕阳古道，衰柳长堤。

【三煞】笑吟吟一处来，哭啼啼独自归。归家若到罗帏里，昨宵个绣衾香暖留春住，今夜个翠被生寒有梦知。留恋你别无意，见据鞍上马，阁不住泪眼愁眉。

（末云）有甚言语，嘱付小生咱？（旦唱）

【二煞】你休忧文齐福不齐[36]，我则怕你停妻再娶妻[37]。休要一春鱼雁无消息，我这里青鸾有信[38]频须寄，你却休金榜无名誓不归。此一节君须记：若见了那异乡花草，再休似此处栖迟。

（末云）再谁似小姐，小生又生此念？（旦唱）

【一煞】青山隔送行，疏林不做美，淡烟暮霭相遮蔽。夕阳古道无人语，禾黍秋风听马嘶。我为甚么懒上车儿内？来时甚急，去后何迟！

（红云）夫人去好一会，姐姐，咱家去。（旦唱）

【收尾】四围山色中，一鞭残照里。遍人间烦恼填胸臆，量这些大小车儿如何载得起？

（旦红下）（末云）仆童,赶早行一程儿,早寻个宿处。泪随流水急,愁逐野云飞。
（下）

节选自《西厢记》,人民文学出版社1994年版

【注释】

[1] 霜林醉:枫林霜后变红,如人醉后面色,故云。

[2] 玉骢:原指毛色青白相间的马,代指马。

[3] 迍迍:缓慢的样子。

[4] "却告了"二句:意思是才结束了相思之苦,又开始了离别。破题,唐宋人在诗起首句点破题意,称为破题,喻为事情的开端。

[5] 靥儿:原指脸颊上的酒窝,这里指面颊上的装饰品。

[6] 恓恓惶惶:急忙,迫切。此指迅速及时。

[7] 辱末:玷辱。

[8] 挣揣:努力争取。

[9] 拾芥:比喻得官极其容易。

[10] 洁:杂剧中和尚为洁郎,简称"洁",这里指长老。

[11] 蔓迷:凄凉迷茫。

[12] 斜签著坐的:前斜着身子坐,以示恭敬。签,插。

[13] 死临侵地:死气沉沉的样子,无精打采。临侵,形容疲惫呆滞。

[14] 阁泪汪汪:眼里含着泪水。

[15] 奈时间:无奈眼前这个时候。时间,眼前。

[16] 谂知:体味到,知道。

[17] 妻荣夫贵:成语"夫荣妻贵"反用,意思是张生做了崔相国的女婿,因妻子而贵起。

[18] 并头莲:即并蒂莲,比喻男女相爱,不能分离。

[19] "眼底"句:只能用眼神来传达心意。

[20] 玉醅:美酒。

[21] "蜗角"二句:比喻微小的名利。《庄子·则阳》:"有国于蜗之左角者,曰蛮氏;国于蜗之右角者,曰触氏,争地而战,伏尸百万。"

[22] 一递一声:一人一声,连续不断。

[23] 辆:驾。

[24] 登科录:科举考试的录取名录。

[25] 在意:小心,注意。

[26] 经忏:僧道为人念经礼忏的法事。

[27] 春雷第一声:指张生及第的喜报。

[28] 口占一绝：随口作一首绝句诗。

[29] "弃掷"四句：元稹《莺莺传》里张生另娶，莺莺别嫁之后，莺莺谢绝张生见面的要求时所做的诗，这里莺莺借此提醒张生不要移情别恋。

[30] 赓：续作。

[31] 红泪：《拾遗记》载，薛灵芸被选入宫时，泣别父母，以玉壶承泪，壶即红色。后指女子眼泪。

[32] 司马青衫：白居易《琵琶行》："座中泣下谁最多，江州司马青衫湿。"

[33] 伯劳：一种鸟，夏至始鸣。

[34] 趁程途：赶路．

[35] "顺时"句：意思是顺应时节变化，保重身体，不要过度劳累。

[36] 文齐福不齐：意思是文才虽好运气不济。

[37] 停妻再娶妻：意思是抛弃前妻另外再娶，即重婚。

[38] 青鸾有信：古代神话传中西王母的信使的代称。

【作者简介】

王实甫，名德信，字实甫，大都（今北京）人。生卒年不详。元代杰出杂剧作家。著名剧作《西厢记》的作者。著有杂剧 14 种，其杂剧擅长抒情，曲词清丽。

【作品赏析】

《长亭送别》是《西厢记》的第四本第三折，是《西厢记》中最美的部分。在之前的部分中，崔莺莺、张生在红娘的帮助下，冲破种种阻力，迫使老夫人承认既成事实，勉强同意两人的爱情，崔张二人争取自由爱情的斗争取得初步胜利。但是老夫人声称崔家"三辈不招白衣女婿"，逼张生京城应试，崔张爱情又出现挫折，变数陡增。《长亭送别》写的就是老夫人、崔莺莺、红娘诸人在长亭为张生饯别。整折戏共有 19 支曲文，四个大的段落。

第一段落从开始至 [叨叨令] 曲，写崔莺莺赴长亭途中内心的离愁怨恨。开始作者用充满感情色彩的景色及由此所形成的氛围，来渲染烘托崔莺莺的心情。云天惨淡、黄叶萎积、南飞之雁、枫林染霜，飒飒秋风中一切都让人黯然神伤，崔莺莺目光所及尽皆凄然伤感。寓情于景，情景相生。

接下来在【滚绣球】【叨叨令】两曲中，作者直接描写莺莺的内心世界，写她对张生难舍难分的心理。刚刚看到爱情胜利的曙光，却不期然又做别离人。怨恨无奈兼有，愁思伤感并生。她希望柳丝系住张生的马，使张生不离开；期盼树林挂住西下的太阳，让别离的时刻来得晚一些。还希望张生的马慢走，自己的车疾驰，以此拉近两人距离。种种奢望痴想都是枉然。当饯别的长亭出现在眼前时，人顿时消瘦了许多。心情之悲，离愁之苦跃然纸上。【叨叨令】曲直抒胸臆，让莺莺从眼前车马行色愁肠郁结无心梳妆，过渡到对张生离开后自己种种孤寂愁苦的联想，她的离愁别恨恣肆奔流，汩汩而出。

第二段落从【脱不衫】到【朝天子】曲。写长亭饯饮情形。仍然是让莺莺抒发离愁别恨。长老、老夫人当前,莺莺心中的情感不如第一部分中直露无忌,而是通过她细腻的心理活动和行动来表现。眼见张生"酒席上斜签着坐的,蹙愁眉死临侵地""阁泪汪汪",伤感无限,憧憬未来美好及过去相逢的美好回忆,对照当前将要分离情状,越发愁思不堪。

第三段落从【四边静】到【三煞】,饯别之后,崔莺莺与张生别前倾诉致意。离别真的到来,其余人等业已离开,此时莺莺百感交集,对张生非常直露地表白了自己的心扉。一方面自己对张生无限眷恋缠绵悱恻,期盼他早日归来;同时设身处地怅想张生行程的辛劳,千万叮嘱,无限关切;另一方面莺莺对于自己爱情生活的丝丝忧虑,担心张生负心再娶。

第四段落【一煞】到【尾曲】,张生去后,莺莺眷恋无限,悲切惨淡。而此种情怀,依然是融会于苍茫凄凉的景色中。"四围山色中,一鞭残照里"暮色苍然,山色寂然,离人骑马渐渐从视线中消失,然而送行的人之"愁"却车载不尽,沉重的填压在心中。

《长亭送别》借景抒情,融情于物,将莺莺的分别的复杂情感融注于富有特色的景物中,并层层铺开,感情真挚,形象生动。曲文优美工丽又不失当行本色,极富艺术感染力。

【专栏知识】

元杂剧又叫北杂剧,是一种用北曲演唱的戏曲。北曲与南曲相对,是杂剧、散曲所用各种曲调的统称,是在唐宋大曲的基础上,吸收了北方民歌、俚曲以及少数民族歌曲而形成的新的音乐体系。元杂剧从文学角度其体制可概括为三个部分:(1)一本杂剧通例四折组成或外加一楔子。折是音乐组织单元,一折用同一宫调的若干曲牌联组成套,折同时又是一个剧情段落,相当于现代戏剧的"幕"。杂剧末尾还有一"题目正名",概括全剧内容。(2)一个主角主唱的演唱形式。一本杂剧主角一唱到底。(3)曲、白、科和题目正名组成的剧本形式。元杂剧以"曲"为主,主要用于抒情,也起渲染气氛、描写景物的作用。故元杂剧有"元曲"之称。"白"是说白,用于叙事,有"宾白、韵白、散白"之称。"科",主要是演员的动作、表情以及舞台效果。

【相关链接】

小亭送别

董解元

后数日,生行,夫人暨莺送于道,法聪与焉。经于蒲西十里小亭置酒。悲欢离合一尊酒,南北东西十里程。

【大石调】【玉翼蝉】蟾宫客,赴帝阙,相送临郊野。恰俺与莺莺,鸳帏暂相守,被功名使人离缺。好缘业！空悒怏，频嗟叹，不忍轻离别。早是恁凄凄凉凉，受烦恼，那堪值暮秋时节！雨儿乍歇，向晚风如漂冽，那闻得衰柳蝉鸣凄切！未知今日别后，何时重见也。衫袖上盈盈，搵泪不绝。幽恨眉峰暗结，好难割舍，纵有千种风情，何处说？

【尾】莫道男儿心如铁，君不见满川红叶，尽是离人眼中血！

【越调】【上平西缠令】景萧萧，风淅淅，雨霏霏，对此景怎忍分离？仆人催促，雨停风息日平西。断肠何处唱《阳关》？执手临岐。蝉声切，蛩声细，角声韵，雁声悲，望去程依约天涯。且休上马，苦无多泪与君垂。此际情绪你争知，更说甚湘妃！

【斗鹌鹑】嘱付情郎："若到帝里，帝里酒醲茶秾，万般景媚，休取次别人，便学连理。少饮酒，省游戏，记取奴言语。必登高第。专听著伊家，好消好息；专等著伊家，宝冠霞帔。妾守空闺，把门儿紧闭；不拈丝管，罢了梳洗。你咱是必，把音书频寄。"

【雪里梅】"莫烦恼，莫烦恼！放心地，放心地！是必是必，休恁做病做气！俺也不似别的，你情性俺都识。临去也，临去也，且休去，听俺劝伊。"

【错煞】"我郎休怪强牵衣，问你西行几日归？著路里小心呵，且须在意。省可里晚眠早起，冷茶饭莫吃，好将息，我倚著门儿专望你。"

　　生与莺难别。夫人劝曰："送君千里，终有一别。"

【仙吕调】【恋香衾】冉冉征尘动行陌，杯盘取次安排。三口儿连法聪，外更无别客。鱼水似夫妻正美满，被功名等闲离拆。然终须相见，奈时下难捱。君瑞啼痕污了衫袖，莺莺粉泪盈腮。一个止不定长吁，一个顿不开眉黛。君瑞道"闺房里保重"，莺莺道"路途上宁耐"。两边的心绪，一样的愁怀。

【尾】仆人催促怕晚了天色，柳堤儿上把瘦马儿连忙解。夫人好毒害，道："孩儿每回取个坐车儿来。"

　　生辞，夫人及聪，皆曰："好行！"夫人登车，生与莺别。

【大石调】【蓦山溪】离筵已散，再留恋应无计。烦恼的是莺莺，受苦的是清河君瑞。头西下控著马，东向驱坐车儿。辞了法聪，别了夫人，把樽俎收拾起。临上马，还把征鞍倚。低语使红娘，"更告一盏以为别礼"。莺莺君瑞，彼此不胜愁，厮觑者，总无言，未饮心先醉。

【尾】满斟离杯长出口儿气，比及道得个"我儿将息"，一盏酒里，白冷冷的滴够半盏儿泪。

　　夫人道："教郎上路，日色晚矣！"莺啼哭，又赋诗一首赠郎。诗曰："弃置今何道，当时且自亲。还将旧来意，怜取眼前人。"

【黄钟宫】【出队子】最苦是离别，彼此心头难弃舍。莺莺哭得似痴呆，脸上啼痕都是血，有千种恩情何处说。夫人道："天晚教郎疾去。"怎奈红娘心似铁，把莺莺扶上七香车。君瑞攀鞍空自撧，道得个"冤家宁耐些"。

【尾】马儿登程，坐车儿归舍；马儿往西行，坐车儿往东拽：两口儿一步儿离得远如一步也！

节选自《西厢记　附录三〈董解元西厢记〉》,金·董解元,人民文学出版社 1994 年版

【思考与练习】

1. 对比《董西厢·小亭送别》与本篇,看《西厢记》中莺莺的形象有哪些发展?

2. 分析《长亭送别》中情景交融的艺术特点。

3. 传说张生与崔莺莺的故事,除了戏曲而外,你还知道哪些体裁?

牡丹亭·游园惊梦(节选)

汤显祖

【绕地游】(旦上)梦回莺啭,乱煞年光遍[1]。人立小庭深院。(贴)炷尽沉烟[2],抛残绣线,恁今春关情似去年?

【乌夜啼】"(旦)晓来望断梅关[3],宿妆残。(贴)你侧著宜春髻子[4]恰凭阑。(旦)剪不断,理还乱[5],闷无端。(贴)已分付催花莺燕借春看。"(旦)春香,可曾叫人扫除花径?(贴)分付了。(旦)取镜台衣服来。(贴取镜台衣服上)"云髻罢梳还对镜,罗衣欲换更添香。"[6]镜台衣服在此。

【步步娇】(旦)袅晴丝[7]吹来闲庭院,摇漾春如线。停半晌、整花钿。没揣菱花[8],偷人半面,迤逗的彩云偏[9]。(行介)步香闺怎便把全身现!(贴)今日穿插的好。

【醉扶归】(旦)你道翠生生出落的裙衫儿茜[10],晶晶花簪八宝填[11],可知我常一生儿爱好[12]是天然。[13]恰三春好处无人见[14]。不提防沉鱼落雁鸟惊喧,则怕的羞花闭月花愁颤。(贴)早茶时,请行。(行介)你看:"画廊金粉半零星,池馆苍苔一片青。踏草怕泥[15]新绣袜,惜花疼煞小金铃[16]。"(旦)不到园林,怎知春色如许!

【皂罗袍】原来姹紫嫣红开遍,似这般都付与断井颓垣。良辰美景奈何天,便赏心乐事谁家院! 恁般景致,我老爷和奶奶再不提起。(合)朝飞暮卷[17],云霞翠轩;雨丝风片,烟波画船。——锦屏人[18]忒看的这韶光贱!(贴)是[19]花都放了,那牡丹还早。

【好姐姐】(旦)遍青山啼红了杜鹃[20],荼䕷[21]外烟丝醉软。春香呵,那牡丹虽好,他春归怎占的先[22]!(贴)成对儿莺燕呵。(合)闲凝眄,生生燕语明如剪,呖呖莺声溜的圆。(旦)去罢。(贴)这园子委是观之不足[23]也。(旦)提他怎的!(行介)

【隔尾】观之不足由他缱,便赏遍了十二亭台是枉然。到不如兴尽回家闲过遣。(作到介)(贴)"开我西阁门,展我东阁床。瓶插映山紫[24],炉添沉水香。"小姐,你歇息片时,俺瞧老夫人去也。(下)

选自《牡丹亭》,徐朔芳、杨笑梅校注,人民文学出版社 1963 年版

【注释】

[1] 乱煞年光遍:缭乱的春光到处都是。

[2] 沉烟:沉水香,薰用的香料。

[3] 梅关：即大庾岭。宋代在这里设有梅关。在本剧故事发生地点江西省南安府（大庾）的南面。

[4] 宜春髻子：相传立春那天，妇女剪采作燕子状，戴在髻上，上贴"宜春"二字。

[5] 剪不断，理还乱：南唐后主李煜词《相见欢》中的两句。形容愁思闷绪纷乱。

[6] 云髻两句：引自薛逢诗《宫词》中的两句。

[7] 晴丝：游丝、飞丝。

[8] 没揣：不意，蓦然。菱花，镜子。

[9] 迤逗的彩云偏：迤逗，逗惹；彩云，美丽的发髻的代称。

[10] 翠生生出落的裙衫儿茜：翠生生：色彩鲜艳。出落的：显出，衬托出。茜：红。

[11] 艳晶晶花簪八宝填：镶嵌着多种宝石的簪子。

[12] 爱好：犹言爱美。

[13] 天然：天性使然。

[14] 三春好处：比喻自己的青春美貌。

[15] 泥：沾污，这里作动词用。

[16] 惜花疼煞小金铃：《开元天宝遗事》："天宝初，宁王惜花于后园中纫红丝为绳，密缀金铃，掣于花梢之上。每有鸟鹊翔集，则令园吏掣令索以掣之。盖惜花之故也。"

[17] 朝飞暮卷：唐王勃《滕王阁诗》："画栋朝飞南浦云，朱帘暮卷西山雨。"

[18] 锦屏人：深闺中人。

[19] 是：凡是、所有的。

[20] 啼红了杜鹃：开遍了红色的杜鹃花。相传杜鹃（鸟）泣血，由此联想起来。

[21] 荼蘼：花名，色白有香气。晚春时开放。

[22] 牡丹两句：暗喻青春蹉跎。

[23] 观之不足：看不厌。

[24] 映山紫：映山红（杜鹃红）的一种。

【作者简介】

汤显祖（1550—1616），字义仍，号若士，江西临川人。少年受学于泰州学派创始人王艮的三传弟子罗汝芳。21岁中举，后因不接受首相张居正的延揽，进士考试屡屡落选，直至34岁才中第。与当时的进步知识分子顾宪成、邹元标等交往密切，勇于批评朝政，抨击黑暗政治。万历二十六年，弃官归临川。著作有《红泉逸草》、《玉茗堂全集》等。主要成就是戏曲创作，其《南柯记》、《牡丹亭》、《邯郸记》、《紫钗记》，合称"临川四梦"。《牡丹亭》是代表作品。

【作品欣赏】

《游园》是《牡丹亭》第十出，在杜丽娘由深藏香闺谨遵父母训诫到痴情奔放、大胆追求情爱的转变过程中起了关键作用。《游园》用【绕地游】、【步步娇】、【醉扶归】、【皂罗袍】、【好姐姐】、【隔尾】等六支缠绵的曲子委曲细致地表现了杜丽娘心理的变化；明媚春色唤醒了压抑于内心深处的春情，而春情天性一经唤醒，便或悲或喜，或愁或惊，不可抑制，为其最终因情而死、因情而复生之"生生死死惟情而已"的轰轰烈烈作了铺垫。

《游园》部分主要描写自然中春色和杜丽娘的春心。两者交并纠缠，推动戏曲情节向前发展，展示杜丽娘情感脉络。

【绕地游】主要写春闷，"梦回莺啭，乱煞年光遍"，妙龄少女在春光缭乱之时，孤独地站在"小庭深院"。听着婉转轻快的莺啼，看着遍地乱投的春光，心思便再也不能放在熏香和女工之上，而是任沉香炷烬而不顾，将绣线抛去而不理。缘何自己今年较往年而言对春天到来如此敏感？为何春心竟同春色一样撩乱无凭？杜丽娘自己也说不清楚，因而她陷入了"剪不断，理还乱"的无端的烦闷中。

【步步娇】写杜丽娘起游园之兴又犹豫的情怀。"袅晴丝吹来闲庭院，摇荡如春线"，院落的无边春色在召唤青春少女，引起杜丽娘游园之兴致。"晴丝"，有双关之妙，既实写阳光下蛛虫丝缕于空中飘游的春色婀娜，为人物所处之境；又是对此前"闷无端"原因的作答。"晴丝"谐语"情丝"。那生成在少女心中的无端思绪实则是春色在不知不觉中唤醒压抑在心底的情思，它渐渐溶溶、由隐而现地涌起在杜丽娘的心底。正是有了春情的涌动，她格外在意自己的形容而借镜子偷看自己，娇羞自怜随之而生。闺门之内孤芳自赏可以，然而出门游园或被人撞见则决非闺阁内女子所宜，联系到自己的身份杜丽娘对于游园心生犹豫。

【醉扶归】写杜丽娘青春之美及其感悟。明媚的春光下，光鲜艳丽的裙衫、名贵夺目的头饰，使天生丽质的杜丽娘越发娇美异常，多么希望有人能欣赏，然而这种"可沉鱼"、"可落雁"、"可羞花"、"可闭月"的美却像院落中三春春色无人识见，春色好处无人见自然寂寞无聊，人娇美嫣然无人赏自然神伤。由此游园的兴致罩上了伤感色彩，进而使游园所见之景无不有着对青春人生的思索。

【皂罗袍】是《牡丹亭》中最美的曲子，写杜丽娘园中所见春色之美及引起的思索。步入园子，杜丽娘立刻被春色迷住并于陶醉中陷入沉思。百花怒放、姹紫嫣红却是在残墙断壁、颓井枯栏间，如此美丽的景色、融合的天气，竟令人感到无可奈何。春色绝美让人赏心悦目，但破落的院落也使人扫兴。赏心乐事、良辰美景自古不可并存，人生有缺憾也是自古天然。然而即使这样的春色，由于深藏香闺自己以前也不得知，不领略这春色就不会懂得春光美好，也就不会为青春流逝而伤感。至此杜丽娘被惊醒了。

【好姐姐】写杜丽娘以牡丹自比，钦羡自然。牡丹虽然娇美，远没有满山怒放的杜鹃、荼蘼那样无拘束的好。自己深锁香闺，远不及"成对儿莺燕"自在。"莺燕成对"欢语合鸣，自然将杜丽娘盼其成偶、匹配之愿望昭示无疑。

【隔尾】写杜丽娘兴尽归去。既然兴尽,"便赏遍了十二亭台是枉然",虽然她依旧回到寂寥的闺房中,但其内心却有了质的变化;到后来大胆奔放、热烈追求都源自这次游园所带来的心的飞跃。

《游园》一折是理解杜丽娘这一人物的关键,也是《牡丹亭》整出戏的中枢所在。曲词缠绵婉转,回环优美,清丽曼远,给人很高的艺术享受。

【专栏知识】

明传奇,指以南曲演唱为主的长篇戏曲,是在宋元南戏基础上吸收元杂剧某些优点发展起来的。总体上,从南戏到传奇的发展,一方面是格律从自由趋于严整,一方面是语言由本色趋于文雅。明中叶后传奇进入全盛时期,出现了以王实甫为代表的临川派、以沈璟为代表的吴江派和梁辰鱼为代表的昆山派。流派之间的争鸣促进了传奇进一步繁荣,同时传奇的各种声腔纷起,并逐渐形成了传奇四大声腔:海盐腔、余姚腔、弋阳腔、昆山腔。明传奇是明代戏曲的主体,它的繁荣标志着中国戏曲发展的新阶段。

【相关链接】

闺 塾

汤显祖

(末上)"吟余改抹前春句,饭后寻思午晌茶。蚁上案头沿砚水,蜂穿窗眼咂瓶花。"我陈最良杜衙设帐,杜小姐家传《毛诗》。极承老夫人管待。今日早膳已过,我且把毛注潜玩一遍。(念介)"关关雎鸠,在河之洲。窈窕淑女,君子好逑。"好者好也,逑者求也。(看介)这早晚了,还不见女学生进馆。却也娇养的凶。待我敲三声云板。(敲云板介)春香,请小姐解书。

【绕地游】(旦引贴捧书上)素妆才罢,款步书堂下。对净几明窗潇洒。(贴)《昔氏贤文》,把人禁杀。恁时节则好教鹦哥唤茶。

(见介)(旦)先生万福,(贴)先生少怪。(末)凡为女子,鸡初鸣,咸盥、漱、栉、笄,问安于父母。日出之后,各供其事。如今女学生以读书为事,须要早起。(旦)以后不敢了。(贴)知道。今夜不睡,三更时分,请先生上书。(末)昨日上的《毛诗》,可温习?(旦)温习了。则待讲解。(末)你念来。(旦念书介)"关关雎鸠,在河之洲。窈窕淑女,君子好逑。"(末)听讲。"关关雎鸠,"雎鸠是个鸟,关关鸟声也。(贴)怎样声儿?(末作鸠声)(贴学鸠声诨介)(末)此鸟性喜幽静,在河之洲。(贴)是了。不是昨日是前日,不是今年是去年,俺衙内关着个斑鸠儿,被小姐放去,一去去在何知州家。(末)胡说,这是兴。(贴)兴个甚的那?(末)兴者起也。起那下头窈窕淑女,是幽闲女子,有那等君子好好的来求他。(贴)为甚好好的求他?(末)多嘴哩。(旦)师父,依注解书,学生自会。但把《诗经》大意,敷演一番。

【掉角儿】（末）论《六经》,《诗经》最葩,闺门内许多风雅:有指证,姜嫄产哇;不嫉妒,后妃贤达。更有那咏鸡鸣,伤燕羽,泣江皋,思汉广,洗净铅华。有风有化,宜室宜家。（旦）这经文偌多?（末）《诗》三百,一言以蔽之,没多些,只"无邪"两字,付与儿家。

　　书讲了。春香取文房四宝来模字。（贴下取上)纸、墨、笔、砚在此。（末）这甚么墨?（旦)丫头错拿了,这是螺子黛,画眉的。（末）这什么笔?（旦作笑介)这便是画眉细笔。（末）俺从不曾见。拿去,拿去。这是甚么纸?（旦)薛涛笺。（末)拿去,拿去。只拿那蔡伦造的来。这是甚么砚?是一个是两个?（旦)鸳鸯砚。（末)许多眼?（旦)泪眼。（末)哭什么子?一发换了来。（贴背介)好个标老儿!待换去。（下换上)这可好?（末看介)着。（旦)学生自会临书。春香还劳把笔。（末)看你临。（旦写字介)（末看惊介)我从不曾见这样好字。这甚么格?（旦)是卫夫人传下美女簪花之格。（贴)待俺写个奴婢学夫人。（旦)还早哩。（贴)先生,学生领出恭牌。（下）（旦）敢问师母尊年?（末)目下平头六十。（旦)学生待绣对鞋儿上寿,请个样儿。（末)生受了。依《孟子》上样儿,做个"不知足而为屦"罢了。（旦)还不见春香来。（末）要唤他么?（末叫三度介)（贴上)害淋的。（旦作恼介)贱丫头那里来?（贴笑介)溺尿去来。原来有座大花园。花明柳绿,好耍子哩。（末)哎也,不攻书,花园去。待俺取荆条来。（贴)荆条做甚么?

【前腔】女郎行那里应文科判衙?只不过识字儿书涂嫩鸦。（起介）（末）古人读书,有囊萤的,趁月亮的。（贴）待映月,耀蟾蜍眼花;待囊萤,把虫蚁儿活支煞。（末)悬梁、刺股呢?（贴）比似你悬了梁,损头发;刺了股,添疤痞。有甚光华!（内叫卖花介）（贴)小姐,你听一声声卖花,把读书声差。（末）又引逗小姐哩,待俺当真打一下。（末做打介)（贴闪介)你待打、打这哇哇,桃李门墙,嶮把负荆人唬煞。

　　（贴抢荆条投地介）（旦）死丫头,唐突了师父,快跪下。（贴跪介）（旦）师父看他初犯,容学生责认一遭儿。

【前腔】手不许把秋千索拿,脚不许把花园路踏。（贴）则瞧罢。（旦）还嘴,这招风嘴,把香头来绰疤;招花眼,把绣针儿签瞎。（贴）瞎了中甚用?（旦）则要你守砚台,跟书案,伴"诗云",陪"子曰",没的争差。（贴）争差些罢。（旦揪贴发介）则问你几丝儿头发,几条背花?敢也怕些些夫人堂上那些家法。

　　（贴）再不敢了。（旦）可知道?（末）也罢,松这一遭儿。起来。（贴起介）

【尾声】（末）女弟子则争个不求闻达,和男学生一般儿教法。你们工课完了,方可回衙。咱和公相陪话去。（合）怎辜负的这一弄明窗新绛纱。

　　（末下）（贴作背后指末骂介)村老牛,痴老狗,一些趣也不知。（旦作扯介)死丫头,"一日为师,终身为父。"他打不的你?俺且问你那花园在那里?（贴做不说）（旦作笑问介）（贴指介)兀那不是!（旦)可有什么景致?（贴)景致么,有亭台六七座,秋千一两架。绕的流觞曲水,面着太湖山石。名花异草,委实华丽。

（旦）原来有这等一个所在，且回衙去。

      （旦）也曾飞絮谢家庭，李山甫（贴）欲化西园蝶未成。张　泌

      （旦）无限春愁莫相问，赵　嘏（合）绿阴终借暂时行。张　祐

           选自《牡丹亭》，徐朔芳、杨笑梅校注，人民文学出版社 1963 年版

【思考与练习】

1. 如何理解《游园》在《牡丹亭》中的关枢作用？

2. 细读文本，领略杜丽娘情感变化的过程。

3. 背诵《皂罗袍》曲子。

第二章 中国现当代文学经典作品赏析

第一节 诗歌经典作品赏析

偶 然

徐志摩

我是天空里的一片云，
偶尔投影在你的波心——
你不必讶异，
更无须欢喜——
在转瞬间消灭了踪影。

你我相逢在黑夜的海上，
你有你的，我有我的，方向；
你记得也好，
最好你忘掉，
在这交会时互放的光亮！

选自《徐志摩诗全集》，顾永棣编注，学林出版社1997版

【作者简介】

徐志摩（1896—1931），浙江海宁人，新月派后期盟主和代表诗人及散文家。原名徐章垿。曾就读于北京大学、美国克拉克大学、英国剑桥大学等。徐志摩受西方教育熏陶，拥有欧美化的自由主义思想，诗作受欧美浪漫主义和唯美派诗人的影响。徐志摩的诗人形象和在文学史上的地位是由其爱情诗及散文奠定的，一生留有四部诗集：《志摩的诗》、《翡冷翠的一夜》、《猛虎集》、《云游集》。

【作品赏析】

《偶然》写于1926年5月，是徐志摩和陆小曼合写的剧本《卞昆冈》第五幕里老瞎子弹三弦时的唱词。《偶然》表达了一种崭新的爱情观：在爱情际遇中会有无数个"偶然"，像"云"会"偶尔"投影在水的波心，也像不相识的"你我"偶尔相逢在"海上"。"云""转瞬间消灭了踪影"，"你我"也各有各的"方向"，面对如此结局的"偶尔"相爱，爱情主体应该以理性的态度，勇敢地承担人生和命运的无奈，从容地相遇和别离，宽容

地给予和付出。这是诗人孜孜以求的至善至美的爱情品格和平等尊重的爱情内涵。这种爱情观,关注的是一种非功利性的纯粹的爱情体验本身,而非爱情的结果或目的。

　　《偶然》是徐志摩追求诗美的典范,也是新月派诗人追求新诗格律化的典范:首先,《偶然》具有音乐美。全诗两节,格律对称。在音尺运用方面,每节一、二、五句都用三个音尺,如"偶尔//投影在//你的波心";"在这交会时//互放的//光亮";而每节三、四句则由两个音尺构成,如"你//记得也好,最好//你忘掉。"如此长短音尺相间,严谨中不乏洒脱,读之纡徐从容、委婉顿挫,富有音乐美。在押韵方面,每节一、二、五句押同一韵母,三、四句押另一韵母,为"AABBA"式。两节换韵。如此诗歌亦朗朗上口,节奏感强。其次,构思精巧,诗歌充满"张力"。"张力"意味着诗歌有机体中包含着互相矛盾、背向而驰的辩证关系。一是诗题与文本之间蕴蓄一定张力。诗人在"偶然"这一抽象标题下写较实在的事情:天空里的云偶尔投影在水的波心;"你"、"我"相逢在海上,抽象和具象之间存在张力。二是文本内部存在张力结构:"你/我"各有方向,是完全相异、背道而驰的一对"二项对立"。"你"、"我"擦肩而过时,交会着放出光芒,但"你不必讶异/更无须欢喜"、"你记得也好/最好你忘掉,""你"如此,"我"亦然,这是情感态度上的"二元对立"。另外,语义上的"矛盾修辞法"也使诗歌呈现出充足的"张力",如"你有你的,我有我的、方向"一句。"你有你的"和"我有我的"恰恰统一、包孕在同一个句子里,归结在同一个字眼即"方向"上。再次,《偶然》具有意象美。诗人将"偶然"这一极抽象的时间副词形象化,置入象征性的结构,运用"云"、"水"、"你"、"我"、"黑夜的海"、"互放的光亮"等以少喻多、以小喻大、以个别喻一般的多样、以新颖的象征意象来抒情达意,使诗具有象征性,充满情趣与哲理。其中,"云"意象具有轻盈空灵、无拘无束、洒脱从容的气质特征。诗人借它传达了自己爱美灵魂的"一涧流水"似的生命情态。最后,章法较整饬,词藻清新、自然,风格灵动飘逸。《偶然》在诗形上,两个诗节,行数相同,一、二、五行的字数基本相同,而三、四行字数相同,与上下行错开两字排列。大致上整齐划一,体现出建筑美。而《偶然》作为徐志摩最出色的诗歌之一,其灵动飘逸的意境、清新自然的语言是功不可没的。

【专栏知识】

　　"五四"后文化领域出现了一个重要的文化团体——新月社,其主要成员有胡适、梁实秋、闻一多、徐志摩等。新月社卓有成就的诗人闻一多、徐志摩等提倡格律诗,形成了现代文学史上一个重要的诗歌流派——"新月诗派"或"新格律诗派"。新月诗派的诗人以"和谐"、"均齐"为新诗的审美特征,倡导新诗的现代格律化,既用白话写诗,也讲究诗的韵律。闻一多提出了著名的"三美"主张,即"音乐的美"(音节)、"绘画的美"(词藻)、"建筑的美"(节的匀称和句的齐整)。

【相关链接】

死 水

闻一多

这是一沟绝望的死水，
清风吹不起半点漪沦。
不如多扔些破铜烂铁，
爽性泼你的剩菜残羹。

也许铜的要绿成翡翠，
铁罐上锈出几瓣桃花；
再让油腻织一层罗绮，
霉菌给他蒸出些云霞。

让死水酵成一沟绿酒，
飘满了珍珠似的白沫；
小珠们笑声变成大珠，
又被偷酒的花蚊咬破。

那么一沟绝望的死水，
也就夸得上几分鲜明。
如果青蛙耐不住寂寞，
又算死水叫出了歌声。

这是一沟绝望的死水，
这里断不是美的所在，
不如让给丑恶来开垦，
看他造出个什么世界。

选自《新月派诗选》，蓝棣之编选，人民文学出版社 1989 年版

【思考与练习】

1. 如何看待《偶然》中表达的爱情观？你的爱情观是怎样的？

2. 谈谈《偶然》一诗的艺术特色。

3. 背诵全诗，并尝试写一首新格律诗。

烦 忧

戴望舒

说是寂寞的秋的悒郁，
说是辽远的海的怀念。
假如有人问我烦忧的原故，
我不敢说出你的名字。

我不敢说出你的名字，
假如有人问我烦忧的原故。
说是辽远的海的怀念，
说是寂寞的秋的悒郁。

选自《中国现代诗歌名家名作原版库 望舒诗稿》，戴望舒著，中国文联出版 1998 年版

【作者简介】

戴望舒（1905—1950），原名戴梦鸥。浙江杭县（今余杭市）人，祖籍南京。20 世纪 30 年代著名的现代派诗人，文学翻译家。1929 年出版第一本诗集《我的记忆》，因其中的《雨巷》而被称为"雨巷诗人"。除《我的记忆》外，戴望舒还有三本诗集：《望舒草》、《望舒诗稿》、《灾难的岁月》，共存诗 90 余首。

【作品赏析】

《烦忧》写了一种抽象的情绪：烦忧。此诗受中国传统诗歌影响，其诗意不可完全析解，它呈现给读者的是这样一种诗意："我"有烦忧，"我"的"烦忧""我"自知，可说是怀念辽远的大海，也可说是秋日的悒郁寂寞，也可说是恋爱中人的善感多情，还可说是忧国忧民，忧患当时日益颓败、沉沦的大地神州……总之，此诗在"隐藏与表现"完美融合的诗境里，呈现出无尽的韵味，所以，《烦忧》一诗具有多义性。

《烦忧》具有艺术美。在表达诗意时，戴望舒刻意追求神秘的朦胧美。作者追求东方人的含蓄深沉，借助对秋的悒郁，对海的相思起兴，婉转曲折地表达自己深沉的愁思、莫名的或不愿明说的烦忧，使诗笼罩着细纱般的隐约、朦胧之美，诗人的情感亦处于亦隐亦现、读者可以心领神会的美妙境界中。《烦忧》只有四句，可诗人将它排列成两小节八句，后四句仅是对前四句的倒序排列。这是化用"回文"的修辞手法，出神入化地将诗人心中那"剪不断，理还乱"的深重烦忧恰如其分地抒写出来，并富有立体感地塑造出了抒情主人公的形象，读者仿佛看到被烦忧压得喘不过气来的抒情主人公，时而在仰天长叹，时而在低头自问，无奈，只能任由心中的烦忧恣意疯长。所有烦忧能够引起的联想以及想象的情景和场面，都被这神奇的回文修辞格挥洒得淋漓尽致。《烦忧》注重音乐性。全诗句式大体整齐，音尺匀称，节拍较和谐。采用隔句押尾韵的交韵形式，用韵和谐，加上形式回环，尤其内在诗绪起伏承转，使诗情抑扬顿挫，所以，《烦

忧》一诗富于旋律感、音乐感,诗作气韵流畅,哀婉悠长。

【专栏知识】

　　现代诗派得名于 1932 年 5 月施蛰存创办的《现代》杂志。该刊明确宣布其诗歌主张:"诗是诗,而且是纯然的现代的诗。他们是现代人在现代生活中所感受的现代情绪,用现代的词藻排列成的诗形。"现代诗派除拥有《现代》外,还有《水星》《新诗》等刊物。现代诗派阵容强大,主要有戴望舒、施蛰存、何其芳、卞之琳、废名、林庚、路易士(纪弦)、金克木、徐迟、南星、曹葆华、玲君等一大批在 20 世纪 30 年代诗坛颇有影响的诗人。

【相关链接】

断　章

卞之琳

你站在桥上看风景,
看风景人在楼上看你。

明月装饰了你的窗子,
你装饰了别人的梦。

　　　　　　　　　选自《中国现当代文学名著导读》,钱理群主编,北京大学出版社 2002 年版

【思考与练习】

1. 谈谈《烦忧》一诗的艺术特色。
2. 背诵这首诗,并模仿《烦忧》写一首能传达出你的某种真切情绪的现代诗。

手推车

艾　青

在黄河流过的地域
在无数的枯干了的河底
手推车
以唯一的轮子
发出使阴暗的天穹痉挛的尖音
穿过寒冷与静寂
从这一个山脚
到那一个山脚
彻响着

> 北国人民的悲哀
>
> 在冰雪凝冻的日子
> 在贫穷的小村与小村之间
> 手推车
> 以单独的轮子
> 刻画在灰黄土层上的深深的辙迹
> 穿过广阔与荒漠
> 从这一条路
> 到那一条路
> 交织着
> 北国人民的悲哀

选自《百年百种优秀中国文学图书 大堰河》，艾青著，人民文学出版社 2000 年版

【作者简介】

艾青（1910—1996），浙江金华人。原名蒋海澄，"艾青"是发表《大堰河——我的保姆》时始用的笔名。艾青在中国诗歌史上地位崇高。作为七月派诗歌的代表，他的诗是对中国新诗历史的"综合"，诗作开一代诗风，深刻影响了 20 世纪 30 年代至 40 年代后期诗歌的创作，成为中国自由体诗的第二座高峰。同时，艾青也是最早走向世界的中国新诗人之一，他的诗歌在世界范围内广泛流传。艾青的诗集主要有《大堰河——我的保姆》《北方》《向太阳》等。

【作品欣赏】

1938 年 1 月，艾青从阴冷的武汉来到了战火日渐逼近的黄河岸边，第一次踏上真正冰天雪地的北方土地，心里涌动着不息的激情，一些平凡的经历和事物引发了他内心强烈的创作冲动，写下了长诗《北方》。同时，他又以一个画者所擅长速写的那种洗练而有力度的造型语言，创作了近十首质朴而凝重的小诗，《手推车》是其中之一。从主题上说，《手推车》是一曲民族苦难的悲歌，表现了诗人对大自然的生灵和土地的苦难的关怀。两节诗的最后一句"北国人民的悲哀"是点题之句。

在艺术特色方面，《手推车》从感觉出发，渗入主观感情，体现出诗绪的忧郁美。同艾青其他诗作一样，《手推车》回荡着深沉的忧郁情感。全诗短短两节，勾勒出一个真实的令人为之心碎的情境。诗歌每一个词语都蕴含着历史的苦难的实感，准确而沉重。手推车"唯一的轮子"发出的"使阴暗的天穹痉挛的尖音"和刻画在"灰黄土层上的深深的辙迹"，交织成一个有声响有形色的北方的田野。诗的整个艺术情景和氛围与黄河两岸土地和人民沉重的悲哀十分一致，它们之间似乎有着某种内在的亲缘。诗的这种沉重的忧郁感，蕴含着一个战士痛切的感情和准备战斗的热忱。这种忧郁情

感不仅属于艾青个人,还具有强烈的社会色彩。《手推车》以具体可感的审美意象来表达诗情,体现出诗歌的意象美。作者综合感觉、情绪、想象和思想,通过形象的色彩、形状、声音以及动作等一系列的外在形态的有机融合来创构意象,避开直接描绘经受贫穷与战乱的中国难民的具体形象。在第一节中,作者铺张开黄河枯干的河底、阴暗的天穹、寒冷静寂的群山等意象,以它们为背景,突显手推车(独轮车)这一中心意象。"手推车",这一典型的北方人民贫困、单调、苍凉生活的象征性形象,就在这一幅交错着颜色、线条、声音的广漠画面上,以它"独一的轮子"、"单独的轮子",以它"发出使阴暗的天穹痉挛的尖音",以它"刻画在灰黄土层上的深深的辙迹",深深传达出了"北国人民的悲哀"。手推车构成的特殊意象痛楚地连接着人与土地:手推车发出的低沉的"尖音"和"刻画在灰黄土层上的深深的辙迹",具象化地展示了北方人民流离失所的悲哀以及这悲哀印在人们身上的深深的伤痕,也蕴涵着对保守、呆板、落后的生活方式的悲哀。这既是诗人对苦难制造者的一个平静又悲怆的抗议,也是对改变手推车的生活方式、振奋民族精神的哲理性启示。而灰暗褐黄的色调使现实的苦难更见沉凝。这是从生活本身采集而来,是生活实感与诗歌情绪的结合。《手推车》语言口语化,中心词前运用"的"字,富有语言的散文美。《手推车》不追求外在的韵律,而是追求内在情感的节奏性,而两节诗的情感高峰都放在诗节的最后。

【专栏知识】

　　"土地"是艾青诗歌的两大中心意象之一(另一个中心意象是"太阳")。"土地"作为植根于现实土壤上的意象原型,被诗人反复描绘抒写着。"土地"意象中凝聚着诗人对祖国——大地母亲最深沉的爱:爱国主义是艾青诗作中永远歌唱不尽的主题,如《我爱这土地》《北方》等。"土地"意象中还凝聚着诗人对土地上的劳动者最深沉的爱以及对其命运的关注与探索。如《大堰河——我的保姆》等。

【相关链接】

我爱这土地

艾青

假如我是一只鸟,
我也应该用嘶哑的喉咙歌唱:
这被暴风雨所打击着的土地,
这永远汹涌着我们的悲愤的河流,
这无止息地吹刮着的激怒的风,
和那来自林间的无比温柔的黎明……

——然后我死了,

连羽毛也腐烂在土地里面。

为什么我的眼里常含泪水?
因为我对这土地爱得深沉……

一九三八,十一月十七日

选自《百年百种优秀中国文学图书　大堰河》,艾青著,人民文学出版社 2000 年版

【思考与练习】

1. 谈谈你对《手推车》中"手推车"意象的理解。
2. 背诵全诗,并尝试写一首表达爱国之情的现代诗。

祖国(或以梦为马)

海 子

我要做远方的忠诚的儿子
和物质的短暂情人
和所有以梦为马的诗人一样
我不得不和烈士和小丑走在同一道路上

万人都要将火熄灭　我一人独将此火高高举起
此火为大　开花落英于神圣的祖国
和所有以梦为马的诗人一样
我借此火得度一生的茫茫黑夜

此火为大　祖国的语言和乱石投筑的梁山城寨
以梦为上的敦煌——那七月也会寒冷的骨骼
如雪白的柴和坚硬的条条白雪　横放在众神之山
和所有以梦为马的诗人一样
我投入此火　这三者是囚禁我的灯盏　吐出光辉

万人都要从我刀口走过　去建筑祖国的语言
我甘愿一切从头开始
和所有以梦为马的诗人一样
我也愿将牢底坐穿

众神创造物中只有我最易朽 带着不可抗拒的死亡的速度
只有粮食是我珍爱 我将她紧紧抱住 抱住她 在故乡生儿育女
和所有以梦为马的诗人一样
我也愿将自己埋葬在四周高高的山上 守望平静的家园

面对大河我无限惭愧
我年华虚度 空有一身疲倦
和所有以梦为马的诗人一样
岁月易逝 一滴不剩 水滴中有一匹马儿 一命归天

千年后如若我再生于祖国的河岸
千年后我再次拥有中国的稻田 和周天子的雪山 天马踢踏
和所有以梦为马的诗人一样
我选择永恒的事业

我的事业 就是要成为太阳的一生
他从古至今——"日"——他无比辉煌无比光明
和所有以梦为马的诗人一样
最后我被黄昏的众神抬入不朽的太阳

太阳是我的名字
太阳是我的一生
太阳的山顶埋葬 诗歌的尸体——千年王国和我
骑着五千年凤凰和名字叫"马"的龙——我必将失败
但诗歌本身以太阳必将胜利

选自《面朝大海 春暖花开》,谭五昌编著,江苏文艺出版社 2008 年版

【作者简介】

海子（1964—1989），原名查海生，安徽怀宁人。在北京大学上学期间开始诗歌创作。海子是继朦胧诗派之后 20 世纪 80 年代中后期中国诗坛上独特而诗艺出众的诗人。其抒情短诗兼具抒情性、可诵性和先锋性风格。海子出版的诗集有《土地》、《海子、骆一禾作品集》、《海子的诗》等，有抒情诗 200 余首和 7 部长诗，加上小说、戏剧、论文，共 200 万字。海子 1989 年 3 月 26 日在山海关卧轨自杀后，其诗歌赢得众多读者的喜爱，被称为"现代诗人中的歌者"、"亚洲抒情王子"。

【作品赏析】

　　海子的创作,总体上是要成为"诗歌之王"或"诗国中的太阳",他要以这样博大的精神追求与幸福幻想,抵御或超越现实中因"流浪、爱情、生存"而负载着的"受难"。其诗歌表达的所谓"三种幸福:诗歌、王位、太阳",其实又只是"一种幸福",即海子要摘取诗的王冠,成为诗的天国中照耀万物的太阳。这首创作于1987年的《祖国(或以梦为马)》即突出表达了海子对艺术及人生最高理想的充分认识和不懈追求,是海子诗歌精神的写照。

　　前两节,诗人表达了自己对人生和诗歌的基本立场以及忠诚于"理想"的坚定信念。第一节诗人表达自己对远大宏伟目标的追求——"我要做远方的忠诚的儿子"。"远方"指"历史与现实的交融"的所在,也是"时空并指"。诗人在"远方的忠诚儿子"与"物质的短暂情人"之间作出前者的选择,便喻示着"理想"对于"物质"的胜利,为全诗奠定了理想主义的思想基调。诗人明白在诗歌这一"永恒事业"的路途上,既有为之献身的殉道者(烈士),又有哗众取宠的混混儿(小丑)。诗人的榜样就是人类诗歌伟大共时体上隆起的那些骄子,那些诗歌大师们。第二节,诗人要"和所有以梦为马的诗人一样",在生存茫茫的黑夜中,"万人要将火熄灭,我一人独将此火高高举起"。"火"指理想,既指诗人的人格理想,更指他的诗歌理想("去建造祖国的语言"),这火是生命之火、信仰之火。诗人愿"借此火得度一生的茫茫黑夜,开花落英于神圣的祖国"。在实现灵魂救赎的同时,诗人亦完成了个体生命的升华:"我借此火得度一生的茫茫黑夜"。

　　三、四节写诗人对语言即对诗歌的认识。第三节中,"此火为大",诗歌的理想是在祖国语言的建筑上,如同那些具有反叛精神的梁山好汉所建筑的"城寨",是在激情的喷薄之中以"乱石"般的梦呓之语建筑起来的。诗人意识到祖国语言受遮蔽的境遇,澄明及提升的可能,以及通过拯救语言来创造精神、发展精神的现实依据,因此,理解语言也即理解生存和生命。海子写出了他对祖国文化深深的眷恋和自觉的归属感,"祖国的语言和乱石投筑的梁山城寨/以梦为上的敦煌"。诗人要光大它们,"这三者是囚禁我的灯盏 我投入此火 吐出光辉"。第四节,诗人表达了忠诚于"理想"的坚定信念。诗人是以一种自豪的心态去憧憬自己的胜利——"万人都要从我刀口走过 去建设祖国的语言"。海子曾说:"我的诗歌理想是在中国成就一种伟大的集体的诗。……我只想融合中国的行动成就一种民族和人类的结合,诗和真理合一的大诗。"为此,"我甘愿一切从头开始","我也愿将牢底坐穿"。这是何其的豪迈奔放!

　　诗歌的五、六节,表现了诗人深刻的生命悲剧意识,从一个相反的角度表达了诗人因生命理想难得实现而产生的"无限惭愧"和"年华虚度"之感。"岁月易逝",海子悲哀地感受到"众神创造物中只有我最易朽",并且"带着不可抗拒的死亡的速度"、如此"易朽"的生命面对难以把握的诗歌理想,诗人转而像中国的农民一样,"只有粮食是我珍爱"了。在这里,海子的愿望是如此的单纯,只想将粮食"紧紧抱住","抱住她在故乡生儿育女"。海子对"粮食"的感情是多么深切！他把"粮食"比作自己的伴侣了。"我也愿将自己埋葬在四周高高的山上，守望平静的家园。"那种"杀身成仁"的悲壮在诗句中弥漫开来。七、八、九节则重新接续了一至四节的思想线索，诗人在假象性的"再生"（复活）场景中大胆宣布自己的诗歌抱负和人生梦想。让他的"诗歌"能够像"太阳"一样永远"无比辉煌无比光明"，诗人假想了自己的"再生"。这"再生"，不是缘于留恋尘世的生命，而仅是为了续写生前未完成的宏大诗篇。"千年后如若我再生于祖国的河岸"，"我选择永恒的事业"。这"永恒的事业"，还是写作"民族和人类结合，诗歌和真理合一的大诗"，这充分彰显了海子极端的浪漫主义的生命理想与诗歌理想。当"太阳的山顶埋葬　诗歌的尸体——千年王国和我"时，在这"诗歌"、"王位"、"太阳"的三者合一之中诗人感到很幸福。于是就算是"必将失败"，但因为"诗歌本身以太阳必将胜利"，诗人也感到献祭的幸福。

《祖国（或以梦为马）》的体制不大，但境界却相当开阔。在强劲的感情冲击中，诗人稳健地控制着思路，三个层面，彼此应和、对话、递进，结构显得严饬、硬朗。在高蹈的理想与谦卑的情怀、生命的圣洁与脆弱、诗人的舛途与诗歌的大道……这些彼此纠葛的张力中，在融合现实主义与浪漫气息的努力过程中塑造了一个勇于承担与自我牺牲的王子形象。

海子的诗歌一方面继承了我国诗歌的优良传统，另一方面吸收了西方文化的有利因素，其诗歌达到自足状态，形成了自己稳定的抒情风格。《祖国（或以梦为马）》不太长，但气势磅礴、激情饱满，富有浪漫主义精神。诗歌用事物的各种"意象"表达诗情：远方、火、黑夜、敦煌、粮食、大河、太阳，等等，这些带有原型意味与充满生活气息的基本意象具有立体性、浑圆性特点。其实，海子诗歌中的意象非常丰富，其中"麦地"和"太阳"是他诗歌中的核心意象。"太阳"象征诗人高远的理想追求——用诗歌拯救在迷途中的人类。诗人幻想着能创立一种伟大的诗歌，这一伟大的诗歌不仅要超越母本（大地），而且要超越父本（太阳），是一种伟大的人类精神——一种诗歌总集性质的东西。"以梦为马"，诗人用的"梦"、"马"为名词，在意义上却是动词，人一旦做梦，就会像骑马一样，有奔腾万里、心想事成的浪漫情怀。《祖国（或以梦为马）》有着复沓的章法，在各节中都有相同的诗句，"和所有以梦为马的诗人一样"，全诗浑然一体，结构精致。语言上，海子善于对具体字词进行精雕细琢，使语言华美、有力、生动、精彩。对比的应用（如"忠诚的儿子"与"短暂的情人"、"烈士"与"小丑"）极好地表达了诗人的情感冲突，而比喻、排比、假设等修辞或句式，使其诗歌达到了梦幻般的精彩。如"水滴中有一匹马儿一命归天"，喻岁月以大河，喻理想以马儿，寻常自然的比喻却获得神妙的效果。

【专栏知识】

　　朦胧诗(20世纪70年代中后期至1986年),有时也被称为新诗潮,是酝酿于"文革"期间,20世纪70年代末开始正式出现于文坛的一种文学思潮,主要得名于当时官方媒体对其作品"晦涩"、"朦胧"的批评。最初以地下刊物《今天》为核心。实际上,"朦胧诗"所指的不仅仅是某类诗歌创作、诗人团体,而是一种具有"先锋精神"的诗歌潮流。其在内容上表现为当代意识强烈,对"五四"人文精神继承并有发展。在艺术上,打破现实主义审美模式,多用总体象征、暗示、切换等手法,创造的意象、意境新颖,具有含蓄、丰盈、深邃的美。代表诗人有北岛、舒婷、顾城、江河、杨炼等。朦胧诗退潮后出现了新生代"后朦胧"诗人群(1984~1988),海子是代表诗人。朦胧诗主要是通过有限的象喻达到意象化的途径,去接近无限的精神世界。"后朦胧诗"拯救了象征主义在朦胧诗后期的危机:创作风格多样,取向多元,对文学实验开放性进行了有益的探讨;在抒情表达上以后现代主义的观念为主体。

【相关链接】

相信未来

食 指

当蜘蛛网无情地查封了我的炉台,
当灰烬的余烟叹息着贫困的悲哀,
我依然固执地铺平失望的灰烬,
用美丽的雪花写下:相信未来。

当我的紫葡萄化为深秋的露水,
当我的鲜花依偎在别人的情怀,
我依然固执地用凝霜的枯藤,
在凄凉的大地上写下:相信未来。

我要用手指那涌向天边的排浪,
我要用手掌那托住太阳的大海,
摇曳着曙光那枝温暖漂亮的笔杆,
用孩子的笔体写下:相信未来。

我之所以坚定地相信未来,
是我相信未来人们的眼睛——

她有拨开历史风尘的睫毛，
她有看透岁月篇章的瞳孔。

不管人们对于我们腐烂的皮肉，
那些迷途的惆怅，失败的苦痛，
是寄予感动的热泪，深切的同情，
还是给以轻蔑的微笑，辛辣的嘲讽。

我坚信人们对于我们的脊骨，
那无数次的探索、迷途、失败和成功，
一定会给予客观、公正的评定，
是的，我焦急地等待着他们的评定。

朋友，坚定地相信未来吧，
相信不屈不挠的努力，
相信战胜死亡的年青，
相信未来，热爱生命。

1968 年

选自《食指的诗》，食指著，人民文学出版社 2000 年版

【思考与练习】

1. 如何看待海子的人生理想和"大诗"的理想？
2. 谈谈《祖国（或以梦为马）》一诗的艺术特色。
3. 背诵全诗，并尝试写一首表达人生理想的现代诗。

第二节　散文经典作品赏析

死 火

鲁 迅

我梦见自己在冰山间奔驰。

这是高大的冰山，上接冰天，天上冻云弥漫，片片如鱼鳞模样。山麓有冰树林，枝叶都如松杉。一切冰冷，一切青白。

但我忽然坠在冰谷中。

上下四旁无不冰冷,青白。而一切青白冰上,却有红影无数,纠结如珊瑚网。我俯看脚下,有火焰在。

这是死火。有炎炎的形,但毫不摇动,全体冰结,像珊瑚枝;尖端还有凝固的黑烟,疑这才从火宅中出,所以枯焦。这样,映在冰的四壁,而且互相反映,化成无量数影,使这冰谷,成红珊瑚色。

哈哈!

当我幼小的时候,本就爱看快舰激起的浪花,洪炉喷出的烈焰。不但爱看,还想看清。可惜他们都息息变幻,永无定形。虽然凝视又凝视,总不留下怎样一定的迹象。

死的火焰,现在先得到了你了!

我拾起死火,正要细看,那冷气已使我的指头焦灼;但是,我还熬着,将他塞入衣袋中间。冰谷四面,登时完全青白。我一面思索着走出冰谷的法子。

我的身上喷出一缕黑烟,上升如铁线蛇。冰谷四面,又登时满有红焰流动,如大火聚,将我包围。我低头一看,死火已经燃烧,烧穿了我的衣裳,流在冰地上了。

“唉,朋友!你用了你的温热,将我惊醒了。”他说。

我连忙和他招呼,问他名姓。

“我原先被人遗弃在冰谷中,”他答非所问地说,“遗弃我的早已灭亡,消尽了。我也被冰冻冻得要死。倘使你不给我温热,使我重行烧起,我不久就须灭亡。”

“你的醒来,使我欢喜。我正在想着走出冰谷的方法;我愿意携带你去,使你永不冰结,永得燃烧。”

“唉唉!那么,我将烧完!”

“你的烧完,使我惋惜。我便将你留下,仍在这里罢。”

“唉唉!那么,我将冻灭了!”

“那么,怎么办呢?”

“但你自己,又怎么办呢?”他反而问。

“我说过了:我要出这冰谷……”

“那我就不如烧完!”

他忽而跃起,如红慧星,并我都出冰谷口外。有大石车突然驰来,我终于碾死在车轮底下,但我还来得及看见那车坠入冰谷中。

“哈哈!你们是再也遇不着死火了!”我得意地笑着说,仿佛就愿意这样似的。

一九二五年四月二十三日

选自《鲁迅全集》(2),鲁迅著,人民文学出版社1981年版

【作者简介】

鲁迅(1881—1936),浙江绍兴人。原名周樟寿,后改名为周树人。“鲁迅”是其发表中国现代文学史上第一篇白话小说《狂人日记》时取的笔名。鲁迅早年接受了进化

论思想。1906 年,在日本留学的鲁迅弃医从文,走以文艺启蒙民众之路,开始翻译与创作活动。1909 年回国后,鲁迅在教育部任职,并先后在北京大学、北京女子师范大学、厦门大学、中山大学等校担任教职。1927 年,鲁迅扬弃了进化论观,接受了唯物论思想。这一年后,鲁迅成为职业作家。鲁迅是 20 世纪中国伟大的文学家,出版了小说集《呐喊》《彷徨》和《故事新编》,散文诗集《野草》、回忆散文集《朝花夕拾》、杂文集《热风》、《坟》等。鲁迅还是毕生致力于国民性改造的思想家,也是 20 世纪世界文化巨人之一。

【作品赏析】

《死火》是鲁迅散文诗集《野草》中的一篇。这是鲁迅从生命与死亡双重视角对"火"进行想象的名篇。

像《野草》中的大多数篇章一样,《死火》具有丰富、鲜明而复杂的象征意义,从最深刻的层次上体现了鲁迅的生命哲学。《死火》第一句是"我梦见自己在冰山间奔驰",所以,这其实是"我"与自己的心——"死火"的对话,其实是鲁迅对自己灵魂的拷问。陷入冰谷的"死火"告诉"我",他困陷冰谷,如果再得不到温热,就将"冻灭"。当"我"表示愿意将他带出冰谷让他永得燃烧时,"死火"回答说:"那么,我将烧完!"死火所面临的是一个"冻灭"与"烧完"的两难选择。这也是个体生命永恒的生存困境:人的生命只能在"冻灭"和"烧完"之间作出选择,而个体生命的唯一结局和归宿就是死亡和坟,无论逆来顺受听天由命(冻),还是反抗奋斗(烧),最后总会"灭"。但"死火"最终的选择是:"那我就不如烧完!"因为"冻灭"与"烧完"之间存在着区别:生命的燃烧会发出灿烂的光辉、放出灼热的暖流,即给人类带来光与热,哪怕仅仅只有短暂的瞬间!而"冻灭"的意义是虚无的。个体生命的价值与意义体现在"过程"中,而不在于"结果"。这种重视"过程"而不顾"结果"的人生哲学是"死火"的选择,更是鲁迅反抗绝望的生命哲学的体现。而个体生命只能在"冻灭"与"烧完"间作选择,这本身也揭示了人的生命存在的无奈与悲剧性。

作为鲁迅开创的"独语体"散文的代表作,《死火》成为现代文学的经典之作,体现了《野草》的艺术美。

首先,鲁迅运用奇瑰、冷艳、独特的意象表达自己的生命感受和生命哲学。"死火"在题目中出现,然后又被作者多次加以形象化、拟人化描写,其反复出现使其成为一个意象。鲁迅不是从单一的生命的视角,而是从生命与死亡的双向视角去想象火。他写的"死火"是面临死亡而停止燃烧的火,其遭遇象征着个体生命的某种生存困境,而"死火"最后"烧完"的选择也象征着鲁迅在困境中所做的选择,传达了鲁迅与绝望抗争的生命哲学。所以,"死火"是只属于鲁迅的"新颖的形象"。

其次,文中充满奇峻的变异,体现了作者无羁的艺术想象力。为表达死亡,鲁迅想象着"我"与"死火"奇异地相遇在"高大的冰山,上接冰天,天上冻云弥漫,片片如鱼鳞模样。山麓有冰树林,枝叶都如松杉。一切冰冷,一切青白"中。青白、冰冷,正是死亡的颜色与死亡的感觉,但却没有死亡的神秘与恐惧,给人的感觉是一片宁静。

"而一切青白冰上,却有红影无数,纠结如珊瑚网。我俯看脚下,有火焰在。"红是生命之色,突出在青白的颜色之上,给人以惊喜。"这是死火。有炎炎的形,但毫不摇动,全体冰结,像珊瑚枝;尖端还有凝固的黑烟,疑这才从火宅中出,所以枯焦。这样,映在冰的四壁,而且互相反映,化成无量数影,使这冰谷,成红珊瑚色。"写"死火"之形:既有"炎炎"的动态却不动("冻结"、"凝固");更写"死火"之神:是对"火宅"的人生忧患、痛苦的摆脱。"映在冰的四壁,而且互相反映,化为量数影,使这冰谷,成红珊瑚色。"一切青白顷刻间切换为红色满谷,也是死与生的迅速转换。可见,鲁迅以艺术的精心创造为前提,发挥艺术想象力,创造了一个全新的艺术世界。

最后,《死火》文体个性化又极为奇峻。其语言含蓄、精炼、深邃、华丽、艰涩。

【专栏知识】

"独语"是一种内敛的散文叙述方式。其最大特点是封闭性与自我指涉性。普通散文或叙事、或抒情、或议论,皆有实指,而"独语"体散文不顾及与倾听者的交流,只注重自己孤寂的内心世界,通过强化自己内心的孤独感与荒凉感,表达生命个体面对世界的生命体验与感受。鲁迅是现代"独语"体散文的开创者。

【相关链接】

独 语

何其芳

设想独步在荒凉的夜街上,一种枯寂的声响固执地追随你,如昏黄的灯光下的黑色的影子,你不知该对它珍爱还是不能忍耐了:那是你脚步的独语。

人在孤寂时常发出奇异的语言,或是动作。动作也是语言的一种。

决绝地离开了绿蒂的维特,独步在阳光与垂柳的堤岸上,如在梦里。诱惑的彩色又激动了他做画家的欲望,遂决心试卜他自己的命运了。他从衣袋里摸出一把小刀子,从垂柳里掷入河水中。他想:若是能看见它的落下他就将成功一个画家,否则不。那寂寞的一挥手使你感动吗?你了解吗?

我又想起了一个西晋人物,他爱驱车独游,到车辙不通之处就痛哭而返。

绝顶登高,谁不悲慨地一长啸呢?是想以他的声音填满宇宙的廖阔吗?等到追问时怕又只是沉默的低首了。我曾经走进一个古代的建筑物,画檐巨柱都争着向我有所诉说,低小的石栏也发出声息,像一些坚忍的深思的手指在上面呻咏,而我自己倒成了一个化石了。

或是昏黄的灯光下,放在你面前的是一册杰出的书,你将听见里面各个人物的独语。温柔的独语,悲哀的独语,或者狂暴的独语。黑色的门紧闭着:一个永远期待的灵魂死在门内,一个永远找寻的灵魂死在门外。每一个灵魂是一个世界,没有窗户。而可爱的灵魂都是倔强的独语者。

　　我的思想倒不是在荒野上奔驰。有一所落寞的古老的屋子,画壁漫漶,阶石上铺着白藓,像期待着最后的脚步:当我独自时我就神往了。

　　真有这样一个所在,或者是在梦里吗? 或者不过是两章宿昔嗜爱的诗篇的糅合,没有关联的奇异的糅合:幔子半掩,地板已扫,死者的床榻上长春藤影在爬;死者的魂灵回到他熟悉的屋子里,朋友们在聚餐、嬉笑,都说着"明天明天",无人记起"昨天"。

　　这是颓废吗? 我能很美丽地想着"死",反不能美丽地想着"生"吗?

　　我何以又太息:"去者日以疏,生者日以亲?"是慨叹着我被人忘记了,还是我忘记了人呢?

　　"这里是你的帽子",或者"这里是你的纱巾,我们出去走走吧",我还能说这些惯口的句子。而我那有温和的沉默的朋友,我更记起他:他屋里有一个古怪的抽屉,精致的小信封,装着丁香花,或是不知名的扇形的叶子,像为着分我的寂寞而展示他温柔的记忆。墙上是一张小画片,翻过背面来,写着"月的渔女"。

　　唉。我常自忖度:那使人类温暖的,我不是过分缺乏了它就是充溢了它。两者都足以致病的。

　　印度王子出游,看见生老病死,遂发自度度人的宏愿。我也倒想有一树菩提之荫,坐在下面思索一会儿。虽然我要思索的是另外一个题目。

　　于是,我的目光在窗上徘徊了。天色像一张阴晦的脸压在窗前,发出令人窒息的呼吸。这就是我抑郁的缘故吗? 而又,在窗格的左角,我发现一个我的独语的窃听者了。像一个鸣蝉蜕弃的躯壳,向上蹲伏着。嗫默地。嗫默地,和着它一对长长的触须,三对屈曲的瘦腿。我记起了它是我用自己的手描画成的一个昆虫的影子,当它迟徐地爬到我窗纸上,发出孤独的银样的鸣声,在一个过逝的有阳光的秋天里。

一九三四年三月二日

选自《何其芳抒情散文》,王晓石编,文化艺术出版社 1991 年版

【思考与练习】

　　1. 怎样理解死火面临的两难选择及其所做出的"烧完"的选择? 这体现了鲁迅怎样的生命哲学?

　　2.《死火》的艺术美体现在哪些方面?

　　3. 选择《死火》之外《野草》里的其他篇章,写一篇鉴赏短文。

雅　舍

梁实秋

　　到四川来,觉得此地人建造房屋最是经济。火烧过的砖,常常用来做柱子,孤零零的砌起四根砖柱,上面盖上一个木头架子,看上去瘦骨嶙嶙,单薄得可怜;但是顶上

铺了瓦，四面编了竹篾墙，墙上敷了泥灰，远远的看过去，没有人能说不像是座房子。我现在住的"雅舍"正是这样一座典型的房子。不消说，这房子有砖柱，有竹篾墙，一切特点都应有尽有。讲到住房，我的经验不算少，什么"上支下摘"，"前廊后厦"，"一楼一底"，"三上三下"，"亭子间"，"茅草棚"，"琼楼玉宇"和"摩天大厦"，各式各样，我都尝试过。我不论住在哪里，只要住得稍久，对那房子便发生感情，非不得已我还舍不得搬。这"雅舍"，我初来时仅求其能蔽风雨；并不敢存奢望。现在住了两个多月，我的好感油然而生。虽然我已渐渐感觉它是并不能蔽风雨；因为有窗而无玻璃，风来则洞若凉亭；有瓦而空隙不少，雨来则渗如滴漏。纵然不能蔽风雨，"雅舍"还是自有它的个性。有个性就可爱。

"雅舍"的位置在半山腰，下距马路约有七八十层的土阶。前面是阡陌螺旋的稻田。再远望过去是几抹葱翠的远山，旁边有高粱地，有竹林，有水池，有粪坑，后面是荒僻的榛莽未除的土山坡。若说地点荒凉，则月明之夕，或风雨之日，亦常有客到，大抵好友不嫌路远，路远乃见情谊。客来则先爬几十级的土阶，进得屋来，仍须上坡，因为屋内地板乃依山势而铺，一面高，一面低，坡度甚大，客来无不惊叹，我则久而安之，每日由书房走到饭厅是上坡，饭后鼓腹而出是下坡，亦不觉有大不便处。

"雅舍"共是六间，我居其二。篾墙不固，门窗不严，故我与邻人彼此均可互通声息。邻人轰饮作乐，咿唔诗章，喁喁细语，以及鼾声，喷嚏声，吮汤声，撕纸声，脱皮鞋声，均随时由门窗户壁的隙处荡漾而来，破我岑寂。入夜则鼠子瞰灯，才一合眼，鼠子便自由行动，或搬核桃在地板上顺坡而下，或吸灯油而推翻烛台，或攀援而上帐顶，或在门框桌脚上磨牙，使得人不得安枕。但是对于鼠子，我很惭愧的承认，我"没有法子"。"没有法子"一语是被外国人常常引用着的，以为这话最足代表中国人的懒惰隐忍的态度。其实我的对付鼠子并不懒惰。窗上糊纸，纸一戳就破；门户关紧，而相鼠有牙，一阵咬便是一个洞洞。试问还有什么法子？洋鬼子住到"雅舍"里，不也是"没有法子"？比鼠子更骚扰的是蚊子。"雅舍"的蚊风之盛，是我前所未见的。"聚蚊成雷"真有其事！每当黄昏时候，满屋里磕头碰脑的全是蚊子，又黑又大，骨骼都像是硬的。在别处蚊子早已肃清的时候，在"雅舍"则格外猖獗，来客偶不留心，则两腿伤处累累隆起如玉蜀黍，但是我仍安之。冬天一到，蚊子自然绝迹，明年夏天——谁知道我还是住在"雅舍"！

"雅舍"最宜月夜——地势较高，得月较先。看山头吐月，红盘乍涌，一霎间，清光四射，天空皎洁，四野无声，微闻犬吠，坐客无不悄然！舍前有两株梨树，等到月升中天，清光从树间筛洒而下，地上阴影斑斓，此时尤为幽绝。直到兴阑人散，归房就寝，月光仍然逼进窗来，助我凄凉。细雨濛濛之际，"雅舍"亦复有趣。推窗展望，俨然米氏章法，若云若雾，一片弥漫。但若大雨滂沱，我就又惶悚不安了，屋顶浓印到处都有，起初如碗大，俄而扩大如盆，继则滴水乃不绝，终乃屋顶灰泥突然崩裂，如奇葩初绽，砉然一声而泥水下注，此刻满室狼藉，抢救无及。此种经验，已数见不鲜。

"雅舍"之陈设，只当得简朴二字，但洒扫拂拭，不使有纤尘。我非显要，故名公巨卿之照片不得入我室；我非牙医，故无博士文凭张挂壁间；我不业理发，故无织西湖十景以及电影明星之照片亦均不能张我四壁。我有一几一椅一榻，酣睡写读，均已有着，我亦不复他求。但是陈设虽简，我却喜欢翻新布置。西人常常讥笑妇人喜欢变更桌椅位置，以为这是妇人天性喜变之一征。诬否且不论，我是喜欢改变的。中国旧式家庭，陈设千篇一律，正厅上是一条案，前面一张八仙桌，一边一把靠椅，两傍是两把靠椅夹一只茶几。我以为陈设宜求疏落参差之致，最忌排偶。"雅舍"所有，毫无新奇，但一物一事之安排布置俱不从俗。人人入我室，即知此是我室。笠翁《闲情偶寄》之所论，正合我意。

"雅舍"非我所有，我仅是房客之一。但思"天地者万物之逆旅"，人生本来如寄，我住"雅舍"一日，"雅舍"即一日为我所有。即使此一日亦不能算是我有，至少此一日"雅舍"所能给予之苦辣酸甜，我实躬受亲尝。刘克庄词："客里似家家似寄"，我此时此刻卜居"雅舍"，"雅舍"即似我家。其实似家似寄，我亦分辨不深。

长日无俚，写作自遣，随想随写，不拘篇章，冠以"雅舍小品"四字，以示写作所在，且志因缘。

选自《梁实秋散文选集》，徐静波编，百花文艺出版社 2009 年版

【作者简介】

梁实秋（1903—1987），北京人，著名散文家、学者、文学批评家、翻译家。1923 年，梁实秋从清华学校高等科毕业后赴美留学，受到了白璧德的新人文主义思想影响。1926 年回国后，梁实秋历任东南大学、青岛大学、北京大学教授，是新月派的文艺批评家。梁实秋从 1927 年开始写散文，直至 1987 年病逝绝笔，出版散文集 20 余种，涉及小品、杂感、游记、回忆录、读书札记等文体，又翻译、介绍与研究莎士比亚戏剧，一生给中国文坛留下了两千多万字的作品。代表作有《雅舍小品》《雅舍谈吃》《看云集》《偏见集》《秋室杂文》《槐园梦忆》等。译作有《莎士比亚全集》等。主编有《远东英汉大辞典》。

【作品赏析】

《雅舍》作于 1940 年 11 月，是《雅舍小品》（写于 1940～1947 年）的开篇之作。"雅舍"是梁实秋抗战期间在重庆北碚与友人合住的简陋草舍。北京沦陷后，梁实秋独自以国民参政会参政员的身份由香港到汉口，又由汉口到重庆。同时，他被国民党政府教育次长张道藩聘为教育部教科书编辑委员会中小学教科书组主任，此后入国立编译馆，开始抗战八年在重庆的生活。到重庆后，梁实秋和吴景超、龚业雅夫妇合购了一处房屋。在给房屋起名时，梁实秋建议用龚业雅的名字，名之为"雅舍"。

《雅舍》一文的核心不在"舍"之"雅"。作者先写国难时期住房的简陋与困扰，"雅舍""风来则洞若凉亭，雨来则渗如滴漏"，但作者却不怨不怒，住久了便发生感情，总

自觉"雅舍"是"有个性就可爱"的所在。作者抓住它的个性特征,生动而有层次地描写了"雅舍"的形态构造、地理位置、夜晚和雨天时的自然情状以及雅舍内的陈设,使读者可想象雅舍虽简陋却又不俗的特点,并让人感到它的可亲和可爱。如此,体现出作者的人生态度:在人生经历中,不论是物还是人,只要是与自己相依为命的,自己都必须能容纳其缺点和不足。假若这缺点和不足不是立即能改正的,就当视为该物该人整体的一部分,视作它(他)的整个个性的一种表现,并因爱而以宽容的态度承受这些缺点和不足给自己带来的不便乃至损害,与之和谐相处,相扶相助。这是一种豁达超然、乐观开朗的态度和随遇而安的生命意识。不仅如此,雅舍之不足如此之多,但隐于其中是梁实秋儒者情怀之所负,他会在随遇而安中玩味个中情趣:"雅舍"虽陋,但"个性"鲜明,不仅月夜清幽、细雨迷蒙、远离尘嚣、陈设不俗令人心旷神怡,即便鼠子瞰灯、聚蚊成雷也别有风味。在如此审美玩味的笔触下,雅舍所给予作者的"苦辣酸甜"便成为人生难得的轻微小事,都可转为可忆可叹的生活体验,从中透露出"游心于物外,不为世俗所累"的道家超然物外、自我陶醉、随缘自娱的豁达心怀和优游自得的人生境界。可见,雅舍虽然寒伧和简陋,但它在烽火连天之日给作者以栖迟之地,也给了作者以心灵的慰安,所以,它不令作者畏惧或烦厌。正因为作者对它怀有温暖的情意,遂化解了它的弱点和不足,可谓情暖无寒室!

《雅舍》个性鲜明,韵味浓郁,是典型的言志派散文:

首先,《雅舍》风格平淡自然。第一段主要用客观介绍的方式概述雅舍的总体特征,声色微露,意平情淡。第二段述雅舍优劣。叙优不露喜色,叙劣不现愁容。第三段句式变化,情趣盎然。第四段始叙月夜美景,后述暴雨侵凌,写得充满生气,才华四溢,但流利而不至急迫,情溢而不至热烈。第五段又情绪渐趋平缓,间有谐趣但味又入清淡。第六段用议论做结、简洁扼要。第七段一句交代,全文收束,归于平寂。综观全文,自然中有起伏,平淡中有变化。其中描写,浓不至涩,淡不至空,浓淡相间。

其次,《雅舍》广征博引,古今勾连,左右逢源,文采斐然。说理融于形象的比喻,带有亦庄亦谐的情调,富于理趣。这种含笑谈玄、妙语解颐的文字,与内蕴的闲情逸致造就了"雅舍体"温文容与、雅健老到的独特风格,在20世纪40年代的文坛独树一帜,延续和发展了闲适派散文的艺术精神。

最后,《雅舍》语言骈散相间,巧妙地运用排比、对偶句式,文白相济,行文活泼,描写生动,优雅清丽。引典信手拈来,幽默情趣,富于情韵,是雅舍之雅得以体现的重要原因。如文章对各种声音的描述,鼠子的各种动作的描述,运用了排比手法,显得姿态横生。作者的诙谐风趣也可在字里行间得到体现:"洋鬼子住到'雅舍'里,不也是'没有法子'?"对雅舍赏月的描写更是情韵悠长:"清光从树间筛洒下来,地上阴影斑斓,此时尤为幽绝"。文章用典较多,如"聚蚊成雷","客里似家家似寄"等,体现了作者熔性情、学识、修养于一炉的创作手法。文章篇幅简约,"简单"而有意味。

【专栏知识】

　　言志派散文是"美文"的结晶。代表作家有周作人、俞平伯、钟敬文、废名、丰子恺、林语堂、梁实秋等。他们往往与政治保持着一定距离,常本着内心冲动和审美趣味把对人生、对社会的思考记录下来,在"意在表现自己"的审美原则下,或讲性灵幽默,或观人生百态,寄寓了作家深层的个性,具有人格和心理的投影。

【相关链接】

我的戒烟

林语堂

　　凡吸烟的人,大部曾在一时糊涂,发过宏愿,立志戒烟,在相当期内与此烟魔决一雌雄,到了十天半个月之后,才自醒悟过来。我有一次也走入歧途,忽然高兴戒烟起来,经过三星期之久,才受良心责备,悔悟前非。我赌咒着,再不颓唐,再不失检,要老老实实做吸烟的信徒,一直到老耄为止。到那时期,也许会听青年会俭德会三姑六婆的妖言,把它戒绝,因为一人到此时候,总是神经薄弱,身不由主,难代负责。但是意志一日存在,是非一日明白时,决不会再受诱惑。因为经过此次的教训,我已十分明白,无端戒烟断绝我们灵魂的清福,这是一件亏负自己而无益于人的不道德行为。据英国生物化学名家夏尔登 Haldane 教授说,吸烟为人类有史以来最有影响于人类生活的四大发明之一。其余三大发明之中,记得有一件是接猴腺青春不老之新术。此是题外不提。

　　在那三星期中,我如何的昏迷,如何的懦弱,明知于自己的心身有益的一根小小香烟,就没有胆量取来享用,说来真是一段丑史。此时事过境迁,回想起来,倒莫明何以那次昏迷一发到到三星期。若把此三星期中之心理历程细细叙述起来,真是罄竹难书。自然,第一样,这戒烟的念头,根本就有点糊涂。为什么人生世上要戒烟呢? 这问题我现在也答不出。但是我们人类的行为,总常是没有理由的,有时故意要做做不该做的事,有时处境太闲,无事可作,故意降大任于己身,苦其筋骨,饿其体肤,空乏其身,把自己的天性拂乱一下,预备做大丈夫罢? 除去这个理由,我想不出当日何以想出这种下流的念头。这实有点像陶侃之运甓,或是像现代人的健身运动——文人学者无柴可剖,无水可汲,无车可拉,两手在空中无目的的一上一下,为运动而运动,于社会工业之生产,是毫无贡献的。戒烟戒烟,大概就是贤人君子的健灵运动罢。

　　自然,头三天,喉咙口里,以至气管上部,似有一种怪难堪似痒非痒的感觉。这倒易办。我吃薄荷糖,喝铁观音,含法国顶上的补喉糖片。三天之内,便完全把那种怪痒克复消灭了。这是戒烟历程上之第一期,是纯粹关于生理上的奋斗,一点也不足为奇。凡以为戒烟之功夫只在这点的人,忘记吸烟魂灵上的事业;此一道理不懂,根本就不配谈吸烟。过了三天,我才进了魂灵战斗之第二期。到此时,我始恍然明白,世上吸烟的人，本有两种，一种只是南郭先生之徒，以吸烟跟人凑热闹而已。这些人之戒烟，是没有第二期的。他们戒烟，毫不费力。据说，他们想不吸就不吸，名之为"坚强的意志"。其实这种人何尝吸烟？一人如能戒一癖好，如卖掉一件旧服，则其本非癖好可知。这种人吸烟，确是一种肢体上的工作，如刷牙，洗脸一类，可以刷，可以不刷，内心上没有需要，魂灵上没有意义的。这种人除了洗脸，吃饭，回家抱孩儿以外，心灵上是不会有所要求的，晚上同俭德会女会员的太太们看看《伊索寓言》也就安眠就寝了。辛稼轩之词，王摩诘之诗，贝多芬之乐，王实甫之曲，是与他们无关的。庐山瀑布还不是从上而下的流水而已？试问读稼轩之词，摩诘之诗而不吸烟，可乎？不可乎？

　　但是在真正懂得吸烟的人，戒烟却有一问题，全非俭德会男女会员所能料到的。于我们这一派真正吸烟之徒，戒烟不到三日，其无意义，与待己之刻薄，就会浮现目前，理智与常识就要问：为什么理由，政治上，社会上，道德上，生理上，或者心理上，一人不可吸烟，而故意要以自己的聪明埋没，违背良心，戕贼天性，使我们不能达到那心旷神怡的境地？谁都知道，作文者必精力美满，意到神飞，胸襟豁达，锋发韵流，方有好文出现，读书亦必能会神会意，胸中了无窒碍，神游其间，方算是读。此种心境，不吸烟岂可办到？在这兴会之时，我们觉得伸手拿一枝烟乃唯一合理的行为；若是把一块牛皮糖塞入口里，反为俗不可耐之勾当。我姑举一两件事为证。

　　我的朋友B君由北京来沪。我们不见面，已有三年了。在北平时，我们是晨昏时常过从的，夜间尤其是吸烟瞎谈文学，哲学，现代美术以及如何改造人间宇宙的种种问题。现在他来了，我们正在家里炉旁叙旧。所谈的无非是在平旧友的近况及世态的炎凉。每到妙处，我总是心里想伸一只手去取一枝香烟，但是表面上却只有立起而又坐下，或者换换坐势。B君却自自然然的一口一口的吞云吐雾，似有不胜其乐之概。我已告诉他，我戒烟了，所以也不好意思当场破戒。话虽如此，心坎里只觉得不快，嗒然若有所失，我的神志是非常清楚的。每回B君高谈阔论之下，我都能答一个"是"字，而实际上却恨不能同他一样的兴奋倾心而谈。这样畸形的谈了一两小时，我始终不肯破戒，我的朋友就告别了。论"坚强的意志"与"毅力"我是凯旋胜利者，但是心坎里却只觉得怏怏不乐。过了几天，B君途中来信，说我近来不同了，没有以前的兴奋，爽快，谈吐也大不如前了，他说或者是上海的空气太恶浊所致。到现在，我还是怨悔那夜不曾吸烟。

　　又有一夜，我们在开会，这会按例星期一次。到时聚餐之后，有人读论文，作为讨论，通常总是一种吸烟大会。这回轮着C君读论文。题目叫做《宗教与革命》，文中不少诙谐语。在这种扯谈之时，室内的烟气一层一层的浓厚起来，正是暗香浮动奇思涌发之时。诗人H君坐在中间，斜躺椅上，正在学放烟圈，一圈一圈的往上放出，大概诗意也跟着一层一层上升，其态度之自若，若有不足为外人道者。只有我一人不吸烟，觉得如独居化外，被放三危。这时戒烟越看越无意义了。我恍然觉悟，我太昏迷了。我追想搜索当初何以立志戒烟的理由，总搜寻不出一条理由来。

此后,我的良心便时起不安。因为我想,思想之贵在乎兴会之神感,但不吸烟之魂灵将何以兴感起来?有一下午,我去访一位洋女士。女士坐在桌旁,一手吸烟,一手靠在膝上,身微向外,颇有神致。我觉得醒悟之时到了。她拿烟盒请我。我慢慢的,镇静的,从烟盒中取出一枝来,知道从此一举,我又得道了。

我回来,即刻叫茶房去买一包白锡包。在我书桌的右端有一焦迹,是我放烟的地方。因为吸烟很少停止,所以我在旁刻一铭曰"惜阴池"。我本来打算大约要七八年,才能将这二英寸厚的桌面烧透。而在立志戒烟之时,惋惜这"惜阴池"深只有半生丁米突而已。所以这回重复安放香烟时,心上非常快活。因为虽然尚有远大的前途,却可以日日进行不懈。后来因搬屋,书房小,书桌只好卖出,"惜阴池"遂不见。此为余生平第一恨事。

选自《林语堂小品 幽默人生》,何乃安编,花城出版社 1991 年版

【思考与练习】

1. 雅舍之雅,与作者的人生态度和心境是分不开的。请谈谈《雅舍》体现的人生态度的积极意义。

2. 简析《雅舍》的艺术特色。

3. 写一篇《我的戒烟》的鉴赏短文。

爱

张爱玲

这是真的。

有个村庄的小康之家的女孩子,生得美,有许多人来做媒,但都没有说成。那年她不过十五六岁吧,是春天的晚上,她立在后门口,手扶着桃树。她记得她穿的是一件月白的衫子。对门住的年青人,同她见过面,可是从来没有打过招呼的,他走了过来,离得不远,站定了,轻轻的说了一声:"噢,你也在这里吗?"她没有说什么,他也没有再说什么,站了一会,各自走开了。

就这样就完了。

后来这女人被亲眷拐了,卖到他乡外县去做妾,又几次三番地被转卖,经过无数的惊险的风波,老了的时候她还记得从前那一回事,常常说起,在那春天的晚上,在后门口的桃树下,那年青人。

于千万人之中遇见你所要遇见的人,于千万年之中,时间的无涯的荒野里,没有早一步,也没有晚一步,刚巧赶上了,那也没有别的话可说,惟有轻轻地问一声:"噢,你也在这里吗?"

一九四四年四月

选自《张爱玲作品集·流言》,张爱玲著,花城出版社 1997 年版

【作者简介】

张爱玲(1920—1995),上海人,中国现代作家。本名张瑛。张爱玲一生创作了大量文学作品,文体包括小说、散文、电影剧本以及文学论著。张爱玲 17 岁时创作处女作《霸王别姬》,1943 年出版中短篇小说集《传奇》,引起轰动,另著有长篇小说《半生缘》、《赤地之恋》、《小团圆》等,有散文集《流言》,学术著作《红楼梦魇》。

【作品赏析】

《爱》是张爱玲创造的一个经典———一篇 300 余字的散文,却在中国现代散文史上镌下独特和不朽。这篇发表于 1944 年 4 月的小文,被誉为 20 世纪的经典散文代表作。

《爱》大体可以分为两部分:前半部分叙述的是一个简短的"优美的爱情故事",后半部分是一段由故事生发出来的议论。《爱》通过女主人公单纯却不幸的人生经历,蕴含了几重意蕴:一是阐发作者所理解的情缘和爱的底蕴:爱是纯洁的,是和谐与默契(这是人与人感情萌生的基础),爱是缘分:在天时(春夜)地利(邻居)与人和(同龄的旧识)里,穿着月白色上衣的纯洁少女与对门从未说过话的年轻后生,站定在桃树底下这片自然和谐的背景下,他看见了青春、朴素而美丽的她,不忍心打乱这份和谐的美,二人心灵的相通与契合铸就了一种瞬间的美。这种缘于生命中不可多得稍纵即逝的和谐共鸣、美好相知,镌下了相爱的真谛:"于千万人之中遇见你所要遇见的人,于千万年之中,时间的无涯的荒野里",靠着地利的机缘和天时的恩赐:"没有早一步,也没有晚一步,刚巧赶上了",那好像是地老天荒里人类的第一次相遇,纯粹、质朴、纤柔、清新,在和谐与默契之中,二人内心所有的情感已静静地传递与交流了:"那也没有别的话可说,惟有轻轻地问一声:'噢,你也在这里吗?'"二是写出苦难与苍凉。《爱》里有一种空白和否定:(他们的交往)就这样完了。作者以朴素之笔淡然写出了女主人公所经历的极具摧残性与破坏性的人生灾难:"被亲眷拐了,卖到他乡外县去做妾,又几次三番地被转卖","无数的惊险的风波"。小康之家的女孩前后人生片断的参差对照,告知了人生冷酷的真实,道出了命运的苍凉。三是表达乡情与乡愁。多年漂泊在外、历经苦难却终难归故里的女人终生难忘的是后门口有桃树的家乡和与年轻后生不思量自难忘的相逢一瞬,这源于其思乡情结。思乡是人类最原始、最淳厚的对于故土家园的思恋。从前发生在自家后门口的那美丽短暂的一幕,那种心有灵犀的相对无言,满蓄着温柔,浸润了沧桑岁月的无尽忧伤和无数凄凉,却因了浓浓的故乡情谊而特别值得她去一遍遍地追忆。四是礼赞具有宗教色彩的纯洁神圣的爱情。《爱》所描写的两性情感超拔于爱欲之上,纯洁、神圣、凄美,它让女主人公浑然不觉肉身的沉重。

《爱》在表达方式或情感的表现力度上既有别于张爱玲的小说创作,又有别于她其他散文的风格:从文体上看,《爱》是散文,但却有着小说的故事情节。《爱》截取的仅是单个个体的爱情情感片段,其特别之处在于化片段为永恒。从文章的结构来看,起首突兀,仅四个字:"这是真的。"但作者对散文意蕴的呈现并非平铺直叙。惜墨如金的起句之后,作者首先勾勒出了一幅两情相悦的画面,紧接着以"就这样就完了"一句,斩钉截铁地将画面定格,然后随着时间的流逝叙述了小家碧玉每况愈下的生命形式。但老年的她又忆起难以忘怀的两情相悦的画面,从而塑造出了以回忆超越现实的生命形式,而最后的一段议论在肯定爱情的机缘性的同时,也传达了作者那种世事变化、人生无常的观念和情感,如此则将前文确定的意义解构了。在300余字的文章里,不同时间意识和生命形式交替展现,映照对比,回环往复,思想的波澜抑扬起伏,形成了一种旋律美。这是一种尺水兴波、寸山起雾的艺术手法。《爱》在形而下层面,讲述了一个凄美的爱情故事;在形而上层面则昭示了一个千百年来人类共同的、终极的悲剧宿命,充分体现了张爱玲凝聚于情爱的具有浓厚悲剧意识的苍凉之美。这也是《爱》这篇掌上小札的魅力所在。如,文章最后那段议论,还可这样理解:千万人中,千万年中,在这样广漠无垠的时空中偶然相遇却又擦肩而过。爱,是幸福的,也是艰难的。也正因为艰难,才带给爱情主体幸福或痛苦。在近似宿命的体悟中,张爱玲表达了自身对人间真爱的迷恋和真爱不可得的无奈,这种迷恋与无奈交织成苍凉与凄美。而这种苍凉与凄美不只是一个人的,"噢,你也在这里吗?"这种感悟存在于两个人之间,存在于"千万年之中"和"千万人之中"。这是整个人类所面临的悲剧命运。《爱》最突出的语言特色是简洁朴素。如文章开头四个字极为朴实,第四段叙述小家碧玉后来的人生,"这女人被亲眷拐了,卖到他乡外县去做妾,又几次三番地被转卖,经过无数的惊险的风波",语言也简洁之极,至于,"噢,你也在这里吗?"语言简洁得容不下一个多余的字。但就是这轻轻的一声问候,包含着无尽的惊喜、爱怜、无奈、叹息,蕴涵着无言诉说的爱与情的成分。它是一种萌动的情恋,却又具有动人的力量,以至于无须强加太多的爱的符号,却远比恋人间直白的海誓山盟更能让人心底泛起爱的涟漪!

【专栏知识】

　　爱情观是爱情主体对爱情问题的根本看法和态度,其内容主要有:何为爱情,爱情的本质,爱情在社会生活和个人生活中的位置,自我的择偶标准,如何对待失恋等。爱情观是人生观的反映。爱情观在不同的历史时期,由于受不同的经济条件、社会制度、宗教观念、思想文化状态的影响和制约,有着不同的内容,并且随着社会发展而不断发展和变化。

【相关链接】

一个女人的爱情观

张晓风

　　忽然发现自己的爱情观很土气,忍不住自笑了起来。

　　对我而言,爱一个人就是满心满意要跟他一起"过日子",天地鸿蒙荒凉,我们不能妄想把自己扩充为六合八方的空间，只希望以彼此的火烬把属于两人的一世时间填满。

客居岁月，暮色里归来，看见有人当街亲热，竟也视若无睹，但每看到一对人手牵手提着一把青菜一条鱼从菜场走出来，一颗心就忍不住恻恻地痛了起来，一蔬一饭里的天长地久原是如此味永难言啊！相拥的那一对也许今晚就分手，但一鼎一镬里却有其朝朝暮暮的恩情啊！

爱一个人原来就只是在冰箱里为他留一只苹果，并且等他归来。

爱一个人就是在寒冷的夜里不断在他的杯子里斟上刚沸的热水。

爱一个人就是喜欢两人一起收尽桌上的残肴，并且听他在水槽里刷碗的音乐——事后再偷偷把他不曾洗干净的地方重洗一遍。

爱一个人就有权利霸道地说："不要穿那件衣服，难看死了，穿这件，这是我新给你买的。"

爱一个人就是一本正经地催他去工作，却又忍不住躲在他身后想捣几次小小的蛋。

爱一个人就是在拨通电话时忽然不知道要说什么，才知道原来只是想听听那熟悉的声音，原来真正想拨通的，只是自己心底的一根弦。

爱一个人就是把他的信藏在皮包里，一日拿出来看几回、哭几回、痴想几回。

爱一个人就是在他迟归时想上一千种坏可能，在想象中经历万般劫难，发誓等他回来要好好罚他，一旦见面却又什么都忘了。

爱一个人就是在众人暗骂："讨厌！谁在咳嗽！"你却急道："唉，唉，他这人就是记性坏啊，我该买一瓶川贝枇杷膏放在他的背包里的！"

爱一个人就是上一刻钟想把美丽的恋情像冬季的松鼠秘藏坚果一般，将之一一放在最隐秘最安妥的树洞里，下一刻钟却又想告诉全世界这骄傲自豪的消息。

爱一个人就是在他的头衔、地位、学历、经历、善行、劣迹之外，看出真正的他不过是个孩子——好孩子或坏孩子——所以疼了他。

也因此，爱一个人就喜欢听他儿时的故事，喜欢听他有几次大难不死，听他如何淘气惹厌，怎样善于玩弹珠或打"水漂漂"，爱一个人就是忍不住替他记住了许多往事。

爱一个人就不免希望自己更美丽，希望自己被记得，希望自己的容颜体貌在极盛时于对方如霞光过目，永不相忘，即使在繁花谢树的冬残，也有一个人沉如历史典册的瞳仁可以见证你的华采。

爱一个人总会不厌其烦地问些或回答些傻问题，例如："如果我老了，你还爱我吗？""爱！""我的牙都掉光了呢？""我吻你的牙床！"

爱一个人便忍不住迷上那首白发吟：

亲爱，我年已渐老，

白发如霜银光耀，

惟你永是我爱人，

永远美丽又温柔……

　　爱一个人常是一串奇怪的矛盾，你会依他如父，却又怜他如子，尊他如兄，又复宠他如弟，想师事他，跟他学，却又想教导他把他俘虏成自己的徒弟，亲他如友，又复气他如仇，希望成为他的女皇，他唯一的女主人，却又甘心做他的小丫鬟小女奴。

　　爱一个人会使人变得俗气，你不断地想：晚餐该吃牛舌好呢，还是猪舌？蔬菜该买大白菜，还是小白菜？房子该买在三张犁呢，还是六张犁？而终于在这份世俗里，你了解了众生，你参与了自古以来匹夫匹妇的微不足道的喜悦与悲辛，然后你发觉这世上有超乎雅俗之上的情境，正如日光超越调色盘上的一样。

　　爱一个人就是喜欢和他拥有现在，却又追记着和他在一起的过去。喜欢听他说，那一年他怎样偷偷喜欢你，远远地凝望着你。爱一个人又总期望着未来，想到地老天荒的他年。

　　爱一个人便是小别时带走他的吻痕，如同一幅画，带着鉴赏者的朱印。

　　爱一个人就是横下心来，把自己小小的赌本跟他合起来，向生命的大轮盘去下一番赌注。

　　爱一个人就是让那人的名字在临终之际成为你双唇间最后的音乐。

　　爱一个人，就不免生出共同的、霸占的欲望。想认识他的朋友，想了解他的事业，想知道他的梦。希望共有一张餐桌，愿意同用一双筷子，喜欢轮饮一杯茶，合穿一件衣，并且同衾共枕，奔赴一个命运，共寝一个墓穴。

　　前两天，整理房间时，理出一只提袋，上面赫然写着"××孕妇服装中心"，我愕然许久，既然这房子只我一人住，这只手提袋当然是我的了，可是，我何曾跑到孕妇店去买衣服？于是不甘心地坐下来想，想了许久，终于想出来了。我那天曾去买一件斗篷式的土褐色短褛，便是用这只绿袋子提回来的，我是的确闯到孕妇店去买衣服了。细想起来那家店的模特儿似乎都穿着孕妇装，我好像正是被那种美丽沉甸的繁殖喜悦所吸引而走进去的。这样说来，原来我买的那件宽松适意的斗篷式短褛竟真是给孕妇设计的。

　　这里面有什么心理分析吗？是不是我一直追忆着怀孕时强烈的酸苦和欣喜而情不自禁地又去买了一件那样的衣服呢？想多年前冬夜独起，灯下乳儿的寒冷和温暖便一下涌回心头，小儿吮乳的时候，你多么希望自己的生命就此为他竭泽啊！

　　对我而言，爱一个人，就不免想跟他生一窝孩子。

　　当然，这世上也有人无法生育，那么，就让共同作育的学生，共同经营的事业，共同爱过的子侄晚辈，共同谱成的生活之歌，共同写完的生命之书来作他们的孩子。

　　也许还有更多更多可以说的，正如此刻，爱情对我的意义是终夜守在一盏灯旁，听车声退潮再复涨潮，看淡紫的天光愈来愈明亮，凝视两人共同凝视过的长窗外的水波，在矛盾的凄凉和欢喜里，在知足感恩和渴切不足里细细体会一条河的韵律，并且写一篇叫《爱情观》的文章。

选自《现代散文鉴赏辞典》,贾植芳主编,上海辞书出版社2003年版

【思考与练习】

1. 谈谈《爱》的艺术特色。
2. 你怎样理解散文《爱》最后带哲理性的人生感悟?
3. 你认为《爱》中女主人公人生悲剧的原因是什么?
4. 你有怎样的爱情观?

秦　腔

贾平凹

　　山川不同,便风俗区别,风俗区别,便戏剧存异;普天之下人不同貌,剧不同腔,京、豫、晋、越、黄梅、二簧、四川高腔,几十种品类;或问:历史最悠久者,文武最正经者,是非最汹汹者? 曰:秦腔也。正如长处和短处一样突出便见其风格,对待秦腔,爱者便爱得要死,恶者便恶得要命。外地人——尤其是自夸于长江流域的纤秀之士——最害怕秦腔的震撼;评论说得婉转的是:唱得有劲。说得直率的是:大喊大叫。于是,便有柔弱女子,常在戏台下以绒堵耳,又或在平日教训某人:你要不怎么怎么样,今晚让你去看秦腔! 秦腔成了惩罚的代名词。所以,别的剧种可以各省走动,唯秦腔则如秦人一样,死不离窝;严重的乡土观念,也使其离不了窝:可能还在西北几个地方变腔走调的有些市场,却绝对冲不出往东南而去的潼关呢。

　　但是,几百年来,秦腔却没有被淘汰,被沉沦,这使多少人在大惑而不得其解。其解是有的,就在陕西这块土地上。如果是一个南方人,坐车轰轰隆隆往北走,渡过黄河,进入西岸,八百里秦川大地,原来竟是:一抹黄褐的平原;辽阔的地平线上,一处一处用木椽夹打成一尺多宽墙的土屋,粗笨而庄重;冲天而起的白杨,苦楝,紫槐,枝干粗壮如桶,叶却小似铜钱,迎风正反翻覆……你立即就会明白了:这里的地理构造竟与秦腔的旋律惟妙惟肖的一统! 再去接触一下秦人吧,活脱脱的一群秦始皇兵马俑的复出:高个,浓眉,眼和眼间隔略远,手和脚一样粗大,上身又稍稍见长于下身。当他们背着沉重的三角形状的犁铧,赶着山包一样团块组合式的秦川公牛,端着脑袋般大小的耀州瓷碗,蹲在立的卧的石碌子碌碡上吃着牛肉泡馍,你不禁又要改变起世界观了:啊,这是块多么空旷而实在的土地,在这块土地挖爬滚打的人群是多么"二愣"的民众! 那晚霞烧起的黄昏里,落日在地平线上欲去不去的痛苦的妊娠,五里一村,十里一镇,高音喇叭里传播的秦腔互相交织,冲撞,这秦腔原来是秦川的天籁,地籁,人籁的共鸣啊! 于此,你不渐渐感觉到了南方戏剧的秀而无骨吗? 不深深地懂得秦腔为什么形成和存在而占却时间、空间的位置吗?

　　八百里秦川,以西安为界,咸阳、兴平、武功、周至、凤翔、长武、岐山、宝鸡,两个专区几十个县为西府;三原、泾阳、高陵、户县、合阳、大荔、韩城、白水,一个专区十几个县

为东府。秦腔,就源于西府。在西府,民性敦厚,说话多用去声,一律咬字沉重,对话如吵架一样,哭丧又一呼三叹。呼喊远人更是特殊:前声拖十二分的长,末了方极快地道出内容。声韵的发展,使会远道喊人的人都从此有了唱秦腔的天才。老一辈的能唱,小一辈的能唱,男的能唱,女的能唱;唱秦腔成了做人最体面的事,任何一个乡下男女,只有唱秦腔,才有出人头地的可能,大凡有出息的,是个人才的,哪一个何曾未登过台,起码不能吼一阵乱弹呢?!

农民是世上最劳苦的人,尤其是在这块平原上,生时落草在黄土炕上,死了被埋在黄土堆下;秦腔是他们大苦中的大乐,当老牛木犁疙瘩绳,在田野已经累得筋疲力尽,立在犁沟里大喊大叫来一段秦腔,那心胸肺腑,关关节节的困乏便一尽儿涤荡净了。秦腔与他们,要和"西凤"白酒,长线辣子,大叶卷烟,牛肉泡馍一样成为生命的五大要素。若与那些年长的农民聊起来,他们想象的伟大的共产主义生活,首先便是这五大要素。他们有的是吃不完的粮食,他们缺的是高超的艺术享受,他们教育自己的子女,不会是那些文豪们讲的,幼年不是祖母讲着动人的迷丽的童话,而是一字一板传授着秦腔。他们大都不识字,但却出奇地能一本一本整套背诵出剧本,虽然那常常是之乎者也的字眼从那一圈胡子的嘴里吐出来十分别扭。有了秦腔,生活便有了乐趣,高兴了,唱"快板",高兴得是被烈性炸药爆炸了一样,要把整个身心粉碎在天空!痛苦了,唱"慢板",揪心裂肠的唱腔却表现了多么有情有味的美来,美给了别人享受,美也熨平了自己心中愁苦的皱纹。当他们在收获时节的土场上,在月在中天的庄院里大吼大叫唱起来的时候,那种难以想象的狂喜,激动,雄壮,与那些献身于诗歌的文人,与那些有吃有穿却总感空虚的都市人相比,常说的什么伟大的永恒的爱情是多么渺小、有限和虚弱啊!

我曾经在西府走动了两个秋冬,所到之处,村村都有戏班,人人都会清唱。在黎明或者黄昏的时分,一个人独独地到田野里去,远远看着天幕下一个一个山包一样隆起的十三个朝代帝王的陵墓,细细辨认着田埂上、荒草中那一截一截汉唐时期石碑上的残字,高高的土屋上的窗口里就飘出一阵冗长的二胡声,几声雄壮的秦腔叫板,我就痴呆了,感觉到那村口的土尘里,一头叫驴的打滚是那么有力,猛然发现了自己心胸中一股强硬的气魄随同着胳膊上的肌肉疙瘩一起产生了。

每到农闲的夜里,村里就常听到几声锣响:戏班排演开始了。演员们都集合起来,到那古寺庙里去。吹,拉,弹,奏,翻,打,念,唱,提袍甩袖,吹胡瞪眼,古寺庙成了古今真乐府,天地大梨园。导演是老一辈演员,享有绝对权威,演员是一家几口,夫妻同台,父子同台,公公儿媳也同台。按秦川的风俗:父和子不能不有其序,爷和孙却可以无道,弟与哥嫂可以嬉闹无常,兄与弟媳则无正事不能多言。但是,一到台上,秦腔面前人人平等,兄可以拜弟媳为帅为将,子可以将老父绳绑索捆。寺庙里有窗无扇,屋梁上蛛丝结网,夏天蚊虫飞来,成团成团在头上旋转,薰蚊草就墙角燃起,一声唱腔一声咳嗽。冬天里四面透风,柳木疙瘩火当中架起,一出场一脸正经,一下场凑近火堆,热了前怀,凉了后背。排演到什么时候,什么时候都有观众,有抱着二尺长的烟袋的老者,有凳子高、桌子高趴满窗台的孩子。庙里一个跟头未翻起,窗外就哇地一声叫倒好,演员出来骂一声:谁说不好的滚蛋! 他们抓住窗台死不滚去,倒要连声讨好:翻得好! 翻得好! 更有殷勤的,跑回来偷拿了红薯、土豆,在火堆里煨熟给演员做夜餐,赚得进屋里有一个安全位置。排演到三更鸡叫,月儿偏西,演员们散了,孩子们还围了火堆弯腰踢腿,学那一招一式。

一出戏排成了,一人传出,全村振奋,扳着指头盼那上演日期。一年十二个月,正月元宵日,二月龙抬头,三月三,四月四,五月五日过端午,六月六日晒丝绸,七月过半,八月中秋,九月初九,十月一日,再是那腊月五豆,腊八,二十三……月月有节,三月一会,那戏必是上演的。戏台是全村人的共同的事业,宁肯少吃少穿也要筹资集款,买上好的木石,请高强的工匠来修筑。村子富不富,就比这戏台阔不阔。一演出,半下午人就扛凳子去占地位了,未等戏开,台下坐的、站的人头攒拥,台两边阶上立的卧的是一群顽童。那锣鼓就叮叮咣咣地闹台,似乎整个世界要天翻地覆了。各类小吃趁机摆开,一个食摊上一盏马灯,花生,瓜子,糖果,烟卷,油茶,麻花,烧鸡,煎饼,长一声短一声叫卖不绝。锣鼓还在一声儿敲打,大幕只是不拉,演员偶尔从幕边往下望望,下边就喊:开演呀,场子都满了! 幕布放下,只说就要出场了,却又叮叮咣咣不停。台下就乱了,后边的喊前边的坐下,前边的喊后边的为什么不说最前边的立着;场外的大声叫着亲朋子女名字,问有坐处没有,场内的锐声回应快进来;有要吃煎饼的喊熟人去买一个,熟人买了站在场外一扬手,“日”地一声隔人头甩去,不偏不倚目标正好;左边的喊右边的踩了他的脚,右边的叫左边的挤了他的腰,一个说:狗年快完了,你还叫啥哩? 一个说:猪年还没到,你便拱开了! 言语伤人,动了手脚;外边的趁机而入,一时四边向里挤,里边向外扛,人的旋涡涌起,如四月的麦田起风,根儿不动,头身一会儿倒西,一会儿倒东,喊声,骂声,哭声一片;有拼命挤将出来的,一出来方觉世界偌大,身体胖肿,但差不多却光了脚,乱了头发。大幕又一挑,站出戏班头儿,大声叫喊要维持秩序;立即就跳出一个两个所谓“二杆子”人物来。这类人物多是头脑简单,四肢发达,却十二分忠诚于秦腔,此时便拿了树条儿,哪里人挤,哪里打去,如凶神恶煞一般。人人恨骂这些人,人人又都盼有这些人,叫他们是秦腔宪兵,宪兵者越发忠于职责,虽然彻夜不得看戏,但大家一夜满足了,他们也就满足了一夜。

终于台上锣鼓停了,大幕拉开,角色出场。但不管男的女的,出来偏不面对观众,一律背身掩面,女的就碎步后移,水上漂一样,台下就叫:瞧那腰身,那肩头,一身的戏哟! 是男的就摇那帽翎,一会双摇,一会单摇,一边上下飞闪,一边纹丝不动,台下便叫:绝了,绝了! 等到那角色儿猛一转身,头一高扬,一声高叫,声如炸雷豁啷啷直从人们头顶碾过,全场一个冷颤,从头到脚,每一个手指尖儿,每一根头发梢儿都麻酥酥的了。如果是演《救裴生》,那慧娘站在台中往下蹲,慢慢地,慢慢地,慧娘蹲下去了,全场人头也矮下去了半尺,等那慧娘往起站,慢慢地,慢慢地,慧娘站起来了,全场人的脖子也全拉长了起来。他们不喜欢看生戏,最欢迎看熟戏,那一腔一调都晓得,哪个演员唱得好,就摇头晃脑跟着唱,哪个演员走了调,台下就有人要纠正。说穿了,看秦腔不为求新鲜,他们只图过过瘾。

在这样的地方,这样的环境,这样的气氛,面对着这样的观众,秦腔是最逞能的,它的艺术的享受,是和拥挤而存在,是有力气而获得的。如果是冬天,那风在刮着,像刀子一样,如果是夏天,人窝里热得如蒸笼一般,但只要不是大雪,冰雹,暴雨,台下的人是不肯撤场的。最可贵的是那些老一辈的秦腔迷,他们没有力气挤在台下,也没有好眼力看清演员,却一溜一排地蹲在戏台两侧的墙根,吸着草烟,慢慢将唱腔品赏。一声叫板,便可以使他们坠入艺术之宫,"听了秦腔,肉酒不香",他们是体会得最深。那些大一点的,脾性野一点的孩子,却占领了戏场周围所有的高空,杨树上,柳树上,槐树上,一个枝杈一个人。他们常常乐而忘了险境,双手鼓掌时竟从树杈上掉下来,掉下来自不会损伤,因为树下是无数的人头,只是招致一顿臭骂罢了。更有一些爬在了场边的麦秸堆上,夏天四面来风,好不凉快,冬日就趴个草洞,将身子缩进去,露一个脑袋。也正是有闲阶级享受不了秦腔吧,他们常就瞌睡了,一觉醒来,月在西天,戏毕人散,只好苦笑一声悄然没声儿地溜下来回家敲门去了。

当然,一次秦腔演出,是一次演员亮相,也是一次演员受村人评论的考场。每每角色一出场,台下就一片喊喊喳喳:这是谁的儿子,谁的女子,谁家的媳妇,娘家何处?于是乎,谁有出息,谁没能耐,一下子就有了定论。有好多外村的人来提亲说媒,总是就在这个时候进行。据说有一媒人将一女子引到台下,相亲台上一个男演员,事先夸口这男的如何俊样,如何能干,但戏演了过半,那男的还未出场,后来终于出来,是个国民党的伪兵,还持枪未走到中台,扮游击队长的演员挥枪一指,"叭"地一声,那伪兵就倒地而死,爬着钻进了后幕,那女子当下哼了一声,闭了嘴,一场亲事自然了了。这是喜中之悲一例。据说还有一例,一个老头在脖子上架了孙孙去看戏,孙孙吵着要回家,老头好说好劝只是不忍半场而去,便破费买了半斤花生,他眼盯着台上,手在下边剥花生,然后一颗一颗扬手喂到孙孙嘴里,但喂着喂着,竟将一颗塞进孙孙鼻孔,吐不出,咽不下,口鼻出血,连夜送到医院动手术,花去了七十元钱。但是,以秦腔引喜的事却不计其数。每个村里,总会有那么个老汉,夜里看戏,第二天必是头一个起床往戏台下跑。戏台下一片石头,砖头,一堆堆瓜子皮,糖果纸,烟屁股,他掀掀这块石头,踢踢那堆尘土,少不了要捡到一角两角甚至三元四元钱币来,或者一只鞋,或者一条手帕。这是村里钻刁人干的营生,而馋嘴的孩子们有的则夜里趁各家锁门之机,去地里摘那香瓜来吃,去谁家院里将桃杏装在背心兜里回来分红。自然少不了有那些青春妙龄的少男少女,则往往在台下混乱之中眼送秋波,或者就悄悄退出,相依相偎到黑黑的渠畔树林子里去了……

秦腔在这块土地上,有着神圣的不可动摇的基础。凡是到这些村庄去下乡,到这些人家去做客,他们最高级的接待是陪着看一场秦腔,实在不逢年过节,他们就会要合家唱一会儿乱弹,你只能点头称好,不能耻笑,甚至不能有一点不入神的表示。他们一生最崇敬的只有两种人:一是国家领导人,一是当地的秦腔名角。即是在任何地方,这些名角没有在场,只要发现了名角的父母,去商店买油是不必排队的,进饭馆吃饭是会有座位的,就是在半路上挡车,只要喊一声:我是某某的什么,司机也便要嘎地停车。但是,谁要侮辱一下秦腔,他们要争死争活地和你论理,以至大打出手,永远使你记住教训。每每村里过红白丧喜之事,那必是要包一台秦腔的,生儿以秦腔迎接,送葬以秦腔致哀,似乎这个人生的世界,就是秦腔的舞台,人只要在舞台上,生,旦,净,丑,才各显了真性,恶的夸张其丑,善的凸现其美,善的使他们获得了美的教育,恶的也使丑里化作了美的艺术。

广漠旷远的八百里秦川,只有这秦腔,也只能有这秦腔,八百里秦川的劳作农民只有也只能有这秦腔使他们喜怒哀乐。秦人自古是大苦大乐之民众,他们的家乡交响乐除了大喊大叫的秦腔还能有别的吗?

1983 年 5 月 2 日草于五味村

选自《人极》,贾平凹著,长江文艺出版社 2001 年版

【作者简介】

贾平凹(1952—   ),原名贾平娃,陕西省丹凤县人。中国当代著名作家。贾平凹被誉为"鬼才"。主要作品有:《商州》、《白夜》、《废都》、《浮躁》、《秦腔》(散文)、《情劫》、《高兴》、《秦腔》(小说)等,曾获多次文学大奖,其中小说《秦腔》获得第七届茅盾文学奖。

【作品赏析】

《秦腔》是贾平凹的一篇浑厚深重的文化散文代表作,其中不仅濡染了秦地的民情风俗,而且传神地展现了秦地百姓的精神风骨。作品由三部分组成:第一部分,通过比较道出秦腔高亢宏大的特点,指出它的生成与风土人情密不可分;第二部分,神情毕现地表现了秦人对秦腔的喜爱与痴迷;第三部分,总结全文,强调只有也只有秦腔才能承载起秦人的喜怒哀乐。从思想内涵上看,《秦腔》不但绘形绘色写出了一个地方剧种的生成、变迁、特点,更重要的是通过对秦川大地上人们的喜怒哀乐、婚丧嫁娶及其他方面的风土人情的描绘,展现了秦地人民热情蓬勃的生命力,传递了作者对秦文化的领悟,并在对文化的把握中透视民众的生存状态与生存哲学。作者热爱故土,在描述中更多凸现了黄土地人民的人情美,而滤掉了其中可能存在的愚昧与丑陋。在作者笔下,秦腔是黄土地与老百姓生生不息的命运之声。贾平凹对秦腔的描绘,不仅是把它作为一个地方剧种,而且还是将它作为一种象征,象征着中华民族的历史、文化和持久不衰的生命力。

《秦腔》的艺术美表现在四方面:一是文风大气厚重。"这里的地理构造竟与秦腔的旋律惟妙惟肖地一统"。高亢响亮、沧桑悲凉的秦腔与八百里古风犹存的秦地是息息相关的。秦地是苍凉、辽远、空廓、悠长的,但又是厚重、朴实、生机勃勃的,它是贾平凹的文字底色,而秦腔在粗犷豪放方面与秦地达到了"惟妙惟肖的一统"。而描写秦地秦腔的《秦腔》便是大气厚重的。大气厚重充溢于《秦腔》的字里行间。如作者写自己听到土屋的窗口飘出几声雄壮的秦腔叫板,由于这一情景置放在"天幕下一个一

个山包一样隆起的十三个朝代帝王的陵墓"的背景下,便使得秦腔充满了苍凉和厚重的历史感。作者由感而发,再度妙笔生花:"猛然发现了自己心胸中一股强硬的气魄随同着胳膊上的肌肉疙瘩一起产生了。"而当农民高兴时唱秦腔,"高兴得像被烈性炸药爆炸了一样,要把整个身心粉碎在天空!"这是何等的阳刚和有气魄!二是文章的主要表达方式是叙述和描写,叙述简洁有序,许多与秦腔相关的轶事写来趣味盎然;描写细腻传神,开场前的"乱",演出中观众的沉迷都绘声绘色,极富艺术感染力。描写还做到了点面结合,以人物言行描写为主。如前半部分以居高临下俯瞰般的"宏观"视角表现"三秦"山川精魂"秦腔",对其产生的历史渊源,其演出形式及在民众中的影响都做出了生动而全面的描绘,使读者较为清楚地了解秦腔。而对秦腔特色的描写(如对演员表演、观众看戏的描写),则采用特写镜头般"具象"的描绘,生动传神。三是运用了多种修辞手法。作品运用夸张手法,把唱秦腔"快板"所流露来的高兴狂喜之情表现得淋漓尽致;用比喻和移就的修辞手法,极为形象地表现了秦腔"慢板"对秦人心灵的抚慰作用,增添了语言的情趣。作者漫游在秦川大地上,联想到它悠久而雄壮的王朝历史,耳闻目睹了秦腔秦人,深深地为此感到骄傲和自豪。四是语言特色是拙朴而富有韵味,与其描写的内容相匹配。例如:"每每村里过红白丧喜之事,那必是要包一台秦腔的,生儿以秦腔迎接,送葬以秦腔致哀,似乎这人生的世界,就是秦腔的舞台,人只要在舞台上,生,旦,净,丑,才各显了真性,恶的夸张其丑,善的凸现其美,善的使他们获得美的教育,恶的也使丑里化作了美的艺术。"拙朴的语言写出了秦川人的慓悍粗犷、单纯而复杂的心境,也表现了陕西西部地区粗犷、豪迈、乐天安命的地域文化。

【专栏知识】

文化散文(又称"学者散文")古已有之,后来曾有断裂。20世纪八九十年代,一批从事人文科学或社会科学研究的学者写作了一批富含文化底蕴的散文,被称为文化散文。文化散文在取材和行文上表现出鲜明的文化意识和理性思考色彩,风格上大多表现出理性的凝重与诗意的激情以及浑然一体的气度,有着深厚的人文情怀。代表作家及作品有余秋雨的《文化苦旅》《文明的碎片》等,张中行的《负暄琐话》,陈平原的《学者的人间情怀》,韩晗的《大国小城》等。

【相关链接】

汉家寨

张承志

那是大风景和大地貌荟集的一个点。我从天山大坂上下来,心被四野的宁寂——那充斥天宇六合的恐怖一样的死寂包裹着,听着马蹄声单调地试探着和这静默碰击,不由得屏住了呼吸。

若是没有这匹马弄出的蹄音，或许还好受些。三百里空山绝谷，一路单骑，我回想着不觉一阵阵阴凉袭向周身。那种山野之静是永恒的；一旦你被它收容过，有生残年便再也无法离开它了。无论后来我走到哪里，总是两眼幻视，满心幻觉，天涯何处都像是那个铁色戈壁，都那么空旷宁寂，四顾无援。我只有凭着一种茫然的感觉，任那匹伊犁马负着我，一步步远离了背后的雄伟天山。

和北麓的蓝松嫩草判若两地——天山南麓是大地被烤伤的一块皮肤。除开一种维吾尔语叫 uga 的毒草是碧绿色以外，岩石是酥碎的红石，土壤是淡红色的焦土。山坳折皱之间，风蚀的痕迹像刀割一样清晰，狞恶的尖石棱一浪浪堆起，布满着正对太阳的一面山坡。马在这种血一样的碎石中谨慎地选择着落蹄之地，我在曝晒中晕眩了，怔怔地觉得马的脚踝早已被那些尖利的石刃割破了。

然而，亲眼看着大地倾斜，亲眼看着从高山牧场向不毛之地的一步步一分分的憔悴衰老，心中感受是奇异的。这就是地理，我默想。前方曀气迷朦处是海拔负 154 米的吐鲁番盆地最低处的艾丁湖。那湖早在万年之前就被烤干了，我想。背后却是天山；冰峰泉水，松林牧场都远远地离我去了。一切只有大地的倾斜；左右一望，只见大地斜斜地延伸。嶙峋石头，焦渴土壤，连同我的坐骑和我自己，都在向前方向深处斜斜地倾斜。

——那时，我独自一人，八面十方数百里内只有我一人单骑，向导已经返回了。在那种过于雄大磅礴的荒凉自然之中，我觉得自己渺小得连悲哀都是徒劳。

就这样，走近了汉家寨。

仅仅有一炷烟在怅怅升起，猛然间感到所谓"大漠孤烟直"并没有写出一种残酷。

汉家寨只是几间破泥屋，它坐落在新疆吐鲁番北、天山以南的一片铁灰色的砾石戈壁正中。无植被的枯山像铁渣堆一样，在三个方向汇指着它——三道裸山之间，是三条巨流般的黑戈壁，寸草不生，平平地铺向三个可怕的远方。因此，地图上又标着另一个地名叫三岔口；这个地点在以后我的生涯中总是被我反复回忆咀嚼吟味，我总是无法忘记它。

仿佛它是我人生的答案。

我走进汉家寨时，天色昏暮了。太阳仍在肆虐，阳光射入眼帘时，一瞬间觉得疼痛。可是，那种将结束的白炽已经变了，汉家寨日落前的炫目白昼中已经有一种寒气存在。

几间破泥屋里，看来住着几户人。

不知从什么时候起，有了这样一个地名。新疆的汉语地名大多起源久远，汉代以来这里便有中原人屯垦生息，唐宋时又设府置县，使无望的甘陕移民迁到了这种异域。

真是异域——三道巨大空茫的戈壁滩一望无尽，前是无人烟的盐碱低地，后是无植被的红石高山；汉家寨，如一枚被人丢弃的棋子，如一粒生锈的弹丸，孤零零地存在于这巨大得恐怖的大自然中。

三个方向都像可怕的暗示。我只敢张望，再也不敢朝那些入口催动一下马匹了。

独自伫立在汉家寨下午的阳光里,我看见自己的影子一直拖向地平线,又黑又长。三面平坦坦的铁色砾石滩上,都反射着灼烫的亮光,像热带的海面。

默立久了,突然意识到什么。转过头来,左右两座泥屋门口,各有一个人在盯着我。一个是位老汉,一个是七八岁的小女孩。

他们痴痴盯着我。我猜他们已经好久没有见过外来人了。老少两人都是汉人服色;一瞬间我明白了,这地方确实叫做汉家寨。

我想了想,指着一道戈壁问道:

——它通到哪里?

老人摇摇头。女孩不眨眼地盯着我。

我又指着另一道:

——这条路呢?

老人只微微摇了一下头,便不动了。女孩还是那么盯住我不眨眼睛。

犹豫了一下,我费劲地指向最后一条戈壁滩。太阳正向那里滑下,白炽得令人无法瞭望,地平线上铁色熔成银色,闪烁着数不清的亮点。

我刚刚指着,还没有开口,那老移民突然钻进了泥屋。

我呆呆地举着手站在原地。

那小姑娘一动不动,她一直凝视着我,不知是为了什么。这女孩穿一件破红花棉袄,污黑的棉絮露在肩上襟上。她的眼睛黑亮——好多年以后,我总觉得那便是我女儿的眼睛。

在那块绝地里,他们究竟怎样生存下来,种什么,吃什么,至今仍是一个谜。但是这不是幻觉也不是神话。汉家寨可以在任何一份好一点的地图上找到。《宋史·高昌传》据使臣王延德旅行记,有"又两日至汉家砦"之语。砦就是寨,都是人坚守的地方。从宋至今,汉家寨至少已经坚守着生存了一千多年了。

独自面对着那三面绝境,我心里想:这里一定还是有一口食可觅,人一定还是能找到一种生存下去的手段。

次日下午,我离开了汉家寨,继续向吐鲁番盆地前行。大地倾斜得更急剧了;笔直的斜面上,几百里铺伸的黑砾石齐齐地晃闪着白光。回首天山,整个南麓都浮升出来了,峥嵘嶙峋,难以言状。俯瞰前方的吐鲁番,蜃气中已经隐约现出了绿洲的轮廓。在如此悲凉严峻的风景中上路,心中涌起一股决绝的气概。

我走下第一道坡坎时,回转身来想再看看汉家寨。它已经被起伏的戈壁滩遮住了一半,只露出泥屋的屋顶窗洞。那无言的老人再也没有出现。我等了一会儿,最后遗憾地离开了。

千年以来,人为着让生命存活曾忍受了多少辛苦,像我这样的人是无法揣测的。我只是隐隐感到了人的坚守,感到了那坚守如这风景一般苍凉广阔。

走过一个转弯处——我知道再也不会有和汉家寨重逢的日子——我激动地勒转

马头。遥遥地,我看见了那堆泥屋的黄褐中,有一个小巧的红艳身影,是那小女孩的破红棉袄。那时的天山已经完全升起于北方,横挡住大陆,冰峰和干沟裸谷相衬映。向着我倾泻般伸延的,是汉家寨那三岔戈壁的万吨铁石。

我强忍住心中的激烈,继续着我的长旅。从那一日我永别了汉家寨。也是从那一日起,无论我走到哪里,都在不知不觉之间,坚守着什么。

我不知道那是什么。我只觉得它与汉家寨这地名天衣无缝。在美国,在日本,我总是倔强地回忆着汉家寨,仔细想着每一个细节。直至南麓天山在阳光照耀下的、伤痕累累的山体都清晰地重现,直至大陆的倾斜面、吐鲁番低地的白色屋气以及每一块灼烫的戈壁砾石都逼真地重现,直至当年走过汉家寨戈壁时有过的那种空山绝谷的难言感受充盈在心底胸间。

选自《鞍与笔的影子》,张承志著,学林出版社 2001 年版

【思考与练习】

1. 谈谈《秦腔》的艺术特色。
2. 比较《秦腔》与《汉家寨》所表现出的地域文化特色的异同。
3. 你最喜欢中国哪一种地方剧种?为什么?
4. 尝试着写一篇能彰显你家乡所属区域的地域文化特色的散文,字数不限。

一只特立独行的猪

王小波

插队的时候,我喂过猪,也放过牛。假如没有人来管,这两种动物也完全知道该怎样生活。它们会自由自在地闲逛,饥则食渴则饮,春天来临时还要谈谈爱情;这样一来,它们的生活层次很低,完全乏善可陈。人来了以后,给它们的生活做出了安排:每一头牛和每一口猪的生活都有了主题。就它们中的大多数而言,这种生活主题是很悲惨的:前者的主题是干活,后者的主题是长肉。我不认为这有什么可抱怨的,因为我当时的生活也不见得丰富了多少,除了八个样板戏,没有什么消遣。有极少数的猪和牛,它们的生活另有安排。以猪为例,种猪和母猪除了吃,还有别的事可干。就我所见,它们对这些安排也不大喜欢。种猪的任务是交配,换言之,我们的政策准许它当个花花公子。但是疲惫的种猪往往摆出一种肉猪(肉猪是阉过的)才有的正人君子架势,死活不肯跳到母猪背上去。母猪的任务是生崽儿,但有些母猪却要把猪崽儿吃掉。总的来说,人的安排使猪痛苦不堪。但它们还是接受了:猪总是猪啊。

对生活做种种设置是人特有的品性。不光是设置动物,也设置自己。我们知道,在古希腊有个斯巴达,那里的生活被设置得了无生趣,其目的就是要使男人成为亡命战士,使女人成为生育机器,前者像些斗鸡,后者像些母猪。这两类动物是很特别的,但我以为,它们肯定不喜欢自己的生活。但不喜欢又能怎么样?人也好,动物也罢,都

很难改变自己的命运。

　　以下谈到的一只猪有些与众不同。我喂猪时,它已经有四五岁了,从名分上说,它是肉猪,但长得又黑又瘦,两眼炯炯有光。这家伙像山羊一样敏捷,一米高的猪栏一跳就过;它还能跳上猪圈的房顶,这一点又像是猫——所以它总是到处游逛,根本就不在圈里呆着。所有喂过猪的知青都把它当宠儿来对待,它也是我的宠儿——因为它只对知青好,容许他们走到三米之内,要是别的人,它早就跑了。它是公的,原本该劁掉。不过你去试试看,哪怕你把劁猪刀藏在身后,它也能嗅出来,朝你瞪大眼睛,嗷嗷地吼起来。我总是用细米糠熬的粥喂它,等它吃够了以后,才把糠兑到野草里喂别的猪。其他猪看了嫉妒,一起嚷起来。这时候整个猪场一片鬼哭狼嚎,但我和它都不在乎。吃饱了以后,它就跳上房顶去晒太阳,或者模仿各种声音。它会学汽车响、拖拉机响,学得都很像;有时整天不见踪影,我估计它到附近的村寨里找母猪去了。我们这里也有母猪,都关在圈里,被过度的生育搞得走了形,又脏又臭,它对它们不感兴趣;村寨里的母猪好看一些。它有很多精彩的事迹,但我喂猪的时间短,知道得有限,索性就不写了。总而言之,所有喂过猪的知青都喜欢它,喜欢它特立独行的派头儿,还说它活得潇洒。但老乡们就不这么浪漫,人们说,这猪不正经。领导则痛恨它,这一点以后还要谈到。我对它则不止是喜欢——我尊敬它,常常不顾自己虚长十几岁这一现实,把它叫做"猪兄"。如前所述,这位猪兄会模仿各种声音。我想它也学过人说话,但没有学会——假如学会了,我们就可做倾心之谈。但这不能怪它。人和猪的音色差得太远了。

　　后来,猪兄学会了汽笛叫,这个本领给它招来了麻烦。我们那里有座糖厂,中午要鸣一次汽笛,让工人换班。我们队下地干活时,听见这次汽笛响就收工回来。我的猪兄每天上午十点钟总要跳到房上学汽笛,地里的人听见它叫就回来——这可比糖厂鸣笛早了一个半小时。坦白地说,这不能全怪猪兄,它毕竟不是锅炉,叫起来和汽笛还有些区别,但老乡们却硬说听不出来。领导因此开了一个会,把它定成了破坏春耕的坏分子,要对它采取专政手段——会议的精神我已经知道了,但我不为它担忧——因为假如专政是指绳索和杀猪刀的话,那是一点门都没有的。以前的领导也不是没试过,一百人也逮不住它。狗也没用,猪兄跑起来像颗鱼雷,能把狗撞出一丈开外。谁知这回是动了真格的,指导员带了二十几个人,手拿四五式手枪;副指导员带了十几人,手持看青的火枪,分两路在猪场外的空地上兜捕它。这就使我陷入了内心的矛盾:按我和它的交情,我该舞起两把杀猪刀冲出去,和它并肩战斗,但我又觉得这样做太过惊世骇俗——它毕竟是只猪啊;还有一个理由,我不敢对抗领导,我怀疑这才是问题之所在。总之,我在一边看着。猪兄的镇定使我佩服之极:它很冷静地躲在手枪和火枪的连线之内,任凭人喊狗咬,不离那条线。这样,拿手枪的人开火就会把拿火枪的打死,反之亦然;两头同时开火,两头都会被打死。至于它,因为目标小,多半没事。就这样兜了几个圈子,它找到了一个空子,一头撞出去了;跑得潇洒之极。以后我在甘蔗地里还见过它一次,它长出了獠牙,还认识我,但已不容我走近了。这种冷淡使我痛心,但我也赞成它对心怀叵测的人保持距离。

我已经四十岁了,除了这只猪,还没见过谁敢于如此无视对生活的设置。相反,我倒见过很多想要设置别人生活的人,还有对被设置的生活安之若素的人。因为这个原故,我一直怀念这只特立独行的猪。

　　选自《沉默的大多数:王小波杂文随笔全编》,王小波著,中国青年出版社1997年版

【作者简介】

王小波(1952—1997),北京人,当代著名学者、作家。"文革"中,作为"知青",王小波去云南、山东插队劳动,回城后当了工人。1978年,考取中国人民大学, 1988年,获得美国匹兹堡大学的硕士学位。回国后在北京大学任教。1992年起成为自由撰稿人。代表作有小说《黄金时代》、《白银时代》、《青铜时代》等。20世纪90年代起,王小波开始写作思想随笔,出版的思想随笔集有《思维的乐趣》、《我的精神家园》、《沉默的大多数》等,另有电影剧本《东宫西宫》。1997年, 45岁的王小波因心脏病突发辞世。

【作品赏析】

王小波由于自己的亲身经历而对"文革"整齐划一的文化体制和生活方式深有感触,对别人安排或设置的生活深恶痛绝。而20世纪90年代,各种文化思潮在中国轮番上演,思想界却呈现出沉寂和庸俗的特征,于是,王小波选择了思想性随笔的写作。

《一只特立独行的猪》以一只猪的境遇为例,揭示出我们大多数人的生存处境:有一种力量,时时在企图左右我们的生活,为我们设计生活,安排命运,准备前途,决定去取舍。而被他人安排或设置的生活,是不幸的——那意味着自由被扼杀。但我们相当多时候像猪一样浑然不觉,安然处之。王小波隆重推出的这只猪,是一只敢于狂奔、终于长出獠牙的猪。它的鸣叫,惊醒了我们,它的潇洒,它的冷静,它的警惕,比照出我们的浑浑噩噩、躁动不宁却惘然无知。我们应该有所省悟,敢于无视别人对我们生活的设置。

在艺术特色方面,本文善于取譬隐喻。说猪事,实讲人世——以鲜活平庸的生活琐事作譬,引出严肃的论题,但不枯燥。同时,《一只特立独行的猪》融哲理于叙事之中。作者虽有大发现,但行文不给人以急躁感。文章大半部分在说猪事道猪情,说得舒缓有致,并无真理在握而睥睨一切的作态,亦无剑拔弩张之势,而是冷冷地挑破遮蔽,棉里藏针,思想的锋芒已是脱颖而出,临末曲终奏雅,揭示主题。在写作风格方面,一方面,《一只特立独行的猪》幽默而严肃,活泼而平实,犀利深刻而具温情与善意。文章的主题与作者的态度是严肃的,但又出之以幽默之语;而这种幽默不是"搞笑",也不是一般的风趣,其所喻示的道理,又是颇为严正的。这种文章风格既使人忍俊不禁,又使人深思。作者的态度平实,行文却跳跶活泼,毫不枯燥。另一方面,作者的批判相当犀利,一针见血,但在这批判锋芒的背后,却是作者对社会、对人群的热切的关爱。

【专栏知识】

　　王小波生前在海外华语文学界获得了普遍称誉,但当时在国内却不为人知。1997年,王小波遽然逝世,开始被关注。其后两年间,他的作品几乎全部出版。随之评论、纪念文章和书籍大量涌现,网络上更是人声鼎沸,竟有自称为"王小波门下走狗"者,甚至成立了"王小波门下走狗网络联盟"——可见其"热"。这是所谓的王小波现象。应该说,一位严肃作家、思想者,被如此广泛地阅读、关注、讨论,实属罕见。王小波现象的爆破点在于其杂文(思想随笔),其杂文(思想随笔)在生前就曾经受到关注。

【相关链接】

思维的乐趣（节选）

王小波

五

　　我虽然已活到了不惑之年,但还常常为一件事感到疑惑:为什么有很多人总是这样的仇恨新奇,仇恨有趣。古人曾说:天不生仲尼,万古长如夜;但我有相反的想法。假设历史上曾有一位大智者,一下发现了一切新奇、一切有趣,发现了终极真理,根绝了一切发现的可能性,我就情愿到该智者以前的年代去生活。这是因为,假如这种终极真理已经被发现,人类所能做的事就只剩下了依据这种真理来做价值判断。从汉代以后到近代,中国人就是这么生活的。我对这样的生活一点都不喜欢。

　　我认为,在人类的一切智能活动里,没有比做价值判断更简单的事了。假如你是只公兔子,就有做出价值判断的能力——大灰狼坏,母兔子好;然而兔子就不知道九九表。此种事实说明,一些缺乏其他能力的人,为什么特别热爱价值的领域。倘若对自己做价值判断,还要付出一些代价;对别人做价值判断,那就太简单、太舒服了。讲出这样粗暴的话来,我的确感到羞愧,但我并不感到抱歉。因为这种人士带给我们的痛苦实在太多了。

　　在一切价值判断之中,最坏的一种是:想得太多、太深奥、超过了某些人的理解程度是一种罪恶。我们在体验思想的快乐时,并没有伤害到任何人;不幸的是,总有人觉得自己受了伤害。诚然,这种快乐不是每一个人都能体验到的,但我们不该对此负责任。我看不出有什么理由要取消这种快乐,除非把卑鄙的嫉妒计算在内——这世界上有人喜欢丰富,有人喜欢单纯;我未见过喜欢丰富的人妒恨、伤害喜欢单纯的人,我见到的情形总是相反。假如我对科学和艺术稍有所知的话,它们是源于思想乐趣的浩浩江河,虽然惠及一切人,但这江河决不是如某些人所想象的那样,为他们而流,正如以思想为乐趣的人不是为他们而生一样。

　　对于一位知识分子来说,成为思维的精英,比成为道德精英更为重要。人当然有不思索、把自己变得愚笨的自由;对于这一点,我是一点意见都没有的。问题在于思索和把自己变聪明的自由到底该不该有。喜欢前一种自由的人认为,过于复杂的思想会使人头脑昏乱,这听上去似乎有些道理。假如你把深山里一位质朴的农民请到城市的化工厂里,他也会因复杂的管道感到头晕,然而这不能成为取消化学工业的理由。所以,质朴的人们假如能把自己理解不了的事情看作是与己无关的事,那就好了。

　　假如现在我周围的世界又充满了"文革"时的军代表和道德教师,只能使我惊,不能使我惧。因为我已经活到了四十二岁。我在大学里遇到了把知识当作幸福来传播的数学教师,他使学习数学变成了一种乐趣。我遇到了启迪我智慧的人。我有幸读到了我想看的书——这个书单很是庞杂,从罗素的《西方哲学史》,一直到英国维多利亚时期的地下小说。这最后一批书实在是很不堪的,但我总算是把不堪的东西也看到了。当然,我最感谢的是那些写了好书的人,比方说,萧伯纳、马克·吐温、卡尔维诺、杜拉斯等等,但对那些写了坏书的人也不怨恨。我自己也写了几本书,虽然还没来得及与大陆读者见面,但总算获得了一点创作的快乐。这些微不足道的幸福就能使我感到在一生中稍有所得,比我父亲幸福,比那些将在思想真空里煎熬一世的年轻人幸福。作为一个有过幸福和痛苦两种经历的人,我期望下一代人能在思想方面有些空间来感到幸福,而且这种空间比给我的大得多。而这些呼吁当然是对那些立志要当军代表和道德教师的人而发的。

　　　　选自《沉默的大多数:王小波杂文随笔全编》,王小波著,中国青年出版1997年版

【思考与练习】

　　1. 文中的这只猪有哪些特立独行之处?

　　2. 自己安排或设置自己的生活,有什么问题吗? 别人想要设置我们的生活,能一概无视吗?

　　3. 谈谈《一只特立独行的猪》的艺术特色。

　　4. 阅读《思维的乐趣》全文,写一篇赏析短文。

第三节　小说作品赏析

伤　逝

——涓生的手记

鲁迅

　　如果我能够,我要写下我的悔恨和悲哀,为子君,为自己。

　　会馆里的被遗忘在偏僻里的破屋是这样的寂静和空虚。时光过得真快,我爱子君,仗着她逃出这寂静和空虚,已经满一年了。事情又这么不凑巧,我重来时,偏偏空

着的又只有这一间屋。依然是这样的破窗,这样的窗外的半枯的槐树和老紫藤,这样的窗前的方桌,这样的败壁,这样的靠壁的板床。深夜中独自躺在床上,就如我未曾和子君同居以前一般,过去一年中的时光全被消灭,全未有过,我并没有曾经从这破屋子搬出,在吉兆胡同创立了满怀希望的小小的家庭。

不但如此。在一年之前,这寂静和空虚是并不这样的,常常含着期待;期待子君的到来。在久待的焦躁中,一听到皮鞋的高底尖触着砖路的清响,是怎样地使我骤然生动起来呵!于是就看见带着笑涡的苍白的圆脸,苍白的瘦的臂膊,布的有条纹的衫子,玄色的裙。她又带了窗外的半枯的槐树的新叶来,使我看见,还有挂在铁似的老干上的一房一房的紫白的藤花。

然而现在呢,只有寂静和空虚依旧,子君却决不再来了,而且永远,永远地!……

子君不在我这破屋里时,我什么也看不见。在百无聊赖中,随手抓过一本书来,科学也好,文学也好,横竖什么都一样;看下去,看下去,忽而自己觉得,已经翻了十多页了,但是毫不记得书上所说的事。只是耳朵却分外地灵,仿佛听到大门外一切往来的履声,从中便有子君的,而且橐橐地逐渐临近,——但是,往往又逐渐渺茫,终于消失在别的步声的杂沓中了。我憎恶那不像子君鞋声的穿布底鞋的长班的儿子,我憎恶那太像子君鞋声的常常穿着新皮鞋的邻院的搽雪花膏的小东西!

莫非她翻了车么?莫非她被电车撞伤了么?……

我便要取了帽子去看她,然而她的胞叔就曾经当面骂过我。

蓦然,她的鞋声近来了,一步响于一步,迎出去时,却已经走过紫藤棚下,脸上带着微笑的酒窝。她在她叔子的家里大约并未受气;我的心宁帖了,默默地相视片时之后,破屋里便渐渐充满了我的语声,谈家庭专制,谈打破旧习惯,谈男女平等,谈伊孛生,谈泰戈尔,谈雪莱……。她总是微笑点头,两眼里弥漫着稚气的好奇的光泽。壁上就钉着一张铜板的雪莱半身像,是从杂志上裁下来的,是他的最美的一张像。当我指给她看时,她却只草草一看,便低了头,似乎不好意思了。这些地方,子君就大概还未脱尽旧思想的束缚,——我后来又想,倒不如换一张雪莱淹死在海里的记念像或是伊孛生的罢;但也终于没有换,现在是连这一张也不知那里去了。

"我是我自己的,他们谁也没有干涉我的权利!"

这是我们交际了半年,又谈起她在这里的胞叔和在家的父亲时,她默想了一会之后,分明地,坚决地,沉静地说了出来的话。其时是我已经说尽了我的意见,我的身世,我的缺点,很少隐瞒;她也完全了解的了。这几句话很震动了我的灵魂,此后许多天还在耳中发响,而且说不出的狂喜,知道中国女性,并不如厌世家所说那样的无法可施,在不远的将来,便要看见辉煌的曙色的。

送她出门,照例是相离十多步远;照例是那鲇鱼须的老东西的脸又紧贴在脏的窗玻璃上了,连鼻尖都挤成一个小平面;到外院,照例又是明晃晃的玻璃窗里的那小东西的脸,加厚的雪花膏。她目不邪视地骄傲地走了,没有看见;我骄傲地回来。

"我是我自己的,他们谁也没有干涉我的权利!"这彻底的思想就在她的脑里,比我还透澈,坚强得多。半瓶雪花膏和鼻尖的小平面,于她能算什么东西呢?

我已经记不清那时怎样地将我的纯真热烈的爱表示给她。岂但现在,那时的事后便已模胡,夜间回想,早只剩了一些断片了;同居以后一两月,便连这些断片也化作无可追踪的梦影。我只记得那时以前的十几天,曾经很仔细地研究过表示的态度,排列过措辞的先后,以及倘或遭了拒绝以后的情形。可是临时似乎都无用,在慌张中,身不由己地竟用了在电影上见过的方法了。后来一想到,就使我很愧恧,但在记忆上却偏只有这一点永远留遗,至今还如暗室的孤灯一般,照见我含泪握着她的手,一条腿跪了下去……。

不但我自己的,便是子君的言语举动,我那时就没有看得分明;仅知道她已经允许我了。但也还仿佛记得她脸色变成青白,后来又渐渐转作绯红,——没有见过,也没有再见的绯红;孩子似的眼里射出悲喜,但是夹着惊疑的光,虽然力避我的视线,张皇地似乎要破窗飞去。然而我知道她已经允许我了,没有知道她怎样说或是没有说。

她却是什么都记得:我的言辞,竟至于读熟了的一般,能够滔滔背诵;我的举动,就如有一张我所看不见的影片挂在眼下,叙述得如生,很细微,自然连那使我不愿再想的浅薄的电影的一闪。夜阑人静,是相对温习的时候了,我常是被质问,被考验,并且被命复述当时的言语,然而常须由她补足,由她纠正,像一个丁等的学生。

这温习后来也渐渐稀疏起来。但我只要看见她两眼注视空中,出神似的凝想着,于是神色越加柔和,笑窝也深下去,便知道她又在自修旧课了,只是我很怕她看到我那可笑的电影的一闪。但我又知道,她一定要看见,而且也非看不可的。

然而她并不觉得可笑。即使我自己以为可笑,甚而至于可鄙的,她也毫不以为可笑。这事我知道得很清楚,因为她爱我,是这样地热烈,这样地纯真。

去年的暮春是最为幸福,也是最为忙碌的时光。我的心平静下去了,但又有别一部分和身体一同忙碌起来。我们这时才在路上同行,也到过几回公园,最多的是寻住所。我觉得在路上时时遇到探索,讥笑,猥亵和轻蔑的眼光,一不小心,便使我的全身有些瑟缩,只得即刻提起我的骄傲和反抗来支持。她却是大无畏的,对于这些全不关心,只是镇静地缓缓前行,坦然如入无人之境。

寻住所实在不是容易事,大半是被托辞拒绝,小半是我们以为不相宜。起先我们选择得很苛酷,——也非苛酷,因为看去大抵不像是我们的安身之所;后来,便只要他们能相容了。看了二十多处,这才得到可以暂且敷衍的处所,是吉兆胡同一所小屋里的两间南屋;主人是一个小官,然而倒是明白人,自住着正屋和厢房。他只有夫人和一个不到周岁的女孩子,雇一个乡下的女工,只要孩子不啼哭,是极其安闲幽静的。

我们的家具很简单,但已经用去了我的筹来的款子的大半;子君还卖掉了她唯一的金戒指和耳环。我拦阻她,还是定要卖,我也就不再坚持下去了;我知道不给她加入一点股分去,她是住不舒服的。

和她的叔子,她早经闹开,至于使他气愤到不再认她做侄女;我也陆续和几个自以为忠告,其实是替我胆怯,或者竟是嫉妒的朋友绝了交。然而这倒很清静。每日办公散后,虽然已近黄昏,车夫又一定走得这样慢,但究竟还有二人相对的时候。我们先是沉默的相视,接着是放怀而亲密的交谈,后来又是沉默。大家低头沉思着,却并未想着什么事。我也渐渐清醒地读遍了她的身体,她的灵魂,不过三星期,我似乎于她已经更加了解,揭去许多先前以为了解而现在看来却是隔膜,即所谓真的隔膜了。

子君也逐日活泼起来。但她并不爱花,我在庙会时买来的两盆小草花,四天不浇,枯死在壁角了,我又没有照顾一切的闲暇。然而她爱动物,也许是从官太太那里传染的罢,不一月,我们的眷属便骤然加得很多,四只小油鸡,在小院子里和房主人的十多只在一同走。但她们却认识鸡的相貌,各知道那一只是自家的。还有一只花白的叭儿狗,从庙会买来,记得似乎原有名字,子君却给它另起了一个,叫作阿随。我就叫它阿随,但我不喜欢这名字。

这是真的,爱情必须时时更新,生长,创造。我和子君说起这,她也领会地点点头。

唉唉,那是怎样的宁静而幸福的夜呵!

安宁和幸福是要凝固的,永久是这样的安宁和幸福。我们在会馆里时,还偶有议论的冲突和意思的误会,自从到吉兆胡同以来,连这一点也没有了;我们只在灯下对坐的怀旧谭中,回味那时冲突以后的和解的重生一般的乐趣。

子君竟胖了起来,脸色也红活了;可惜的是忙。管了家务便连谈天的工夫也没有,何况读书和散步。我们常说,我们总还得雇一个女工。

这就使我也一样地不快活,傍晚回来,常见她包藏着不快活的颜色,尤其使我不乐的是她要装作勉强的笑容。幸而探听出来了,也还是和那小官太太的暗斗,导火线便是两家的小油鸡。但又何必硬不告诉我呢?人总该有一个独立的家庭。这样的处所,是不能居住的。

我的路也铸定了,每星期中的六天,是由家到局,又由局到家。在局里便坐在办公桌前钞,钞,钞些公文和信件;在家里是和她相对或帮她生白炉子,煮饭,蒸馒头。我的学会了煮饭,就在这时候。

但我的食品却比在会馆里时好得多了。做菜虽不是子君的特长,然而她于此却倾注着全力;对于她的日夜的操心,使我也不能不一同操心,来算作分甘共苦。况且她又这样地终日汗流满面,短发都粘在脑额上;两只手又只是这样地粗糙起来。

况且还要饲阿随,饲油鸡,……都是非她不可的工作。我曾经忠告她:我不吃,倒也罢了;却万不可这样地操劳。她只看了我一眼,不开口,神色却似乎有点凄然;我也只好不开口。然而她还是这样地操劳。

我所预期的打击果然到来。双十节的前一晚,我呆坐着,她在洗碗。听到打门声,我去开门时,是局里的信差,交给我一张油印的纸条。我就有些料到了,到灯下去一看,果然,印着的就是:

```
　　奉
局长谕史涓生着毋庸到局办事
　　　秘书处启　十月九号
```

这在会馆里时,我就早已料到了;那雪花膏便是局长的儿子的赌友,一定要去添些谣言,设法报告的。到现在才发生效验,已经要算是很晚的了。其实这在我不能算是一个打击,因为我早就决定,可以给别人去钞写,或者教读,或者虽然费力,也还可以译点书,况且《自由之友》的总编辑便是见过几次的熟人,两月前还通过信。但我的心却跳跃着。那么一个无畏的子君也变了色,尤其使我痛心;她近来似乎也较为怯弱了。

"那算什么。哼,我们干新的。我们……。"她说。

她的话没有说完;不知怎地,那声音在我听去却只是浮浮的;灯光也觉得格外黯淡。人们真是可笑的动物,一点极微末的小事情,便会受着很深的影响。我们先是默默地相视,逐渐商量起来,终于决定将现有的钱竭力节省,一面登"小广告"去寻求钞写和教读,一面写信给《自由之友》的总编辑,说明我目下的遭遇,请他收用我的译本,给我帮一点艰辛时候的忙。

"说做,就做罢!来开一条新的路!"

我立刻转身向了书案,推开盛香油的瓶子和醋碟,子君便送过那黯淡的灯来。我先拟广告;其次是选定可译的书,迁移以来未曾翻阅过,每本的头上都满漫着灰尘了;最后才写信。

我很费踌蹰,不知道怎样措辞好,当停笔凝思的时候,转眼去一瞥她的脸,在昏暗的灯光下,又很见得凄然。我真不料这样微细的小事情,竟会给坚决的,无畏的子君以这么显著的变化。她近来实在变得很怯弱了,但也并不是今夜才开始的。我的心因此更缭乱,忽然有安宁的生活的影像——会馆里的破屋的寂静,在眼前一闪,刚刚想定睛凝视,却又看见了昏暗的灯光。

许久之后,信也写成了,是一封颇长的信;很觉得疲劳,仿佛近来自己也较为怯弱了。于是我们决定,广告和发信,就在明日一同实行。大家不约而同地伸直了腰肢,在无言中,似乎又都感到彼此的坚忍崛强的精神,还看见从新萌芽起来的将来的希望。

外来的打击其实倒是振作了我们的新精神。局里的生活,原如鸟贩子手里的禽鸟一般,仅有一点小米维系残生,决不会肥胖;日子一久,只落得麻痹了翅子,即使放出笼外,早已不能奋飞。现在总算脱出这牢笼了,我从此要在新的开阔的天空中翱翔,趁我还未忘却了我的翅子的扇动。

小广告是一时自然不会发生效力的;但译书也不是容易事,先前看过,以为已经懂得的,一动手,却疑难百出了,进行得很慢。然而我决计努力地做,一本半新的字典,不到半月,边上便有了一大片乌黑的指痕,这就证明着我的工作的切实。《自由之友》的总编辑曾经说过,他的刊物是决不会埋没好稿子的。

可惜的是我没有一间静室,子君又没有先前那么幽静,善于体帖了,屋子里总是散乱着碗碟,弥漫着煤烟,使人不能安心做事,但是这自然还只能怨我自己无力置一间书斋。然而又加以阿随,加以油鸡们。加以油鸡们又大起来了,更容易成为两家争吵的引线。

加以每日的"川流不息"的吃饭;子君的功业,仿佛就完全建立在这吃饭中。吃了筹钱,筹来吃饭,还要喂阿随,饲油鸡;她似乎将先前所知道的全都忘掉了,也不想到我的构思就常常为了这催促吃饭而打断。即使在坐中给看一点怒色,她总是不改变,仍然毫无感触似的大嚼起来。

使她明白了我的作工不能受规定的吃饭的束缚,就费去五星期。她明白之后,大约很不高兴罢,可是没有说。我的工作果然从此较为迅速地进行,不久就共译了五万言,只要润色一回,便可以和做好的两篇小品,一同寄给《自由之友》去。只是吃饭却依然给我苦恼。菜冷,是无妨的,然而竟不够;有时连饭也不够,虽然我因为终日坐在家里用脑,饭量已经比先前要减少得多。这是先去喂了阿随了,有时还并那近来连自己也轻易不吃的羊肉。她说,阿随实在瘦得太可怜,房东太太还因此嗤笑我们了,她受不住这样的奚落。

于是吃我残饭的便只有油鸡们。这是我积久才看出来的,但同时也如赫胥黎的论定"人类在宇宙间的位置"一般,自觉了我在这里的位置:不过是叭儿狗和油鸡之间。

后来,经多次的抗争和催逼,油鸡们也逐渐成为肴馔,我们和阿随都享用了十多日的鲜肥;可是其实都很瘦,因为它们早已每日只能得到几粒高粱了。从此便清静得多。只有子君很颓唐,似乎常觉得凄苦和无聊,至于不大愿意开口。我想,人是多么容易改变呵!

但是阿随也将留不住了。我们已经不能再希望从什么地方会有来信,子君也早没有一点食物可以引它打拱或直立起来。冬季又逼近得这么快,火炉就要成为很大的问题;它的食量,在我们其实早是一个极易觉得的很重的负担。于是连它也留不住了。

倘使插了草标到庙市去出卖,也许能得几文钱罢,然而我们都不能,也不愿这样做。终于是用包袱蒙着头,由我带到西郊去放掉了,还要追上来,便推在一个并不很深的土坑里。

我一回寓，觉得又清静得多多了；但子君的凄惨的神色，却使我很吃惊。那是没有见过的神色，自然是为阿随。但又何至于此呢？我还没有说起推在土坑里的事。

到夜间，在她的凄惨的神色中，加上冰冷的分子了。

"奇怪。——子君，你怎么今天这样儿了？"我忍不住问。

"什么？"她连看也不看我。

"你的脸色……"

"没有什么，——什么也没有。"

我终于从她言动上看出，她大概已经认定我是一个忍心的人。其实，我一个人，是容易生活的，虽然因为骄傲，向来不与世交来往，迁居以后，也疏远了所有旧识的人，然而只要能远走高飞，生路还宽广得很。现在忍受着这生活压迫的苦痛，大半倒是为她，便是放掉阿随，也何尝不如此。但子君的识见却似乎只是浅薄起来，竟至于连这一点也想不到了。

我拣了一个机会，将这些道理暗示她；她领会似的点头。然而看她后来的情形，她是没有懂，或者是并不相信的。

天气的冷和神情的冷，逼迫我不能在家庭中安身。但是，往那里去呢？大道上，公园里，虽然没有冰冷的神情，冷风究竟也刺得人皮肤欲裂。我终于在通俗图书馆里觅得了我的天堂。

那里无须买票；阅书室里又装着两个铁火炉。纵使不过是烧着不死不活的煤的火炉，但单是看见装着它，精神上也就总觉得有些温暖。书却无可看：旧的陈腐，新的是几乎没有的。

好在我到那里去也并非为看书。另外时常还有几个人，多则十余人，都是单薄衣裳，正如我，各人看各人的书，作为取暖的口实。这于我尤为合式。道路上容易遇见熟人，得到轻蔑的一瞥，但此地却决无那样的横祸，因为他们是永远围在别的铁炉旁，或者靠在自家的白炉边的。

那里虽然没有书给我看，却还有安闲容得我想。待到孤身枯坐，回忆从前，这才觉得大半年来，只为了爱，——盲目的爱，——而将别的人生的要义全盘疏忽了。第一，便是生活。人必生活着，爱才有所附丽。世界上并非没有为了奋斗者而开的活路；我也还未忘却翅子的扇动，虽然比先前已经颓唐得多……

屋子和读者渐渐消失了，我看见怒涛中的渔夫，战壕中的兵士，摩托车中的贵人，洋场上的投机家，深山密林中的豪杰，讲台上的教授，昏夜的运动者和深夜的偷儿……子君，——不在近旁。她的勇气都失掉了，只为着阿随悲愤，为着做饭出神；然而奇怪的是倒也并不怎样瘦损……

冷了起来，火炉里的不死不活的几片硬煤，也终于烧尽了，已是闭馆的时候。又须回到吉兆胡同，领略冰冷的颜色去了。近来也间或遇到温暖的神情，但这却反而增加我的苦痛。记得有一夜,子君的眼里忽而又发出久已不见的稚气的光来,笑着和我谈到还在会馆时候的情形,时时又很带些恐怖的神色。我知道我近来的超过她的冷漠,已经引起她的忧疑来,只得也勉力谈笑,想给她一点慰藉。然而我的笑貌一上脸,我的话一出口,却即刻变为空虚,这空虚又即刻发生反响,回响我的耳目里,给我一个难堪的恶毒的冷嘲。

子君似乎也觉得的,从此便失掉了她往常的麻木似的镇静,虽然竭力掩饰,总还是时时露出忧疑的神色来,但对我却温和得多了。

我要明告她,但我还没有敢,当决心要说的时候,看见她孩子一般的眼色,就使我只得暂且改作勉强的欢容。但是这又即刻来冷嘲我,并使我失却那冷漠的镇静。

她从此又开始了往事的温习和新的考验,逼我做出许多虚伪的温存的答案来,将温存示给她,虚伪的草稿便写在自己的心上。我的心渐被这些草稿填满了,常觉得难于呼吸。我在苦恼中常常想,说真实自然须有极大的勇气的;假如没有这勇气,而苟安于虚伪,那也便是不能开辟新的生路的人。不独不是这个,连这人也未尝有!

子君有怨色,在早晨,极冷的早晨,这是从未见过的,但也许是从我看来的怨色。我那时冷冷地气愤和暗笑了;她所磨练的思想和豁达无畏的言论,到底也还是一个空虚,而对于这空虚却并未自觉。她早已什么书也不看,已不知道人的生活的第一着是求生,向着这求生的道路,是必须携手同行,或奋身孤往的了,倘使只知道捶着一个人的衣角,那便是虽战士也难于战斗,只得一同灭亡。

我觉得新的希望就只在我们的分离;她应该决然舍去,——我也突然想到她的死,然而立刻自责,忏悔了。幸而是早晨,时间正多,我可以说我的真实。我们的新的道路的开辟,便在这一遭。

我和她闲谈,故意地引起我们的往事,提到文艺,于是涉及外国的文人,文人的作品:《诺拉》,《海的女人》。称扬诺拉的果决……也还是去年在会馆的破屋里讲过的那些话,但现在已经变成空虚,从我的嘴传入自己的耳中,时时疑心有一个隐形的坏孩子,在背后恶意地刻毒地学舌。

她还是点头答应着倾听,后来沉默了。我也就断续地说完了我的话,连余音都消失在虚空中了。

"是的。"她又沉默了一会,说,"但是,……涓生,我觉得你近来很两样了。可是的? 你,——你老实告诉我。"

我觉得这似乎给了我当头一击,但也立即定了神,说出我的意见和主张来:新的路的开辟,新的生活的再造,为的是免得一同灭亡。

临末,我用了十分的决心,加上这几句话:

"……况且你已经可以无须顾虑,勇往直前了。你要我老实说;是的,人是不该虚伪的。我老实说罢:因为,因为我已经不爱你了! 但这于你倒好得多,因为你更可以毫无挂念地做事……。"

我同时预期着大的变故的到来，然而只有沉默。她脸色陡然变成灰黄，死了似的；瞬间便又苏生，眼里也发了稚气的闪闪的光泽。这眼光射向四处，正如孩子在饥渴中寻求着慈爱的母亲，但只在空中寻求，恐怖地回避着我的眼。

我不能看下去了，幸而是早晨，我冒着寒风径奔通俗图书馆。

在那里看见《自由之友》，我的小品文都登出了。这使我一惊，仿佛得了一点生气。我想，生活的路还很多，——但是，现在这样也还是不行的。

我开始去访问久已不相闻问的熟人，但这也不过一两次；他们的屋子自然是暖和的，我在骨髓中却觉得寒冽。夜间，便蜷伏在比冰还冷的冷屋中。

冰的针刺着我的灵魂，使我永远苦于麻木的疼痛。生活的路还很多，我也还没有忘却翅子的扇动，我想。——我突然想到她的死，然而立刻自责，忏悔了。

在通俗图书馆里往往瞥见一闪的光明，新的生路横在前面。她勇猛地觉悟了，毅然走出这冰冷的家，而且，——毫无怨恨的神色。我便轻如行云，漂浮空际，上有蔚蓝的天，下是深山大海，广厦高楼，战场，摩托车，洋场，公馆，晴明的闹市，黑暗的夜……

而且，真的，我预感得这新生便要来到了。

我们总算度过了极难忍受的冬天，这北京的冬天；就如蜻蜓落在恶作剧的坏孩子的手里一般，被系着细线，尽情玩弄，虐待，虽然幸而没有送掉性命，结果也还是躺在地上，只争着一个迟早之间。

写给《自由之友》的总编辑已经有三封信，这才得到回信，信封里只有两张书券：两角的和三角的。我却单是催，就用了九分的邮票，一天的饥饿，又都白挨给于己一无所得的空虚了。

然而觉得要来的事，却终于来到了。

这是冬春之交的事，风已没有这么冷，我也更久地在外面徘徊；待到回家，大概已经昏黑。就在这样一个昏黑的晚上，我照常没精打采地回来，一看见寓所的门，也照常更加丧气，使脚步放得更缓。但终于走进自己的屋子里了，没有灯火；摸火柴点起来时，是异样的寂寞和空虚！

正在错愕中，官太太便到窗外来叫我出去。

"今天子君的父亲来到这里，将她接回去了。"她很简单地说。

这似乎又不是意料中的事，我便如脑后受了一击，无言地站着。

"她去了么？"过了些时，我只问出这样一句话。

"她去了。"

"她，——她可说什么？"

"没说什么。单是托我见你回来时告诉你，说她去了。"

我不信;但是屋子里是异样的寂寞和空虚。我遍看各处,寻觅子君;只见几件破旧而黯淡的家具,都显得极其清疏,在证明着它们毫无隐匿一人一物的能力。我转念寻信或她留下的字迹,也没有;只是盐和干辣椒,面粉,半株白菜,却聚集在一处了,旁边还有几十枚铜元。这是我们两人生活材料的全副,现在她就郑重地将这留给我一个人,在不言中,教我借此去维持较久的生活。

我似乎被周围所排挤,奔到院子中间,有昏黑在我的周围;正屋的纸窗上映出明亮的灯光,他们正在逗着孩子玩笑。我的心也沉静下来,觉得在沉重的迫压中,渐渐隐约地现出脱走的路径:深山大泽,洋场,电灯下的盛筵,壕沟,最黑最黑的深夜,利刃的一击,毫无声响的脚步……

心地有些轻松,舒展了,想到旅费,并且嘘一口气。

躺着,在合着的眼前经过的预想的前途,不到半夜已经现尽;暗中忽然仿佛看见一堆食物,这之后,便浮出一个子君的灰黄的脸来,睁了孩子气的眼睛,恳托似的看着我。我一定神,什么也没有了。

但我的心却又觉得沉重。我为什么偏不忍耐几天,要这样急急地告诉她真话的呢?现在她知道,她以后所有的只是她父亲——儿女的债主——的烈日一般的严威和旁人的赛过冰霜的冷眼。此外便是虚空。负着虚空的重担,在严威和冷眼中走着所谓人生的路,这是怎么可怕的事呵! 而况这路的尽头,又不过是——连墓碑也没有的坟墓。

我不应该将真实说给子君,我们相爱过,我应该永久奉献她我的说谎。如果真实可以宝贵,这在子君就不该是一个沉重的空虚。谎语当然也是一个空虚,然而临末,至多也不过这样地沉重。

我以为将真实说给子君,她便可以毫无顾虑,坚决地毅然前行,一如我们将要同居时那样。但这恐怕是我错误了。她当时的勇敢和无畏是因为爱。

我没有负着虚伪的重担的勇气,却将真实的重担卸给她了。她爱我之后,就要负了这重担,在严威和冷眼中走着所谓人生的路。

我想到她的死……我看见我是一个卑怯者,应该被摈于强有力的人们,无论是真实者,虚伪者。然而她却自始至终,还希望我维持较久的生活……

我要离开吉兆胡同,在这里是异样的空虚和寂寞。我想,只要离开这里,子君便如还在我的身边;至少,也如还在城中,有一天,将要出乎意表地访我,像住在会馆时候似的。

然而一切请托和书信,都是一无反响;我不得已,只好访问一个久不问候的世交去了。他是我伯父的幼年的同窗,以正经出名的拔贡,寓京很久,交游也广阔的。

大概因为衣服的破旧罢,一登门便很遭门房的白眼。好容易才相见,也还相识,但是很冷落。我们的往事,他全都知道了。

"自然，你也不能在这里了，"他听了我托他在别处觅事之后，冷冷地说，"但哪里去呢？很难。——你那，什么呢，你的朋友罢，子君，你可知道，她死了。"

我惊得没有话。

"真的？"我终于不自觉地问。

"哈哈。自然真的。我家的王升的家，就和她家同村。"

"但是，——不知道是怎么死的？"

"谁知道呢。总之是死了就是了。"

我已经忘却了怎样辞别他，回到自己的寓所。我知道他是不说谎话的；子君总不会再来的了，像去年那样。她虽是想在严威和冷眼中负着虚空的重担来走所谓人生的路，也已经不能。她的命运，已经决定她在我所给予的真实——无爱的人间死灭了！

自然，我不能在这里了；但是，"哪里去呢？"

四围是广大的空虚，还有死的寂静。死于无爱的人们的眼前的黑暗，我仿佛一一看见，还听得一切苦闷和绝望的挣扎的声音。

我还期待着新的东西到来，无名的，意外的。但一天一天，无非是死的寂静。

我比先前已经不大出门，只坐卧在广大的空虚里，一任这死的寂静侵蚀着我的灵魂。死的寂静有时也自己战栗，自己退藏，于是在这绝续之交，便闪出无名的，意外的，新的期待。

一天是阴沉的上午，太阳还不能从云里面挣扎出来，连空气都疲乏着。耳中听到细碎的步声和咻咻的鼻息，使我睁开眼。大致一看，屋子里还是空虚；但偶然看到地面，却盘旋着一匹小小的动物，瘦弱的，半死的，满身灰土的……

我一细看，我的心就一停，接着便直跳起来。

那是阿随。它回来了。

我的离开吉兆胡同，也不单是为了房主人们和他家女工的冷眼，大半就为着这阿随。但是，"哪里去呢？"新的生路自然还很多，我约略知道，也间或依稀看见，觉得就在我面前，然而我还没有知道跨进那里去的第一步的方法。

经过许多回的思量和比较，也还只有会馆是还能相容的地方。依然是这样的破屋，这样的板床，这样的半枯的槐树和紫藤，但那时使我希望，欢欣，爱，生活的，却全都逝去了，只有一个虚空，我用真实去换来的虚空存在。

新的生路还很多，我必须跨进去，因为我还活着。但我还不知道怎样跨出那第一步。有时，仿佛看见那生路就像一条灰白的长蛇，自己蜿蜒地向我奔来，我等着，等着，看看临近，但忽然便消失在黑暗里了。

初春的夜，还是那么长。长久的枯坐中记起上午在街头所见的葬式，前面是纸人纸马，后面是唱歌一般的哭声。我现在已经知道他们的聪明了，这是多么轻松简截的事。

然而子君的葬式却又在我的眼前,是独自负着虚空的重担,在灰白的长路上前行,而又即刻消失在周围的严威和冷眼里了。

我愿意真有所谓鬼魂,真有所谓地狱,那么,即使在孽风怒吼之中,我也将寻觅子君,当面说出我的悔恨和悲哀,祈求她的饶恕;否则,地狱的毒焰将围绕我,猛烈地烧尽我的悔恨和悲哀。

我将在孽风和毒焰中拥抱子君,乞她宽容,或者使她快意……

但是,这却更虚空于新的生路;现在所有的只是初春的夜,竟还是那么长。我活着,我总得向着新的生路跨出去,那第一步,——却不过是写下我的悔恨和悲哀,为子君,为自己。

我仍然只有唱歌一般的哭声,给子君送葬,葬在遗忘中。

我要遗忘;我为自己,并且要不再想到这用了遗忘给子君送葬。

我要向着新的生路跨进第一步去,我要将真实深深地藏在心的创伤中,默默地前行,用遗忘和说谎做我的前导……

一九二五年十月二十一日毕

选自《鲁迅全集》(2),鲁迅著,人民文学出版社1981年版

【作品赏析】

《伤逝》创作于1925年,是鲁迅唯一的一篇爱情题材的小说。

《伤逝》是一出爱情悲剧:受到"五四"新思潮影响的涓生和子君勇敢地相爱并同居了。但由于他们相爱的心理基础较为薄弱,感情的先天不足,加上社会黑暗力量的挤压和摧残,以及二人性格的缺陷、个性的冲突,他们之间的感情渐渐破裂。结果,同居不到一年,子君回到"父亲"的家,在父亲烈日一般的严威和别人赛过冰霜的冷眼里走完了人生的路——抑郁而亡;涓生回到会馆里,陷于悔恨悲哀中,想走向新的生路却不知怎样跨出第一步。通过这出爱情悲剧的演绎,《伤逝》不仅歌颂了青年男女反对封建专制,争取恋爱自由、婚姻自主的斗争,批判了社会的黑暗,反思了人性的缺陷,而且也探讨了知识分子的人生道路和历史命运,并提出了一个重要的社会问题:中国青年,尤其是中国的妇女,究竟怎样才能从旧势力的压迫下获得真正的解放?所以,《伤逝》是鲁迅启蒙小说所达到的一个新高度。鲁迅的思考对现代爱情而言,仍具有警醒意义、指导意义和教育意义。

《伤逝》为中国现代小说贡献了一类新的人物形象:觉醒者涓生、子君的形象。他们是鲁迅塑造的"五四"后觉醒了的寻路者形象,所以,小说与其说在写爱情,还不如说是在写主人公对理想的追求。涓生是充满自觉意识的寻路者,他的寻路经历了期待—犹豫—逃避—摆脱—悔恨的过程。在这个过程中,涓生时时反思着理想和现实的关系,不断地追寻,尽管他对爱情比子君冷静,懂得"爱情必须时时更新",但在对待爱

情和生活上,他与子君有着同样的盲目性,所以,最终他也不知道该怎样更新爱情,亦即始终找不到理想的方向,只能"用遗忘和说谎"做前导,去走未来的人生路。子君是一个寻路的勇敢者:她将个性解放当作争取婚姻自主的思想武器,勇敢地喊出"我是我自己的,他们谁也没有干涉我的权利"的时代女性个性觉醒的最强音,和封建旧家庭决裂,不顾世人的讥笑和轻蔑,和心爱的人建立起小家庭。但子君只是从肤浅的意义上接受了个性解放思想,自主婚姻的目标实现后,她没有新的理想和追求,停止了寻路而变得庸俗、狭隘、怯懦,最后,"爱情至上"者子君坠入毁灭。可见,两个寻路者最终都没有真正找到自己的出路和在现实中的位置。子君和涓生的悲剧形象,昭示了"五四"后新一代知识分子的共同命运:人醒了却无路可走。

《伤逝》是一篇手记体小说,通篇运用第一人称的写法,袒露涓生的心迹,这样便于直接表达人物的心理活动,也便于充分抒情。从结构上看,小说叙事虽是倒叙,但因以涓生与子君爱情悲剧的产生、发展和结束为线索展开,所以,通篇脉络清晰,情节严谨、凝练、蕴藉深厚,首尾呼应。小说运用多种手法塑造人物形象,尤其突出的是鲁迅借鉴西方近现代小说心理描写方法,通过人物内心独白方法来体现主人公的心理,从而画出人物的魂灵来。鲁迅将他思想家、小说家、诗人、学者的气质、才能熔铸在《伤逝》中,创造了适合自己的艺术形式:融小说与诗歌以及散文于一体,《伤逝》具有浓厚的抒情色彩。在爱情悲剧故事的演绎过程里,二人热恋时的深情、同居后的喜悦、失业打击袭来时的惶恐、感情濒临破裂时的痛苦、分手后的绝望及子君死后涓生的悔恨与悲哀,都时隐时现、或明或显地表现出来。如:"我愿意真有所谓鬼魂,真有所谓地狱,那么,即使在孽风怒吼之中,我也将寻觅子君,当面说出我的悔恨和悲哀,祈求她的饶恕;否则,地狱的毒焰将围绕我,猛烈地烧尽我的悔恨和悲哀。"这样的抒情婉曲却强烈,将涓生的痛悔表现得精粹洗练、发人深省而又大气包举。《伤逝》可谓一首感情浓郁的抒情诗,是鲁迅理性与激情相交织美学风格体现充分的作品之一。在《伤逝》中,鲁迅创造性地综合了许多有生命力的语言要素与修辞手段,使语言洗练、峭拔而又富有诗意和艺术表现力。

【专栏知识】

挪威剧作家易卜生的社会问题剧《玩偶之家》中的妻子娜拉意识到自己不过是丈夫的玩偶,她的家只是玩偶之家,于是毅然出走了。《玩偶之家》的翻译和在中国的上演引起巨大反响。中国妇女中出现了不少的娜拉。娜拉在"娜拉热"中也演变成一种符号,成为人们心目中的"革命之天使"、"社会之警钟"、"将来社会之先导"和妇女解放运动的先驱。各种娜拉型的人物在中国作家的笔下纷纷涌出。但娜拉走出家庭后会怎样?《玩偶之家》没有答案。鲁迅以演讲《娜拉走后怎样》及小说《伤逝》,对"娜拉走后会怎样"进行了艺术思考,为女性解放指出了一条可行之路。

【相关链接】

娜拉走后怎样

——一九二三年十二月二十六日在北京女子高等师范学校文艺会讲

鲁迅

我今天要讲的是"娜拉走后怎样？"

伊孛生是十九世纪后半的瑙威的一个文人。他的著作，除了几十首诗之外，其余都是剧本。这些剧本里面，有一时期是大抵含有社会问题的，世间也称作"社会剧"，其中有一篇就是《娜拉》。

《娜拉》一名 Ein Puppenheim，中国译作《傀儡家庭》。但 Puppe 不单是牵线的傀儡，孩子抱着玩的人形也是；引申开去，别人怎么指挥，他便怎么做的人也是。娜拉当初是满足地生活在所谓幸福的家庭里的，但是她竟觉悟了：自己是丈夫的傀儡，孩子们又是她的傀儡。她于是走了，只听得关门声，接着就是闭幕。这想来大家都知道，不必细说了。

娜拉要怎样才不走呢？ 或者说伊孛生自己有解答，就是 Die Frau vom Meer，《海的女人》，中国有人译作《海上夫人》的。这女人是已经结婚的了，然而先前有一个爱人在海的彼岸，一日突然寻来，叫她一同去。她便告知她的丈夫，要和那外来人会面。临末，她的丈夫说，"现在放你完全自由。（走与不走）你能够自己选择，并且还要自己负责任。"于是什么事全都改变，她就不走了。这样看来，娜拉倘也得到这样的自由，或者也便可以安住。

但娜拉毕竟是走了的。走了以后怎样？ 伊孛生并无解答；而且他已经死了。即使不死，他也不负解答的责任。因为伊孛生是在做诗，不是为社会提出问题来而且代为解答。就如黄莺一样，因为他自己要歌唱，所以他歌唱，不是要唱给人们听得有趣，有益。伊孛生是很不通世故的，相传在许多妇女们一同招待他的筵宴上，代表者起来致谢他作了《傀儡家庭》，将女性的自觉，解放这些事，给人心以新的启示的时候，他却答道，"我写那篇却并不是这意思，我不过是做诗。"

娜拉走后怎样？ ——别人可是也发表过意见的。一个英国人曾作一篇戏剧，说一个新式的女子走出家庭，再也没有路走，终于堕落，进了妓院了。还有一个中国人，——我称他什么呢？ 上海的文学家罢，——说他所见的《娜拉》是和现译本不同，娜拉终于回来了。这样的本子可惜没有第二人看见，除非是伊孛生自己寄给他的。但从事理上推想起来，娜拉或者也实在只有两条路：不是堕落，就是回来。因为如果是一匹小鸟，则笼子里固然不自由，而一出笼门，外面便又有鹰，有猫，以及别的什么东西之类；倘使已经关得麻痹了翅子，忘却了飞翔，也诚然是无路可以走。还有一条，就是饿死了，但饿死已经离开了生活，更无所谓问题，所以也不是什么路。

人生最苦痛的是梦醒了无路可以走。做梦的人是幸福的；倘没有看出可走的路，最要紧的是不要去惊醒他。你看,唐朝的诗人李贺,不是困顿了一世的么?而他临死的时候,却对他的母亲说,"阿妈,上帝造成了白玉楼,叫我做文章落成去了。"这岂非明明是一个诳,一个梦?然而一个小的和一个老的,一个死的和一个活的,死的高兴地死去,活的放心地活着。说诳和做梦,在这些时候便见得伟大。所以我想,假使寻不出路,我们所要的倒是梦。

但是,万不可做将来的梦。阿尔志跋绥夫曾经借了他所做的小说,质问过梦想将来的黄金世界的理想家,因为要造那世界,先唤起许多人们来受苦。他说,"你们将黄金世界预约给他们的子孙了,可是有什么给他们自己呢?"有是有的,就是将来的希望。但代价也太大了,为了这希望,要使人练敏了感觉来更深切地感到自己的苦痛,叫起灵魂来目睹他自己的腐烂的尸骸。惟有说诳和做梦,这些时候便见得伟大。所以我想,假使寻不出路,我们所要的就是梦;但不要将来的梦,只要目前的梦。

然而娜拉既然醒了,是很不容易回到梦境的,因此只得走;可是走了以后,有时却也免不掉堕落或回来。否则,就得问:她除了觉醒的心以外,还带了什么去?倘只有一条像诸君一样的紫红的绒绳的围巾,那可是无论宽到二尺或三尺,也完全是不中用。她还须更富有,提包里有准备,直白地说,就是要有钱。

梦是好的;否则,钱是要紧的。

钱这个字很难听,或者要被高尚的君子们所非笑,但我总觉得人们的议论是不但昨天和今天,即使饭前和饭后,也往往有些差别。凡承认饭需钱买,而以说钱为卑鄙者,倘能按一按他的胃,那里面怕总还有鱼肉没有消化完,须得饿他一天之后,再来听他发议论。

所以为娜拉计,钱,——高雅的说罢,就是经济,是最要紧的了。自由固不是钱所能买到的,但能够为钱而卖掉。人类有一个大缺点,就是常常要饥饿。为补救这缺点起见,为准备不做傀儡起见,在目下的社会里,经济权就见得最要紧了。第一,在家应该先获得男女平均的分配;第二,在社会应该获得男女相等的势力。可惜我不知道这权柄如何取得,单知道仍然要战斗;或者也许比要求参政权更要用剧烈的战斗。

要求经济权固然是很平凡的事,然而也许比要求高尚的参政权以及博大的女子解放之类更烦难。天下事尽有小作为比大作为更烦难的。譬如现在似的冬天,我们只有这一件棉袄,然而必须救助一个将要冻死的苦人,否则便须坐在菩提树下冥想普度一切人类的方法去。普度一切人类和救活一人,大小实在相去太远了,然而倘叫我挑选,我就立刻到菩提树下去坐着,因为免得脱下唯一的棉袄来冻杀自己。所以在家里说要参政权,是不至于大遭反对的,一说到经济的平匀分配,或不免面前就遇见敌人,这就当然要有剧烈的战斗。

战斗不算好事情,我们也不能责成人人都是战士,那么,平和的方法也就可贵了,这就是将来利用了亲权来解放自己的子女。中国的亲权是无上的,那时候,就可以将财产平匀地分配子女们,使他们平和而没有冲突地都得到相等的经济权,此后或者去

读书,或者去生发,或者为自己去享用,或者为社会去做事,或者去花完,都请便,

自己负责任。这虽然也是颇远的梦,可是比黄金世界的梦近得不少了。但第一需要记性。记性不佳,是有益于己而有害于子孙的。人们因为能忘却,所以自己能渐渐地脱离了受过的苦痛,也因为能忘却,所以往往照样地再犯前人的错误。被虐待的儿媳做了婆婆,仍然虐待儿媳;嫌恶学生的官吏,每是先前痛骂官吏的学生;现在压迫子女的,有时也就是十年前的家庭革命者。这也许与年龄和地位都有关系罢,但记性不佳也是一个很大的原因。救济法就是各人去买一本 note-book 来,将自己现在的思想举动都记上,作为将来年龄和地位都改变了之后的参考。假如憎恶孩子要到公园去的时候,取来一翻,看见上面有一条道,"我想到中央公园去",那就即刻心平气和了。别的事也一样。

世间有一种无赖精神,那要义就是韧性。听说拳匪乱后,天津的青皮,就是所谓无赖者很跋扈,譬如给人搬一件行李,他就要两元,对他说这行李小,他说要两元,对他说道路近,他要两元,对他说不要搬了,他说也仍然要两元。青皮固然是不足为法的,而那韧性却大可以佩服。要求经济权也一样,有人说这事情太陈腐了,就答道要经济权;说是太卑鄙了,就答道要经济权;说是经济制度就要改变了,用不着再操心,也仍然答道要经济权。

其实,在现在,一个娜拉的出走,或者也许不至于感到困难的,因为这人物很特别,举动也新鲜,能得到若干人们的同情,帮助着生活。生活在人们的同情之下,已经是不自由了,然而倘有一百个娜拉出走,便连同情也减少,有一千一万个出走,就得到厌恶了,断不如自己握着经济权之为可靠。

在经济方面得到自由,就不是傀儡了么? 也还是傀儡。无非被人所牵的事可以减少,而自己能牵的傀儡可以增多罢了。因为在现在的社会里,不但女人常作男人的傀儡,就是男人和男人,女人和女人,也相互地做傀儡,男人也常做女人的傀儡,这决不是几个女人取得经济权所能救的。但人不能饿着静候理想世界的到来,至少也得留一点残喘,正如涸辙之鲋,急谋升斗之水一样,就要这较为切近的经济权,一面再想别的法。

如果经济制度竟改革了,那上文当然完全是废话。

然而上文,是又将娜拉当作一个普通的人物而说的,假使她很特别,自己情愿闯出去做牺牲,那就又另是一回事。我们无权去劝诱人做牺牲,也无权去阻止人做牺牲。况且世上也尽有乐于牺牲,乐于受苦的人物。欧洲有一个传说,耶稣去钉十字架时,休息在 Ahasvar 的檐下,Ahasvar 不准他,于是被着咒诅,使他永世不得休息,直到末日裁判的时候。Ahasvar 从此就歇不下,只是走,现在还在走。走是苦的,安息是乐的,他何以不安息呢? 虽说背着咒诅,可是大约总该是觉得走比安息还适意,所以始终狂走的罢。

只是这牺牲的适意是属于自己的,与志士们之所谓为社会者无涉。群众,——

尤其是中国的，——永远是戏剧的看客。牺牲上场，如果显得慷慨，他们就看了悲壮剧；如果显得觳觫，他们就看了滑稽剧。北京的羊肉铺前常有几个人张着嘴看剥羊，仿佛颇愉快，人的牺牲能给予他们的益处，也不过如此。而况事后走不几步，他们并这一点愉快也就忘却了。

对于这样的群众没法，只好使他们无戏可看倒是疗救，正无需乎震骇一时的牺牲，不如深沉的韧性的战斗。

可惜中国太难改变了，即使搬动一张桌子，改装一个火炉，几乎也要血；而且即使有了血，也未必一定能搬动，能改装。不是很大的鞭子打在背上，中国自己是不肯动弹的。我想这鞭子总要来，好坏是别一问题，然而总要打到的。但是从那里来，怎么地来，我也是不能确切地知道。

我这讲演也就此完结了。

选自《鲁迅全集》（1），鲁迅著，人民文学出版社 1981 年版

【思考与练习】

1. 请结合《娜拉走后怎样》，分析《伤逝》的多重主题意蕴。
2. 简要分析《伤逝》的艺术特色。
3. 在《伤逝》中，鲁迅对爱情问题做了全面深入的思考，这些思考是否具有当下意义？

上海的狐步舞（一个断片）

穆时英

上海，造在地狱上面的天堂！

沪西，大月亮爬在天边，照着大原野。浅灰的原野，铺上银灰的月光，再嵌着深灰的树影和村庄的一大堆一大堆的影子。原野上，铁轨画着弧线，沿着天空直伸到那边儿的水平线下去。

林肯路。（在这儿，道德给践在脚下，罪恶给高高地捧在脑袋上面。）

拎着饭篮，独自个儿在那儿走着，一只手放在裤袋里，看着自家儿嘴里出来的热气慢慢儿的飘到蔚蓝的夜色里去。

三个穿黑绸长褂，外面罩着黑大褂的人影一闪。三张在呢帽底下只瞧得见鼻子和下巴的脸遮在他前面。

"慢着走，朋友！"

"有话尽说，朋友！"

"咱们冤有头，债有主，今儿不是咱们有什么跟你过不去，各为各的主子，咱们也要吃口饭，回头您老别怨咱们不够朋友。明年今儿是你的周年，记着！"

"笑话了！咱也不是那么不够朋友的——"一扔饭篮，一手抓住那人的枪，就是一拳过去。

碰！手放了，人倒下去，按着肚子。碰！又是一枪。

"好小子！有种！"

"咱们这辈子再会了，朋友！"

"黑绸长裙"把呢帽一推，叫搁在脑杓上，穿过铁路，不见了。

"救命！"爬了几步。

"救命！"又爬了几步。

嘟的吼了一声儿，一道弧灯的光从水平线底下伸了出来。铁轨隆隆地响着，铁轨上的枕木像蜈蚣似地在光线里向前爬去，电杆木显了出来，马上又隐没在黑暗里边，一列"上海特别快"突着肚子，达达达，用着狐步舞的拍，含着颗夜明珠，龙似地跑了过去，绕着那条弧线。又张着嘴吼了一声儿，一道黑烟直拖到尾巴那儿，弧灯的光线钻到地平线下，一会儿便不见了。

又静了下来。

铁道交通门前，交错着汽车的弧灯的光线，管交通门的倒拿着红绿旗，拉开了那白脸红嘴唇，带了红宝石耳坠子的交通门。马上，汽车就跟着门飞了过去，一长串。

上了白漆的街树的腿，电杆木的腿，一切静物的腿……revue似地，把擦满了粉的大腿交叉地伸出来的姑娘们……白漆的腿的行列。沿着那条静悄的大路，从住宅的窗里，都会的眼珠子似地，透过了窗纱，偷溜了出来淡红的，紫的，绿的，处处的灯光。

汽车在一座别墅式的小洋房前停了，叭叭的拉着喇叭。刘有德先生的西瓜皮帽上的珊瑚结子从车门里探了出来，黑毛葛背心上两只小口袋里挂着的金表链上面的几个小金镑钉当地笑着，把他送出车外，送到这屋子里。他把半段雪茄扔在门外，走到客室里，刚坐下，楼梯的地毡上响着轻捷的鞋跟，嗒嗒地。

"回来了吗？"活泼的笑声，一位在年龄上是他的媳妇，在法律上是他的妻子的夫人跑了进来，扯着他的鼻子道。"快！给我签张三千块钱的支票。"

"上礼拜那些钱又用完了吗？"

不说话，把手里的一叠账交给他，便拉他的蓝缎袍的大袖子往书房里跑，把笔送到他手里。

"我说……"

"你说什么？"嘟着小红嘴。

瞧了她一眼便签了，她就低下脑袋把小嘴凑到他大嘴上。"晚饭你独自个儿吃吧，我和小德要出去。"便笑着跑了出去，碰的阖上门。他掏出手帕来往嘴上一擦，麻纱手帕上印着tangee。倒像我的女儿呢，成天的缠着要钱。

"爹！"

一抬脑袋，小德不知多咱溜了进来，站在他旁边，见了猫的耗子似的。

"你怎么又回来啦？"

"姨娘打电话叫我回来的。"

"干吗？"

"拿钱。"

刘有德先生心里好笑，这娘儿俩真有他们的。

"她怎么会叫你回来问我要钱？她不会要不成？"

"是我要钱，姨娘叫我伴她去玩。"

忽然门开了，"你有现钱没有？"刘颜蓉珠又跑了进来。

"只有……"

一只刚用过蔻丹的小手早就伸到他口袋里把皮夹拿了出来！红润的指甲数着钞票：一五，十，二十……三百。"五十留给你，多的我拿去了。多给你晚上又得不回来。"做了个媚眼，拉了她法律上的儿子就走。

儿子是衣架子，成天地读着给 gigolo 看的时装杂志，把烫得有粗大明朗的折纹的裤子穿到身上，领带打得在中间留了个涡，拉着母亲的胳膊坐到车上。

上了白漆的街树的腿，电杆木的腿，一切静物的腿……revue 似地，把擦满了粉的大腿交叉地伸出来的姑娘们……白漆腿的行列。沿着那条静悄悄的大路，从住宅区的窗里，都会的眼珠子似地，透过了窗纱，偷溜了出来淡红的，紫的，绿的，处女的灯光。

开着一九三二的新别克，却一个心儿想一九八零年的恋爱方式。深秋的晚风吹来，吹动了儿子的领子，母亲的头发，全有点儿觉得凉。法律上的母亲偎在儿子的怀里道：

"可惜你是我的儿子。"嘻嘻地笑着。

儿子在父亲吻过的母亲的小嘴上吻了一下，差点儿把车开到行人道上去啦。

Neon light 伸着颜色的手指在蓝墨水似的夜空里写着大字。一个英国绅士站在前面，穿了红的燕尾服，挟着手杖，那么精神抖擞地在散步。脚下写着："Johnny Walker : Still Going Strong." 路旁一小块草地上展开了地产公司的乌托邦，上面一个抽吉士牌的美国人看着，像在说："可惜这是小人国的乌托邦；那片大草原里还放不下我的一只脚呢？"

汽车前显出个人的影子，喇叭吼了一声儿，那人回过脑袋来一瞧，就从车轮前溜到行人道上去了。

"蓉珠，我们上哪去？"

"随便那个 cabaret 里去闹个新鲜吧；礼查，大华我全玩腻了。"

跑马厅屋顶上，风针上的金马向着红月亮撒开了四蹄。在那片大草地的四周泛滥着光的海，罪恶的海浪，慕尔堂浸在黑暗里，跪着，在替这些下地狱的男女祈祷，大世界的塔尖拒绝了忏悔，骄傲地瞧着这位迂牧师，放射着一圈圈的灯光。

蔚蓝的黄昏笼罩着全场，一只 saxophone 正伸长了脖子，张着大嘴，呜呜地冲着他们嚷。当中那片光滑的地板上，飘动的裙子，飘动的袍角，精致的鞋跟，鞋跟，鞋跟，鞋跟，鞋跟。蓬松的头发和男子脸。男子衬衫的白领和女子的笑脸。伸着的胳膊，翡翠坠子拖到肩上。整齐的圆桌子的队伍,椅子却是零乱的。暗角上站着白衣侍者。酒味,香水味,英腿蛋的气味,烟味……独身者坐在角隅里拿黑咖啡刺激着自家儿的神经。

舞着:华尔兹的旋律绕着他们的腿,他们的脚站在华尔兹旋律上飘飘地,飘飘地。

儿子凑在母亲的耳朵旁说:"有许多话是一定要跳着华尔兹才能说的,你是顶好的华尔兹的舞侣——可是,蓉珠,我爱你呢!"

觉得在轻轻地吻着鬓角,母亲躲在儿子的怀里,低低的笑。

一个冒充法国绅士的比利时珠宝掮客,凑在电影明星殷芙蓉的耳朵旁说:"你嘴上的笑是会使天下的女子妒忌的——可是,我爱你呢!"

觉得轻轻地在吻着鬓角,便躲在怀里低低地笑,忽然看见手指上多了一只钻戒。

珠宝掮客看见了刘颜蓉珠,在殷芙蓉的肩上跟她点了点脑袋,笑了一笑。小德回过身来瞧见了殷芙蓉也 gigolo 地把眉毛扬了一下。

舞着,华尔兹的旋律绕着他们的腿,他们的脚践在华尔兹上面,飘飘地,飘飘地。

珠宝掮客凑在刘颜蓉珠的耳朵旁,悄悄地说:"你嘴上的笑是会使天下的女子妒忌的——可是,我爱你呢!"

觉得轻轻地在吻着鬓角,便躲在怀里低低地笑,把唇上的胭脂印到白衬衫上面。

小德凑在殷芙蓉的耳朵旁,悄悄地说:"有许多话是一定要跳着华尔兹才能说的,你是顶好的华尔兹的舞侣——可是,芙蓉,我爱你呢!"

觉得在轻轻地吻着鬓角,便躲在怀里,低低地笑。

独身者坐在角隅里拿黑咖啡刺激着自家儿的神经,酒味,香水味,英腿蛋的气味,烟味……暗角上站着白衣侍者。椅子是凌乱的,可是整齐的圆桌子的队伍。翡翠坠子拖到肩上,伸着的胳膊。女子的笑脸和男子的衬衫的白领。男子的脸和蓬松的头发。精致的鞋跟,鞋跟,鞋跟,鞋跟,鞋跟。飘荡的袍角,飘荡的裙子,当中是一片光滑的地板。呜呜地冲着人家嚷,那只 saxophone 伸长了脖子,张着大嘴。蔚蓝的黄昏笼罩着全场。

推开了玻璃门,这纤弱的幻景就打破了。跑下扶梯,两溜黄包车停在街旁,拉车的分班站着,中间留了一道门灯光照着的路,争着"Ricksha?"奥斯汀孩车,爱山克水,福特,别克跑车,别克小九,八汽缸,六汽缸……大月亮红着脸蹒跚地走上跑马厅的大草原上来了。街角卖《大美晚报》的用卖大饼油条的嗓子嚷:

"Evening Post!"

电车当当地驶进布满了大减价的广告旗和招牌的危险地带去。脚踏车挤在电车的旁边瞧着也可怜。坐在黄包车上的水兵挤咕着醉眼,瞧准了拉车的屁股踹了一脚便哈哈地笑了。红的交通灯,绿的交通灯,交通灯的柱子和印度巡捕一同地垂直在地上。交通灯一闪,便涌着人的潮,车的潮。这许多人,全像没了脑袋的苍蝇似的!一个 fashion model 穿了她铺子里的衣服来冒充贵妇人。电梯用十五秒钟一次的速度,把人货物似地抛到屋顶花园去。女秘书站在绸缎铺的橱窗外面瞧着全丝面的法国 crepe，想起了经理的刮得刀痕苍然的嘴上的笑劲儿。主义者和党人挟了一大包传单踱过去，心里想，如果给抓住了便在这里演说一番。蓝眼珠的姑娘穿了窄裙，黑眼珠的姑娘穿了长旗袍儿，腿股间有相同的媚态。

街旁，一片空地里，竖起了金字塔似的高木架，粗壮的木腿插在泥里，顶上装了盏弧灯，倒照下来，照到底下每一条横木板上的人。这些人吆喝着："嗳嗳呀！"几百丈高的木架顶上的木桩直坠下来，碰！把三抱粗的大木柱撞到泥里去，四角上全装着弧灯，强烈的光探照着这片空地。空地里：横一道，竖一道的沟，钢骨，瓦砾堆。人扛着大木柱在沟里走，拖着悠长的影子。在前面的脚一滑，摔倒了，木柱压到脊梁上。脊梁断了，嘴里哇的一口血……弧灯……碰！木桩顺着木架又溜了上去……光着身子在煤屑路滚铜子的孩子……大木架顶上的弧灯在夜空里像月亮……捡煤渣的媳妇……月亮有两个……月亮叫天狗吞了——月亮没有了。

死尸给搬了开去。空地里：横一道竖一道的沟，钢骨，瓦砾，还有一堆他的血。在血上，铺上了士敏土，造起了钢骨，新的饭店造起来了！新的舞场造起来了！新的旅馆造起来了！把他的力气，把他的血，把他的生命压在底下，正和别的旅馆一样地，和刘有德先生刚在跨进去的华东饭店一样地。

华东饭店里——

二楼：白漆房间，古铜色的鸦片香味，麻雀牌，《四郎探母》，《长三骂淌白小娼妇》，古龙香水和淫欲味，白衣侍者，娼妓掮客，绑票匪，阴谋和诡计，白俄浪人……

三楼：白漆房间，古铜色的鸦片香味，麻雀牌，《四郎探母》，《长三骂淌白小娼妇》，古龙香水和淫欲味，白衣侍者，娼妓掮客，绑票匪，阴谋和诡计，白俄浪人……

四楼：白漆房间，古铜色的鸦片香味，麻雀牌，《四郎探母》，《长三骂淌白小娼妇》，古龙香水和淫欲味，白衣侍者，娼妓掮客，绑票匪，阴谋和诡计，白俄浪人……

电梯把他吐在四楼，刘有德先生哼着《四郎探母》踏进了一间响有骨牌声的房间，点上了茄立克，写了张局票，不一回，他也坐到桌旁，把一张中风，用熟练的手法，怕碰伤了它似地抓了进来，一面却："怎么一张好的也抓不进来，"一副老抹牌的脸，一面却细心地听着因为不束胸而被人家叫做沙利文面包的宝月老八的话："对不起，刘大少，还得出条子，等回儿抹完了牌请过来坐。"

"到我们家坐坐去哪！"站在街角，只瞧得见黑眼珠子的石灰脸，躲在建筑物的阴影里，向来往的人喊着，拍卖行的伙计似地；老鸨尾巴似的拖在后边儿。

"到我们家坐坐去哪！"那张瘪嘴说着，故意去碰在一个扁脸身上。扁脸笑，瞧了一瞧，指着自家儿的鼻子，探着脑袋："好寡老，碰大爷？"

"年纪轻轻，朋友要紧！"瘪嘴也笑。

"想不到我这印度小白脸儿今儿倒也给人家瞧上咧，"手往她脸上一抹，又走了。

旁边一个长头发不刮胡须的作家正在瞧着好笑，心里想到了一个题目：第二回巡礼——都市黑暗面检阅 sonata；忽然瞧见那瘪嘴的眼光扫到自家儿脸上来了，马上就慌慌张张的往前跑。

石灰脸躲在阴影里，老鸹尾巴似地拖在后边儿——躲在阴影里的石灰脸，石灰脸，石灰脸……

（作家心里想：）

第一回巡视赌场，第二回巡视街头娼妓，第三回巡视舞场，第四回巡视……再说《东方杂志》《小说月报》《文艺月刊》……第一句就写大马路北京路野鸡交易所……不行——

有人拉了拉他的袖子："先生！"一看是个老婆儿装着苦脸，抬起脑袋望着他。

"干吗？"

"请您给我看封信。"

"信在哪儿？"

"请您跟我到家里去拿，就在这胡同里边。"

便跟着走。

中国的悲剧这里边一定有小说资料。一九三一年是我的年代了。《东方小说》《北斗》每月一篇单行本日译本俄译本各国译本都出版诺贝尔奖金又伟大又发财……

拐进了一条小胡同，暗得什么都看不见。

"你家在哪儿？"

"就在这儿，不远儿，先生，请您看封信。"

胡同的那边儿有一支黄路灯，灯下是个女人低着脑袋站在那儿。老婆儿忽然又装着苦脸，扯着他的袖子道："先生，这是我的媳妇，信在她那儿。"走到女人那地方儿，女人还不抬起脑袋来。老婆儿说："先生，这是我的媳妇。我的儿子是机器匠，偷了人家东西，给抓进去了，可怜咱们娘儿们四天没吃东西啦。"

（可不是吗，那么好的题材，技术不成问题。她讲出来的话意识一定正确的不怕人家再说我人道主义咧……）

"先生，可怜儿的，你给几个钱，我叫媳妇陪你一晚上，救救咱们两条命！"

作家愕住了，那女人抬起脑袋来，两条影子拖在瘦腮帮儿上，嘴角浮出笑劲儿来。

嘴角浮出笑劲儿来。冒充法国绅士的比利时珠宝掮客凑在刘颜蓉珠的耳朵旁，悄悄地说："你嘴上的笑是会使天下的女子妒忌的——喝一杯吧。"

在高脚玻璃杯上，刘颜蓉珠的两只眼珠子笑着。

在别克里，那两只浸透了 cocktail 的眼珠子，从外套的皮领上笑着。

在华懋饭店的走廊里，那两只浸透了 cocktail 的眼珠子，从披散的头发边上笑着。

在电梯上，那两只眼珠子在紫眼皮下笑着。

在华懋饭店七层楼上一间房间里，那两只眼珠子，在焦红的腮帮儿上笑着。

珠宝掮客在自家儿的鼻子底下发现了那对笑着的眼珠子。

笑着的眼珠子!

白的床巾!

喘着气……

喘着气动也不动地躺在床上。

床巾:溶了的雪。

"组织个国际俱乐部吧!"猛的得了这么个好主意,一面淌着细汗。

淌着汗,在静寂的街上,拉着醉水手往酒排间跑。街上,巡捕也没有了,那么静,像个死了的城市。水手的皮鞋搁到拉车的脊梁盖儿上面,哑嗓子在大建筑物的墙上响着:

啦得儿……啦得——

　啦得儿

　啦得……

拉车的脸上,汗冒着;拉车的心里,金洋钱滚着,飞滚着。醉水手猛的跳了下来跌到两扇玻璃门后边儿去啦。

"Hulio, Master! Master!"

那么地嚷着追到门边。印度巡捕把手里的棒冲着他一扬,笑声从门缝里挤出来,酒香从门缝里挤出来,Jazz 从门缝里挤出来……拉车的拉了车杠,摆在他前面的是十二月的江风,一个冷月,一条大建筑物中间的深巷。给扔在欢乐外面,他也不想到自杀,只"妈妈的"骂了一声儿,又往生活里走去了。

空去了这辆黄包车,街上只有月光啦。月光照着半边街,还有半边街浸在黑暗里边,这黑暗里边蹲着那家酒排,酒排的脑门上一盏灯是青的,青光底下站着个化石似的印度巡捕。开着门又关着门,鹦鹉似的说着:

"Good-bye, Sir。"

从玻璃门里走出个年轻人来,胳膊肘上挂着条手杖。他从灯光下走到黑暗里,又从黑暗里走到月光下面,叹息了一下,悉悉地向前走去,想到了睡在别人床上的恋人,他走到江边,站在栏杆旁边发怔。

东方的天上,太阳光,金色的眼珠子似地在乌云里睁开了。

在浦东,一声男子的最高音:

"嗳……呀……嗳……"

直飞上半天,和第一线的太阳光碰在一起。接着便来了雄伟的合唱。睡熟了的建筑物站了起来,抬着脑袋,卸了灰色的睡衣,江水又哗啦哗啦的往东流,工厂的汽笛也吼着。

歌唱着新的生命,夜总会里的人们的命运!

醒回来了,上海!

上海,造在地狱上的天堂。

选自《新感觉派小说选》,严家炎编选,人民文学出版社 1985 年版

【作者简介】

穆时英(1912—1940),浙江慈溪人,中国现代小说家、散文家、影评人,被誉为"中国新感觉派圣手",是中国现代"都市文学"的先驱者,海派文学代表作家。穆时英出版了小说集《南北极》、《公墓》、《白金的女体塑像》、《圣处女的感情》、《夜总会里的五个人》、《上海的狐步舞》等40部、计百万字的作品,是新感觉派作品的代表。穆时英笔调风靡一时。穆时英于1940年在上海被国民党特工人员暗杀。

【作品赏析】

《上海的狐步舞》于1932年11月发表于《现代》杂志。上海在20世纪30年代初已然是一个繁忙的、现代魅力四射的东方大都市了。对于上海,当鲁迅、茅盾、沈从文等作家以文学文本表达批判态度时,穆时英却兴奋地全身心地投入了上海五光十色的都市生活。他熟稔这个繁华现代的大城市的生活,也深知这座现代化都市的罪恶。所以,穆时英的现代小说都是描写这个大都市中形形色色的日常生活现象和世态人情,在快节奏和快频率中表现半殖民地都市的病态生活。《上海的狐步舞》贯穿前后的故事线索是大富豪刘有德一家五光十色的夜生活:先是妻子堂而皇之攥着丈夫的钞票和名义上的儿子驾车外出、调笑偷情;然后是儿子与珠宝商互换情人、纵欲狂欢,表演着前后一致的"爱情"喜剧;刘有德自然也不甘寂寞,莅临华东饭店四楼大垒方城;最后儿子被"继母""抛弃",无奈地走出酒吧,徘徊于空寂的街头。作者采用了电影镜头转换的方式,对整个上海进行全景式扫描,描写上海某夜晚一些片断的场景:沪西林肯路的暗杀、刘小德与后母的乱伦、工地上一位建筑工人被木柱压死、一个失恋青年在江边呆立、舞厅中爱情交换在发生、舞厅外现代化的都市剪影、华东饭店的喧哗、做着街头巡礼的作家与野鸡、颜蓉珠与珠宝客的偷欢、辛劳奔波的车夫、苏醒的城市……《上海的狐步舞》在极力渲染沪西洋场五光十色的同时,亦把笔触伸向了群氓市侩的方方面面,是一篇内容颇为丰富的都市生活写真。迅速转换的场景间存在着秘密的链接,其飞旋的速度令人目眩头乱,上海多变的舞步由此立刻呈现,真实传达了上海这个半殖民地都市的某种本质——"造在地狱上面的天堂"。

在艺术上,《上海的狐步舞》体现了新感觉派这一中国最完整的都市小说流派的共同的创作特征:首先,小说以极其快速的节奏、电影镜头跳跃的结构,在读者面前展现出五光十色眼花缭乱的场面,显示了人物半疯狂的精神状态以及内心深处的悲哀。为让小说的叙述场景产生立体感,具有视象性,穆时英有意识地将蒙太奇的手法发挥到了极致。特别是"上海特别快"的风驰电掣、夜总会里的群魔乱舞、华东饭店电梯上升时每层楼的宴饮三个场景,读来好像置身于立体电影院里,坦诚面对70毫米宽银幕观看这一切。小说开头一句"上海,造在地狱上面的天堂"就像电影的开始字幕,而后形形色色、光怪陆离的都市风景线就是贴在上海大都会外壳上的一枚枚标签,惟妙惟肖展现了上海中国传统与西洋文化交融的特征。结尾,作者拉出一个开阔的广角镜头后,仍以开场白"上海,造在地狱上的天堂"作为都会饮食男女电影的结束语,提醒读者,人类的肮脏龌龊照旧会周而复始出现;等到夜晚降临,人间的一切罪恶还将会循环往复上演,并且永无止境。其次,追求感觉印象,把写实、感觉和意象融为一体。在穆时英看来,现代都市人的心理复杂不可捉摸无法认知,只有凭感觉去体验把握才行。他无论写人、绘画、记事,都擅长将色、香、味、音、光、形等凭感官才能体验到的东西细致逼真又交相感应地描绘出来,构成了一幅动态的立体图,具有一种可触可感的艺术魅力。如:"独身者坐在角隅里拿黑咖啡刺激着自家儿的神经,酒味,香水味,英腿蛋的气味,烟味……暗角上站着白衣侍者。椅子是凌乱的,可是整齐的圆桌子的队伍。翡翠坠子拖到肩上,伸着的胳膊。女子的笑脸和男子的衬衫的白领。男子的脸和蓬松的头发。精致的鞋跟,鞋跟,鞋跟,鞋跟,鞋跟。飘荡的袍角,飘荡的裙子,当中是一片光滑的地板。呜呜地冲着人家嚷,那只 saxophone 伸长了脖子,张着大嘴。蔚蓝的黄昏笼罩着全场。"这样写,产生了立体感,让人如临其境,从而体会到殖民地半殖民地大都市上海的畸形繁华与紧张跃动的气氛。另外,采用复沓、反复、对比等修辞方法。一旦描写物象众多,使用相同或相似的语句便显得顺理成章。如:

华东饭店里——

二楼:白漆房间,古铜色的鸦片香味,麻雀牌,《四郎探母》,《长三骂淌白小娼妇》,古龙香水和淫欲味,白衣侍者,娼妓掮客,绑票匪,阴谋和诡计,白俄浪人……

三楼:白漆房间,古铜色的鸦片香味,麻雀牌,《四郎探母》,《长三骂淌白小娼妇》,古龙香水和淫欲味,白衣侍者,娼妓掮客,绑票匪,阴谋和诡计,白俄浪人……

四楼:白漆房间,古铜色的鸦片香味,麻雀牌,《四郎探母》,《长三骂淌白小娼妇》,古龙香水和淫欲味,白衣侍者,娼妓掮客,绑票匪,阴谋和诡计,白俄浪人……

穆时英不厌其烦地把华东饭店二楼、三楼及四楼的场景一字不动地反复描写了三遍,反复的同时还有列锦修辞,即把譬如鸦片味、麻将、侍者、舞女等诸多名词意象排列起来组成语句,像幻灯片一样在读者面前播映,让读者切实感受到都市生活的灯红酒绿、纸醉金迷。同时,借助于示现的手段,也把普通民众难以想见的触目惊心的糜烂夜生活场景暴露无遗。华东饭店是一个相对封闭的小社会,人间的无数罪恶凭借电梯的帮忙一览无余,它便是大上海纷繁杂沓的缩影。而穆时英一方面写出上海的现代快节奏,另一方面又进行着"天堂"与"地狱"的对比。正是生活在都市社会最底层的劳工大众在以血肉之躯供养着这个现代大都市。

【专栏知识】

　　新感觉派是 20 世纪 30 年代产生于上海文坛的一个现代主义小说流派,代表作家有刘呐鸥、施蛰存、穆时英、叶灵凤等。新感觉派小说的内容多为展示半殖民地大都市上海五光十色的畸形生活、两性关系及心理等。作者极力捕捉新奇的感觉、印象,把人物的主观感觉投射到对象中去;对人物的意识和潜意识进行精神分析,着力表现人物的二重人格,并追求小说形式技巧的花样翻新。代表作有刘呐鸥的《都市风景线》,施蛰存的《梅雨之夕》,穆时英的《公墓》《白金的女体塑像》、《圣处女的感情》等。新感觉派小说拓展了文学表现的内容,但也有一部分作品存在着颓废、悲观倾向。

【相关链接】

两个时间的不感症者（节选）

刘呐鸥

晴朗的午后。

　　游倦了的白云两大片,流着光闪闪的汗珠,停留在对面高层建筑物造成连山的头上。远远的眺望着这些都市的墙围,而在眼下俯瞰着一片旷达的青草原的一座高架台,这会早已被赌心热狂了的人们滚成为蚁巢一般了。紧张变为失望的纸片,被人撕碎满三在水门汀上。一欢喜便变成了多情的微风,把紧密的依贴着的爱人身边的女儿的绿裙翻开了。除了扒手和姨太太,望远镜和春大衣便是今天的两大客人。——尘埃,嘴沫,暗泪和马粪的臭气发散在郁悴的天空里,而跟人们的决议,紧张,失望,落难,意外,哈,造成一个饱和状态的氛围气。可是太得意的 Union Jack 却依然在美丽的青空中随风飘漾着朱红的微笑。There，they are off！八匹特选的名马向前一趋,于是一哩一挂得的今天的最终赛便开始了。

　　这时极度的紧张已经旋风一般捉住了站在台阶上人堆里的 H 全身了。因为他把今天所赢的三四十张钞票想试一个自己的运气,尽都买了一匹五号马的独赢。

　　——啊,三马落后了。

　　——不！三马是棕色的。

　　——你买七号吗?

　　——不,七号骑手靠不住,我买了五号。

　　虽然有人在身边交换着这样兴奋了的高声的会话,但是走不进 H 的耳里,他把垂下来的前发用手向后搔上去,让把眼睛钉住在草原的那面一堆移动着的红红绿绿的人马。

　　忽然一阵 Cyclamen 的香味使他的头转过去了。不晓得几时背后来了一个温柔的货色,当他回头时眼睛里便映入一位 sportive 的近代型女性。透亮的法国绸下,有弹力的肌肉好像跟着轻微运动一块儿颤动着。视线容易地接触了。小的樱桃儿一绽裂微笑便从碧湖里射过来。H只觉得眼睛不能从那被 opera bag 的稍微遮着的,从灰黑色的袜子透出来的两只白膝头离开,但是另外一个强烈的意识却还占住在他的脑里。

Come on Onta！……

——Bravo,大拉司！

一阵轰音把他唤到周围不安的空气和嚣声中,最后一团的速力便在他眼前箭一般地穿过了。五号马不是确在前头吗！这突然的意识真使他全身的神经战动起来。他不觉喝了个彩。于是便紧握手里的纸票,推开了人堆,不顾前后的跑到台下的支付处去。

H把支付窗口占住了时,随后早就暴风一般地吹上了一团的人。个个脸上都有点悦色。不知道分配多少,这就像是他们这会儿唯一的关心。但H,隐忍着背后的人们的压力,思想已经飞到这钱拿到时的用法去了。

——先生,这个替我拿一拿好吗?

忽然身边有凉爽的声音,有轻推他肩膀的手。H翻过身来看铁栏外站的是刚才在台上对他微笑的女人。她眼里表示着一种好朋友的亲密。H虽然被她这唐突的请求吓了一下,但是马上便显出对于女人殷勤的样子说,

——好的好的,你也买了五号?

女人用微笑答着,把索手里的几张青票子递给了他,便移着奢华的身子避开了这些暴力的人们。等不上两三分钟分牌人就来了。于是一句“二十五元！”便从嘴里走过了嘴里。洋钱和银角在柜上作响着,算盘就开始活动了。

好容易把将近一千元的钞票拿到,脱出了人群,就走向站在人们不挤的地方的她去。一个等待着的微笑。

——谢谢你！

——不客气。真挤得要命。

H略举起帽子,重新地表示了个敬意,便从衣袋里抽出手帕来拭着额角上的汗珠。

——那么,怎样办呢,就在这儿吗！

H示着手里的一束钞票说。

——怎么可以呢,坐也不能坐。

哼,H心里想一想,这么爽快又漂亮的一个女儿,把她当做一根手杖带在马路上走一走倒是不错的。如果她……肯呢,就把这一束碰运气的意外钱整束的送给了她也没有什么关系。他心里这样下了一个决意,于是便说,

——夫人,不,小姐是一个人来的吗?

——可不是呢！

——那么,找个地方休息去,可以罢?

——也好的,我此刻并不忙。

——那么,那边街角有家美国人的吃茶店,那面很清净,冰淇淋也很讲究。

——那可以随便的。

她说着时忽被一个匆忙的人从背后推了一下,险些碰到H的身上来。H忙把她的手腕握定,但她却一点不露什么感情,反紧紧地挟住了他的腕,恋人一般地拉着便走。

失了气力的人们和急忙算着钞票的人们都流向南面的大门口去了。一刻钟前还是那么紧张的场内,此刻已变成像抽去了气的气球一般地消沉着,只剩着这些厄运的纸票的碎片随风旋舞。不一会儿两个新侣伴便跟着一群人走出马臭很重的马霍路上来了。

——那么,就从这面走一走吧,热闹一点。

坐了半个钟头,用冷的饮料医过了渴,从吃茶店走出马路上来的H们已经是几年的亲友了。知道散步在近代的恋爱是个不能缺的要素,因为它是不长久的爱情的存在的唯一的示威,所以他一出来便这样提议。他想,这么美丽的午后,又有这么解事的侣伴是应该 demonstrate 的。怀里又有了这么多的钱,就使她要去停留在大商店的玻璃橱前不走也是不怕她的。

……

选自《新感觉派小说选》,严家炎编选,人民文学出版社 1985 年版

【思考与练习】

1. 请分析《上海的狐步舞》的艺术特色。

2. 写一篇《两个时间的不感症者》的赏析短文。

围　城（节选）
钱钟书

方鸿渐到馆子,那两个客人已经先在。一个躬背高额,大眼睛,苍白脸,戴夹鼻金丝眼镜,穿的西装袖口遮没手指,光光的脸,没胡子也没皱纹,而看来像个幼稚的老太婆或者上了年纪的小孩子。一个气概飞扬,鼻子直而高,侧望像脸上斜搁了一张梯,颈下打的领结饱满齐整得使方鸿渐绝望地企羡。辛楣见了鸿渐,热烈欢迎。彼此介绍之后,鸿渐才知道那位躬背的是哲学家褚慎明,另一位叫董斜川,原任捷克中国公使馆军事参赞,内调回国,尚未到部,善做旧诗,是个大才子。这位褚慎明原名褚家宝,成名以后,嫌“家宝”这名字不合哲学家身分,据斯宾诺沙改名的先例,换成“褚明”,取“慎思明辩”的意思。他自小负神童之誉,但有人说他是神经病。他小学,中学,大学都不肯毕业,因为他觉得没有先生配教他考他。他最恨女人,眼睛近视得利害而从来不肯配眼镜,因为怕看清楚了女人的脸,又常说人性里有天性跟兽性两部分,他自己全是天性。他常翻外国哲学杂志,查出世界大哲学家的通信处,写信给他们,说自己如何爱读他们的书,把哲学杂志书评栏里赞美他们著作的话,改头换面算自己的意见。外国哲

学家是知识分子里最牢骚不平的人,专门的权威没有科学家那样高,通俗的名气没有文学家那样大,忽然几万里外有人写信恭维,不用说高兴得险的忘掉了哲学。他们理想中国是个不知怎样闭塞落伍的原始国家,而这个中国人信里说几句话,倒有分寸,便回信赞褚慎明是中国新哲学的创始人,还有送书给他的。不过褚慎明再写信去,就收不到多少复信,缘故是那些虚荣的老头子拿了他的第一封信向同行卖弄,不料彼此都收到他的这样一封信,彼此都是他认为"现代最伟大的哲学家",不免扫兴生气了。褚慎明靠着三四十封这类回信,吓倒了无数人,有位爱才的阔官僚花一万金送他出洋。西洋大哲学家不回他信的只有柏格森;柏格森最怕陌生人去缠他,住址严守秘密,电话簿上都没有他名字。褚慎明到了欧洲,用尽心思,写信到柏格森寓处约期拜访,谁知道原信退回,他从此对直觉主义痛心疾首。柏格森的敌人罗素肯敷衍中国人,请他喝过一次茶,他从此研究数理逻辑。他出洋时,为方便起见,不得不戴眼镜,对女人的态度逐渐改变。杜慎卿厌恶女人,跟她们隔三间屋还闻着她们的臭气,褚慎明要女人,所以鼻子同样的敏锐。他心里装满女人,研究数理逻辑的时候,看见 a posteriori 那个名词会联想到 posterior,看见 × 记号会联想到 kiss,亏得他没细读柏拉图的太米谒斯对话(Timaeus),否则他更要对住 × 记号出神。他正把那位送他出洋的大官僚讲中国人生观的著作翻成英文,每月到国立银行领一笔生活费,过极闲适的日子。董斜川的父亲董沂孙是个老名士,虽在民国做官,而不忘前清。斜川才气甚好,跟着老子作旧诗。中国是出儒将的国家,不比法国有一两个提得起笔的将军,就要请进国家学院去高供着。斜川的将略跟一般儒将相去无几,而他的诗即使不是儒将作的,也算得好了。文能穷人,所以他官运不好,这对于士兵,倒未始非福。他做军事参赞,不去讲武,倒批评上司和同事们文理不通,因此内调。他回国不多几天,想另谋个事。

方鸿渐见董斜川像尊人物,又听赵辛楣说是名父之子,不胜倾倒,说:"老太爷沂孙先生的诗,海内闻名。董先生不愧家学渊源,更难得是文武全才。"他自以为这算得恭维周到了。

董斜川道:"我作的诗,路数跟家严不同。家严年轻时候的诗取径没有我现在这样高。他到如今还不脱黄仲则、龚定盦那些乾嘉人习气,我一开笔就做的同光体。"

方鸿渐不敢开口。赵辛楣向跑堂要了昨天开的菜单,予以最后审查。董斜川也向跑堂的要了一支秃笔,一方砚台,把茶几上的票子飞快的书写着,方鸿渐心里诧异。褚慎明危坐不说话,像内视着潜意识深处的趣事而微笑,比了他那神秘的笑容,蒙娜丽莎(Mona Lisa)的笑算不得什么一回事。鸿渐攀谈道:"褚先生最近研究些什么哲学问题?"

褚慎明神色慌张,撇了鸿渐一眼,别转头叫赵辛楣道:"老赵,苏小姐该来了。我这样等女人,生平是破例。"

辛楣把菜单给跑堂,回头正要答应,看见董斜川在写,忙说:"斜川,你在干什么?"

董斜川头都不抬道："我在写诗。"

辛楣释然道："快多写几首，我虽不懂诗，最爱看你的诗。我那位朋友苏小姐，新诗做得非常好，对旧诗也很能欣赏。回头把你的诗给她看。"

斜川停笔，手指拍着前额，像追思什么句子，又继续写，一面说："新诗跟旧诗不能比！我那年在庐山跟我们那位老世伯陈散原先生聊天，偶尔谈起白话诗，老头子居然看过一两首新诗。他说还算徐志摩的诗有点意思，可是只相当于明初杨基那些人的境界，太可怜了。女人做诗，至多是第二流，鸟里面能唱的都是雄的，譬如鸡。"

辛楣大不服道："为什么外国人提起夜莺，总说它是雌的？"

褚慎明对雌雄性别，最有研究，冷冷道："夜莺雌的不会唱，会唱的是雄夜莺。"

说着，苏小姐来了。辛楣利用主人职权，当鸿渐的面向她专利地献殷勤。斜川一拉手后，正眼不瞧她，因为他承受老派名士对女人的态度：或者谑浪玩弄，这是对妓女的风流；或者眼观鼻，鼻观心，这是对朋友内眷的礼貌。褚哲学家害馋痨地看着苏小姐，大眼珠仿佛哲学家谢林的"绝对观念"，像"手枪里弹出的子药"，险的突破眼眶，迸碎眼镜。辛楣道："今天本来也请了董太太，董先生说她有事不能来。董太太是美人，一笔好中国画，跟我们这位斜川兄真是珠联璧合。"

斜川客观地批判说："内人长得相当漂亮，画也颇有家法。她画的《斜阳萧寺图》，在很多老辈的诗集里见得到题咏。她跟我逛龙树寺，回家就画这个手卷，我老太爷题两首七绝，有两句最好：'贞元朝士今谁在，无限僧寮旧夕阳！'的确，老辈一天少似一天，人才好像每况愈下，'不须上溯康乾世，回首同光已惘然！'"说时摇头慨叹。

方鸿渐闻所未闻，甚感兴味，只奇怪这样一个英年洋派的人，何以口气活像遗少，也许是学同光体诗的缘故。辛楣请大家入席，为苏小姐杯子里斟满了法国葡萄汁，笑说："这是专给你喝的，我们另有我们的酒。今天席上慎明兄是哲学家，你跟斜川兄都是诗人，方先生又是哲学家又是诗人，一身兼两长，更了不得。我一无所能，只会喝两口酒，方先生，我今天陪你喝它两斤酒，斜川兄也是洪量。"

方鸿渐吓得跳起来道："谁讲我是哲学家和诗人？我更不会喝酒，简直滴酒不饮。"

辛楣按住酒壶，眼光向席上转道："今天谁要客气推托，我们就罚他两杯，好不好？"

斜川道："赞成！这样好酒，罚还是便宜。"

鸿渐拦不住道："赵先生，我真不会喝酒，也给我葡萄汁，行不行？"

辛楣道："哪有不会喝酒的留法学生？葡萄汁是小姐们喝的。慎明兄因为神经衰弱戒酒，是个例外。你别客气。"

斜川呵呵笑道："你即不是文纨小姐的'倾国倾城貌'，又不是慎明先生的'多愁多病身'，我劝你还是'有酒直须醉'罢。好，先干一杯，一杯不成，就半杯。"

苏小姐道："鸿渐好像是不会喝酒——辛楣这样劝你，你就领情稍微喝一点罢。"

辛楣听苏小姐护惜鸿渐，恨不得鸿渐杯里的酒滴滴都化成火油。他这愿望没实现，可是鸿渐喝一口，已觉一缕火线从舌尖伸延到胸膈间。慎明只喝茶，酒杯还空着。跑堂拿上一大瓶巨耐牌 A 字牛奶，说已经隔水温过。辛楣把瓶给慎明道："你自斟自酌罢，我不跟你客气了。"慎明倒了一杯，尖着嘴唇尝了尝，说："不凉不暖，正好。"然后从口袋里掏出个什么外国补药瓶子，数四粒丸药，搁在嘴里，喝一口牛奶咽下去。苏小姐道："褚先生真知道养生！"慎明透口气道："人没有这个身体，全是心灵，岂不更好；我并非保重身体，我只是哄乖了它，好不跟我捣乱——辛楣，这牛奶还新鲜。"

辛楣道："我没哄你罢？我知道你的脾气，这瓶奶送到我家以后，我就搁在电气冰箱里冻着。你对新鲜牛奶这样认真，我有机会带你去见我们相熟的一位徐小姐，她开奶牛场，请她允许你每天凑着母牛的奶直接呼一个饱——今天的葡萄汁、酒、牛奶都是我带来的，没叫馆子里预备。文纨，吃完饭，我还有一匣东西给你。你爱吃的。"

苏小姐道："什么东西？——哦，你又要害我头痛了。"

方鸿渐道："我就不知道你爱吃什么东西，下次也可以买来孝敬你。"

辛楣又骄又妒道："文纨，不要告诉他。"

苏小姐又为自己的嗜好抱歉道："我在外国想吃广东鸭肫肝，不容易买到。去年回来，大哥买了给我吃，咬得我两太阳酸痛好几天。你又要来引诱我了。"

鸿渐道："外国菜里从来没有鸡鸭肫肝，我在伦敦看见成箱的鸡鸭肫肝贱得一文不值，人家买了给猫吃。"

辛楣道："英国人吃东西远比不上美国人花色多。不过，外国人的吃胆总是太小，不敢冒险，不像我们中国人什么肉都敢吃。并且他们的烧菜原则是'调'，我们是'烹'，所以他们的汤菜尤其不够味道。他们白煮鸡，烧了一滚，把汤丢了，只吃鸡肉，真是笑话。"

鸿渐道："这还不算冤呢！茶叶初到外国，那些外国人常把整磅的茶叶放在一锅子水里，到水烧开，泼了水，加上胡椒和盐，专吃那叶子。"

大家都笑。斜川道："这跟樊樊山把鸡汤来沏龙井茶的笑话相同。我们这老世伯光绪初年做京官的时候，有人外国回来送给他一罐咖啡，他以为是鼻烟，把鼻孔里的皮都擦破了。他集子里有首诗讲这件事。"

鸿渐道："董先生不愧系出名门！今天听到不少掌故。"

慎明把夹鼻眼镜按一下，咳嗽声，说："方先生，你那时候问我什么一句话？"

鸿渐胡涂道："什么时候？"

"苏小姐还没来的时候，"——鸿渐记不起——"你好像问我研究什么哲学问题，对不对？"对这个照例的问题，褚慎明有个刻板的回答，那时候因为苏小姐还没来，所以他留到现在表演。

"对，对。"

"这句话严格分析起来，有点毛病。哲学家碰见问题，第一步研究问题：这成不成问题，不成问题的是假问题 pesudoquestion，不用解决，也不可解决。假使成问题呢，第二步研究解决:相传的解决正确不正确,要不要修正。你的意思恐怕不是问我研究什么问题,而是问我研究什么问题的解决。"

方鸿渐惊奇,董斜川厌倦,苏小姐迷惑,赵辛楣大声道:"妙,分析得真精细,了不得! 了不得! 鸿渐兄,你虽然研究哲学,今天也甘拜下风了,听了这样好的议论,大家得干一杯。"

鸿渐经不起辛楣苦劝,勉强喝了两口,说:"辛楣兄,我只在哲学系混了一年,看了几本指定参考书。在褚先生前面只能虚心领教做学生。"

褚慎明道:"岂敢,岂敢! 听方先生的话好像把一个个哲学家为单位,来看他们的著作。这只算研究哲学家,至多是研究哲学史,算不得研究哲学。充乎其量,不过做个哲学教授,不能成为哲学家。我喜欢用自己的头脑,不喜欢用人家的头脑来思想。科学文学的书我都看,可是非万不得已决不看哲学书。现在许多号称哲学家的人,并非真研究哲学,只研究些哲学上的人物文献。严格讲起来,他们不该叫哲学家 philosophers,该叫'哲学家学家'philophilosophers。"

鸿渐说:"philophilosophers 这个字很妙,是不是先生用自己头脑想出来的?"

"这个字是有人在什么书上看见了告诉 Bertie, Bertie 告诉我的。"

"谁是 Bertie?"

"就是罗素了。"

世界有名的哲学家,新袭勋爵,而褚慎明跟他亲狎得叫他乳名,连董斜川都羡服了,便说:"你跟罗素很熟?"

"还够得上朋友,承他瞧得起,请我帮他解答许多问题。"天知道褚慎明并没吹牛,罗素确问过他什么时候到英国、有什么计划、茶里要搁几块糖这一类非他自己不能解决的问题——"方先生,你对数理逻辑用过功没有?"

"我知道这东西太难了,从没学过。"

"这话有语病,你没学过,怎会'知道'它难呢? 你的意思是:'听说这东西太难了。'"

辛楣正要说"鸿渐兄输了,罚一杯",苏小姐为鸿渐不服气道:"褚先生可真精明厉害哪! 吓得我口都不敢开了。"

慎明说:"不开口没有用,心里的思想照样的混乱不合逻辑,这病根还没有去掉。"

苏小姐撅嘴道:"你太可怕了! 我们心里的自由你都要剥夺了。我瞧你就没本领钻到人心里去。"

褚慎明有生以来,美貌少女跟他讲"心",今天是第一次。他非常激动,夹鼻眼镜泼刺一声直掉在牛奶杯子里,溅得衣服上桌布上都是奶,苏小姐胳膊上也沾润了几滴。大家忍不住笑。赵辛楣捺电铃叫跑堂来收拾。苏小姐不敢皱眉,轻快地拿手帕抹去手臂上的飞沫。褚慎明红着脸,把眼镜擦干,幸而没破,可是他不肯戴上,怕看清了大家脸上逗留的余笑。

董斜川道："好,好,虽然'马前泼水',居然'破镜重圆',慎明兄将来的婚姻一定离合悲欢,大有可观。"

辛楣道："大家干一杯,预敬我们大哲学家未来的好太太。方先生,半杯也喝半杯。"——辛楣不知道大哲学家从来没有娶过好太太,苏格拉底的太太就是泼妇,褚慎明的好朋友罗素也离了好几次婚。

鸿渐果然说道："希望褚先生别像罗素那样的三四次闹离婚。"

慎明板着脸道："这就是你所学的哲学!"苏小姐道："鸿渐,我看你醉了,眼睛都红了。"斜川笑得前仰后合。辛楣嚷道："岂有此理!说这种话非罚一杯不可!"本来敬一杯,鸿渐只需喝一两口,现在罚一杯,鸿渐自知理屈,挨了下去,渐渐觉得另有一个自己离开了身子在说话。

慎明道："关于 Bertie 结婚离婚的事,我也和他谈过。他引一句英国古话,说结婚仿佛金漆的鸟笼,笼子外面的鸟想住进去,笼内的鸟想飞出来;所以结而离,离而结,没有了局。"

苏小姐道："法国也有这么一句话。不过,不说是鸟笼,说是被围困的城堡 fortresse assiégée,城外的人想冲进去,城里的人想逃出来。鸿渐,是不是?"鸿渐摇头表示不知道。

辛楣道："这不用问,你还会错吗!"

慎明道："不管它鸟笼罢,围城罢,像我这种一切超脱的人是不怕被围困的。"

鸿渐给酒摆布得失掉自制力道："反正你会摆空城计。"结果他又给辛楣罚了半杯酒,苏小姐警告他不要多说话。斜川像在寻思什么,忽然说道："是了,是了。中国哲学家里,王阳明是怕老婆的。"——这是他今天第一次没有叫"老世伯"的人。

辛楣抢说："还有什么人没有?方先生,你说,你念过中国文学的。"

鸿渐忙说："那是从前的事,根本没有念通。"辛楣欣然对苏小姐做个眼色,苏小姐忽然变得很笨,视若无睹。

"大学里教你国文的是些什么人?"斜川不无兴趣地问。

鸿渐追想他的国文先生都叫不响,不比罗素、陈散原这些名字,像一支上等哈瓦那雪茄烟,可以挂在口边卖弄,便说："全是些无名小子,可是教我们这种不通的学生,已经太好了。斜川兄,我对诗词真的一窍不通,叫我做呢,一个字都做不出。"苏小姐嫌鸿渐太没面子,心痒痒地要为他挽回体面。

斜川冷笑道："看的是不是燕子龛、人境庐两家的诗?"

"为什么?"

"这是普通留学生所能欣赏的二毛子旧诗。东洋留学生捧苏曼殊,西洋留学生捧黄公度。留学生不知道苏东坡、黄山谷,心目间只有这一对苏黄。我没说错罢?还是黄公度好些,苏曼殊诗里的日本味儿,浓得就像日本女人头发上的油气。"

苏小姐道："我也是个普通留学生,就不知道近代的旧诗谁算顶好。董先生讲点给我们听听。"

"当然是陈散原第一。这五六百年来,算他最高。我常说唐以后的大诗人可以把地理名词来包括,叫'陵谷山原'。三陵:杜少陵,王广陵——知道这个人么? ——梅宛陵;二谷:李昌谷,黄山谷;四山:李义山,王半山,陈后山,元遗山;可是只有一原,陈散原。"说时,翘着左手大拇指。鸿渐懦怯地问道:"不能添个'坡'字么? "

"苏东坡,他差一点。"

鸿渐咋舌不下,想苏东坡的诗还不入他法眼,这人做的诗不知怎样好法,便问他要刚才写的诗来看。苏小姐知道斜川写了诗,也向他讨;因为只有做旧诗的人敢说不看新诗,做新诗的人从不肯说不懂旧诗的。斜川把四五张纸,分发同席,傲然靠在椅背上,但觉得这些人都不懂诗,决不能领略他句法的妙处,就是赞美也不会亲切中肯。这时候,他等待他们的恭维,同时知道这恭维不会满足自己,仿佛鸦片瘾发的时候只找到一包香烟的心理。纸上写着七八首近体诗,格调很老成。辞军事参赞回国那首诗有:"好赋归来看妇醻,大惭名字止儿啼";愤慨中日战事的诗有:"直疑天尚醉,欲与日偕亡";此外还有:"清风不必一钱买,快雨瑞宜万户封";"石齿漱寒濑,松涛泻夕风";"未许避人思避世,独扶残醉赏残花"。可是有几句像:"泼眼空明供睡鸭,蟠胸秘怪媚潜虬";"数子提携寻旧迹,哀芦苦竹照凄悲";"秋气身轻一雁过,鬓丝摇影万鸦窥";意思非常晦涩。鸿渐没读过《散原精舍诗》,还竭力思索这些字句的来源。他想芦竹并没起火,照东西不甚可能,何况"凄悲"是探海灯都照不见的。"数子"明明指朋友并非小孩子,朋友怎可以"提携"? 一万只乌鸦看中诗人几根白头发,难道"乱发如鸦窠",要宿在他头上? 心里疑惑,不敢发问,怕斜川笑自己外行人不懂。

大家照例称好,斜川客气地淡漠,仿佛领袖受民众欢迎时的表情。辛楣对鸿渐道:"你也写几首出来,让我们开开眼界。"鸿渐极口说不会做诗。斜川说鸿渐真的不会做诗,倒不必勉强。辛楣道:"那么,大家喝一大杯,把斜川兄的好诗下酒。"鸿渐要喉舌两关不留难这口酒,溜税似地直咽下去,只觉胃里的东西给这口酒激的要冒上来,好比已塞的抽水马桶又经人抽一下水的景象。忙搁下杯子,咬紧牙齿,用坚强的意志压住这阵泛溢。

苏小姐道:"我没见过董太太,可是我想象得出董太太的美。董先生的诗:'好赋归来看妇醻',活画出董太太的可爱的笑容,两个深酒涡。"

赵辛楣道:"斜川有了好太太不够,还在诗里招摇,我们这些光杆看了真眼红,"说时,仗着酒勇,涎着脸看苏小姐。

褚慎明道:"酒涡生在他太太脸上,只有他一个人看。现在写进诗里,我们都可以仔细看个饱了。"

斜川生气不好发作,板着脸说:"跟你们这种不通的人,根本不必谈诗。我这一联是用的两个典,上句梅圣俞,下句杨大眼,你们不知道出处,就不要穿凿附会。"

辛楣一壁斟酒道:"抱歉抱歉! 我们罚自己一杯。方先生,你应该知道出典,你不比我们呀！为什么也一窍不通？你罚两杯，来！"

鸿渐生气道："你这人不讲理，为什么我比你们应当知道？"

苏小姐因为斜川骂"不通"，有自己在内，甚为不快，说："我也是一窍不通的，可是我不喝这杯罚酒。"

辛楣已有酒意，不受苏小姐约束道："你可以不罚，他至少也得还喝一杯，我陪他。"说时，把鸿渐杯子里的酒斟满了，拿起自己的杯子来一饮而尽，向鸿渐照着。

鸿渐毅然道："我喝完这杯，此外你杀我头也不喝了。"举酒杯直着喉咙灌下去，灌完了，把杯子向辛楣一扬道："照——"他"杯"字没出口，紧闭嘴，连跌带撞赶到痰盂边，"哇"的一声，菜跟酒冲口而出，想不到肚子里有那些呕不完的东西，只吐得上气不接下气，鼻涕眼泪胃汁都赔了。心里只想："大丢脸！亏得唐小姐不在这儿。"胃里呕清了，恶心不止，旁茶几坐下，抬不起头，衣服上都溅满脏沫。苏小姐要走近身，他疲竭地做手势阻止她。辛楣在他吐得厉害时，为他敲背。斜川叫跑堂收拾地下，拿手巾，自己先倒杯茶给他漱口。褚慎明掩鼻把窗子全打开，满脸鄙厌，可是心里高兴，觉得自己泼的牛奶，给鸿渐的呕吐在同席的记忆里冲掉了。

斜川看鸿渐好了些，笑说："'凭阑一吐，不觉箜篌'，怎么饭没吃完，已经忙着还席了！没有关系，以后拼着吐几次，就学会喝酒了。"

辛楣道："酒，证明真的不会喝了。希望诗不是真的不会做，哲学不是真的不懂。"

苏小姐发恨道："还说风凉话呢！全是你不好，把他灌到这样，明天他真生了病，瞧你做主人的有什么脸见人？——鸿渐，你现在觉得怎么样？"把手指按鸿渐的前额，看得辛楣悔不曾学过内功拳术，为鸿渐敲背的时候，使他受致命伤。

鸿渐头闪开说："没有什么，就是头有点痛。辛楣兄，今天真对不住你，各位也给我搅得扫兴，请继续吃罢。我想先回家去了，过天到辛楣兄府上来谢罪。"

苏小姐道："你多坐一会，等头不痛了再走。"

辛楣恨不得立刻撵鸿渐滚蛋，便说："谁有万金油？慎明，你随身带药的，有没有万金油？"

慎明从外套和裤子袋里掏出一大堆盒儿，保喉、补脑、强肺、健胃、通便、发汗、止痛的药片、药丸、药膏全有。苏小姐捡出万金油，伸指蘸了些，为鸿渐擦在两太阳。辛楣一肚皮的酒，几乎全成酸醋，忍了一会，说："好一点没有？今天我不敢留你，改天补请。我吩咐人叫车送你回去。"

苏小姐道："不用叫车，他坐我的车，我送他回家。"

辛楣惊骇得睁大了眼，口吃说："你，你不吃了？还有菜呢。"鸿渐有气无力地恳请苏小姐别送自己。

苏小姐道："我早饱了，今天菜太丰盛了。褚先生，董先生，请慢用，我先走一步。辛楣，谢谢你。"

辛楣哭丧着脸，看他们俩上车走了。他今天要鸿渐当苏小姐面出丑的计划，差不多完全成功,可是这成功只证实了他的失败。……

节选自《围城》,钱钟书著,人民文学出版社 1980 年版

【作者简介】

钱钟书(1910—1998),江苏无锡人,中国现代小说家、著名学者。毕业于清华大学,在英国、法国留过学。曾在西南联合大学、清华大学等校任教。1982 年起任中国社会科学院副院长、文学所研究员。钱钟书治学贯通中西、古今互见,融汇多学科知识,探幽入微,钩玄提要,在当代学术界自成一家。因其多方面的成就,被誉为“文化昆仑”。著有短篇小说集《人·鬼·兽》、长篇小说《围城》和散文集《写在人生边上》。另有文论及诗文评论《谈艺录》等。

【作品赏析】

钱钟书的长篇小说《围城》以方鸿渐人生途中留学深造、谈情说爱、谋事求职和婚姻家庭几方面为主线,在近代中西文化交汇碰撞和抗战时期国难家愁的时代潮流之中,反讽地描绘出了现代儒林人物的群像。《围城》有多重思想意蕴:在生活描写层面,作品是“写现代中国某一部分社会,某一类人物”。即通过描写抗战时期古老中国城市乡村的世态世相,揭示包括内地农村在内的中国原始、落后、闭塞的状况,讽刺政界、军界、教育界、知识界等存在的种种腐败现象。在文化反思层面,作品通过对最新式的文人即一批留学生或“高级”知识分子形象的塑造去实现对传统文化的反省与批判。在哲理思考层面,作品对人生、对现代人的命运进行了哲理思考,即:人生处处是围城。

《围城》共九章,内容多为谈话、吃饭、交友、恋爱、工作、家庭等生活细节,普通琐事,然而琐事的细节却表现出活生生的生活场景,塑造出活灵活现的人物,揭示出深刻新颖的主题。此处节选自第三章,写的是一群高级知识者的聚会:聚会由赵辛楣发起,邀请苏文纨、褚慎明、董斜川、方鸿渐等人参加。方鸿渐是赵辛楣假想的情敌,赵辛楣请方鸿渐的本意是为灌醉方鸿渐,使其在苏文纨面前出丑,以发泄妒嫉之情。在整部作品中,这一部分极为重要:首先,“围城”一语在这次宴会上出现。褚慎明说:“关于 Bertie 结婚离婚的事,我也和他谈过。他引一句英国古话,说结婚仿佛金漆的鸟笼,笼子外面的鸟想住进去,笼内的鸟想飞出来;所以结而离,离而结,没有了局。”苏文纨附和了一句:“法国也有这么一句话。不过,不说是鸟笼,说是被围困的城堡 fortresse assiégée,城外的人想冲进去,城里的人想逃出来。”二人的谈话象征味很浓。从整个文本来看,“围城”一方面象征着方鸿渐等人在爱情、婚姻、事业上的追求、挣扎、幻灭、绝望的艰难生活历程和矛盾心理,另一方面也象征国民党统治下的旧中国。其次,这是一次文化人的吃饭,吃的是文化,展示的是这些文化人各自的人性缺陷与丑陋。其中,褚慎明自诩为“中国新哲学创始人”,实为不学无术、寡廉鲜耻的知识丑类;董斜川外表时髦,骨子里相当守旧酸腐、傲慢自矜;赵辛楣世故圆滑,却是枉费心机;苏文纨矜持自负、装嗔作娇。而作为《围城》中现代知识分子中形象最丰满的方鸿渐,善良正直、

诚实自尊但胸无大志又懦弱无能。在生活的追求和挣扎中,既缺少奋斗的动力,又不懂人情世态的炎凉,所以伴随他的并非追求愿望的实现而是无穷的困扰和苦恼,最后是孤独、幻灭和绝望,陷于一座又一座"围城"中。在选文中,方鸿渐正与苏文纨处在"爱情"瓜葛中。苏文纨自作多情,对方鸿渐一厢情愿;方鸿渐则优柔寡断、虚与委蛇又玩世不恭。在这次宴会上,这些高级知识分子——显示出各自的性格本相。他们在应酬交际过程中,显现了内心的空虚、无聊及庸俗。

《围城》是中国现代小说史上的一部闪烁着讽刺光芒的艺术珍品。其讽刺艺术极具特色:作者选取了冷眼旁观的审美视角。议论机警幽默,既洋溢着诗性的情趣,蕴含着理性的玄思,又饱蘸着对人生世态的嘲讽,机智、警策、幽默、深刻。如"天知道褚慎明并没吹牛,罗素确问过他什么时候到英国,有什么计划,茶里要搁几块糖这一类非他自己不能解决的问题"。这段议论微妙犀利,褚慎明的虚荣作假性格披露无遗。《围城》在叙述中善于通过广泛而新奇的比喻进行冷嘲热讽。由于作者有深广的中外古今的知识学养,故起着冷嘲热讽作用的比喻被作者信手拈来涉笔成趣,不仅诙谐生动且精辟警人,富有哲理。如"褚哲学家害馋痨地看着苏小姐,大眼珠仿佛哲学家谢林的'绝对观念',像'手枪里弹出的子药',险的突破眼眶,迸碎眼镜",讽刺了褚慎明的好色本性。在塑造人物形象时,《围城》有着细腻、深刻而绝妙的心理描写。作者抓住新旧知识者内心深处的劣根性进行剖析,从他们爱情、家庭和人事的纷争中,去捕捉其心绪、心态所构成的心理冲突,进行微妙的心理描写。另外,作者还善于通过能表现人物心理的细节描写来表现人物细微的心理状态。如,苏文纨以手指按鸿渐前额时,"看得辛楣悔不曾学过内功拳术,为鸿渐敲背的时候,使他受致命伤",辛楣心理的嫉妒吃错,表露无遗。而褚慎明泼了牛奶,深为在女士面前的粗手笨脚而懊恼自己时,方鸿渐开始呕吐,于是褚慎明心上高兴起来,因为他泼的牛奶给方鸿渐的呕吐在同席者的记忆里冲掉了。《围城》还运用高明的象征手法,揭示主旨。褚慎明和苏文纨讨论婚姻问题时说过的话象征味浓,而作者有深厚的中外古今文化素养,其作品大量引用中外文化中的典故,显出学养的深厚,如董斜川论诗的那些话。另外,《围城》的语言生动、幽默、通俗明快,风格幽默、细腻、渊博、犀利。

【专栏知识】

钱钟书、杨绛是中国文化名人谱里珠联璧合的夫妇。他们都是中国文坛赫赫有名的作家、学者、教授,为中华文化建设作出了杰出的贡献。钱钟书被誉为文化昆仑;杨绛翻译了《堂·吉诃德》,有小说《洗澡》等。钱钟书与杨绛一生淡泊名利,专心学问,"万人如海一身藏"。2001 年,杨绛将他们夫妇当年上半年所得稿酬现金 72 万元及其后出版作品的报酬,捐赠给母校清华大学,设立"好读书"奖学金,以鼓励家庭经济困难的优秀大学生,好读书,读好书,努力学习,成材报国。这是清华大学个人捐赠金额最大的奖学金项目。

【相关链接】

洗 澡（第一部·第五章）

杨 绛

我国有句老话："写字是'出面宝'"。凭你的字写得怎样，人家就断定你是何等人。在新中国，"发言"是"出面宝"。人家听了你的发言，就断定你是何等人。

傅今召集的会未经精心布置，没有分组，只好仍在会议室举行。许多人济济一堂，彼此相熟的中青年或政治水平较高的干部就不发言了，专听几位专家先生发表高论。负责政治工作的范凡不肯主持这个会，只坐在一隅，洗耳旁听。

傅今坐在长桌面南的正中做主席。他是个广颡高鼻、两耳外招的大高个儿，虽然眼睛小，下巴颏儿也往里缩，他总觉得自己的耳鼻太张扬，个儿也太高，所以常带些伛背，做主席也喜欢坐着。姚宓坐在他对面做记录。她到社较早，记得快，字又写得好，记录照例是她的事。

经过一番冷场，傅今点了余楠的名。余楠显然是早有准备的。他从自己听了首长的讲话如何受到鼓舞谈起，直谈到今后要发挥一技之长，和同志们同心协力，尽量做出贡献。他谈得空洞些，却还全面，而且慷慨激昂，因为他确信自己是爱上了社会主义，好比他确信自己决不抛弃宛英一样。可惜他乡音太重，许多人听不大懂。那位居住法国多年的朱千里接着谈。他说同意余楠先生的话，接下就谈他几十年寒窗，又谈到他的种种牢骚，海阔天空，不知扯到了哪里去，也不知谈的是什么。许彦成但愿他把时间谈完，自己得以豁免。谁知朱先生忽然咳嗽两声说："扯得远了，就到这里吧。"大家舒了一口气。许彦成生怕傅今点他的名，只顾低着头。他觉得这种发言像小学生答课题。答得对，像余楠那样，他也觉得不好意思。答得不在点儿上，当然更可笑了。首长的话他不是没有仔细听；他还仔细想过，感慨很多。可是从何说起呢？在这个会上谈也不是场合。杜丽琳这次开会还是坐在许彦成对面，瞧他低着头不肯开口，就大大方方地接着谈了几点"粗浅的体会"，内容和余楠的相仿，只是口齿清楚，层次分明，而且简简短短。大家对这位十足的"资产阶级女性"稍稍刮目相看。许彦成看见傅今眼睛盯着他，对他频频点头，知道逃不过了。可是这一套正确的话又让杜丽琳说过一遍了，他怎么再重复呢？

他平日常在图书室翻书，又常和年轻同事们下棋打球，大家觉得他平易近人，和他比较熟；又因为他爱说笑，以为他一定会"发"一个很妙的"言"。谁知他只蚊子哼哼一般，嗡嗡地自己对自己说了一串话。大家带着好意并好奇，齐声嚷："听不见！"他急得抬头向着人家，结结巴巴吐出几句怪话来。他说："人、人、人类从从有历、历、历史以来，只是互相残、残、残杀，怎么能同、同、同心协、协、协力呢！谁都觉得自己的理是唯一的真、真、真理……"他说不下去，就把手心当擦脸的毛巾那样在脸上抹了一把。大家都笑起来。

杜丽琳笑着举手,请主席让她插句话。她替彦成说:"所以关键是要有正确的思想,要用马列主义为指针,统一思想,统一行动。"

余楠不示弱,忙也插话说,他们的重要任务是加紧学习马列主义。

施妮娜为了抽烟方便,带着江滔滔坐在长桌侧面。她这时忍耐不住,把她那双似嗔非嗔的眼睛闭了一闭,用低沉哑涩的声音,语重心长地说:

"首先是把屁股挪过来。"

余楠正坐在她近旁。他瞪着她的这部分,肥鼓鼓地裹在西装裤子里稳稳地坐着。他竟不敢当众重复她用的名词,只好顿口无言。杜丽琳却不知轻重,笑说:

"我们万里迢迢赶回祖国,我们是整个人都投入了。"她忘了自己是一脑袋的资产阶级思想,浑身散发着资产阶级的气息呢。她的话引起会场上一段语言空白,接着是乱哄哄许多议论。傅今立刻掌握了会场,请许先生继续谈。

许彦成如梦初醒,惊跳一下,口吃都停止了,只傻乎乎他说:"忘了——哦,没有了,完了。"接着又赶忙说:"我同意大家的话。"大家又都笑了。

姚宓认真地想了一起,走笔如飞连写了好多行。许彦成不知她记录了什么,只看着她发怔。

经过这段插曲,会场活跃起来,很多人都围绕着刚才的论点阐发一句两句。丁宝桂坐在角落里,本来打定主意不说话的,这时也参加了"大合唱"。

傅今总结了这个会。他要求各研究人员本着首长讲话的精神,拟定自己的工作计划,并把自己前一段的工作写出小结。

杜丽琳随着散会的群众挤出会议室,站在门口等待许彦成,只见他还没出来,正在翻看姚宓的记录;看完后,他很有意思地一笑,把本子还给姚宓。姚宓背门而立,丽琳看不见她的脸,只看见彦成微笑着和姚宓点点头,才随着人流走向门口。

他们俩同回宿舍。丽琳装作不在意,随口问:"记录上把你的话都记上了吗?"

"都记上了。"

丽琳冷眼看着他说:"你好像很满意。"

彦成认真地:"难为她,记得好极了。"他想着姚宓的记录,的确很满意,并没注意到丽琳的脸色和她的沉默。

丽琳看看左右没有旁人,才叹口气说:"说笑也该看看什么场合。范凡同志坐在一边听着呢,你就为了逗人笑,装起小丑来了。你什么时候学会了说话结结巴巴的呀?"

彦成委屈说:"我要是逗人笑,早不结巴了。小时候我妈妈打我,我就结巴。后来对老师也结巴。我伯父费了不少心思,我自己也下了好大功夫才纠正过来的。我又不是假装。他们笑我,我也没办法呀。"

丽琳也委屈说:"我拉你一把,帮你接上一句,你却当众给我没脸:'忘了!没有了!完了!'"

"是完了呀。我开头说同心协力的重要。接下说,要促使全体人民同心协力,首先要彼此了解,相互同情,团结一致,不能为个人或个体的私利忘了全体的福利;因为一有私心,就看不清是非,分不出好歹,造成有史以来人类的互相残害——当然,这话也只是空话,可是,话没有错呀。"

丽琳睁大了一双美目,诧异说:"这套话,我怎么没听见呀?"

"我声音小了些,也谈得有点乱——可是你又不在听,你在看人。"

"我看人?"丽琳不怒而笑了。"倒说我看人!不知谁只顾看人,连话也不会说了。"

他们已到了家门口。两人都住嘴,免得女佣看见了以为他们吵架。

节选自《洗澡》,杨绛著,三联书店 1988 年版

【思考与练习】

1. 以节选部分为例,分析《围城》的艺术特色。

2. 试对《围城》节选部分的人物形象加以分析。

3. 阅读杨绛的小说《洗澡》,写一篇赏析短文。

鸡 毛

汪曾祺

西南联大有一个文嫂。

她不是西南联大的人。她不属于教职员工,更不是学生。西南联大的各种名册上都没有"文嫂"这个名字。她只是在西南联大里住着,是一个住在联大里的校外的人。然而她又的的确确是"西南联大"的一个组成部分。她住在西南联大的新校舍。

西南联大有许多部分:新校舍、昆中南院、昆中北院、昆华师范、工学院……其他部分都是借用的原有的房屋,新校舍是新建的,也是联大的主要部分。图书馆、大部分教室、各系的办公室、男生宿舍……都在新校舍。

新校舍在昆明大西门外,原是一片荒地。有很多坟,几户零零落落的人家。坟多无主。有的坟主大概已经绝了后,不难处理,有一个很大的坟头,一直还留着,四面环水,如一小岛,春夏之交,开满了野玫瑰,香气袭人,成了一处风景。其余的,都平了。坟前的墓碑,有的相当高大,都搭在几条水沟上,成了小桥。碑上显考显妣的姓名分明可见,全都平躺着了。每天有许多名师大儒、莘莘学子从上面走过。住户呢,由学校出几个钱,都搬迁了。文嫂也是这里的住户。她不搬。说什么也不搬。她说她在这里住惯了。联大的当局是很讲人道主义的,人家不愿搬,不能逼人家走。可是她这两间破破烂烂的草屋,不当不间地戳在那里,实在也不成个样子。新校舍建筑虽然极其简陋,但是是经过土木工程系的名教授设计过的,房屋安排疏密有致,空间利用十分合理。那怎么办呢?主其事者跟文嫂商量,把她两间草房拆了,另外给她盖一间,质料比她原

来的要好一些。她同意了,只要求再给她盖一个鸡窝。那好办。

她这间小屋,土墙草顶,有两个窗户(没有窗扇,只有一个窗洞,有几根直立着的带皮的树棍),一扇板门。紧靠西面围墙,离二十五号宿舍不远。

宿舍旁边住着这样一户人家,学生们倒也没有人觉得奇怪。学生叫她文嫂。她管这些学生叫"先生"。时间长了,也能分得出张先生,李先生,金先生,朱先生……但是,相处这些年了,竟没有一个先生知道文嫂的身世,只知道她是一个寡妇,有一个女儿。人很老实。虽然没有知识,但是洁身自好,不贪小便宜。除非你给她,她从不伸手要东西。学生丢了牙膏肥皂、小东小西,从来不会怀疑是她顺手牵羊拿了去。学生洗了衬衫,晾在外面,被风吹跑了,她必为捡了,等学生回来时交出:"金先生,你的衣服。"除了下雨,她一天都是在屋外呆着的。她的屋门也都是敞开着的。她的所作所为,都在天日之下,人人可以看到。

她靠给学生洗衣服、拆被窝维持生活。每天大盆大盆地洗。她在门前的两棵半大榆树之间拴了两根棕绳,拧成了麻花。洗的衣服,夹紧在两绳之间。风把这些衣服吹得来回摆动,霍霍作响。大太阳的天气,常常看见她坐在草地上(昆明的草多丰茸齐整而极干净)做被窝,一针一针,专心致志。衣服被窝洗好做得了,为了避免嫌疑,她从不送到学生宿舍里去,只是叫女儿隔着窗户喊:"张先生,来取衣服,"——"李先生,取被窝。"

她的女儿能帮上忙了,能到井边去提水,踮着脚往绳子上晾衣服,在床上把衣服抹煞平整了,叠起来。

文嫂养了二十来只鸡(也许她原是靠喂鸡过日子的)。联大到处是青草,草里有昆虫蚱蜢种种活食,这些鸡都长得极肥大,很肯下蛋。隔多半个月,文嫂就挎了半篮鸡蛋,领着女儿,上市去卖。蛋大,也红润好看,卖得很快。回来时,带了盐巴、辣子,有时还用马兰草提着一块够一个猫吃的肉。

每天一早,文嫂打开鸡窝门,这些鸡就急急忙忙,迫不及待地奔出来,散到草丛中去,不停地啄食。有时又抬起头来,把一个小脑袋很有节奏地转来转去,顾盼自若,——鸡转头不是一下子转过来,都是一顿一顿地那么转动。到觉得肚子里那个蛋快要坠下时,就赶紧跑回来,红着脸把一个蛋下在鸡窝里。随即得意非凡地高唱起来:"郭格答!郭格答!"文嫂或她的女儿伸手到鸡窝里取出一颗热烘烘的蛋,顺手赏了母鸡一块土坷垃:"去去去!先生要用功,莫吵!"这鸡婆子就只好咕咕地叫着,很不平地走到草丛里去了。到了傍晚,文嫂抓了一把碎米,一面撒着,一面"喔喔,喔喔"叫着,这些母鸡就都即即足足地回来了。它们把碎米啄尽,就鱼贯进入鸡窝。进窝时还故意把脑袋低一低,把尾巴向下耷拉一下,以示雍容文雅,很有鸡教。鸡窝门有一道小坎,这些鸡还都一定两脚并齐,站在门坎上,然后向前一跳。这种礼节,其实大可不必。进窝以后,咕咕嚷嚷一会,就寂然了。于是夜色就降临抗战时期最高学府之一,国立西南联合大学的新校舍了。阿门。

文嫂虽然生活在大学的环境里,但是大学是什么,这有什么用,为什么要办它,这些,她可一点都不知道。只知道有许多"先生",还有许多小姐,或按昆明当时的说法,有很多"摩登",来来去去;或在一个洋铁皮房顶的屋子(她知道那叫"教室")里,坐在木椅子上,呆呆地听一个"老倌"讲话。这些"老倌"讲话的神气有点像耶稣堂卖福音书的教士(她见过这种教士)。但是她隐隐约约地知道,先生们将来都是要做大事,赚大钱的。

先生们现在可没有赚大钱,做大事,而且越来越穷,找文嫂洗衣服、做被子的越来越少了。大部分先生非到万不得已,不拆被子,一年也不定拆洗一回。有的先生虽然看起来衣冠齐楚,西服皮鞋,但是皮鞋底下有洞。有一位先生还为此制了一则谜语:"天不知地知,你不知我知。"他们的袜子没有后跟,穿的时候就把袜尖往前拽拽,窝在脚心里,这样后跟的破洞就露不出来了。他们的衬衫穿脏了,脱下来换一件。过两天新换的又脏了,看看还是原先脱下的一件干净些,于是又换回来。有时要去参加 Party,没有一件洁白的衬衫,灵机一动:有了! 把衬衫反过来穿! 打一条领带,把纽扣遮住,这样就看不出反正了。就这样,还很优美地跳着《蓝色的多瑙河》。有一些,就完全不修边幅,衣衫褴褛,囚首垢面,跟一个叫花子差不多了。他们的裤子破了,就用一根麻绳把破处系紧。文嫂看到这些先生,常常跟女儿说,"可怜!"

来找文嫂洗衣的少了,她还有鸡,而且她的女儿已经大了。

女儿经人介绍,嫁了一个司机。这司机是下江人,除了他学着说云南话:"为哪样"、"咋个整",其余的话,她听不懂,但她觉得这女婿人很好。他来看过老丈母,穿了麂皮夹克,大皮鞋,头上抹了发蜡。女儿按月给妈送钱。女婿跑仰光、腊戌,也跑贵州、重庆。每趟回来,还给文嫂带点曲靖韭菜花,贵州盐酸菜,甚至宣威火腿。有一次还带了一盒遵义板桥的化风丹,她不知道这有什么用。他还带来一些奇形怪状的果子。有一种果子,香得她的头都疼。下江人女婿答应养她一辈子。

文嫂胖了。

男生宿舍全都一样,是一个窄长的大屋子,土墼墙,房顶铺着木板,木板都没有刨过,留着锯齿的痕迹,上盖稻草;两面的墙上开着一列像文嫂的窗洞一样的窗洞。每间宿舍里摆着二十张双层木床。这些床很笨重结实,一个大学生可以在上面放放心心地睡四年,一直睡到毕业,无须修理。床本来都是规规矩矩地靠墙排列着的,一边十张。可是这些大学生需要自己的单独的环境,于是把它们重新调动了一下,有的两张床摆成一个曲尺形,有的三张床摆成一个凹字形,就成了一个一个小天地。按规定,每一间住四十人,实际都住不满。有人占了一个铺位,或由别人替他占了一个铺位而根本不来住;也有不是铺主却长期睡在这张铺上的;有根本不是联大学生,却在新校舍住了好几年的。这些曲尺形或凹字形的单元里,大都只有两三个人。个别的,只有一个,一间宿舍住的学生,各系的都有。有一些互相熟悉,白天一同进出,晚上联床夜话;也有些老死不相往来,连贵姓都不打听。二十五号南头一张双层床上住着一个历史系学生,一个中文系学生，一个上铺，一个下铺，两个人合住了一年，彼此连面都没有见过：因为这二位的作息时间完全不同。中文系学生是个夜猫子，每晚在系图书馆夜读，天亮才回来；而历史系学生却是个早起早睡的正常的人。因此，上铺的铺主睡觉时，下铺是空的；下铺在酣睡时，上铺没有人。

联大的人都有点怪。"正常"在联大不是一个褒词。一个人很正常，就会被其余的怪人认为"很怪"。即以二十五号宿舍而论，如果把这些先生的事情写下来，将会是一部很长的小说。如今且说一个人。

此人姓金，名昌焕，是经济系的。他独占北边的一个凹字形的单元。他不欢迎别人来住，别人也不想和他搭伙。他不知从哪里弄来一些木板，把双层床的一边都钉了木板，就成了一间屋中之屋，成了他的一统天下。凹字形的当中，摞着几个装肥皂的木箱——昆明这种木箱很多，到处有得卖，这就是他的书桌。他是相当正常的。一二年级时，按时听讲，从不缺课。联大的学生大都很狂，讥弹时事，品藻人物，语带酸咸，辞锋很锐。金先生全不这样。他不发狂论。事实上他很少跟人说话。其特异处有以下几点：一是他所有的东西都挂着，二是从不买纸，三是每天吃一块肉。他在他的床上拉了几根铁丝，什么都挂在这些铁丝上，领带、袜子、针线包、墨水瓶……他每天就睡在这些丁丁当当的东西的下面。学生离不开纸。怎么穷的学生，也得买一点纸。联大的学生时兴用一种灰绿色布制的夹子，里面夹着一叠白片页纸，用来记笔记，做习题。金先生从不花这个钱。为什么要花钱买呢？纸有的是！联大大门两侧墙上贴了许多壁报、学术演讲的通告、寻找失物、出让衣鞋的启事，形形色色、琳琅满目。这些启事、告白总不是顶天立地满满写着字，总有一些空白的地方。金先生每天晚上就带子一把剪刀，把这些空白的地方剪下来。他还把这些纸片，按大小纸质、颜色，分门别类，裁剪整齐，留作不同用处。他大概是相当笨的，因此，每晚都开夜车。开夜车伤神，需要补一补。他按期买了猪肉，切成大小相等的方块，借了文嫂的鼎罐（他借用了鼎罐，都是洗都不洗就还给人家了），在学校茶水炉上炖熟了，密封在一个有盖的瓷坛里。每夜用完了功，就打开坛盖，用一只一头削尖了的筷子，瞅准了，扎出一块，闭目而食之。然后，躺在丁丁当当的什物之下，酣然睡去。

这样过了三年。到了四年级，他在聚兴诚银行里兼了职，当会计。其时他已经学了簿记、普通会计、成本会计、银行会计、统计……这些学问当一个银行职员，已是足够用的了。至于经济思想史、经济地理……这些空空洞洞的课程，他觉得没有什么用处，只要能混上学分就行，不必苦苦攻读，可以缺课。他上午还在学校听课，下午上班。晚上仍是开夜车，搜罗纸片，吃肉。自从当了会计，他添了两样毛病。一是每天提了一把黑布阳伞进出，无论冬夏，天天如此。二是穿两件衬衫，打两条领带。穿好了衬衫，打好领带；又加一件衬衫，再打一条领带。这是干什么呢？若说是显示他有不止一件衬衫、一条领带吧，里面的衬衫和领带别人又看不见；再说这鼓鼓囊囊的，舒服吗？真是令人百思不得其解。因此，同屋的那位中文系夜游神送给他一个外号，这外号很长：

"二十年目睹之怪现状"。

金先生很快就要毕业了。毕业以前，他想到要做两件事。一件是加入国民党，这已经着手办了；一件是追求一个女同学，这可难。他在学校里进进出出，一向像马二先生逛西湖：他不看女人，女人也不看他。

谁知天缘凑巧，金昌焕先生竟有了一段风流韵事。一天，他正提着阳伞到聚兴诚去上班，前面走着两个女同学，她们交头接耳地谈着话。一个告诉另一个：这人穿两件衬衫，打两条领带，而且介绍他有一个很长的外号："二十年目睹之怪现状。"听话的那个不禁回头看了金昌焕一眼，嫣然一笑。金昌焕误会了：谁知一段姻缘却落在这里。当晚，他给这女同学写了一封情书。开头写道："××女士芳鉴，敬启者……"接着说了很多仰慕的话，最后直截了当地提出："倘蒙慧眼垂青，允订白首之约，不胜荣幸之至。随函附赠金戒指一枚，务祈笑纳为荷。"在"金戒指"三字的旁边还加了一个括弧，括弧里注明："重一钱五"。这封情书把金先生累得够呛，到他套起钢笔，吃下一块肉时，文嫂的鸡都已经即即足足地发出声音了。

这封情书是当面递交的。

这位女同学很对得起金昌焕。她把这封信公布在校长办公室外面的布告栏里，把这枚金戒指也用一枚大头针钉在布告栏的墨绿色的绒布上。于是金昌焕一下子出了大名了。

金昌焕倒不在乎。他当着很多人，把信和戒指都取下来，收回了。

你们爱谈论，谈论去吧！爱当笑话说，说去吧！于金昌焕何有哉！金昌焕已经在重庆找好了事，过两天就要离开西南联大，上任去了。

文嫂丢了三只鸡，一只笋壳鸡，一只黑母鸡，一只芦花鸡。这三只鸡不是一次丢的，而是隔一个多星期丢一只。不知怎么丢的。早上开鸡窝放鸡时还在，晚上回窝时就少了。文嫂到处找，也找不着。她又不能像王婆骂鸡那样坐在门口骂——她知道这种泼辣做法在一个大学里很不合适，只是一个人叨叨："我口乃（的）鸡呢？我口乃鸡呢？……"

文嫂的女儿回来了。文嫂吓了一跳：女儿戴得一头重孝。她明白出了大事了。她的女婿从重庆回来，车过贵州的十八盘，翻到山沟里了。女婿的同事带了信来。母女俩顾不上抱头痛哭，女儿还得赶紧搭便车到十八盘去收尸。

女儿走了，文嫂失魂落魄，有点傻了。但是她还得活下去，还得过日子，还得吃饭，还得每天把鸡放出去，关鸡窝。还得洗衣服，做被子。有很多先生都毕业了，要离开昆明，临走总得干净干净，来找文嫂洗衣服，拆被子的多了。

这几天文嫂常上先生们的宿舍里去。有的先生要走了。行李收拾好了，总还有一些带不了的破旧衣物，一件鱼网似的毛衣，一个压扁了的脸盆，几只配不成对的皮鞋——那有洞的鞋底至少掌鞋还有用……这些先生就把文嫂叫来，随她自己去挑拣。挑完了，文嫂必让先生看一看，然后就替他们把曲尺形或凹字形的单元打扫一下。

因为洗衣服、拣破烂,文嫂还能岔乎岔乎,心里不至太乱。不过她明显地瘦了。

金昌焕不声不响地走了。二十五号的朱先生叫文嫂也来看看,这位"怪现状"是不是也留下一些还值得一拣的东西。

什么都没有。金先生把一根布丝都带走了。他的凹形王国里空空如也,只留下一个跟文嫂借用的鼎罐。文嫂毫无所得,然而她也照样替金先生打扫了一下。她的笤帚扫到床下,失声惊叫了起来:床底下有三堆鸡毛,一堆笋壳色的,一堆黑的,一堆芦花的!

文嫂把三堆鸡毛抱出来,一屁股坐在地下,大哭起来。

"啊呀天呐,这是我口乃鸡呀!我口乃笋壳鸡呀!我口乃黑母鸡,我口乃芦花鸡呀!……"

"我寡妇失业几十年哪,你咋个要偷我口乃鸡呀!……"

"我风里来雨里去呀,我的命多苦,多艰难呀,你咋个要偷我口乃鸡呀!……"

"你先生是要做大事,赚大钱的呀,你咋个要偷我口乃鸡呀!……"

"我口乃女婿死在贵州十八盘,连尸都还没有收呀,你咋个要偷我口乃鸡呀!……"

她哭得很伤心,很悲痛。

她好像要把一辈子所受的委屈、不幸、孤单和无告全都哭了出来。

这金昌焕真是缺德,偷了文嫂的鸡,还借了文嫂的鼎罐来炖了。至于他怎么偷的鸡,怎么宰了,怎样煺的鸡毛,谁都无从想象。

林子大了,什么鸟都有。

选自《受戒》,汪曾祺著,时代文艺出版社 2001 年版

【作者简介】

汪曾祺(1920—1997),江苏高邮县人。现当代京派小说代表作家、散文家、戏剧家。肄业于西南联大。1940 年开始发表小说、诗和散文。在短篇小说创作上颇有成就,现已出版《汪曾祺短篇小说选》《晚饭花集》《汪曾祺自选集》以及多卷本《汪曾祺文集》等十几个作品集。小说《受戒》受到普遍赞誉,《大淖记事》获全国短篇小说奖。他的散文集有《蒲桥集》,与人合作改编、加工有剧本《沙家浜》。

【作品赏析】

汪曾祺小说的人物主要有两类:一是知识分子,二是平凡普通的下层人民。汪曾祺写得最多的是平和仁厚,质朴善良的百姓、小商小贩、村民。他也写了不少知识分子,其中,写的最多的是抗战时期西南联大的师生。《鸡毛》将两类人物呈现于一个文本中。汪曾祺是一个擅长挖掘并赞扬人性美、突显健康人性与和谐人性的作家。可以说,发掘出人生的诗意美使其小说思想上闪烁出迷人的光彩。但有时汪曾祺也对人性的丑恶发出深沉的叹喟,对于有悖于传统道德和人性的人物,给予嘲讽和批判。《鸡

毛》则合二为一,但以写"恶人"或曰写人性邪恶为主。《鸡毛》中的"恶人"是西南联大经济系的学生金昌焕。在现代作家笔下,现代"学生"形象大多是新时代的新青年。他们具有热烈的感情、活泼的气象、纯洁的人格以及牺牲的精神。但《鸡毛》中的金昌焕却是汪曾祺对现代学生形象进行了消解性的反思与增构后创作的学生形象。此人道貌岸然、古怪无行、自私自利、人格异化。其最大恶行是偷了可怜的文嫂赖以为生的三只母鸡,又借了文嫂的鼎罐来炖,等鸡吃完后不洗也不还文嫂的鼎罐就卷铺盖走人了。这一形象的塑造,不仅打破了传统的叙事理念和规范,还打破了乌托邦政治下的"新青年"神话。当然,汪曾祺擅长的还是写人之善,所以,在《鸡毛》里,汪曾祺除写了文嫂的苦难无告、无依无靠及对金昌焕这类"要做大事"的"先生"的敬仰外,还写了文嫂的人性美和善。文嫂勤劳善良,乐于助人,洁身自好,不贪小利。而欺侮这样一个善良而不幸、却又对大学生满怀敬仰的女人,实在可恶!

《鸡毛》的艺术特色表现在:首先,有意淡化结构,小说呈现出散文化特征。《鸡毛》的结构松散,作者按照生活"本来的原貌"来描写,结构呈现出一种苦心经营的"随便"。小说先写文嫂,后写金昌焕,然后写文嫂丢鸡,再写文嫂在金昌焕离校后发现鸡毛在他床下。"至于他怎么偷的鸡,怎么宰了,怎么煺的鸡毛,谁都无从想象。"两个互不相干的生活断片,被一堆鸡毛焊接起来,焊点极小,但焊得极牢。如此,小说浑然一体,让读者既感陌生又觉亲切。其次,在塑造人物时,汪曾祺善于通过人物的外表、动作和细节来表现人物性格,而人物的行动又重于自身的语言和对白。如,作者在揭示金昌焕最大的恶行前,先以一系列精彩的细节描绘,把他内心的鄙吝恶俗、自私卑下、无聊无耻等,表现得淋漓尽致。他"从不买纸",每天晚上带着一把剪刀,把校园里各种启事、告白的空白处剪下,"按大小纸质、颜色,分门别类,裁剪整齐,留作不同用处";他每天要吃一块肉,"每夜用完了功,就打开坛盖,用一只一头削尖的筷子,瞅准了,扎出一块,闭目而食之";他误解女同学的"笑"而对其"动情",他写信缀金戒指"求爱"、"求爱"被拒绝后坦然取回戒指与信件。所有这些,作者通过对其外貌、动作等细节描写,将其丑陋讽刺得入木三分。另外,作者还用对比烘托的手法来塑造人物。如《鸡毛》写文嫂的善良,是为了让金昌焕的不善和丑恶更加彰显。写文嫂对金昌焕这类"要做大事"的"先生"的敬仰,是为了唤起读者对金昌焕更强烈的鄙视、憎恶。最后,《鸡毛》的语言简洁淳朴、干净恬淡、清新自然、洗练幽默。汪曾祺善于运用口语化的语言,同时文白相间,节制而有弹性,少用过于强烈的修辞词而多叙述性的白描,语言洗练干净,如同事物本身那么质朴、自然又富有表现力。如"南联大有一个文嫂"。再如:"每天一早,文嫂打开鸡窝门,这些鸡就急急忙忙,迫不及待地奔出来,散到草丛中去,不停地啄食。有时又抬起头来,把一个小脑袋很有节奏地转来转去,顾盼自若,——鸡转头不是一下子转过来,都是一顿一顿地那么转动。到觉得肚子里那个蛋快要坠下时,就赶紧跑回来,红着脸把一个蛋下在鸡窝里。随即得意非凡地高唱起来:'郭格答!郭格答!'"描写得极为传神。

【专栏知识】

　　1939 年，汪曾祺考入西南联合大学中文系，师从沈从文等名家学习。沈从文对汪曾祺创作的影响很大。沈从文一方面以"乡下人"的眼光看城市，对现代文明进行无情的讽刺和批判，另一方面，立志要成为湘西生活的叙述者和歌者。作为京派小说代表作家，沈从文不仅在创作上"通过作家人生体验的融入、散文化的结构和笔调，以及牧歌情调或地域文化气氛的营造"形成了"文体风格趋于生活"的特点，而且，还在理论上对"戏剧化小说"进行质疑，反对装假、做作和矫情，主张消除小说的戏剧化设计，特别是在故事情节上的人为结构和人物性格上的刻意追求，恢复生活的原状，展示生活的本色，写作自自然然的散文化小说或"随笔风格的小说"。汪曾祺是最后一位京派小说家。他把沈从文等人所开创的散文化小说传统延续了下来。同时他又开启了中国当代文学"寻根文学"之先，影响了一批小说家。在文学史上，汪曾祺是一位具有承前启后意义的小说家。

【相关链接】

边　城（节选）

沈从文

一

　　由四川过湖南去，靠东有一条官路。这官路将近湘西边境到了一个地方名为"茶峒"的小山城时，有一小溪，溪边有座白色小塔，塔下住了一户单独的人家。这人家只一个老人，一个女孩子，一只黄狗。

　　小溪流下去，绕山岨流，约三里便汇入茶峒大河。人若过溪越小山走去，则只一里路就到了茶峒城边。溪流如弓背，山路如弓弦，故远近有了小小差异。小溪宽约二十丈，河床为大片石头做成。静静的河水即或深到一篙不能落底，却依然清澈透明，河中游鱼来去皆可以计数。小溪既为川湘来往孔道，限于财力不能搭桥，就安排了一只方头渡船。这渡船一次连人带马，约可以载二十位搭客过河，人数多时则反复来去。渡船头竖了一枝小小竹竿，挂着一个可以活动的铁环，溪岸两端水横牵了一段废缆，有人过渡时，把铁环挂在废缆上，船上人就引手攀缘那条缆索，慢慢的牵船过对岸去。船将拢岸时，管理这渡船的，一面口中嚷着"慢点慢点"，自己霍的跃上了岸，拉着铁环，于是人货牛马全上了岸，翻过小山不见了。渡头为公家所有，故过渡人不必出钱。有人心中不安，抓了一把钱掷到船板上时，管渡船的必为一一拾起，依然塞到那人手心里去，俨然吵嘴时的认真神气："我有了口量，三斗米，七百钱，够了。谁要这个！"

　　但不成，凡事求个心安理得，出气力不受酬谁好意思，不管如何还是有人要把钱的。管船人却情不过，也为了心安起见，便把这些钱托人到茶峒去买茶叶和草烟，将茶峒出产的上等草烟，一扎一扎挂在自己腰带边，过渡的谁需要这东西必慷慨奉赠。有时从神气上估计那远路人对于身边草烟引起了相当的注意时,这弄渡船的便把一小束草烟扎到那人包袱上去,一面说:"大哥,不吸这个吗?这好的,这妙的,看样子不成材,巴掌大叶子,味道蛮好,送人也很合式!"茶叶则在六月里放进大缸里去,用开水泡好,给过路人随意解渴。

管理这渡船的,就是住在塔下的那个老人。活了七十年,从二十岁起便守在这小溪边,五十年来不知把船来去渡了若干人。年纪虽那么老了,骨头硬硬的,本来应当休息了,但天不许他休息,他仿佛便不能够同这一分生活离开。他从不思索自己职务对于本人的意义,只是静静的很忠实的在那里活下去。代替了天,使他在日头升起时,感到生活的力量,当日头落下时,又不至于思量与日头同时死去的,是那个伴在他身旁的女孩子。他唯一的朋友为一只渡船和一只黄狗,唯一的亲人便只那个女孩子。

女孩子的母亲,老船夫的独生女,十五年前同一个茶峒军人唱歌相熟后,很秘密的背着那忠厚爸爸发生了暧昧关系。有了小孩子后,这屯戍兵士便想约了她一同向下游逃去。但从逃走的行为上看来,一个违悖了军人的责任,一个却必得离开孤独的父亲。经过一番考虑后,屯戍兵见她无远走勇气,自己也不便毁去作军人的名誉,就心想:一同去生既无法聚首,一同去死应当无人可以阻拦,首先服了毒。女的却关心腹中的一块肉,不忍心,拿不出主张。事情业已为做渡船夫的父亲知道,父亲却不加上一个有分量的字眼儿,只作为并不听到过这事情一样,仍然把日子很平静的过下去。女儿一面怀了羞惭,一面却怀了怜悯,仍旧守在父亲身边。待到腹中小孩生下后,却到溪边故意吃了许多冷水死去了。在一种奇迹中,这遗孤居然已长大成人,一转眼间便十三岁了。为了住处两山多篁竹,翠色逼人而来,老船夫随便给这个可怜的孤雏拾取了一个近身的名字,叫作"翠翠"。

翠翠在风日里长养着,把皮肤变得黑黑的,触目为青山绿水,故眸子清明如水晶。自然既长养她且教育她,为人天真活泼,处处俨然如一只小兽物。人又那么乖,如山头黄麂一样,从不想到残忍事情,从不发愁,从不动气。平时在渡船上遇陌生人对她有所注意时,便把光光的眼睛瞅着那陌生人,作成随时皆可举步逃入深山的神气,但明白了面前的人无机心后,就又从从容容的在水边玩耍了。

老船夫不论晴雨,必守在船头。有人过渡时,便略弯着腰,两手缘引了竹缆,把船横渡过小溪。有时疲倦了,躺在临溪大石上睡着了,人在隔岸招手喊过渡,翠翠不让祖父起身,就跳下船去,很敏捷的替祖父把路人渡过溪,一切皆溜刷在行,从不误事。有时又与祖父黄狗一同在船上,过渡时与祖父一同动手牵缆索。船将近岸边,祖父正向客人招呼:"慢点,慢点"时,那只黄狗便口衔绳子,最先一跃而上,且俨然懂得如何方为尽职似的,把船绳紧衔拖船拢岸。

风日清和的天气,无人过渡,镇日长闲,祖父同翠翠便坐在门前大岩石上晒太阳。或把一段木头从高处向水中抛去,嗾使身边黄狗从岩石高处跃下,把木头衔回来。或翠翠与黄狗皆张着耳朵,听祖父说些城中多年以前的战争故事。或祖父同翠翠两人,各把小竹做成的竖笛,逗在嘴边吹着迎亲送女的曲子。过渡人来了,老船夫放下了竹管,独自跟到船边去,横溪渡人,在岩上的一个,见船开动时,于是锐声喊着:

"爷爷,爷爷,你听我吹——你唱!"

爷爷到溪中央便很快乐的唱起来,哑哑的声音同竹管声,振荡在寂静空气里,溪中仿佛也热闹了一些。实则歌声的来复,反而使一切更寂静。

有时过渡的是从川东过茶峒的小牛,是羊群,是新娘子的花轿,翠翠必争着做渡船夫,站在船头,懒懒的攀引缆索,让船缓缓的过去。牛羊花轿上岸后,翠翠必跟着走,送队伍上山,站到小山头,目送这些东西走去很远了,方回转船上,把船牵靠近家的岸边。且独自低低的学小羊叫着,学母牛叫着,或采一把野花缚在头上,独自装扮新娘子。

茶峒山城只隔渡头一里路,买油买盐时,逢年过节祖父得喝一杯酒时,祖父不上城,黄狗就伴同翠翠入城里去备办东西。到了卖杂货的铺子里,有大把的粉条,大缸的白糖,有炮仗,有红蜡烛,莫不给翠翠一种很深的印象,回到祖父身边,总把这些东西说个半天。那里河边还有许多船,比起渡船来全大得多,有趣味得多,翠翠也不容易忘记。

节选自《沈从文全集》(8),沈从文著,北岳文艺出版社 2002 年版

【思考与练习】

1. 谈谈《鸡毛》的艺术特色。

2. 阅读汪曾祺的《故里三陈》,写一篇 800～1000 字的鉴赏短文。

平凡的世界(节选)

路 遥

田晓霞静静地立在黄原地委门口,一直目送着孙少平的背影消失在北大街的尽头。

暮色已经临近,满城亮起了耀眼的灯火。不远处的电影院刚刚散场,清冷的街道顿时出现了一会喧闹。嘈杂的人群散乱地流向东西南北,街巷中自行车的铃声响个不停。

片刻功夫,大街上重新安静了。雨已停歇,满天破碎的云彩像溃退的队伍似的在暗夜中向南逃遁。四面的群山只能模糊地分辨出一些轮廓。

田晓霞心绪极其纷乱,一时无心回家去。

她索性离开地委大门口,来到了街道上。她在人行道梧桐树下的暗影里,慢慢地遛达着,情不自禁向北走去。说来奇怪,她怀着某种侥幸,希望孙少平还能在这条路上转回来。她现在才觉得,她和少平两年后第一次相遇,几乎没有交谈多少。他倒说了一些,她几乎没说什么。唉,实际上,她刚看见少平时,感到又陌生又震惊,简直顾不上说什么!

是的,孙少平已经变了,变得让她几乎都认不出来了。这不是说他的模样变了——模样的确也变了,但主要的变化并不是他的外表。

上师专以后,本来她已经习惯于同周围的那些男男女女相处。她认为自己也告别了过去的生活,开始了人生的一个新阶段。尽管她仍然保持着自己的个性,但基本上和新的环境融为一体。过去的一切,包括中学时期的朋友,渐渐地开始淡忘;而将自己的生活迅速地投入到另外一个天地。国家在多少年禁锢以后,许多似乎天经地义的观念一个个被推倒;新的思潮像洪水一般涌来,令人目不暇给。她整天兴奋地沉醉于和同学们交换各种信息,辩论各种问题;回家以后,又和父母亲唇枪舌战一番。她周围的青年,一个个都是以天下为己任的雄辩家;古今中外,旁征博引,思想一个比一个解放,幻想一个比一个高远,对社会流弊的抨击一个比一个猛烈。他们学习刻苦钻研,吃穿日新月异,玩起来又痛快淋漓……可是,她猛然间发现了另外一种类型的同龄人。

孙少平和过去有什么不同? 从外表看,他脸色严峻,粗胳膊壮腿,已经是一副十足的男子汉架式。他仍然像中学时那样忧郁,衣服也和那时一样破烂。但是,和过去不同的是,他已经开始独立地生活,独立地思考,并且选择了一条艰难的奋斗之路。说实话,尽管她以前对这个人另眼相看,认为他身上有许多不一般的东西,但上大学后,她似乎认定,孙少平最终不会逃脱大多数农村学生的命运:建家立业,生儿育女,在广阔天地自得其乐。现在农村政策宽了,像少平这样的人,在农民中间肯定是出类拔萃的人物,说不定会发家致富,成为村民们羡慕不已的"冒尖户"。记得高中毕业时,她还对他说过,希望他千万不能变成一个世俗的农民,满嘴说的都是吃,肩膀上搭着个褡裢,在石圪节街上瞅着买个便宜猪娃……为此,在少平回村的那两年里,她不断给他寄书和《参考消息》,并竭力提示他不要丧失远大理想……后来,她才渐渐认识到,实际生活是冷酷的;因为种种原因,这些不能进入大学门,又进入不了公家门的农村青年,即是性格非凡,天赋很高,到头来仍然会被环境所征服。当然,不是说农村就一定干不出什么名堂;主要是精神境界很可能被小农意识的汪洋大海所淹没……

尽管田晓霞如此推断了孙少平未来的命运,但出于中学时期深切的友谊,上大学后,她还不准备断绝和少平的联系。只是她一年前写信给他以后,他再没有给她回信,她这才在遗憾之中似乎也感到了某种解脱。她一生不会忘记这个少年时期的朋友;但她知道,她也许在今后的岁月中甚至不会再和他相遇,充其量只是在记忆中留下深刻印象的往日的朋友……

可是,她今天无意中在黄原街头碰见了他。

莎士比亚是她崇拜和敬仰的作家,根据《哈姆雷特》改编的电影《王子复仇记》在黄原放映第一场,她就去看了。看了一遍还不过瘾,碰巧今天有一张票,她就准备再看第二场……结果,便在人丛中发现了蓬头垢面、一身褴褛的孙少平。从把他引到父亲的办公室到刚才送走他,几个小时中,她都震惊得有些恍惚,如同电影中哈姆雷特看见了父亲的鬼魂……

现在,她一个人漫游在夜晚的黄原街头,细细思索着孙少平这个人和他的道路。她从他的谈吐中,知道这已经是一个对生活有了独特理解的人。

是的,他在我们的时代属于这样的青年:有文化,但没有幸运地进入大学或参加工作,因此似乎没有充分的条件直接参与到目前社会发展的主潮之中。而另一方面,他们又不甘心把自己局限在狭小的生活天地里。因此,他们往往带着一种悲壮的激情,在一条最为艰难的道路上进行人生的搏斗。他们顾不得高谈阔论或愤世嫉俗地忧患人类的命运。他们首先得改变自己的生存条件,同时也放弃最主要的精神追求;他们既不鄙视普通人的世俗生活,但又竭力使自己对生活的认识达到更深的层次……

在田晓霞的眼里,孙少平一下子变成了一个她十分钦佩的人物。过去,都是她"教导"他,现在,他倒给她带来了许多对生活新鲜的看法和理解。尽管生活逼迫他走了这样一条艰苦的道路,但这却是很不平凡的。她马上为在自己的生活中有这样一个朋友而感到骄傲。她想她要全力帮助他。毫无疑问,生活不会使她也走和他相同的道路——她不可能脱离她的世界。但她完全理解孙少平的所作所为。她兴奋的是,孙少平为她的生活环境树立了一个"对应物";或者说给她的世界形成了一个奇特的"坐标"。

田晓霞不知不觉已经遛达到了麻雀山下的丁字路口。现在她不再幻想少平还会调过头来找她——这已经是夜晚了。

她于是调过头,又慢慢往回遛达。

街道上已经没什么人了,路灯在水迹斑斑的街面上投下长长的光影。对面山上,立锥似的九级古塔在朦胧中直指乱云翻飞的夜空。没有星星,没有月亮;清冷的风吹过远山的树林,掀起一阵喧哗。黄原河雄浑的涛声和小南河朗朗的流水声,听起来像二重奏……

她竟然也忍不住唱起来——

快乐的风啊,
你给我们唱个歌吧!
快乐的风啊!
你吹遍全世界的高山和海洋,
全球都听到你的歌声。
唱吧,风呀!
对着险峻的山峰,
对着神秘的海洋,
对着鸟雀的细语,
对着蔚蓝的天际,
对着勇敢伟大的人物。
谁要是能够为胜利而奋斗,

> 就让他同我们齐歌唱。
> 谁要快乐就能微笑,
> 谁要做就能成功,
> 谁要寻找就能得到……

这是苏联电影《格兰特船长的孩子们》中的插曲。她没有看过这电影,但喜欢唱这首歌。

田晓霞怀着兴奋的心情,随着自己的歌声,脚步竟渐渐变成了进行式。她穿过空荡荡的街道往家里走去。她觉得她和少平的交往将会带有一种神秘的色彩,可能像浪漫小说中描写的故事一样——想到这点使她更加激动!

……

节选自《平凡的世界》(第二部),路遥著,中国文联出版公司 1988 年版

【作者简介】

路遥(1949—1992),陕西榆林市清涧人。中国当代作家。原名王卫国,"路遥"是他 1970 年在《延川文化》上发表短诗《车过南京桥》时取的笔名。1973 年,路遥进入延安大学中文系学习,其间开始文学创作。1982 年发表中篇小说《人生》,轰动全国。《在困难的日子里》获 1982 年《当代》文学中长篇小说奖。1988 年完成百万字的长篇巨著《平凡的世界》,荣获第三届茅盾文学奖。

【作品赏析】

路遥的长篇小说《平凡的世界》共三部,有丰厚的意蕴。首先,这是一部史诗式的作品。作品以恢宏的气势和史诗般的品格,全景式地表现中国当代城乡社会生活。作者在 20 世纪中国 70 年代中期到 80 年代中期近十年间的广阔背景上,通过复杂的矛盾纠葛,以孙少安和孙少平两兄弟为中心,刻画了当时社会各阶层众多普通人的形象,成功地塑造了孙少安和孙少平这些为生活默默承受着人生苦难的人们,深刻地展示了普通人在大时代历史进程中所走过的艰难曲折的道路,透露出作者对中国农村和中国社会的历史、现在和未来焦灼的关切之情。作品看起来写的都是一些普通平凡的事情,而实际上却从总体上构筑了一个有拼搏和抗争、有胜利的喜悦、有悲欢离合的极不平凡的艺术世界。其次,这是一部有关成长的小说。作品着重刻画了青年孙少平在生活的磨难和考验中逐渐成长并最终找到人生目标与价值的奋斗历程。孙少平在书籍的引导和残酷现实的刺激下逐渐认识到了人生的价值,磨炼出了坚韧的意志,他时刻对给予他关怀与爱的人心怀感恩,并用正直和善良回报社会。另外,这还是一部爱情小说。爱情是《平凡的世界》里最动人的旋律,而孙少平、田晓霞的爱情更是这部小说爱情篇章里的绝唱,它对揭示孙少平性格发展和心理变化起了极其重要的作用。

本文节选自《平凡的世界》第二部第二十三章。前一章写的是孙少平在黄原打短工,在秋雨连绵的日子里,他在电影院前与上大学的田晓霞不期而遇。孙少平如实地

向田晓霞叙说了他的经历和目前的状况。本章即写孙少平的出现引发的田晓霞心理的巨大波动。田晓霞在高中时期已有独立思考的能力，"看问题往往和社会一般的看法不一样，甚至完全相反"，孙少平"每次和她交谈，都能使自己的头脑多开一扇窗户"，孙少平自觉接受田晓霞的指教。现在，孙少平对苦难的深刻理解和所采取的态度，以及他与众不同的男子汉的气质和阳刚之美，都被田晓霞慧眼独具地发现了。这唤起了田晓霞对孙少平的爱慕和敬佩。在小说中，两人的爱情，田晓霞一直处于主动的位置，这一方面源自其洒脱的性情，另一方面也与田晓霞的爱情理念有关。田晓霞摆脱了传统束缚，拥有现代知识女性独立的爱情观念。她受父亲田福军的影响，从小喜爱读书，善于思考，对事物常有超出年龄的不凡见解，并养成了喜欢冒险、敢爱敢恨、大胆泼辣的作风，具有洒脱的男孩子般的性格，后来接受了现代思想教育，具有极高的现代意识和较开放的心态，在爱情方面更是形成了独立、自由、平等的爱情观念。在感情上，她和孙少平，一个是市委书记的女儿，一个是处在城市最下层的揽工汉。按世俗的眼光，他们俩绝对不般配，但在田晓霞的心里却没有这些思想顾虑。她在南关影院前，非常坦然地带一身褴褛的孙少平去她家做客；在建筑工地上，她不顾揽工汉们粗鲁的叫唤很自然地去找孙少平；当上省报记者后，她又勇敢地去大牙湾煤矿探望矿工孙少平，她谢绝了高干子弟的同行高朗的追求而向孙少平吐露心迹，这些事，她做得很自然，她以超脱世俗的眼光越过了世人眼中的巨大屏障，与所爱之人坚守在一起。而孙少平的一生体现了平凡人生的辉煌意义，他从一名高中毕业生成为一名煤矿工人，其间经历了波澜壮阔的人生历程。贯穿他的思想的主线就是奋斗不息、坚忍不拔，无论面对何种挫折，他都能平静接受，对生活充满了希望。早在上高中时，孙少平与田晓霞一起参与地区革命故事调讲会成了他学校生活的转折点。他的精神世界开始丰富起来，渐渐抛弃虚荣和自卑。他被田晓霞引到另外一个天地——书籍的海洋里，他的灵魂开始在这个大世界里游荡，他现在已经能用比较开放的眼光来看待自己和周围的事物，因而，对生活增加了自信和审视能力。在与田晓霞由友情而发展到爱情的过程中，从田晓霞身上，孙少平也得到了思想的沟通、情感的交流，获得了尊严的满足。虽然他和田晓霞的爱情以悲剧结束了，但是他仍然能勇敢真诚地面对生活。作品通过描写他们的爱情，从感情层面对孙少平的精神世界进行深入的开掘。而这种以文化趣味、精神默契和独立人格为基础所构建起来的爱情模式，也是作家路遥最心仪和最钟情的。

《平凡的世界》是路遥的现实主义力作。小说构思宏大，气势恢宏，具有史诗品格。

作品以黄土高原上一个小山庄为源头，以一个人物孙少平牵引出一个家庭到一个群体。然后是人与人、家庭与家庭、群体与群体的纵横交叉，最后织成一张人物的大网。整部长篇的结构架设庞大而富有气势，它纵横捭阖、错落有致、密网交叉、时空交错。这种细密繁杂而有序的结构，是构成路遥小说沉郁雄浑、壮丽崇高的美学风格的重要因素。而小说丰厚的意蕴，是通过复线式的结构形态表现出来的。孙少安与孙少平的人生奋斗之路是小说的主线。主线中有两条线索：一条是少安从一名普通农民走向农民企业家，办窑厂，建学校的道路。一条是孙少平从农村走向城市的奋斗史、生活史、爱情史、心灵史。通过两条线索，描写了两个场景：一是以孙少安为中心的家乡人物展示的农村场景；一是以孙少平为中心展示的外面的世界，写城市场景。小说通过他们的劳动与爱情、挫折与追求、痛苦与欢乐，概括城乡交叉地带有文化的年轻一代，在现代意识冲击下，对人生价值的追求，对现代文明的热烈向往。小说还安排了两条复线。一是田福军的沉浮。田福军是党的基层领导干部的优秀代表，他处在政治斗争的漩涡之中，他由县革委副主任——受到贬斥，闲置上挂——晋升为专员、地委书记以至省委常委、市委书记，从一个侧面表现了干部队伍的风貌和十一届三中全会后国家政治生活的巨大变化。另一条副线是双水村群众生存环境与人际关系之间的冲突。改革开放使这个贫困的村庄激荡起来，新的矛盾开始出现，这里既有家族之间的冲突，也有父子、邻里、干群之间的冲突，从而表现出不同观念、不同生活方式、不同文化心理的冲突。从一个角落，充分展示了当今社会的种种奇观。总之，小说相当真实而深刻地为读者提供了这一历史时期全景式的生活画面。在塑造人物方面，在对苦难的诗意描写中塑造人物，把生活的苦难、残酷和卑微描写出来，是路遥的特色。而能够把年轻人的贫穷和窘迫写得如此无辜、纯洁甚至可爱，才是路遥的不同凡响之处。小说把孙少平放在苦难环境里，通过他与苦难命运的搏斗，对现代文明的热烈向往，对人生价值的执着追求，展示了他的性格发展。作者还擅长于心理描写。如选文中，对田晓霞这一少女隐秘的内心世界的刻画即相当细腻。作者把悲剧中的崇高壮美、喜剧中的滑稽讽刺等不同范畴的美学手段交织融合使用，体现了悲喜交融的审美形态。《平凡的世界》在语言运用方面，将叙事、抒情、议论恰当结合，朴素平淡却充满了思辨色彩与哲理的光芒，同时，幽默俏皮，体现出地方色彩。如"记得高中毕业时，她还对他说过，希望他千万不能变成个世俗的农民，满嘴说的都是吃，肩膀上搭着个褡裢，在石圪节街上瞅着买个便宜猪娃……"形象，生动，幽默，突出了 20 世纪七八十年代农民的特点。而注重以语言体现陕北人的思维习惯和文化心理，就大大强化了小说的地域文化意味，读来本色自然，天然无雕饰，又与人物的性格契合，具有牵动人心的力量。

【专栏知识】

"茅盾文学奖"由中国作家协会主办，根据茅盾生前遗愿于 1981 年设立，茅盾捐资 25 万元，当时决定由巴金担任评委会主任。"茅盾文学奖"是中国第一次设立的以个人名字命名的文学奖，是中国长篇小说最高文学奖项之一，每四年评选一次。此奖项的设立旨在推出和褒奖长篇小说作家和作品，是我国目前具有最高荣誉的文学大奖之一。到目前，"茅盾文学奖"已成功举办了八届。

【相关链接】

长恨歌（节选）

王安忆

5. 王琦瑶

王琦瑶是典型的上海弄堂的女儿。每天早上，后弄的门一响，提着花书包出来的，就是王琦瑶；下午，跟着隔壁留声机哼唱"四季调"的，就是王琦瑶；结伴到电影院看费雯丽主演的"乱世佳人"，是一群王琦瑶；到照相馆去拍小照的，则是两个特别要好的王琦瑶。每间偏厢房或者亭子间里，几乎都坐着一个王琦瑶。王琦瑶家的前客堂里，大都有着一套半套的红木家具。堂屋里的光线有点暗沉沉，太阳在窗台上画圈圈，就是进不来。三扇镜的梳妆桌上，粉缸里粉总像是受了潮，有点黏湿的，生发膏却已经干了底。樟木箱上的铜锁锃亮的，常开常关的样子。收音机是供听评弹，越剧，还有股票行情的，波段都有些难调，丝丝拉拉地响。王琦瑶家的老妈子，有时是睡在楼梯下三角间里，只够放一张床。老妈子是连东家洗脚水都要倒，东家使唤她好像要把工钱的利息用足的。这老妈子一天到晚地忙，却还有工夫出去讲她家的坏话，还是和邻家的车夫有什么私情的。王琦瑶的父亲多半是有些惧内，被收伏得很服帖，为王琦瑶树立女性尊严的榜样。上海早晨的有轨电车里，坐的都是王琦瑶的上班的父亲，下午街上的三轮车里，坐的则是王琦瑶的去剪旗袍料的母亲。王琦瑶家的地板下面，夜夜是有老鼠出没的，为了灭鼠抱来一只猫，房间里便有了淡淡的猫臊臭。王琦瑶往往是家中的老大，小小年纪就做了母亲的知己，和母亲套裁衣料，陪伴走亲访友，听母亲们喟叹男人的秉性，以她们的父亲作活教材的。

王琦瑶是典型的待字闺中的女儿，那些洋行里的练习生，眼睛觑来觑去的，都是王琦瑶。在伏天晒霉的日子里，王琦瑶望着母亲的垫箱，就要憧憬自己的嫁妆的。照相馆橱窗里婚纱曳地的是出嫁的最后的王琦瑶。王琦瑶总是闭花羞月的，着阴丹士林蓝的旗袍，身影袅袅，漆黑的额发掩一双会说话的眼睛。王琦瑶是追随潮流的，不落伍也不超前，是成群结队的摩登。她们追随潮流是照本宣科，不发表个人见解，也不追究所以然，全盘信托的。上海的时装潮，是靠了王琦瑶她们才得以体现的。但她们无法给予推动，推动不是她们的任务。她们没有创造发明的才能，也没有独立自由的个性，但她们是勤恳老实，忠心耿耿，亦步亦趋的。她们无怨无艾地把时代精神披挂在身上，可说是这城市的宣言一样的。这城市只要有明星诞生，无论哪一个门类的，她们都是崇拜追逐者；报纸副刊的言情小说，她们也是倾心相随的读者，她们中间出类拔萃的，会给明星和作者写信，一般只期望得个签名而已。在这时尚的社会里，她们便是社会基础。王琦瑶还无一不是感伤主义的，也是潮流化的感伤主义，手法都是学着来的。落叶在书本里藏着，死蝴蝶是收在胭脂盒，她们自己把自己引下泪来，那眼泪也是顺大流的。那感伤主义是先做后来，手到心才到，不能说它全是假，只是先后的顺序是倒错的,是做出来的真东西。这地方什么样的东西都有摹本,都有领路的人。王琦瑶的眼睑总是有些发暗,像罩着阴影,是感伤主义的阴影。她们有些可怜见的,越发的楚楚动人。她们吃饭只吃猫似的一口,走时也是猫步。她们白得透明似的,看得见淡蓝经脉。她们夏天一律的痱夏,冬天一律的睡不暖被窝,她们需要吃些滋阴补气的草药,药香弥漫。这都是风流才子们在报端和文明戏里制造的时尚,最合王琦瑶的心境,要说,这时尚也是有些知寒知暖的。

王琦瑶和王琦瑶是有小姊妹情谊的,这情谊有时可伴随她们一生。无论何时,她们到了一起,闺阁生活便扑面而来。她们彼此都是闺阁岁月的一个标记,纪念碑似的东西;还是一个见证,能挽留时光似的。她们这一生有许多东西都是更替取代的,唯有小姊妹情谊,可说是从一而终。小姊妹情谊说来也怪,它其实并不是患难与共的一种,也不是相濡以沫的一种,它无恩也无怨的,没那么多的纠缠。它又是无家无业,没什么羁绊和保障。要说是知心,女儿家又有多少私心呢?她们更多只是个作伴,作伴也不是什么要紧的作伴,不过是上学下学的路上。她们梳一样的发式,穿一样的鞋袜,像恋人那样手挽着手。街上倘若看见这样一对少女,切莫以为是一胎双胞的姐妹,那就是小姊妹情谊,王琦瑶式的。她们相偎相依,看上去不免是有些小题大作的,然而她们的表情却是那样认真,由不得叫你也认真的。她们的作伴,其实是寂寞加寂寞,无奈加无奈,彼此谁也帮不上谁的忙,因此,倒也抽去了功利心,变得很纯粹了。每个王琦瑶都有另一个王琦瑶来作伴,有时是同学,有时是邻居,还有时是在表姐妹中间产生一个。这也是她们平淡的闺阁生活中的一个社交,她们的社交实在太少,因此她们就难免全力以赴,结果将社交变成了情谊。王琦瑶们倒都是情谊中人,追求时尚的表面之下有着一些肝胆相照。小姊妹情谊是真心对真心,虽然真心也是平淡的真心。一个王琦瑶出嫁,另一个王琦瑶便来做伴娘,带着点凭吊的意思,还是送行的意思。那伴娘是甘心衬托的神情,衣服的颜色是暗一色的,款式是老一成的,脸上的脂粉也是淡一层的,什么都是偃旗息鼓的,带了一点自我牺牲的悲壮,这就是小姊妹情谊。

上海的弄堂里,每个门洞里,都有王琦瑶在读书,在绣花,在同小姊妹窃窃私语,在和父母怄气掉泪。上海的弄堂总有着一股小女儿情态,这情态的名字就叫王琦瑶。这情态是有一些优美的,它不那么高不可攀,而是平易近人,可亲可爱的。它比较谦虚,比较温暖,虽有些造作,也是努力讨好的用心,可以接受的。它是不够大方和高尚,但本也不打算谱写史诗,小情小调更可人心意,是过日子的情态。它是可以你来我往,但也不可随便轻薄的。它有点缺少见识,却是通情达理的。它有点小心眼儿,小心眼儿要比大道理有趣的。它还有点耍手腕,也是有趣的,是人间常态上稍加点装饰。它难免有些村俗,却已经过文明的淘洗。它的浮华且是有实用作底的。弄堂墙上的绰绰月影,写的是王琦瑶的名字;夹竹桃的粉红落花,写的是王琦瑶的名字;纱窗帘后头的婆娑灯光,写的是王琦瑶的名字;那时不时窜出一声的苏州腔的柔糯的沪语,念的也是王琦瑶的名字。叫卖桂花粥的梆子敲起来了,好像是给王琦瑶的夜晚数更;三层阁里吃包饭的文艺青年,在写献给王琦瑶的新诗;露水打湿了梧桐树,是王琦瑶的泪痕;出去私会的娘姨悄悄溜进了后门,王琦瑶的梦却已不知做到了什么地方。上海弄堂因有了王琦瑶的缘故,才有了情味,这情味有点像是从日常生计的间隙中迸出的,墙缝里的开黄花的草似的,是稍不留意遗漏下来的,无心插柳的意思。这情味却好像会洇染和化解,像那种苔藓类的植物,沿了墙壁蔓延滋长,风餐露饮,也是个满眼绿,又是星火燎原的意思。其间那一股挣扎与不屈,则有着无法消除的痛楚。上海弄堂因为了这情味,便有了痛楚,这痛楚的名字,也叫王琦瑶。上海弄堂里,偶尔会有一面墙上,积满了郁郁葱葱的爬山虎,爬山虎是那些垂垂老矣的情味,是情味中的长寿者。它们的长寿也是长痛不息,上面写满的是时间、时间的字样,日积月累的光阴的残骸,压得喘不过气来的。这是长痛不息的王琦瑶。

节选自《长恨歌》,王安忆著,作家出版社 2000 年版

【思考与练习】

1. 节选章节中,显示了田晓霞怎样的品质? 主要用什么方法塑造了田晓霞?

2. 阅读《平凡的世界》全文,谈谈孙小平的奋斗历程对 21 世纪大学生的启迪。

3. 比较同为茅盾文学奖获奖作品的《平凡的世界》(节选)与《长恨歌》(节选),谈谈二者语言的异同。

世界上所有的夜晚(节选)

迟子建

第五章　沉默的冰山

……

在这样一个夜凉如水的夜晚,我特别想和蒋百嫂聊聊天。我没有征求周二嫂的意见,独自出了旅店,走进一家食杂店,买了两瓶二锅头,一包花生米、一袋酱鸡爪以及几个松花蛋,敲蒋百嫂家的门去了。

蒋百嫂的家门外挂着一盏灯,还吊着一串风铃,所以轻轻敲几下门,风铃就会跟着鸣响。那风铃很别致,一只彩色的铁蝴蝶下吊着四串铃铛,它们发出的声音非常清脆,看来蒋百嫂把它当门铃来用了。

开门的不是蒋百嫂,而是蒋三生。他见了我有些躲躲闪闪的。我问他,你妈在家吗? 他先是说在,接着又说没在。他好像刚哭过,脸上的泪痕隐约可见。他立在那里,像个小门神,没有让我进屋的意思。

我认定蒋百嫂就在屋里,就说要进屋等她。蒋三生毕竟是个不谙世事的孩子,他噔噔地跑到一扇屋门前,说,是在周妈妈家住店的人,我说了你不在,可她还要进来等你!

我已经不请自进地跨进门槛了。一股香气扑鼻而来,是幽微的檀香气味,看来蒋

百嫂在焚香。屋子素朴而整洁,陈设看上去规矩、得体,与我事先想象的零乱情景大不相同。有一点让我觉得奇怪,明明有两扇屋门,进门的小厅里却摆着一张小床,一看就是蒋三生的,蒋百嫂为什么不让他住在屋子里呢?

我把酒菜放在小厅的圆桌上。蒋百嫂推开一扇蓝漆门,提着一把黑沉沉的大锁头,赤红着脸走出来,反身把门锁上。她再次转过身来时连打了几个寒战,好像她刚从冰窖中出来。也许是刚才这一场哭闹消耗了她太多气力的缘故,她看上去有些疲惫,发髻也松垂了,几缕发丝像树杈那样斜伸出来,而她的唇角,漾着一点红,想必先前她暴怒之时不慎咬破了它。她有些木然地面对着我,久久无话,只是不断地伸出舌头舔拭唇角,微蹙着眉。那血迹被吸干后,慢慢地又洇了出来,好像她的唇角是个火山喷发口,金红的熔岩要不断涌现。

你找我有事么? 蒋百嫂哀哀地看着我。

那天我来乌塘,在暖肠酒馆,你邀我喝酒,我不识相,今天特地带了酒来,想和你喝上几盅,说说话,也算赔罪了。我看着她背后那扇上了锁头的门说。我从没见过一个人在自家屋内还得上锁,那里一定隐藏着秘密的。

我听周二嫂说,你是来搜集鬼故事和民歌的。蒋百嫂嘘了一口气对我说,我不会说鬼,更不会唱民歌。

今晚我不想听鬼故事,更不想听民歌,我说,我只想跟你喝酒。我盯着她满怀哀愁的眼睛,说,今天晚上太冷太冷了。说完这话,我确实觉得寒冷,忍不住打了一个哆嗦。

那好吧。蒋百嫂指着桌子上我带来的酒菜说,厅里凉,去我的屋里喝吧。她吩咐蒋三生把我带来的东西拿到里屋的地桌上。蒋三生答应着,麻利地将酒菜兜在怀里,奔向里屋,那样子活像一个甩着长尾巴的小松鼠抱着松塔快乐地前行。

檀香的气息越来越浓了,我故做轻描淡写地对蒋百嫂说,从那屋里飘出来的香气可真好闻啊,我在佛诞日常去寺庙烧香,闻到的就是这种气味。

蒋百嫂淡淡地说,那里面供着祖宗的牌位,所以时常要上上香,说完,她率先朝屋里走去。

在跟着蒋百嫂朝屋里走去的时候,我在她身后悄悄贴近那扇蓝门,我听见一阵"嗡嗡"的轰鸣声,好像里面有什么机器在工作,这更令我疑惑重重。供奉祖宗,环境应该是清净的,为什么还会有这样的声音发出?

蒋百嫂的屋子也是整洁的,屋子的布置以蓝印花布为主,比如窗帘、床单、缝纫机以及电视机上,挂的、铺的、苫的都是蓝印花布,看上去素雅而美观。我很难想象蒋百嫂会在这样的屋子里和形形色色的男人鬼混。

蒋三生已经把吃食搬到窗前的桌子上了。那是一张一米见方的方桌,左右各摆着一把椅子,桌上放着两双筷子,两个白瓷酒盅,还有半瓶喝剩的酒、一袋青豆以及半袋牛肉干。看来蒋百嫂常在这里邀人同饮。

三生,你睡去吧,没你的事了。蒋百嫂说。

蒋三生答应着,乖乖回到门厅去了。

我问蒋百嫂,怎么给儿子取了这么个名字,听上去老气横秋的。

蒋百嫂说,我头一胎流产了,流下的是对双胞胎,照算命人的说法,我算是有过两个孩子了,他出生,排行就是老三了,当然得叫他三生了。

哦,流了产的孩子也算数啊,我说。

那不也是从自己身上掉下来的肉么,当然算数了。蒋百嫂问我,你有孩子吗?

我摇摇头。

蒋百嫂问,你没结婚?要不是你不会养活?再不就是你男人不行?

我笑了,说,都不是。停顿了一刻,我告诉她,我正想要孩子的时候,我爱人离开了我,他不久前去世了。

蒋百嫂叹息了一声,哀怜地看了我一眼,说,咱姐俩原来是一个命啊。

我心中想,难道蒋百并不是失踪,而是死了?

蒋百嫂大概意识到失言了,她将我让到椅子上,说,我男人失踪了快两年了,没有一点音信,我这不也等于守活寡么?

见我没有附和,她又机智地引入先前的话题,说她怀的那对双胞胎之所以流产,是被丈夫给吓的。那年矿上发生透水事故,蒋百那天也下井去了,听到消息后,她认定蒋百已别她而去,一阵哭嚎,不想动了胎气,白白葬送了一对双胞胎的性命。其实那天出事的现场,并不在蒋百的作业点。蒋百安然无恙地回来了,可她的肚子却像一片破网似地瘪了。她慨叹做矿工的孕妇,肚里的孩子随时可能成为遗腹子。

蒋百嫂坐下来,她家的电话响了。电话被蒙在床单下,铃声乍响时,感觉床下有个妖怪在叫,吓了我一跳。蒋百嫂撩开床单接起电话,喂了一声,有些不耐烦地说,我在集市站了一天,腰疼,闩门睡了!说着,气咻咻地搁下听筒。我猜这或许是哪个男人想来这里讨便宜,反倒讨了个没趣。

蒋百嫂坐到我对面的椅子上,启开酒对我说,要是诚心跟我喝,得连干三盅。我答应了。她熟稔地斟酒,瓷盅里的酒荡漾着,不能再多一滴,也不能再少一滴的样子。三盅酒落肚,只觉得从口腔直至肚腹有一条火光在寂静地燃烧,身上热乎乎的,分外舒展。蒋百嫂指着我的脸笑着说,这世上爱涂胭脂的人真是傻啊,酒可不就是最好的胭脂!你瞧你,一喝上酒,黄脸就成了桃花脸,要多好看有多好看!

一喝上酒,我们就比先前显得亲密了。她问我,你男人是干什么的?怎么死的?我一一对她说了,蒋百嫂挑着眼角说,魔术师不就是变戏法的么?你嫁个变戏法的,等于把自己装在了魔术盒子里,命运多变是自然的了!

我是一个不愿意在人前流泪的女人,但在蒋百嫂面前,我泪水横流,因为我知道她的心底也流淌着泪水。蒋百嫂一盅一盅地斟着酒,我一盅一盅地啜饮着,我就是一堆冰冷的干柴,而这如火苗一样的酒,又把我燃烧起来。我絮絮叨叨地叙述魔术师离开我后,我怎样一次次在家里痛哭,怕惊扰了邻居,我就跑到卫生间,打开水龙头,将脸贴近它,让我的泪水和着清水而去,让我的哭声融入哗哗的水流中。我还讲了魔术师的葬礼,来了多少人,别人送的花圈又如何被我清理出去,甚至将被推进火化炉前,我对他最后的乞求,乞求他把自己变活,以及我留在他冰冷的额头上的最后一个热吻,都对她毫无保留地倾诉了。很奇怪,蒋百嫂对我的这番话并没有抱之以同情,相反倒是一阵接着一阵的冷笑,好像我的哀伤不足挂齿,她这种冰冷的态度让我不寒而栗!

蒋百嫂沉默着,她启开另一瓶酒,兀自连干三盅,她的呼吸急促了,胸脯剧烈起伏着,她突然"哇——"地一声大哭起来,说,你家这个变戏法的死得多么隆重啊,你还有什么好伤心的呢!他的朋友们能给他送葬,你还能最后亲亲他,你连别人送他的花圈都不要,烧包啊,有的人死了也烧包啊。你知不知道,有的人死了,没有葬礼,也没有墓地,比狗还不如! 狗有的时候死了,疼爱它的主人还要拖它到城外,挖个坑埋了它;有的人呢,他死了却是连土都入不了啊!

她这番话使我联想到蒋百,难道蒋百已经死了? 难道死了的蒋百没有入土? 不然她何至于如此哀恸?

蒋百嫂彻底醉了,她一会儿哭,一会儿笑,一会儿诉说。她拍着桌子对我说,乌塘的领导最怕的是她,如果她想把领导从官椅上拉下来,那就跟碾死一只蚂蚁一样容易。他们现在戴的是乌纱帽,可只要我蒋百嫂乐意,有一天这乌纱帽就会变成孝帽子!

蒋百嫂唱了起来,她唱的歌与陈绍纯的一样,是哀愁的旋律。不过那歌里有词,而歌词反反复复只是一句:这世上的夜晚啊——,听得我内心仿佛奔涌着苍凉而清幽的河水。她唱累了,摇摇晃晃地扑到床上,睡了。是午夜时分了,我毫无睡意,只是觉得头晕,如在云中。

蒋百嫂哼着翻了一下身,她的黑色棉线衫褪了上去,露出了腰肢,我看见她的腰带上拴着一把黄铜大钥匙,我认定它属于那扇上了锁的蓝漆屋门的,便悄悄走上前,取下那把钥匙。

我掂着那把钥匙走出去,小厅的灯关了,看来蒋三生已经睡了,依稀可见小床上蜷着个小小的人影。我镇定一番,打开那把锁,推开屋门。扑向我的是檀香气和光影,屋子吊着盏低照度的灯,它像一只蔫软的梨一样,散发出昏黄的光。这屋子只有七八平方米,没有床,没有桌椅,四壁雪白,拉得严严实实的窗帘也是雪白的,有一种肃穆的气氛。北墙下摆着一台又高又宽的白色冰柜,冰柜盖上放着一只香炉,一盒火柴、一包檀香以及供奉着的一盘水果。冰柜的压缩机正在工作,轰鸣声在寂静的夜里听上去像是一声连着一声的沉重的叹息,我明白先前听到的嗡嗡声就是这个大冰柜发出来的。蒋百嫂为什么会在冰柜上焚香祭祖,而却不见她祖宗的牌位? 我觉得秘密一定藏在冰柜里。我将冰柜上的东西一一挪到窗台上,掀起冰柜盖。一团白色的寒气迷雾般飞旋而出,待寒气散尽,我看到了真正的地狱情景:一个面容被严重损毁的男人蜷腿坐在里面,他双臂交织,微垂着头,膝盖上放着一顶黄色矿帽,似在沉思。他的那身蓝布衣裳,已挂了一层浓霜,而他的头发上,也落满霜雪,好像一个端坐在冰山脚下的人。不用说,他就是蒋百了。我终于明白蒋百嫂为什么会在停电时歇斯底里,蒋三生为什么喜欢在屋顶望天。我也明白了乌塘那被提拔了的领导为什么会惧怕蒋百嫂,一定是因为蒋百以这种特殊的失踪方式换取了他们升官进爵的阶梯,蒋百不被认定为死亡的第十人,这次事故就可以不上报,就可大事化小。而蒋百嫂一定是私下获得了巨额赔偿,才会同意她丈夫以这种方式作为他生命的最终归宿。他没有葬礼,没有墓地。他虽然坐在家中,但他感受的却不是温暖。难怪蒋百嫂那么惧怕夜晚,难怪她逢酒必醉,难怪她要找那么多的男人来糟践她。有这样一座冰山的存在,她永远不会感受到温暖,她的生活注定是永无终结的漫漫长夜了。

我悄悄将冰柜盖落下来,再把香炉、火柴、果盘一一摆上去。我锁上门,把钥匙拴回蒋百嫂的腰带上,走出她的家门。这种时刻,我是多么想抱着那条一直在外面流浪着的、寻找着蒋百的狗啊,它注定要在永远的寻觅中终此一生了。我很想哭,可是胃里却翻江倒海的,那些吞食的酒菜如污泥浊水一般一阵阵地上涌,我大口大口地呕吐着。乌塘的夜色那么混沌,没有月亮,也没有星星,街面上路灯投下的光影是那么的单调和稀薄,有如被连绵的秋雨沤烂了的几片黄叶。我打了一串寒战,告诉自己这是离开乌塘的时刻了。

节选自《第四届鲁迅文学奖获奖作品集 中篇小说卷》,中国作家协会鲁迅文学奖评奖办公室选编,作家出版社 2009 年版

【作者简介】

迟子建(1964—   ),出生于黑龙江省漠河北极村。中国当代著名作家。1983 年开始写作,1986 年因发表中篇小说《北极村童话》而成名。主要作品有:长篇小说《树下》《晨钟响彻黄昏》《伪满洲国》《额尔古纳河右岸》等,小说集《北极村童话》《白雪的墓园》《向着白夜旅行》《逝川》等,散文随笔集《伤怀之美》《听时光飞舞》《迟子建随笔自选集》等。迟子建是中国目前唯一一位获得三次鲁迅文学奖、两次冰心散文奖、一次庄重文文学奖、一次澳大利亚悬念句子文学奖和一次茅盾文学奖的作家。

【作品赏析】

《世界上所有的夜晚》是迟子建创作于 2005 年的一部中篇小说。小说共六章:原本生活幸福的"我",却突遭丈夫丧生车祸的不幸。无限哀痛的"我"挣扎着走出去,想去追寻丈夫的灵魂。因山体滑坡,列车中途停靠在一个盛产煤炭和寡妇的小镇乌塘,"我"得以接触社会,听鬼故事、丧歌以及众多奇闻,目睹了苦难、不公和死亡。在目睹了人间的种种不幸之后,"我"突然觉得自己的生活变故是那样的微不足道,最后,"我"终于走出了哀伤的牢笼。《世界上所有的夜晚》诚实地面对人间苦难和生命脆弱,把"一个人的夜晚"和"世界上所有的夜晚"意味深长地联系在一起,创造了一个困苦

与悲悯、爱愿并存的奇妙的心灵世界,给伤痛的灵魂予以前行的信心和希望。

迟子建是遵循悲剧的艺术轨迹叙写《世界上所有的夜晚》的。死亡是小说的主旋律。作品中涉及的死亡事件有:"我"的丈夫被撞死、煤矿冒顶蒋百死、小食摊摊主老婆得疾被兽医治死、画框掉下陈绍纯被砸死、云领母亲被疯狗咬死,还有煤矿区隐藏的死亡和鬼故事表达的死亡。作者叙述人的不同的死亡方式和死亡的频繁,说明死亡对于人类并不吝啬,每个人都会经历死亡,但死亡其实并不能彻底击垮人类的体魄和精神,倒是附加给死亡的这样那样的因素才更可怕。在这些死亡中,最令人关注的当然是蒋百的死亡。在小鹰岭矿难中,蒋百生不见人、死不见尸,众人猜测不定。蒋百嫂本是良家妇女,贤淑,勤劳,相夫教子。然而,蒋百失踪后,她变得异常放荡。蒋百的狗在车站痴痴地等着他,蒋百的死亡成为镇子里一个难解的谜。其实,蒋百是矿难事故中被找到的第十个死难者。按规定矿难死亡人数超过十人必须上报。为了保住自己的乌纱帽,矿领导和镇领导与深爱丈夫的蒋百嫂达成了某种秘密协议。自此蒋百在乌塘神秘失踪了。不能入土埋葬的蒋百只能被装入冰柜永远锁在家中一间小屋里,而蒋百嫂私下里也得到了巨额赔款,但从此这个背负着巨大秘密的蒋百嫂和她那可怜的孩子蒋三生却坠入黑暗的深渊。人性的贪婪和官僚的罪恶被揭示出来。"我"最终明晓,因为乌镇有这么多的煤矿,许多男人死在了不断发生的矿难中,所以,乌塘才有那么多的寡妇!而这里的悲剧屡屡上演,煤矿主的贪婪、某些镇领导的渎职就是罪魁祸首。小说与其说在抒写死亡,不如说在叙述死亡故事背后的故事;死亡对于人类而言是不幸的,但还有比死亡更不幸的事。于是,蒋百之谜不仅是一个死亡的问题,蒋百嫂之痛也不仅是一个寡妇之痛,这些问题的背后隐含着人性被颠覆的荒谬和权势压迫令人窒息的恐怖。所以,作品彰显出强烈的为被损害者振臂而呼的悲悯情怀和人道主义精神。

本文所选正是小说第五章《沉默的冰山》的一部分,内容是"我"解开蒋百死亡之谜。

《世界上所有的夜晚》是一部文学成分比较复杂的小说,写实、浪漫、轻度魔幻的技法相互渗透与交织。文本有较强的内视性,但结构并不呈封闭性,叙事主体以第一人称叙述,把"我"置于一个全然不同的场景之中,以"我"对乌塘一个神秘女人蒋百嫂的寻访为线索,把乌塘这个以产煤闻名的小镇所隐含的人生百态一一呈现出来,让读者近距离感受到芸芸众生中种种彻骨的哀痛,这使作品的视阈骤然变得开阔起来,从而表达了作者对底层平民生存困境的关注和悲天悯人的情怀。小说叙事细腻绵密,抒情凄婉感伤,忧伤的笔调使读者在文本如泣如诉的叙说中体会着心灵的悸痛。她用女性特有的充满爱的细腻的笔触,将一段深刻的哀伤烙印在读者的心中,引领读者走进这世界上所有的黑暗夜晚。这篇小说比喻、象征、通感等修辞手法的运用,使语言虽朴实平淡但富有诗意,感染力很强。

《世界上所有的夜晚》获得了第四届鲁迅文学奖中篇小说奖。评委会给它的评语是:"《世界上所有的夜晚》踏出了一行新的脚印:在盈满泪水但又不失冷静,处处悬疑却又率性自然的文字间,超越了表象的痛苦,进入了大悲悯的境界。"

【专栏知识】

"鲁迅文学奖"是中国作家协会主办的以鲁迅命名的文学奖项。创立于1986年,每两年评选一次,是中国具有最高荣誉的文学大奖之一。鲁迅文学奖目前包括的各奖项是:全国优秀中篇小说奖;全国优秀短篇小说奖;全国优秀报告文学奖;全国优秀诗歌奖;全国优秀散文、杂文奖;全国优秀文学理论、文学评论奖;全国优秀文学翻译奖。

【相关链接】

厨 房(节选)

徐 坤

厨房是一个女人的出发点和停泊地。

瓷器在厨房里优雅闪亮,它们以各种弯曲的弧度和洁白的形状,在傍晚的昏暗中闪出细腻的密纹瓷光。墙砖和地板平展无沿,一些美妙的联想映上去之后,顷刻之间又会反射回眸子的幽深之处,湿漉漉的。细长瓶颈的红葡萄酒和黑加仑纯酿,总是不失时机地把人的嘴唇染得通红黢紫,连呼吸也不连贯了。灶上的圆火苗在灯光下扑扑闪闪,透明瓦蓝,炖肉的香气时时扑溢到下面的铁圈上,"哧啦"一声,香气醇厚飘散,升腾出一屋子的白烟儿。莴笋和水芹菜烹炒过后它们会荡漾出满眼的浅绿,紫米粥和苞谷羹又会时时飘溢出一室的黑紫和金黄……

厨房里色香味俱全的一切,无不在悄声记叙着女人一生的漫长。女人并不知道厨房为何生来就属于阴性。她并没有去想。时候到了,她便像从前她的母亲那样,自然而然走进了厨房里。

这个夏天的傍晚,在一阵骤然而至的雷阵雨的突袭过后,燠热和喧嚣全被随风吸附而走。大地逐渐静止了。城市一枚火红的斜阳正从容地在立交桥上燃烧,一层层散漫的红光怡然飘落而下,照耀着一个在厨房里忙碌的叫做枝子的女人。女人优美的身体的轮廓被夕阳镶上了一层金边,从远处望去,很是有些耀眼。女人利手利脚无比快活地忙碌,还不断在切洗烹炸的间隙,抬头向西窗外瞟上一眼。夕阳就仿佛跟她有某种默契,含情脉脉地越过一棵临窗的茂盛玉兰树枝头对她俯首回望。

枝子的目光,也便跟着燃烧在一片红晖之中,润润的,柔柔的。

厨房并不是她自己家里的厨房,而是另一个男人的厨房。女人枝子正处心积虑的,在用她的厨房语言向这个男人表示她的真爱。

一条鳜鱼浑身被横横竖竖切了无数刀后,周身码放好了蒜片、葱丝和姜条,然后放进锅屉里热气腾腾地蒸着。卷心菜和河藕也油亮亮地沾着水珠儿洗好,与沙拉酱一起错落有致码放在盘子里边等待搅拌。水气正顺着不锈钢盖子的缝隙慢慢地一点点往上溢起来。枝子停下手,幽幽地喘了一口气,转头偷眼向客厅里望了一眼。透过宽大明亮的钢化玻璃厨门,她看见男人松泽正懒散地蜷坐在沙发上,一张报纸遮住了大半个脸。男人的身子、手、脚都长长大大的,T恤的短袖裸露出他筋肉结实的小臂,套在牛仔裤里的两条长腿疏懒地横斜,大腿弯的部分绷得很紧,衬出大腿内侧十分饱满,很有力度——枝子的脸突然莫名其妙地红了,浑身迸过一阵难以自抑的幸福。她赶紧收回自己潮润润的目光,慌慌转回身去放眼观望窗外斜阳。

夕阳巨大的圆轮现在只剩下半个,它正在被树梢和钢筋水泥的建筑物奋力衔住,一口一口激情地往下吞吻。枝子的脸庞转瞬间又被烧红,周身辉映起一阵盲目的幸福。

我爱这个男人。我爱。

枝子在心里这样迷乱地对自己说。在这样说着的时候她的心里充满了羞涩。

枝子是被称作"女强人"的那种已然不惑的女人。爱情到了她这个年纪并不容易那么轻易来临。经过了岁月风尘的磨洗,枝子早年的一颗多愁善感的心,早就像茧子那样硬厚,那样对一切漠然、无动于衷了。多少年过去,一番刻苦的拼搏摔打,早年柔弱、驯顺、缺乏主动、动辄就泪水长流的枝子,如今已经百炼成钢,成为商界里远近闻名的一名新秀。

她这棵奇葩,将自己的社会身份和地位向上茂盛的苗苗固定之后,却偏偏不愿在那块烂泥塘里长了,一心一意想要躺回温室里,想要回被她当初毅然决然抛弃割舍在身后的家。

不知为什么,就是想回到厨房,回到家。

事业成功后的女人,在一个个孤寂难眠的时刻,真是不由自主地常要想家,怀念那个遥远的家中厨房,厨房里一团橘黄色的温暖灯光。

家中的厨房,绝不会像她如今在外面的酒桌应酬那样累,那样虚伪,那样食不甘味。家里的饭桌上没有算计,没有强颜欢笑,没有尔虞我诈,没有或明或暗、防不掉也躲不开的性骚扰和准性骚扰,更没有讨厌的卡拉OK在耳朵边上聒噪,将人的胃口和视听都野蛮地割据强奸。家里的厨房,宁静而温馨。每到黄昏时分,厨房里就会有很大的不锈钢精锅咕嘟咕嘟冒出热气,然后是贴心贴肉的一家人聚拢在一起埋头大快朵颐。

能够与亲人围坐吃上一口家里的饭,多么的好!那才是彻底的放松和休息。可她年轻气盛的时候哪儿懂这些?离异而走的日子,她却只有一个简单的念头:她受够了!实在是受够了!她受够了简单乏味的婚姻生活。她受够了家里毫无新意的厨房。她受够了厨房里的一切摆设。那些锅碗瓢盆油盐酱醋全都让她咬牙切齿地憎恨。正是厨房里这些日复一日的无聊琐碎磨灭了她的灵性,耗损了她的才情,让她一个名牌大学毕业的女才子身手不得施展。她走。她得走。说什么她也得走。她绝不甘心做一辈子的灶下婢。无论如何她得冲出家门，她得向那冥想当中的新生活奔跑。

果真她义无反顾，抛雏别夫，逃离围城，走了。

现在她却偏偏又回来了，回来得又是这么主动，这样心甘情愿，这样急躁冒进，毫无顾虑，挺身便进了一个男人的厨房里。

真正叫人匪夷所思。

假如不是当初的出走，那么她还会有今天的想要回来吗？

她并没有想。

此时她只是很想回到厨房，回到一个与人共享的厨房。她是曾经有过婚姻生活，曾经爱和被爱过的人，比较明了单身和已婚的截然不同。一个人的家不能算家，一个人的厨房也不能叫做厨房。爱上一个人，组成一个家，共同拥有一个厨房，这就是她目前的心愿。她愿意一天天无数次地悠闲地呆在自家的厨房里头，摸摸这，碰碰那，无所事事，随意将厨房里的小摆设碰得叮当乱响。她还愿意将做一顿饭的时间无限地延长，每天要去菜市场挑选最时鲜的蔬菜，回来再将它们的每一片叶子和茎秆儿都认真地洗摘。做每一顿饭之前她都要参照书上的说法，不厌其烦地考虑如何将饭菜营养搭配。慢慢料理这些的时候，她的心情定会像水一样沉稳，绝对不会再以为这是在空耗生命和时间。纤纤素手被洗菜水泡得指尖红肿、关节粗大，她也不会再牢骚埋怨。她希望她的心情就那样像水一样，温吞，空泛，温吞、空泛地在厨房里消磨时光，什么外面争斗的事情都不去想。她愿意看见有一两个食客，当然是丈夫和孩子吃着她亲手烧的好菜，连好吃都顾不上说，直顾低头吃得满嘴流油，脑满肠肥。

脑满肠肥？一想到这个词，枝子就不由得愉快地笑了。

她真的是不想再在外面应酬做事，整天神经绷紧，跟来来往往形形色色的人虚与委蛇。不知为什么，她有些厌倦人。名利场上各色各样的人：卑鄙的、龌龊的、委琐的、工于心计的、趋利务实的……看都看得她眼花了。整天的与人打交道也快把她的神经要折磨垮。她想返身逃逸，逃到没有人的地方去，而厨房就是她最后的避难之所。

厨房对她来说从来没像现在这样亲切过。她从来没有像今天这样对厨房充满了深情。

炉上的不锈钢精锅冒出袅袅热气。枝子的想象也随之袅袅。太阳就在她缥缈的想象里一点一点落到树梢下面去，落到她想象的尽头。那个长胳臂长腿的男人松泽看完了报纸，起身抻了一个懒腰，慢慢腾腾挪到厨房里来，再次问枝子需不需要帮什么忙。枝子听到男人满怀切的问候，赶忙满心欢喜地连连说："不用，不用。"今天是这个男人松泽的生日，她想独立完成整个操作，让他尽情品尝一番她的烹饪手艺。

她为什么要主动向这个男人献艺？献艺完了又将会是什么呢？枝子不愿意想，不情愿这样残酷地拷问自己。她愿意在心里给自己的自尊留有一点余地。该是什么就是什么。枝子在心里说。枝子只希望能是她所想要达到的那个。此时她真是觉着自己对这个男人有些过分俯就,甚至有些低三下四。因为照她素常里的做人态度,以一个商界女星的身份来说,对她前呼后拥献殷勤的男人总是数不胜数。而她的鼻孔总是抬得很高,并且,暗中加着千倍的小心,很怕落入某些勾引利用的圈套。如今却这样巴巴地主动送上门来,可真是有些不好对自己的心解释了呢!

管它呢。随它去吧! 反正来也是来了,还费力解释它干什么?

……

节选自《第二届鲁迅文学奖获奖作品丛书 短篇小说卷》,《人民文学》杂志社编,华文出版社 2001 年版

【思考与练习】

1. 谈谈《世界上所有的夜晚》的死亡主题。

2. 《世界上所有的夜晚》的艺术特色是什么?

3. 阅读《厨房》全文,写一篇不少于 1000 字的鉴赏文章。

第四节 戏剧作品赏析

原 野(第三幕·第二景)

曹 禺

〔在黑林子里——夜二时半。

〔林内一块洼地,地上长着青苔,平滑细软。在中间,远远立起一片连接不断的黑黝黝的丛林,左右伸出,把当中的低地圈在里面。看得见的是林前横着一段颓圮的土坡,有野蔓乱藤爬绕在上面。右边地势略高,立一棵雷火殛死的老树,骨棱棱的枝桠直插空际,木身烧焦只剩个空壳,原来树干已为啄木鸟朝夕啄成洞穴,现在满身是眼,更显得树形古怪。树下丛生野草和不知名的毒花,有秋天的虫在里面低唱。靠左地势渐低,孤孤单单地矗立一根电线杆,年久失修,有些倾斜。接连一根一根的木柱向中间远处引去,越过当中的土坡,直到看不清楚的林丛里。电线杆旁边横放几块大石,歪歪地横在洼地上。立在洼地中,可以望见漆黑的天空。惨森森的月亮,为黑云遮了一半,斜嵌在树林上,昏晕晕的白光照着中间的洼地,化成一片诡异如幽灵所居的境界。天上黑云连绵不断,如乌黑的山峦,和地上黑郁郁的树林混成一片原野的神秘。

〔风吹过来,电线微微发出呜呜的音浪。远处单调的鼓声甚为微弱,静下心来,才听得清楚。

〔仇虎由右面蹒跚跑上,喘息不停,一只鞋子已经不见,上身衣服几乎全为荆

棘勾连,撕成乱条,脸上流满汗水,不时摸着腰里插好的手枪和弹袋,神色恐慌,两只疑惧的眼四处探望。

仇　虎　哦,妈啊!(用手背揩下额前的汗)我这是到了哪儿了?(望望四周)

〔焦花氏(在外面)虎子,你把路认出来了么?

仇　虎　(回头)看——看不大清楚。金子,你先来!月亮出来了,也许找得出路来。(他疲倦地靠在死树的枯干上)哦!渴!好渴!(自己咽着唾沫)

〔焦花氏由右面低首上,支着一根粗树枝。她走进来,抬头,眼惊异地望着四周和天空的昏惨惨的月色。她的头发散乱地披下来,虽然不断地向后掠,走两步又固执地坠在额前。她也满身是汗,衣服紧贴前后,几处撕成破口。眼里交流着恐惧和希望,手里还拿着小包袱,焦灼地望着仇虎。

焦花氏　(嘘出一口气,希望地)我们快走出林子了吧?

仇　虎　(还倚在树旁,望着天)谁知道,大概快了!

焦花氏　(燃着希望)快了?

仇　虎　(点头,机械地)快了!

〔忽然树上的鸟连连啄木,发出空洞的"剥剥"的声音。

仇　虎　(忽然由树旁跳起)啊?(向上望)

焦花氏　什么!什么!

仇　虎　听!(树上又发出空洞的"剥剥"的声音)

焦花氏　什么?

仇　虎　鸟!啄木鸟!

焦花氏　哦,这林子会把我们吓死的。

仇　虎　不,不,我们就要出去。你看,我们已经又走出十几里了。

焦花氏　那不早应该出去了么?

仇　虎　嗯,可——可(忽然暴躁地)我们迷了路。

焦花氏　(重复地叹息)迷了路,不认识道。

仇　虎　迷了路!迷了路!(心如火焚)上哪儿走?(四面旋转)向东?向西?向南?向北?啊,妈呀!我们上哪儿走?这大黑天,看不见路走,找不着人问。我从前走这条路的记号现在一个也找不着,走了十里,还在林子里!走了二十里,还在林子里!我们乱跑这半天,三十里也有了,可是还在这黑林子里。出不了林子,就见不了铁道;见不了铁道,就找不着活路;找不着活路,(忽然)啊!啊!啊!(一下,两下,三下把衣服撕去,露出黑茸茸的胸膛,抄起手枪,绝望地)好,来吧,你们来一个,我杀一个;来两个,我杀一双。我仇虎生下地,就受尽了你们的委屈,冤枉,欺负,我虎子生来命不济,死总要得死得值!金子,再听见枪响。我们就冲,死就死了吧。

焦花氏　虎子!(安慰地)你别急!你是渴了,我知道你的心里不自在。虎子,我们不该死的,不该死的,我们并不是坏人。虎子,你走这一条路不是人逼的么?我走这条路,不也是人逼的么?谁叫你杀了人,不是阎王逼你杀的么?谁叫我跟着你走,不也是阎王逼我做的么?我从前没有想嫁焦家。你从前也没有想害焦家,我们是一对可怜虫,谁也不能做了自己的主,我们现在就是都错了,叫老天爷替我们想想,难道这些事都得由我们担待么?

仇　虎　哼,老天爷会替有势力的人打算,不会替我们想的。

焦花氏　那么,天是没有眼睛的。

仇　虎　谁又说他有呢。(机械地)走吧!

焦花氏　走! 上哪儿走?

仇　虎　(喃喃地)上哪儿走?

焦花氏　我们迷了路。

仇　虎　(绝望)迷了路!

焦花氏　(忽然,惧怕地)虎子,你听!

仇　虎　(抬头)听什么?

焦花氏　(对右面)向远处听。

仇　虎　(还不大清楚)什——么?

焦花氏　(低声)你没有听见? 鼓! 庙里的鼓。

仇　虎　鼓?

　　　〔单调的鼓声渐渐响起来。

仇　虎　(愤恨地)对了,是鼓! 是鼓!

焦花氏　(低声)我们连庙旁边还没有走开。

仇　虎　怎么,我们还在庙旁边打转转,还在这儿! 还在这儿!

焦花氏　(忍不下)哦,妈呀! 我们这是怎么着啦!(抱着仇虎,摇撼他)我们这是怎么着啦?

　　　〔树上啄木鸟又连声"剥剥",音声空旷怪异,二人倏地分开,仰视树梢,这时由旷野深处传来辽远的凄厉的呼声,二人惊愕地回头,渐为呼声慑住,如被催眠。

远处的呼声　(凄厉而悠长)回来! 我的小孙孙! 你快回来,我的小命根哪! 回来,奶奶在等着你哟!(不像人声)回——来呀! ——黑——子! 你——快——回——来!

仇　虎　(慑住,喃喃地)小黑子! 小黑子!

焦花氏　哦,妈呀,(低声)她——她真地跟上我们了。

仇　虎　(喃喃)小黑子! 小黑子!

焦花氏　你说什么?

仇　虎　她——她又要来了。

焦花氏　（望着仇虎，惧怯地）谁？

仇　虎　她！她！（忽然向左望）你看！她！她来了。

　　　　〔由左面悄悄地走上焦母的人形，两手举着小黑子。闭着眼，向右面走，走到仇虎面前，站。

仇　虎　（惊恐，低声）你看，她又来找我！

焦花氏　虎子，你怎么，你看见了什么？

　　　　〔焦母的人形睁开了眼，瞪视焦花氏和仇虎。

仇　虎　（摇头）我——我们——没有——，我们没有——

焦花氏　你说，谁？虎子！

仇　虎　（低哑失声）瞎子同——同小黑子就在你眼前。

焦花氏　（大叫一声，跑到电线杆下面）虎子，你——你又中了邪啦。（焦母的人形直瞪仇虎）

仇　虎　（对着焦母的人形，哀求地）不是我！不——不是我！我没有打算害你的黑子，大星是我——我害的。可我——（喘息）我已经觉得够了，你别这么看着我，你别这么看着我！我并没害死你的孙孙！我说，我没有！我没有！我没有！我没有！我没有！……（愈说气力愈弱，那人形目不转睛地望着他，又悄悄向右方走下。仇虎望着她消逝，揩着眼前的汗水）哦，天哪！

焦花氏　（慢慢走向前）怎么啦？

仇　虎　她走了。

焦花氏　（忽起疑惑，抓住仇虎）虎子，你告诉我小黑子究竟怎么死的？

仇　虎　（机械地）他奶奶打死的。

焦花氏　我知道。可你叫我把黑子抱到屋里是怎么回事？

仇　虎　唔，（低沉）一网打尽，一个不留。

焦花氏　为什么？

仇　虎　焦家害我比这个毒。

焦花氏　那么你成心要把孩子放在屋里。

仇　虎　（苦痛）嗯，成心！

焦花氏　你早知道瞎子会拿棍子到你屋里去。

仇　虎　知道。

焦花氏　你是想害死黑子！

仇　虎　嗯！

焦花氏　你想到她一铁棍会把孩子打——

仇　虎　（爆发）不，不，没有，没有。我没想到，我原来只是恨瞎子！我只想把她顶疼的人亲手毁了，我再走路，可是大星死后我就不成了，那一会儿工夫，我什么心事都没有了，我忘了屋里有个黑子，我看见她走进去，妈的！（敲自己的脑

袋）我就忘记黑子这段事情,等到你一提醒,可是已经"砰"一下子——（痛
苦地）你看,这怪我! 这怪得了我么?

焦花氏　那么,你还老想着这个做什么?

仇　虎　（苦闷地）不是我要想,是瞎子,是小黑子,是大星,是他们总在我眼前晃。你
听,这鼓,这催命的鼓! 它这不是叫黑子的魂,它是催我的命。

焦花氏　（想转开他的想念,大声）虎子,你忘了你的爹爹了么?

仇　虎　对! 没有!

焦花氏　虎子,你还记得你的妹妹么?

仇　虎　对! 没有,没有,没有! 他们死得委屈,（喃喃）对! 对! 对! 我那年迈的爹
叫阎王活埋,十五岁的妹妹叫他卖,对! 卖死在那个——

〔啄木鸟又"剥剥"地发出空洞的啄木声。

焦花氏　你听! 这是什么?

仇　虎　（不顾她）叫他卖死在那个烟花巷。嗯,对! 我在狱里做苦力,叫人骗了老婆,
占了地,打瘸了腿,嗯,对! 对! 我仇虎是好百姓,苦汉子,受了多少欺负,冤
枉,委屈,对! 对! 对! 我现在杀他焦家一个算什么? 杀他两个算什么? 就
杀了他全家算什么? 对! 对! 大星死了,我为什么要担待? 对! 他儿子死
了,我为什么要担待? 对! 我为什么心里犯糊涂,老想着焦家祖孙三代这三
个死鬼,对! 对! 我自己那年迈的爹爹,头发都白了,（忽然看见右面昏黑里
出现了什么,不知不觉地慢下来）人都快走不动了——

〔黑暗里,由右面冉冉飞舞过一只青蓝光焰的萤火虫,向土坡上飞去。

焦花氏　（仍想转开他的思念）虎子,你看,萤火虫,萤火虫!

仇　虎　（瞪目张口,望着萤火虫后面的人群,口里慢慢地）人都快走不动了,他们还
串通土匪,对! 对! 拿来——

〔萤火虫摇摇向土坡飞,随在后面是一堆无声的人群,静悄悄地也向土坡走。
前面是三个短打扮的狰狞大汉,拿着铁铲木棍,迈着大步,殿压后面是洪老,
一个圆缸粗细的黑矮胖子,手摇芭蕉扇,脸上流汗,一边揩,一面喘,像是走了
多少路程。中间押着一个白发的农人——仇荣——身量瘦小,伛偻着终年辛
苦的背腰,惧怯地随着大汉步行,时而回头望着洪老,眼里露出哀恳乞怜的神
色。单调的鼓声愈击愈响,这一堆人形随着鼓声像一群木偶在薄雾里呆板地
移行。昏黄的月色照着土坡,黑云布满了天空,地上半是阴影。在土坡高处
忽而渐渐显出一个背立的彪悍的人形,披着黑斗篷,底下仿佛穿着黄呢军裤,
但是看不清楚。人押到坡上,洪老很恭谨地对着那个背立的人形说话,洪老
的脸正对观众。这时那白发的农人低头默立一旁。

焦花氏　虎子,你在看什么?

仇　虎　（低声）那——那不是洪老? 他,他们来这儿是干什么?

焦花氏　（望着虎子）在哪儿？

仇　虎　土坡——土坡上。（呆望着那人群）

〔那背立的人形仿佛告诉洪老多少话，洪老连连点头。于是转过身，对着那垂首的老者举手威吓，两个大汉一起围起那老人，似乎也在逼迫。内中一个大汉在掘土挖坑，一时，由老人怀里搜出东西，由洪老交给那背立的，那背立的人摇头，把东西扔下。

焦花氏　虎子！

仇　虎　（倒吸一口气）这个老头别是我爹？可是他死了。天哪，这是怎么回事？

〔洪老继续搜索，两个壮汉叫老人背过脸，合同刑逼，老人先只垂首不语，最后似乎痛极而呼。忽然由左面跑来一个十五岁的姑娘，忍不下去，似乎狂呼而出，手里拿着字据，交与那背立的人形，哀求他释放老人。

仇　虎　哦，妈！这不是我的妹妹！妹……妹！

焦花氏　（拉着仇虎）虎子，你怎么啦！你忍忍！你忍忍！

〔洪老见得着字据，大喜。那个姑娘走到老人面前跪下，老人詈责她不该出来。那背立人形吩咐洪老拉开他们，叫两个大汉动手埋人。一个壮汉捉住小姑娘，那两个抓住老人的背膊，洪老狞恶地指着土坑告诉老人，小姑娘听见便哭，老人转过身来仰天大嚎，脸正向仇虎。

仇　虎　（突由催眠状态醒起，看明白，狂呼）爹！爹爹！我的爹爹！

焦花氏　虎子，（拉住他）你别中了邪，你叫谁？

仇　虎　爹！爹爹。虎子在这儿！虎子在这里！（回首对焦花氏）你放开我！（一手甩开焦花氏，抽出手枪，向土坡奔去，对着那背立的人形，暴怒地）你这个土匪，你——（忽然那背立的人形转过身来——焦阎王如同那图像所摹的刻下一般。穿着连长的军装，森厉地立在那里。惨月昏昏地射照他的脸，浓眉下两只可怖的黑眼射出惧人的凶光。仇虎愣了一下，狠毒地）阎王！

焦花氏　（在下面，吓昏了）阎王？

仇　虎　（野兽一般）我可碰着了你！（对着阎王连放三枪。那群人形倏地不见）

焦花氏　虎子！虎子！

〔黑云遮满了月光，地下又突然黑起来。

仇　虎　金子！金子！你在哪儿？

焦花氏　这儿！

仇　虎　（奔下来）你看见他们没有？

焦花氏　（恐惧）没有！

仇　虎　快走！地上又没有亮了。

〔仇虎拉着焦花氏由左面奔下。鼓仍单调地由林中传来。

节选自《原野》，曹禺著，人民文学出版社1994年版

【作者简介】

曹禺(1910—1996),湖北潜江人,出生于天津,中国现当代著名剧作家、戏剧教育家。本名万家宝,"曹禺"是他1926年发表小说时第一次使用的笔名。曹禺一生共写过14部剧本。其第一部作品《雷雨》创作于1933年在清华大学西洋文学系学习期间。《雷雨》是中国话剧艺术成熟的标志。其后又相继创作了《北京人》《家》《原野》等杰出的戏剧作品。曹禺的作品,对导演、表演艺术和舞台美术也发生了深刻的影响,使话剧成为真正的综合性艺术。

【作品赏析】

曹禺的三幕话剧《原野》发表于1937年,剧作的内容是仇虎向地主焦阎王及其一家复仇的故事。剧作的基本情节是:仇虎父亲仇荣,被当过军阀连长的恶霸地主焦阎王活埋,仇家的土地被抢占,房屋被烧毁,仇虎妹妹被送进妓院并惨死其中,仇虎的未婚妻金子也被焦家的儿子焦大星强占,做了"填房",仇虎自己则被投进了监狱。八年后,仇虎从监狱中逃了出来,回到原野上寻找焦阎王报仇。但作为罪魁祸首的焦阎王已死,仇虎往日的恋人花金子也已嫁给毫不知情的焦大星。焦母性格暴戾凶残、诡计多端,也是当年焦阎王残害仇虎一家的唯一知情人。她对儿子焦大星疯狂的爱转化为对媳妇的疯狂的恨,并且也得到了花金子的同样疯狂的反击,在无休止的嫉妒、怨恨的感情折磨中,焦母自身也发生了情感的毒化和性格的扭曲。她知道仇虎的来意,于是冲突就在仇虎和焦母两个人之间展开。本着"父债子还"的原则,仇虎勾搭上了花金子,并且打算杀掉焦家的后代,让焦母活受煎熬,让焦阎王断子绝孙。经过了复杂的心理斗争,他杀死了焦大星,借焦母之手打死了焦大星的儿子——无辜的小黑子。但复仇后,仇虎却陷入内心巨大的恐惧和不安中。他逃到原始森林,出现了精神幻觉。后来在官兵的追捕之下,仇虎自杀身亡,宁死也不愿再戴上镣铐。

本文所选是第三幕第二景。这一幕是复仇后仇虎带着花金子逃亡到黑森林中,也是仇虎的人性由魔性处回归的一个重要阶段。

《原野》不仅描写了一个农民的复仇故事,还写出了人性的矛盾冲突和心灵震颤,写出了封建家庭、封建统治者强权统治对人性的巨大扭曲和摧残。这是一出生命的悲剧,也是一出文化的悲剧。双重悲剧是通过揭示人性的弱点和文化的罪恶表现出来的。从生命意义来说,仇虎的复仇与反抗不是针对社会制度和整个统治阶级的,而是针对仇家个人的,表现出人的本能的强悍和残忍。从文化意义来说,仇虎的反抗动力来自传统的道德观念。其复仇是典型的家族复仇。家族复仇是以血亲利害为尺度,有时甚至违背普通的社会伦理法则,呈现出非人性的残忍。支配仇虎充满生命强力的复仇行动的是一系列封建传统法则:古老的"杀人偿命"法则是其行为的逻辑前提;"子不报父仇,大逆不道","父债子还"是其必须为父报仇、杀死焦大星的伦理道德逻辑;"斩草除根"是其必须谋害年幼无知的小黑子的属于复仇的长远打算;"冤有头,债有主"，"因果报应"是其复仇后内心承受着巨大压力的传统依据。他一会儿自我忏悔，为杀死焦大星谋害小黑子而痛苦；一会又自我安慰，认为必须如此。就这样，在承受自责与自解的巨大煎熬后，仇虎最终精神崩溃。其激烈的复仇行动最终成为封建传统思想的外化，生命本体的意义明显淡化。所以，仇虎反抗得愈激烈、愈彻底，说明他所受的传统观念束缚愈深重。这是对传统文化的罪恶及其造成的悲剧进行的反思与否定。

《原野》采用封闭式的戏剧结构形式，把激烈的戏剧冲突和复杂的人物心理变化限定在有限的时间、地点之内，具有激荡人心的魅力。第三幕的故事发生在原始森林里。剧作将外在的冲突与内在的冲突密切结合，写了仇虎复仇后强烈的内心冲突。从人物塑造方法看，曹禺把探索人的灵魂、刻画人的灵魂放在首位，力求写出人物心灵的诗。《原野》中人物形象从外在到内心都具有个性化和复杂化特征。剧本从内外两种冲突来塑造仇虎的形象：戏剧的外部冲突——仇虎为了复仇和焦母所展开的冲突，表现出了农民的反抗；人物的内心冲突——仇虎杀人前的矛盾，杀人后的恐惧、自责，深入一步表现出了悲剧的成因。《原野》的语言浓烈、明丽、精确、通俗，人物语言个性化、抒情化、富有动作性。《原野》采用了表现主义、象征主义与现实主义相结合的艺术手法。作者意在探求人性深处的灵魂，揭示传统观念的惯性存在。适应这种精神悲剧的需要，作者吸收了美国剧作家尤金·奥尼尔表现主义的艺术方法：注重对人的主观世界的探索，将人的内在灵魂和潜意识外部化、戏剧化。《原野》第三幕中仇虎与花金子在黑森林中的状态与《琼斯王》中黑人首领琼斯王为了逃避土人的追杀，而在黑森林中精神崩溃一样，都属于对人类本性中所共有的普遍弱点的揭示。《原野》中的人、事、景物都有一种诡秘的色彩。"黑林子"（原野）是一个象征意象，象征着一种原始的野性十足的强悍的生命力，也象征着自由自在和无拘无束，当然，这种野性特征也极易成为罪恶生长的温床，成为禁锢生命的异己力量。仇虎在原野上成长，受伤害而离开了它，几年磨炼之后，他又回到原野来复家族血亲之仇，最后不得不选择死亡，让自己的灵魂永远留在了这块野蛮的原野上空。另外，"月亮"也是一个意象："惨森森的月亮，为黑云遮了一半，斜嵌在树林上，昏晕晕的白光照着中间的洼地，化成一片诡异如幽灵所居的境界"；"昏黄的月色照着土坡，黑云布满了天空，地上半是阴影"；"惨月昏昏地射照他的脸，浓眉下两只可怖的黑眼射出惧人的凶光"。仇虎身上的人性恰似天上被黑云遮住的月亮，魔性邪性不断作祟，两种力量抗衡和纠缠着，一方面忏悔痛苦，因为自己杀害了无辜的大星，另一方面不断动摇，眼前多次浮现父亲和妹妹被害的凄惨场面，他给自己寻找进行血腥复仇的合理性。仇虎在这种忏悔与动摇的纠缠里迷狂了，求生的欲望使他和金子在没有月光的黑森林里狂奔，想要寻求出路却一次次回到原地，刺激他耳膜的"枪声"、"鼓声"、"呼喊声"，把他从虚幻和迷狂中拉回了现实，其人性得以再次复苏。

【专栏知识】

　　话剧是以对话和动作为主要表现手段的戏剧,比其他戏剧形式更接近真实生活,西方一般通称戏剧。中国话剧最早出现在辛亥革命前,称文明戏或新剧。曾在上海、武汉等地盛行,后渐衰落。影响较大的团体有春柳社、春阳社等。五四运动后,现代话剧兴起,称爱美剧或白话剧。话剧的文学样式是话剧剧本。剧本是舞台演出的依据和基础,是戏剧的主要组成部分。剧本的主要特点是由人物语言和舞台说明组成,有尖锐的戏剧冲突(矛盾冲突),时间、地点、人物、事件高度集中。戏剧冲突对于展现人物思想性格、推动剧情发展、揭示作品主题具有重要作用。

【相关链接】

获虎之夜(独幕剧·节选)

田汉

……

莲　　姑　（抚着黄大傻的手）大哥,你好好睡。我今晚招呼你。

黄大傻　（欣慰极了）啊,谢谢。

魏福生　（暴怒地）不能!莲儿,快进去,这里有我招呼,不要你管。你已经是陈家里的人,你怎么好看护他?陈家听见了成什么话!

莲　　姑　我怎么是陈家里的人了?

魏福生　我把你许给陈家了。你就是陈家的人了。

莲　　姑　我把自己许给了黄大哥,我就是黄家的人了!

魏福生　什么话!你敢顶嘴?你这不懂事的东西!（见莲姑还握着黄大傻的手）你还不放手,替我滚起进去!你想要招打?

莲　　姑　你老人家打死我,我也不放手。

魏福生　（改用慈父的口吻）莲儿,仔细想想吧,爹不是因为爱你才把你许给陈家的吗?爹辛苦半辈子,只有你这一个女儿,不想把你随便给人家。好容易千挑万选地才攀上了陈家这门亲。陈家起先嫌我们猎户出身,后来看得你人物还不错,才应允了。只望你心满意足地到陈家去,生下一男半女,回门来喊我一声外公,也算我没有儿子的人的福分。不想你这不懂事的东西存心跟我为难,可是后来你妈再三劝你,你不是已经回心转意,亲口答应了吗?……

魏黄氏　是呀,莲儿你自己答应了的呀。

莲　　姑　爹逼得我没有法子,只好权时答应了。原想找个机会跟黄大哥商量,在过门以前逃跑的。

魏福生　唔,你居然想逃跑!?

莲　姑　想逃跑。我老早就想逃跑，只是没有机会。第一次打了老虎，到我家看的人很多，我就想趁那时候逃。刚走到半山碰了屠大爷，我只好回来。后来过门的日子越近，你老人家越不肯叫我出去。前几天借着送虎肉才同张二姑娘到仙姑殿去了一回。因为有二姑娘跟着我，不好问人，没有找着黄大哥。

魏福生　找着他呢？

莲　姑　找着他，我就约个日子同他跑。

魏黄氏　你们安排跑到哪里去？

　　　　（莲姑跑到城里去）

魏福生　找谁？

莲　姑　找张大姐介绍我到纱厂做工去。

魏福生　唔。

莲　姑　没有想到我没有找着他，他倒先到我家来了。像受了重伤的老虎似的抬到我们家来了。身体瘦成这个样子，腿上还打一个大洞。……流了这许多血。黄大哥，可怜的黄大哥，我是再也不离开你的了。死，活，我都不离开你！

魏福生　我偏要你离开他。偏不许你们在一块……你这不孝的东西！（猛力想扯开他们的手，但他们抓死不放）

莲　姑　爹！

祖　母　（同时）福生！

李东阳　（同时）福生！你——

魏黄氏　（同时）嗳呀，莲儿，你放手吧。

莲　姑　不。我死也不放。世界上没有人能拆开我们的手！

魏福生　我能够！（暴怒如雷，猛力扯开他们的手，拖着莲姑往房里走）你这畜生，不要脸的畜生，不打你如何晓得厉害！（拖进房里）

　　　　〔台上闻扑打声，抗争声。"哼！你还犟嘴不？你还发疯不？你还喊黄大哥不？你还要气死我不？"每问一句，打一下。

大　家　（同时）福生，福生，哎呀，不要打！（皆拥到后房去）

　　　　〔台上只剩黄大傻一人，尸骸似的倒在竹床上，闻里面打莲姑声，旧病新创一齐爆发。

黄大傻　嗳呀，我再不能受了。（忍痛回顾，强起，取床边猎刀）

莲姑娘　我先你一步吧。（自剌其胸而死）

　　　　〔里面魏福生"你还不听说不？你还要喊黄大哥不？你做陈家里的人不？"之声与竹鞭响声，哀呼"黄大哥"之声益烈，劝解者、号哭者的声音伴奏之。

　　　　　　　　　　　　　　　　　　　　　　　　　　　　——幕徐闭

　　　　　节选自《中国现代文学名篇选读》（上），夏传才主编，南开大学出版社1993年版

【思考与练习】

1. 分析仇虎这一人物形象。

2. 简析《原野》的主题意蕴和艺术特色。

3. 结合《原野》和《获虎之夜》,谈谈你对话剧这种文体的理解。

升官图(第二幕·节选第二场)

陈白尘

……

　　　　〔侍从向省长作了一个眉眼手势。

省　　长　（点点头,马上以手护头大叫）哎呀! 哎呀! 哎呀! 我的头要裂开啦!

　　　　〔门大开,但众人都惊呆了。

假秘书长　（奔过来）大人怎么了?

假知县　大人! 大……!

众　　人　（围过来）怎么啦?

侍　　从　不得了! 不得了! 大人又头痛了!

假秘书长　怎么样?

侍　　从　大人一发脾气,头就要痛的! ——大人进去休息吧!

　　　　（扶起向卧室去）你们不要进来! 大人已经生气了!

假知县　是!

　　　　〔侍从扶省长大人入卧室。

　　　　〔众人列队门前侍卫。

　　　　〔假知县、假秘书长随至门口,门闭。

假知县　（转身）这怎么得了! 怎么得了! 你们怎么搅的?

假秘书长　（也向各局长生气）怎么搅的? 连一个锁都打不开。

马局长　（回身骂警察）你们这些饭桶! 连锁都不会开!

警察一　（向听差）你们管的什么事!

　　　　〔侍从自卧室出。

侍　　从　诸位老爷们! 这下可麻烦了!

假秘书长　怎么样? 二爷?

侍　　从　我们大人这个病是轻易不发的,一发就难办!

钟局长　头痛有什么要紧呢? 让我看看。

马局长　对! 我们钟局长是位名医!

侍　　从　哼! 你就是神仙也治不好他的病!

假秘书长　就没法治么?

侍　　从　治法是有,可你们不会相信。——这是一种偏方!

假秘书长 我相信！我相信！绝对相信！二爷，请您指教！

侍　从 好，咱们坐下来谈！

假秘书长 对，坐下谈。

侍　从 我的诸位老爷们，我们省长大人这个病，你们可知道怎么起的？

假秘书长 正要请教！

侍　从 我们大人不能生气，一生气，这个头痛病就得发作！这回到你们贵县来呀，早就把它气坏了。

假知县 （大惊）噢！哦！……为什么呢？

侍　从 为什么？县太爷，您自己还没有个数？——本地的老百姓早在省里把您告下啦！

假秘书长 他们告了些什么呢？

侍　从 那可多啦！——大概总是十大罪状吧：第一，是苛政暴敛，滥收捐税；第二，是敲诈勒索，诬良为盗；第三，是包庇走私，贩运烟土；第四，是尅扣津贴，以饱私囊；第五，是浮报冒领，营私舞弊；第六，是假公济私，囤积居奇；第七，是挪用公款，经商图利；第八，是贩卖壮丁，得钱买权；第九，是征粮借谷，多收少报；第十，是私通乱党，交结匪类！……总而言之，所有县太爷们会犯的罪名，您都犯了！您真是一个模范知县！

假知县 （起立）这……怎么得了？……

侍　从 （目视各位局长）而这十大罪状里，每一件都跟局长老爷们有点关系！

局长们 （都起立）哦！……

侍　从 各位请坐！各位请坐！——所以我们省长大人呀，这回到贵县来之前，先就一肚皮的气啦！而且动身之前，又听说乱党暴动，捣毁了县衙门，这更是气上加气；好，刚才为了这把倒霉的锁，左也开不开，右也开不开，他老人家一气，这个病就犯拉！

假秘书长 那么请教，这个偏方到底是几样什么东西呢？

侍　从 很简单，就是一件东西：金条！把金条放在火上薰，薰出烟子来，我们大人只要一闻那烟子的气味，马上头就不痛了！

假秘书长 哦！（恍然）……那好办！（暗扯假知县）

侍　从 可是病有轻重：有时一根金条就够，有时五根才行。

假秘书长 那怎么分别轻重呢？

侍　从 是这样的：左边头痛，一根金条就够；右边痛，要两根；前脑痛，三根；后脑痛四根；左右前后都痛呢，那就要五根！

假秘书长 唔，唔……唔！

假知县 （问假秘书长）怎么一回事？

假秘书长 哦，我知道了，我知道了，马上就办！（拖假知县到一边去耳语）

侍　从 诸位都明白了吧？

钟局长 胡说八道！世界上没有这种怪病，也没有这种治病的怪方法！胡说八道，胡说八道!

（假知县连连点头而去）

假秘书长　诸位都明白了? 各自去想办法,替省长大人治病吧。

艾局长　（摇头）好厉害的毛病!

马局长　嗨! 只要开着门,都好办!

齐局长　得,看各人运气吧!

　　　　〔马、艾、齐、萧四位局长垂头丧气而去,钟局长亦随下。

　　　　〔假知县上。听差一捧着五根金条及一张收条随上。

假秘书长　二爷,我看省长大人头痛得厉害,一定是左右前后都痛了,这儿是五根金条,费神给大人治一治吧。还有,地毯五十八元,一只钻石戒指、一部汽车、一座洋房,一共二百四十二元,连地毯共三百元,都替大人买了。这是知县收到大人三百元的收据,也呈给大人。

侍　从　（拍秘书长肩）您办事真爽快!（急下）

　　　　〔听差一下。

假知县　（苦着脸）老大,这买卖有点不合算.

假秘书长　（低声）胆子放大些! 本大利宽,咱们要钓大鱼!

　　　　（省长偕侍从上）

假知县　大人!

假秘书长　大人贵恙已经告愈了?

省　长　坐,坐,坐! 请坐! 嗨,我这个人的脾气很简单,遇到不高兴的事马上就生气,生了气就犯病! 可是遇到爽快人、爽快事,只要一句话,我的病就会好。

假秘书长　是的,只怪小的们办事不力,惹得大人生气生病,罪该万死!

假知县　小的们罪该万死!

省　长　不,不。我提倡廉洁,铲除贪污的意思,不过是要提高行政效率,什么事要说办就办,一办就好! 你们二位都还不错,凭这一点办事能力,我就不相信那些刁民们的控告,他们说你贪污了九千九百九十九万万之多,我怎么能相信呢? 至于说乱党暴动,我想更没有那回事了,刚才进城,看到所有的布置整齐肃穆、秩序井然,我异常满意。凭着这一点,我就不相信发生过什么暴动了。

假秘书长　大人真是明察秋毫!

假知县　大人真是明察秋毫!

省　长　好,下去休息吧。

假秘书长　谢大人恩典!

假知县　谢大人恩典!

　　　　〔侍从向假秘书长耳语。

假秘书长　是。

　　　　〔假知县,假秘书长下。

省　长　下面是谁？

侍　从　姓艾，是财政局长，最会弄钱的。（敲敲后脑）

省　长　唔！

　　　　〔艾局长上。

　　　　〔省长立刻抱头闭目。

艾局长　大人睡着了？

侍　从　（制止）嘘！

　　　　〔艾局长以手指左边太阳穴。

　　　　〔侍从摇头。

　　　　〔假知县、假秘书长在窗外窥探。

　　　　〔艾局长指右太阳穴。

　　　　〔侍从摇头。

　　　　〔艾局长指前脑。

　　　　〔侍从摇头。

艾局长　（掏出四根金条）这是替大人治病的药。

省　长　（睁眼）得了！你下去吧。财政局的报告和账册我都看了，很好。

艾局长　是，谢谢大人！（退下）

　　　　〔不等传唤，马局长就挨进身来。

马局长　卑职求见大人！

侍　从　得，进来吧，——大人，这是警察局马局长。
　　　　（指前脑）

马局长　（立正，敬礼）参见省长大人！卑职是本县警察局长，今儿欢迎大人的盛典，差
　　　　不多都是卑职一手经办的，在车站领导民众高呼口号的，也是卑职。在马路
　　　　两旁欢呼万岁的，也是卑职。刚才大人下车，替大人拭去皮鞋上灰尘的，也是
　　　　卑职……还有……

省　长　嗯，知道了。——你的警察局里现在有几名警察？还是六名？

马局长　大人明鉴：在平常时候，实在只有六名警察；但是在今天，大人一定看见，起码
　　　　有二百名！这是卑职体仰大人建设廉洁政治的苦心，卑职是仿行寓兵于农的
　　　　办法，叫做"寓警于民"。为了节省国库支出，平时六名警察就够了；但是一旦
　　　　有事，卑职在十分钟之内就可以召集十万人！

省　长　唔，可是我的头还是有点痛！（敲左太阳穴）

马局长　我已经带了药来！（探怀，取出一根金条）
　　　　〔省长又敲右太阳穴，等马局长再取出一根金条，省长又敲到前脑了。

马局长　（向侍从交出三根金条，转身）谢大人栽培！卑职来生来世，结草衔环，都不忘
　　　　大人恩德！（下）

〔萧局长上。

萧局长 卑职参见大人,有机密报告!

省　长 机密?——你有什么机密!是不是又要修造马路,拆毁民房?还是大兴土木, 想挖人家祖坟?

萧局长 (俯首)卑职知罪,但请大人不要生气,卑职恳请将功折罪,报告一些机密。

省　长 说吧!

〔假知县、假秘书长隐去。

〔萧局长向省长俯耳而语。

省　长 唔,……唔,……他是真正的知县大人?人在哪儿?

萧局长 本来,我让他住泰安客栈——一家旅馆里,可是刚才我去看他,已经不见了。 一定有人把他藏起来了。

省　长 (很平静)唔,知道了。

萧局长 卑职恳求大人将功折罪!

省　长 唔。……

萧局长 (想逃)卑职告退了!

侍　从 (一把抓住)你走了?

萧局长 是,大人没有吩咐了!

侍　从 没有吩咐了?——你看!(向省长竖二指)

省　长 (立刻以手按右太阳穴)哦!好痛!好痛!

萧局长 (只好掏出两根金条)费你的神了!(下)

……

节选自《陈白尘剧作选》,陈白尘著,四川人民出版社1981年版

【作者简介】

陈白尘(1908—1994),原名陈征鸿,江苏淮阴人。中国现当代杰出的剧作家、小说家、散文家。陈白尘对新文学的倾心,最初是小说,后来找到表达其才情的最理想的文学样式——话剧剧本。陈白尘的话剧创作在20世纪40年代达到鼎盛期,后来又涉足电影剧本的创作,成就斐然。著有长篇小说《漩涡》等,短篇小说集《曼陀罗集》等,话剧剧本《金田村》《升官图》等,电影文学剧本《乌鸦与麻雀》等。散文集《云梦断忆》获全国首届优秀散文、杂文荣誉奖。

【作品赏析】

陈白尘的三幕政治讽刺喜剧《升官图》创作于1945年,代表着中国现代讽刺喜剧的最高成就。

剧作以军阀当道的“民国初年”为背景,写两个强盗为逃避追捕,躲进一所古老的住宅,做了一场升官发财的美梦。梦中,两个强盗趁一次群众暴动后知县受伤、秘书长丧命之机,分别冒充知县和秘书长。他们和原知县太太、各局局长既互相勾结,又互相

倾轧,大肆贪赃枉法,营私舞弊。前来视察的省长满口廉洁奉公,实则贪得无厌。寡廉鲜耻的官吏们纷纷得到提升。最后,当省长与假县长联合举行婚礼时,一群愤怒的群众冲进来把他们统统抓走,两个强盗遂从梦中惊醒。剧作通过两个强盗的"升官"发财梦,把一个小县城肮脏的官场交易呈现在舞台上,画出了一幅寡廉鲜耻、贪赃枉法、"关系"学盛行、天良真理丧失殆尽的官场群丑图,对国统区反动腐朽的官僚政治进行了入木三分的暴露和尖锐辛辣的嘲讽。

全剧除序幕、尾声外,共分三幕。选文为第二幕第二场:省长前来视察,警察局长、财政局长、工务局长等一群原本忙于钩心斗角的小丑沆瀣一气,干出了许多营私舞弊的勾当。而这位"仪表非凡"的省长大人更是敛财有奇招:他"头痛"要用金条熏烟做"药","左边头痛,一根金条就够;右边痛,要两根;前脑痛,三根;后脑痛,四根;最厉害的是左右前后都痛,那要五根才行",而且"要五十两一根足赤金子","第二次如果再痛起来可要换新的才行"。 待到把大量的金条、地毯、珠宝、汽车、洋房攫为己有,并抱得原知县太太后,省长宣布视察完毕,一切太平,枪毙了从壮丁营中逃回来的真知县,提拔假知县为道尹,财政局长升为知县,如此,升官的升官,发财的发财,人人皆大欢喜。剧作通过刻画官僚集团贪赃枉法、胡作非为的种种丑态,艺术地指出,在国民党各级政权中,"官即匪、匪即官、官匪一家",并非只有个别官员贪赃枉法,而是整个统治机构的糜烂。这是对当时整个社会制度及官僚机构的大胆抨击。就思想意义而言,一方面,《升官图》以一出贪官污吏的群丑图,讽刺国民党反动腐败的官僚政治,在抗战后期的国统区民主运动中发挥出了巨大的政治冲击力量;另一方面,剧作深刻揭示了腐败的官僚政治在体制结构和文化心理方面的原因。剧中向人们展露了上自省长,下至县衙的县长、秘书长和各局局长的整个官僚体制和机制。在这种权力体制的链条中,所有人员几乎清一色地演变为机械部件,服从和执行是他们的首要职分。真正的决策者是官。在权力金字塔中,一旦对社会的治理不是依靠科学的政治理性和社会理性,腐败就难以制衡,因为缺乏一种权力制衡和约束机制。再加上一大批强盗式的官员进入了行政机构,必然恶化政权和人民之间的关系。从文化心理土壤方面的原因来看,权力崇拜、金钱崇拜的半殖民地半封建社会的文化基础,使科学的社会理性失去应有的立足之地。剧中的官吏包括那个原知县太太在保护自己的眼前利益时不惜一切代价的行为和心理,正是这种社会观念和文化心理的体现。因此,剧作《升官图》之所以具有某种穿越时代的意义和价值,主要原因在于:它并没有停留在具体直观的政治思考上,而包含了更为深广的文化内涵。

《升官图》为政治讽刺喜剧,其喜剧艺术手法高明,全剧充满了笑的批判力量:首先,剧作构思独特,可谓别具匠心。在结构上,以序幕、尾声为框架,中间三幕为主体。序幕"入梦"即入戏,尾声"梦醒"即出戏,这样,简单利索,既有喜剧的爽快明朗,又腾出笔墨,使中间三幕得以集中力量酣畅淋漓地表现"丑剧"。 在时空上,"民国初年"强盗古宅之梦的"障眼法"安排,"笑"得尽性,"骂"得痛快,有力发挥了喜剧尖锐泼辣的讽刺力量。在情节上，强盗"弄假成真"和县长"真反成假"的线索贯穿全剧,使作品的"戏剧性"和"喜剧性"高度统一并得到充分表现。剧作梦幻的荒诞性与生活的真实性的高度统一,构成了本剧喜剧艺术的一大特点。其次,漫画式的夸张,是本剧喜剧艺术的又一主要特点,但这种夸张,常常和鲜明的对比、重复,以及人物的自相矛盾、相互攻讦手段结合使用,收到强烈的讽刺效果。另外,作品成功地刻画了一系列个性鲜明的喜剧人物。《升官图》作为"图",目标在群体,作品有意写了从县长到警察局、工务局、财政局、卫生局、教育局等各局局长这一整套官僚机构的头目,其意就在揭露整个反动统治。剧本对人物的外形刻画和细节动作描绘,也都采用了夸张的手法。因《升官图》的主题是抨击官僚政治,作家捕捉住生活中那些政治丑类身上的喜剧因素,以夸张、漫画式的笔触放大其丑态,勾画出一幅贪官污吏的群丑图。剧中人都具有自己的思维个性和动作个性。如省长大人,表面上是奉公廉洁的正人君子,但言与行、表与里却透出许多的矛盾,尤其是通过"巧立名目"来营私舞弊,在"金条治病"过程中大肆贪财,在"提高行政效率"的名目下大肆贪色,处处展现出其丑态来。

【专栏知识】

　　喜剧是戏剧的一种类型,一般以夸张的手法、巧妙的结构、诙谐的台词及对喜剧性格的刻画,引人对丑陋的、滑稽的现象予以嘲笑,对正常的人生和美好的理想予以肯定。喜剧中的主人公一般以滑稽、幽默及对旁人无伤害的丑陋、乖僻,表现生活中或丑、或美、或悲的一面。喜剧可分为讽刺喜剧、幽默喜剧、欢乐喜剧、正喜剧、荒诞喜剧与闹剧等。讽刺喜剧以社会生活中的否定事物为对象。政治讽刺喜剧的讽刺对象集中在当政者上,表现出纯粹的政治讽刺色彩,政治批判性极强。

【相关链接】

假如我是真的（第四场）

沙叶新

　　〔又是一个星期之后,上午。

　　……

　　〔与此同时,张小理急匆匆地骑着自行车从侧幕来到台口。台口露出一架电话机,他拿起听筒,拨了号码,吴书记家客厅里的电话铃响。

　　〔钱处长接电话。

钱处长　喂,哪里?

张小理　是吴书记家吗?

钱处长　是呀。

张小理　我是警备区,北京打来的长途电话,请等一等。（改用四川口音）你是哪一位呀?

钱处长　我是吴书记的爱人。您是哪一位?

张小理　我是张小理的爸爸。

钱处长　（惊喜）啊！是张老！

张小理　你可是姓钱？

钱处长　对对对！

张小理　我们还没见过面，你看我是叫你老钱，还是应该叫你小钱？

钱处长　当然应该叫小钱，叫小钱！

张小理　小钱呐，我的小孩子小理来信说，他住在你们家，这可不好！你们工作忙，还
　　　　给你们添麻烦，你们不要让他住，把他赶出去！

钱处长　不不，他住这儿蛮好，是我叫他来住的，你放心吧！

张小理　这个娃娃不大懂事，野得很，该管的你们还是要管，对他要严格一点！

钱处长　不不，小张可好啦，我跟老吴都喜欢他。张老，您最近工作很忙吧？

张小理　忙得很。最近，有个大型代表团要出国，我在负责筹备工作。

钱处长　（大喜）哦？张老，这个大型代表团人多不多？

张小理　当然多，大型代表团嘛！

钱处长　人员都确定了吗？

张小理　还有一部分没定下来，你是不是有兴趣呀？

钱处长　当然有兴趣，出国是为了学习嘛！老吴也有兴趣。

张小理　那好，我把你们两个人的名字都写上。

钱处长　那太好了。

张小理　老吴在家吗？

钱处长　在，在，你等一等。（向屋里叫）老吴！

　　　　〔吴书记上。

钱处长　（高兴地）张老的电话，找你的！

吴书记　（奇怪地）哦？（接电话）是张老吗？

张小理　对，对，是老吴吧？

吴书记　是我呀！

张小理　你好，你好！

吴书记　你好，你好！

张小理　方才，我已经对小钱同志说了，中央决定让你们参加出国代表团。

吴书记　（一惊）哦？（望望钱处长）你？

钱处长　是中央决定的。

张小理　怎么样呀？

吴书记　就怕我走不开呀！

钱处长　（抢过话筒）不不，他走得开，走得开！

张小理　市委的工作可以交给别人嘛。

吴书记　恐怕不行吧？

钱处长　（凑近话筒）行，行，完全行！

〔吴书记和钱处长用手势在争执。

张小理　这可是组织决定啊，你就辛苦一趟吧！

钱处长　（凑近话筒）好，好，我们不怕辛苦，不怕辛苦。

张小理　那就这么定了。老吴，你的身体怎么样呀？

吴书记　还不错，张老，你身体好吗？

张小理　就是腿不大好。

吴书记　怎么了？

张小理　挨斗的时候，给人从台子上推了下来，摔坏了。幸亏有一个青年人保护了我，否则这条腿就完蛋了。

钱处长　（凑近话筒）这个青年是不是叫李小璋？

张小理　对头，就是他，我很喜欢他，就像我的亲儿子一样。听说他还在农场，没调上来。

吴书记　嗯……

〔钱处长拼命向吴书记做手势，要他答应。

吴书记　你放心吧，这事可以解决，可以解决。

张小理　好，那我就放心了！你们那里的生产搞得怎么样呀？

吴书记　今年比去年好多了，正在贯彻中央的八字方针。

张小理　关于实践是检验真理标准的讨论，进行得怎么样呀？

吴书记　正在补课，进行得还不错。

张小理　好，祝你工作顺利。有空我来看你！

吴书记　好，好，欢迎你来，欢迎你来！

张小理　说不定我很快就会来！

吴书记　那太好了，太好了！

张小理　再见！

吴书记　再见！

〔张小理一放下电话，便立即骑上自行车从侧幕下。台口的电话机也同时隐去。

钱处长　太好了，真没想到张老这么关心我们。

吴书记　这下你可称心了吧？

钱处长　哼，又不是你让我称的心，还不是靠人家张老。可你刚才还怀疑小张是不是假的呢！

吴书记　就怕上当受骗嘛！

钱处长　对你说吧，我看人是决不会看错的！怎么可能是假的呢？要是假的，那我说这假的比真的还像！不会是假的！快给人家把李小璋调上来吧！再说人家张老南征北战几十年,就这么点小小的要求,你就答应了吧!

吴书记　好吧,开条子。

钱处长　这才对嘛,马上写吧!

　　〔孙局长上。

孙局长　钱处长!

钱处长　哦,老孙,那件事吴书记答应了,瞧,在写条子哩。

孙局长　那太好了!(从包里拿出"茅台酒")钱处长,听说吴书记最爱喝茅台,这儿有一瓶,您拿去吧。

钱处长　他多的是,你留着自己喝吧!

孙局长　这种茅台你们不一定有呀,这可不是一般的茅台。这是为了出口特制的,成分大不一样。

钱处长　你哪儿弄来的?

孙局长　……外贸公司。

钱处长　(接过"茅台酒")那就搁这儿吧!你坐一会儿,我去看看小张。

　　〔钱处长将"茅台酒"放进柜子里,下。

　　〔吴书记写好条子,站了起来。

孙局长　吴书记!

吴书记　孙局长,李小璋的事你去办一下吧!

孙局长　(接过条子)好,好!

　　〔钱处长上。

钱处长　咳,这小鬼睡得真香!叫了老半天才把他叫醒,我对他说他爸爸来电话了,他笑得合不拢嘴,真是个孩子!

　　〔张小理跑上,边上边扣衣服。

张小理　吴伯伯,我爸爸来电话了?

吴书记　嗯,条子开好了,给孙局长了。

张小理　太好了!

钱处长　老孙,你就抓紧给他办一办吧!

孙局长　好,我马上就去农场。小张,你要不要一块儿去看看李小璋?

张小理　啊?不了,我明天去看他。

孙局长　那好,我走了。

张小理　(走到孙局长面前)孙伯伯,麻烦你了。

孙局长　没什么。(低声地)小张,我的事怎么样了?

张小理　慢慢来嘛,吴书记昨天刚回来。

孙局长　好,我走了。

　　〔孙局长下。

张小理 吴伯伯,我想借用一下你的车子。
吴书记 你要出去?
张小理 去办一件私事。
吴书记 好,你叫钱阿姨跟司机说一下。
张小理 谢谢你了!
吴书记 这小鬼!
　　〔吴书记下。
　　〔张小理高兴得跳起来。
　　……

节选自《阅世戏言:沙叶新幽默作品精选》,沙叶新著,华东师范大学出版社 2001 年版

【思考与练习】
1. 简析《升官图》的主题,把握其穿越时代的意义和价值。
2. 结合《升官图》谈陈白尘戏剧的讽刺艺术。
3. 阅读话剧《假如我是真的》,写一篇鉴赏短文。

茶馆(第一幕·节选)
老舍

　　〔茶房们一趟又一趟地往后面送茶水。老人进来,拿着些牙签、胡梳、耳挖勺之类的小东西,低着头慢慢地挨着茶座儿走;没人买他的东西。他要往后院去,被李三截住。
李　三 老大爷,您外边蹓蹓吧! 后院里,人家正说和事呢,没人买您的东西!
　　(顺手儿把剩茶递给老人一碗)
松二爷 (低声地)李三! (指后院)他们到底为了什么事,要这么拿刀动杖的?
李　三 (低声地)听说是为一只鸽子。张宅的鸽子飞到了李宅去,李宅不肯交还……唉,咱们还是少说话好,(问老人)老大爷您高寿啦?
老　人 (喝了茶)多谢! 八十二了,没人管! 这年月呀,人还不如一只鸽子呢! 唉!
　　(慢慢走出去)
　　〔秦仲义,穿得很讲究,满面春风,走进来。
王利发 哎哟! 秦二爷,您怎么这样闲在,会想起下茶馆来了? 也没带个底下人?
秦仲义 来看看,看看你这年轻小伙子会做生意不会!
王利发 唉,一边作一边学吧,指着这个吃饭嘛。谁叫我爸爸死得早,我不干不行啊! 好在照顾主儿都是我父亲的老朋友,我有不周到的地方,都肯包涵,闭闭眼就过去了。在街面上混饭吃,人缘儿顶要紧。我按着我父亲遗留下的老办法,多说好话,多请安,讨人人的喜欢,就不会出大岔子! 您坐下,我给您沏碗小叶茶去!

秦仲义　我不喝！也不坐着！

王利发　坐一坐！有您在我这儿坐坐，我脸上有光！

秦仲义　也好吧！（坐）可是，用不着奉承我！

王利发　李三，沏一碗高的来！二爷，府上都好？您的事情都顺心吧？

秦仲义　不怎么太好！

王利发　您怕什么呢？那么多的买卖，您的小手指头都比我的腰还粗！

唐铁嘴　（凑过来）这位爷好相貌，真是天庭饱满，地阁方圆，虽无宰相之权，而有陶朱之富！

秦仲义　躲开我！去！

王利发　先生，你喝够了茶，该外边活动活动去！（把唐铁嘴轻轻推开）

唐铁嘴　唉！（垂头走出去）

秦仲义　小王，这儿的房租是不是得往上提那么一提呢？当年你爸爸给我的那点租钱，还不够我喝茶用的呢！

王利发　二爷，您说的对，太对了！可是，这点小事用不着您分心，您派管事的来一趟，我跟他商量，该长多少租钱，我一定照办！是！嘿！

秦仲义　你这小子，比你爸爸还滑！哼，等着吧，早晚我把房子收回去！

王利发　您甭吓唬着我玩，我知道您多么照应我，心疼我，决不会叫我挑着大茶壶，到街上卖热茶去！

秦仲义　你等着瞧吧！

　　〔乡妇拉着个十来岁的小妞进来。小妞的头上插着一根草标。李三本想不许她们往前走，可是心中一难过，没管。她们俩慢慢地往里走。茶客们忽然都停止说笑，看着她们。

小　妞　（走到屋子中间，立住）妈，我饿！我饿！

　　〔乡妇呆视着小妞，忽然腿一软，坐在地上，掩面低泣。

秦仲义　（对王利发）轰出去！

王利发　是！出去吧，这里坐不住！

乡　妇　哪位行行好？要这个孩子，二两银子！

常四爷　李三，要两个烂肉面，带她们到门外吃去！

李　三　是啦！（过去对乡妇）起来，门口等着去，我给你们端面来！

乡　妇　（立起，抹泪往外走，好像忘了孩子；走了两步，又转回身来，搂住小妞吻她）宝贝！宝贝！

王利发　快着点吧！

　　〔乡妇、小妞走出去。李三随后端出两碗面去。

王利发　（过来）常四爷，您是积德行好，赏给她们面吃！可是，我告诉您：这路事儿太多了，太多了！谁也管不了！（对秦仲义）二爷，您看我说得对不对？

常四爷 （对松二爷）二爷,我看哪,大清国要完!

秦仲义 （老气横秋地）完不完,并不在乎有人给穷人们一碗面吃没有。小王,说真的,我真想收回这里的房子!

王利发 您别那么办哪,二爷!

秦仲义 我不但收回房子,而且把乡下的地,城里的买卖也都卖了!

王利发 那为什么呢?

秦仲义 把本钱拢在一块儿,开工厂!

王利发 开工厂?

秦仲义 嗯,顶大顶大的工厂!那才救得了穷人,那才能抵制外货,那才能救国!（对王利发说而眼看着常四爷）唉,我跟你说这些干什么,你不懂!

王利发 您就专为别人,把财产都出手,不顾自己了吗?

秦仲义 你不懂!只有那么办,国家才能富强!好啦,我该走啦。我亲眼看见了,你的生意不错,你甭再耍无赖,不长房钱!

王利发 您等等,我给您叫车去!

秦仲义 用不着,我愿意蹓蹓跶跶!

〔秦仲义往外走,王利发送。

〔小牛儿搀着庞太监走进来。小牛儿提着水烟袋。

庞太监 哟!秦二爷!

秦仲义 庞老爷!这两天您心里安顿了吧?

庞太监 那还用说吗?天下太平了:圣旨下来,谭嗣同问斩!告诉您,谁敢改祖宗的章程,谁就掉脑袋!

秦仲义 我早就知道!

〔茶客们忽然全静寂起来,几乎是闭住呼吸地听着。

庞太监 您聪明,二爷,要不然您怎么发财呢!

秦仲义 我那点财产,不值一提!

庞太监 太客气了吧?您看,全北京城谁不知道秦二爷!您比做官的还厉害呢!听说呀,好些财主都讲维新!

秦仲义 不能这么说,我那点威风在您的面前可就施展不出来了!哈哈哈!

庞太监 说得好,咱们就八仙过海,各显其能吧!哈哈哈!

秦仲义 改天过去给您请安,再见!（下）

庞太监 （自言自语）哼,凭这么个小财主也敢跟我逗嘴皮子,年头真是改了!（问王利发）刘麻子在这儿哪?

王利发 总管,您里边歇着吧!

〔刘麻子早已看见庞太监,但不敢靠近,怕打搅了庞太监、秦仲义的谈话。

刘麻子 喝,我的老爷子!您吉祥!我等了您好大半天了!（搀庞太监往里面走）

〔宋恩子、吴祥子过来请安,庞太监对他们耳语。

〔众茶客静默了一阵之后,开始议论纷纷。

茶客甲 谭嗣同是谁?

茶客乙 好像听说过! 反正犯了大罪,要不,怎么会问斩呀!

茶客丙 这两三个月了,有些做官的,念书的,乱折腾乱闹,咱们怎能知道他们捣的什么鬼呀!

茶客丁 得! 不管怎么说,我的铁杆庄稼又保住了! 姓谭的,还有那个康有为,不是说叫旗兵不关钱粮,去自谋生计吗? 心眼多毒!

茶客丙 一份钱粮倒叫上头克扣去一大半,咱们也不好过!

茶客丁 那总比没有强啊! 好死不如赖活着,叫我去自己谋生,非死不可!

王利发 诸位主顾,咱们还是莫谈国事吧!

〔大家安静下来,都又各谈各的事。

庞太监 (已坐下)怎么说? 一个乡下丫头,要二百银子?

刘麻子 (侍立)乡下人,可长得俊呀! 带进城来,好好地一打扮、调教,准保是又好看,又有规矩! 我给您办事,比给我亲爸爸做事都更尽心,一丝一毫不能马虎!

〔唐铁嘴又回来了。

王利发 铁嘴,你怎么又回来了?

唐铁嘴 街上兵荒马乱的,不知道是怎么回事!

庞太监 还能不搜查搜查谭嗣同的余党吗? 唐铁嘴,你放心,没人抓你!

唐铁嘴 嘻,总管,您要能赏给我几个烟泡儿,我可就更有出息了!

……

节选自《茶馆》,老舍著,人民文学出版社,2000 年版

【作者简介】

老舍(1899—1966),原名舒庆春,北京人。中国现当代著名作家,杰出的语言大师。老舍代表作有小说《骆驼祥子》、《四世同堂》等,戏剧《茶馆》、《龙须沟》等。老舍小说创作的成功,标志着中国现代小说(主要是长篇小说)在民族化与个性化的追求中已经取得重要的突破。老舍的话剧《茶馆》不仅将其本人的话剧艺术推向高峰,也成为中国戏剧艺术殿堂的一颗璀璨明珠。新中国成立后,老舍获得了"人民艺术家"的称号。

【作品赏析】

老舍的三幕话剧《茶馆》创作于 1957 年,是老舍戏剧代表作之一。《茶馆》的中心场景是北京裕泰大茶馆,作品截取三个生活横断面,深刻描绘了清末、民国初年、抗战胜利后三个不同时代的社会生活,以现实主义手法揭示了旧中国必然崩溃的历史命运。

　　本文节选自《茶馆》的第一幕。这一幕故事发生在清末：1898 年戊戌变法失败、维新派人物谭嗣同被杀害时，裕泰茶馆的生意很兴隆，社会上的三教九流各色人物都云集茶馆，这些人里有信洋教的小恶霸；有为一只鸽子请官方打手和差人打群架的有钱人；有整日游手好闲吃着朝廷钱粮的旗人；有生活奢华、以高价买来妻子的朝中太监总管；有卖儿鬻女的农民和城市贫民；有谈国事被抓的正直仗义的常四爷；有雄心勃勃兴办工厂实施工业救国的秦仲义。这些人的故事是时代和社会剪影，展现了清朝末年动荡社会的众生相，深刻反映了在帝国主义的渗透与侵略的背景下，封建统治的荒淫、腐败所造成的农民的破产、市民贫困及社会的黑暗，表明中国封建社会的末日即将来临。

　　《茶馆》以裕泰茶馆掌柜王利发的悲惨命运和茶馆的变迁作为线索贯穿全剧。在《茶馆》成功塑造的众多艺术典型中，王利发是作者刻画最成功的人物。在第一幕里，作者即成功描绘出其复杂的性格特征。这时的王利发，才二十多岁，正年富力强。他接续了父辈遗留下来的茶馆生意，也承继了父亲的经营理念和处世哲学，茶馆顾客盈门，生意兴旺。上至宫廷太监总管、吃洋教的恶霸、社会上的流氓头目，下至吃官饷钱粮的清闲市民、卖儿卖女的贫苦百姓，都是王利发的应酬对象。他在嘈杂、混乱、充满各类奇异纠葛的社会环境中，把一个裕泰茶馆经营得井井有条，买卖兴隆。在不同身份的茶客面前，王利发巧妙地以不同的应酬态度与方式与之周旋：或卑躬屈膝、奉承施礼；或善意相待，多说好话；或冷漠处之，不屑一顾，甚至连对茶客的迎送，都做得极有分寸，恰到好处。他的谈吐、做派，既不失买卖人的身份，又顾全了自己的得失，充分显示了一个小商人的精明、干练、巧于处世的特点。如对有钱有势的阔少爷、维新资本家秦仲义来茶馆看房子，王利发又是叫跑堂的沏高茶，又是请安问好，甚至说："有您在我这儿坐坐，我脸上有光！"当秦仲义提出要长他的房租时，他不仅毫不争辩，而且顺水推舟，进行奉承："二爷，您说得对，太对了！可是，这点小事用不着您分心，您派管事的来一趟，我跟他商量，该长多少租钱，我一定照办！"这一个细节，这一番滴水不漏的话，既表现了他的圆滑、玲珑，同时也显示出他的安守本分及胆小怕事，不敢开罪有钱有势之人。但一位乡妇领着头上插着草标的女儿进了茶馆，秦仲义让王利发把她们轰出去，王利发立即照办，正直的常四爷看不下去，要了两碗烂肉面给她们吃，王利发对常四爷说："常四爷，您是积德行好，赏给他们面吃！可是，我告诉您：这路事儿太多了，太多了！谁也管不了！"又对秦仲义说："二爷，您看我说得对不对？"他肯定常四爷"积德行好"，表现了他的善良；他认为这路事太多了，谁也管不了，一方面显示出他对现实社会黑暗也有不满，另一方面也体现了他的冷漠与圆滑。在第二幕、第三幕中，老舍写出了王利发性格的发展：从巧于混世到被无情的世道逼上绝路。王利发的悲剧一生，是旧社会广大小商人、广大市民生活命运的真实写照。老舍通过这一艺术形象的塑造，真实揭露了半封建、半殖民地旧中国社会制度的吃人本质，反映了旧时代的残酷、黑暗、不合理。第一幕中其他人也个性鲜明，栩栩如生：常四爷痛恨洋人，热爱祖国,是一个爱国者的形象;他怜穷惜弱,蔑视特务、爪牙、地痞流氓等丑类,是正义的代表;他敢憎敢怒,痛恨政府的腐败无能,勇于当众宣布"大清国要完",是个有血气的硬汉子,是反抗力量的代表。秦仲义是一个试图走实业救国之路的民族资产阶级代表人物。他因财大气粗而自命不凡,但他对穷苦人却没有半点同情与怜悯。他对清王朝的统治存在着阶级本能上的对立,在与庞太监对话时,绵里藏针又软中有硬,可看出新兴阶级的锐气。

《茶馆》在结构上,没有贯穿始终的矛盾冲突,而是以中心人物王利发的悲剧命运和他所经营的裕泰大茶馆的变迁为线索,在全局上与历史的横断面交织,在每个历史横断面中,展示人物之间的复杂的矛盾冲突。无数横断面组织起来,构成了一幅卷轴画,随着剧情而逐步展开。情节之间的脉络清晰,上下连接得紧凑、自然。作者以"埋葬旧时代"作为主题,把剧中不同人物的遭遇和命运交织起来,从而最广泛地反映了社会风貌,揭示了每个时代的本质特征。在语言运用上,《茶馆》"京味儿十足",地方色彩和民族色彩异常浓烈。剧作中的人物语言都是纯正的北京口语,句子短、句法灵活而又生动传神,简洁明快、幽默含蓄,个性化、概括力强,充分显示了作为"语言艺术大师"的老舍深厚的艺术功力。另外,《茶馆》融合悲剧和喜剧风格,以喜剧形式表现悲剧内容,形成了悲喜结合的幽默风格。其中,反映旧时代人吃人的黑暗社会现实,埋葬三个旧时代,构成了《茶馆》的悲剧基调。刘麻子拐卖妇女还说为她们"分心";正"瞪着眼挨饿"的松二爷,一提起喂黄鸟顿时来了精神;名厨明师傅因为"这年头就是监狱里人多"而只能卖掉家什去大牢里蒸窝头;逃兵老林和老陈,想合伙娶一个媳妇也不能,现大洋还被特务抢走了……这些都既是可悲可咒的社会畸形与病态现象,也是可怜又可笑的人生命运。所有这些,都形成了《茶馆》别具一格的悲喜剧色彩:悲中有喜,笑中带泪。人们大笑同时,却品尝到了黑暗年代人世间的种种苦涩辛酸,在含泪的笑声中送别那令人可诅咒的黑暗的旧时代与旧社会。

【专栏知识】

悲剧是以剧中主人公与现实之间不可调和的冲突及其悲惨的结局构成基本内容的作品。悲剧是戏剧艺术的主要体裁之一。悲剧中的主人公大都是人们的理想和愿望的代表者。悲剧将人生有价值的东西毁灭给人看,以激起观众的悲愤及崇敬,达到提高思想情操的目的。悲剧的导源往往是现实与理想的幻灭。悲剧的类型大致可概括为四种:命运悲剧、性格悲剧、社会悲剧、历史悲剧。

【相关链接】

上海屋檐下（第三幕·节选）

夏　衍

〔后间，林志成苦闷了许久，好像打定了主意似的站起身来，出神似的在暗中站着，静听前房的谈话。

葆　珍　我手举起来的时候，（对阿牛、阿香）你们同唱。我手放下去的时候，你们听着，我一个儿唱，懂吗？

阿　香　（摇头）我不会！

葆　珍　先听我弹一遍！

杨彩玉　（把匡复的衣服补好了）好啦，你穿着，过一会儿会冷的。（给他穿上）

赵振宇　（进来，将匡复的背影认为林志成）啊，林先生，你们厂里不是闹了很大的……（见匡复回头来）啊，对不住，这，这……（向杨彩玉）林先生呢？出去啦？我，我是……

匡　复　（有点狼狈）尊姓？

赵振宇　（摸名片，久久摸不出）啊啊，我赵振宇，赵钱孙李的赵，请问……

杨彩玉　（替他说）匡先生，志成的同学……

赵振宇　喔，握握手，咱们是第一次……哈哈……我跟林先生是最最能谈得拢的……

阿　牛　（不等他说完）爸，来讲故事！

赵振宇　什么，故事？故事不早已讲完啦吗？

阿　牛　（推着他）讲呀……

赵振宇　哈哈！……今天有客，我们谈谈天，唔，你们唱歌吧。……

葆　珍　不，不，您先讲，讲了，我教您一个顶好的歌，我今天方学会的！

赵振宇　（对匡复）瞧，老是要我讲……哈哈，讲什么呐，唔，炒冷饭吧，讲一个拿破仑的故事……

阿　香　不要，拿破仑讲过十几遍啦！

赵振宇　可是，刚才问你，你不是忘记了吗，拿破仑充军爱尔伐岛的时候，他讲的是什么？

阿　香　不要，不要！

赵振宇　那……那么你们先唱歌，让我想一想，……（回头将室内望了一望，对杨彩玉）林先生出去啦？

杨彩玉　不，喝醉酒啦，睡在后面……

赵振宇　什么，林先生喝酒，这才怪啦，他不是从来不喝酒的吗？

阿　牛　爸，来听，《勇敢的小娃娃》……

〔葆珍弹琴。

〔在上面谈话的时候,林志成轻轻地正在后间收拾东西,预备出门的样子。彩玉被赵振宇提醒了,回到后间来看他,看见他站在黑暗中,吃惊。

杨彩玉　啊哟,你起来啦?

　　　　〔匡复凝神听。赵振宇与小孩们听葆珍教唱歌。

　　　　〔林志成用手制止她讲话。

杨彩玉　你怎么样?(开了灯)不舒服?(看见了他在收拾东西,怔住了)什么?

　　　　〔林志成不语。

　　　　〔弄中馄饨担声。

赵振宇　这是谁教你的?

葆　珍　你别问呐,现在是我教你啊!……(弹小钢琴)

杨彩玉　(紧张而低声)志成!你干吗?你……

林志成　(望着她,不语,决心了似的伸手过去)彩玉,我得走啦。

杨彩玉　走?(握着他的手)

林志成　(点头)现在我很安心,现在是我走的时候啦。

杨彩玉　可是……(回身想去叫匡复,被林志成扯住)

林志成　(低声)别使复生知道,让我悄悄地走!(再握着彩玉的手)愿你们好!……

杨彩玉　不,不,志成,你到哪儿去?

林志成　(摇头)此刻我自己也不知道,反正……

杨彩玉　(惶急和不安)什么?你打算……

林志成　(制止她)不,我现在很自由,很安心。只要你跟复生能够饶恕我,我心里很安静……

　　　　〔匡复耸耳静听,苦痛的表情。

杨彩玉　(哭了)可是,你……

林志成　别哭!反正天地间很大,总不至于多了我这么一个。好啦!彩玉!忘记我,忘记我,……这八年,你当它是一个梦吧。

杨彩玉　不,不,你不能走,我……我不能让你走……我知道,(哭着)我知道你是不愿离开我们走的……

林志成　(爆发似的)彩玉!(抱住了她)

　　　　〔彩玉啜泣。匡复茫然地站着。

葆　珍　好啦,看着我的手,一,二,三!(唱)"小娃娃,小娃娃,大家拉起手来做套小戏法!"

众　人　(合唱)"小娃娃,小娃娃,大家拉起手来做套小戏法!"

葆　珍　(唱)"谁是勇敢的小娃娃?"

众　人　(合唱)"我是啦,我是啦!"

葆　珍　(唱)"让我来问你们几句话。"

众　人（合唱）"你问吧,你问吧!"

葆　珍（唱）"强盗来,打不打?"

众　人（合唱）"打打打,打打打! 一个不够有大家!"

葆　珍（唱）"对! 一个不够有大家! 走夜路,怕不怕?"

众　人（合唱）"我不怕,我不怕! 跌倒了我会自个儿爬!"

葆　珍（唱）"对! 跌倒了我会自个儿爬!"

〔匡复听着他们的歌,感到兴趣。

葆　珍（唱）"淌眼泪,傻不傻?"

众　人（合唱）"傻傻傻,傻傻傻,那是没用的大傻瓜!"

葆　珍（唱）"对! 那是没用的大傻瓜! 碰钉子怕不怕?"

众　人（合唱）"我不怕,我不怕! 钉子越碰胆越大!"

葆　珍（唱）"对! 钉子越碰胆越大! 好! 我们都是勇敢的小娃娃! 大家联合起来救
国家!"

众　人（合唱）"救国家!"

葆　珍
众　人（合唱）"好! 我们都是勇敢的小娃娃! 大家联合起来救国家! 救国家!"

〔小孩子们与赵振宇同时地拍手。

赵振宇　好极啦!"淌眼泪,傻不傻",这是拿破仑的故事里面也有的,拿破仑从来不淌
眼泪,所以……

阿　牛　林葆珍,前面的几句,你再一个儿唱一遍!

葆　珍　还不懂吗? 你真是牛——(看见赵振宇,笑着)那么你听!(低声地逐句复唱)

〔大家合唱。

〔匡复打定了主意,脸上的表情也不像以前那样颓丧了,他不给葆珍他们知道
似的拿起笔来伏在案上,写了几句,站起身来,走到葆珍面前。

匡　复　葆珍! 来! 让我看一看!

葆　珍（停了唱,惊奇)什么事? 你听我们唱得好吗?

匡　复（重重地点头)唱得真好,葆珍,你不愧是一个"小先生",你教了我很多的事!

〔听见匡复的声音,林志成与彩玉静听。

葆　珍（天真地)你也来唱,好吗?

匡　复　不,不,我已经懂了,葆珍! 再给我看一看!(热情不能自禁地吻了她一下)你
好好地做一个勇敢的小娃娃! 我祝福你,祝福你这一辈! 再会!

葆　珍（从害羞到吃惊)什么? 你要走啦? 哪儿去? 爸——

匡　复（制止她)再见!(紧紧地抱了她一下,拿了帽子,冒着雨,很快地扯开门,走了)

葆　珍（茫然目送了他之后)妈! 爸爸——走啦!

〔阿牛、阿香和赵振宇诧然不知所措。林志成和彩玉赶出来,彩玉用袖子拭着

眼泪。

林志成　什么?

杨彩玉　走啦!(看见了桌上留的纸条)

林志成　(抢过那字条来)他……

杨彩玉　什么?

林志成　(茫然地,读那字条上的字)"我很高兴地知道了你们的结合并不单为了生活!我明白,我留在这儿会扰乱你俩的安宁……我永远地爱着你们……"

杨彩玉　(半狂乱状态)复生!(不等林志成,从雨中奔出去)复生!

林志成　(警觉)对,我得去找他转来!(奔出)

节选自《上海屋檐下》,夏衍著,解放军文化出版社 2000 年版

【思考与练习】

1.谈谈《茶馆》的结构特点。

2.老舍作品的京味儿在语言方面有怎样的表现?

3.请观看北京人民艺术剧院演出的话剧《茶馆》(导演林兆华,主演梁冠华、濮存昕、杨立新、冯远征等),比较剧本与舞台演出的异同。

4.认真阅读选文,组织戏剧小组成员,分角色排演《茶馆》,并在适当时机演出。

第三章 外国文学经典作品赏析

第一节 诗歌经典作品赏析

开 始

〔印〕拉宾德拉纳特·泰戈尔

"我是从哪儿来的？你，在哪儿把我捡起来的？"孩子问他的妈妈说。

她把孩子紧紧地搂在胸前，半哭半笑地答道——

"你曾被我当作心愿藏在我的心里，我的宝贝。"

"你曾存在于我孩童时代玩的泥娃娃身上；每天早晨我用泥土塑造我的神像，那时我反复地塑了又捏碎了的就是你。"

"你曾和我们的家庭守护神一同受到祀奉，我崇拜家神时也就崇拜了你。"

"你曾活在我所有的希望和爱情里，活在我的生命里，我母亲的生命里。"

"在主宰着我们家庭的不死的精灵的膝上，你已经被抚育了好多代了。"

"当我做女孩子的时候，我的心的花瓣儿张开，你就像一股花香似地散发出来。"

"你的软软的温柔，在我青春的肢体上开花了，像太阳出来之前的天空里的一片曙光。"

"上天的第一宠儿，晨曦的孪生兄弟，你从世界的生命的溪流浮泛而下，终于停泊在我的心头。"

"当我凝视你的脸蛋儿的时候，神秘之感湮没了我；你这属于一切人的，竟成了我的。"

"为了怕失掉你，我把你紧紧地搂在胸前。是什么魔术把这世界的宝贝引到我这双纤小的手臂里来的呢？"

（郑振铎译）

选自《泰戈尔诗选》，冰心等译，浙江文艺出版社2003年版

【作者简介】

拉宾德拉纳特·泰戈尔（Tagore, Rabindranath, 1861—1941），印度近代文学史上蜚声世界的诗人、小说家和剧作家。生于加尔各答市一个有深厚文化教养的家庭。1913年获诺贝尔文学奖，是首位获得诺贝尔文学奖的印度人（也是首位亚洲获奖者）。他多才、多艺、多产，一生为印度和世界留下了丰富的瑰丽遗产，除诗歌外，还写了小说、小品文、游记、话剧和2000多首歌曲。代表作有《吉檀迦利》《飞鸟集》等。

【作品赏析】

整首诗从沉思"我是从哪儿来的"这一根本性问题入手,在起—承—转—合的衔接中,泰戈尔表达了对生命与母亲的尊重与信仰。在泰戈尔看来,生命源于"母亲",它承接着爱、愿望和希望而来,在它的身上叠加了父母、祖先或家族、人类的密码,乃至于神的密码,是世界的宝贝。而母亲既是一个怀着心愿的具体的母亲,又是一个文化意义上的"母亲"(传统),更是一个宗教意义上的"母亲"(神灵)。

《开始》一诗表达了对生命的沉思与礼赞,可以分成三层:

第一层(1～4句):通过母亲与孩子的关系,回答"我是从哪儿来的"这个问题,孩子是妈妈用自己早已埋藏在心底的心愿塑造成的。"我是从哪儿来的,你,在哪儿把我捡起来的?"这是一个几乎每个孩子都会问的普遍问题,同时也是人类文明中的重要主题,这种追问既可以是生物的,也可以是精神的,更可以是哲学的。孩子问的或许是生物学层面的,但母亲的回答却是精神层面的,这种有意的"答非所问",显示了泰戈尔对生命的沉思。孩子是母亲的心愿,是母亲带着希望"反复捏塑"并随着时间的流逝而逐渐清晰的"神像"。通过母亲的回答,诗人以其独特的充满诗意的想象写出了母亲神秘、幸福与自豪的心理。在母亲看来,她的孩子如此伟大,是天空的一片曙光,是晨曦的孪生兄弟。

第二层(5～7句):通过孩子与家族的关系,回答"我是从哪儿来的"这个问题,孩子从家族传统的深处而来,是整个家族的心愿,是家族血脉的呈现。"你"虽然还未出生,只是"我"的心中之愿,但灵魂的核心已传承了家族的精神血脉,而"被抚育了好多代了"。这个"你"与祀奉的家神合二为一,既是你,又不仅仅是你。

第三层(8～12句):从孩子与家族的关系又回到孩子与母亲的关系,并给予生物学意义上的出生以神圣、神秘的意义,表达母亲对孩子的爱与珍惜。"我"在最美的时刻,散发出形成"你"的气息,然后恋爱、结婚,"你"即将成形。等"你"出生了,"你"这仙胎,是"上天的第一宠儿,晨曦的孪生兄弟",从"世界的生命的溪流浮泛而下",使"我"生下并养育你,你是大生命的自然延续。生命虽然神秘,但"你""竟成了我的"。"为了怕失掉你,我把你紧紧地搂在胸前",表达了母亲对新生命的欣喜与珍惜,从母亲对孩子的爱入手来描写,使得诗人笔下的儿童形象更丰满。

《开始》的艺术特色表现在三方面:首先,诗人描写了孩子纯洁无邪的心理世界。正如在《孩童之道》中,诗人说"孩子在纤小的世界里,是一切束缚都没有的"。在孩子的心理世界和生活中,没有社会世俗的束缚,没有功利与契约。其次,语言简洁、流畅,富有灵气。如"你曾被我当作心愿藏在我的心里","你这属于一切人的,竟成了我的","是什么魔术把这世界的宝贝引到我这双纤小的手臂里来的",简单的几句,就将生命的神秘感和母亲的欣喜与自豪感生动地表现出来了。同时在简笔之外又能引人深思,让人的心灵受到纯净的感化。如"你已经被抚育了好多代了","你从世界的生命的溪流浮泛而下"。再次,表现一种深远的意境,表达了诗人对生命的赞美。诗歌写出了人类的共同人性的共同情感,写出了母亲热爱孩子,孩子眷恋母亲,具有一种永久的生命力。

【专栏知识】

《新月集》(*The Crescent Moon*, 1913)是泰戈尔一部著名的儿童散文诗集。主要译自1903年出版的孟加拉文诗集《儿童集》,也有用英文直接创作的。诗集中,诗人生动描绘了儿童们的游戏,巧妙地表现了孩子们的心理,以及他们活泼的想象。它的特殊的隽永的艺术魅力,把我们带到了一个纯洁的儿童世界,勾起了我们对于童年生活的美好回忆。同时,诗人也将自己的灵魂穿织于诗章词篇里,使诗句充满了灵性的芬芳。

【相关链接】

孩子的世界

〔印〕拉宾德拉纳特·泰戈尔

我愿我能在我的孩子自己的世界的中心,占一角清净地。

我知道有星星同他说话,天空也在他面前垂下,用它傻傻的云朵和彩虹来娱悦他。

那些大家以为他是哑的人,那些看去像是永不会走动的人,都带了他们的故事,捧了满装着五颜六色的玩具的盘子,匍匐地来到他的窗前。

我愿我能在横过孩子心中的道路上游行,解脱了一切的束缚;

在那儿,使者奉了无所谓的使命奔走于无史的诸王的王国间;

在那儿,理智以她的法律造为纸鸢而飞放,真理也使事实从桎梏中自由了。

(郑振铎译)

选自《泰戈尔诗选》,冰心等译,浙江文艺出版社2003年版

【思考与练习】

1. 谈谈你对这首诗的思想内涵的理解。

2. 这首诗是如何表达对生命的沉思与礼赞的?

3. 背诵全诗,并尝试将其改编为一篇童话。

在地铁车站

〔美〕埃兹拉·庞德

这几张脸在人群中幻景般闪现;

湿漉漉的黑树枝上花瓣数点。

(飞白译)

选自《诗海——世界诗歌史纲·现代卷》,飞白主编,漓江出版社1989年版

【作者简介】

埃兹拉·庞德（Ezra Pound，1885—1972），美国著名诗人，意象派的代表人物，美国现代派诗歌之父，生于美国爱达荷州的海利镇。"二战"期间，在精神病院关押 12 年之久，期间他从中国古典诗歌、日本俳句中生发出"诗歌意象"的理论，为东西方诗歌的互相借鉴作出了卓越贡献。庞德的主要作品有《面具》（1909）、《反击》（1912）、《献祭》（1916）、《休·西尔文·毛伯莱》（1920）和《诗章》（1917~1959）等。

【作品赏析】

《在地铁车站》是庞德最著名的作品，也是意象派的名作。有人说这首诗写于 1911 年，还有人说是写于 1913 年。庞德在 1916 年说过："三年前在巴黎，我在协约车站走出了地铁车厢，忽然间，我看到了一个美丽的面孔，然后又看到一个，又看到一个，然后是一个美丽儿童的面孔，然后又是一个美丽的女人。"之后就是 30 行诗，一年后浓缩成现在的两行诗。庞德说它是"一刹那思想和感情的复合体"。

《在地铁车站》是一首单一意象诗，虽然只有两行 14 个单词，却脍炙人口，耐人寻味。"幻景"与"黑树枝上的花瓣"这两个特殊的意象夺人眼目。诗人以两个并置的意象描述了一个瞬间，色彩强烈，神秘而优美。

首先，诗歌内容富于想象。这首诗主要写诗人在阴暗、潮湿的地铁车站看到的一张张花瓣似的面孔及当时诗人的惊喜之情。诗人对诗歌意象进行了合理的想象。"幻景般的面孔"和"黑树枝上的花瓣"相互对应，这些意象形成一幅画面，天气阴沉，潮湿的空气中弥漫着颓废的味道，在城市的某个地铁站里，人潮涌动，或许还有戒备的神情与脸色，诗人站在"黑树枝"般的地铁站里，精神恍惚，身心疲惫。突然眼前一亮，一张张天真无邪的儿童面孔出现在面前，生机勃勃，让人顿觉美感扑面，诗人心境因而豁然开朗。

其次，诗歌的思想内涵耐人寻味。"花瓣"在"湿漉漉的黑树枝上"，两种色调形成极大的反差，诗人以美丽的花瓣来映衬令人反感的黑枝，从中可以想象出，诗人对现代都市生活物欲膨胀、人情冷漠的极端厌恶，对真善美及自然美的依恋与渴求。另外，我们还可以想象，"花瓣"居然出现在"黑树枝上"，"幻景般的面孔"与"黑树枝上的花瓣"相映成趣，或许可以认为其中蕴含这样的哲理：社会虽有时黑暗、丑陋，美丽与生机却并存其中；人生虽困难重重，希望与机遇却伴随其中。

《在地铁车站》是意象主义诗歌中最有代表性的一首，最能反映庞德的意象派诗学主张，在艺术上具有以下主要特征：

一是意象派追求主客观在一个意象里的紧密结合，描绘了客观就表达了主观，表现了主观实际上就描述了客观。诗中，黑色枝条上的花朵，渗透着诗人的心情、幻想和愿望，主观给客观以"情"与"神"，另有一种韵味。

二是具有汉诗的特性。如汉诗典型的对偶句特征，包含两个复叠对比的形象。

第一行诗描述诗人的具体经验,黑压压的人群中突然闪现几个"美丽的面孔";第二行隐喻,以黑色树枝与鲜艳的花瓣来突出色彩的对比,使诗歌给人耳目一新的感觉。

三是《在地铁车站》受中国诗歌的影响,不以音节,而是以实词作为诗歌的结构模式。庞德曾说:"中国诗简洁、含蓄,意象之间不需要媒介,其连接作用的虚词往往可以省略。"其语言风格和修辞技巧在英美诗歌领域内引发了一场变革。

【专栏知识】

意象派是 20 世纪初最早出现的现代诗歌流派,指 1909 ～ 1917 年一些英美诗人发起并付诸实践的文学运动,形成于英国,后传入美国和前苏联。要求诗人以鲜明、准确、含蓄和高度凝炼的意象生动及形象地展现事物,并将诗人瞬息间的思想感情溶化在诗行中。它反对发表议论及感叹。意象派的产生最初是对当时诗坛文风的一种反拨,代表人物是埃兹拉·庞德、休姆、叶赛宁等。如 20 世纪初许多喧嚣一时的西方文艺界流派一样,意象派没有盛行多久就被抛弃了。

【相关链接】

红色的手推车

〔美〕威廉·卡洛斯·威廉斯

红色的手推
车
多少东西依靠
你
闪亮地缀着雨
滴
旁边还有洁白的
鸡

选自《英美意象派抒情短诗集锦》,范岳译注,辽宁大学出版社 1986 年版

【思考与练习】

1.《在地铁车站》中是如何体现意象主义特色的?

2. 汉诗和俳句对《在地铁车站》的影响是什么?

3. 背诵这首诗,并尝试运用意象并置的手法创作一首意象派诗歌。

云雀歌

〔英〕珀西·比希·雪莱

你好！欢乐的精灵！
　　你何尝是鸟？
从悠悠的天庭，
　　倾吐你的怀抱，
你不费思索，而吟唱出歌声曼妙。

你从地面升腾，
　　高飞又高飞，
像一朵火云，
　　扶摇直上青冥，
在歌声中翱翔，在翱翔中歌吟。

万道金光闪烁，
　　伴随一轮落日
穿过彩云朵朵
　　你飘逸飞驰，
像无形的欢乐，它的生命才开始。

淡紫色的暮云，
　　在你周围融化
你像天边的星辰，
　　光天化日之下
看不见你，但我仍听到你的欢鸣。

你的歌声尖锐，
　　像启明星的银箭；
白日的光辉
　　使它的灯盏幽暗，
渐渐模糊了，但觉得它还在那边。

你嘹亮的歌喉
　　响彻普天之下，

像从一朵孤云后边，
　　月儿把清辉流洒，
幽暗的夜空于是荡漾着万顷光华。

我们不知你是谁，
　　什么能与你仿佛？
那缤纷的虹霓里
　　落下的晶莹水珠
却比不上你甘霖似歌曲。

像一位诗人，
　　在智慧的光芒中，
大胆放歌啸吟，
　　世人都被感动，
从此领悟了本不理会的希望和忧恐。

像一位名门闺秀，
　　索居深宫，
在夜阑人静的时候，
　　为了减轻爱的悲痛，
让幽婉的琴音回荡在幽阁。

像一只金黄的流萤，
　　盘桓在露水瀼瀼的幽谷，
无形地散发柔辉，
　　那缥缈的颜色
在它隐身的花草丛中闪烁明灭。

像一朵玫瑰
　　盛开在绿叶的枝头，
它芬芳的香味
　　被温暖的风窃走，

但偷儿却被浓郁的芳香熏醉。

　　潺潺的春雨，
　　　落在闪光的草叶上，
　　雨水催花朵开放——
　　　但你的音律，
比这一切还要清新，还要欢愉。

　　灵鸟啊，我请你，
　　　把你那美妙的思想告诉我；
　　我从未听见过一曲
　　　爱情或酒的赞歌
倾泻出你这般滔滔不尽的神圣的欢乐。

　　婚礼的合唱，
　　　凯旋的吹打，
　　比起你的歌唱，
　　　完全是浮夸，
总使人感到那滋味如同嚼蜡。

　　你欢歌的源泉
　　　究竟在哪里？
　　在何处原野、沧海或山峦？
　　　在何等样的天地？
是怎样独特的爱情？怎样的不知忧戚？

　　你在纯洁的欢乐中沉浸，
　　　永远不知疲倦，
　　忧郁的暗影
　　　永不到你身畔，
你爱，但永不会感到爱的不幸的饱餍。

　　你无论醒时睡时，
　　　对于死的面目，
　　一定比我们凡夫俗子，
　　　看得更深更透，
否则你的歌声怎会这样流泻自如？

　　我们瞻前顾后，
　　　为非分之想而憔悴，
　　衷心的欢笑里也含有
　　　几分辛酸味；
我们最美妙的歌总是最为伤悲。

　　然而我们如能消灭
　　　仇恨、骄傲和恐惧，
　　如果我们心肠如铁，
　　　不洒一颗泪珠，
我们又怎么能略尝你的欢愉。

　　诗人慕你的艺术
　　　胜于铿锵的音调，
　　胜于千万卷书
　　　所蕴藏的珍宝，
尘土的蔑视者呵，你常在苍空逍遥。

　　请将你胸中的欢乐
　　　赠送一半给我；
　　如此悠扬的狂曲，
　　　将从我唇中涌出，
世人倾听，有如现在我静聆你的歌。

选自《雪莱抒情诗选》，杨熙龄译，上海译文出版社 1981 年版

【作者简介】

　　珀西·比西·雪莱（Percy Bysshe Shelley，1792—1822），生于英国苏萨科斯郡一个贵族家庭，19 世纪英国文学史上最有才华的抒情诗人之一，被誉为诗人中的诗人。

1813 年发表第一部长诗《麦布女王》。其诗歌想象丰富,音韵和谐,节奏明快,积极向上,在英国诗歌史上占有重要地位。代表作有《暴政的假面游行》《西风颂》《云》等。1822 年 7 月驾小艇旅行途中,偶遇风暴,溺水于斯佩齐亚海湾。

【作品赏析】

《云雀歌》是雪莱抒情诗的不朽杰作之一,被看做一首"欢呼自由的黄金时代即将来临的颂歌"。作于 1820 年他旅居意大利期间。华兹华斯见到此作之后相当震惊,自叹弗如。

追求自由是 19 世纪的时代最强音。诗人假借云雀这一形象,表达了当时英国人民和他自己在沉闷空气中内心的郁积以及对自由的强烈渴望。写作此诗时,人们正在英国黑暗暴政的压制下透不过气来。云雀的形象反映了人民追求光明和自由的强烈愿望。诗中的云雀"从地面升腾,/高飞又高飞""像一朵火云,/扶摇直上青冥",它飞得自由自在,无拘无束。对于这样一个自由的精灵,死亡的阴影也无法掩盖它四射的光辉,"无论醒时睡时,/对于死的面目,/一定比我们凡夫俗子,/看得更深更透",从某种意义上来说云雀就是自由的化身,云雀的歌就是自由之歌。

全诗想象奇特,境界开阔,极具浪漫主义色彩。

首先,诗歌体现了雪莱抒情诗的特点。雪莱说:"诗人的言语总是隐喻的。"全诗使用了大量的明喻和暗喻来描绘云雀及其歌声。1~6 节写欢乐的精灵从天庭唱出曼妙的歌,嘹亮的歌声响彻普天之下,就如荡漾着万顷光华的幽暗夜空,体现了雪莱心目中的理想诗人形象。7~15 节中,连用明喻,把云雀比作诗人,比作名门闺秀,比作金黄的流萤,比作玫瑰,使云雀的美生动地展现在读者面前。同时诗人又把云雀的歌声同春雨、婚礼的合唱、凯旋的歌声相比,突出云雀歌声所具有的巨大力量。从 13 节开始,诗人运用类比,发现云雀永远不知疲倦,没有烦恼,没有爱的不幸,而且它对死的理解比凡人更深、更透。诗的最后三节,体现了浪漫主义诗歌善于在描写、歌颂自然中反衬人类社会的丑恶和人的不幸的特征。

其次,诗歌节奏短促、语言流畅明快,富于音乐性。全诗 21 节,其设计模拟云雀,云雀的每一阵鸣叫,总是在短促的几声之后拖带一长声尾音。诗句的音律与文字珠联璧合。

最后,在诗人笔下,云雀既是欢乐、光明、美丽的象征,也是诗人理想化的自我写照。全诗具有辉煌的想象和优美的情致,把雪莱抒情诗的创作推向一个新的高峰。

【专栏知识】

浪漫主义:侧重从主观内心世界出发,抒发对理想世界的热烈追求,常用热情奔放的语言、瑰丽的想象和夸张的手法来塑造形象。在视觉艺术和文学上,通常指 18 世纪晚期至 19 世纪时期。欧洲的浪漫主义在发展历程中出现过三次高潮,出现了拜伦、雨果、惠特曼等浪漫主义大师。1848 年以后,浪漫主义文学运动基本结束,但是浪漫主义思潮却并没有销声匿迹,一直持续发展到今天。

【相关链接】

夜莺颂

〔英〕约翰·济慈

我的心疼痛，困倦和麻木使神经
　　痛楚，仿佛我啜饮了毒汁满杯，
或者吞服了鸦片，一点不剩，
　　一会儿，我就沉入了忘川河水：
并不是嫉妒你那幸福的命运，
　　是你的欢乐使我过分地欣喜——
　　　　想到你呀，轻翼的林中天仙，
　　　　你让悠扬的乐音
充盈在山毛榉的一片葱茏和浓荫里，
　　　　你放开嗓门，尽情地歌唱着夏天。

哦，来一口葡萄酒吧！来一口
　　长期在深深的地窖里冷藏的佳酿！
尝一口，就想到花神，田野绿油油，
　　舞蹈，歌人的吟唱，欢乐的阳光！
来一杯酒吧，盛满了南方的温热，
盛满了诗神的泉水，鲜红，清冽，
　　还有泡沫在杯沿闪烁如珍珠，
　　　　把杯口也染成紫色；
我要痛饮呵，再悄悄离开这世界，
　　同你一起隐入那幽深的林木：

远远地隐去，消失，完全忘掉
　　你在绿叶里永不知晓的事情，
忘掉这里的疲倦，病热，烦躁，
　　这里，人们对坐着互相听呻吟，
瘫痪病颤动着几根灰白的发丝，
　　青春渐渐地苍白，瘦削，死亡；
　　　　这里，只要想一想就发愁，伤悲
　　　　绝望中两眼呆滞；
这里，美人保不住慧眼的光芒，

新生的爱情顷刻间就为之憔悴。

去吧！去吧！我要向着你飞去，
　　不是伴酒神乘虎豹的车驾驰骋，
尽管迟钝的脑子困惑，犹豫，
　　我已凭诗神无形的羽翼登程：
已经跟你在一起了！夜这样柔美，
恰好月亮皇后登上了宝座，
　　群星仙子把她拥戴在中央；
　　　　但这里是一片幽晦，
只有微风吹过朦胧的绿色
　　和曲折的苔径才带来一线天光。

我这里看不见脚下有什么鲜花，
　　看不见枝头挂什么温馨的嫩蕊，
只是在暗香里猜想每一朵奇葩，
　　猜想这时令怎样把千娇百媚
赐给草地，林莽，野生的果树枝；
　　那白色山楂花，开放在牧野的蔷薇；
　　　　隐藏在绿叶丛中易凋的紫罗兰；
　　　　那五月中旬的爱子——
　　盛满了露制醇醪的麝香玫瑰，
　　　　夏天的蚊蝇在这里嗡嗡盘桓。

我在黑暗里谛听着：已经多少次
　　几乎堕入了死神安谧的爱情，
我用深思的诗韵唤他的名字，
　　请他把我这口气化入空明；
此刻呵，无上的幸福是停止呼吸，
　　趁这午夜，安详地向人世告别，
而你呵，正在把你的精魂倾吐，

如此地心醉神迷!　　　　　　　　　　险恶的浪涛,在那失落的仙乡。

你永远唱着,我已经失去听觉——

　　你唱安魂歌,我已经变成一堆土。　　失落!呵,这字眼像钟声一敲,

　　　　　　　　　　　　　　　　　　　　催我离开你身边,回复了自己!

你永远不会死去,不朽的精禽!　　　　再见!幻想这个骗人的小妖,

　　饥馑的世纪也未能使你屈服;　　　　名不副实,再不能使人着迷。

我今天夜里一度听见的歌音　　　　　　再见!再见!你哀怨的歌音远去,

　　在往古时代打动过皇帝和村夫;　　　流过了草地,越过了静静的溪水,

恐怕这同样的歌声也曾经促使　　　　　　飘上了山腰,如今已深深地埋湮

　　路得流泪,她满怀忧伤地站在　　　　在附近的密林幽谷;

　　　　异国的谷田里,一心思念着家邦;　这是幻象?还是醒时的梦寐?

　　　　这歌声还曾多少次　　　　　　　音乐远去了:——我醒着,还是在

迷醉了窗里人。她开窗面对大海　　　酣眠?

(1819 年 5 月)

选自《济慈诗选》,屠岸译,人民文学出版社 1997 年版

【思考与练习】

1. 如何理解诗中表达的自由观?

2. 谈谈《云雀歌》一诗的艺术特色。

3. 通读全诗,并体会雪莱抒情诗的特征。

4. 比较雪莱的"云雀"与济慈的"夜莺"内在相通之处。

第二节　散文经典作品赏析

我在美丽的日本

〔日〕川端康成

　　春花秋月杜鹃夏

　　冬雪皑皑寒意加

这是道元禅师[1](1200—1252)的一首和歌,题名《本来面目》。

　　冬月拨云相伴随

　　更怜风雪浸月身

这是明惠上人(1173—1232)作的一首和歌。当别人索书时,我曾书录这两首诗相赠。

　　明惠在这首和歌前面还详细地写了一段可说是叙述这首和歌故事的长序,以阐

明诗的意境。

　　　　元仁元年（1224）十二月十二日晚，天阴月暗，我进花宫殿坐禅，及至夜半，禅毕，我自峰房回至下房，月亮从云缝间露出，月光洒满雪地。山谷里传来阵阵狼嗥，但因有月亮陪伴，我丝毫不觉害怕。我进下房，后复出，月亮又躲进云中。等到听见夜半钟声，重登峰房时，月亮又拨云而出，送我上路。当我来到峰顶，步入禅堂时，月亮又躲入云中，似要隐藏到对面山峰后，莫非月亮有意暗中与我作伴？

在这首诗的后面，他继续写道：

　　步入峰顶禅堂时，但见月儿斜隐山头。

　　山头月落我随前

　　夜夜愿陪尔共眠

明惠当时是在禅堂过夜，还是黎明前又折回禅堂，已经弄不清了，但他又接着写道：

　　禅毕偶尔睁眼，但见残月余辉映入窗前。我在暗处观赏，心境清澈，仿佛与月光浑然相融。

　　心境无边光灿灿

　　明月疑我是蟾光

既有人将西行称为"樱花诗人"，那么自然也有人把明惠叫做"月亮诗人"了。

　　明明皎皎明明皎

　　皎皎明明月儿明

这首仅以感叹声堆砌起来的"和歌"，连同那三首从夜半到拂晓吟咏的"冬月"，其特色就是"虽咏歌，实际不以为是歌"（西行的话）。这首诗是坦率、纯真、忠实地向月亮倾吐衷肠的31个字韵，与其说他是所谓"以月为伴"，莫如说他是"与月相亲"。亲密到把看月的我变为月，被我看的月变为我，而没入大自然之中，同大自然融为一体。所以残月才会把黎明前坐在昏暗的禅堂里思索参禅的我那种"清澈心境"的光，误认为是月亮本身的光了。

　　正如长序中所述的那样，"冬月相伴随"这首和歌也是明惠进入山上的禅堂，思索着宗教、哲学的心和月亮之间，微妙地相互呼应，交织一起而吟咏出来的。我之所以借它来题字，的确是因为我理解到这首和歌具有心灵的美和同情体贴。在云端忽隐忽现、映照着我往返禅堂的脚步、使我连狼嗥都不觉害怕的"冬月"啊，风吹你，你不冷吗？雪侵你，你不寒吗？我以为这是对大自然，也是对人间的一种温暖、深邃、体贴入微的歌颂，是对日本人亲切慈祥的内心的赞美，因此我才书赠给人的。

　　以研究波提切利而闻名于世、对古今中外美术博学多识的矢代幸雄博士，曾把"日本美术的特色"之一，用"雪月花时最怀友"的诗句简洁地表达出来。当自己看到雪的美，看到月的美，也就是四季时节的美而有所省悟时，当自己由于那种美而获得幸福时，就会热切地想念自己的知心朋友，但愿他们能够共同分享这份快乐。这就是说，由于美的感动，强烈地诱发出对人的怀念之情。这个"朋友"，也可以把它看做广泛的"人"。另外，以"雪、月、花"几个字来表现四季时令变化的美，在日本这是包含着山川草木，宇宙万物，大自然的一切，以至人的感情的美，是有其传统的。日本的茶道也是以"雪月花时最怀友"为它的基本精神的，茶会也就是"欢会"，是在美好的时辰，邀集最好的朋友的一个良好的聚会。——顺便说一下，我的小说《千只鹤》，如果人们以为是描写日本茶道的"精神"与"形式"的美，那就错了，毋宁说这部作品是对当今社会低级趣味的茶道发出怀疑和警惕，并予以否定的。

　　春花秋月杜鹃夏

　　冬雪皑皑寒意加

　　道元的这首和歌也是讴歌四季的美的。自古以来，日本人在春、夏、秋、冬的季节，将平常四种最心爱的自然景物的代表随便排列在一起，兴许再没有比这更普遍、更一般、更平凡，也可以说是不成其为诗的诗了。不过，我还想举出另一位古僧良宽所写的一首绝命诗，它也有类似的意境：

　　秋叶春花野杜鹃

　　安留他物在人间

　　这首诗同道元的诗一样，都是把寻常的事物和普通的语言，与其说不加思索，不如说特意堆砌在一起，以表达日本的精髓，何况这又是良宽的绝命诗呢。

　　浮云霞彩春光久

　　终日与子戏拍球

　　习习清风明月夜

　　通宵共舞惜残年

　　并非逃遁厌此世

　　只因独爱自逍遥

　　良宽的心境与生活，就像在这些诗里所反映的，住的是草庵，穿的是粗衣，漫步在田野道上，同孩童戏耍，同农夫闲聊，尽管谈的是深奥的宗教和文学，却不使用难懂的语言，那种"和颜蔼语"的无垢言行，同他的诗歌和书法风格，都摆脱了自江户后期、十八世纪末到十九世纪初的日本近代的习俗，达到古代的高雅境界，直到现代的日本，他的书法和诗歌仍然深受人们的敬重。他的绝命诗，反映了自己这种心情：自己没有什么可留作纪念，也不想留下什么，然而，自己死后大自然仍是美的，也许这种美的大自然，就成了自己留在人世间的唯一的纪念吧。这首诗，不仅充满了日本自古以来的传统精神，同时仿佛也可以听到良宽的宗教的心声。

　　望断伊人来远处

如今相见无他思

良宽还写了这样一首爱情诗，也是我所喜欢的。衰老交加的六十八岁的良宽，偶遇二十九岁的年轻尼姑纯贞的心，获得了崇高的爱情。这首诗，既流露了他偶遇终身伴侣的喜悦，也表现了他望眼欲穿的情人终于来到时的欢欣。"如今相见无他思"，的确是充满了纯真的朴素感情。

良宽七十四岁逝世。他出生在雪乡越后，同我的小说《雪国》所描写的是同一个地方。就是说，那里是面对里日本的北国，即现在的新泻县，寒风从西伯利亚越过日本海刮来。他的一生就是在这个雪国里度过的。他日益衰老，自知死期将至，而心境却清澈得像一面镜子。这位诗僧"临死的眼"，似乎仍然映现出他那首绝命诗里所描述的雪国大自然的美。我曾写过一篇随笔《临终的眼》，但在这里所用的"临终的眼"这句话，是从芥川龙之介（1892—1927）自杀遗书中摘录下来的。在那封遗书里，这句话特别拨动了我的心弦。"所谓生活能力"，"动物本能"，大概"会逐渐消失的吧"。

现今我生活的世界，是一个像冰一般透明的、又像病态一般神经质的世界。……我什么时候能够毅然自杀呢？这是个疑问。唯有大自然比持这种看法的我更美，也许你会笑我，既然热爱自然的美而又想要自杀，这样自相矛盾。然而，所谓自然的美，是在我"临终的眼"里映现出来的。

一九二七年，芥川三十五岁就自杀了。我在随笔《临终的眼》中曾写道："无论怎样厌世，自杀不是开悟的办法，不管德行多高，自杀的人想要达到圣境也是遥远的。"我既不赞赏也不同情芥川，还有战后太宰治（1909—1948）等人的自杀行为。但是还有另一位年纪轻轻就死去的朋友，日本前卫派画家之一，也是长期以来就想自杀的。"他说再没有比死更高的艺术，还说死就是生，这些话像是他的口头禅。"（《临终的眼》）我觉得这位生于佛教寺院、由佛教学校培养出来的人，他对死的看法，同西方人对死的想法是不同的。"有牵挂的人，恐怕谁也不会想自杀吧。"由此引起我想到另一桩事，就是那位一休禅师曾两次企图自杀的事。

在这里，我之所以在"一休"上面贯以"那位"二字，是由于他作为童话里的机智和尚，为孩子们所熟悉。他那无碍奔放的古怪行为，早已成为佳话广为流传。他那种"让孩童爬到膝上，抚摸胡子，连野鸟也从一休手中啄食"的样子，真是达到了"无心"的最高境界了。看上去他像一个亲切、平易近人的和尚，然而，实际上确实是一位严肃、深谋远虑的禅宗僧侣。还被称为天皇御子的一休，六岁入寺院，一方面表现出天才少年诗人的才华，另一方面也为宗教和人生的根本问题所困惑，而陷入苦恼，他曾疾呼："倘有神明，就来救我。倘若无神，即沉我湖底，以葬鱼腹！"当他正要投湖时，被人拦住了。后来有一次，由于一休所在的大德寺的一个和尚自杀，几个和尚竟被株连入狱，这时一休深感有责，于是"肩负重荷"，入山绝食，又一次决心寻死。

一休自己把那本诗集，取名《狂云集》，并以"狂云"为号。在《狂云集》及其续集里，可以读到日本中世的汉诗，特别是禅师的诗，其中有无与伦比的、令人胆战心惊的爱情诗,甚至有露骨地描写闺房秘事的艳诗。一休既吃鱼又喝酒,还接近女色,超越了禅宗的清规戒律,把自己从禁锢中解放出来,以反抗当时宗教的束缚,立志要在那因战乱而崩溃了的世道人心中恢复和确立人的本能和生命的本性。

一休所在的京都紫野的大德寺,至今仍是茶道的中心。他的书法也作为茶室的字幅而被人敬重。我也珍藏了两幅一休的手迹。一幅题了一行"入佛界易,进魔界难"。我颇为这句话所感动,自己也常挥笔题写这句话。它的意思可作各种解释,如要进一步往深处探讨,那恐怕就无止境了。继"入佛界易"之后又添上一句"进魔界难",这位属于禅宗的一休打动了我的心。归根到底追求真、善、美的艺术家,对"进魔界难"的心情是:既想进入而又害怕,只好求助于神灵的保佑,这种心境有时表露出来,有时深藏在内心底里,这兴许是命运的必然吧。没有"魔界",就没有"佛界"。然而要进入"魔界"就更加困难。意志薄弱的人是进不去的。

逢佛杀佛,逢祖杀祖

这是众所周知的禅宗的一句口头禅,若将佛教按"他力本愿"和"自力本愿"来划分宗派,那么主张自力的禅宗,当然会有这种激烈而又严厉的语言了。主张"他力本愿"的真宗亲鸾[2]（1173—1262）也有一句话:"善人尚向往生,况恶人乎",这同一休的"佛界"、"魔界",在心灵上有相通之处,也有差异之点。那位亲鸾也说,他"没有一个弟子"。"逢祖杀祖"、"没有一个弟子",这大概又是艺术的严酷的命运吧。

禅宗不崇拜偶像。禅寺里虽也供佛像,但在修行场、参禅的禅堂,没有佛像、佛画,也没有备经文,只是瞑目,长时间静默,纹丝不动地坐着。然后,进入无思无念的境界。灭我为无。这种"无",不是西方的虚无,相反,是万有自在的空,是无边无涯无尽藏的心灵宇宙。当然,禅也要由师指导,和师问答,以得启发,并学习禅的经典。但是,参禅本人始终必须是自己,开悟也必须是靠独自的力量。而且,直观要比论理重要。内在的开悟,要比外界的教更重要。真理"不立文字",而在"言外"。达到维摩居士[3]的"默如雷"的境地,大概就是开悟的最高境界了吧。中国禅宗的始祖达摩大师[4],据说他曾"面壁九年",即面对洞窟的岩壁,连续坐禅九年,沉思默想的结果,终于达到了开悟的境界。禅宗的坐禅就是从达摩的坐禅而来的。

问则答言不则休

达摩心中万般有

（一休）

一休还吟咏了另一首道歌:

若问心灵为何物

恰如墨画松涛声

这首诗,也可以说是洋溢着东洋画的精神。东洋画的空间、空白、省笔也许就是一休所说的墨画的心境吧。这正是"能画一枝风有声"（金冬心[5]）。

道元禅师也曾有过"虽未见,闻竹声而悟道,赏桃花以明心"这样的话。日本花道的插花名家池坊专应也曾"口传";"仅以点滴之水,咫尺之树,表现江山万里景象,瞬息呈现千变万化之佳兴。正所谓仙家妙术也。"日本的庭园也是象征大自然的。比起西方庭园多半是造成匀整。日本庭园大体上是造成不匀整,或许正是因为不匀整要比匀整更能象征丰富、宽广的境界吧。当然,这不匀整是由日本人纤细而又微妙的感情来保持均衡的。再没有比日本庭园那种复杂、多趣、细致而又繁难的造园法了。所谓"枯山水"的造园法,就是仅仅用岩石砌垒的方法,通过"砌垒岩石",来表现现场没有的山河的美境以及大海的激浪。这种造园法达到登峰造极时就演变成日本的盆景、盆石了。所谓山水这个词,指的是山和水,即自然的景色,山水画,也就是风景画,从庭园等的意义,又引申出"古雅幽静"或"闲寂简朴"的情趣。但是崇尚"和敬清寂"的茶道所敬重的"古雅、闲寂",当然是指潜在内心底里的丰富情趣,极其狭窄、简朴的茶室反而寓意无边的开阔和无限的雅致。

　　要使人觉得一朵花比一百朵花更美。利休[6]也曾说过:盛开的花不能用作插花。所以,现今的日本茶道,在茶室的壁龛里,仍然只插一朵花,而且多半是含苞待放的。到了冬季,就要插冬季的花,比如插取名"白玉"或"佗助"的山茶花,就要在许多山茶花的种类中,挑选花小色洁,只有一个蓓蕾的,没有杂色的洁白,是最清高也最富有色彩。然而,必须让这朵蓓蕾披上露水,用几滴水珠润湿它。五月间,在青瓷花瓶里插上一株牡丹花,这是茶道中最富丽的花。这株牡丹仍只有一朵白蓓蕾,而且也是让它带上露水。很多时候,不仅在蓓蕾上点上水珠,还预先用水濡湿插花用的陶瓷花瓶。

　　在日本陶瓷花瓶中,格调最高,价值最贵的古伊贺[7]陶瓷(大约十五、十六世纪),用水濡湿后,就像刚苏醒似的,放出美丽的光彩。伊贺陶瓷是用高温烧成的,燃料为稻草,稻草灰和烟灰降在花瓶体上,或飘流过去,随着火候下降,它就变成像釉彩一般的东西。这种工艺不是陶匠人工做成,而是在窑内自然变化烧成的。也可以称之为"窑变",生产出各式各样的色调花纹。伊贺陶瓷那种雅素、粗犷、坚固的表面,一点上水,就会发出鲜艳的光泽。同花上的露水相互辉映。茶碗在使用之前,也先用水湿过,使它带着润泽,这成了茶道的规矩。池坊专应曾把"山野水畔自成姿"(口传)作为自己这一流派的新的插花要领。在破了的花瓶、枯萎的枝叶上都有"花",在那里由花可以悟道。"古人均由插花而悟道",就是受禅宗的影响,由此也唤醒了日本人的美的心灵。大概也是这种心灵使在长期内战的荒芜中的人们得以继续生活下来的吧。

　　在日本最古老的诗歌故事集,包括许多被认为是短篇小说的《伊势物语》里(十世纪问世),有过这样一段记载:

　　　　有心人养奇藤于瓶中,花蔓弯垂竟长三尺六寸。

　　这是在原行平[8]接待客人时的插花故事。这种所谓花蔓弯垂三尺六寸的藤确实珍奇,甚至令人怀疑它是不是真的。不过,我觉得这种珍奇的藤花象征了平安朝的文化。藤花富有日本情调,且具有女性的优雅,试想在低垂的藤蔓上开着的花儿在微风中摇曳的姿态,是多么纤细娇弱,彬彬有礼,脉脉含情啊。它又若隐若现地藏在初夏的郁绿丛中，仿佛懂得多愁善感。这花蔓长达三尺六寸，恐怕是异样的华丽吧。日本吸收了中国唐代的文化，尔后很好地融汇成日本的风采，大约在一千年前，就产生了灿烂的平安朝文化，形成了日本的美，正像盛开的"珍奇藤花"给人格外奇异的感觉。那个时代，产生了日本古典文学的最高名著，在诗歌方面有最早的敕撰和歌集《古今和歌集》（905），小说方面有《伊势物语》、紫式部（约907前后—1002前后）的《源氏物语》、清少纳言（966前后—1017，根据资料是年尚在世）的《枕草子》等，这些作品创造了日本美的传统，影响乃至支配后来八百年间的日本文学。特别是《源氏物语》，可以说自古至今，这是日本最优秀的一部小说，就是到了现代，日本也还没有一部作品能和它媲美，在十世纪就能写出这样一部近代化的长篇小说，这的确是世界的奇迹，在国际上也是众所周知的。少年时期的我，虽不大懂古文，但我觉得我所读的许多平安朝的古典文学中，《源氏物语》是深深地渗透到我的内心底里的。在《源氏物语》之后延续几百年，日本的小说都是憧憬或悉心模仿这部名著的。和歌自不消说，甚至从工艺美术到造园艺术，无不都是深受《源氏物语》的影响，不断从它那里吸取美的精神食粮。

紫式部和清少纳言，还有和泉式部（979年—不详）和赤染卫门（约957—1041）等著名诗人都是侍候宫廷的女官。难怪人们一般提到平安朝文化，都认为那是宫廷文化或是女性文化了。产生《源氏物语》和《枕草子》的时期，是平安朝文化最兴盛时期，也是从发展的顶峰开始转向颓废的时期，尽管在极端繁荣之后已经露出了哀愁的迹象，然而这个时期确实让人看到日本王朝文化的鼎盛。

不久，王朝衰落，政权也由公卿转到武士手里，从而进入镰仓时代（1192—1333），武家政治[9]一直延续到明治元年（1868），约达七百年之久。但是，天皇制或王朝文化也都没有灭亡，镰仓初期的敕撰和歌集《新古今和歌集》（1205）在歌法技巧上，比起平安朝的《古今和歌集》又前进了，虽有玩弄词藻的缺陷，但尚注重妖艳、幽玄和风韵，增加了幻觉，同近代的象征诗有相同之处。西行法师（1118—1190）是跨平安和镰仓这两个朝代的具有代表性的诗人。

梦里相逢人不见
若知是梦何须醒

纵然梦里常幽会
怎比真如见一回

《古今和歌集》中的小野小町的这些和歌，虽是梦之歌，但却直率且具有它的现实性。此后经过《新古今和歌集》阶段，就变得更微妙的写实了。

竹子枝头群雀语
满园秋色映斜阳

萧瑟秋风荻叶凋

夕阳投影壁间消

镰仓晚期的永福门院的这些和歌，是日本纤细的哀愁的象征，我觉得同我非常相近。

讴歌"冬雪皑皑寒意加"的道元禅师或是歌颂"冬月拨云相伴随"的明惠上人，差不多都是《新古今和歌集》时代的人。明惠和西行也曾以诗歌相赠，并谈论过诗歌。

西行法师常来晤谈，说我咏的歌完全异乎寻常。虽是寄兴于花、杜鹃、月、雪，以及自然万物，但是我大多把这些耳闻目睹的东西看成是虚妄的。而且所咏的诗句都不是真挚的。虽然歌颂的是花，但实际上并不觉得它是花；尽管咏月，实际上也不认为它是月。只是当席尽兴去吟诵罢了。像一道彩虹悬挂在虚空，五色缤纷，又似日光当空辉照，万丈光芒。然而，虚空本来是无光，又是无色的。就在类似虚空的心，着上种种风趣的色彩，然而却没有留下一丝痕迹。这种诗歌就是如来的真正的形体。

（摘自弟子喜海的《明惠传》）

西行在这段话里，把日本或东方的"虚空"或"无"，都说得恰到好处。有的评论家说我的作品是虚无的，不过这不等于西方所说的虚无主义。我觉得这在"心灵"上，根本是不相同的。道元的四季歌命题为《本来面目》，一方面歌颂四季的美，另一方面强烈地反映了禅宗的哲理。

（1968年1月）

选自《川端康成散文选》，叶渭渠译，百花文艺出版社1988年版

【注释】

[1] 希玄道元：镰仓（1192～1333）初期的禅师，日本曹洞宗的始祖，曾到中国学习佛法，著有和歌集《伞松道咏》等。

[2] 亲鸾：镰仓前期宗教思想家，日本净土真宗的始祖。著有《教行信证》、《愚秃抄》等。

[3] 维摩居士：大乘佛教经典《维摩经》中居士之名，或谓菩萨的化身。

[4] 达摩大师：南北朝的高僧，谥号圆觉大师。

[5] 金冬心（1687—1763）：中国清代书画家和诗人。他打破宋画的画风，独创新的风格，擅长画竹、风、水、佛像。

[6] 千利休（1522—1591）：安土、桃山时代的茶道家，精通茶术，集茶道之大成。

[7] 伊贺：地名，现在三重县西南，盛产陶瓷。

[8] 原行平（818—893）：日本平安朝前期的诗人。

[9] 武家政治：即由武士阶层掌握政权，实行统治。一般指镰仓、室町、江户三幕府的政治，自镰仓幕府崩溃共约七百年（1180～1867）。

【作者简介】

川端康成（Yasunari Kawabata，1899—1972），日本新感觉派作家，著名小说家，日本唯美主义文学的代表之一。生于大阪，幼年生活封闭，身体羸弱，坎坷的命运给他性格、心理及日后的创作以巨大影响。1920 年开始创作，代表作有《伊豆的舞女》《雪国》等。川端康成的作品极富抒情性，追求人生升华的美，并深受佛教思想和虚无主义影响。1968 年荣获诺贝尔文学奖。1972 年在其工作室自杀。

【作品赏析】

《我在美丽的日本》是川端康成于 1968 年领取诺贝尔文学奖之际发表的讲演。瑞典皇家学院表彰他"忠实地立足于日本的古典文学，维护并继承了纯粹的日本传统的文学模式"。作为第一位获得诺贝尔文学奖的日本人，他向全世界介绍了日本式的美。在川端康成的作品中，雪、月、花是最常见的意象，多表达孤独的情绪、忧郁感伤的情调、人道主义及虚无、颓废的思想，集中体现了日本民族审美情趣中凄美、纤细的诗意韵味。

本文表达了与自然合一的美的意境。即主体没入自然，与自然成为一体。文章开端介绍了明慧、良宽等歌人的和歌，阐述了人与自然合一的境界，分析了诗人的自然观，又表达了禅的精神和美的创造欣赏。川端引用一休禅师的诗歌及"逢佛杀佛"、"不立文字"等禅宗的理念，分析禅的精神与日本文艺的创造、鉴赏的关系。文章开头出现的诗歌"春花秋月杜鹃夏，冬雪皑皑寒意加"其内涵在文章最后用禅的精神得以解读。川端认为禅"唤醒了日本人的美的心灵"。

全文大致可分为三部分。

第一部分从开头至"的确是充满了纯真的朴素感情"。通过禅宗诗僧希玄道元、明惠上人、西行、良宽等人的诗，写出日本人对雪、月、花的喜爱，是"对大自然，也是对人间的一种温暖、深邃、体贴入微的歌颂，是对日本人亲切慈祥的内心的赞美"。

第二部分从"良宽七十四岁逝世"至"这正是'能画一枝风有声'"。写了日本人独特的自杀观，芥川龙之介的"临终的眼"、一休禅师的宗教境界以及东洋画的"空间、空白、省笔"等，辨析了日本的"虚无"与西方虚无的不同，而是"万有自在的空，是无边无涯无尽藏的心灵宇宙"。

第三部分从"道元禅师也曾有过"至结束。描写日本的花道、茶道、陶瓷的精神；《古今和歌集》、《伊势物语》、《源氏物语》、《枕草子》等古典文学传统。作者深入细致地介绍和剖析了"日本美的传统"；反复申说"日本或东方的'虚空'或'无'"在心灵上根本不同；阐明自己的作品中的"虚无"，也并不等于西方所说的虚无主义。

本文系统论述了日本民族的审美情趣。和其内容一致，文章本身也体现了日本美的传统。语言精致优美，娓娓而谈，自由散淡，字里行间渗出一种细细的韵味。川端康成善于倾情动用全身各个感觉器官，精致、细腻、敏锐地表达一种恬淡动人的悲伤之美,其中又渗透着哲学思辨的灵气,能使读者在审美的同时受到心灵上的启发,获得一种生存的智慧。

【专栏知识】

物哀:日本特有的美学概念,是日本江户时代国学大家本居宣长提出的文学理念。主要表达"同情共感、优美纤细的吝惜之情"。换言之,物哀就是情感主观接触外界事物时,自然而然或情不自禁地产生的幽深玄静的情感。这种观念不仅深深浸透于日本文学,而且支配着日本人精神生活的诸多层面。

【相关链接】

花未眠

〔日〕川端康成

我常常不可思议地思考一些微不足道的问题。昨日一来到热海的旅馆,旅馆的人拿来了与壁龛里的花不同的海棠花。我太劳顿,早早就入睡了。凌晨四点醒来,发现海棠花未眠。

发现花未眠,我大吃一惊。有葫芦花和夜来香,也有牵牛花和合欢花,这些花差不多都是昼夜绽放的。花在夜间是不眠的。这是众所周知的事。可我仿佛才明白过来。凌晨四点凝视海棠花,更觉得它美极了。它盛放,含有一种哀伤的美。

花未眠这众所周知的事,忽然成了新发现花的机缘。自然的美是无限的。人感受到的美却是有限的。正因为人感受美的能力是有限的,所以说人感受到的美是有限的,自然的美是无限的。至少人的一生中感受到的美是有限的。是很有限的。这是我的实际感受,也是我的感叹。人感受美的能力,既不是与时代同步前进,也不是伴随年龄而增长。凌晨四点的海棠花,应该说也是难能可贵的。如果说,一朵花很美,那么我有时就会不由自主地自语道:要活下去!

画家雷诺阿说:只要有点进步,那就是进一步接近死亡,这是多么凄惨啊。他又说:我相信我还在进步。这是他临终的话。米开朗基罗临终的话也是:事物好不容易如愿表现出来的时候,也就是死亡。米开朗基罗享年八十九岁。我喜欢他的用石膏套制的脸型。

毋宁说,感受美的能力,发展到一定程度是比较容易的。光凭头脑想象是困难的。美是邂逅所得。是亲近所得。这是需要反复陶冶的。比如唯一一件的古美术作品,成了美的启迪,成了美的开光,这种情况确是很多。所以说,一朵花也是好的。

凝视着壁龛里摆着的一朵插花,我心里想道:与这同样的花自然开放的时候,我会这样仔细凝视它吗?只摘了一朵花插入花瓶,摆在壁龛里,我才凝神注视它。不仅限于花。就说文学吧,今天的小说家如同今天的歌人一样,一般都不怎么认真观察自然。大概认真观察的机会很少吧。壁龛里插上一朵花,要再挂上一幅花的画。这画的美,不亚于真花的当然不多。在这种情况下,要是画作拙劣,那么真花就更加显得美。就算画中花很美,可真花的美仍然是很显眼的。然而,我们仔细观赏画中花,却不怎么留心欣赏真的花。

李迪、钱舜举也好,宗达、光琳、御舟以及古径也好,许多时候我们是从他们描绘的花画中领略到真花的美。不仅限于花。最近我在书桌上摆上两件小青铜像,一件是罗丹创作的《女人的手》,一件是玛伊约尔创作的《勒达像》。光这两件作品也能看出罗丹和玛伊约尔的风格是迥然不同的。从罗丹的作品中可以体味到各种的手势,从玛伊约尔的作品中则可以领略到女人的肌肤。他们观察之仔细,不禁让人惊讶。

我家的狗产崽,小狗东倒西歪地迈步的时候,看见一只小狗的小小形象,我吓了一跳。因为它的形象和某种东西一模一样。我发觉原来它和宗达所画的小狗很相似。那是宗达水墨画中的一只在春草上的小狗的形象。我家喂养的是杂种狗,算不上什么好狗,但我深深理解宗达高尚的写实精神。

去年岁暮,我在京都观赏晚霞,就觉得它同长次郎使用的红色一模一样。我以前曾看见过长次郎制造的称之为夕暮的名茶碗。这只茶碗的黄色带红釉子,的确是日本黄昏的天色,它渗透到我的心中。我是在京都仰望真正的天空才想起茶碗来的。观赏这只茶碗的时候,我不由地浮现出坂本繁二郎的画来。那是一幅小画。画的是在荒原寂寞村庄的黄昏天空上,泛起破碎而蓬乱的十字型云彩。这的确是日本黄昏的天色,它渗入我的心。坂本繁二郎画的霞彩,同长次郎制造的茶碗的颜色,都是日本色彩。在日暮时分的京都,我也想起了这幅画。于是,繁二郎的画、长次郎的茶碗和真正黄昏的天空,三者在我心中相互呼应,显得更美了。

那时候,我去本能寺拜谒浦上玉堂的墓,归途正是黄昏。翌日,我去岚山观赏赖山阳刻的玉堂碑。由于是冬天,没有人到岚山来参观。可我却第一次发现了岚山的美。以前我也曾来过几次,作为一般的名胜,我没有很好地欣赏它的美。岚山总是美的。自然总是美的。不过有时候,这种美只是某些人看到罢了。

我之发现花未眠,大概也是由于我独自住在旅馆里,凌晨四时就醒来的缘故吧。

（1950 年 5 月）

选自《川端康成散文选》,叶渭渠译,百花文艺出版社 1988 年版

【思考与练习】

1. 如何看待《我在美丽的日本》中表现的日本之美?

2.《我在美丽的日本》是如何体现日本文学中的"物哀"观念的?

3. 找资料考察一下日本的茶道、花道,谈一谈日本审美趣味的特质。

拜占庭的陷落（节选）

〔奥〕斯蒂芬·茨威格

凌晨一点钟，苏丹发出了进攻的信号。巨大的帅旗一展，随着"真主、真主"众口一声的叫喊，数以万计的人拿着武器、云梯、绳索、铁爪篙向城墙冲去，同时，所有的战鼓敲起，所有的军号吹响，震耳欲聋的大擂鼓、铜钹、笛子的声音和人的呐喊、大炮的轰鸣汇成一片，像是暴风雨的袭击。那些未经训练的志愿敢死队毫不怜悯地被率先送到城墙上去——他们半裸的躯体，在苏丹的进攻计划中肯定只是作为替死鬼，为的是要在主力部队作决定性的冲锋以前使敌人疲劳和削弱。这些被驱赶的替死鬼带着数以百计的云梯在黑暗中向前奔跑，向城垛、雉堞攀登上去，但是被击退下来了，接着他们又冲上去，就这样接二连三地向上冲，因为他们没有退路；在他们——这些仅仅用来当作炮灰的无谓牺牲品——的身后已经站立着精锐主力，他们不停地把这些替死鬼驱向几乎是必死的境地。这些一穿就透的人肉装甲无法抵挡无数的矢箭和石块，所以守在城上的人暂时还处于优势，但是他们面临的真正危险是自己的疲惫不堪——而这正是穆罕默德所算计的。城墙上的人全身穿着沉重的甲胄，持续不停地迎战不断冲上来的轻装部队，他们一会儿在这里战斗，一会儿又不得不跳到另一处去战斗，就在这样被动的防御中，他们的旺盛精力被消耗殆尽了。而现在，当进行了两小时的搏斗之后，天已开始蒙蒙亮，由安纳托利亚人组成的第二梯队发起了冲锋，战斗也就愈来愈危险，因为这些安纳托利亚人都是纪律严明、训练有素的战士，并且同样有网状的铝甲围在身上。此外他们在数量上占着绝对优势，而且事先得到充分的休息，相比之下，守在城上的人却不得不一会儿在这里一会儿在那里去保卫突破口。不过，进攻者所到之处还是不断地破击退下来。于是苏丹不得不把自己最后预备的精锐部队——奥斯曼帝国的中坚力量、土耳其近卫军用上。他亲自率领达一万两千名经过挑选的、身强力壮的士兵——当时被欧洲视为最优秀的军旅，齐声呐喊向精疲力竭的敌人冲去。现在真正是千钧一发的时刻了，城里所有的钟都已敲响，号召最后还能参加战斗的人都到城墙上来，水兵们也都从船上被召集到城墙上，因为真正决定性的战斗已经开始。对守卫在城上的人来说，倒霉的是热那亚部队的司令、无比勇敢的朱斯蒂尼亚尼被矢石击中而身负重伤，他被抬到船上去了，他一倒下，使守卫者的力量一时发生了动摇。但是，皇帝已亲自赶来阻挡这十分危险的突破，于是再次成功地把冲锋者的云梯推了下去；在这双方殊死的搏斗中，看来拜占庭又得到了喘息的机会。最危急的时刻已经过去，最疯狂的进攻又被击退。但是，就在此时，一次悲剧性的意外事故一下子就决定了拜占庭的命运，是那神秘莫测的几秒钟里的一秒钟一下子就决定了拜占庭的命运，就像有时候历史在它令人不解的决定中所出现的那几秒钟一样。

发生了一件完全不可想象的事。在离真正进攻的地方不远，有几个土耳其人通过外层城墙中的许多缺口之一冲了进来。他们不敢直接向内城墙冲去。但当他们十分好奇和漫无目地在第一道城墙和第二道城墙之间四处乱闯时,他们发现在内城墙的较小的城门中间有一座城门——即称为"凯尔卡门"的城门——由于无法理解的疏忽,竟敞开着。对它本身来说,这仅仅不过是一扇小门而已,在和平时期,当其他几座大城门紧闭的几小时内,这座小门是行人通过的地方。正因为它不具有军事意义,所以在那最后一夜的普遍激动中显然忘记了它的存在。土耳其近卫军此刻惊奇地发现,这扇门正在坚固的工事中间向他们悠闲地敞开着。起初,他们以为这是军事上的一种诡计,因为他们觉得这样荒唐的事太不可思议了。通常,防御工事前的每一个缺口、每一个小窗口、每一座大门前,都是尸体堆积如山,燃烧的油和矛枪会盖头盖脑飞下来,而现在,这里却像星期天似的一片和平景象,这扇通向城中心的凯尔卡门大敞着。那几个土耳其人立刻设法叫来了增援部队,于是,整整一支部队没有遭到任何抵抗就冲进了城。那些守卫在外层城墙上的人丝毫没有察觉,没有料想到背部会受到袭击。更糟糕的是,竟有几个士兵发现在自己的防线后面有土耳其人时,就不禁喊出声来:"城市被攻下了!"在战场上喊出这样不确实的谣言,那真是比所有的大炮更能置人于死地。现在,土耳其人也跟在这喊声后面大喊大叫地欢呼:"城市被攻下了!"于是,这样的喊声粉碎了一切抵抗。雇佣兵们以为自己被出卖了,纷纷离开自己的阵地,以便及时逃回港口,逃到自己的船上去。君士坦丁带着几个随从向入侵者浴血奋战,但已无济于事,他牺牲了。在乱哄哄的人群中,没有人认出他来。他被打死了。只是到了第二天,人们在一大堆尸体中才从一双饰有一只金鹰的朱红靴上确认,东罗马帝国的最后一位皇帝光荣地以罗马精神随同他的帝国一起同归于尽。芝麻大的一次意外——一扇被人忘记了的凯尔卡门就这样决定了世界历史。

选自《人类的群星闪耀时》,舒昌善译,三联书店 1986 年版

【作者简介】

斯蒂芬·茨威格(Stefan Zweig,1881—1942),奥地利著名作家、小说家、传记作家,生于维也纳一个犹太资产阶级家庭。"一战"时从事反战工作,成为著名的和平主义者。1934 年遭纳粹驱逐,先后流亡英国、巴西。1942 年 2 月与妻子双双自杀。茨威格擅长细致的性格刻画,以及对奇特命运下个人遭遇和心灵的热情的描摹。他被公认为世界上最杰出的中短篇小说家之一。代表作有《一个陌生女人的来信》《象棋的故事》《断头皇后》等。

【作品赏析】

"在人类历史上必然有漫长的岁月平平常常地流逝而去,但总有那么一些难得出现的、具有重大意义的短暂时刻影响着世界的进程,决定着一个人的命运,它们宛若黑夜中的璀璨星光。"这是茨威格在《人类的群星闪耀时》的前言中记下的话。

这篇散文依据历史材料,真实再现了高斯曼土耳其苏丹穆罕默德率部强攻拜占庭的过程,充分展示了重大历史事件的丰富内涵及深远意义。不仅事实确凿,而且富

有文学性的特征,即通过适当的联想、剪裁、描写,使之生动形象,具有感染力。这是一篇典型的历史特写。作者以生动的文笔,高超的剪裁技巧,细腻的心理描摹,再加以恰当的评论,深刻地揭示拜占庭陷落的原因,同时又指出直接决定了拜占庭命运的却是一扇很小的门——凯尔卡门。谁也不知道为什么它会洞开着,所有的人都去战斗了,唯有这座城门没有一个士兵去把守。当奥斯曼的士兵举着弯刀从这座城门冲进拜占庭时,历史已经将凯尔卡这个名字刻在了时间的柱子上,细节决定命运、决定成败,也许灭亡是注定的,可是打开灭亡之门的却是一个被人忽略掉的细节,一扇忘记关闭的城门。茨威格总是将一个大的历史事件落实在一个个很具体的人物或事件上,他更相信偶然的作用,认为"偶然性决定战争胜负",似乎历史只是一个随时可变幻的舞台。

本文在艺术上具有以下特征:

一是具有一定的真实性。通过对历史形势和社会环境的描绘、气氛的烘托,写真人真事,没有任意虚构。茨威格在《前言》中说:"我丝毫不企图通过自己的发明,去粉饰和加强那些事件的内在和外在的真实性,因为那些在庄严时刻所发生的一切都是自己完成的。历史不需要任何后来的帮手。历史是真正的诗人和戏剧家,任何一个作家都不能试图超越她。"

二是具有感人的艺术魅力。茨威格对背景和气氛进行渲染。如危在旦夕的前景渲染,场面勾勒宏大,穿插评论深刻,如小节末尾的评论。而且文章剪裁技巧高超,切入点准确,以决定性的小门的存在为突破口,大处着眼,小处落笔。

三是全景勾勒与关键细节的刻画相结合。"城墙和大炮"和"再次寄于希望"中大场景描写较多;关键细节的刻画的部分,如苏丹本人催马下到海滩水中,溅湿了上衣的描写,"圣索菲亚教堂的最后一次弥撒"中最后一幕的场面描写。

【专栏知识】

历史特写:茨威格将自己的12篇作品称作历史特写。通过对历史事件的剖析来倾听历史的回声和教训,表现人这一历史的主体在一瞬间的所作所为,具有历史和文学的双重特性。特写中随时夹着意味深长的议论,有的充满诗情画意,有的发人深省,作品的思想性在作者的感慨和议论中反映出来。形式多样,有时采用散文,有时采用叙事诗和戏剧。

【相关链接】

滑铁卢的一分钟(节选)

〔奥〕斯蒂芬·茨威格

……

然而格鲁希考虑的这一秒钟却决定了他自己的命运、拿破仑的命运和世界的命运。在瓦尔海姆的一家农舍里逝去的这一秒钟决定了整个十九世纪。而这一秒钟全取决于这个迂腐庸人的一张嘴巴。这一秒钟全掌握在这双神经质地揉皱了皇帝命令的手中。——这是多么的不幸！倘若格鲁希在这刹那之间有勇气、有魄力、不拘泥于皇帝的命令，而是相信自己、相信显而易见的信号，那么法国也就得救了。可惜这个毫无主见的家伙只会始终听命于写在纸上的条文，而从不会听从命运的召唤。

格鲁希使劲地摇了摇手。他说，把这样一支小部队再分散兵力是不负责任的，他的任务是追击普军，而不是其他。就这样，他拒绝了这一违背皇帝命令的行动。军官们闷闷不乐地沉默了。在他周围鸦雀无声。而决定性的一秒钟就在这一片静默之中消逝了，它一去不复返，以后，无论用怎样的言辞和行动都无法弥补这一秒钟。——威灵顿胜利了。

格鲁希的部队继续往前走。热拉尔和旺达姆愤怒地紧握着拳头。不久，格鲁希自己也不安起来，随着一小时一小时的过去，他越来越没有把握，因为令人奇怪的是，普军始终没有出现。显然，他们离开了退往布鲁塞尔去的方向。接着，情报人员报告了种种可疑的迹象，说明普军在撤退过程中已分几路转移到了正在激战的战场。如果这时候格鲁希赶紧率领队伍去增援皇帝，还是来得及的。但他只是怀着愈来愈不安的心情，依然等待着消息，等待着皇帝要他返回的命令。可是没有消息来。只有低沉的隆隆炮声震颤着大地，炮声却愈来愈远。孤注一掷的滑铁卢搏斗正在进行，炮弹便是投下来的铁骰子。

……

节选自《人类的群星闪耀时》，舒昌善译，三联书店 1986 年版

【思考与练习】

1. 如何看待茨威格"偶然决定战争胜负"的看法？
2. 茨威格历史特写的历史与文学特征是如何交织体现的？
3. 拜占庭陷落的主要原因是什么？

大地的眼睛

〔俄〕米·普里什文

傍晚时风停了。白桦树上的嫩叶纹丝不动，哗山下面的路上总有人或步行，或赶车，不知到哪儿去。旁边一条沙土小路上，我看见一个孩子小巧的脚印，可爱极了，要不是怕人见笑，我真会去吻一吻……

一帮人在山下路上赶车，说着闲话，他们的话声冲到静静的水面上，也总是清楚地传到哗山上，几乎每辆大车旁边都有一匹马驹跑着。农民们闲聊的无非是土豆已经栽下，某个德米特里·帕夫洛夫死了老婆，没过六个星期又结婚了，因为他拖着六个孩子，没有别的法子。还有一个玛丽亚，嫁了雅科夫·格里戈里耶夫，她已有四十岁，

男的六十岁,玛丽亚有一头小母牛……后面大车上的人没有听清玛丽亚有什么,于是"小——母——牛"三个字响彻整个车队……

终于都安静下来了,从河流汇入湖里的地方,可以听七俄里之外大麻鸦的叫声。

后来有一个村妇带着小男孩到湖边来洗衣服,那孩子撩起小衫,想往湖水里撒尿,这时,那女人在水边说的话就像在我们身边说的一样清楚。她对孩子说:

"你干什么,作孽啊,往母亲眼睛里……"

她是不是认为湖是大地母亲的眼睛呢?

每逢有这种事,我总要问别连杰耶芙娜如何看法。

"母亲当然是指大地,"她说道,"以后人家还会把这件事拉到人的身上,要是那女人日后眼睛疼,村里人就会说,大概是因为她的孩子往湖水里撒过尿。"

别连杰伊人的古代祭祀已不复存在,对于大地母亲的眼睛充满诗意的看法已转变为全人类的文化。而他们自己所留下的只有迷信。

在这百花飘香的夜里,令人难以入眠,大地母亲的眼睛一宿未合。

选自《大自然的日历》,潘安荣译,百花文艺出版社 2000 年版

【作者简介】

米哈伊尔·米哈伊洛维奇·普里什文(Mikhail Mikhailovich Pristina Man,1873—1954)被誉为"伟大的牧神"、"世界生态文学和大自然文学的先驱"、"俄罗斯语言百草"。生于地主及商人家庭,1905 年发表第一个短篇小说,写有大量的日记、随笔、散文和小说。代表作有《仙鹤的故乡》、《叶芹草》、《林中水滴》等。他在作品中表达了对人、对自然、对万物的爱与善,为 20 世纪俄罗斯和世界文坛作出了独特的卓越的贡献。

【作品赏析】

自然是上帝最神奇的梦,我们应该对自然怀着虔敬的心,感恩的心。普里什文是一个理解和热爱大自然的人,他把自己的全部艺术才智都奉献给了自然,创作了大量动人的散文诗。他徒步旅行,热爱打猎,过着与大地直接相处的野外生活,坐在树墩上或草地上,面对眼前的景物,用"写生"的方式记下瞬间看到、听到和想到的东西。《大地的眼睛》这篇文章表达了"自然"的主题。

普里什文不同于一般的写景作家,在他笔下,一切都带有了诗意。大自然不再只是一种人类生存的环境和表达思想的背景,而是人类智慧和幸福的来源,人与自然的交流给人带来了智慧和幸福。正是基于对大自然睿智的理解和深深的爱恋,作家才发现现实世界中的诗意,真挚地爱着一切事物,看见沙土小路上一个孩子小巧可爱的脚印,作家都忍不住"真会去吻一吻,要不是怕人见笑"。在这样的描写中,普里什文将大自然中让人感到亲切的层面展示了出来,写自然的律动和变化,也折射了人的情感的起伏。因此他曾说"要知道我笔下写的是大自然,自己心中想的却是人",他使自然

成为可以为更多的人所接纳的文化。

为了将日常生活中飞驰而过的瞬间的诗意表达出来,普里什文将自己的文章称为诗体随笔。1948年2月20日的日记中,他以形象的语言记录:"我反映出了在不熟悉的大自然中的自己的心灵和自己,或者相反,反映出了在自己心灵的镜子中的不熟悉的大自然,并且描写了大自然在自己心中和自己在大自然中的这种反映。这是很不容易的,一个人是难得找到自己心灵同大自然的一致,并将它转达到艺术中去的。"

本文在艺术上具有以下几个特点:

一是诗同哲理、同观察的准确性相结合。普里什文爱自然,写自然,是要"在自然界中寻觅和揭示人的心灵的美质"。他不仅展现了大自然的美,而且将其融入人的生活,其创作具有诗的意境美和发人深思的哲理。他是写景寓情、托物言志的高手,作品中充满了深沉缠绵的感情和引人思索的哲理。梭罗将湖看做大地的眼睛,但普里什文认为大地的眼睛是拟人化的大地在洞察人类,也是与自然融为一体的普里什文对大地深情的注视。因而,在写到小男孩往湖里撒尿时,母亲对孩子说:"你干什么,作孽啊,往母亲眼睛里……"这样的描写中饱含了一种热爱大自然的诚挚感情。

二是采用抒情的描写手法,行文流畅朴实,笔调生动多变。普里什文纯以自然"写生"的方式来描绘千姿百态的自然景物,篇幅短小。如"傍晚时风停了。白桦树上的嫩叶纹丝不动,哗山下面的路上总有人或步行,或赶车,不知到哪儿去。"

三是写景状物生动逼真,声色鲜亮。文字细致婉转,清新自然,能在极普通的景物中展示出其蕴藏的特色。

大自然有生命、有精神,只要你熟悉它、热爱它和理解它,就可以找到与人类相通的东西。高尔基评价普里什文为"诗人和哲人"。普里什文的文字传达了人心之美,表达了人与自然的和谐之美。

【专栏知识】

亲人般的关注:普里什文自己提出的一种面对自然的态度,他对此的解释有很多种,如"对素材的十分亲近的态度"、"爱的关注"等。它大致包含三层意义:一是作家对自然满怀深情;二是强调一种与自然"共同创作"的方式;三是指向一种"天人合一"的境界。

【相关链接】

天 鹅

〔俄〕米·普里什文

昨夜星月争辉。天气奇寒。今晨一切都成了白色。大雁还在原地吃草,又增添了新的一队,它们从湖里飞到田野上,总共有两百来只。野乌鸡午前一直停在树上,嘴里喋喋不休。后来天空阴沉下来了,变得又潮又冷。

午后,太阳又复出现,一直到晚上,天气都很美好。有两棵金色的小白桦,在总毁灭中居然能幸存下来,我们为之高兴不已。风从北面吹来,黝黑的湖水很不平静。一队天鹅从天而降。听说天鹅在我们这儿逗留很久很久,当湖里除掉中央一小块地方外都已结了冰,车马已经利用冬天的道路,径直在冰上行走的时候,在静谧的黑夜里,往往可以听见湖心某处有低沉的谈话声,你还以为是人呢,原来却是天鹅,她们在尚未结冰的湖心聊天。

黄昏时分,我从冲沟里悄悄走近了雁群,我的鸟枪尽可以立时叫它们遭到毁灭,但是,我爬上陡坡时,微微感到了疲乏,心猛烈地跳个不住,说不定竟是想胡闹一下哩。冲沟上头的边上,有一个树桩,我就坐在树桩上,我坐得正好,只消把头一抬,就可以看见停着大雁的新割过的黑麦地,那麦地离我近极了,只有十步路。枪已经准备好了,我觉得,即使大雁突然间起飞,也休想没有大量的损伤便能逃脱我的手。我抽起烟来,分外小心地吐出烟雾,一面用手掌在嘴唇边把烟驱散。但是,在这一小块田地那边也有一道山沟,那儿有一只狐狸,竟然也像我一样,借着苍茫的暮色,偷偷向大雁走来。我还没有来得及举枪,一大群大雁早已惊起,飞出了射程。幸喜我已经发现了狐狸,没有一下子把头伸出去。那狐狸像狗似的,嗅着大雁的脚迹行走,明显地愈来愈走近我了。我摆好姿势,握紧鸟枪,瞄准了它,然后学小老鼠轻轻地叫了一声,它向我这边瞟了一眼,我再叫一声,它就向我走过来……

选自《大自然的日历》,潘安荣译,百花文艺出版社 2000 年版

【思考与练习】
1. 如何看待普里什文文章中描写的"自然"?
2. 谈谈《大地的眼睛》的艺术特色。
3. 通读全文,并尝试与描写自然的中国文学作品作一番对照,比较东西方文化的异同。

第三节　小说经典作品赏析

饥饿艺术家

〔奥〕弗兰茨·卡夫卡

近几十年来,人们对饥饿表演的兴趣大为淡薄了。从前自行举办这类名堂的大型表演收入是相当可观的,今天则完全不可能了。那是另一种时代。当时,饥饿艺术家风靡全城;饥饿表演一天接着一天,人们的热情与日俱增;每人每天至少要观看一次;表演期临近届满时,有些买了长期票的人,成天守望在小小的铁栅笼子前;就是夜间也有人来观看,在火把照耀下,别有情趣;天气晴朗的时候,就把笼子搬到露天场地,

这样做主要是让孩子们来看看饥饿艺术家,他们对此有特殊兴趣;至于成年人来看他,不过是取个乐,赶个时髦而已;可孩子们一见到饥饿艺术家,就惊讶得目瞪口呆。为了安全起见,他们互相手牵着手,惊奇地看着这位身穿黑色紧身衣、脸色异常苍白、全身瘦骨嶙峋的饥饿艺术家。这位艺术家甚至连椅子都不屑去坐,只是席地坐在铺在笼子里的干草上,时而有礼貌地向大家点头致意,时而强作笑容回答大家的问题,他还把胳臂伸出栅栏,让人亲手摸一摸,看他多么消瘦,而后却又完全陷入沉思,对谁也不去理会,连对他来说如此重要的钟鸣(笼子里的惟一陈设就是时钟)他也充耳不闻,而只是呆呆地望着前方出神,双眼几乎紧闭,有时端起一只很小的杯子,稍稍啜一点儿水,润一润嘴唇。

观众来来去去,川流不息,除他们以外,还有几个由公众推选出来的固定的看守人员。说来也怪,这些人一般都是屠夫。他们始终三人一班,任务是日夜看住这位饥饿艺术家,绝不让他有任何偷偷进食的机会。不过这仅仅是安慰观众的一种形式而已,因为内行的人大概都知道,饥饿艺术家在饥饿表演期间,不论在什么情况下都是点食不进的,你就是强迫他吃他都是不吃的。他的艺术的荣誉感禁止他吃东西。当然,并非每个看守的人都能明白这一点,有时就有这样的夜班看守,他们看得很松,故意远远地聚在一个角落里,专心致志地打起牌来。很明显,他们是有意要留给他一个空隙,让他得以稍稍吃点儿东西;他们以为他会从某个秘密的地方拿出贮藏的食物来。这样的看守是最使饥饿艺术家痛苦的了。他们使他变得忧郁消沉;使他的饥饿表演异常困难;有时他强打精神,尽其体力之所能,就在他们值班期间,不断地唱着歌,以便向这些人表明,他们怀疑他偷吃东西是多么冤枉。但这无济于事;他这样做反而使他们一味赞叹他的技艺高超,竟能一边唱歌,一边吃东西。另一些看守人员使饥饿艺术家甚是满意,他们紧挨着笼子坐下来,嫌厅堂里的灯光昏暗,还用演出经理发给他们使用的手电筒照射着他。刺眼的光线对他毫无影响,入睡固然不可能,稍稍打个盹儿他一向是做得到的,不管在什么光线下,在什么时候,也不管大厅里人山人海,喧闹不已。他非常愿意彻夜不睡,同这样的看守共度通宵;他愿意跟他们逗趣戏谑,给他们讲他漂泊生涯的故事,然后又悉心倾听他们的趣闻,目的只有一个:使他们保持清醒,以便让他们始终看清,他在笼子里什么吃的东西也没有,让他们知道,他们之中谁也比不上他的忍饿本领。然而他感到最幸福的是,当天亮以后,他掏腰包让人给他们送来丰盛的早餐,看着这些壮汉们在熬了一个通宵以后,以健康人的旺盛食欲狼吞虎咽。诚然,也有人对此举不以为然,他们把这种早餐当作饥饿艺术家贿赂看守以利自己偷吃的手段。这就未免太离奇了。当你问他们自己愿不愿意一心为了事业,值一通宵的夜班而不吃早饭,他们就会溜之乎也,尽管他们的怀疑并没有消除。

人们对饥饿艺术家的这种怀疑却也难以避免。作为看守,谁都不可能日以继夜、一刻不停地看着饥饿艺术家,因而谁也无法根据亲眼目睹的事实证明他是否真的持续不断地忍着饥饿,一点漏洞也没有;这只有饥饿艺术家自己才能知道,因此只有他自己才是对他能够如此忍饥耐饿感到百分之百满意的群众。然而他本人却由于另一个原因又是从未满意过的;也许他压根儿就不是因为饥饿,而是由于对自己不满而变得如此消瘦不堪,以致有些人出于对他的怜悯,不忍心见到他那副形状而不愿来观看表演。除了他自己之外,即使行家也没有人知道,饥饿表演是一件如此容易的事,这实在是世界上最轻而易举的事了。他自己对此也从不讳言,但是没有人相信。从好的方面想,人们以为这是他出于谦虚,可人们多半认为他是在自我吹嘘,或者干脆把他当作一个江湖骗子,断绝饮食对他当然不难,因为他有一套使饥饿轻松好受的秘诀,而他又是那么厚颜无耻,居然遮遮掩掩地说出断绝饮食易如反掌的实情。这一切流言蜚语他都得忍受下去,经年累月也已经习惯了,但在他的内心里这种不满始终折磨着他。每逢饥饿表演期满,他没有一次自觉自愿地离开笼子的,这一点我们得为他作证。经理规定的饥饿表演的最高期限是四十天,超过这个期限他决不让他继续饿下去,即使在世界有名的大城市也不例外,其中道理是很好理解的。经验证明,大凡在四十天里,人们可以通过逐步升级的广告招徕不断激发全城人的兴趣,再往后观众就疲了,表演场就会门庭冷落。在这一点上,城市和乡村当然是略有区别的,但是四十天是最高期限,这条常规是各地都适用的。所以到了第四十天,插满鲜花的笼子的门就开了,观众兴高采烈,挤满了半圆形的露天大剧场,军乐队高奏乐曲,两位医生走进笼子,对饥饿艺术家进行必要的检查、测量,接着通过扩音器当众宣布结果。最后上来两位年轻的女士,为自己有幸被选中侍候饥饿艺术家而喜气洋洋,她们要扶着艺术家从笼子里出来,走下那几级台阶,阶前有张小桌,上面摆好了精心选做的病号饭。在这种时刻,饥饿艺术家总是加以拒绝。当两位女士欠着身子向他伸过手来准备帮忙的时候,他虽是自愿地把他皮包骨头的手臂递给了她们,但他却不肯站起来。现在刚到四十天,为什么就要停止表演呢? 他本来还可以坚持得更长久,无限长久地坚持下去,为什么在他的饥饿表演正要达到最出色程度(唉,还从来没有让他的表演达到过最出色的程度呢)的时候停止呢? 只要让他继续表演下去,他不仅能成为空前伟大的饥饿艺术家——这一步看来他已经实现了——而且还要超越这一步而达到常人难以理解的高峰呢(因为他觉得自己的饥饿能力是没有止境的),为什么要剥夺他达到这一境界的荣誉呢? 为什么这群看起来如此赞赏他的人,却对他如此缺乏耐心呢? 他自己尚且还能继续饿下去,为什么他们却不愿忍耐着看下去呢? 而且他已经很疲乏,满可以坐在草堆上好好休息休息,可现在他得支立起自己又高又细的身躯,走过去吃饭,而对于吃,他只要一想到就要恶心,只是碍于两位女士的面子,他才好不容易勉强忍住。他仰头看了看表面上如此和蔼、其实是如此残酷的两位女士的眼睛,摇了摇那过分沉重地压在他细弱的脖子上的脑袋。但接着,一如往常,演出经理出场。经理默默无言(由于音乐他无法讲话),双手举到饥饿艺术家的头上,好像他在邀请上苍看一看他这草堆上的作品,这值得怜悯的殉道者(饥饿艺术家确实是个殉道者,只是完全从另一种意义上讲罢了);演出经理两手箍住饥饿艺术家的细腰,动作小心翼翼,以便让人感到他抱住的是一件极易损坏的物品;这时,经理很可能暗中将他微微一撼,以致饥饿艺术家的双腿和上身不由自主地摆荡起来;接着就把他交给那两位此时吓得脸色煞白的女士。于是饥饿艺术家只得听任一切摆布;他的脑袋耷拉在胸前,就好像它一滚到了那个地方,就莫名其妙地停住不动了;他的身体已经掏空;双膝出于自卫的本能互相夹得紧紧的,但两脚却擦着地面,好像那不是真实的地面,它们似乎在寻找真正可以着落的地面;他的身子的全部重量(虽然非常轻)都落在其中一个女士的身上,她气喘吁吁,四顾求援(真想不到这件光荣差事竟是这样的),她先是尽量伸长脖子,这样至少可以使饥饿艺术家碰不到她的花容。但这点她并没有做到,而她的那位较为幸运的女伴却不来帮忙,只肯战战兢兢地执着饥饿艺术家的一只手——其实只是一小把骨头——举着往前走,在哄堂大笑声中那位倒霉的女士不禁哇的一声哭了起来,只得由一个早就站着待命的仆人接替了她。接着开始就餐,经理在饥饿艺术家近乎昏厥的半眠状态中给他灌了点流汁,同时说些开心的闲话,以便分散大家对饥饿艺术家身体状况的注意力,然后,据说饥饿艺术家对经理耳语了一下,经理就提议为观众干杯;乐队起劲地奏乐助兴。随后大家各自散去。谁能对所见到的一切不满意呢,没有一个人。只有饥饿艺术家不满意,总是他一个人不满意。

每表演一次,便稍稍休息一下,他就这样度过了许多个岁月,表面上光彩照人,扬名四海。尽管如此,他的心情通常是阴郁的,而且有增无减,因为没有一个人能够认真体察他的心情。人们该怎样安慰他呢?他还有什么可企求的呢?如果一旦有个好心肠的人对他表示怜悯,并想向他说明他的悲哀可能是由于饥饿造成的。这时,他就会——尤其是在经过了一个时期的饥饿表演之后——用暴怒来回答,那简直像只野兽似的猛烈地摇撼着栅栏,真是可怕之极。但对于这种状况,演出经理自有一种他喜欢采用的惩治办法。他当众为饥饿艺术家的反常表现开脱说:饥饿艺术家的行为可以原谅,因为他的易怒性完全是由饥饿引起的,而对于吃饱了的人并不是一下就能理解的。接着他话锋一转就讲起饥饿艺术家的一种需要加以解释的说法,即他能够断食的时间比他现在所做的饥饿表演要长得多。经理夸奖他的勃勃雄心、善良愿望与伟大的自我克制精神,这些无疑也包括在他的说法之中;但是接着经理就用出示照片(它们也供出售)的办法,轻而易举地把艺术家的那种说法驳得体无完肤。因为在这些照片上,人们看到饥饿艺术家在第四十天的时候,躺在床上,虚弱得奄奄一息。这种对于饥饿艺术家虽然司空见惯、却不断使他伤心丧气的歪曲真相的做法,实在使他难以忍受。这明明是饥饿表演提前收场的结果,大家却把它解释为饥饿表演之所以结束的原因!反对这种愚昧行为,反对这个愚昧的世界是不可能的。在经理说话的时候,他总还能真心诚意地抓着栅栏如饥似渴地倾听着,但每当他看见相片出现的时候,他的手就松开栅栏,叹着气坐回到草堆里去,于是刚刚受到抚慰的观众重又走过来观看他。

几年后,当这一场面的目击者们回顾这件往事的时候,他们往往连自己都弄不清是怎么一回事了。因为在这期间发生了那个已被提及的剧变,他几乎是突如其来的;

也许有更深刻的缘由,但有谁去管它呢;总之,有一天这位备受观众喝彩的饥饿艺术家发现他被那群爱赶热闹的人抛弃了,他们宁愿纷纷涌向别的演出场所。经理带着他又一次跑遍半个欧洲,以便看看是否还有什么地方仍然保留着昔日的爱好;但一切徒然;到处都可以发现人们像根据一项默契似的形成一种厌弃饥饿表演的倾向。当然,冰冻三尺非一日之寒,现在回想起来,当时就有一些苗头,由于人们被成绩所陶醉,没有引起足够的重视,没有切实加以防止,事到如今要采取什么对策却为时已晚了。诚然,饥饿表演重新风行的时代肯定是会到来的,但这对于活着的人们却不是安慰。那么,饥饿艺术家现在该怎么办呢?这位被成千人簇拥着欢呼过的人,总不能屈尊到小集市的陋堂俗台去演出吧,而要改行干别的职业呢,则饥饿艺术家不仅显得年岁太大,而且主要是他对于饥饿表演这一行爱得发狂,岂肯放弃。于是他终于告别了经理——这位生活道路上无与伦比的同志,让一个大马戏团招聘了去;为了保护自己的自尊心,他对合同条件连看也不屑看一眼。

马戏团很庞大,它有无数的人、动物、器械,它们经常需要淘汰和补充。不论什么人才,马戏团随时都需要,连饥饿表演者也要,当然所提条件必须适当,不能太苛求。而像这位被聘用的饥饿艺术家则属于一种特殊情况,他的受聘,不仅仅在于他这个人的本身,还在于他那当年的鼎鼎大名。这项艺术的特点是表演者的技艺并不随着年龄的递增而减色。根据这一特点,人家就不能说:一个不再站在他的技艺顶峰的老朽的艺术家想躲避到一个马戏团的安静闲适的岗位上去。相反,饥饿艺术家信誓旦旦地保证,他的饥饿本领并不减当年,这是绝对可信的。他甚至断言,只要准许他独行其是(人们马上答应了他的这一要求),他要真正做到让世界为之震惊,其程度非往日所能比拟。饥饿艺术家一激动,竟忘掉了时代气氛,他的这番言辞显然不合时宜,在行的人听了只好一笑置之。

但是饥饿艺术家到底还没有失去观察现实的能力,并认为这是当然之事,即人们并没有把他及其笼子作为精彩节目安置在马戏场的中心地位,而是安插在场外一个离兽场很近的交通要道口。笼子周围是一圈琳琅满目的广告,彩色的美术体大字令人一看便知那里可以看到什么。要是观众在演出的休息时间涌向兽场观看野兽的话,几乎都免不了要从饥饿艺术面前经过,并在那里稍停片刻,他们庶几本是要在那里多呆一会儿,从从容容地观看一番的,只是由于通道狭窄,后面涌来的人不明究竟,奇怪前面的人为什么不赶紧去观看野兽,而要在这条通道上停留,使得大家不能从容观看他。这也就是为什么饥饿艺术家看到大家即将来参观(他以此为其生活目的,自然由衷欢迎)时,就又颤抖起来的原因。起初他急不可待地盼着演出的休息时间;后来当他看到潮般的人群迎面滚滚而来时,他欣喜若狂,但他快就看出,那一次又一次涌来的观众,就其本意而言,大多数无例外地是专门来看兽畜的。即使是那种顽固不化、近乎自觉的自欺欺人的人也无法闭眼不看这一事实。可是看到那些远处蜂拥而来的观众,对他来说总还是最高兴的事。因为,每当他们来到他的面前时,便立即在他周围吵嚷得震天价响,并且不断形成的派别互相谩骂,其中一派想要悠闲自在地把他观赏一番,他们并不是出于对他有什么理解,而是出于心血来潮和对后面催他们快走的观众的赌气,这些人不久就变得使饥饿艺术家更加痛苦;而另一派呢,他们赶来的目的不过是想看看兽畜而已。等到大批人群过去,又一些人姗姗来迟,他们只要有兴趣在饥饿艺术家跟前停留,是不会再有人妨碍他们的了,但这些人为了能及时看到兽畜,迈着大步,匆匆而过,几乎连瞥也不瞥他一眼。偶尔也有这种幸运的情形:一个家长领着他的孩子指着饥艺术家向孩子们详细讲解这是怎么一回事。讲到较早的年代,那时他看过类似的、但盛况无与伦比的演出。孩子呢,由于他们缺乏足够的学历和生活阅历,总是理解不了——他们懂得什么叫饥饿吗?——然而在他们炯炯发光的探寻着的双眸里,流露出那属于未来的、更为仁慈的新时代的东西。饥饿艺术家后来有时暗自思忖:假如他所在的地点不是离兽笼这么近,说不定一切都会稍好一些。像现在这样,人们很容易就选择去看兽畜,更不用说兽场散发出的气味,畜生们夜间的闹腾,给猛兽肩担生肉时来往脚步的响动,喂食料时牲畜的叫唤,这一切把他搅扰得多么不堪,使他老是郁郁不乐。可是他又不敢向马戏团当局去陈述意见;他得感谢这些兽类招徕了那么多的观众,其中时不时也有个把是为光顾他而来的,而如果要提醒人们注意还有他这么一个人存在,从而使人们想到,他——精确地说——不过是通往厩舍路上的一个障碍,那么谁知道人家会把他塞到哪里去呢?

自然是一个小小的障碍,一个变得越来越小的障碍。在现今的时代居然有人愿意为一个饥饿艺术家耗费注意力,对于这种怪事人们已经习以为常,而这种见怪不怪的态度也就是对饥饿艺术家的命运的宣判。让他去就其所能进行饥饿表演吧,他也已经那样做了,但是他无从得救了,人们从他身旁扬长而过,不屑一顾。试一试向谁讲讲饥饿艺术吧!一个人对饥饿没有亲身感受,别人就无法向他讲清楚饥饿艺术。笼子上漂亮的美术字变脏了,看不清楚了,它们被撕了下来,没有人想到要换上新的;记载饥饿表演日程的布告牌,起初是每天都要仔细地更换数字的,如今早已没有人更换了,每天总是那个数字,因为过了头几周以后,记的人自己对这项简单的工作也感到腻烦了;而饥饿艺术家却仍像他先前一度所梦想过的那样继续饿下去,而且像他当年预言过的那样,他长期进行饥饿表演毫不费劲。但是,没有人记天数,没有人,连饥饿艺术家自己都一点不知道他的成绩已经有多大,于是他的心变得沉重起来。假如有一天,来了一个游手好闲的家伙,他把布告牌上那个旧数字奚落一番,说这是骗人的玩意儿,那么,他这番话在这种意义上就是人们的冷漠和天生的恶意所能虚构的最愚蠢不过的谎言,因为饥饿艺术家诚恳地劳动,不是他诳骗别人,倒是世人骗取了他的工钱。

又过了许多天,表演也总算告终。一天,一个管事发现笼子,感到诧异,他问仆人们,这个里面铺着腐草的笼子好端端的还挺有用,为什么让它闲着?没有人回答得出来,直到一个人看见了记数字的牌儿,才想起饥饿艺术家来。他们用一根竿儿挑起腐草,发现饥饿艺术家在里面。"你还一直不吃东西?"管事问,"你到底什么时候才停止呢?""请诸位原谅。"饥饿艺术家细声细气地说;管事耳朵贴着栅栏,因此只有他才能听懂对方的话。"当然,当然。"管事一边回答,一边用手指摸了摸自己的额头,以此向仆人们暗示饥饿艺术家的状况不妙,"我们原谅你。""我一直在希望你们能赞赏我的饥饿表演,"饥饿艺术家说。"我们也是赞赏的,"管事迁就地回答说。"但你们不应当赞赏,"饥饿艺术家说。"好,那我们就不赞赏,"管事说,"不过究竟为什么我们不应该赞赏呢?""因为我只能挨饿,我没有别的办法,"饥饿艺术家说。"瞧,多怪啊!"管事说,"你到底为什么没有别的办法呢?""因为我,"饥饿艺术家一边说,一边把小脑袋稍稍抬起一点,噘起嘴唇,直伸向管事的耳朵,像要去吻它似的,惟恐对方漏听了他一个字,"因为我找不到适合自己口味的食物。假如我找到这样的食物,请相信,我不会这样惊动视听,并像你和大家一样,吃得饱饱的。"这是他最后的几句话,但在他那瞳孔已经扩散的眼睛里,流露着虽然不再是骄傲、却仍然是坚定的信念:他要继续饿下去。

"好,归置归置吧!"管事说,于是人们把饥饿艺术家连同烂草一起给埋了。而笼子里换上了一只小豹,即使感觉最迟钝的人看到在弃置了如此长时间的笼子里,这只凶猛的野兽不停地蹦来跳去,他也会感到赏心悦目,心旷神怡的。小豹什么也不缺。看守们用不着思考良久,就把它爱吃的食料送来,它似乎都没有因失去自由而惆怅;它那高贵的身躯,应有尽有,不仅具备着利爪,好像连自由也随身带着。它的自由好像就藏在牙齿中某个地方。它生命的欢乐是随着它喉咙发出如此强烈的吼声而产生,以致观众感到对它的欢乐很是受不了。但他们克制住自己,挤在笼子周围,舍不得离去。

(叶廷芳译)

节选自《卡夫卡短篇小说全集》,叶廷芳主编,文化艺术出版社2003年版

【作者简介】

弗兰茨·卡夫卡(Franz Kafka,1883—1924),20世纪奥地利一位用德语写作的业余作家,生于布拉格一个犹太商人家庭。其作品多表达对社会的陌生感以及个体的孤独感与恐惧感,被看做西方现代主义文学的先驱和大师。主要作品为4部短篇小说集和3部长篇小说,包括《美国》、《审判》,可惜生前作品大多未发表。随着时间的流逝,他的作品引起了世界的震动,在世界范围内形成一股"卡夫卡"热,经久不衰。

【作品赏析】

《饥饿艺术家》是少数卡夫卡生前发表的短篇小说之一。卡夫卡自己比较珍爱它,西方学者也给予很高评价:"这个小说如果不能说是他最好的短篇,也是他最精湛的作品之一,并且无疑属于我们这个时代最伟大的短篇小说之列。"

《饥饿艺术家》的寓意深刻。小说写歌唱艺人以饥饿作为表演手段,曾经名噪一时,但随着观众兴趣的改变,被彻底遗忘,他仍坚持自己的表演艺术,深为他的饥饿艺术未达到佳境而遗憾,更为人们对他的艺术追求不理解和不支持倍感孤独,后被送进

马戏团,关在笼中与兽类一起供人参观,并最终饿死在笼子里。小说指出艺术家的痛苦在于渴望被关注,但总是被误解,如饥饿艺术家在表演后表现出的身体虚弱"大家却把它解释为饥饿表演之所以结束的原因",其实"明明是饥饿表演提前收场的结果"。而且,饥饿艺术家对艺术有一种虔诚的献身精神,但这也被不懂艺术的人看做与商业有关。小说是卡夫卡用自己生命的最后时光写成的,包含着对异化社会中人际关系的深刻见解和对艺术痛苦的思考和探索。他晚年在遗嘱上嘱咐把其作品统统毁掉时,只对六篇小说有所保留,其中包含此篇,而且他在去世前一个多月,在病榻上校阅本篇时,会"不禁泪流满面"。小说中的种种"饥饿"实际上是卡夫卡对写作极度渴望的表现,这种"饥饿",不仅成就了这篇小说,也成就了他自己。从这个意义上说,饥饿艺术家就是卡夫卡,卡夫卡就是饥饿艺术家,卡夫卡不仅预言了自己的悲剧命运,还预言了现代社会的存在危机。小说既是卡夫卡对自己艺术追求的一则寓言,又是现代人痛苦现状的写照。

《饥饿艺术家》在艺术上具有鲜明特征。首先,小说的叙述者常常处于第三人称"外视角"(故事外的叙述者用自己的旁观眼光叙事)与"内视角"(叙述者采用故事内人物的眼光来叙事)之间。叙述者通过其文风暴露了自己作为小说人物的身份,虽然他没有直接出场,但读者却可以感觉到他的存在。其次,饥饿艺术家作为一种意象具有多重寓意。艺术家在生命的最后时刻说:"我只能挨饿,我没有别的办法","因为我找不到适合自己口味的食物"。骨瘦如柴的艺术家是人性异化、精神展品化和艺术异化的象征。最后,小说虽然是现代主义的作品,但作者却采用了现实主义的手法来表现。如对饥饿艺术家的生存状况的描写,对饥饿艺术家遭遇的描写等。

卡夫卡从拒绝吃某种食物发展到自己让自己挨饿,他最后几乎是饿死的。他临死前的状况与小说中所描写的"非常轻、皮包骨"的饥饿艺术家很接近,从这个意义上说,卡夫卡本人才是找不到适合自己口味的食物、更找不到适合自己生活方式的"饥饿艺术家"。

【专栏知识】

卡夫卡式:美学意义指具有鲜明卡夫卡创作个性与风格的作品内容与形式,即以最普通的和超然冷静的语言叙说悖理荒诞的事件,把毫无心理准备的读者推入一个全新而又似曾相识的世界中。一般意义指人受到无法理解、无法挣脱之力量的控制摆布,内心充满恐惧、焦虑、困惑和愤怒,但又无可奈何,找不到出路。

【相关链接】

在法的门前

〔奥〕弗兰茨·卡夫卡

在法的门前站着一个门警。一个乡下人来到门警跟前,请求进入法的大门。但门警说,他现在不能让他进去。乡下人考虑了一下,问以后他是否能进去。"有可能,"门警说,"但现在不行。"因为法的大门和平时一样,是开着的,门警又走到了一边,那男子就弯下腰,想从门口往里看。门警看见他这样,笑着说:"你那么想进去,你就甭管我的禁令,试试进去。不过你可听好了:我很强壮有力。而我只是最低级的门警。每个大厅都站着门警,一个比一个强壮有力。到了第三个门警,连我都不敢看。"乡下人没有想过会有这么多难关;他想,法对每个人都应该随时敞开才是,但是,当他现在更加仔细地看了看穿着皮大衣的门警,他的大鼻子又高又尖,鞑靼人式的黑胡子又长又稀,他决定还是等下去,获得许可时才进去。门警给他拿来一个小板凳,让他在门旁坐下。他在那里坐了一天又一天,一年又一年。他一次又一次地想方设法,请门警允许他进去,把门警搞得疲惫不堪。门警不时地盘问他几句,询问他家乡的情况,还打听许多别的事,不过他提的都是些公事公办式的问题,就像大老爷们提问一样,而末了,他总是对他说,他还不能让他进去。乡下人这次出门带了很多东西,不管这些东西多么贵重,他都用来贿赂门警了。门警来者不拒,把东西一一收下,但总是说:"我收下东西,只是不想让你觉得你忽略了什么事。"乡下人在等待的漫长岁月中,几乎从不间断地观察门警。他忘了还有其他门警,他觉得这第一个门警是他进入法的大门的惟一障碍。他诅咒这恰巧让他碰到的不幸命运,在头几年,他高声大骂,毫无顾忌,后来老了,就只能有气无力、嘟嘟哝哝地骂。他变得幼稚可笑,因为长年观察门警,发现他皮领上有跳蚤,于是他甚至请求跳蚤帮忙,促使门警改变态度。后来,他的视力减退,他不知道,是他四周真的变暗了,还是只是他的眼睛造成了错觉。不过,他现在在黑暗中真切地看到,从法的大门里射出一道永不熄灭的光芒。他的日子不多了。临终前,他在脑子里把等待的漫长岁月里积累的所有经验,凝聚成一个迄今为止还没有向门警提过的问题。他的身体开始发僵,已经站不起来了,所以他示意门警靠近他。两个人在个头方面的差别发生了变化,乡下人显得更小了,于是门警不得不深深地弯下腰。"你现在还想知道什么?"门警问道,"你真是贪得无厌。""大家都在追求法,"乡下人说,"可是这么多年了,除了我,怎么就没有一个人要求进法的大门?"门警看出,这个乡下人已经快到生命的尽头了,为了让这个听力越来越差的人听见,他大声吼道:"除了你,没有人能从这里进去,因为这道门只是为你开的。我现在就去把它关上。"

(赵登荣译)

选自《卡夫卡短篇小说全集》,叶廷芳主编,文化艺术出版社 2003 年版

【思考与练习】

1. 饥饿艺术家的"执著"有哪些人能理解?经理、观众、看守员?

2. 如何理解"我找不到适合自己口味的食物"这句话?

3. 饥饿艺术家最大的悲哀是什么?

印第安人营地

〔美〕欧内斯特·海明威

又一条划船拉上了湖岸。两个印第安人站在湖边等待着。

尼克和他的父亲跨进了船梢,两个印第安人把船推下水去,其中一个跳上船去划桨。乔治大叔坐在营船的尾部。那年轻的一个把营船推下了水,随即跳进去给乔治大叔划船。

两条船在黑暗中划出去。在浓雾里,尼克听到远远地在前面传来另一条船的桨架的声响。两个印第安人一桨接一桨,不停地划着,掀起了一阵阵水波。尼克躺倒下去,偎在父亲的胳膊里。湖面上很冷。给他们划船的那个印第安人使出了大劲,但是另一条船在雾里始终划在前面,而且越来越赶到前面去了。

"上哪儿去呀,爸爸?"尼克问道。

"上那边印第安人营地去。有一位印第安妇女病势很重。"

"噢,"尼克应道。

划到海湾的对岸,他们发现那另一条船已靠岸了。乔治大叔正在黑暗中抽雪茄烟。那年轻的印第安人把船推上了沙滩。乔治大叔给两个印第安人每人一支雪茄烟。

他们从沙滩走上去,穿过一片露水浸湿的草坪,跟着那个年轻的印第安人走,他手里拿一盏提灯。接着他们进入了林子,沿着一条羊肠小道走去,小道的尽头就是一条伐木的大路。这条路向小山那边拆去,到了这里就明亮得多,因为两旁的树木都已砍掉。年轻的印第安人立停了,吹灭了提灯,他们一起沿着伐木大路往前走去。

他们绕过了一道弯,有一只狗汪汪地叫着,奔出来。前面,从剥树皮的印第安人住的棚屋里,有灯光透出来,又有几只狗向他们扑过来了。两个印第安人把这几只狗都打发回棚屋去。最靠近路边的棚屋有灯光从窗口透射出来。一个老婆子提着灯站在门口。

屋里,木板床上躺着一个年轻的印第安妇女。她正在生孩子,已经两天了,孩子还生不下来。营里的老年妇女都来帮助她、照应她。男人们跑到了路上,直跑到再听不见她叫喊的地方,在黑暗中坐下来抽烟。尼克,还有两个印第安人,跟着他爸爸和乔治大叔走进棚屋时,她正好又尖声直叫起来。她躺在双层床的下铺,盖着被子,肚子鼓得高高的。她的头侧向一边。上铺躺着她的丈夫。三天以前,他把自己的腿给砍伤了,是斧头砍的,伤势很不轻。他正在抽板烟,屋子里一股烟味。

尼克的父亲叫人放些水在炉子上烧,在烧水时,他就跟尼克说话。

"这位太太快生孩子了,尼克,"他说。

"我知道,"尼克说。

"你并不知道,"父亲说。"听我说吧。她现在正在忍受的叫阵痛。婴孩要生下来,她要把婴孩生下来。她全身肌肉都在用劲要把婴孩生下来。方才她大声直叫就是这么回事。"

"我明白了,"尼克说道。

正在这时候,产妇又叫了起来。

"噢,爸爸,你不能给她吃点什么,好让她不这么直叫吗?"尼克问道。

"不行,我没有带麻药,"他的父亲说道。"不过让她去叫吧,没关系。我听不见,反正她叫不叫没关系。"

那做丈夫的在上铺翻了个身面向着墙壁。

厨房间里那个妇女向大夫做了个手势,表示水热了。尼克的父亲走进厨房,把大壶里的水倒了一半光景在盆里。然后他解开手帕,拿出一点药来放在壶里剩下的水里。

"这半壶水要烧开,"他说着,就用营里带来的肥皂在一盆热水里把手洗擦了一番。尼克望着父亲的满是肥皂的双手互相擦了又擦。他父亲一面小心地把双手洗得干干净净,一面说道:

"你瞧,尼克,按理说,小孩出生时头先出来,但有时却并不这样。不是头先出来。那就要给大家添不少麻烦了。说不定我要给这位女士动手术呢。等会儿就可以知道了。"

大夫认为自己的一双手已经洗干净了,于是他进去准备接生了。

"把被子掀开好吗,乔治?"他说。"我最好不碰它。"

过一会儿,他要动手术了。乔治大叔和三个印第安男人按住了产妇,不让她动。她咬了乔治大叔的手臂,乔治大叙说:"该死的臭婆娘!"那个给乔治大叔划船的年轻的印第安人听了就笑他。尼克给他父亲端着盆,手术做了好长一段时间。

他父亲拎起了孩子,拍拍他,让他透过气来,然后把他递给了那个老妇人。

"瞧,是个男孩,尼克,"他说道。"做个实习大夫,你觉得怎么样?"

尼克说,"还行。"他把头转过去,不敢看他父亲在干什么。

"好吧,这就可以啦,"他父亲说着,把什么东西放进了盆里。

尼克看也不去看一下。

"现在,"他父亲说,"要缝上几针,看不看随便你,尼克。我要把切开的口子缝起来。"

尼克没有看。他的好奇心早就没有了。

他父亲做完手术,站起身来。乔治大叔和那三个印第安男人也站立起来。尼克把盆端到厨房去。

乔治大叔看看自己的手臂。那个年轻的印第安人想起什么,笑了起来。

"我要在你那伤口上放些过氧化物,乔治,"大夫说。

他弯下腰去看看印第安产妇,这会儿她安静下来了,她眼睛紧闭,脸色灰白。孩子怎么样,她不知道——她什么都不知道。

"一清早我就回去,"大夫站起身来说。"到中午时分会有护士从圣依格那斯来,我们需要些什么东西她都会带来。"

这当儿,他的劲头来了,喜欢说话了,就像一场比赛后足球运动员在更衣室里的那股得意劲儿。

"这个手术真可以上医药杂志了,乔治,"他说。"用一把大折刀做剖腹产手术,再用九英尺长的细肠线缝起来。"

乔治大叔靠墙站着,看着自己的手臂。

"噢,你是个了不起的人物,没错的。"他说道。

"该去看看那个洋洋得意的爸爸了。在这些小事情上做爸爸的往往最痛苦,"大夫说。"我得说,他倒是真能沉得住气。"

他把蒙着那个印第安人的头的毯子揭开来。他这么往上一揭,手湿漉漉的。他踏着下铺的床边,一只手提着灯,往上铺一看,只见那印第安人脸朝墙躺着。他的脖子贴两个耳根割开了一道大口子。鲜血直冒,使躺在床铺上的尸体全汪在血泊里。他的头枕在左臂上。一把剃刀打开着,锋口朝上,掉在毯子上。

"快把尼克带出棚屋去,乔治,"大夫说。

其实用不到多此一举了。尼克正好在厨房门口,把上铺看得清清楚楚,那时他父亲正一手提着灯,一手把那个印第安人的脑袋轻轻推过去。

父子两个沿着伐木道走回湖边的时候,天刚刚有点亮。

"这次我真不该带你来,尼克,"父亲说,他做了手术后的那种得意的劲儿全没了。"真是糟透了——拖你来从头看到底。"

"女人生孩子都得受这么大罪吗?"尼克问道。

"不,这是很少、很少见的例外。"

"他干吗要自杀呀,爸爸?"

"我说不出,尼克。他这人受不了一点什么的,我猜想。"

"自杀的男人有很多吗,爸爸?"

"不太多,尼克。"

"女人呢,多不多?"

"难得有。"

"有没有呢?"

"噢,有的。有时候也有。"

"爸爸?"

"是呀。"

"乔治大叔上哪儿去呀?"

"他会来的,没关系。"

"死,难不难?爸爸?"

"不,我想死是很容易的吧。尼克。要看情况。"

他们上了船,坐了下来,尼克在船艄,他父亲划桨。太阳正从山那边升起来。一条鲈鱼跳出水面,在水面上弄出一个水圈。尼克把手伸进水里,让手跟船一起在水里滑过去。清早,真是冷飕飕的,水里倒是很温暖。

清早,在湖面上,尼克坐在船梢,他父亲划着船,他满有把握地相信他永远不会死。

(玉澄译)

选自《短篇小说全集》(上册),海明威著,陈良廷等译,上海译文出版社 2004 年版

【作者简介】

欧内斯特·海明威(Ernest Hemingway,1899—1961),美国小说家。生于伊利诺伊州芝加哥郊外橡树园镇一个医生家庭。中学毕业后在堪萨斯《星报》做新闻记者工作。代表作有《太阳照常升起》、《永别了,武器》、《丧钟为谁而鸣》、《老人与海》等。1954 年获得第五十四届诺贝尔文学奖。海明威被誉为美利坚民族的精神丰碑,并且是"新闻体"小说的创始人,其笔锋一向以"文坛硬汉"著称。

【作品赏析】

《印第安人营地》是海明威短篇小说中的一颗珍珠,篇幅虽短,但却最大限度地向世人展示了海明威的精神世界,并为他后来的创作奠定了坚实的基础。小说写一个叫尼克的少年,亲眼目睹父亲在没有麻醉药的情况下为一个难产的印第安妇女做了剖腹产手术。婴儿顺利降生,丈夫却用一把小剃刀割断了喉咙,结束了自己的生命。

小说讲述了一个死亡的故事,不仅从作为孩子的尼克的视角来呈现死亡,而且还触及了人类生存的两件大事:生的痛苦和死的无情。小说描写了难产的印第安妇女的尖叫,婴孩的顺利降生,印第安男人的自杀,它们以爆炸、震撼性的方式闯入了尼克的精神世界,使他产生了对生命、死亡的最早的思考与认识,即新生命的出现可以伴随巨大的痛苦,但令人毛骨悚然的死却可作为解脱痛苦并保持人的尊严的一种比较便捷的手段,也许尼克的幼稚单纯使他一时无法理解,但这些经历却会潜伏在他记忆深处,融进他的血液。

小说描写了三种人的痛苦,印第安男人、白人医生救活了产妇和孩子却对男人的生命无能为力的权威的挫败感、尼克首次直面死亡时心灵被震撼的痛苦,这构成了小说的主题,即死亡意识。死亡是人类挥之不去的隐痛,但却是人力所不能干预的。海明威说:"我相信生活就是一场悲剧,而且知道它只有一个结果。"小说描写了尼克为印第安男人的自杀所震撼,在看到死亡恐惧的同时,也就拉近了与死亡的距离,引发了对死亡的一系列思考与追问,"女人生孩子都得受这么大罪吗?""自杀的男人有很多吗,爸爸?""死,难不难?爸爸?"这种精神上的死亡经历促使尼克萌发了对生的渴望,获得一种超越死亡的对生的感悟,"他满有把握地相信他永远不会死"。小说对死的锲而不舍的追问,最大限度地挖掘了生的意义。

《印第安人营地》表现出了精湛的艺术美。

首先,小说语言简约含蓄,行文如画。写产妇臃肿的体形、医生消毒、印第安妇女在手术中的挣扎、医生开刀取出婴儿、剪断脐带这一系列场景简练而又连贯。同时以环境来衬托生与死的重大主题,如开头描写"两条船在黑暗中划出去","在浓雾里"与湖水的"冷",文末又以太阳升起、鲈鱼跳象征死亡的转瞬即逝,一切又恢复宁静。

其次,创造了新的文体风格:用人物话语替代传统小说中的描写、叙事、议论和说明,海明威是一个大刀阔斧进行改革的作家。小说非常善于运用对话来刻画人物性格,展开情节。小说中口语化的对话没有使用华丽词藻及修饰性语言,使对话显得平实、单纯。如医生在术后说的一段话,显示他的洋洋得意与作为医生的从容与自信;而尼克却要求父亲给产妇麻药,制止她的叫喊声,显示出他的同情心与敏感的性格,与父亲形成了鲜明对比。

再次,不动声色的叙述语言,充分体现了海明威的"冰山理论"。小说中找不到作者的影子,读者只能间接感受到叙事者声音的存在。如小说以尼克的视角描写了印第安男人的自杀,其自杀的动机、过程以及那个瞬间的念头都被略去了,只留下那具冒着鲜血的尸体。海明威在字里行间已将深沉的思想传递给了读者。

最后,"电报式短句"的运用。如"屋里,木板床上躺着一个年轻的印第安妇女。她正在生孩子,已经两天了,孩子还生不下来。营里的老年妇女都来帮助她、照应她"。语言朴实无华,句子短小,但意味深长。小说看似干巴巴的,但留下了大量的情感与事件的空白,使作品具有一种冰山之美。

【专栏知识】

"冰山原则":海明威在 1932 年发表的《午后之死》中,尊奉美国建筑师罗德维希"越少,就越多"的名言,在作品中只表现事物的八分之一,而使作品更为精炼,缩短了作品与读者之间的距离。他认为:"如果一位散文作家对于他想写的东西心里有数,那么他可以省略他所知道的东西,读者呢,只要作者写的真实,会强烈地感觉到他所省略的地方,好像作者已经写出来似的。冰山在海里移动很庄严宏伟,这是因为它只有八分之一露出水面上。"

【相关链接】

弗朗西斯·麦康伯短促的幸福生活(节选)

〔美〕欧内斯特·海明威

……

那个中年的扛枪的人一瘸一颠地走近他们,他戴着编织的便帽,穿着卡其短上衣、短裤和橡胶凉鞋,脸色阴沉,神情可怕。他走近来,用斯瓦希里语对威尔逊嚷着说话;他们全都看到那个白种猎人脸上的表情一下子变了。

"他说什么来着？"玛戈问。

"他说头一条牛站起来，走进灌木丛去了，"威尔逊说，声音里没有一点表情。

"啊，"麦康伯轻描淡写地说。

"这么说，就要像狮子的事情那样了，"玛戈充满着企望说。

"跟狮子的事情一丁点儿也不像，"威尔逊告诉她，"你还要喝一点吗，麦康伯？"

"好吧，谢谢，"麦康伯说。他料想自己重新会有关于狮子那样的感觉，想不到却没有。他这一辈子头一回完全没有恐惧的感觉。他不但不害怕，反而明显地感到兴致勃勃。

"咱们去看一看第二条公牛，"威尔逊说，"我会通知驾驶员把车停在树荫下的。"

"你们去干什么？"玛格丽特·麦康伯问。

"去看野牛，"威尔逊说。

"我也去。"

"走吧。"

他们三人走到第二条野牛躺着的空地上，它显得黑黢黢，身躯庞大，脑袋搭拉在野草上，一对大犄角叉得很开。

"这条野牛的脑袋很好"，威尔逊说，"两支角中间最大的距离约摸有五十英寸。"

麦康伯高兴地望着它。

"它难看死了，"玛戈说，"咱们不能到树荫底下去吗？"

"当然可以，"威尔逊说。"瞧，"他对麦康伯说，用手指着，"看到那片灌木丛了吗？"

"看到了。"

"这就是头一条牛走进去的地方。扛枪的人说，他摔下来的时候，那条牛躺着。他看到咱们拼命地撵，那两条牛飞快地跑。他抬眼一看，那条牛站起来了，对他望着。扛枪的人吓得没命地逃；那条牛慢腾腾地走进了灌木丛。"

"咱们现在能进去撵它吗？"麦康伯热切地问。

威尔逊用估量的眼光望着他。这不是个奇怪的家伙才有鬼哪，威尔逊想。昨天，他吓坏了；今天，他成了一个天不怕、地不怕的人。

"不成，咱们得让它再待一会儿。"

"让咱们到树荫底下去吧，好吗？"玛戈说。她脸色苍白，神情憔悴。

他们走到一棵孤零零的、枝叶伸展得很开的树底下；汽车就停在那里，他们全上了车。

"也许它死在那儿了，"威尔逊说，"过一会儿，咱们去瞧瞧。"

麦康伯感到一种他以前从来没有过的、抑制不住的和莫名其妙的快活。

"我的老天，那是一场追猎，"他说，"我从来没有过这样的感觉。那不是很精彩吗，玛戈？"

"我讨厌它。"

"为什么呢？"

"我讨厌它，"她咬牙切齿地说，"我厌恶它。"

"你知道，我想不管是什么玩意儿，我再也不怕了，"麦康伯对威尔逊说。"咱们一看到野牛，就开始撵它，我的心里就起了变化。好像是堤坝决口啦。十足的刺激。"

"胆子也变大了，"威尔逊说，"什么奇怪的变化人们都会发生。"

麦康伯的脸上闪闪发亮。"你知道，我发生了变化，"他说，"我感到完全不一样。"

他的妻子一句话也不说，神情古怪地盯着他看。她紧靠在座位上；麦康伯呢，探出身子坐着，在同威尔逊谈话；威尔逊斜靠在座位背上，扭过头来同他说。

"你知道，我想再试一下，打一头狮子，"麦康伯说，"我现在真的不怕它们了。说到头来，它们能把你怎么样呢？"

"说得对，"威尔逊说，"人最狠就是能要你的命。这是怎么样说的呢？是莎士比亚说的。说得太好啦。不知道我还背得出不。啊，说得太好啦。有一个时期，我经常对自己引用这几句。咱们不妨听一听。'说实话，我一点也不在乎；人只能死一回；咱们都欠上帝一条命；不管怎么样，反正今年死了的明年就不会再死。'说得真精彩，呃？"

他说出了支撑他生命的看法，感到很窘，但是他以前也看到过男子长大成人，这总是叫他感动。这跟他们的二十一岁生日可毫不相干。

靠一次偶然的、奇怪的打猎，一次没有机会事前担心的、手忙脚乱的突然行动，麦康伯终于长大成人了，但是不管发生了什么变化，反正毫无疑问，变化已经发生了。且瞧瞧现在这个家伙，威尔逊想，事实是，他们有些人在很长的时间里一直是孩子，威尔逊想，有时候，他们一辈子都是。年纪到了五十岁，他们仍然是孩子气的人。地道的孩子气的美国人。奇怪得要命的人。但是现在他喜欢这个麦康伯了。奇怪得要命的家伙。也许他不会再当忘八啦。哩，这可是一件好得要命的事情。好得要命的事情。这家伙可能害怕了一辈子。不知道是什么引起的。但是现在都过去了。刚才是没有时间去害怕野牛。就是这么回家，加上还在发火。汽车也起了作用。汽车消除了拘束的气氛。现在变成一个天不怕、地不怕的人啦。他在战争中也看到过同样的情形。比丧失童贞变化更大。害怕一下子消失了，像动手术割除的。别的东西长出来，代替了它。这是做一个男人的主要东西。有了这东西，他就变成了一个男人。女人也知道这种情况。做男人的压根儿一点也不害怕。

玛格丽特·麦康伯缩在座位的角落里，望着他们两个人。威尔逊没有变化。她看着威尔逊，他就像她昨天看到他的时候一模一样，当时她头一回发现他的本领有多大。但是她现在看到了弗朗西斯·麦康伯身上发生了变化。

"你对将要去干的事情感到快活吗？"麦康伯问，仍然在津津乐道他宝贵的新发现。

"你不应该提到它，"威尔逊说，盯着另一个人的脸看，"倒不如说，你感到心慌，这样要时髦得多。请你注意，你还会心慌的，还要慌好多回哪。"

"可是你对将要采取的行动有一种快活的感觉吗？"

"有的，"威尔逊说，"说得对。可别翻来复去地把这说个没完。谈得太多就变成扯淡。不管什么事情，你要是唠唠叨叨地讲个没完没了的话，就不会有乐趣。"

"你们俩说的全是废话，"玛戈说，"你们只是坐着汽车去撵了几条走投无路的野兽，说起话来就像英雄好汉啦。"

"对不起，"威尔逊说，"我空话说得太多了。"她已经在担心这种情况了，他想。

"要是你不懂得我们在谈什么，你干吗还要插嘴呢？"麦康伯问他的妻子。

"你变得勇敢得很，突然变得勇敢得很，"他的妻子轻蔑地说，但是她的轻蔑是没有把握的。她非常害怕一件事情。

麦康伯哈哈大笑，这是非常自然的衷心大笑。"你知道我变了，"他说，"我真的变了。"

"是不是迟了一点呢？"玛戈沉痛地说。因为过去多少年来她是尽了最大的努力的；现在他们两个人的关系弄成这个样子不是一个人的过错。

"对我来说，一点儿不迟，"麦康伯说。

玛戈默不作声，靠在座位的角落里。

"你认为咱们已经让它待了足够的时间了吗？"麦康伯愉快地问威尔逊。

"咱们可以去瞧一下了，"威尔逊说"你还有实心子弹剩下吗？"

"扛枪的人有一些。"

威尔逊用斯瓦希里语叫了一声，那个正在给一条野牛的脑袋剥皮的、上了年纪的扛枪人站起来，从口袋里掏出一盒实心子弹，走过来递给麦康伯，他在那支枪的子弹仓里装满了子弹，把剩下的放进口袋。

"你还是用斯普林菲尔德射击的好，"威尔逊说，"你用惯了。咱们把曼利切留在汽车上，给你太太。你的扛枪人带着你那支大枪。我用这支该死的火铳。现在我来给你谈一谈野牛。"他把这些话留到最后才说，因为他不想使麦康伯担心。"野牛跑来的时候，总是脑袋抬得老高，笔直地冲过来。它长犄角的突出部分保护着它的脑子，那是打不进的。子弹只能从它的鼻子里直接打进去。另外，子弹就只能从它的胸脯打进去，或者你要是在侧面的话，打它的脖子或者肩膀中间。它们被打中一次以后，要干掉它们可挺费事。别异想天开地试什么花点子。向最有把握的部位开枪。他们已经把那颗牛脑袋的皮剥下来了。咱们出发吧，好不？"

他招呼那两个扛枪的人，他们擦擦手，走过来，那个年纪比较大的人上了车。

"我只带康戈佬，"威尔逊说，"另一个留在这儿赶鸟儿。"

汽车慢腾腾地穿过这片空地，向那个小岛似的灌木丛开去，那是一片长满簇叶的狭长地带，沿着穿过洼地的干涸了的河道伸展开去；麦康伯一路上感觉到自己的心在怦怦地跳;他的嘴又干了,不过这是兴奋,不是害怕。

"它就是从这儿进去的,"威尔逊说,接着用斯瓦希里语对扛枪的人说,"去找血迹。"

汽车刚才同那片灌木丛是平行的。麦康伯、威尔逊和那个扛枪的人下了车。麦康伯回头一看,只看到他的妻子身旁摆着一支来复枪,在望他。他向她挥挥手,她没有挥手回答。

往前走,灌木丛里的树叶长得密密匝匝;地面是干的。那个中年的扛枪的人热得浑身直淌汗;威尔逊把他的帽子压到眼睛上;他的红脖子就在麦康伯的前面。那个扛枪的人突然用斯瓦希里语对威尔逊说了几句,向前跑去。

"它已经死在那儿啦,"威尔逊说,"干得好,"接着他转过身子,一把抓住麦康伯的手,他们一边握手,一边互相望着,咧开嘴笑了,就在这当儿,那个扛枪的人发疯似的叫起来;他们看到他斜着身子从灌木丛里跑出来,快得像一只蟹,接着那条公牛出来了,伸出着鼻子,紧闭着嘴,鲜血淋淋,巨大的脑袋笔直向前,一下子猛冲过来;它望着他们,那双洼下去的小眼睛里布满了血丝,威尔逊在前面,跪在地上开枪,麦康伯呢,根本没有听到自己的枪声,因为威尔逊那支枪的响声太大了,只看到那长犄角的突出部分爆发出板瓦似的碎片,野牛脑袋向后一仰,他瞄准很大的鼻子眼又开了一枪,看到一双犄角又猛的晃了一下,碎片飞出来;他现在看不到威尔逊了;那条野牛的庞大的身子眼看就要扑到他身上,他仔细瞄准着,又开了一枪;他的来复枪差不多同那颗伸出了鼻子冲上来的牛脑袋一样高低了;他看得见那双恶狠狠的小眼睛,接着那颗脑袋开始耷拉下来;他感到突然有一道白热的、亮得叫人睁不开眼的闪电在他的头脑里爆炸,这就是他的一切感觉。

……

(鹿金译)

选自《短篇小说全集》,海明威著,陈良廷等译,上海译文出版社 2004 年版

【思考与练习】

1. 如何看待印第安男人的自杀行为?
2. "冰山原则"是如何在小说中体现的?
3. 谈谈你对尼克形象中的自传色彩的认识。

邦斯舅舅(节选)

〔法〕奥诺雷·德·巴尔扎克

一八四四年十月,有一天下午三点光景,一个六十来岁而看上去要老得多的男人,在意大利大街上走过,他探着鼻子,假作正经的抿着嘴,好像一个商人刚做了件好买卖,或是一个单身汉沾沾自喜地从内客室走出来。在巴黎,这是一个人把心中的得

意流露得最充分的表示。那些每天待在街上,坐在椅子里以打量过路人为消遣的家伙[1],远远的一瞧见这老人都透出一点儿巴黎人特有的微笑;这微笑包含许多意思,或是讪笑,或是讽刺,或是同情。可是巴黎人对形形色色的场面也看腻了,一定要遇到头等怪物,脸上才会有点儿表情。那老头儿在考古学上的价值,以及大家眼中那一点笑意,像回声般一路传过去的笑意,只要一句话就能说明。有人问过以说俏皮话出名的戏子亚森特[2],他那些博得哄堂大笑的帽子在哪儿定做的。他回答说:"我没有定做啊,只是保存在那儿。"对啦!巴黎上百万的居民其实都可以说是戏子,其中有好多人无意中全做了亚森特,在身上保留着某一时代一切可笑之处,俨然是整个时代的化身,使你在大街上溜跶的时候,便是想着给朋友欺骗那一类的伤心事,也不由得要噗哧一声地笑出来。

那过路人的服装,连某些小地方都十足保存着一八〇六年代的款式,所以它让你想起帝政时代而并不觉得漫画气息太浓。就凭这点儿细腻,有眼光的人才知道这一类令人怀古的景象更有价值。可是要体会那些小枝节,你的分析能力必须像逛马路的老资格一样。如今人家老远看了就笑,可见那走路人必有些怪模怪样,像俗语所说的扑上你的眼睛,那也正是演员们苦心研究,希望一露脸就得个满堂彩的。原来这又干又瘦的老人,在缀着白铜纽扣的,半绿不绿的大褂外面,套着一件没有下摆的栗色短褂,叫做斯宾塞[3]的!一八四四年上还看到一个穿斯宾塞的男人,岂不像拿破仑复活了一样吗?

顾名思义,斯宾塞的确是那位想卖弄细腰身的英国勋爵的创作。远在一八〇二年亚眠和会之前,这英国人就把大氅的问题给解决了;既能遮盖胸部,又不至于像笨重而恶俗的卡列克[4]那样埋没一个人的身腰,这种衣服如今只有车行里的老马夫还拿来披在肩上。但因细腰身的人为数不多,所以斯宾塞虽是英国款式,在法国走红的时间也并不久。那些四五十岁的人,看到有人穿着斯宾塞,自然而然会在脑筋里给他补充上一条丝带扎胸的绿短裤,一双翻统长靴,跟他们年轻的时候一模一样!老太太们见了,也得回想起当年红极一时的盛况。可是一般年轻的人就要觉得奇怪:为什么这个老阿西比亚得要割掉他外套的尾巴[5]呢?总之,那个人浑身上下都跟斯宾塞配得那么相称,你会毫不犹豫地叫他做帝政时代的人物,正如我们叫什么帝政时代的家具一样。但只有熟悉那个光华灿烂的时代的,至少那些 de visu[6] 的人,才会觉得那行人是帝政时代的象征;因为要辨别服装,必须有相当真切的记忆力。帝政时代跟我们已经离得那么远,要想象它那种高卢希腊式[7]的实际场面,绝不是每个人所能办到的。

他帽子戴得很高,差不多把整个脑门露在外面,这种昂昂然的气概,便是当年的文官和平民特意装出来对抗军人的气焰的。并且那还是一顶十四法郎的怕人的丝帽子,帽沿的反面给又高又大的耳朵印上两个半白不白的,刷也刷不掉的印子。帽坯上照例胶得很马虎的丝片子,好几处都乱糟糟地粘在一块儿,尽管天天早上给修整一次,还像害了大麻风似的。

仿佛要掉下来的帽子底下,露出一张脸,滑稽可笑的模样,惟有中国人才会想出来,去烧成那些丑八怪的瓷器。阔大的麻子脸像个漏勺,凹下去的肉窟窿成为许多阴影:高的高,低的低,像罗马人的面具,把解剖学上的规则全打破了。一眼望去,竟找不着脸架子。应当长骨头的地方,却来上一堆果子冻似的肉;该有窝儿的部分,又偏偏鼓起软绵绵的肉疙瘩。这张怪脸给压成了南瓜的形状,配上一对灰眼睛——眉毛的地方只有两道红线——更显得凄凉:整个的脸被一个堂吉诃德式的鼻子镇住了,像平原上的一座飞来峰。这鼻子,想必塞万提斯也曾注意到,表示一个人天生的热爱一切伟大的事,而结果是着迷上当。那副丑相,尽管很滑稽,可绝对不会叫人发笑。可怜虫苍白的眼中有一股极凄凉的情调,会叫开玩笑的人把到了嘴边的刻薄话重新咽下去。你会觉得造物是不许这老头儿表示什么温情的,要是犯了禁,就得叫女人发笑或是难受。看到这种不幸,连法国人也不做声了,他们觉得人生最大的苦难就是不能博得女人的欢心!

这个在造物面前极不得宠的人,穿得跟清寒的上等人一样,那是有钱人常常摹仿的装束。帝国禁卫军式的长统鞋罩,把鞋子盖住了,使他可以把一双袜子多穿几天。黑呢裤发出好些半红不红的闪光;裁剪的款式,跟折痕上面又像发白又像发亮的条纹,都证明裤子已经穿了三年。衣衫的宽大并掩饰不了瘦削的体格。他的瘦是天生的,并非学毕达哥拉斯的样而素食的缘故;因为老头儿的嘴巴生得很肉感,嘴唇很厚,笑起来一口牙齿跟鲨鱼的不相上下。大翻领的背心也是黑呢料子的,里头衬一件白背心,还露出第三件红毛线背心的边,叫你想起从加拉[8] 穿到五件背心的故事。白纱的领结,扣得那么有模有样,正是一八○九年代的漂亮哥儿为了勾引美人儿而苦心推敲的;可是那硕大无朋的领结,拥在下巴前面,似乎把他的脸埋在一个窟窿里。一条编成发辫式的丝表链,穿过背心,拴在衬衫上,仿佛真会有人偷他的表似的!半绿不绿的大褂非常干净,比裤子的年代还要多上三年;丝绒领跟新换过的白铜纽扣,显得穿的人平时的小心简直是无微不至。

把帽子戴在脑后的习惯,三套头的背心,埋没下巴颏儿的大领带,长统鞋罩,绿色大褂的白铜纽扣,都是帝政时代款式的遗迹;跟这些相配的,还有当年信不信由你的哥儿们[9] 那股卖俏的劲儿,衣褶之间那种说不出的细巧,浑身上下那种整齐而呆板的气息,令人想起大卫的画派和雅各设计的瘦长家具。只要瞧上一眼,你就会觉得他要不是一个有教养而给什么嗜好断送了的人,便是一个进款不多的家伙,一切开支都是被有限的收入固定了的,万一打破一块玻璃,撕破件衣服,或是碰上募捐等等的要命事儿,就得把他整个月内小小的娱乐取消。你要在场的话,一定觉得奇怪,这张奇丑的脸怎么会浮起一点笑意,它平时的表情不是应当又冷又凄凉,像所有为了挣口苦饭而奋斗的人一样吗? 可是这古怪的老人,像母亲保护孩子那么小心的,右手拿着件分明很贵重的东西,藏在双重上衣的左襟底下,生怕不巧给人碰坏了:你看到这个,尤其看到他急急忙忙,活像那些有闲的人偶尔替人跑腿的神气,你可能以为他找到了侯爵夫人的小狗什么的,带着帝政时代的人物所有的那种殷勤,得意扬扬的给送回去,他那位上了六十岁的美人儿,还少不了他每天的问候呢。世界上惟有在巴黎才能看到这等景致,大街上就在连续不断地演这种义务戏,让法国人饱了眼福,给艺术家添了资料。

一看那人瘦骨嶙峋的轮廓,虽然很大胆地穿着过时的斯宾塞,你也不敢把他当做什么巴黎艺术家;因为巴黎的艺术家差不多跟巴黎的小孩子一样,在俗人的想象中照例是嘻嘻哈哈,大有嚓头的家伙,我这么说是因为嚓这个古字现在又时行了。可是这走路人的确得过头奖,在法国恢复罗马画院之后,第一支受学士院褒奖的诗歌体乐曲,便是他作的,一句话说完,他就是西尔万·邦斯先生!……

(傅雷译)

节选自《巴尔扎克全集》(第十四卷),傅雷等译,人民文学出版社 1989 年版

【注释】

[1] 指坐咖啡馆的巴黎人。咖啡座每伸展至人行道,故言待在街上。

[2] 亚森特(1814—1887):当时巴黎著名喜剧演员。

[3] 叫做斯宾塞的:短褂,没有燕尾,有如夏季的礼服,原系英国的约翰·查理·斯宾塞勋爵(1782—1847)创行。

[4] 卡列克:外氅,相传为英国人约翰·卡列克所创。上半身披肩部分长至手腕,共有两三叠之多,故极厚重。

[5] 希腊政治家阿西比亚得,为苏格拉底弟子,以生活奢豪闻于世,众人盛赞其所畜之名犬,阿失既将犬尾割去,俾众人不复提及。

[6] 拉丁文,亲眼看见过。

[7] 拿破仑称帝时,提倡希腊罗马的文物与风格,当时的美术、家具、服装均带希腊分味,美术史上称为高卢希腊式(Gallo-Grecque)

[8] 加拉(1764—1833):当时有名的歌唱家,极讲究穿着。

[9] 执政时期(1795~1800)的漂亮人物,当时称 Incroyables,谓其奇装异服,竞骛新奇,令人不可思议。

【作者简介】

奥诺雷·德·巴尔扎克(Honore de Balzac, 1799—1850),法国 19 世纪最杰出的批判现实主义作家。生于法国西部的杜尔城,曾一度弃文从商但均告失败。1829 年发表长篇小说《朱安党人》,此后,他以旺盛的精力、惊人的速度构筑了宏伟壮丽的文学大厦《人间喜剧》,共 91 部小说,写了 2400 多个人物,主要作品有《驴皮记》、《欧也妮·葛朗台》、《高老头》等。作品充分展示了 19 世纪上半叶的法国社会生活,被称为法国社会的"百科全书"。

【作品赏析】

《邦斯舅舅》是巴尔扎克现实主义小说创作中的精品,中外许多著名学者都把这部作品视为"巴尔扎克的后期代表作","他的艺术的最高峰"。安德烈·纪德曾这样

写道:"这也许是巴尔扎克众多杰作中我最喜欢的一部;不管怎么说,它是我阅读最勤的一部……我欣喜、迷醉……""不同凡响的《邦斯舅舅》,我先后读了三四遍,现在我可以离开巴尔扎克了,因为再也没有比这本书更精彩的作品了。"20世纪文学巨匠普鲁斯特也给《邦斯舅舅》以高度的评价,称赞作者具有非凡的"观察才能",整部作品"触人心弦",确实是一部非常耐读的小说。在这部小说中,巴尔扎克借助典型人物的塑造和人物之间相互关系的描述,无情地揭露了对金钱的贪欲造成的严重后果,向资本主义金钱世界提出了强烈抗议。

小说描写诚实而高尚的音乐家邦斯舅舅,不惜一切代价丰富自己的藏画。当人们不知道这些宝藏时,谁也不把他放在心上;当人们获悉这些名画的价值时,为夺取老人的遗产,以庭长太太为首的上流社会使尽种种手段谋取他的财富。从表面看,导致邦斯悲剧的是他的"贪馋",他由一个具有艺术追求的音乐家"沦落到一个吃白食"的人,"只要能继续好吃好喝,按时按节尝到当令的珍馐美果,吃着精致的名菜大快朵颐,他觉得什么下贱的事都能做"。他不仅为满足自己的贪馋付出了沉重代价,丧失了独立的人格,而且还被腐蚀了灵魂,"凡是应酬场中的门面话,没有真情的假殷勤,他都习惯了,他也学会了把客套随口敷衍"。从深层来看,邦斯的悲剧在于他的"穷"。"穷"使邦斯显得与他那些富有的亲戚格格不入,因而受到亲戚的歧视、羞辱、驱逐和迫害;等到邦斯因收藏的名画而"富"时,"富"却给他招致无耻的掠夺和恶毒的谋杀。作者从穷、富两个方面表现了邦斯的不幸遭遇和悲惨命运,深刻揭示了七月王朝时期由于金钱崇拜造成的亲族关系的解体和由于对金钱的贪欲造成的人与人之间关系的冷漠,并由此引起的社会道德风气的败坏。同时,又将同情倾注在施模克、邦斯等人身上,表现他们精神道德的优越,使《邦斯舅舅》这部小说达到了新的思想高度。

小说在艺术上具有巴尔扎克创作的特点:

(1)细节描写。小说开门见山,通过对邦斯外形和神情的描写,向我们展示了邦斯的经历和癖好,交代了邦斯的性格和处境,具有传统现实主义小说的特点。同时,多方面展示了七月王朝时期的社会现实,表现了金钱对人的命运,婚姻恋爱,同业竞争的支配作用和人与人之间冷酷的金钱关系。

(2)小说采用全知全能的叙述方式,在步步深入的叙述过程中,作者善于步步缩小与读者的距离,让读者不由自主地进入他的世界,具有感染性和深刻的启迪性,使得读者最终达到认同和共鸣。

(3)塑造典型人物。抓住其最本质特征加以强化,如对邦斯的"收藏"癖和"贪馋"的描写。作者运用犀利的笔,无情地以匕首般的词语剥去作品中人物身上的伪装。当工于心计的古画迷马古斯和心狠手辣的诉讼代理人弗赖齐埃引入"艺术的殿堂"——邦斯收藏馆时,他们一见那些稀世珍品,立即像"一只只乌鸦嗅着死尸"一般,如秃鹫般猛扑过去。一边是人类美的创造,一边是凶残的猛禽,两相对照,给读者带来了强烈的情感刺激。

【专栏知识】

> 巴尔扎克的典型观:在《一桩无头公案》初版序言中,巴尔扎克认为:"典型这个概念应该具有这样的意义,典型指的是人物,在这个人物身上包括着所有那些在某种程度跟他相似的人们的最鲜明的性格特征。典型是人类的样本。因此,在这种或者那种典型和他的许许多多同时代人之间随时随地都可以找到一些共同点。但是,如果把它们弄得一模一样,则又会成为对作家毁灭性的判决,因为他作品中的人物就不会是艺术虚构的产物了。"

【相关链接】

贝姨(节选)

〔法〕奥诺雷·德·巴尔扎克

……

男爵的归来使大家欢天喜地,他看了这种情形也就甘心情愿地恢复了家庭生活。他把阿塔拉忘了,因为,热情过度的结果,他的感情已经像儿童的一样变化不定。大家认为美中不足的是男爵的改变。离开儿女出走的时候还很精神,回来却仿佛一个上了百岁的老人,伛背、龙钟、脸庞都改了样。赛莱斯蒂纳临时弄了一席好菜,使老人回想起歌女府上的晚餐;眼看家里这等富裕的光景,他简直给搅糊涂了。

"你们在款待一个浪子回头的父亲呐!"他咬着阿黛莉娜的耳朵说。

"嘘!……过去的事都忘了,"她回答。

男爵没有看到老姑娘,便问:

"李斯贝特呢?"

"可怜!她躺在床上呢,"奥棠丝回答说,"她是起不来的了,不久她就要离开我们,教我们伤心哪。她预备饭后跟你见面。"

第二天早上刚出太阳,门房来通知小于洛,说市政府的警卫队包围了他全部的产业。法院的人要找于洛男爵。跟着门房进来的商务警察,把判决书交给律师,问他愿不愿意替他父亲付债。一个放印子钱的萨玛农,有男爵一万法郎的借票,大约当初不过是两三千法郎的债。小于洛要求商务警察撤退人马,他把债照数付清了。

"是不是只有这一笔喔?"他担着心事想。

照耀家庭的幸福,李斯贝特看了已经大为懊恼,这一次大团圆,她自然更受不了;因此病势急转直下,一星期后毕安训医生就说她没有希望。打了多少胜仗的长期战争,终于一败涂地。肺病到了可怕的弥留时期,她还是咬紧牙关,一点儿不泄露她的恨意。并且她最痛快的是看到阿黛莉娜、奥棠丝、于洛、维克托兰、斯坦卜克、赛莱斯蒂纳和他们的几个孩子,都在床前流着眼泪,痛惜这个庇护家庭的好天使。三年来所没有的好吃好喝,把于洛男爵养得精力也恢复了,人也差不多回复到原来的样子。丈夫一复原,阿黛莉娜欢喜得连神经性的发抖都减轻了许多。男爵从儿子女儿嘴里知道了太太的痛苦,便对她格外敬重。李斯贝特看到这种情形,在临死前一夜不由得想道:

"看她结果还是幸福的!"

这个感触加速了贝姨的死;出殡的时候,全家都流着泪送她的丧。

男爵夫妇自认为到了完全退休的年龄,便搬上三楼,把二楼那些漂亮房间让给斯坦卜克伯爵夫妇。靠了儿子的力量,男爵在一八四五年初在铁路局找到一个差事,年俸六千法郎,加上六千法郎养老金,以及克勒韦尔太太赠与的财产,他一年的总收入有了两万四。奥棠丝在三年分居的期间,跟丈夫把财产分开了,所以维克托兰很放心地把二十万法郎的代管遗产,拨在妹子名下,又给了她一年一万二千法郎的津贴。文赛斯拉,做了一个有钱太大的丈夫,不再欺骗她了;可是他游手好闲,连极小的作品也没有心思去做。变了一个空头艺术家之后,他在交际场中倒非常走红,好多鉴赏家都向他来请教,临了他成为一个批评家;凡是开场把人家虚哄了一阵的低能儿,都是这种归宿。因此,这几对同住的夫妇,各有各的财产。男爵夫人吃了多少苦终于醒悟了,把银钱出入交给儿子代管,使男爵只有薪水能动用,她希望这些微薄的资源使他不至于再蹈覆辙。可是男爵似乎把女色丢开了,那是母子俩都意想不到的好兆。他的安分老实,被认为是年龄关系,结果使全家完全放了心;所以看到他的和气看到他不减当年的风度,人家只觉得心里痛快。对太太,对儿女,他都体贴周到,陪他们去看戏,一同到他现在重新来往的人家;在儿子的客厅里,他又是谈笑风生,周旋得极好。总之,这个浪子回头的父亲,使家属满意到了极点。他变了一个可爱的老人,衰朽无用,可是非常风雅,过去的荒唐只给他留下一些社交场中的美德。自然而然,大家觉得他绝对保险了。男爵夫人与女儿们,把好爸爸捧到了云端里,把两个伯叔的死给忘得干干净净!没有遗忘,人生是过不下去的!

维克托兰太太跟李斯贝特学得非常能干,为了管理这个大家庭,不得不雇用一个厨子,连带也得雇一个做下手的姑娘。下手姑娘现在都野心很大,专门想偷些厨子的诀窍,等学会了调制浆汁,就出去当厨娘。所以那些佣人总是常常更调的。一八四五年十二月初,赛莱斯蒂纳雇的下手是一个诺曼底的大胖姑娘,矮身量,手臂又粗又红,挺平常的脸,像应时的戏文一样奇蠢无比,连下诺曼底省姑娘常戴的那个布帽,也始终不肯脱下来。这丫头像奶妈一样胖,胸部的衣衫仿佛要崩开来;绯红的脸,轮廓的线条那么硬,像是石头上刻出来的。她名叫阿伽特,初进门的时候当然谁也没有加以注意;外省送到巴黎来的这等结实的女孩子,天天都有。园子也不大看得上阿伽特,她说话实在太粗俗了,因为她侍候过马车搬运伕,新近又在城关的小旅馆里做过工;她非但不曾征服厨子而讨教到一点烹调的艺术,倒反招了他的厌。厨子追求的是路易丝,斯坦卜克伯爵夫人的贴身女仆。所以诺曼底姑娘常在怨命;大司务快要做好一盘菜,或是完成浆汁的时候,老是把她借端支开,打发到厨房外面去。

"真的,我运气不好,要换东家了,"她说。

她辞了两次,可是始终没有走。

有一夜,阿黛莉娜被一种奇怪的声响惊醒过来,发觉旁边床上的埃克托不在了。为老年人方便起见他们睡的是双床。她等了一个钟点不见男爵回来,不禁害怕了,以为出了事,或是中风等等,她便走上仆役们睡的顶楼,看见阿伽特的半开的房门里不但露出强烈的光,还有两个人说话的声音,便走了过去。一听是男爵的口音,她吓得立刻站住。原来男爵迷上了阿伽特,禁不住那个丑婆娘故意的撑拒,竟说出几句该死的话:

"太太活不了多少时候了,只要你愿意,你可以做男爵夫人。"

阿黛莉娜大叫一声,扔下烛台逃走了。

三天以后,男爵夫人终于到了弥留状态,临终圣体隔天已经受过了。全家的人都流着泪围着她。断气之前,她紧紧握着丈夫的手,附在他耳边说:

"朋友,我现在只有一条命可以给你了:一霎眼之间,你就可以自由,可以再找一个男爵夫人了。"

于是大家看到死人眼中淌出一些眼泪,那是极少有的事。淫恶的残酷,把天使的耐心打败了;在进入永恒的前一刹那,她说出了平生仅有的一句责备。

下葬三天之后,于洛男爵离开了巴黎。过了十一个月,维克托兰间接知道,他的父亲于一八四六年二月一日,在伊西尼地方,和阿伽特·皮克塔尔小姐结了婚。

报告这个消息的是前任商务大臣的第二个儿子,包比诺律师。于洛律师回答他说:"祖宗可以反对儿女的婚姻,儿女只能眼看着返老还童的祖宗荒唐。"

一八四八年九月·巴黎

(傅雷译)

节选自《巴尔扎克全集》(第十三卷),傅雷等译,人民文学出版社 1988 年版

【思考与练习】

1. 你如何看待小说中描写的金钱世界?

2. 谈谈你对巴尔扎克塑造的人物形象的认识。

3. 熟读小说,并尝试从一个角度写一篇读后感。

第四节 戏剧经典作品赏析

安提戈涅(节选)

〔古希腊〕索福克勒斯

第二场

守 兵 她就是做这件事的人,我们趁她埋葬尸首的时候,把她捉住了。可是克瑞昂在哪里?

克瑞昂自宫中上。

歌队长 他又从家里出来了，来得凑巧。

克瑞昂 怎么？出了什么事，说我来得凑巧？

守　兵 啊，主上，谁也不可发誓不做某件事；因为再想一下，往往会发现原先的想法不对。在你的威胁和恐吓之下，我原想发誓不急于回到这里来。但是出乎意外的快乐比别的快乐大得多，因此我虽然发誓不来，却还是带着这女子来了，她是在举行葬礼的时候被我们捉住的。这次没有摇签，这运气就归了我，没有归别人。现在，啊，主上，只要你高兴，就把她接过去审问，给她定罪吧；我自己没事了。有权利摆脱这场祸事。

克瑞昂 你说，你带来的女子——是怎样捉住的，在哪里捉住的？

守　兵 她正在埋葬尸首；事情你都知道了。

克瑞昂 你知道你这句话是什么意思？你正确地表达了你的思想吗？

守　兵 我亲眼看见她埋葬那不许埋葬的尸首。我说得够清楚了吗？

克瑞昂 是怎样发现的？怎样当场捉住的？

守　兵 事情是这样的：我们在你的可怕的恐吓之下回到那里，把盖在尸体上的沙子完全拂去，使那黏糊糊的尸首露了出来；我们随即背风坐在山坡上躲着，免得臭味儿从尸首那里飘过来；每个人都忙着用一些责备的话督促他的同伴，怕有人疏忽了他的责任。

　　这样过了很久，一直守到太阳的灿烂光轮升到了中天，热得像火一样的时候；突然间一阵旋风从地上卷起了沙子，天空阴暗了，这风沙弥漫原野，吹得平地丛林枝断叶落，太空中尽是树叶；我们闭着眼睛忍受着这天灾。

　　这样过了许久，等风暴停止，我们就发现了这女子，她大声哭喊，像鸟儿看见窝儿空了，雏儿丢了，在悲痛中发出尖锐声音。她也是这样：她看见尸体露了出来就放声大哭，对那些拂去沙子的人发出凶恶的诅咒。她立即捧了些干沙，高高举起一只精制的铜壶奠了三次酒水敬死者。

　　我们一看见就冲下去，立即把她捉住，她一点也不惊惶。我们谴责她先前和当时的行为，她并不否认，使我同时感觉愉快，又感觉痛苦；因为我自己摆脱了灾难是件极大的乐事，可是把朋友领到灾难中却是件十分痛苦的事。好在朋友的一切事都没有我自身的安全重要。

克瑞昂 你低头望着地，承认不承认这件事是你做的？

安提戈涅 我承认是我做的，并不否认。

克瑞昂 （向守兵）你现在免了重罪，你愿意到哪里就到哪里去吧。

守兵自观众右方下。

（向安提戈涅）告诉我——话要简单不要长——你知道不知道有禁葬的命令？

安提戈涅 当然知道；怎么会不知道呢？这是公布了的。

克瑞昂 你真敢违背法令吗?

安提戈涅 我敢;因为向我宣布这法令的不是宙斯,那和下界神祇同住的正义之神也没有为凡人制定这样的法令;我不认为一个凡人下一道命令就能废除天神制定的永恒不变的不成文律条,它的存在不限于今日和昨日,而是永久的,也没有人知道它是什么时候出现的。

我不会因为害怕别人皱眉头而违背天条,以致在神面前受到惩罚。我知道我是会死的——怎么会不知道呢? ——即使你没有颁布那道命令;如果我在应活的岁月之前死去,我认为是件好事;因为像我这样在无穷尽的灾难中过日子的人死了,岂不是得到好处了吗?

所以我遭遇这命运并没有什么痛苦;但是,如果我让哥哥死后不得埋葬,我会痛苦到极点;可是像这样,我倒安心了。如果在你看来我做的是傻事,也许我可以说那说我傻的人倒是傻子。

歌队长 这个女儿天性倔强,是倔强的父亲所生;她不知道向灾难低头。

克瑞昂 (向安提戈涅)可是你要知道,太顽强的意志最容易受挫折;你可以时常看见最顽固的铁经过淬火炼硬之后,被人击成碎块和破片。我并且知道,只消一小块嚼铁就可以使烈马驯服。一个人做了别人的奴隶,就不能自高自大了。

(向歌队长)这女孩子刚才违背那制定的法令的时候,已经很高傲;事后还是这样傲慢不逊,为这事而欢乐,为这行为而喜笑。

要是她获得了胜利,不受惩罚,那么我成了女人,她反而是男子汉了。不管她是我姐姐的女儿,或者比任何一个崇拜我的家神宙斯的人和我的血统更近,她本人和她妹妹都逃不过最悲惨的命运;因为我指控那女子是埋葬尸体的同谋。

把她叫来;我刚才看见她在家;她发了疯,精神失常。那暗中图谋不轨的人的心机往往会预先招供自己有罪。我同时也恨那个做了坏事被人捉住反而想夸耀罪行的人。

安提戈涅 除了把我捉住杀掉之外,你还想进一步做什么呢?

克瑞昂 我不想做什么了;杀掉你就够了。

安提戈涅 那么你为什么拖延时间? 你的话没有半句使我喜欢——但愿不会使我喜欢啊! 我的话你自然也听不进去。

我除了因为埋葬自己的哥哥而得到荣誉之外,还能从哪里得到更大的荣誉呢? 这些人全都会说他们赞成我的行为,若不是恐惧堵住了他们的嘴。但是不行;因为君王除了享受许多特权之外,还能为所欲为,言所欲言。

克瑞昂 在这些卡德墨亚[1]当中,只是你才有这种看法。

安提戈涅 他们也有这种看法,只不过因为怕你,他们闭口不说。

克瑞昂 但是,如果你的行动和他们不同,你不觉得可耻吗?

安提戈涅 尊敬一个同母弟兄，并没有什么可耻。

克瑞昂 那对方不也是你的弟兄吗？

安提戈涅 他是我的同母同父弟兄。

克瑞昂 那么你尊敬他的仇人，不就是不尊敬他吗？

安提戈涅 那个死者是不会承认你这句话的。

克瑞昂 他会承认；如果你对他和对那坏人同样地尊敬。

安提戈涅 他不会承认；因为死去的不是他的奴隶，而是他的弟兄。

克瑞昂 他是攻打城邦，而他是保卫城邦。

安提戈涅 可是哈得斯依然要求举行葬礼。

克瑞昂 可是好人不愿意和坏人平等，享受同样葬礼。

安提戈涅 谁知道下界鬼魂会不会认为这件事是可告无罪的？

克瑞昂 仇人决不会成为朋友，甚至死后也不会。

安提戈涅 可是我的天性不喜欢跟着人恨，而喜欢跟着人爱。

克瑞昂 那么你就到冥土去吧，你要爱就去爱他们。只要我还活着，没有一个女人管
　　　　得了我。

伊斯墨涅由二仆人自宫中押上场。

歌队长 看呀，伊斯墨涅出来了，那表示姐妹之爱的眼泪往下滴，那眉宇间的愁云遮住
　　　　了发红的面容，随即化为雨水，打湿了美丽的双颊。

克瑞昂 你像一条蝮蛇潜伏在我家，偷偷吸取我的血，我竟不知道我养了两个叛徒来
　　　　推翻我的宝座。喂，告诉我，你是招供参加过这葬礼呢，还是发誓不知情？

伊斯墨涅 事情是我做的，只要她不否认；我愿意分担这罪过。

安提戈涅 可是正义不让你分担；因为你既不愿意，我也没有让你参加。

伊斯墨涅 如今你处在祸患中，我同你共渡灾难之海，不觉得羞耻。

安提戈涅 事情是谁做的，哈得斯和下界的死者都是见证；口头上的朋友我不喜欢。

伊斯墨涅 不，姐姐呀，不要拒绝我，让我和你一同死，使死者成为清洁的鬼魂吧。[2]

安提戈涅 不要和我同死，不要把你没有亲手参加的工作作为你自己的；我一个人死
　　　　就够了。

伊斯墨涅 失掉了你，我的生命还有什么可爱呢？

安提戈涅 你问克瑞昂吧，既然你孝顺他。

伊斯墨涅 对你又没有好处，你为什么这样来伤我的心？

安提戈涅 假如我嘲笑了你，我心里也是苦的。

伊斯墨涅 现在我还能给你什么帮助呢？

安提戈涅 救救你自己吧！即使你逃得过这一关，我也不羡慕你。

伊斯墨涅 哎呀呀，我不能分担你的厄运吗？

安提戈涅 你愿意生，我愿意死。

伊斯墨涅 并不是我没有劝告过你。

安提戈涅 在有些人眼里你很聪明,可是在另一些人眼里,聪明的却是我。

伊斯墨涅 可是我们俩同样有罪。

安提戈涅 请放心;你活得成,我却是早已为死者服务而死了。

克瑞昂 我认为这两个女孩子有一个刚才变愚蠢了,另一个生来就是愚蠢的。

伊斯墨涅 啊,主上,人倒了霉,甚至天生的理智也难保持,会得错乱。

克瑞昂 你的神志是错乱了,当你宁愿同坏人做坏事的时候。

伊斯墨涅 没有她和我在一起,我一个人怎样活下去?

克瑞昂 别说她还和你在一起,她已经不存在了。

伊斯墨涅 你要杀你儿子的未婚妻吗?

克瑞昂 还有别的土地可以由他耕种。

伊斯墨涅 不会再有这样情投意合的婚姻了。

克瑞昂 我不喜欢给我儿子娶个坏女人。

伊斯墨涅 啊,最亲爱的海蒙,你父亲多么藐视你啊![3]

克瑞昂 你这人和你所提起的婚姻够使我烦恼了!

歌队长 你真要使你儿子失去他的未婚妻吗?

克瑞昂 死亡会为我破坏这婚姻。

歌队长 好像她的死刑已经判定了。

克瑞昂 (向歌队长)是你和我判定的。

　　　　仆人们,别再拖延时间,快把她们押进去! 今后她们应当乖乖地做女人,不准随便走动;甚至那些胆大的人,看见死亡逼近的时候,也会逃跑。

　　　　安提戈涅和伊斯墨涅由二仆人押进宫。

　　　　　　(选自《古希腊戏剧选》,罗念生译,人民文学出版社 1998 年版)

【注释】

[1] 卡德墨亚:即忒拜人,卡德墨亚是特拜的卫城。

[2] 伊斯墨涅的意思是说,她分担了埋葬之罪而死,就等于她对死者尽了埋葬之礼。

[3] 沙不勒本认为这句话是安提戈涅说的。

【作者简介】

　　索福克勒斯(Sophocles,前 496—前 406),古希腊三大悲剧家之一,被誉为"戏剧艺术的荷马"。出身于兵器制造厂厂主家庭。生活于雅典极盛时期,曾被选为雅典十大将军之一。一生写了 120 多部剧本,获奖 24 次。其作品主要反映了雅典民主政治繁荣时期思想意识的特征。现存完整的剧本 7 部,其中最著名的是《俄狄浦斯王》,他的创作使得希腊悲剧艺术达到完美境界。

【作品赏析】

《安提戈涅》是古希腊悲剧家索福克勒斯在公元前 441 年上演的剧目。该剧讲述俄狄浦斯的女儿安提戈涅的两位兄长彼此不和,为争夺王位发生激战,结果同归于尽。克瑞昂以舅父身份继承王位,他下令不许掩埋背叛祖国的波吕涅克斯的尸体。按照古希腊神律,一个人死后如不下葬,他的阴魂便不能进入冥土,而露尸不葬,也会触犯神灵,殃及城邦。安提戈涅不忍看着兄弟曝尸荒野,违抗命令掩埋了尸体,尽了亲人应尽的义务,从而同克瑞昂产生了激烈的冲突。克瑞昂下令处死安提戈涅,结果安提戈涅在牢中自缢,其未婚夫,克瑞昂的儿子海蒙殉情自杀,克瑞昂的妻子愤而自尽,只剩下克瑞昂一人在那里叹息。

索福克勒斯最打动读者的剧本首推《安提戈涅》。黑格尔认为,"悲剧高峰在希腊,而希腊悲剧高峰在索福克勒斯的《安提戈涅》"。该剧反映了国法与神律、人情之间的冲突。安提戈涅代表神示,正义。她曾说,"我不认为一个凡人下一道命令就能废除天神制定的永恒不变的不成文律条"。克瑞昂代表法律,正义。作品的主题反映了正义与正义的冲突,其重要性在于引发人们对人性的一个最本质问题的思考,即,面对自然律和成文法的矛盾,人应该如何选择。索福克勒斯认为,克瑞昂是个僭主,以自己的意志作为城邦的意志,将城邦的律法置于神律之上,刚愎自用,残暴凶狠,最后落得一个孤家寡人的下场。此剧本反映了人性与城邦社会法制权威之间的冲突,第一次暗示了人与社会不可克服的矛盾,最终肯定了人的价值。

《安提戈涅》在艺术上具有以下特征:

(1)情节紧凑而集中。以道德和感情的破坏、维护与戏剧的冲突展开剧情。整部戏剧以克瑞昂无视并破坏道德和安提戈涅坚持并维护道德为情节冲突展开。戏剧矛盾发端于克瑞昂的严令,违反了当时最基本的道德规范;安提戈涅违背国王法令,尽自己的义务埋葬哥哥,不惜牺牲生命捍卫道德,推动戏剧情节的发展;歌队长、守兵、海蒙以及市民对安提戈涅的支持与悲叹,进一步推动戏剧发展;最后道德胜利。

(2)从希腊神话中选择极富悲剧味道的典型素材。

(3)人物形象丰满而生动,具有极强的艺术感染力。如安提戈涅,在两难选择中,坚决安葬哥哥,毅然违抗王法,她说:"我要埋葬哥哥,即使为此而死,也是件光荣的事。我遵守神圣的天条而犯罪……"海蒙处于王权和神律夹缝中,在劝说父亲无效后,毅然与安提戈涅共同赴死。

(4)具有希腊命运悲剧的特征。如俄狄浦斯的诅咒;英雄时代人物与现实间的冲突及悲剧结局;人对命运的抗争等。

【专栏知识】

命运悲剧:借用一个英雄时代的惊心动魄的故事,表现剧中主人公与现实之间不可调和的冲突及其悲惨的结局,它的主人公大都是人们理想、愿望的代表者,表达人对命运的抗争,人的盲目和局限以及命运不可战胜的主题。

【相关链接】

奥狄浦斯王(节选)

〔古希腊〕索福克勒斯

退场

传报人自宫中上。

传报人 我邦最受尊敬的长老们啊,你们将听见多么惨的事情,将看见多么惨的景象,你们将是多么忧愁,如果你们效忠你们的种族,依然关心拉布达科斯的家室。我认为即使是伊斯特尔河和法息斯河也洗不干净这个家,它既隐藏着一些灾祸,又要把另一些暴露在光天化日之下,这些都不是无心,而是有意做出来的。自己招来的苦难总是最使人痛心啊!

歌队长 我们先前知道的苦难也并不是不可悲啊!此外,你还有什么苦难要说?

传报人 我的话可以一下子说完,一下子听完:高贵的伊奥卡斯特已经死了。

歌队长 不幸的人呀!她是怎么死的?

传报人 她自杀了。这件事最惨痛的地方你们感觉不到,因为你们没有亲眼看见。我记得多少,告诉你多少。

她发了疯,穿过门廊,双手抓着头发,直向她的新床跑去;她进了卧房,砰的关上门,呼唤那早已死了的拉伊奥斯的名字,想起她早年所生的儿子,说拉伊奥斯死在他手中,留下做母亲的给他的儿子生一些不幸的儿女。她为她的床榻而悲叹,她多么不幸,在那上面生了两种人,给丈夫生丈夫,给儿子生儿女。她后来是怎样死的,我就不知道了;因为奥狄浦斯大喊大叫冲进宫去,我们没法看完她的悲剧,而转眼望着他横冲直撞。他跑来跑去,叫我们给他一把剑,还问哪里去找他的妻子,又说不是妻子,是母亲,他和他儿女共有的母亲。他在疯狂中得到了一位天神的指点;因为我们这些靠近他的人都没有给他指路。好像有谁在引导,他大叫一声,朝着那双扇门冲去,把弄弯了的门杠从承孔里一下推开,冲进了卧房。

我们随即看见王后在里面吊着,脖子缠在那摆动的绳子上。国王看见了,发出可怕的喊声,多么可怜!他随即解开那活套。等那不幸的人躺在地上时,我们就看见那可怕的景象:国王从她袍子上摘下两只她佩带着的金别针,举起来朝着自己的眼珠刺去,并且这样嚷道:"你们再也看不见我所受的灾难,我所造的罪恶了!你们看够了你们不应当看的人,不认识我想认识的人;你们从此黑暗无光!"

　　他这样悲叹的时候,屡次举起金别针朝着眼睛狠狠刺去;每刺一下,那血红的眼珠里流出的血便打湿了他的胡子,那血不是一滴滴地滴,而是许多黑的血点,雹子般一齐下降。这场祸事是两个人惹出来的,不只一人受难,而是夫妻共同受难。他们旧时代的幸福在从前倒是真正的幸福;但如今,悲哀,毁灭,死亡,耻辱和一切有名称的灾难都落到他们身上了。

歌队长　现在那不幸的人的痛苦是不是已经缓和一点了?

传报人　他大声叫人把宫门打开,让全体特拜人看看他父亲的凶手,他母亲的——我不便说那不干净的话;他愿出外流亡,不愿留下,免得这个家在他的诅咒之下有了灾祸。可是他没有力气,没有人带领;那样的苦恼不是人所能忍受的。他会给你看的;现在宫门打开了,你立刻可以看见那样一个景象,即使是不喜欢看的人也会发生怜悯之情的。

　　　　　　　　众侍从带领奥狄浦斯自宫中上。

歌　队　(哀歌)这苦难啊,叫人看了害怕!我所看见的最可怕的苦难啊!可怜的人呀,是什么疯狂缠磨着你?是哪一位神跳得比最远的跳跃还要远,落到了你这不幸的生命上?

　　哎呀,哎呀,不幸的人呀!我想问你许多事,打听许多事,观察许多事,可是我不能望你一眼;你吓得我发抖啊!

奥狄浦斯　哎呀呀,我多么不幸啊!我这不幸的人哪里去呢?我的声音轻飘飘的飞到哪里去了?命运啊,你跳到哪里去了?

歌队长　跳到可怕的灾难中去了,不可叫人听见,不可叫人看见。

奥狄浦斯　(第一曲首节)黑暗之云啊,你真可怕,你来势凶猛,无法抵抗,是太顺的风把你吹来的。

　　哎呀,哎呀!

　　这些刺伤了我,这些灾难的回忆伤了我。

歌　队　难怪你在这样大的灾难中悲叹这双重的痛苦,忍受这双重的痛苦。

奥狄浦斯　(第一曲次节)啊,朋友,你依然是我的忠实伴侣,还有耐心照看一个瞎眼的人。

　　哎呀,哎呀!

　　我知道你在这里,我虽然眼睛瞎了,还能清楚的辨别你的声音。

歌　队　你这做了可怕的事的人啊,你怎么忍心弄瞎了自己的眼睛?是哪一位天神怂恿你的?

奥狄浦斯　(第二曲首节)是阿波罗,朋友们,是阿波罗使这些凶恶的,凶恶的灾难实现的;但是刺瞎了这两只眼睛的不是别人的手,而是我自己的,我多么不幸啊!

　　什么东西看来都没有趣味,又何必看呢?

歌　队　事情正像你所说的。

奥狄浦斯　朋友们,还有什么可看的,什么可爱的,还有什么问候使我听了高兴呢? 朋友们,快把我这完全毁了的,最该诅咒的,最为天神所憎恨的人带出,带出境外吧!

歌　队　你的感觉和你的命运同样可怜,但愿我从来不知道你这人。

奥狄浦斯　(第二曲次节)那在牧场上把我脚上残忍的铁镣解下的人,那把我从凶杀里救活的人——不论他是谁——真是该死,因为他做的是一件不使人感激的事。假如我那时候死了,也不至于使我和我的朋友们这样痛苦了。

歌　队　但愿如此!

奥狄浦斯　那么我不至于成为杀父的凶手,不至于被人称为我母亲的丈夫;但如今,我是天神所弃绝的人,是不清洁的母亲的儿子,并且是,哎呀,我父亲的共同播种的人。如果还有什么更严重的灾难,也应该归奥狄浦斯忍受啊。

歌　队　我不能说你的意见对;你最好死去,胜过瞎着眼睛活着。(哀歌完)

奥狄浦斯　别说这件事做得不妙,别劝告我了。假如我到冥土的时候还看得见,不知当用什么样的眼睛去看我父亲和我不幸的母亲,既然我曾对他们作出死有余辜的罪行。我看着这样生出的儿女顺眼吗? 不,不顺眼;就连这城堡,这望楼,神们的神圣的偶像,我看着也不顺眼;因为我,特拜城最高贵而又最不幸的人,已经丧失观看的权利了;我曾命令所有的人把那不清洁的人赶出去,即使他是天神所宣布的罪人,拉伊奥斯的儿子。我既然暴露了这样的污点,还能集中眼光看这些人吗? 不,不能;如果有方法可以闭塞耳中的听觉,我一定把这可怜的身体封起来,使我不闻不见;当心神不为忧愁所扰乱时是多么舒畅啊!

　　唉,基泰戎,你为什么收容我? 为什么不把我捉来杀了,免得我在人们面前暴露我的身世? 波吕博斯啊,科任托斯啊,还有你这被称为我祖先的古老的家啊,你们把我抚养成人,皮肤多么好看,下面却有毒疮在溃烂啊! 我现在被发现是个卑贱的人,是卑贱的人所生。

　　你们三条道路和幽谷啊,像树林和三岔路口的窄路啊,你们从我手中吸饮了我父亲的血,也就是我的血,你们还记得我当着你们做了些什么事,来这里以后又做了些什么事吗?

　　婚礼啊,婚礼啊,你生了我,生了之后,又给你的孩子生孩子,你造成了父亲,哥哥,儿子,以及新娘,妻子,母亲的乱伦关系,人间最可耻的事。

　　不应当做的事就不应当拿来讲。看在天神面上,快把我藏在远处,或是把我杀死,或是把我丢到海里,你们不会在那里再看见我了。来呀,牵一牵这可怜的人吧;答应我,别害怕,因为我的罪除了自己担当而外,别人是不会沾染的。

歌队长 克瑞昂来得巧,正好满足你的要求,不论你要他给你做什么事,或者给你什么劝告,如今只有他代你做这地方的保护人。

奥狄浦斯 唉,我对他说什么好呢?我怎能合理的要求他相信我呢?我先前太对不住他了。

克瑞昂自观众右方上。

克瑞昂 奥狄浦斯,我不是来讥笑你的,也不是来责备你过去的罪过的。

（向众侍从）尽管你们不再重视凡人的子孙,也得尊重我们的主宰赫利奥斯的养育万物之光,为此,不要把这一种为大地、圣雨和阳光所厌恶的污染赤裸地摆出来。快把他带进宫去!只有亲属才能看,才能听亲属的苦难,这样才合乎宗教上的规矩。

奥狄浦斯 你既然带着最高贵的精神来到我这个最坏的人这里,使我的忧虑冰释了,请看在天神面上,答应我一件事,我是为你好,不是为我好而请求啊。

克瑞昂 你对我有什么请求?

奥狄浦斯 赶快把我扔出境外,扔到那没有人向我问好的地方去。

克瑞昂 告诉你吧,如果我不想先问神怎么办,我早就这样做了。

奥狄浦斯 他的神示早就明白地宣布了,要把那杀父的,那不洁的人毁了,我自己就是那人哩。

克瑞昂 神示虽然这样说的,但是在目前的情况下,最好还是去问问怎样办。

奥狄浦斯 你愿去为我这样不幸的人问问吗?

克瑞昂 我愿意去;你现在要相信神的话。

奥狄浦斯 是的;我还要吩咐你,恳求你把屋里的人埋了,你愿意怎样埋就怎样埋;你会为你姐姐正当的尽这礼仪的。当我在世的时候,不要逼迫我住在我的祖城里,还是让我住在山上吧,那里是因我而著名的基泰戎,我父母在世的时候曾指定那座山作为我的坟墓,我正好按照要杀我的人的意思死去。但是我有这么一点把握:疾病或别的什么都害不死我;若不是还有奇灾异难,我不会从死亡里被人救活。

我的命运要到哪里,就让它到哪里吧。提起我的儿女,克瑞昂,请不必关心我的儿子们;他们是男人,不论在什么地方,都不会缺少衣食;但是我那两个不幸的、可怜的女儿——她们从来没有看见我把自己的食桌支在一边,不陪她们吃饭;凡是我吃的东西,她们都有份——请你照应她们;请特别让我抚摸着她们悲叹我的灾难。答应吧,亲王,精神高贵的人!只要我抚摸着她们,我就会认为她们依然是我的,正像我没有瞎眼的时候一样。

二侍从进宫,随即带领安提戈涅和伊斯墨涅自宫中上。

啊,这是怎么回事?看在天神的面上,告诉我,我听见的是不是我亲爱的女儿们的哭声?是不是克瑞昂怜悯我,把我的宝贝——我的女儿们送来了?

我说得对吗？

克瑞昂　你说得对；这是我安排的，我知道你从前喜欢她们，现在也喜欢她们。

奥狄浦斯　愿你有福！为了报答你把她们送来，愿天神保佑你远胜过他保佑我。

　　　　（向二女孩）孩儿们，你们在哪里，快到这里来，到你们的同胞手里来，是这双手使你们父亲先前明亮的眼睛变瞎的，啊，孩儿们，这双手是那没有认清楚人，没有了解情况，就通过生身母亲成为你们父亲的人的。我看不见你们了；想起你们日后辛酸的生活——人们会叫你们过那样的生活——我就为你们痛哭。你们能参加什么社会生活，能参加什么节日典礼呢？你们看不见热闹，会哭着回家。等你们到了结婚年龄，孩儿们，有谁来冒挨骂的危险呢？那种辱骂对我的子女和你们的子女都是有害的。什么耻辱你们少得了呢？"你们的父亲杀了他的父亲，把种子撒在生身母亲那里，从自己出生的地方生了你们。"你们会这样挨骂的；谁还会娶你们呢？啊，孩儿们，没有人会；显然你们命中注定不结婚，不生育，憔悴而死。

　　　　墨诺叩斯的儿子啊，你既是他们唯一的父亲——因为我们，她们的父母，两人都完了——就别坐视她们，你的甥女，在外流浪，没衣没食，没有丈夫，别使她们和我一样受苦受难。看她们这样年轻，孤苦伶仃——在你面前，就不同了——你得可怜她们。

　　　　啊，高贵的人，同我握手，表示答应吧！

　　　　（向二女孩）我的孩儿，假如你们已经懂事了，我一定给你们出许多主意；但是我现在只教你们这样祷告，说机会让你们住在哪里，你们就愿住在哪里，希望你们的生活比你们父亲的快乐。

克瑞昂　你已经哭够了；进宫去吧。

奥狄浦斯　我得服从，尽管心里不痛快。

克瑞昂　万事都要合时宜才好。

奥狄浦斯　你知道不知道我要在什么条件下才进去？

克瑞昂　你说吧，我听了就会知道。

奥狄浦斯　就是把我送出境外。

克瑞昂　你向我请求的事要天神才能答应。

奥狄浦斯　众神最恨我。

克瑞昂　那么你很快就可以满足你的心愿。

奥狄浦斯　你答应了吗？

克瑞昂　不喜欢做的事我不喜欢白说。

奥狄浦斯　现在带我走吧。

克瑞昂　走吧，放了孩子们！

奥狄浦斯　不要从我怀抱中把她们抢走！

克瑞昂 别想占有一切;你所占有的东西不会一生跟着你。

众侍从带领奥狄浦斯进宫,克瑞昂,二女孩和传报人随入。

歌队长 特拜本邦的居民啊,请看,这就是奥狄浦斯,他道破了那著名的谜语,成为最伟大的人;哪一位公民不曾带着羡慕的眼光注视他的好运? 他现在却落到可怕的灾难的波浪中了!

因此,当我们等着瞧那最后的日子的时候,不要说一个凡人是幸福的,在他还没有跨过生命的界限,还没有得到痛苦的解脱之前。

歌队自观众右方退场。

(选自《古希腊戏剧选》,罗念生译,人民文学出版社 1998 年版)

【思考与练习】

1. 如何理解安提戈涅的两难选择。

2. 中国学者罗念生先生认为,克瑞昂的禁葬令,主观动机是好的,是为了维护城邦,但客观效果是不好的,其实他是在危害城邦;克瑞昂维持社会秩序的原则是正确的,但是他所采取的手段是错误的。你如何理解这段话?

3. 如何看待《安提戈涅》的艺术特征?

高加索灰阑记(节选)

〔德〕贝托尔特·布莱希特

楔子

山谷的争执

一个被摧毁的高加索村庄的废墟里,围坐着两个集体农庄的庄员,喝着酒,吸着烟。他们大都是妇女和老人;也有几个兵士,其中有一位是从首都来的国家恢复建设委员会专家。

左边一个农妇 (指着)我们就在那边的小山头上挡住了三辆纳粹坦克,可是苹果园已经被糟蹋了。

右边一个老农民 我们那个漂亮的制酪场成了一片废墟!

青年女拖拉机手 是我放的火,同志。

停顿。

专 家 现在请大家听一下这份报告:"加林斯克"牧羊农庄派代表来到了弩卡。该农庄在希特勒军队迫近的时候,奉政府之命,将所有羊群远迁到东方。现在该农庄打算迁回这个山谷。农庄代表视察了村子和地产,证明破坏程度十分严重。(右边代表点头)邻近的"罗莎·卢森堡"苹果栽植农庄(指右边)建议,"加林斯克"农庄原有的牧场,既然是一个不大长牧草的山谷,就用来重新栽植苹果和葡萄。我代表恢复建设委员会,请两个农庄自行协商决定"加林斯克"农庄要不要迁回这里。

右边的老农民 首先我再一次表示不同意限制发言时间。我们"加林斯克"农庄人，走了三天三夜才到这里，而现在却只准讨论半天!

左边一个伤兵 同志，我们再没有这样多村子，再没有这样多劳动力，也再没有这样多时间。

左边青年女拖拉机手 一切娱乐都必须实行定量配给:烟有定量，酒有定量，讨论也得是这样。

右边的老人 （叹息）该死的法西斯! 言归正传，让我来给你们说说，为什么我们想要回我们的山谷。理由有一大堆，可是我想用一个最简单的开一个头。玛吉内·阿巴基采，打开羊奶酪。

右边一个农妇从一个大筐里取出一大块用布裹着的奶酪。掌声和笑声。

右边的老人 请用，同志们，伸手吧。

左边一个老农民 （不信任地）这是笼络手段吧?

右边的老人 （在笑声中）这怎么能叫笼络手段呢，苏拉布，你这抢山谷的强盗。谁都知道，你要吃奶酪，连山谷也要吃掉。（笑声）我只要你说一句实话:这奶酪好吃不?

左边的老人 回答是:好吃。

右边的老人 嗯。（辛酸地）看来你不懂得什么叫奶酪。

左边的老人 为什么不? 我明明告诉你，好吃嘛!

右边的老人 不可能好吃。因为这奶酪不比从前了。为什么呢? 因为对我们的羊来说，新草不如旧草好吃。奶酪与奶酪不同，原因是草跟草不一样。请注意把这一点记到你的报告里。

左边的老人 可你们的奶酪挺好呀。

右边的老人 不是挺好，而是勉强过得去。年轻人总是埋怨新牧场不行。我说，在那里简直没法子活下去。那里的早晨也从来没有早晨的气息。

几个人发笑。

专 家 他们笑，你不必介意，他们了解你的意思。同志们，为什么大家都热爱故乡? 因为那里的面包香，天高，空气清新，声音响亮，路好走。可不是吗?

右边的老人 这山谷自古以来就属于我们。

左边的士兵 什么叫"自古以来"? 没有什么自古以来就属于谁的。你年轻的时候连你自己也不是你的，而是卡兹贝基老爷的。

右边的老人 按照法律，山谷是属于我们的。

青年女拖拉机手 无论如何，法律也必须重新审查，看它是否还合理。

右边的老人 当然。难道一个人出生的房子旁边长一棵什么样的树没有关系吗? 或者隔壁有什么样的邻居没有关系吗? 我们要回来，就是为了我们的农庄有你们这样的邻居,你们这些抢山谷的强盗。你们再笑一场吧。

左边的老人　(笑着)那么为什么你不平心静气听听你的"邻居"卡托·瓦赫唐,我们的农艺师,谈谈山谷的情形呢?

右边一个农妇　讲到我们的山谷,我们还有许多话要说呢。房屋并没有破坏得一干二净,至少制酪场的墙基还在。

专　家　不管在这里还是那里,你们都可以要求国家救济,你们是知道的。

右边的农妇　专家同志,这不是做生意。我不能把你的帽子拿走,送给你另外一顶,说"这顶好"。另外一顶可能好些,然而你更喜欢自己那一顶。

青年女拖拉机手　一块地跟一顶帽子可不一样,至少在我们的国家是如此,同志。

专　家　别生气。不错,我们必须首先把一块地看做一件可以造出有用东西的工具。然而我们也必须尊重人家对于某一块地的感情。在继续讨论之前,我建议给"加林斯克"的同志们说明,你们打算把这个有争执的山谷用来干什么。

右边的老人　同意。

左边的老人　对,让卡托说。

专　家　农艺师同志!

女农艺师　(身着军装,站起)同志们,去年冬天,我们这些游击队员在这片丘陵地带打游击的时候,曾经讨论过,如何在打退德国鬼子以后把我们的苹果园扩大十倍。我起草了一个水利灌溉工程设计。我们在山湖边筑一道坝,就可以浇灌三百公顷贫瘠的土地。那样,我们农庄不仅可以多栽植苹果,也可以栽植葡萄。然而,只有把原先属于"加林斯克"农庄如今发生了争执的整个山谷合并进来,这个设计才有用处。这是规划。(她交给专家一个夹子。)

右边的老人　请你记上,我们农庄计划开办一个新的养马场。

青年女拖拉机手　同志们,这个设计是我们在那些白天黑夜想出来的,当时我们必须隐蔽在山里,我们的那几支枪经常缺子弹。就是找一支铅笔都困难。

　　双方报以掌声。

右边的老人　我们感谢"罗莎·卢森堡"农庄和所有保卫祖国的同志!

　　他们互相握手、拥抱。

左边的农妇　当时我们就希望,我们的兵士,我们的和你们的男人,能够回到比以前更加丰饶的故乡。

青年女拖拉机手　正像诗人马雅可夫斯基说过的:"苏维埃人民的故乡,也是理性的故乡!"

　　右边的代表,除开老人,全体起立,同专家一起研究女农艺师的设计。

　　　发出这一类叫嚷:"怎么,落差二百二十公尺?"——"这里的岩石爆破掉!"——"实际上他们只需要水泥和炸药!"——"他们把水从这里赶下来,真会想!"

右边一个青年工人 （对右边的老人）看,阿列可,他们要浇灌那些小山头中间的全部土地。

右边的老人 我不看。我知道设计一定会不错。可是我不能让人家用手枪逼着我。

左边的士兵 他们只想用铅笔逼着你。（笑声）

右边的老人 （忧郁地站起,走过去观看设计图）可惜呀,这些抢山谷的强盗心里跟明镜一样,在我们的国家谁也抵抗不了机器和蓝图。

右边的农妇 阿列可·别莱什维利,一讲到什么新设计,你自己就热心得要命,这谁都知道。

专　家 让我怎样记下来? 我可以写。你们农庄为了成全这个设计,赞成把你们从前的山谷转让给他们吗?

右边的农妇 我赞成。你呢,阿列可?

右边的老人 （低头看图）我要求你们送给我们几份设计副本。

右边的农妇 这样,我们可以吃饭去了。一看到设计,一乐意讨论,事情就完结了。我了解他。我们那里人都这样。

　　代表们在欢笑中互相拥抱。

左边的老人 "加林斯克"农庄万岁! 祝贺你们的新养马场开场吉利!

左边的农妇 同志们,为了欢迎"加林斯克"农庄代表的来访,专家的来访,我们准备了一出戏,由民间歌手阿尔卡第·车依采协助演出,这出戏同我们的问题有联系。

　　掌声。青年女拖拉机手跑去请民间歌手。

右边的农妇 同志们,你们这出戏一定不错,我们为它付出了一个山谷。

左边的农妇 阿尔卡第·车依采能背诵两万一千行诗。

左边的老人 他指导我们排练了这出戏。要知道,请到他也实在不容易。同志,你们计划委员会应该想办法让他多到北方来几次。

专　家 我们管经济工作。

左边的老人 （微笑着）你们负责分配葡萄秧和拖拉机,为什么不分配歌曲?

　　民间歌手阿尔卡第·车依采,由青年女拖拉机手引导着走到中央。他身体结实,举止纯朴。同他一起的有四个携带乐器的音乐师。他们受到鼓掌欢迎。

青年女拖拉机手 这是专家同志,阿尔卡第。

　　歌手向四周围打招呼。

右边的农妇 我今天有机会和您见面,感到非常荣幸。自从上小学以来,我就听说过你的歌。

歌　手 这次是一出带歌唱的戏,差不多全体庄员都登台。我们带来了古老的面具。

右边的老人 是表演一个古老的传说吗?

歌　手 一个非常古老的传说。它叫《灰阑记》,从中国来的。当然,我们的演出在形式方面做了更动。尤拉,拿出面具来。同志们,我们十分荣幸,使大家在一场难解难分的争辩以后得到一点消遣。我们希望你们会听到古代诗人的声音,在苏维埃拖拉机遮阴的地方唱出来,也还是听。酒不同,罍起来不一定对头,新旧智慧倒是调和的。好,我希望在开演以前,我们大家先吃点东西。这样有好处。

许多人的声音 当然。大家到俱乐部去!

大家高高兴兴地走去吃饭。当他们开始走散的时候,专家走向歌手。

专 家 (对歌手)故事要演多久,阿尔卡第?今天夜里我还得赶回第比利斯。

歌 手 (漫不经心)这本来是两个故事。要演几个钟头。

专 家 (亲密地)不能压缩点吗?

歌 手 不能。

选自《布莱希特戏剧选》,张黎译,卞之琳译诗,人民文学出版社1980年版

【作者简介】

贝托尔特·布莱希特(Bertolt Brecht,1898—1956),德国剧作家、戏剧理论家、导演、诗人,出生在巴伐利亚州的奥格斯堡。曾获1951年国家奖金和1955年列宁和平奖金。一生创作了近40部剧本,主要剧作有《伽利略传》、《大胆妈妈和她的孩子们》等。他还以演说、论文、剧本的注释形式,阐述史诗戏剧的理论原则和演剧方法,写下大量戏剧理论著作、散文和诗歌,对世界戏剧产生了很大影响。

【作品赏析】

《高加索灰阑记》是一部社会剧。中世纪的格鲁吉亚发生内乱,贵族推翻大公、杀死总督。总督夫人弃子外逃。女仆格鲁雪备受磨难地养育着被遗弃的孩子。内乱结束,总督夫人为了继承财产派人强索孩子。格鲁雪被告至法院。法官阿兹达克原是乡村文书,在内乱中误放走伪装成乞丐的大公时,嘲弄了胖侯爵和他想当新法官的侄儿,被士兵们推选为法官,专为穷人伸张正义,内乱平息后,险被富农打死。大公为报救命之恩,任命他为法官。他以灰阑断案,将孩子判给了格鲁雪,促成格鲁雪与西梦的姻缘后挂冠而去。

剧本的第一幕可以比喻为一个定义或公式,其余各幕则仿佛是证明。布莱希特自己也说:"在这譬喻式剧本中,问题之提出应由实际之必要性引导出来。……若删去这个序幕,则既看不出来为什么这剧本不再是《中国灰栏记》(跟它的老判决),也不知它为什么要称做《高加索灰阑记》了。"

布莱希特强调为人母者应有母爱,为人者应有人性。布莱希特笔下缺乏爱心与人性的母亲只是其个性及特殊背景造成的特例,正如法律可以判决,让心智不正常或无行为能力的父母把孩子交给他人抚养,但特例不能当做通则。布莱希特想用这个故事"教导"观众三件事:第一,阶级冲突的社会是不公平的、不合理的;第二,人们应建

立一种新的道德观念与价值标准,而这种新观念与标准应是诉诸理智的。第三,以这种新观念与标准可以建立新的人际关系,建立一个和平、公正的理性社会——就如第一幕中的社会主义式社会。三个理想社会分别建立于"法"、"情"、"理"上。剧本的主旨意义在于:母爱已超出了血缘关系,孩子判给格鲁雪是她和孩子患难与共的自然结果。"一切归善于对待的"这句话点明了全剧主旨,赋予了母爱崭新的扩大了的社会意义。

《高加索灰阑记》被称为"布莱希特剧作中最有诗情画意的作品",民歌手以优美的诗句叙述故事,有强烈的艺术感染力。在剧中,民歌手既是叙述者又是导演,很多时候演员保持沉默而由民歌手代其叙述,这一戏剧处理方法使观众保持清晰的头脑"思考着"在看戏,从而达到布莱希特追求的"陌生化效果"。中国伦理重情,西方伦理重理。在《高加索灰阑记》中,法官所面临的问题是:不是哪个母亲有权要孩子,而是孩子有权选择一个更好母亲的问题。这也是一曲伦理颂歌,但这种伦理不是以血缘关系为基础,是高于亲情的一种伦理观念即"一切归善于对待的"。

【专栏知识】

间离方法:又称"陌生化方法",是布莱希特提出的一个新的美学概念,又是一种新的演剧理论和方法。其基本含义是利用艺术方法把平常的事物变得不平常,揭示事物的因果关系,暴露事物的矛盾性质,使人们认识改变现实的可能性。其效果主要靠演员的表演来达到。要求演员与角色保持一定的距离,不要把二者融合为一,演员要高于角色、驾驭角色、表演角色。剧场相当于一个催眠场,演员应该与观众共同破除这个催眠场,使观众清醒地站在探讨批判的立场上来观看表演。

【相关链接】

大胆妈妈和她的孩子们(节选)

〔德〕贝托尔特·布莱希特

7

大胆妈妈的买卖正处在飞黄腾达的阶段。

在大道上。随军牧师、大胆妈妈和她的女儿拉着车子,车上挂了新的货物。大胆妈妈挂着一条银币编成的链子。

大胆妈妈 我不许你们咒骂战争。有人说战争是消灭弱者的,弱者就是在和平中也要完蛋的。只有战争才能把人养得更好些。(唱)

你若担受不了战争,

胜利也就没有你的份。

战争不过是做买卖,

不用乳酪,却用子弹。

安定下来又有什么用处呢? 安定下来的人最先完蛋。

(唱)

> 有些人想要寻找
>
> 自己不能有的事物:
>
> 他想狡猾地挖个洞隐藏,
>
> 却给自己掘了过早的坟墓。
>
> 我看见许多人碌碌奔波,
>
> 匆匆想找个安息的地方
>
> ——旦他躺在里面,就会反躬自问,
>
> 为什么要这样急急忙忙。

他们继续拉着车走。

节选自《布莱希特戏剧选》,孙凤城译,人民文学出版社 1980 年版

【思考与练习】

1.《高加索灰阑记》中的序幕在整部戏剧中的作用是什么?

2. 谈谈《高加索灰阑记》的艺术特征。

3. 尝试比较阅读三部灰栏记。

奥瑟罗(节选)

〔英〕威廉·莎士比亚

第五幕

······

苔丝狄蒙娜睡床上,一灯照耀室内;奥瑟罗上。

奥瑟罗 只是为了这一个原因,只是为了这一个原因,我的灵魂! 纯洁的星星啊,不要让我向你们说出它的名字! 只是为了这一个原因……可是我不愿溅她的血,也不愿毁伤她那比白雪更皎洁、比石膏更腻滑的肌肤。可是她不能不死,否则她将要陷害更多的男子。让我熄灭了这一盏灯,然后我就熄灭你的生命的火焰。融融的灯光啊,我把你吹熄以后,要是我心生后悔,仍旧可以把你重新点亮;可是你,造化最精美的形象啊,你的火焰一旦熄灭,我不知道什么地方有那天上的神火,能够燃起你的原来的光彩! 我摘下了蔷薇,就不能再给它已失的生机,只好让它枯萎凋谢;当它还在枝头的时候,我要嗅一嗅它的芳香。(吻苔丝狄蒙娜)啊,甘美的气息! 你几乎诱动公道的心,使她折断她的利剑了! 再一个吻,再一个吻。愿你到死都是这样;我要杀死你,然后再爱

你。再一个吻,这是最后的一吻了;这样销魂,却又是这样无比的惨痛! 我必须哭泣,然而这些是无情的眼泪。这一阵阵悲伤是神圣的,因为它要惩罚的正是它最疼爱的。她醒来了。

苔丝狄蒙娜　谁? 奥瑟罗吗?

奥瑟罗　嗯,苔丝狄蒙娜。

苔丝狄蒙娜　您要睡了吗,我的主?

奥瑟罗　你今晚有没有祈祷过,苔丝狄蒙娜?

苔丝狄蒙娜　祈祷过了,我的主。

奥瑟罗　要是你想到在你的一生之中,还有什么罪恶不曾为上帝所宽宥,赶快恳求他的恩赦吧。

苔丝狄蒙娜　嗳哟! 我的主,您这句话是什么意思?

奥瑟罗　嘿,祈祷吧,干脆点儿;我就在一旁等着你。我不愿杀害你的没有准备的灵魂;不,上天禁止这种罪行! 我不愿杀害你的灵魂。

苔丝狄蒙娜　您在说杀人的话吗?

奥瑟罗　嗯,是的。

苔丝狄蒙娜　那么愿上天垂怜于我!

奥瑟罗　阿门,但愿如此!

苔丝狄蒙娜　要是您这样说,我希望您不至于把我杀死。

奥瑟罗　哼!

苔丝狄蒙娜　可是我怕您;因为您的眼珠这样滚转的时候,您已经动了杀机。我不知道我为什么害怕,因为我不知道我有什么罪;可是我觉得害怕。

奥瑟罗　想想你的罪恶吧。

苔丝狄蒙娜　除非我对您的爱是罪恶,我不知道我有什么罪恶。

奥瑟罗　好,你必须因此而死。

苔丝狄蒙娜　为了爱而被杀,那样的死是违反人情的。唉! 您为什么这样咬着您的下唇呢? 一种饮血的欲念震撼您的全身,这便是它的征兆;可是我希望,我希望您的怒气不是对我而发。

奥瑟罗　闭嘴,不要作声!

苔丝狄蒙娜　是;可是请您告诉我究竟为了什么事?

奥瑟罗　你把我给你的那条我的心爱的手帕送给凯西奥。

苔丝狄蒙娜　不,凭着我的生命和灵魂起誓! 您叫他来问好了。

奥瑟罗　好人儿,留心不要发伪誓;你的死已在眼前了。

苔丝狄蒙娜　不,我现在还不能死。

奥瑟罗　你必须立刻死,所以赶快坦白招认你的罪恶吧;即使你发誓否认每一件事实,也不能除去那使我痛心的坚强的确信。你必须死。

苔丝狄蒙娜　那么愿上帝垂怜于我！

奥瑟罗　阿门。

苔丝狄蒙娜　愿您也大发慈悲！我生平从不曾得罪过您，也从不曾用上天所不容的非分的爱情滥施在凯西奥的身上；我没有给过他什么东西。

奥瑟罗　苍天在上，我亲眼看见我的手帕在他的手里。欺罔神明的妇人！你使我的心变成坚硬，我本来想把你作为献祭的牺牲，现在却被你激起我的屠夫的恶念来了。我明明看见那手帕的。

苔丝狄蒙娜　那么是他在什么地方拾到的；我没有给他。叫他到这儿来，让他供认事实的真相。

奥瑟罗　他已经承认了。

苔丝狄蒙娜　承认什么，我的主？

奥瑟罗　承认他已经和你发生关系。

苔丝狄蒙娜　怎么？非法的关系吗？

奥瑟罗　嗯。

苔丝狄蒙娜　他不会这样说的。

奥瑟罗　是的，他的嘴已经闭住，正直的伊阿古已经把他解决了。

苔丝狄蒙娜　啊，我的恐惧叫我明白过来了！什么！他死了吗？

奥瑟罗　即使他每一根头发里都有生命，我的复仇的怒火也会把它们一起吞下。

苔丝狄蒙娜　唉！他被人陷害，我的一生也从此断送了！

奥瑟罗　不要脸的娼妇！你当着我的面为他哭泣吗？

苔丝狄荣娜　啊，我的主，把我放逐，可是不要杀我！

奥瑟罗　倒下，娼妇！

苔丝狄蒙娜　明天杀我，让我活过今天！

奥瑟罗　不，要是你想挣扎——

苔丝狄蒙娜　给我半点钟的时间！

奥瑟罗　已经决定了，没有挽回的余地。

苔丝狄蒙娜　可是让我作一次祷告吧！

奥瑟罗　太迟了。（扼苔丝狄蒙娜咽喉）

爱米利娅　（在内）将军，将军！喂！将军，将军！

奥瑟罗　这是什么声音？没有死吗？还没有完全死去吗？我虽然狠心，却还有几分慈悲；我不愿你多挨受一刻痛苦。好，好。（刺苔丝狄蒙娜）

爱米利娅　（在内）啊，将军，将军！

奥瑟罗　哪一个？

爱米利娅　（在内）啊，将军！我要跟您说句话儿。

奥瑟罗　是的，这是爱米利娅。——等一等。——她死了。她多半要来说起凯西奥的死。外边已经听得见嘈杂的声音。嘿! 一动也不动了吗? 像坟墓一样沉寂。要不要让她进来? 妥当不妥当? 我想她又在动了,不,怎么办呢? 要是她进来,她一定要跟我的妻子说话。我的妻子! 我的妻子! 什么妻子? 我没有妻子。啊,难堪! 啊,不幸的时辰! 我想现在日月应该晦暗不明,受惊的地球看见这种非常的灾变,也要吓得目瞪口呆。

爱米利娅 (在内)啊,好将军! 请您让我进来对您说句话儿。

奥瑟罗 我忘记了。啊,进来,爱米利娅。慢点儿,等一等。让我把帐幕拉下来。你在哪儿? (启锁开门)

　　　　爱米利娅上。

奥瑟罗 什么事?

爱米利娅 啊,好将军! 那边出了杀人命案啦!

奥瑟罗 什么! 现在?

爱米利娅 就是刚才,将军。

奥瑟罗 那都是因为月亮走错了轨道,比平常更近地球,所以人们都发起疯来了。

爱米利娅 将军,凯西奥杀死了一个名叫罗德利哥的威尼斯青年。

奥瑟罗 罗德利哥被杀了! 凯西奥也被杀了吗?

爱米利娅 不,凯西奥没有死。

奥瑟罗 凯西奥没有死! 那么杀人认错了对象,痛快的复仇又有了变卦啦。

苔丝狄蒙娜 啊,死得好冤枉呀!

爱米利娅 嗳哟! 那是什么呼声?

奥瑟罗 那! 什么?

爱米利娅 嗳哟! 那是夫人的声音。救命! 救命啊! 救命! 啊,夫人,再说一声话儿! 亲爱的苔丝狄蒙娜! 啊,亲爱的夫人,说呀!

苔丝狄蒙娜 我是无罪而死的。

爱米利娅 啊! 这是谁干的事?

苔丝狄蒙娜 谁也没有干;是我自己。再会吧;替我向我的仁慈的夫君致意。啊,再会吧! (死)

……

　　　　　　节选自《莎士比亚全集》,朱生豪等译,人民文学出版社1994年版

【作者简介】

　　威廉·莎士比亚(W.William Shakespeare;1564—1616),生于英国中部艾汶河畔的斯特拉福镇。欧洲文艺复兴时期人文主义文学的集大成者。在约1590年后的20余年内共完成了37个剧本、2首长诗和154首十四行诗。代表作有《罗密欧与朱丽叶》、《威尼斯商人》、《哈姆莱特》等,他的大部分作品都已被译成多种文字,其剧作在许多国家上演,对莎士比亚的研究也成了一门学问,叫做"莎学"。

【作品赏析】

《奥瑟罗》是莎士比亚的四大悲剧之一,根据 16 世纪意大利钦提奥的短篇小说《一个威尼斯的摩尔人》改编。不过,《奥瑟罗》在思想和艺术上大大超过了原作。

《奥瑟罗》叙述了威尼斯将领、黑人奥瑟罗因轻信旗官伊阿古的谗言,掐死清白无辜的妻子苔丝狄蒙娜,真相大白后,他悔恨莫及而自刎。在莎士比亚戏剧中《奥瑟罗》素以“精确”、“连贯”、“集中”见称,也是最现实主义的,没有超自然的因素,情节也不曲折。曾有评论家认为作品着力表现的是主人公情感的波动和大幅度的升沉,“其主要兴趣的引起是靠不同感情替换上升,从最亲密的爱情与无限的信任,到妒忌的折磨和疯狂的仇恨,这种完全的、未预料到的转变”。

奥瑟罗悲剧的发生折射了人物的一言一行决定于他们的性格。来自非洲的黑人奥瑟罗,经历了战争、围城以及各种灾祸,尚武的职业养成了他诚实、正直的品质和性急、单纯、毫无戒备之心的性情,他不谙熟白人“文明世界”的人情世故,而是根据自己的品行去判断,最终轻信貌似忠厚的旗官伊阿古的谗言而被摆布,酿成悲剧。作为元老之女的苔丝狄蒙娜天性仁慈好施,但单纯、不谙世故,在对凯西奥许诺的字里行间显露出她的幼稚、淘气,她要让奥瑟罗做一件艰难紧要的事以考验他的爱情,但却助长了奥瑟罗疯狂的嫉妒之心并引起了他的猜疑。伊阿古因被奥瑟罗剥夺了升迁的机会,而决定一报还一报,他决定向这“两颗灵魂的恋爱”进攻,等到后来,他似乎忘记了从前的怨恨,而转到一个范围更广的恶的思想意识上去了。凡是纯洁、美好的事物他都不能容忍。他制造并利用“手帕”事件将奥瑟罗对妻子的猜忌引向悲剧的结局。通过这出悲剧,作者表达了这样的思想:(一)对原始积累时期新兴资产阶级极端利己主义的揭露和批判;(二)指出婚姻应以爱情为基础,应有共同的思想感情。健康美好的爱情是鼓舞人的精神力量,在维护忠贞专一的爱情时不能轻信;(三)奥瑟罗的悲剧在于把人文主义人性论中“人性是美好的”这一命题抽象化、普遍化了,以至于看不清现实中复杂而深刻的矛盾,最终人文主义的理想在丑恶现实面前遭到幻灭。

《奥瑟罗》的艺术特色主要表现为以下几点:

首先,莎士比亚塑造了一系列光彩夺目、性格各异的人物形象。如有着“辉煌和阴暗两种面孔”的摩尔人奥瑟罗;美丽、忠贞、乐于助人的苔丝狄蒙娜,不顾父亲的反对而爱上奥瑟罗,表现了对自由幸福追求的一面,而最后否认丈夫杀死自己又反映了一个多面的女性形象;阴险恶毒而又极端利己的伊阿古;善良单纯的凯西奥;纯洁而又坚持真理的爱米利娅。这些主要人物的思想品性及性格特征都在作品中表现得淋漓尽致。

其次,戏剧的结构完美。卞之琳曾认为“就莎士比亚悲剧而论……《奥瑟罗》结构最严谨”,整出戏没有片刻的停留,舞台节奏急促,一环扣一环,引人入胜。从奥瑟罗与苔丝狄蒙娜相识到结婚不过几个月光景;从土耳其人入侵,奥瑟罗与苔丝狄蒙娜不顾元老反对而双双出海远征塞浦路斯岛到悲剧结局不过十来天。

最后,语言符合人物的性格而各具特色。如奥瑟罗的语言真诚坦率,富有激情;苔丝狄蒙娜的语言优美文雅;伊阿古的语言狡诈粗俗;爱米利娅语言激越尖锐。同时,作品还运用内心独白等手法来揭示人物的内心世界。

【专栏知识】

性格悲剧:特指莎士比亚创作的一种悲剧。多写高贵人物因其性格的弱点或偏见而陷入某种困境,悲剧主人公的行动关系本人和整个民族的命运,处于尖锐的斗争中心,他们具有巨大的道德勇气,体现了文艺复兴时期巨人的性格以及诗人的理想。结局一般是彻底毁灭。

【相关链接】

哈姆莱特(节选)

〔英〕威廉·莎士比亚

第四幕

第四场　丹麦原野

福丁布拉斯、一队长及兵士等列队行进上。

福丁布拉斯　队长,你去替我问候丹麦国王,告诉他说福丁布拉斯因为得到他的允许,已经按照约定,率领一支军队通过他的国境,请他派人来带路。你知道我们在什么地方集合。要是丹麦王有什么话要跟我当面说,我也可以入朝晋谒;你就这样对他说吧。

队　长　是,主将。

福丁布拉斯　慢步前进。(福丁布拉斯及兵士等下)

哈姆莱特、罗森格兰兹、吉尔登斯吞等同上。

哈姆莱特　官长,这些是什么人的军队?

队　长　他们都是挪威的军队,先生。

哈姆莱特　请问他们是开到什么地方去的?

队　长　到波兰的某一部分去。

哈姆莱特　谁是领兵的主将?

队　长　挪威老王的侄儿福丁布拉斯。

哈姆莱特　他们是要向波兰本土进攻呢,还是去袭击边疆?

队　长　不瞒您说,我们是要去夺一小块徒有虚名毫无实利的土地。叫我出五块钱去把它租下来,我也不要;要是把它标卖起来,不管是归挪威,还是归波兰,也不会得到更多的好处。

哈姆莱特　啊,那么波兰人一定不会防卫它的了。

队　长　不,他们早已布防好了。

哈姆莱特 为了这一块荒瘠的土地,牺牲了二千人的生命,二万块的金圆,争执也不会解决。这完全是因为国家富足升平了,晏安的积毒蕴蓄于内,虽然已经到了溃烂的程度,外表上却还一点看不出致死的原因来。谢谢您,官长。

队　长 上帝和您同在,先生。(下)

罗森格兰兹 我们去吧,殿下。

哈姆莱特 我就来,你们先走一步。(除哈姆莱特外均下)我所见到、听到的一切,都好像在对我谴责,鞭策我赶快进行我的蹉跎未就的复仇大愿!一个人要是把生活的幸福和目的,只看作吃吃睡睡,他还算是个什么东西?简直不过是一头畜生!上帝造下我们来,使我们能够这样高谈阔论,瞻前顾后,当然要我们利用他所赋予我们的这一种能力和灵明的理智,不让它们白白废掉。现在我明明有理由、有决心、有力量、有方法,可以动手干我所要干的事,可是我还是在大言不惭地说:"这件事需要做。"可是始终不曾在行动上表现出来;我不知道这是因为像鹿豕一般的健忘呢,还是因为三分懦怯一分智慧的过于审慎的顾虑。像大地一样显明的榜样都在鼓励我;瞧这一支勇猛的大军,领队的是一个娇养的少年王子,勃勃的雄心振起了他的精神,使他蔑视不可知的结果,为了区区弹丸大小的一块不毛之地,拼着血肉之躯,去向命运、死亡和危险挑战。真正的伟大不是轻举妄动,而是在荣誉遭遇危险的时候,即使为了一根稻秆之微,也要慷慨力争。可是我的父亲给人惨杀,我的母亲给人污辱,我的理智和感情都被这种不共戴天的大仇所激动,我却因循隐忍,一切听其自然,看着这两万个人为了博取一个空虚的名声,视死如归地走下他们的坟墓里去,目的只是争夺一方还不够给他们做战场或者埋骨之所的土地,相形之下,我将何地自容呢?啊!从这一刻起,让我屏除一切疑虑妄念,把流血的思想充满在我的脑际!(下)

……

节选自《莎士比亚全集》,朱生豪等译,人民文学出版社1994年版

【思考与练习】

1. 谈谈你对莎士比亚性格悲剧的认识。

2. 莎士比亚戏剧的主题具有多义性,结合作品谈谈你对《奥瑟罗》主题的理解。

3. 苔丝狄蒙娜为什么在最后说"谁也没有干,是我自己"?

附录

文学经典作品赏析概述

一、文学经典作品的界定及其价值和意义

文学是指运用语言文字性话语形式创造艺术形象和艺术境界,建构理想化精神世界,进而实现世界、作者、作品与读者之间的心灵对话的审美文化活动。文学作品则是指通过艺术形象与艺术境界的塑造以传递特定的审美意蕴的语言文字的组织体。按照著名的"文学四要素"理论[1],文学是由世界、作者、作品、读者四个基本要素构成的系统。其中,作品是整个文学活动得以存在的标志性载体,它既是作者文学创作的精神成果,标志着文学创作过程的结束,又是读者文学阅读的对象,预示着文学接受过程的开始。从这一意义上言之,文学作品是整个文学活动的焦点与核心性中介,文学活动主要就是文学作品的创作和欣赏活动。[2] 文学经典作品,又称文学经典、文学经典文本,是指那些具有极高的审美价值、并经过漫长历史的考验而获得公认的典范与权威地位的优秀文学文本。通常意义上,文学经典作品是由人类历史上伟大作家的优秀的作品所构成。与一般性的文学作品不同,文学经典作品作为人类审美文化创造的产物,往往具有更为强大的审美力量、更为高度的艺术原创性和更为深远的美学典范性[3],它构成了文学发展史中优秀作品的伟大传统,标明着文学创作所达到的理想高度,进而成为衡量文学作品艺术成就高下的标尺和参照。

从文学作品经典化的历史来看,文学经典作品的确立并不完全取决于文学作品自身的审美价值,而是受到特定时代诸多社会历史文化因素的影响,如政治意识形态、审美文化思潮、文学教育制度、文学作品的出版与发行、文学研究领域的学术权威、具有广泛影响力的文学批评家和受制于市场机制的读者大众等。因此可以说,文学经典作品是被历史地、文化地建构起来的。但这并不意味着文学经典作品可以随意地被解构或被轻视,应当说,无论在任何时代,文学经典作品都有着其不可替代也不容忽视的价值与意义。[4]

首先,从文学创作的角度来看,文学经典作品为后继的写作者提供了研习和追摹的典范性文本,是后继的作家们进行文学创作的参照和依据。无论是主题、题材等内

---

[1] 参见狄其骢、王汶成、凌晨光:《文艺学通论》,高等教育出版社 2009 年版,第 4～5 页。

[2] 参见童庆炳:《文学理论教程》,高等教育出版社 1998 年版,第 157 页。

[3] 参见南帆、刘小新、练暑生:《文学理论》,北京大学出版社 2008 年版,第 225 页。

[4] 参见谭旭东:《文学批评之维》,中国工人出版社 2009 年版。

容要素,还是结构、语言、表现方法等形式要素,文学经典都具有一种示范和启示的作用,都可以成为此后的写作者们学习和借鉴的"权威"。正如有的学者所说:"当你真正要写小说的时候,当你真正欣赏别人写的经典之作的时候,当你发现那种经典之作真是了不起,那些著作就自然地变成了你的权威,那么,你就能根据你所信服的权威一步一步地演变,为自己的工作开出一条路来——当然你不一定要一直完全信服那些权威,更不必也不可重复别人写的东西。然而,我们只能在学习中找寻转化与创造的契机;而在学习的过程中,我们必须根据权威才能进行。"[1] 这里强调的正是文学经典文本的示范意义。也即是说,在很多写作者那里,文学创作往往是从文学经典作品的阅读与模仿开始的,如当代作家李锐就曾谈到,他的第一部长篇小说《旧址》的第一句就是摹仿拉丁美洲魔幻现实主义文学代表作家加西亚·马尔克斯的《百年孤独》的开头,而这在当时是小说创作的"流行腔"[2]。此外,中外文学史上都曾经普遍存在着经典续写、改写或仿写的现象,这些都无疑是经典作品示范性意义的一种表征。因而,从某种意义上说,没有文学经典文本的研读和积淀作为基础的文学创作是缺少根基的,也是难以长久的,更谈不上真正意义上的文学再创作乃至新的文学经典的再创造。

其次,从文学接受的角度来看,文学经典作品既是文学批评的参照与坐标,也是文学教育与人文通识教育的基础和主干。按照接受美学的观念,文学经典的价值和意义存在于读者的阅读与接受活动之中,文学的审美愉悦、社会认识、熏陶教化等功能唯有通过读者的阅读才能实现。因此,一方面,就专业的文学批评而言,文学经典的阅读往往成为人们确立规范而通行的文学观念及文学知识的基础,而文学批评者与文学研究者也通常是以文学经典的标准来分析和评判一部文学作品的艺术成就与价值,去伪存真、去芜存菁,进而建构出以文学经典体系为坐标的文学发展历史;另一方面,就大众化的文学阅读而言,文学经典是进行文学教育与人文通识教育的基本内容,无论是文学专业的学生,还是普通的大众读者,都可以通过文学经典的阅读与古今中外的伟大心灵进行对话,获取关于世界和人生的基本问题的深刻认知与理解,从而达成自身文学素养的提高、文化品格的提升、独立人格的完善,并进而能够成为现代社会中具有健全的心理结构、优良的文明素养、开阔的文化视野和深厚的人文底蕴的合格公民。

第三,从文学史以及文化史的角度来看,文学经典作品是特定时代文学的艺术成就及水平的见证与标志,也是特定文化场域之中的个体实现文化理解与文化认同的媒介和工具。作为文学创作以及审美文化生产的代表性产物,文学经典往往标志着人类文学和文化在特定时代所能达到的最高境界与水平,是人类阶段性的、最富有创造性

---

[1] 林毓生:《中国传统的创造性转化》,三联书店 1988 年版,第 7 页。

[2] 李锐:《春色何必看邻家——从长篇小说的文体变化浅议当代汉语的主体性》,见王尧、林建法:《我为什么写作——当代著名作家讲演集》,郑州大学出版社 2005 年版,第 23 页。

的精神文化成果,因此,在某种意义上而言,文学经典也就成为人类智慧水平与文明程度的确证,成为人类文化与文明的宝贵财富,而文学经典的累积和继承也就成为推动人类文学与文化发展的不竭动力。同时,对于特定文化场域之中的个体而言,文学经典及阅读既是文化共同体成员藉以实现本民族文化认同的媒介与基础,也是不同文化共同体成员理解和接受异质性文化的载体与途径;甚而在某种意义上言之,不同民族文化之中的文学经典因人文精神的共通性与审美形态的特异性而在达成"各美其美,美人之美,美美与共,天下大同"[1]的文化理想方面也具有对话交流、互补共生的独特价值和意义。

二、文学经典作品赏析的界定、过程与方法

(一)文学经典作品赏析的界定

文学经典作品赏析,又称文学经典作品欣赏,是指读者在阅读经典文学作品过程中所进行的感悟、体验与评判等审美化精神再创造活动。具体而言,文学经典作品赏析活动理应包括赏析主体(读者)、赏析客体(文学经典作品)与赏析环境等基本构成要素。

文学经典作品赏析既是一种愉悦性的审美享受,又是一种积极性的审美再创造。亦即一方面,文学经典作品作为文学家卓越的审美文化创造物,为读者建构起一个超现实的、超功利的审美艺术世界。当读者在对其进行审美观照时,读者进入的是一个具有丰富的思想情感内蕴的、理想化的审美天地,从中体味到的是一种精神世界的熏陶、净化和提升,获得的是一种心灵层面的、自由自在的审美愉悦与享受,这是一种超越人的生物性和有限性,从而更为高贵、更能体现生命尊严的精神活动。另一方面,文学经典作品赏析不仅是一种承纳性的文学接受活动,更是一种积极主动的精神再创造活动。读者不但需要同作者一样充分调动和发挥自己的想象能力和情感体验能力,还需要激发自身的精神力量、提升自身的精神品格,从而具备与作者大致相匹配的心灵状态;只有这样,读者才能较为从容地把握具有丰富思想内涵与强大精神力量的文学经典作品,并在重新建构"第二文本"的基础上真正进入作家及作品的审美艺术世界,从而完成自身精神世界的重构与完善。

文学经典作品赏析活动的生成需要具备三个基本条件:其一,具备一定文化修养与审美能力的赏析主体——读者。读者作为赏析主体理应具备人品、学识以及文学等方面的基本素养,具备审美感知、审美观照、审美想象与审美认识的基本能力,同时还需具备包括个体审美趣味和审美心境等在内的健全而完备的审美心理结构;只有这样,读者才能成为一个合格的赏析者,才能自由地、富有创造性地进行文学赏析并取得

[1] 参见费孝通:《"美美与共"和人类文明》,《群言》2005 年第 1～2 期。

良好的效果。这里尤须指出的是,所谓"凡操千曲而后晓声,观千剑而后识器",读者理应通过博览文学作品等方式来培养自身纯正的审美趣味,正如朱光潜先生所说:"你玩索的作品愈多,种类愈复杂,风格愈纷歧,你的比较资料愈丰富,透视愈正确,你的鉴别力(这就是趣味)也就愈可靠。"[1] 相反的,审美趣味的缺失或偏差,往往会影响读者的判断,妨碍其对文学作品作出客观而公正的认识与评价。其二,具有较高审美价值的赏析客体——文学经典作品。文学经典作品往往在主题意蕴、形象、结构、语言和表现手法等诸多方面具有较高的审美价值和示范意义,因而这类作品更易于引起人们的阅读兴趣,成为较为理想的赏析对象。由于人类历史上已经出现的文学经典作品浩如烟海,任何人穷其毕生之力也难以阅尽,因而文学经典作品选本及必要的赏析指导就成为引领读者泛舟书海、撷英咀华所必不可少的工具,其往往能够起到举一反三、事半功倍的良好效果。其三,赏析主体和赏析客体形成一定的审美关系。当特定的社会文化背景与具体的审美环境提供了必要的阅读条件,而读者的审美趣味、审美心境与文学经典作品的艺术境界和审美风格也能相互适应时,赏析主体与赏析客体之间才能建立起良好的审美关系,赏析活动也才能够顺利地展开和完成。[2] 在当下社会中,由于大众消费性文化的盛行、审美取向的变迁等诸多因素的影响,传统的文学经典作品往往难以进入普通读者的阅读视野,失去了滋养读者心灵的机会,这就需要社会各界的有识之士共同努力,重构文学经典作品与普通大众进行对话与交流的平台与通道,使文学经典作品的阅读与赏析成为大众文化消费的一种基本方式,从而形成重读文学经典的良好社会文化氛围及大众阅读心理。

在文学接受活动中,文学阅读、文学赏析与文学批评是文学接受的三种基本方式,也是文学作品的价值和意义得以确立的基本途径。具体而言,文学阅读是最为一般性的阅读活动,凡是具备一定语言文字修养和能力的普通阅读者皆可以进行文学阅读,并从中获取自身在学习、消遣、借鉴、提升修养等诸多方面的效益,同时,阅读者也可以在文学阅读中逐渐培养自己的文学修养与作品赏析能力;文学赏析则是一种审美性的阅读活动,阅读者不但需要具备基本的文字阅读理解能力,而且还需具备基本的文学审美感受和理解能力,同时还需与文学作品建构一种较为契合的审美关系,进而能够基于特定的社会文化背景、具体的审美环境以及自身的审美趣味和心境而与作品形成一种良好的"共鸣"效应;文学批评则是一种学术性、专业性较强的阅读活动,其主体一般是具备深厚的专业理论修养与敏锐的文字感悟能力的文学批评家,它要求批评者基于自身对文学作品的理解和把握而对特定作家作品以及相关文学现象作出具有一定学理性与说服力的阐释与评价。在这三者之间,一般性的文学阅读只有上升到

---

[1] 朱光潜:《文学的趣味》,见《天资与修养——朱光潜谈阅读与欣赏》,辽宁教育出版社 2006 年版,第 37 页。
[2] 参见胡有清:《文艺学论纲》,南京大学出版社 1992 年版,第 266–269 页。

赏析阶段,才能真正进入文学的艺术境界,而更高阶段的文学接受——文学批评则是以文学赏析作为基础的。因而,从这一意义上言之,文学经典作品赏析就成为文学经典作品接受活动的中心,其既是文学经典作品的价值和意义得以实现的基本方式与途径,又对当下的文学实践起着一定的认识、评判、引导与推动作用。

(二)文学经典作品赏析的过程

文学经典作品赏析的过程一般可分为三个环节,即感知、体味与判断。在具体的赏析过程中,这三者并不是截然分开的三个阶段,而常常是相互交叉、相互渗透的。[1]

1. 感知

感知即是读者以审美静观的心态所获取的关于文学作品的语言文字媒介和艺术形式的直观感受与把握。刘勰在《文心雕龙·知音》中说:"夫缀文者情动而辞发,观文者披文以入情,沿波讨源,虽幽必显。"[2] 这就是说,赏析者对于文学作品的深刻理解与把握必须通过对语言文字性文本的不断感知来完成。赏析者对于文学作品的阅读,首先感知的即是文学作品的语言文字性文本,是具有特定审美意蕴的话语系统;而只有通过对文学作品的反复阅读,赏析者才能对作品的话语意义、韵律、修辞、结构、表现方法和文体等艺术形式因素有一个基本的认识和把握。当赏析者被一部文学作品所深深吸引,并不由自主地进入到文本的阅读过程中时,审美感知是读者赏析心理活动的第一步,其更多关注的是作品新奇的表现方式、独特的语言风格、精妙的修辞和严谨的结构等形式因素,从而形成作品好坏与否、是否值得认真阅读等初步印象。这里需要注意的是,赏析者进行阅读时应努力进入并保持静心观照的审美心境,排除占有、消费、宣泄等低层次接受观念,搁置片面的、狭隘的个人或团体的功利性要求[3],从而能够以超功利的审美心态进入文学作品的审美阅读与鉴赏之中,进而生成较为纯粹的审美愉悦和较为客观的审美判断。

2. 体味

体味即是读者进入作品的审美艺术世界之中所完成的对于生活题材、主题意蕴、情感内涵等内容要素的审美体验,以及对形象塑造、主题提炼、谋篇布局、语言表达等艺术技巧的审美玩味。[4] 一方面,赏析者要对作品人物的命运遭际、思想情感以及作家本人的思想情感具有细致入微的体察和全面深入的了解,这样赏析者才能真正进入作品人物的内心以及作家的精神世界,从而获得关于人物或作家的"同情之理解",才能真正准确而深刻地理解并把握文学作品的思想情感内涵及其艺术成就。另一方面,赏析者还需对文学作品进行反复细致的阅读,对作品的艺术技巧及思想内涵进行深切

---

[1] 参见胡有清:《文艺学论纲》,南京大学出版社 1992 年版,第 270～274 页。

[2] 周振甫:《文心雕龙注释》,人民文学出版社 1981 年版,第 518 页。

[3] 王先霈、范明华:《文学评论教程》,华中理工大学出版社 1995 年版,第 288～289 页。

[4] 参见胡有清:《文艺学论纲》,南京大学出版社 1992 年版,第 271～272 页。

体会与玩味,这样才能真正地把握文学作品艺术上的高妙之处,如古典诗词的韵律、修辞、意境,小说作品中的典型人物与细节描写,散文的语言与抒情技巧,戏剧的情节设计与结构安排等。出于优秀文学家之手的文学经典作品往往在艺术方面有许多匠心独到的地方,尤其值得赏析者反复品味、细心把玩,唯有如此,赏析者才能真正进入文学经典作品的艺术世界,体味到文学经典作品深层的审美文化意蕴及其真正的艺术魅力。

3. 判断

判断即是读者基于自身对文学作品的感知与体味而对文学作品的主题、艺术形式等各个方面所作出的理性的分析与评判。文学赏析活动中的审美判断是审美感性与审美理性的统一,亦即一方面,审美判断不同于客观的科学分析,其主要是凭借读者对艺术作品真切的审美感受与审美经验而作出的,始终离不开具体的形象与情感的体验;而另一方面,理性因素又在审美判断中居于主导地位,审美判断往往是赏析主体基于自身已有的生命体验、学识修养、审美品味、鉴赏能力等而作出的分析和评判,其中渗透着赏析主体鲜明的价值判断与审美取向。在进行审美判断时,赏析者对于文学作品理应做到"入乎其内,出乎其外",即赏析者一方面要能以审美静观的方式进入作品的艺术世界,获得契合自心的审美愉悦与审美体验,另一方面又要能保持适当的审美距离,以局外人的、客观的态度进行审美观照与审视,从而形成关于文学作品的较为理性而中肯的评价与判断。

(三)文学经典作品赏析的方法

美国著名文学理论家勒内·韦勒克和奥斯汀·沃伦在他们合著的《文学理论》中将文学研究分为文学的内部研究和文学的外部研究,这也成为文学鉴赏与文学批评的基本方法体系。同时,文学作品的鉴赏与批评还离不开与其他具有一定可比性的文学作品的比较,通过不同时代、国家、流派、作家之间不同风格、不同类型作品的比较,可以有助于我们在特定的社会文化背景之中更为精当地评判一部文学作品的价值和意义。因而,根据文学作品的构成及其与世界、作者、读者及其他文学作品的相互关系及作用,我们将文学经典作品赏析的方法分为内在的方法、外在的方法和比较的方法三大类。事实上,由于文学观念、视角、趣味等因素的影响,这三大类方法所囊括的具体的赏析方法往往纷繁复杂、风格迥异[1],限于篇幅,我们在这里只对这三大类方法作简单的说明与介绍。

1. 内在的方法

内在的方法,主要从文学文本的结构和形式入手,是指通过艺术形象、情节、主题、结构、语言、表达方式等文本内在构成要素的分析来解读、衡量和评价文学作品的价值和意义的方法类型。这类方法把文学作品视为独立自足的意义整体,强调文学作

---

[1] 参见周忠厚:《文艺批评学教程》,中国人民大学出版社 2010 年版。

品的价值即存在于其本身,这是一种具有形式主义倾向的赏析方法,如新批评派、结构主义、符号学批评、文体批评等都属于此类。

2. 外在的方法

外在的方法,主要从文学作品的外部关系入手,是指通过文学和政治、经济、法律、心理等各种社会文化因素的相互影响、相互作用的复杂关系的分析来解读、衡量和评价文学作品的价值和意义的方法类型。这类方法把文学作品视为特定时代综合性社会因素作用下的审美文化产品,强调文学作品的价值存在于特定时空下的社会文化系统之中,这是一种具有功能主义倾向的赏析方法,如社会－历史批评、精神分析批评、女性主义批评等都属于此类。

3. 比较的方法

比较的方法,主要从文学作品之间的关联性入手,是指通过不同国家、民族、时代、流派、作家之间不同类型、不同风格的作品的比较分析来解读、衡量和评价文学作品的价值和意义的方法类型。这类方法注重作品之间的异同比较,如主题、题材、艺术形象、艺术手法等文本要素,以及创作背景、创作者等外部因素,通过恰当而深入的比较可以对特定文学作品进行风格、流派、文学史等方面的评判与定位,如比较文学研究中常用的影响比较与平行比较都属于此类。

需要注意的是,在文学经典作品的赏析实践中,这三类方法并不是截然分开的,而是基于读者对文学作品感悟与理解的具体情况予以综合地、创造性地应用,其最终目的在于更好地完成文学经典作品的解读与鉴赏。

三、不同文体文学经典作品的赏析

文学文体是文学作品的分类形态,通常包括诗歌、散文、小说、戏剧(包括影视剧)剧本四种。不同的文学文体具有各自不同的审美特性及规范,而且一旦定型,就具有较强的独立性和约束力;读者只有了解和熟悉不同文体的审美特性和规范,形成有关于文学作品的文本审美图式,才能有效地解读和评判具体的文学作品。因而,文学经典作品赏析的基本路径之一即是运用与各种文学文体相适应的理论观念及方法体系来认识、分析和评判具体的文学作品。

(一)诗歌经典作品的赏析

诗歌是最为古老的一种文学样式,各民族文学发展的历史基本都是从诗歌开始的。一般而言,诗歌是指运用高度凝练而讲究节奏和韵律的语言来集中表现丰富的现实生活、抒发真挚而强烈的人类情感的一种文学体裁。诗歌具有浓郁的抒情性、高度的凝练性、丰富的想象性和语言的音乐性等特征。[1]

---

[1]参见陈果安:《文学写作教程》,中南大学出版社 2002 年版,第 2～12 页。

按照内容的不同,诗歌可以分为抒情诗和叙事诗两大类。按照形式的不同,诗歌可以分为格律诗和自由诗两大类,其中,格律诗具体包括五七言绝句、五七言律诗、排律诗、词、曲等,自由诗是相对于格律诗而言的现代白话诗,格律要求相对宽松,但也要注意韵律和节奏之美,具体包括一般的现代汉语诗、散文诗、民歌等。

鉴于诗意的多解性与不确定性、诗语的陌生化与含蓄性、诗法的创造性与多样性,诗歌作品的赏析理应主要从以下三个方面展开[1]:

1. 意象与意境的捕捉

诗歌是抒情的艺术,并且注重通过意象、意境的运用来抒情;意象和意境作为作者个体精神与客观对象的结合体,往往成为评判一首诗歌优劣成败的基本尺度。因而,诗歌的赏析首先有赖于我们对于诗歌意象和意境的感受、品味与把握。一般而言,意象是指具有特定思想情感意蕴的艺术形象,而意境则是指情景交融、虚实相生的形象系统及其所建构的审美想象空间。[2] 诗歌赏析首先需要赏析者以敏锐的审美感受力去捕捉作品中出现的各种意象,体验并感悟其中所寄托的作者的情感,进而通过联想和想象在自己的头脑中建构出作品所要呈现的意境,真正进入诗歌作品的审美艺术世界,获取物我合一、主客交融的审美快感与审美愉悦。如"月"是古典诗词中经常出现的意象,其往往寄寓着离别相思之情,当我们吟诵苏轼的"人有悲欢离合,月有阴晴圆缺,此事古难全"的词句时,就很容易被带入月下独徘徊、自酌无相亲的意境之中。而当我们吟诵"月儿弯弯照九州,几家欢乐几家愁"的诗句时,则更多体味到的是闺中思妇的相思之苦,同一个意象在不同的意境中可以呈现出内涵与风格各异的审美文化意蕴。由此可见,通过意象与意境的揣摩、品味与体验,读者能够更为深切而准确地感知与体悟诗歌作品的思想情感,从而对作品的主旨及意蕴形成更为深刻的理解和把握。

2. 诗味的体悟

诗味是指诗歌作品所具有的能够唤起欣赏者的审美情绪、给予欣赏者审美愉悦的特定品性。审美情绪与审美愉悦的浓淡、永暂、强弱,往往是判定诗歌作品艺术价值高低的重要尺度。前人往往把诗味说得非常神秘、迷离恍惚,其实,诗味的精魂与神髓即是诗人对于宇宙人生之真谛的发现和表达,优秀的诗歌作品往往意蕴无限、余韵悠长。赏析者理应通过对诗歌作品的字斟句酌、反复吟咏,并借助自身丰沛的审美感受力与想象力,来感悟和体味诗歌中所寄寓的深幽婉曲的情思和意趣,进而深切地领悟并把握作品的主旨和意蕴,即所谓"味外之旨""韵外之致"。如《诗经·秦风》中的《蒹

---

[1] 参见王先霈、范明华:《文学评论教程》,华中理工大学出版社 1995 年版,第 350~364 页;陈果安:《文学写作教程》,中南大学出版社 2002 年版,第 16~18 页。

[2] 参见童庆炳:《文学理论教程》,高等教育出版社 1998 年,第 194~199 页。

葭》一诗,全诗三章,每章只换几个字,不但形成了重章叠句、一唱三叹的艺术效果,而且产生了将诗意层层拓展的作用:"白露为霜"、"白露未晞"、"白露未已",表明时间的推移,象征着抒情主人公凝望追寻时间之长;"在水一方"、"在水之湄"、"在水之涘"、"宛在水中央"、"宛在水中坻"、"宛在水中沚",表明地点的转换,象征着伊人的飘渺难寻;"道阻且长"、"道阻且跻"、"道阻且右",则是反复渲染追寻过程的艰难,以凸现抒情主人公坚执不已的精神。重章叠句、反复咏叹的民歌手法虽然简单质朴,但却给读者留下了无限想象的空间,令人在浅吟低唱之际沉醉于诗歌韵味无穷的审美艺术世界。

3. 诗语与诗法的解析

从审美思维与审美心理的过程来看,意象与意境的捕捉、诗味的体悟是以诗语与诗法的解析为前提和基础的;没有诗语与诗法的解析,也就谈不上真正意义上的诗歌解读与鉴赏。诗语的特质是由诗意、诗味的特质以及诗歌的审美形式性质决定的,其主要表现为对一般语言规范的遵循与偏离:遵循求易于接受、领会,偏离求诗意的传达、语言的前置。因而,赏析者需要熟悉并把握诗歌语言"陌生化"的艺术处理方式及其规律,从而准确地理解和把握诗歌语言的独特意义,对不同作品的不同语言风格作出精当的分析、评判和定位。同时,诗歌创作非常注重艺术表现技法的运用,优秀的诗人往往善于运用独具匠心的表达技巧,这就需要赏析者能够了解并熟练掌握诗歌表达的一些独特技巧。一般而言,诗法即诗歌写作技巧的范围十分广泛且因人而异,其运用之妙往往存乎一心,常见的写作技巧包括:赋、比、兴、反讽、象征、夸张等。需要注意的是,诗语和诗法的分析不宜过分琐碎,不应妨碍读者对诗作的整体感受,相反,其理应起到强化、深化和升华这种整体感受的作用。

(二)散文经典作品的赏析

散文的概念伴随着历史的发展而不断演变,一般有广义和狭义之分。在中国古代,广义的散文是相对于骈文、韵文而言的,凡是不押韵、不讲究骈俪的文章皆可称为散文;在西方,广义的散文是相对于诗歌、戏剧而言的,凡是不讲格律、行文如话的散体文章统称为散文。而人们一般所理解的散文是指狭义的散文,又称文学散文、艺术散文,是一种题材广泛、结构灵活、写法自由、语言精美,注重抒写真实情思的文学体裁,是与小说、诗歌、戏剧并列的一种文学样式。散文具有个性鲜明、真实自然、题材广泛、体裁多样、手法灵活、文情并茂等基本特征。

一般而言,根据内容的侧重点不同,散文可分为记叙散文、抒情散文和议论散文三类。其中,记叙散文是指侧重于记叙客观事物的散文,又可分为记人散文、叙事散文、记游散文和状物散文;抒情散文是指侧重作者主观情感抒发的散文,又可分为直抒胸臆的散文、即事抒情的散文、借景抒情和托物言志的散文;议论散文是指侧重以形象的议论表现作者思想情趣的散文。此外,散文还应包括小品、随笔、杂文、传记和回忆录等样式。[1]

由于不同种类散文的特性不同,散文作品的赏析也理应有所偏重:抒情散文的赏析偏重于情感的分析,叙事散文的赏析偏重于人物、事件的分析,议论散文的赏析偏重于议论的内容和方式的分析。此外,对于小品文、随笔、杂文、传记等散文样式的赏析也理应顾及其各自不同的特性。具体而言,散文的赏析理应注意以下三个方面:

1. 主旨的把握

首先,应注意不同种类散文的表达特点。记叙散文重在记人叙事,赏析时应从分析人物、事件入手,理清人物之间、人物与事件之间的关系,从而探明作者的意图、发掘作品隐含的意趣;抒情散文重在写景状物、抒发情感,赏析时应注重物象、情境以及作者情思的感悟与把握,探究作者隐藏其间的深厚意蕴;议论散文重在说理,注重表现作者独到而深刻的哲思,赏析时应理清论述的层次和逻辑,明确并理解作者的基本态度和观点,从而领悟和把握作品深层的意蕴和主旨。总之,只有准确地把握各种散文样式的基本特点和表达优势,了解各种散文样式在主题表现上的独特之处,赏析者才能深入地认识和分析各种主题的性质和形态,才能细致敏锐地发现和把握各种散文样式在主题表现上的独特性和创造性。其次,注意考察和感悟作品的精神境界。把握住散文的精神境界,也就从根本上把握了散文的精髓和灵魂。散文作品的精神境界体现在许多方面,诸如作品中的人生观念和是非观念、情绪内涵和格调、意境的开阔程度以及立意的深远程度等等。赏析者不应仅仅满足于作品的某一句或某一段的内容的评析,也不应该局限于作品的某一抽象观念的认知,而应细致地、多侧面地感受和理解作品的丰富内容,然后综合并概括出作品的思想基调和情感基调,进而真正地理解和把握散文作品精神境界的内涵与实质。

2. 构思的分析

精妙独到的构思是散文成功的基本要素,凡是优秀的散文作品都在构思上体现出作者高超的才能与匠心。散文的构思主要体现在作品主题的表现、线索的安排、结构的组织、材料的处理等方面,因而赏析者理应从上述这几个方面来分析和把握散文的构思方法及技巧。首先,构思分析应该从散文的主题表现入手。作者从什么角度、运用什么方式来突出主题,通过什么线索和结构来组织材料,以使主题贯串全文,这是构思的核心问题。好的构思,角度新颖独特,线索和方法别开生面、生动有力,从而能充分地展示主题,并能增强主题的表现力和感染力。其次,构思分析应注意行文线索的清理和把握。通过散文层次的划分,读者可以理清各个层次之间的关系,从而把握作品的基本线索,并由外而内,沿波讨源,感受和理解散文作品的情思与意趣。散文的线索或单一,或复杂,或显而易见,或潜隐难觅,但只要赏析者认真探寻、细心体察,总

[1] 参见陈果安:《文学写作教程》,中南大学出版社 2002 年版,第 80～88 页。

能找出作品内在的或横、或纵、或纵横交贯的各种线索,从而体悟作者构思之缜密精巧,并真正从整体上把握住作品的思想内涵。此外,在材料的选用、详略的处理、节奏的变化、人称的使用等方面,优秀的散文作品也往往具有精心独到的设计与安排,赏析者同样需要根据散文的样式及其特点进行深入而细致的解析与把握。

3. 形式的评析

散文的形式包括篇章结构、语言风格、表现技法、修辞手法等方面,一篇优秀的散文作品往往注重形式上的精心设计和创新。同时,与其他文学文体相比,散文在形式的创造方面往往具有更大的自由,因而散文作者可以创造性地运用诗歌、戏剧、小说等其他文学体裁的艺术手段另起炉灶、翻出新意,从而形成散文作品在形式上的全新创造。这就要求赏析者不但对散文的各种形式要素要有一定的研究和了解,掌握形式设计的基本规律与艺术技巧,而且能够以开放的眼光、创造性的态度去应对各种形式的创造,并努力适应、理解、研究各种各样的形式创新。对散文形式的评析,要注意散文作品的"形神"关系,也就是内容和形式的融合程度。形式植根于内容,愈与内容融为一体就愈能显示出充实的内涵和生命力;任何散文形式的创造实质上就是寻找更为恰当而贴切的内容表现途径和方式。因此,形式和内容的融合程度往往标志着散文艺术形式的价值与作者的艺术水平,"形神"关系始终是鉴别各种散文形式创造水平优劣的重要尺度。由于不同的散文作者处理"形神"关系的角度和方法不同,这就导致了散文作品不同风格的形成,进而导致了散文在色调、语言、技巧、结构等方面的不同风貌。因此,赏析者理应注重从"形神"关系的角度来分析和把握散文作品的形式创造及其艺术成就。

（三）小说经典作品的赏析

小说是一种通过故事情节的完整叙述及特定环境的具体描写来塑造人物形象、概括和表现社会生活的文学样式,是最为重要的叙事文体。人物、情节、环境是构成小说的三个基本要素。人物是小说的灵魂,是概括特定社会内容、传达作家思想感情的主要手段;人物塑造的思想深度与艺术表现力,无疑是衡量小说创作成功与否的重要标志。情节是人物性格发展的历史,情节处理的艺术性也是小说创作与赏析中的重要问题。环境是人物活动和情节发生发展的客观场所,是人物性格形成、发展的土壤,是情节展开的条件。小说的基本特点即是深入细致的人物刻画、完整复杂的情节叙述和具体充分的环境描写。[1]

按篇幅和容量的不同,小说可以分为长篇小说、中篇小说、短篇小说和微型小说;按艺术品类的不同,小说可以分为通俗小说和非通俗小说;按艺术形态的不同,小说可

---

[1] 参见童庆炳:《文学理论教程》,高等教育出版社 1998 年,第 171 ～ 172 页。

以分为拟实型小说和表意型小说。[1]

人物、情节、环境是小说必不可少的要素,也自然是小说赏析的主要对象;要全面而深入地分析和评价一部小说作品,理应从这三个方面入手。[2]

1. 人物形象的解读

人物形象的思想容量和艺术水平直接决定着小说作品的价值乃至作家创作的成败;人物形象在某种意义上是小说作品价值的集中体现,对人物形象的赏析与评价无疑正是对小说作品价值最为集中而重要的检验。人物形象的赏析与评价大致包括如下两个层面:首先,把握人物形象的思想内涵和美学内涵。人物的性格只是表层,内在的是概括的、浓缩的思想内涵和美学内涵,显示着一种社会理想和审美理想、一种人生哲理与生命境界,只有这样的人物才具有感染、吸引、打动和教育读者的艺术功能和魅力。因此,赏析者理应透过作家所提供的艺术形象,窥探到由特定性格面貌所显现的深层内在意义。赏析者理应对人物性格的感性特征具有细致、深刻而自觉的领悟和洞察,找到性格外观与内涵之间的关联点,进而深入地分析人物性格所蕴藏着的思想内涵和审美内涵;同时,赏析者还应从形象和整体出发,从人物内在矛盾的发展运动中找到其确定性的思想内涵,并在复杂丰富的现实生活中发现人物性格的客观依据和印证。其次,把握人物形象的表现特点。考察和分析人物形象的表现特点,可以从不同的层次和角度入手:从性格刻画上,可以着重分析小说人物的个性是否鲜明生动,性格的时代性、典型性如何;从技巧角度上,可以着重分析小说运用了哪些方法和手段,如何描写人物的心理和外貌,如何处理情节与人物的关系等等;从作家艺术风格的角度上,可以着重分析作家表现人物的独特个性,是善于表现叱咤风云的人物还是长于塑造普通的百姓,是习惯泼墨如云还是精雕细刻。把握人物形象表现特点的视角是多种多样的,赏析者可以基于自己的阅读与鉴赏经验,找到最能反映作品人物表现特点的角度与途径,但一般应严格遵循人物形象塑造与赏析的基本原则,即人物形象理应具有真实性、典型性和生动性。

2. 情节的分析

情节分析是人物形象分析的延伸和扩展。情节作为人物性格成长发展的历史,往往是作家借以展示人物性格的基本手段。成功的情节安排与设计不但追求一定的生动性、曲折性与新奇性,而且更力求能全面、充分而精细地呈现特定人物的性格特征,而后者往往是评价情节安排与设计成败与否的首要指标。单就情节本身而论,读者很难鉴别和评判各种情节处理的优劣高下,也很难说明各种情节运用的经验教训。分析情节,只有结合其与人物整体形象的有机联系,才能把握住更为根本的评价尺度,

---

[1] 参见陈果安:《文学写作教程》,中南大学出版社 2002 年版,第 207～217 页。

[2] 参见王先霈、范明华:《文学评论教程》,华中理工大学出版社 1995 年版,第 336～348 页。

进而准确客观地评判情节的好坏及其价值和意义。

　　同时,分析小说的情节,还应注意考察作品的情节安排与主题意蕴的关系。小说的情节决不是作家的凭空臆想、随意拼凑,而是来自于作家丰富广博的生活体验与社会阅历,是作家基于自身对社会生活的本质及发展规律的体悟与反思所进行的艺术化创造;通过精心设计的故事情节,作家既可以完成对小说人物形象的塑造,呈现出人物复杂独特的性格及跌宕多姿的命运,又可以传达出自己对于社会人生的个体化理解与感悟,从而令读者更深刻地体会到作品中所蕴含的作家个性化的生命体验与哲理思考。因此,小说的情节分析理应注重从情节与人物形象的关系、情节与主题意蕴的关系两个角度来展开,这是赏析者准确地认识、理解和把握人物形象以及作品主题的基本途径及方式。

　　3. 环境的分析

　　小说的环境一般可分为自然环境和社会环境,前者指人物所生活的特定地理时空,后者指人物所生活的特定人文时空。环境不是游离于作品之外的、可有可无的因素,而是小说人物活动和情节展开的背景和舞台,必要且充分的环境描写对于人物形象的刻画、故事情节的展开具有举足轻重的铺垫、衬托、渲染、调节等作用,同时还有助于增强小说作品的真实性、形象性和感染性,进而有助于读者对作品主题、言说风格、结构特征等小说要素的感悟、理解与把握。环境分析就是对小说中环境描写的功能及效果的考察与探究,具体包括:环境的选择和描写是否精当、典型,是否能增强作品的生活实感及真实可信性,是否为作品人物活动提供了充分合理的生活条件,是否有助于情节的展开及小说叙事节奏的调节,是否有助于人物性格的塑造及人物命运的展示,是否有助于小说整体审美风格的呈现等。优秀的环境描写可以对人物形象的塑造及人物命运的展示起到很好的铺垫及衬托作用,如《红楼梦》中关于大观园的环境描写达到了人物性格、命运与其生活环境相互辉映、浑然一体的境界;优秀的环境描写还可以建构具有独特审美文化意蕴的艺术化理想世界,如沈从文的《边城》中所描绘的具有浓郁地方特色和民族特色的"湘西世界",其带给读者无限的遐想空间和强烈的审美愉悦。因此,环境分析也是小说赏析的一个重要组成部分,理应引起赏析者足够的重视。

　　小说作品的赏析除了从人物形象、情节、环境三个方面入手外,还可以从其他诸多侧面切入,如语言、风格、结构、叙事技巧等;由于小说体裁的特点,小说作品赏析的出发点虽然不同,但最终都要达成对人物形象、情节和环境这三个基本要素的分析与探究。

　　(四)戏剧经典作品的赏析

　　戏剧剧本是一种以人物台词为手段、集中反映矛盾冲突的文学体裁。它是一种特殊的文学样式,亦即戏剧剧本既是一种语言艺术,同时这种语言艺术所展示的内容又是舞台表演的蓝图和依据；剧作者不仅要有驾驭语言艺术的能力，还要谙熟舞台表演的规律，整个剧本的表现形式、内容安排都必须符合舞台形象塑造的创作规律。戏剧剧本的基本特征是：浓缩地反映现实生活、集中地表现矛盾冲突、以人物台词推进戏剧动作。[1]

按照表现形式的不同，戏剧可以分为歌剧、舞剧、话剧和戏曲。按照容量和场次的不同，戏剧可分为独幕剧和多幕剧。按照作品内容以及审美特征的不同，戏剧可分为悲剧、喜剧和正剧。其中，悲剧以人物的不幸命运、处境、经历为内容，"将人生的有价值的东西毁灭给人看"，喜剧则"将那无价值的撕破给人看"，讽刺、嘲笑生活的丑恶；正剧则是对社会生活严肃而全面的表现，兼有悲、喜剧的特点。

戏剧冲突、人物形象、台词与结构等艺术表现手段是构成戏剧剧本的基本要素，因此，戏剧经典作品的赏析也理应从以上这几个方面入手。

1. 戏剧冲突的分析

戏剧冲突是剧本的灵魂，没有冲突就没有戏剧。剧作家往往选择那些典型的激烈的生活矛盾构成紧张而集中的戏剧冲突，从而达到概括地反映社会生活的艺术目的；戏剧冲突是现实生活中矛盾冲突的艺术化，是对生活矛盾的提炼、加工和概括，往往能够更充分、更典型地体现社会生活的本质规律。因而，对于戏剧冲突的理解和把握，无疑是戏剧赏析的关键。把握戏剧冲突大致可以从如下五个方面进行：了解冲突发生的背景、揭示戏剧冲突的过程、明确冲突的基本内容、分析冲突的内在结构、探求冲突的性质和思想倾向。戏剧冲突的分析主要包括两个方面的内容，一是分析戏剧冲突的选择提炼，看剧本中的戏剧冲突能否准确地概括社会生活的某些深刻的内容，是否具有较大的思想容量，是否具有更为集中而深刻的思想力量；二是分析戏剧冲突的艺术处理和安排，考察剧本是否充分地表现了戏剧冲突、戏剧冲突的发展变化是否推进了人物形象的塑造、冲突的处理和安排是否具有独创性、戏剧冲突是否形成强烈的艺术吸引力和感染力等。[2]

2. 人物形象的分析

人物是戏剧的核心要素，剧本的成功与否往往取决于戏剧人物的塑造。因而，人物形象及其性格的分析也是戏剧剧本分析的基本内容。具体而言，一方面，赏析者要把握人物形象的思想内涵。剧本人物的思想内涵越深刻丰富，其概括性和典型性就越高、思想价值也就越大。因此，赏析者要善于从戏剧冲突中分析和把握人物的性格，善于挖掘人物命运中所包含的深刻思想内蕴，从而能够准确地考察和分析特定的人物形象，并判定其是否具有一定的独创性和深度、是否能够体现一定的社会观念和社会理

[1] 参见童庆炳：《文学理论教程》，高等教育出版社1998年，第172～173页。
[2] 参见王先霈、范明华：《文学评论教程》，华中理工大学出版社1995年版，第371～376页。

想、是否充分地体现了作者的审美观念等。另一方面,赏析者要分析人物性格表现的艺术特点。人物性格主要是在戏剧冲突中展开和刻画的,是通过特定的个性化语言来表现的。因而,赏析者还应注重在戏剧冲突和语言表达中考察剧本是否表现出人物性格的特色,尤其注重分析人物性格是否具有生动性和丰富性、人物性格的表现手段是否具有独特性和鲜明性等。

3. 剧本台词的品味

人物台词是刻画人物形象的基本手段,体味台词的艺术表现力也是剧本赏析的一个重要内容。人物台词的赏析理应注重如下三个方面:其一,结合人物身份、地位和性格等因素体味台词的个性化特点。高度个性化的台词,是人物的身份、年龄、性别、职业、情趣、文化程度以及性格的外在体现,反映着人物之间复杂的关系,并推动着情节的发展;通过人物的个性化台词的体味,读者可以更好地理解和把握人物形象的性格特征及其思想内涵。其二,结合人物的内心活动体味台词的动作性。赏析者应注重从人物的内在情感出发,去体味人物语言的独特性、语境性与内蕴性,进而理解人物语言与人物的内心活动、形体动作是如何紧密地结合在一起的。其三,品味人物的潜台词。潜台词是未被人物说出而能为读者所感悟到的潜在语言,也即所谓"言外之意",而这个"意"需要读者结合人物语言、戏剧冲突、情节设计等因素,并通过想象和联想等心理活动予以揣摩、感受和领悟;赏析者只有准确地理解和把握剧本的"潜台词",才能真正走进人物的内心,准确地了解人物丰富复杂的心理活动和性格特征。

此外,戏剧剧本的赏析还可以从戏剧结构、舞台设计、情节安排、叙事手法等方面展开,这既取决于戏剧作品本身在以上诸方面是否具有独到的创造,也取决于读者在赏析作品时能否形成自身新鲜、独特而深刻的感悟、思考与见解。

后　记

这部教材是集体参与编写而成的。教材由主编戴永新申请立项、整体规划、组织指导编写。主编隋清娥通读修订全稿。第一章由刘济芳、杜季芳、戴永新、颜廷亮四人编写；第二章由隋清娥编写；第三章由刘俊杰编写；阅读欣赏方法由郝学华执笔。

在编写过程中，我们参考并借鉴了前人和时贤的研究成果，吸收并引用了其中一些观点和材料。除"文学经典作品赏析方法"部分外，其他内容，限于体例，难以一一注明出处。在此，深表谢忱亦深表歉意。

本书的出版承蒙聊城大学教务处、文学院等单位领导的多方关注和大力支持，承蒙中国海洋大学出版社编辑张华老师的辛苦校阅，在此，一并表示衷心的感谢。

部分赏析作品的作者，未能及时取得联系，请作者与编选者联系，以便奉寄样书。

同时，由于编者的水平有限，不足之处在所难免，恳请有关专家、学者及广大读者批评指正。

戴永新　隋清娥

2011 年 12 月